ANNE
HERZ

DIE MELODIE DER WÜNSCHE

BARDENSPIEL

WREADERS

WREADERS TASCHENBUCH
Band 235

Dieser Titel ist auch als E-Book erschienen

Vollständige Taschenbuchausgabe

Verlagsleitung: Lena Weinert
Druck: Sowa Sp. z o.o.
Bestellung und Vertrieb: Nova MD GmbH, Vachendorf
Umschlaggestaltung: Jasmin Kreilmann (unter Verwendung von Motiven von depositphotos: © faestock und Freepik.de)
Lektorat: Silja Alexandra Sporbeck, Sina Kleber
Satz: Elci J. Sagittarius
Illustrationen: Anne Herzel, Jasmin Kreilmann

www.wreaders.de

Für meine Frau Lena,
die sich eine Geschichte über Barden gewünscht hat.

Canary
Grosbeak
Tanager
Thrush
Nightingale
Magpie
Oriole
Meadowlark
Goldfinch
Koel
Cuckoo
Sparrow
Stadt der Klaeng

Gold
Limonite
Copper
Stadt
der Schwerter
Titan
Silver
Cuprite
Pyrite
Azurite
Vipera
Aves
Cannis
Arachna
Muridae
Stadt
der Bestien
Felis
Vulpes
Iguana
Selachi

WREADERS

KAPITEL 1

RIZSETTE

Der Klang der Leier komplimentierte den lieblichen Gesang der Nachtigallen. Sanft strich die Melodie durch das Blätterdach der dichtstehenden Bäume, begleitet vom rhythmischen Gang des Reittieres, das Rizsette durch die frühen Abendstunden trug. Vermin neben ihr, ebenfalls zu Pferd, fischte das eigene Instrument vom Rücken: Eine schlichte, aus dunklem Holz gefertigte Mandoline, deren Töne die der Leier umspielten. Federleicht nahm Vermin das Spiel auf, hatten sie dieses Lied doch hunderte Male miteinander gesungen. In stillen Nächten wie dieser, wenn sie die Tautropfen des Morgens, wie Perlen auf den Blättern, schon fast in der Luft schmecken konnten.

Rizsette öffnete die Lippen, die ersten Worte entsprangen ihrer Kehle so klar wie die allmählich hervorkriechende Kälte.

In Zeiten des Elends gebar eine Frau drei Kinder,
sie glichen einander genau.
Alleine zog sie durch die ärmliche Welt,
mit ihr die Kleinen, die am Leben sie hält.

Vermins Finger flogen über die Saiten, die Klänge brandeten kraftvoll durch den Schleier der entstehenden Finsternis.

Die Jahre vergingen und damit ihr Sein,
der Tod, unbarmherzig, er holte sie heim.

Ihre Kinder gebeutelt, von Gram und von Pein,
hielten einander, nun völlig allein.

Sie sahen ihr Gehen als größten Verrat,
doch im Antlitz der Nacht, da wurden sie stark.
Gesegnet von der Dunkelheit rein,
verschluckt ihre Trauer, wie auf Eis brach sie ein.

Herausfordernd hob Vermin eine Braue, Rizsette fuhr fort.

Das älteste Kind erhielt große Kraft.
Das Führen von Schwertern gelang ihm fabelhaft.
Meisterlich zog es die Klingen hervor,
wer auch immer es wagte, im Kampf er verlor.

Das mittlere Kind war ruhig und charmant.
Die Gestalt eines Tieres schien ihm elegant.
Strich seine Haut ab und erwarb grobe Macht,
sein Schrei durchbrach die Stille der Nacht.

Das jüngste Kind besaß ein Talent:
Eine lodernde Stimme, wie Feuer, das brennt.
Die Gabe der Wünsche, sie ward ihm vermacht.
Ein Lied auf den Lippen, das Wunder erschafft.

Gemeinsam beendeten sie des Landes Leid,
verteilten sich auf der Welt, ohne Neid.
Die Nachkommen jener, zahlreich, in Schar,
sie leben noch heute – und all das ist wahr.

Die Melodien verklangen, Rizsette beäugte Vermin, ihren einzigen Mitschüler, unter dem strengen Blick ihres Lehrmeisters, dessen tiefes Räuspern ihr stilles Kräftemessen abkürzte.

»*Das Lied der Drei*«, kommentierte Meister Canary, ein alter Mann jenseits der besten Jahre, über den kurzgehaltenen, grauen Bart hinweg. Nur das Gezwitscher der viel zu frühen Nachtigallen spendete Beifall. »Solltet ihr eure Stimmen nicht schonen, bis wir Magpie erreichen?«

»Natürlich, Meister Canary«, pflichtete Vermin ihm bei, auch wenn er einen verschmitzten Blick mit Rizsette austauschte. Er und seine übertriebene Ehrfurcht. Sie selbst platzte beinahe vor Spannung, ihr Ziel, die Stadt der Klänge, nach all den Jahren des Lernens zu Gesicht zu bekommen – und mit ihr ebenjene Lieder zu erlernen, die ihr bisher verboten geblieben waren.

»Wie lange wird es noch dauern, Meister?«

Canary lächelte verständnisvoll, wie immer, wenn sie ihren Enthusiasmus so deutlich zur Schau stellte.

»Wir haben noch nicht einmal die Hälfte der Strecke hinter uns, Rizsette. Übe dich in Geduld, Kind – das wird von einer zukünftigen Hofbardin erwartet.«

Hofbardin, wiederholte sie in Gedanken, das Herz wollte ihr aus der Brust springen – denn bald durfte Rizsette sich in die Reihen derer begeben, die den Adelshäusern der Stadt der Klänge dienten. Aufgeregt zog sie ihre Flöte hervor, ihr zweitliebstes Instrument nach der Leier, mit dem Ziel, dem müden Reittier mit dem Lied der Stärkung neue Kraft einzuflößen.

»Riz, du weißt doch, dass wir unsere Magie nicht unaufgefordert einsetzen dürfen!«

Sie verharrte, noch ehe der Meister von ihrem Vorhaben Wind bekam. Das Pferd blähte unzufrieden die Nüstern, ahnte wohl, was ihm entging. Missmutig musterte Rizsette ihren Mitschüler. *Natürlich weiß ich das. Bardenmagie darf nur zum Vorteil anderer genutzt werden.* Fast hörte sie Canarys Stimme, eine Predigt, die er ihnen seit frühester Kindheit immer wieder gehalten hatte.

Barden dienten dem nichtmagischen Volk. Aber was machte es schon, wenn sie die eigenen Kräfte dann und wann für etwas einsetzte, das ihr selbst zugutekam? Vermin schien ihre Gedanken zu erraten, denn ein nachsichtiges Grinsen huschte über seine Züge. Er lugte zu ihrem Meister hinüber.

»Magpie liegt nahe an der Grenze. Ist das nicht riskant?«

Canary bedachte ihn aus wachsamen Augen. »Wir werden uns nur so lange wie nötig in der Stadt aufhalten. Macht euch keine Sorgen.«

Rizsettes Gesicht hellte auf. *Die Grenzlande.* Jene Gebiete zwischen dem Land der Klänge und den verfeindeten Ländereien im Norden und Süden:

dem Reich der Schwerter und dem der Bestien. »Habt Ihr jemals einen Schwertarm oder einen Bestienwandler gesehen?«

»Natürlich, Kind. Zuletzt zu Zeiten des großen Abkommens, das ist mittlerweile mehr als fünfzig Jahre her. Damals war ich selbst noch ein junger Hüpfer wie ihr beide.« Kurz wischte Strenge über sein Antlitz, verging jedoch angesichts ihrer erschrockenen Mienen. »Kein Grund, so ängstlich dreinzuschauen. Seit dem Abkommen der Königinnen herrscht Frieden – kein Schwertarm oder Bestienwandler wird die Ländereien der Lieder betreten, darauf hat man sich geeinigt.«

Rizsette senkte das Haupt. »Und wenn sie es doch tun? Die Ressourcenknappheit trifft bestimmt nicht nur uns. Was, wenn es den Schwertarmen und Bestienwandlern ebenso ergeht und sie beschließen …?«

Die aufkommende Besorgnis warf einen Schatten über die Züge ihres Meisters. Auch er wusste von der prekären Lage dieses Reiches, denn die Ernten gingen jedes Jahr weiter zurück. Die ausgelaugten Böden versagten den Dienst, ausgehungerte Wölfe rissen ihr Vieh, einst gewaltige Flüsse versickerten im Nichts. Vielerorts hungerten die Menschen, die Dürreperiode im Westen dauerte an. Nur wenige Städte sonnten sich noch im Glanz der alten Zeit, gerade deshalb wollte Rizsette so schnell wie möglich zur Hofbardin aufsteigen. Denn das bedeutete ein Leben im Überfluss. In Canary hatten sie bescheiden gelebt, so sah man es für Lehrbarden wie sie und Vermin vor, nur geschmückt mit dem traditionellen, rotorangen Federumhang, gekrönt von der roten Bardenmütze und einer einzigen Feder, in ihrem Fall von einem gelben Vogel aus Canary.

Rizsette konnte es kaum erwarten, diese Kleidung gegen die der Hofbarden einzutauschen: Federn in herrlichem Violett.

»Es gibt nicht mehr viele Barden hierzulande. Ihr und eure Magie müsst in die Stadt der Klänge, das ist eure Berufung.« Die gebrummten Worte ihres Meisters wirkten beruhigend auf Rizsette. Nur Vermin verzog das Gesicht. Sein Pferd wieherte lautstark.

»Da, dort drüben!« Vermin deutete auf das schwache Licht eines Gasthauses, versteckt zwischen den Bäumen.

Meister Canary atmete sichtbar auf, Rizsette schob die Grübeleien beiseite. »Na endlich. Ich dachte schon, wir müssten bis in die Nacht hineinreiten. Hoffentlich servieren sie dort etwas anderes als dünnen Eintopf.«

Nicht nur zu Rizsettes Enttäuschung mussten sie sich mit altem Gemüse in wässriger Suppe zufriedengeben. Sie würgte die Mahlzeit widerwillig hinunter, in Gedanken längst bei den Delikatessen der Hauptstadt, die sie sich in den buntesten Farben ausmalte. Bald, versprach sie sich, als sie nach Einbruch der Dunkelheit in die mit Vermin geteilte Kammer einkehrte. Er saß bereits auf seinem Bett, die Mandoline auf dem Schoß, im Begriff, eine Melodie zu spielen.

»Wie war das gleich? Wir dürfen unsere Magie nicht für uns selbst einsetzen?«

Vor Schreck fuhr er hoch, Rizsette lehnte sich mit verschränkten Armen an den Türrahmen. Vermin seufzte erleichtert.

»Hast du mich vielleicht erschreckt. Ich dachte schon, Canary sei mir auf die Schliche gekommen.« Mit einem Nicken deutete Vermin auf eine kleine Blessur entlang seines Unterschenkels. An einer Stelle war die Haut aufgerieben und wund, wahrscheinlich vom stundenlangen Reiten. Grinsend nahm sie die Leier zur Hand, ihre Finger streichelten die dünnen Stränge.

Von den flüchtigen Farben der Blutmalerei,
dem Stich der Sonne und Kindesgeschrei,
getragen vom Wind und hinfort in die Weite,
verbannt sei der Schmerz durch das Lied meiner Saite!

Urplötzlich ließ die Rötung nach, Vermin atmete auf. »Danke.«

»Wenn ich es tue, brechen wir wenigstens keine Regeln.«

»Ja, ja, hast schon recht.« Rücklings fiel er auf die Laken. Sein sonst so sorgsam zurückgebundenes, schwarzes Haar trug er nun offen, gefächert lag es auf dem weißen Untergrund. »Ich kann es kaum erwarten, diese Kinderlieder zu vergessen. Das Lied der Erholung kann kaum mehr, als ein paar Kratzer zu beseitigen.«

Rizsette verstand genau, wovon er sprach. Kinderlieder – eigens für Lehrbarden bestimmt – verfügten über vergleichsweise wenig Magie, ihre Auswirkungen blieben beschränkt. Rizsette sank ebenfalls auf ihr Bett, gelehnt an die Wand, mit dem Gesicht zu ihrem Kameraden. Aufmerksam musterte sie seine angenehm runden Züge. »Meister Canary mahnt uns stets zur Geduld.«

»Als ob Geduld deine Stärke wäre.« Vermin feixte sie offen an. »Unser Meister hätte uns längst in den Liedern der Hofbarden unterrichten sollen. Wir stehen so kurz davor, dem Rang des Bardenschülers zu entkommen. Was macht es da schon, uns die ein oder andere Melodie beizubringen?«

»Es ist verboten, das weißt du genauso gut wie ich.«

»Seit wann nimmst du die Regeln so genau?« Er schenkte ihr ein vielsagendes Grinsen. Rizsette mimte es, bis Vermin die Arme am Hinterkopf verschränkte. »Du fragst dich doch auch ständig, welche Lieder sich in seinem Notizbuch verbergen. Diejenigen, die er uns nicht sehen lässt.«

Rizsette legte den Kopf in den Nacken. Der alte Mann behütete das in Leder gebundene Büchlein wie einen Schatz. Allzu häufig sah man ihn mit einem Federkiel in der Hand, vertieft in unhörbare Melodien, die allein seinem Geist entsprangen.

Meisterbarden – jene Hofbarden, die sogar noch viel größere Macht als alle anderen innehielten – besaßen die Gabe der Komposition. Durch sie entstanden Lieder mit neuen Magien, selbstredend nicht für die Augen einer Lehrbardin wie Rizsette bestimmt. Der in Thrush ansässige Meisterbarde hatte in ihrem Beisein ein Lied gesungen, mit dem er Früchte an den Bäumen hatte sprießen lassen. Ein anderer Bardenmeister aus der Stadt Nightingale, die erst jüngst hinter ihnen lag, nutzte ein Flötenstück, um die Quelle eines von der Austrocknung bedrohten Flusses zu neuem Leben zu erwecken. Welche wunderbaren Werke mochte also ihr eigener Meister in seinem Buch aufbewahren? Rizsette kratzte sich an der Nase.

»Sagen wir, du erhaschst einen Blick – glaubst du wirklich, dass du die Lieder spielen könntest?«

Missmutig verzog Vermin das Gesicht. »Ich könnte es lernen.«

»Sicher? Vorher platzt dir der Kopf.« Ihr Einwurf sollte spielerisch klingen, aber Vermin antwortete mit einem Grummeln.

»An den Rückstoß habe ich gar nicht gedacht. Verflucht.«

»Weißt du noch, das eine Mal, als du dich beim Lied der Ruhe verspielt hast?«

»Du hast versprochen, das nicht mehr zu erwähnen!« Er warf sich herum und zog die Decke bis an die Brust.

Rizsette kam nicht umhin, eine jüngere Version ihres Freundes vor sich zu sehen: Vermin, unerfahren mit der Handhabung seiner Mandoline, beim

Spielen des Liedes der Ruhe, das starke Müdigkeit hervorrief. Die schiefen Töne hatte sie bis heute nicht vergessen, ebenso wie die einen Tag lang andauernde Schlaflosigkeit. Patzer vergab Bardenmagie nicht.

Schon gar nicht bei einem Flächengesang. Sie selbst hatte es im Laufe der Jahre viel zu häufig erlebt: den plötzlich einsetzenden Kopfschmerz, begleitet vom gegenteiligen Effekt der angestrebten Melodie. Hauptsächlich galt der Rückstoß jedoch denjenigen, auf die die Magie gewirkt wurde. Insbesondere bei einem Zielgesang, der nur einen einzelnen Menschen betraf, konnte dies fatale Folgen haben. Im schlechtesten Fall riss zusätzlich eine der empfindlichen Saiten, eine Taste zerbrach oder das gesamte Instrument ging kaputt – eine Katastrophe für jeden Barden.

»Sag mal, Riz ...«

Der Kosename aus ihrer Kindheit zauberte ihr ein Lächeln auf die Lippen. »Glaubst du eigentlich an den Wunschbarden?«

Es wurde still im Raum. Rizsette legte den Kopf schief. »Woher kommt das denn auf einmal? Weil wir vorhin dieses alte Lied gesungen haben?«

Vermin sah sie nicht an. Mit straffgezogener Bettdecke starrte er auf das dunkle Holz über ihnen, augenscheinlich vertieft in die Musterung der Bretter. »Unsere Magie kann so vieles: Wunden versorgen, Schlaf bringen, sogar schöne Träume bescheren. Sie erleichtert die Geburt eines Kindes, holt Totgeweihte von der Schwelle des Ablebens zurück und erzeugt Licht in der tiefsten Finsternis. Ist es da so abwegig, wenn einer von uns ...?«

»Wünsche erfüllen könnte? Komm schon, Vermin, selbst Bardenmagie ist nicht so mächtig. Der Barde der Wünsche ist nur eine alte Legende. Ein Märchen für Lehrbarden.«

Ihr Mitschüler blieb stocksteif liegen. Ein eigenartiger Schatten verfinsterte seine Züge. »Stell es dir nur mal vor: Ein einziger Reim und Wünsche gehen in Erfüllung. Keine Lieder, die sich auf nur eine Sache beschränken – eine Melodie für alles, was dein Herz begehrt. Was man damit anstellen könnte ...«

»Ich würde mich in ein mächtiges Adelshaus wünschen.«

Vermin stockte sichtbar, doch Rizsette ließ sich davon nicht beirren: »Am besten eines mit großem Hausstand, sodass viele Feste gefeiert werden! Ich könnte sie alle mit meinem Gesang begeistern und sie würden zu meinen Liedern tanzen, Tag und Nacht!«

»Und wie hilft das anderen? Klingt sehr selbstbezogen.«

»Das kommt doch noch! Nach den Feierlichkeiten würde ich mich voll und ganz meiner Aufgabe widmen. Du weißt schon. Kranke heilen und all sowas.«

»Du bist wirklich einfach gestrickt, Riz. Ist eine sichere Anstellung in einem Adelshaus wirklich alles, was du dir wünschst?«

»Warum denn nicht? Nach den Strapazen der Bardenreise ist das in meinen Augen die einzig angemessene Belohnung.«

Die *Bardenreise* – eine Wanderung volljähriger Bardenschüler durch die zwölf Städte der Lande, im Zeitraum eines Jahres.

Rizsette rutschte auf ihr Kissen. »Ich kann mir nichts Besseres vorstellen. Ein Leben ohne Sorgen, jeden Tag die besten Speisen, Adelige, die es als Ehre erachten, eine Hofbardin in ihrem Haus zu beherbergen – so stelle ich mir mein Leben vor. Was sollte ich mir sonst wünschen?«

»Ich würde gern die Welt bereisen. Nicht nur das Reich der Klänge. Hinter den Pfaden muss es viel mehr geben als Lieder. Fremde Horizonte, vielfarbige Wolken unter neuen Himmeln – wie könnte ein Barde nicht neugierig auf die Weite sein? Das Unbekannte jenseits der Grenzen? Ich wüsste zu gern, was mich dort erwartet.«

»Das kann ich dir sagen: Menschen, die sich in Bestien verwandeln und ein Volk voller Krieger, das nur seinem Blutdurst gehorcht. Keine Ahnung, was dich dorthin zieht – davon abgesehen, dass das natürlich für immer ein Traum bleiben wird.« Rizsette machte sich daran, die Kerze zu löschen. »In einigen Monaten erreichen wir die Stadt der Klänge. Mit dem Lied des Eintritts gewährt man uns endlich Zugang zum Königinnenhof – und dann werden wir Hofbarden. Du wirst schon sehen, das wird großartig!«

Ein tiefes Knarren riss Rizsette aus dem Schlaf. Murrend hob sie den Kopf und fand Vermins Bett leer vor. Auch seine Stiefel und der Federumhang fehlten, ebenso wie die Bardenmütze. Von seiner Mandoline gab es auch keine Spur.

»Vermin?«

Nur die Stille antwortete. Mit in Falten gelegter Stirn setzte Rizsette sich auf. Sie hatten Nachttöpfe, und der Morgen lag noch in weiter Ferne. Kein

Grund also, das Zimmer zu verlassen. Ob es ihm nicht gut ging? Vielleicht hatte er die scheußliche Suppe schlecht vertragen.

Hilft nichts. Ich werde nach ihm sehen. Gähnend schlüpfte sie in ihre Stiefel. Für einen Moment erwog sie, die eigene Bardenkleidung zurückzulassen, entschied sich aber dagegen, es war kalt außerhalb des Raumes. Nur die Leier würde hier auf sie warten, gemeinsam mit ihrer Flöte.

Kurzum überwand sie den Abstand zur Tür und zog diese auf. Auf dem Korridor herrschte Schweigen. Kein Laut drang an ihr Ohr, schon gar nicht der von Schritten, auch wenn sie schwören konnte, am Treppenabsatz einen Schatten hinabhuschen zu sehen. *Vermin?*

Befremdet lief sie dem Schemen nach, bis kurz vor die Treppe. Dort lag das Zimmer ihres Meisters. Die Tür stand einen Spalt breit offen, ein dünner Strahl flackernden Kerzenlichtes trat daraus hervor. Ersann Canary etwa um diese Zeit noch neue Lieder? Oder hatte Vermin sich vielleicht sogar direkt zu ihm begeben, weil ihm das alte Gemüse vom Abendessen schwer im Magen lag? Schließlich gab es auch dafür ein Lied.

Rizsette wollte bereits mit einem Schulterzucken zu ihrem Zimmer zurückkehren, da erregte eine Stimme ihre Aufmerksamkeit. Nicht die des Meisterbarden, sondern viel tiefer, grollend auf eine Art, die ihr Gänsehaut bereitete. *Das ist aber nicht Vermin.*

»Verschwindet endlich!« Die Heftigkeit des Ausbruchs erschreckte Rizsette. *Das war der Meister. Was ist da los?*

»Nicht, bevor wir haben, weshalb wir gekommen sind, alter Barde! Wir warten schon viel zu lange darauf, es dir endlich abzunehmen!«

Rizsette horchte auf. Wer wagte es, einem Bardenmeister derart respektlos zu begegnen? Auf leisen Sohlen trat sie näher und spähte durch den Türspalt. Sie sah die Anwesenden nur undeutlich im tanzenden Flämmchen einer einzelnen Kerze: Meister Canary, ihr zugewandt, und zwei Fremde mit dem Rücken zur Tür. Einer davon durchstöberte das Reisegepäck des Barden. Überall lagen sie herum, die Habseligkeiten ihres Meisters: Kleidung, Schriftrollen, Schreibfedern.

»Ich weiß nicht, was ihr von mir wollt! Ich sagte doch bereits, dass wir nur auf der Durchreise sind! Ich begleite –«

»Rede keinen Unsinn, Meisterbarde! Du weißt genau, wonach wir suchen!« Einer der Männer hob den Arm. Die fleischfarbene Haut wich dunklem Fell, gekrönt von einer scharfkantigen Kralle. Canary zuckte zurück und landete mit dem Rücken an der Wand, Rizsette wusste nicht, was sie denken sollte. Bestienwandler. Das Wort formte sich so unvermittelt in ihrem Geist, dass ihr speiübel wurde. Das konnte nicht sein, sie irrte sich. Gestaltwandler wie diese gab es nicht im Reich der Klänge! Und doch hatte sie den Beweis direkt vor Augen. Ihre Gedanken schlugen Purzelbäume.

»Bitte.« Canary hob abwehrend die Hände. »Meine Schüler und ich –«

»Ha! Um die mach dir mal keine Sorgen, darum kümmert man sich bereits!« Eiskalt lief es Rizsette den Rücken hinunter. *Heißt das, die Bestienwandler sind nicht allein? Hier gibt es noch mehr von ihnen? Vermin, wo bist du?* Alles in Rizsette drängte danach, etwas zu unternehmen – nur was? Sie, eine kleine Lehrbardin, stand der Gewalt eines Bestienwandlers machtlos gegenüber. Sie kannte die Geschichten von ihrer rohen Kraft, Bardenmagie hingegen sollte helfen und bereichern. Sie taugte nicht zum Kampf.

Canary drängte sich indes an die Wand, der Angreifer kam immer weiter auf ihn zu. Und dann – Rizsette hielt den Atem an – fand ihr Meister ihren Blick. Sie sah ihm an, dass er sie erkannte, denn seine Augen weiteten sich kaum merklich. Er presste den Kiefer zusammen, für eine Sekunde driftete sein Augenmerk hinüber zu einem kleinen Beutelchen, direkt neben der Tür, in ihrer Reichweite. Es musste aus einem der größeren Reisesäcke herausgefallen sein. Der Mann ihm gegenüber knackte mit den Knöcheln, der andere durchwühlte energisch die Habseligkeiten des Bardenmeisters.

»Hast du plötzlich deine Zunge verschluckt? Raus damit! Wo ist es?«

Rizsette spürte einen dicken Kloß in ihrem Hals wachsen. *Meister Canary, was ist hier los?* Er hielt dem Blick des Wandlers stand, diesmal war es seine Hand, die unauffällig auf das unscheinbare Beutelchen deutete. Es machte den Anschein, als wolle er ihr etwas mitteilen.

Warte, ist es das, wonach die Bestienwandler suchen? Ihr Herz hämmerte laut gegen ihren Brustkorb. Es fiel Rizsette unglaublich schwer, die Tür ein Stück weit aufzuschieben. Nach wie vor wies ihr Meister auf ebenjenes Säckchen. Eine klare Aufforderung, ein Befehl, dem sie nachkommen musste. Ihre bebenden Finger schwebten durch die Öffnung, hin zu der Schlaufe des erstaunlich leichten Beutels. Behutsam zog sie ihn zu sich heran.

»Scheiße, der Drecksack will nicht reden. Hast du denn noch nichts gefunden?«

»Riz.«

Die Aufmerksamkeit der Bestienwandler wanderte zu Meister Canary zurück, derweil brachte Rizsette den groben Stoff samt Inhalt in ihren Besitz.

»Du musst es beschützen«, fuhr Canary fort, die Augen auf einen unbestimmten Punkt im Raum gerichtet, um keine Aufmerksamkeit auf sie zu lenken. »Mit deinem Leben, hörst du? Bring es weit weg von hier, du weißt wohin!« Ohne Vorwarnung wagte ihr Meister einen Satz nach vorn, Rizsette erstarrte vor Schreck. Der Barde machte Anstalten, den Wandler zurückstoßen zu wollen – doch die scharfe Klaue kam ihm zuvor. Sie zischte durch die Luft, fand ihr Ziel – und riss eine Kluft in Canarys Schädel.

Nein! Rizsette stolperte zurück, das Beutelchen an ihre Brust gepresst. Überlaut pulsierte es in ihren Ohren, wollte die Erkenntnis nicht zulassen, sie abstreiten. Das geschah gerade nicht wirklich.

»Scheiße, was sollte das? Wie sollen wir das Ding jetzt finden? Was, wenn er es irgendwo versteckt hat?«

»Hast du nicht gesehen, dass er mich angegriffen hat?«

Rizsette hörte ihren Wortwechsel kaum, die in ihr aufwallende Panik zerfraß jeden aufkommenden Gedanken. *Ich muss hier raus*, schrie es in ihr, aber nur unsäglich langsam kehrte das Gefühl in ihre Beine zurück. Ihre Finger mit dem Säckchen fühlten sich taub an. Ihr Stiefel schabte über den hölzernen Untergrund.

»Warte, hast du das gehört?«

Rizsettes Mitte verkrampfte. Die Gefahr kam näher, direkt auf sie zu, drang mit aller Gewalt in ihren Verstand – und beflügelte ihre Füße. Sie rannte los, die Tür schlug hinter ihr auf.

»Die Schülerin!«, hörte sie einen der Männer brüllen. »Verdammt, wir dürfen sie nicht davonkommen lassen!«

Hastig stürzte Rizsette die Treppe hinab, hinaus aus dem Gasthaus und hinein in die Dunkelheit der Nacht. In Windeseile erreichte sie die dichtstehenden Bäume, ihr einziger Ausweg bestand in der Flucht. Zu den Pferden würde sie es niemals rechtzeitig schaffen, ohne eingeholt zu werden. Das Entsetzen und die Gewissheit über den Verlust ihres Meisters drang wie Säure in ihren Verstand.

Canary ist tot, dachte sie wieder und wieder, während sie in das dichte Geäst des finsteren Waldes eintauchte, vorbei an Sträuchern, die an ihrer Kleidung hängenblieben. *Vermin, ich brauche dich! Wo bist du nur?!* Rizsette stolperte weiter – und prallte frontal mit einer aus dem Nichts auftauchenden Gestalt zusammen.

Mit einem Keuchen wurde sie zurückgeworfen, das Beutelchen rutschte ihr aus der Hand und der Inhalt purzelte heraus. Etwas Quadratisches kam zum Vorschein, das hart auf dem Erdboden aufschlug – und die Luft unerwartet mit einer Melodie erfüllte. Sachte drang das Lied an ihr Ohr und nahm sie gefangen. Es konnte nicht länger als einen Herzschlag andauern, doch die sie plötzlich durchströmende Hitze raubte Rizsette den Atem. Sie glaubte, die in ihr entstehenden Flammen wollten sie verschlingen, sie gierig bis auf die Knochen abnagen, bis nichts mehr von ihr übrigblieb – dann verschwand die Wärme und ihr wurde eiskalt.

»He, pass gefälligst auf, wo du hinläufst!«

Angstvoll flog ihr Blick hinauf zu der unbekannten Gestalt. Fransiges, helles Haar in einem finsteren Gesicht, ein fellbesetzter Kragen, Waffen an der Hüfte. Gehörte er zu den Häschern? Nein, Bestienwandler benötigten keine Schwerter. Ein Fremder also, der mit Klingen umgehen konnte? Vielleicht sogar ein Gesandter der Krone? Hastig sprang Rizsette hoch und umschlang seine Hand, begleitet von der Melodie. »Ich bitte dich, beschütz mich!«

KAPITEL 2

PRIEL

Argwöhnisch betrachtete Priel die schwarzhaarige Frau, die ihn vom Boden aus anstarrte. Panisch sah sie aus, während der Gegenstand, den sie beim Zusammenstoß fallengelassen hatte – eine Spieluhr – irgendein übertrieben süßes Liedchen trällerte. Laut hallte es im nächtlichen Wald wider, alles daran störte Priels empfindliches Gehör. Eigentlich hatte er längst einen Lagerplatz finden wollen: Einen ruhigen Ort, umgeben von Bäumen, nur die Geräusche der Tiere und das Prasseln des Feuers um sich herum. Jetzt musste er sich jedoch mit diesem Ärgernis herumschlagen, denn das nervtötende Lied riss nicht ab. Mit aufwallendem Ärger erwog er, das verdammte Spielzeug unter seinem Stiefel zu zertrümmern und danach wortlos zu verschwinden. Leider kam er nicht dazu. Die *Bardin* – er erkannte das hässliche Federkleid auf Anhieb, auch wenn er davon bisher nur gehört, es jedoch nie gesehen hatte – sprang auf die Beine und packte eine seiner Hände.

»Ich bitte dich, beschütz mich!«, rief sie, begleitet von der störenden Musik.

Priel schüttelte sie ab. »Was glaubst du eig–« Er stockte mitten im Satz. Ein fremdes, intensives Gefühl übernahm die Oberhand. Für einen Moment fehlten ihm die Worte, der Ärger verflog und wich dem unbändigen Drang, die unbekannte Frau hinter sich zu ziehen. Blinzelnd starrte er sie an. »Was hast du …?«

»Da ist sie!«

Priel reagierte völlig instinktiv: Mit einer Hand zog er eines seiner Schwerter, die Bardin suchte freiwillig Schutz in seinem Rücken, die Spieluhr dudelte munter weiter. Die knackenden Zweige offenbarten erst eine, dann eine zweite Gestalt: Tierwesen, verwandelte Menschen. *Bestienwandler*. Nur ein schmales Lächeln kräuselte Priels Lippen. *Na, wenn das mal nicht interessant wird.*

»Da ist ja noch einer«, raunte der Erste, im Körper eines riesigen, dunkelbraunen Bären. Der Zweite, eine galante Raubkatze mit gelbgeschlitzten Augen, funkelte Priel böse an.

»Mit dir haben wir nichts zu schaffen, Fremder. Geh beiseite, dann geschieht dir nichts.«

Priel leckte sich über die Lippen. »Ich kann es nicht ab, wenn man mir Befehle erteilt.« Er stieß sich vom Boden ab, die zweite Klinge zog er mit einer einzigen, geschmeidigen Bewegung, sodass beide Schwerter das durch die Blätterdächer fallende Mondlicht reflektierten. Grollend holte der Bär aus, die messerscharfe Pranke fegte durch die Luft. Priel sprang beiseite, der Lufthauch wischte gefährlich nah an ihm vorüber, dann vollführte er einen geraden Stich – und durchbohrte die Schulter der Bestie. Ein donnerndes Knurren, gefolgt von warmer, dampfender Flüssigkeit, die Priels eigenes Blut in Wallung brachte. Es sang ein Lied in seinen Adern, vibrierte in seiner Kehle und weckte die Mordlust. Er riss die Waffe zurück und der Bär öffnete den pechschwarzen Schlund, wollte sein Bein zu fassen bekommen, doch stattdessen trieb Priel eine der Schneiden tief in seinen Kiefer. Getroffen schrie das Tier auf, ein dicker Blutschwall ergoss sich in die kühle Nachtluft. Wankend verfiel der Bär in Raserei, denn er begab sich trotz der Verletzungen auf die Hinterläufe. Priel nahm zunächst Abstand.

Die massiven Pranken des Bären stellten die größte Gefahr dar, todbringend aufgrund ihrer schieren Durchschlagskraft. Die Bestie stampfte auf Priel zu, der Hieb kam und zielte auf seinen Schädel. Flink tauchte Priel unter den Armen des Tiers hinweg, nur um beide Schwerter in die Seiten des Raubtiers zu schlagen. Der Wandler brummte schwer, ein rumorendes Geräusch tief aus seinem Hals, dann geriet er ins Schleudern. Priel sprang beiseite, der Bär kippte vornüber und landete im Staub. Als aller Glanz aus seinen Augen verschwand, schlug die Blutlust Wellen in Priels Geist. Sie zauberte ein Grinsen auf sein Gesicht, das die fauchende Großkatze zurückweichen ließ.

»Du bist kein normaler Mensch!« Er war vorsichtiger als der Bär, trotz der tierischen Gestalt.

Priel wischte mit dem Ärmel etwas Blut von seiner Wange. Der tote Wandler blieb reglos liegen, er maß ihm keinerlei Bedeutung mehr bei. »Na komm, Kätzchen, ich bin noch lange nicht fertig!«

Die Bestie wich zurück. Ein neues Fauchen entkam ihrer Kehle, kurz fixierte er den toten Kameraden zu Priels Füßen, dann preschte er in die dichten Blätter hinein. Mit großen Sprüngen fegte er davon, weg von ihm und der zitternden Bardin, die er schon fast vergessen hatte.

»Ich …« Die *Federträgerin* suchte offensichtlich nach Worten. »Ich bin dir zu Dank verpflichtet, Gesandter. Das war Rettung in letzter …«

Er kickte die nervtötende Spieluhr in ihre Arme. Perplex fing sie sie auf, der Deckel klappte zu und Stille kehrte ein.

»Was hast du mit mir gemacht?«

Die Bardin blinzelte verständnislos. Hm. Vielleicht ein paar Jahre jünger als er selbst. Sandfarbene Haut, blaue Augen, feine Züge. Nicht ganz schulterlanges Haar. Alberne Kleidung voller Federn. »Tu nicht so einfältig. Ich habe dich nicht freiwillig verteidigt. War das Bardenmagie? Glaubst du, du könntest jeden nach Belieben manipulieren, nur weil du ein Liedchen trällerst? Ich bin bestimmt kein …«

»Jetzt halt mal die Luft an!«

Sie kam auf die Beine, zittrig, doch mit selbstbewusst vorgerecktem Kinn. »Ich habe *gar nichts* getan. Bardenmagie funktioniert so nicht. Oder siehst du hier irgendwo ein Instrument?« Sie maßen einander mit Blicken, sie herausfordernd, Priel entsetzlich reizbar. In der Zwischenzeit – es erregte ihrer beider Aufmerksamkeit – kam Bewegung in den toten Körper des Bärs. Er schrumpfte, das Fell ging zurück und gab den Menschen dahinter preis.

»Tsk«, machte Priel, ein abgehacktes Geräusch, das von Ablehnung sprach. Er verstaute seine Waffen. »Wie auch immer. An dieser Stelle trennen sich unsere Wege.« Er drehte ihr den Rücken zu und stiefelte davon, hinein in den ansonsten stillen Wald, doch nur ein paar Sekunden später folgten ihm knackende Schritte.

»Warte!«

Priel dachte nicht daran. Er setzte seinen Weg fort, bis sie ihn ein zweites Mal an der Hand packte. Er riss sich los, das Schwert erneut im Anschlag. »Habe ich mich nicht klar genug ausgedrückt, Bardin? Mach den Abflug. Oder willst du ebenfalls den Kuss meines Metalls schmecken?«

»Metall?« Deutliche Verunsicherung trübte die bis eben so sichere Miene. »Du bist doch ein Gesandter, nicht wahr? Ich brauche deine Hilfe! Mein Meister und Mitschüler, sie sind noch in der Taverne! Vielleicht hat wenigstens Vermin …«

»Mir doch scheißegal. Und ich bin kein *Gesandter*, wen auch immer du damit meinst.« Die heftigen Worte trafen die Bardin unvorbereitet, immerhin zuckte sie zurück. Wieder machte Priel kehrt, der leise Geruch von Verbranntem drang ohne jede Ankündigung an seine Nase. Er zog die Stirn kraus. *Feuer*. Die ferne Erinnerung an ausgebrannte Bergwerke schob sich vor sein innerstes Auge. *Das hat mir gerade noch gefehlt.* Priel entdeckte das Leuchten durch die dichten Äste hinweg. Was auch immer da vor ihm lag, es stand lichterloh in Flammen. Er musste hier weg, schleunigst. Falls die Hitze übersprang, würde sie nicht vor dem Wald haltmachen.

»Das Gasthaus«, kam es urplötzlich von der Bardin. »Nein … Vermin …«

Ohne der Nervensäge auch nur einen einzigen Blick zuzuwerfen, stürmte Priel an ihr vorüber, in die entgegengesetzte Richtung. Er spürte das Starren der Federträgerin in seinem Nacken.

»Warte doch!«

Wieder dieser vehemente Griff um sein Handgelenk. Flüchtig erwog er, sie ebenfalls umzulegen. Abrupt entriss Priel ihr seinen Arm. »Wenn du nicht verbrennen willst, nimm die Beine in die Hand. Hier steht bald alles in Flammen.« Er rauschte davon, ins Dunkel des Dickichts, für eine Weile hörte er nur das Knacken des Geästs und den Lufthauch des Windes. Leider auch Schritte, die seinen folgten. Priel biss die Zähne aufeinander. Ohne Vorwarnung wirbelte er herum, fixiert auf das Gesicht der rastlosen Bardin. Das Mondlicht verlieh ihren blauen Augen einen qualvollen Glanz, der von Entsetzen sprach.

»Was glaubst du eigentlich, was du da tust?«

»Ich folge dir«, sagte sie, als läge es nicht auf der Hand.

Priel verschränkte die Arme vor der Brust. »Das sehe ich. Ich habe dir gesagt, dass du verschwinden sollst!«

»Ich weiß nicht, wo ich hingehen soll!«

»Irgendwohin. Nur nicht hier entlang.«

»Aber –«

»Sehe ich so aus, als würde es mich kümmern …!« Ein neuer Lufthauch trug den Geruch des Feuers zu ihm heran. Priel verzog das Gesicht. Um sie herum erschien alles ruhig, aber das musste nichts heißen. Flammen konnte man kaum davonlaufen, nur genug Abstand würde ihn retten, bevor die Glut übersprang – auch wenn das bedeutete, diesen unliebsamen Klotz am Bein zu haben. Er hatte keine Zeit für Diskussionen. »Tsk. Na schön. Aber komm mir nicht in die Quere.« Schnell ging er weiter, hinter ihm die stolpernden Schritte der Bardin.

»Was machen Bestienwandler im Reich der Klänge? Ich verstehe das nicht.«

Priel gab nichts auf ihr Gemurmel. Die Waffen an seiner Hüfte wurden aufgrund des strammen Gangs hin- und hergeworfen. Er würde sie bald vom Blut des zurückliegenden Kampfes reinigen müssen, sonst litt das Material.

»Sind deine Schwerter wirklich aus Metall?«

Priel horchte auf.

»Ich habe noch nie jemanden getroffen, der Metall besitzt, schon gar nicht in Waffenform. Oder der annähernd so gut mit Klingenwaffen umgehen konnte, wenn er nicht gerade zu den Gesandten gehört.« Sie verstummte, leider nicht lange genug, denn Priel hörte das Stocken, noch bevor sie erneut zu sprechen ansetzte: »Ist es möglich, dass du aus dem Reich der Schwerter …?«

Er verharrte unvermittelt, mit dem Rücken zu ihr. »Und wenn es so ist?« Seine Finger umspielten das Heft der rechten Waffe.

Diesmal dauerte ihr Zögern an. »Dann hast du mir immer noch das Leben gerettet.«

Priel spähte über die Schulter zu ihr zurück. Die Engstirnigkeit stand dieser Frau ins Gesicht geschrieben, gleichzeitig presste sie dieses kleine Leinenbeutelchen mit der Spieluhr so heftig gegen die Brust, dass es wehtun musste. »Dafür werde ich dir ewig dankbar sein.«

Priel rollte mit den Augen, der Griff um sein Schwert verlor sich. Die Erzählungen über Barden stimmten offenbar. Derlei Rechtschaffenheit war ihm völlig fremd.

Kopfschüttelnd wandte er sich ab und Stille kehrte ein, nur unterbrochen von der gleichmäßigen Geräuschkulisse der Nacht.

»Wohin gehen wir?«, fragte die Bardin viel zu früh, eine Störung in der Idylle.

Wenn ich das wüsste.

»Ich gehe nirgendwohin. Zumindest habe ich kein bestimmtes Ziel. Weg vom Feuer, keine Ahnung. Vielleicht finde ich einen Fluss, dessen Verlauf ich folgen kann. Es gibt immer Dörfer entlang von Wasserläufen.«

»Gut. Dann begleite ich dich.«

Er wollte zähneknirschend ablehnen, schluckte die Widerworte jedoch hinunter. *Die werde ich vorerst nicht los.* »Nur bis zum nächsten Dorf. Danach bist du auf dich selbst gestellt.«

»Einverstanden. Wie ist dein Name?«

Priel stieß langgezogen die Luft aus den Lungen. »Das geht dich nichts an.«

»Ich bin Rizsette.« Er hörte das Rascheln von Stoff, irritiert blickte er wiederum über die Schulter zu ihr zurück. Die Bardin deutete eine Verbeugung an: Den Oberkörper nach vorn gebeugt, die Arme bauschten den Federumhang auf, ein Bein winkelte sie leicht an. Sah aus wie ein sich aufplusternder Vogel. »Rizsette von Canary, Bardenschülerin und Untergebene der Krone –«

»Interessiert mich einen feuchten Vogelschiss.«

Sofort stemmte die fremde Frau die Hände in die Seiten. »Du hast auch wirklich gar kein Benehmen! Ob nun aus dem Reich der Schwerter oder nicht, du scheinst überhaupt nicht zu wissen, dass man einer baldigen Hofbardin mit Respekt begegnet!«

Priel schürzte die Lippen. »Hofbardin? Meintest du nicht eben noch, du seist eine Bardenschülerin?« Rizsette, oder wie auch immer sie hieß, biss sich auf die Unterlippe.

»Das stimmt, aber –«

»Also kannst du noch nichts.«

»Sobald ich die Stadt der Klänge –«

»Die ist glücklicherweise ewig weit von uns entfernt. Also?«

Die Bardin schwieg, Priel lachte freudlos auf. »Eine ziemlich nutzlose Bardin, wie mir scheint. Kein Wunder, dass du dich nicht allein verteidigen konntest. Was wollten die Bestienwandler eigentlich von dir?« Das Schweigen hielt an, Rizsette senkte unschlüssig die Brauen.

»Ich weiß es nicht.«

Priel zuckte mit den Schultern. »Mir eigentlich auch egal. Mach, was du willst, aber geh mir nicht auf die Eier. Ich habe deinetwegen schon genug Zeit verloren.«

In der folgenden Stunde wechselten sie kein Wort. Die Bardin – Rizsette – brütete still vor sich hin, Priel ignorierte ihre Anwesenheit völlig. Erst das Plätschern von Wasser erregte seine Aufmerksamkeit, denn sie erreichten ein rauschendes Flussbett. Kurz darauf, der Geruch der Flammen hing schon längst nicht mehr in der kühlen Luft, kam ein Dorf in Sicht.

»Bei der Königin, endlich!« Rizsette, offenbar deutlich abgekämpft, rieb sich die Oberarme. Kein Wunder, schließlich kroch auch Priel die Kälte unter das viel zu leichte Hemd. Er würde sich etwas Wärmeres besorgen müssen, sobald sich die Möglichkeit ergab. Mehr hatte er in der Eile seiner Flucht – sie lag erst eine Woche zurück – nicht mitnehmen können.

»Suchen wir uns eine Taverne?«

Priel zog eine Braue in die Höhe. »Dafür fehlt mir das Geld.« Ohnehin wusste er nicht, welche Währung in diesem Land genutzt wurde. Die paar Gulden aus dem Reich der Schwerter brachten ihn hier nicht weit.

Rizsette kramte in den Taschen ihres Umhangs und zog eine Börse hervor, das Klimpern sprach von Münzen. »Ich denke, ich habe genug, um uns beide –«

»Ich sagte, dass ich dich bis zum nächsten Dorf dulde, nicht, dass ich vorhabe, mich noch viel länger mit dir zu befassen. Hals- und Klingenbruch, Bardin.« Erhobenen Hauptes stolzierte er davon, diesmal hielt Rizsette ihn nicht zurück. Er wollte sie binnen kürzester Zeit vergessen – bei den schärfsten Schwertern der Welt, einer Federträgerin würde er gewiss nicht das Händchen halten. Dennoch tat sich mit jedem Schritt ein Stück weit eine Leere in ihm auf. Ein drängendes Gefühl hinter dem Brustbein, wie ein Reißen, dem er sich kaum entziehen konnte. Priel schob es grob von sich weg.

Angekommen im Wald seufzte er tief. Das lief ganz und gar nicht wie geplant – denn obwohl er der Bardin großspurig den Rücken gekehrt hatte, fehlte ihm die Perspektive.

Ich kehre nach Tageseinbruch in das Dorf zurück. Irgendjemand wird schon eine Karte für mich haben. Notfalls stehle ich sie. Und dann erfülle ich dir deinen letzten Wunsch, alter Kauz. Es dauerte nicht lange, bis er ein prasselndes

Lagerfeuer errichtet hatte. Es wärmte seine kalten Glieder. *Dieses Land ist wirklich völlig anders als meine Heimat.*

Sein Blick flog hinauf, durch das Blätterdach, hinter dem sich die Sterne versteckten. Immerhin der Himmel sah gleich aus. Ein schwacher Trost in dieser misslichen Lage. Noch immer fraß sich das Gefühl der Zerrissenheit durch seine Brust, eine eigenartige Empfindung, die er nicht abschütteln konnte – wie ein Drang, der Priel von hier wegtragen wollte.

KAPITEL 3
RIZSETTE

Das Klopfen ihres Herzens übertönte alles. Es stürzte wie Fluten auf sie ein, nicht vergessen, nur für eine Weile verdrängt, denn jetzt, nach dem Weggang des eigenartigen Fremden, kam die Erinnerung zu ihr zurück: Der brutale Mord an ihrem Meister, ebenso wie das Verschwinden Vermins. Die leise Hoffnung, dass er vielleicht hatte fliehen können, brannte sich in ihr Herz. Rizsette wollte daran glauben, dass er irgendwo da draußen auf sie wartete. Hoffentlich unversehrt. Und jetzt, nach einem schier endlosen Marsch durch dichtes Gestrüpp, stand sie allein am Rande eines Dorfes. Nur das Beutelchen ihres Meisters bei sich, ohne ein einziges ihrer Instrumente, die längst zu Staub zerfallen sein mussten. Rizsette schluckte. Sie wollte weinen, doch die Tränen kamen nicht.

Ich stehe unter Schock, dachte sie bei sich. Mit klammem Gefühl wandte sie sich vom Waldrand ab, hin zu den Häusern. Sie entdeckte eine Taverne ganz in ihrer Nähe, wohl der sicherste Ort für den Augenblick. Ihre Beine gehorchten ihr nur beschwerlich, jeder Atemzug erlaubte dem Erlebten, etwas mehr in ihren Verstand einzusickern. Ein wahr gewordener Alptraum. Noch vor kurzem hatte sie geflüsterte Worte mit Vermin ausgetauscht, nur um jetzt am Rande des Nichts zu stehen.

Ein alter Mann wachte über das Gasthaus. Zwar beäugte er ihre geschundene Gestalt, stellte jedoch keine Fragen. Traumwandlerisch schloss sie wenig später eine schwere Holztür hinter sich, vor ihr ein unendlich stilles Zimmer. Erst hier, umgeben von Dunkelheit, die jeden Winkel ihres Seins eroberte, stürzte Rizsette auf die Knie. Der Schrei entkam ihrer Kehle, noch ehe sie überhaupt realisierte, dass er zu ihr gehörte. Sie schlug die Hände vor den Mund, Tränen schossen ihr unkontrolliert in die Augen, das wild schlagende Herz wollte ihr aus der Brust springen. Wimmernd fiel sie zur Seite um, der Schmerz brandete in Wellen durch ihren Körper.

Das ist wirklich passiert. Ich habe Meister Canary sterben sehen. Durch die Hand eines Bestienwandlers. Wieso passiert das alles? Die Jahre in ihrer Heimat spielten sich vor ihrem inneren Auge ab, Momente erfüllt von Musik und Glück. Ihre ersten zaghaften Spielversuche, Canarys Ermunterungen, seine Geduld – und sein Stolz, wann immer sie ein fehlerfreies Stück spielte. Vermin hatte sie stets begleitet. Ihr beigestanden, ihr gut zugeredet, die ein oder andere Schandtat für sie übernommen. Insgeheim hatte sie geahnt, dass Canary jeden ihrer Täuschungsversuche mit Nachsicht übersah. Doch jetzt gab es ihn nicht mehr. Ihren gutmütigen Meister, der sie aufgezogen und ihr die fehlende Familie ersetzt hatte.

Es dauerte lange, bis sie glaubte, ihre tauben Glieder auch nur ein wenig bewegen zu können. Für den Moment versiegten die Tränen, eine kurze Verschnaufpause, die sie nutzte, um sich zum Bett zu schieben. *Was suchen Bestienwandler im Reich der Klänge? Sie dürften nicht hier sein, weder Wandler noch Schwertarm.* Und doch konnte sie ihre Anwesenheit nicht verleugnen. Sie, die anderen Menschen jenseits der Grenzen, über die sie praktisch nichts wusste. Der Fremde gab ihr Rätsel auf, doch immerhin hatte er ihr geholfen. Anders als die Wandler, die ein völlig anderes Ziel zu verfolgen schienen. Leise hörte sie Canarys Worte in ihrem Kopf, wie ein Lied, das sich in ihrem Gedächtnis eingebrannt hatte. *Riz, du musst es beschützen. Mit deinem Leben, hörst du? Bring es weit weg von hier, du weißt wohin!*

»Die Stadt der Klänge«, hauchte sie, bevor sie das Beutelchen ins Auge fasste, vergessen in einer Ecke des Raumes. Zittrig kam sie hoch, die Tränen auf ihren Wangen noch nicht getrocknet. Das handtellergroße Objekt, eine Spieluhr, die bereits im Wald zu spielen begonnen hatte, fiel ihr zuerst in die Hände.

Sie sah hübsch aus: ein dunkles Kästchen aus Holz, verziert mit goldfarbenen Ornamenten. Beim Öffnen kam eine winzige Figur zum Vorschein, ein Barde mit der auffälligen Mütze und dem federbesetzten Umhang in strahlendem Weiß, durchsetzt mit einigen wenigen, andersfarbigen Federn. Umhänge dieser Farbe trugen nur Meisterbarden. Die Figur sah aus, als würde sie singen, während die eigentümliche Melodie den Raum erfüllte. Sie schenkte Rizsette Ruhe, erlaubte ihr, zum ersten Mal seit ihrem Zusammenbruch richtig durchzuatmen. Im Klang der Töne holte sie den restlichen Inhalt des Beutels hervor: ein dünnes Säckchen voller Noten, der Währung dieses Landes, mehr als sie selbst in ihrer Börse mit sich herumtrug, sowie Canarys winziges in Leder gebundenes Buch. Ihr Puls beschleunigte.

Das Büchlein ihres Meisters. Niemals wieder würde er eine seiner Kompositionen darin verewigen. Starr verharrte sie, versunken in den Anblick der Liedersammlung, zu ergriffen, um es aufzuschlagen. Sie stupste mit den Fingerspitzen gegen die Spieluhr. *Das ist nur ein Spielzeug, vielleicht aus Kindertagen. Dazu ein paar Noten und sein Buch. Was genau wollten die Bestienwandler von ihm?*

Egal wie sehr sie versuchte, dieses Rätsel zu lösen – der Knoten in ihrem Kopf blieb.

Als Rizsette erwachte, stand die Sonne wieder tief. Sie musste lange Zeit geschlafen haben, dennoch schmerzte ihr Körper noch immer von den Strapazen der Nacht. Wahrscheinlich war es längst Nachmittag.

All das war wirklich passiert. Sie hatte für unendliche Stunden geweint, um ihren Meister, um Vermin und die vielen gemeinsamen Jahre, so anhaltend, dass sie irgendwann darüber eingeschlafen sein musste. Das Erwachen selbst brachte keine Erlösung. Ihr Kopf pochte, die Augen taten ihr weh, nichts tröstete sie über die Schrecken der wohl grausamsten Stunden ihres Lebens hinweg. Es kostete sie Mühe, das Bett zu verlassen.

Mit einem tiefen Atemzug verstaute Rizsette ihren überschaubaren Besitz und ergriff die für die Nacht abgelegte Kleidung. Nur langsam kehrte der Starrsinn zu ihr zurück.

Ich gebe nicht auf. Das flaue Gefühl in ihrer Magengegend wollte sie vom Gegenteil überzeugen, aber Rizsette kämpfte dagegen an. *Ich werde meinen Weg fortsetzen, bis nach Magpie. Dort wende ich mich an den Bardenmeister – und dann wird alles gut. Canary hätte es so gewollt. Und Vermin …* Die Hoffnung ergriff sie ganz, ein loderndes Licht in der Finsternis. Womöglich – Rizsettes Herz machte einen Sprung – sah sie ihn schon bald wieder, denn auch er würde mit Sicherheit diese Richtung einschlagen. Deshalb traf sie ein stilles Abkommen mit sich selbst: Sie würde nicht aufgeben. Wenn Canary sie in all den Jahren eines gelehrt hatte, dann Durchsetzungsvermögen. Sie wollte eine Hofbardin werden, eine Dienerin der Krone. Sie musste das Haupt oben halten und aufrecht voranschreiten – egal wie sehr sie der Verlust ihres Meisters schmerzte. Nur des Nachts, sobald es leise um sie herum wurde, würde sie sich das Trauern gestatten – ein Zugeständnis an das Loch in ihrem Inneren. Doch am Tage, im Licht der Sonne, würde Rizsette stark sein. Und hoffen.

Der feine Stoff raschelte, während sie in ihr Hemd schlüpfte. Rizsette wollte es über ihre Mitte fallen lassen, stoppte aber noch in der Bewegung. Um ihren Nabel herum entdeckte sie ihr Muttermal: Eine gewirbelte Zeichnung, die sie schon immer besessen hatte. Die Berührung des Stoffes schmerzte ein klein wenig, als sei die Stelle übermäßig empfindlich. Vorsichtig strich sie mit den Fingern über die weiche Haut, trotz allem wirkte sie normal. Schulterzuckend warf sie sich den Federumhang über.

Ich brauche ein Pferd, ging es ihr beim Verlassen der Taverne durch den Kopf. *Und dann reite ich nach Magpie. Die Münzen des Meisters werden mir dabei helfen. Hoffentlich reichen sie.* Barden erwarben sich das notwendige Reisegeld traditionell auf den Straßen. Rizsettes Instrumente existierten nicht mehr, verschlungen von den gierigen Flammen. Sie würde schnell Ersatz finden müssen; Gesang allein spielte keine Münzen in die Kasse. Einen Gaul gab die Summe her, sicherlich auch eine einfache Laute, die sie in Magpie erstehen konnte. Falls sie mehr benötigte, konnte ihr der dort lebende Bardenmeister helfen. Bis dahin musste sie durchhalten.

Rizsette fand einen Pferdehändler, der ihr ein altersschwaches Reittier überließ. Kein besonders gutes Geschäft, doch unabdinglich. Zu Fuß war die Reise mühselig und kaum zu bewältigen. Die Mähre schnaubte aufmerksam, als Rizsette ihr das abgetragene, vom Händler überlassene Sattelzeug überwarf. Schwerfällig kam sie in Bewegung, trotz des wenigen Gepäcks. Rizsette tätschelte ihr die Flanke.

»Ich werde dich gut behandeln«, versprach sie dem Tier mit der dunkelbraunen Mähne, das langsam über den steinigen Pfad trottete, weg aus dem Dorf. Die Geräusche der Dörfler blieben hinter ihnen zurück, bald schon kehrte die gewohnte Stille ein, durchzogen vom Flöten des Windes und dem vielstimmigen Rascheln der Bäume. In Kürze würden sie die Wälder verlassen, schließlich lag Magpie in den Grenzlanden. Ein einstiger Kontrollposten zu Zeiten der Unruhen, lange bevor das Abkommen der Königinnen den Ländern Frieden beschert hatte. Heute gehörte es, wie jede der zwölf Städte des Reichs der Klänge, zu den angesteuerten Etappen aller Lehrbarden. Für einen Moment kamen ihr die grünen Augen des Fremden in den Sinn und Rizsette schauderte.

Er hatte gut ausgesehen für einen unbarmherzigen Schlächter – trotzdem sah sie in ihm nur einen anmaßenden Rüpel. Gleich zwei Waffen aus Metall? Rizsette schüttelte sich. Sicher bestanden sie aus mit Magie geschärftem und gehärtetem Holz, wie alle Klingen hierzulande. Bestimmt hatte sich der Kerl nur aufgespielt. In der Finsternis war es ohnehin kaum möglich, seine Waffen allzu genau in Augenschein zu nehmen. Und wiedersehen würde sie ihn ohnehin nicht.

Es raschelte im umstehenden Gebüsch. Rizsette legte den Kopf zur Seite und spähte in die dichten Zweige hinein, auf der Suche nach einem Kaninchen, oder vielleicht einem Eichhörnchen – und begegnete großen, hellen Iriden. Ein spitzer Schrei entfuhr ihrer Kehle, eine aufragende Gestalt sprang aus den Büschen hervor, gleichzeitig teilte eine zweite Peron das Geäst gegenüber. Leuchtendes Blitzen, ausgehend von gezogenen Schwertern, machte nicht nur die Stute nervös. Das Tier wieherte aufgeregt und stolperte ein paar Schritte rückwärts, getrieben von den messerscharfen Klingenwaffen der beiden Angreifer. Rizsette sah warme, braune Haut und hochgebundenes, dunkelbraunes Haar, schwarze Kleidung, schwere Muskelstränge – und ein doppeltes Grinsen.

»Steig ab und gib uns alles, was du besitzt!«, forderten zwei Stimmen wie aus einem Munde, eine hell und herb, die andere tief und basslastig. Ein Mann und eine Frau. Rizsette erstarrte.

»Hast du nicht gehört? Mach gefälligst, was wir sagen, wenn dir dein Leben lieb ist!« Dies kam von der linken Gestalt, einem bewaffneten Banditen.

Räuber, überfiel es Rizsette ebenso heftig wie der eigentliche Hinterhalt. »W-Wartet! Ich bin eine Lehrbardin! Ist euch bewusst, welches Verbrechens ihr euch schuldig macht, wenn ihr mich –«

»Schwing dich von deinem Gaul, Kleine, oder du machst Bekanntschaft mit meinem Schwert!« Die Räuberin vollführte einen Satz nach vorn, Rizsettes Finger krallten sich mit aller Gewalt in die Zügel.

»Lasst mich sofort gehen! Ich befinde mich auf der Bardenreise! Wenn ich euretwegen vom Weg abkomme, wird die Krone –«

»Oh, die Krone!«, höhnte der Mann mit gebleckten, weißen Zähnen. »Ich frage mich, wie dich *die Krone* identifizieren will, nachdem deine Gebeine eine Zeitlang in den Wäldern verrotten durften.«

Ein leiser Anflug von Beklemmung mischte sich unter Rizsettes Entsetzen. Die Bilder der vergangenen Nacht kehrten zu ihr zurück: Der brutale Tod ihres Lehrmeisters und der Verlust Vermins. *Passiert das gerade wirklich schon wieder?* Ihre sorgsam errichtete Hoffnung zerbrach wie dünnes Glas. Rizsette kämpfte mit den Tränen, während ihr ein eiskalter Schauer über den Rücken kroch.

Sie musterte die erhobenen Schwerter. Holz reflektierte das Licht nicht auf diese Weise. Diese Klingen stammten nicht aus ihrer Heimat. Vorsichtig wollte sie absteigen, offensichtlich zu langsam für den Geschmack der Räuberin. Sie drehte die Waffe in der Hand und holte aus. Das Pferd scheute, konnte aber nicht mehr ausweichen. Die Schneide bohrte sich in seine Kehle, das Wiehern erstarb und die Mähre brach unter Rizsette zusammen. Mit einem Ruck wurde sie abgeworfen und landete im Staub, ihr Blick jagte herum, erkannte das auf sie zukommende Schwert mit dem Versprechen eines ebenso blutigen Schicksals – und erfasste wie aus dem Nichts ein zweites. Ein seltsamer Laut entstand, als die Klingen kollidierten, es schleuderte die Schwerter auseinander, nahm den drohenden Tod von ihr und brachte Rizsette dazu, die Augen weit aufzureißen.

Die Frau stolperte zurück und entging nur so dem Hieb der unbekannten Waffe, an dessen Ende sie … den blondhaarigen Fremden entdeckte. Sie brachte keinen einzigen Ton zustande, indes polterte die Banditin zurück. Sie gewann Abstand, fassungslos starrte sie den neuen Kontrahenten an, der männliche Bandit zögerte jedoch nicht. Mit einem mörderischen Schrei warf er sich auf ihren Retter, ein Kampf sondergleichen entbrannte: Rizsette hatte so etwas noch nie gesehen.

Mit unbeschreiblicher Geschwindigkeit knallten die Waffen aneinander, sie sangen ein Lied unvorstellbarer Schönheit, selten gehört im Reich der Klänge. Mit jedem Schlag wurde Rizsette mehr und mehr bewusst, was sie da eigentlich hörte: Metall. Der Fremde hatte doch nicht gelogen, mehr noch, all diese Waffen stammen aus einem Land jenseits der Grenzen. Die Kämpfer umtanzten einander mit solcher Ausdauer, dass Rizsette der Schweiß ausbrach. Ein Schlag, ein Sprung, ein kehliges Knurren, sie trieben auseinander und prallten zusammen wie rivalisierende Stare: ein hektischer Tanz, bei dem es nur einen Sieger geben würde. In all der Zeit rührte sich die Frau nicht mehr. Sie wartete ab, Rizsette verstand gar nichts mehr.

Schließlich, es ging so schnell, dass ihre Augen kaum folgen konnten, schlug der Fremde dem Räuber das Schwert aus den Fingern. In hohem Bogen flog es davon, gleichzeitig trieb er dem Banditen den Schwertknauf gegen die Brust. Er taumelte davon und stieß mit dem Rücken an einen nahen Baumstamm, seine Augen blitzten ärgerlich, er schnaufte. »Scheiße, Priel. Mach mal halblang!«

Der Fremde verharrte. In aller Seelenruhe verstaute er das Schwert, näherte sich seinem Kontrahenten – und streckte auffordernd den Arm aus. Rizsette glaubte, die Augen würden ihr aus den Höhlen fallen.

»Du hast uns einiges zu erklären«, murrte die Räuberin, die Klinge lag längst nicht mehr in ihrer Hand, stattdessen hielt sie die Arme verschränkt. Rizsette blieb verdattert im Staub sitzen.

»Das kannst du laut sagen, Reya«, pflichtete ihr der Mann bei, er packte die dargebotene Hand und ließ sich von dem Fremden aufhelfen. Vorwurfsvoll rieb er sich die offensichtlich schmerzende Stelle an der Brust. »Warum, bei den schärfsten Schwertern der Welt, verteidigst du eine Federträgerin?«

»Das wüsste ich auch gern«, antwortete der Blonde unzufrieden. Dennoch musste Rizsette dabei zusehen, wie er dem Banditen von der einen auf die andere Sekunde ein Grinsen präsentierte – und erst den Mann, dann die Frau stürmisch umarmte. »Ihr habt es tatsächlich geschafft, mir zu folgen.«

»Was blieb uns anderes übrig?«, meldete sich die Banditin – Reya – zu Wort. »Zuhause hat man uns gejagt wie Vieh. Wir sind die letzten, die noch übrig sind, Priel.«

Priel, gab Rizsette dem einstigen Fremden im Geiste einen Namen, jetzt, da sich dieser bestätigte. Er schien sie für den Moment zu ignorieren, die Freude über das Wiedersehen überwog.

»Daran lässt sich wohl nichts mehr ändern. Wenigstens ihr beide habt überlebt.«

Der ihm gegenüberstehende Mann stemmte locker eine Hand in die Seite. »Es wäre gelogen, wenn wir behaupten würden, nicht nach dir gesucht zu haben – obwohl weder Reya noch ich damit gerechnet haben, dich als Beschützer einer *Federträgerin* zu sehen. Wie ist das denn passiert? Verdingst du dich jetzt als Leibwächter?« Nun richteten sich aller Augen auf sie. Rizsette hatte sich nicht bewegt.

»Du irrst dich, Echo«, entgegnete Priel, mit einem Mal eiskalt, trotz der feinen Gesichtszüge. Im Tageslicht sah er wesentlich freundlicher aus: Eine gerade Nase, hohe Wangenknochen, schönes, golddurchwobenes Haar, wache, hellgrüne Augen – nur der strenge Zug wollte nicht recht dazu passen. »Ich bin ganz bestimmt nicht ihr Leibwächter.«

»Warum hast du sie dann verteidigt? Wir waren gerade dabei, unsere Börsen mit ihrem Geld zu füllen. Unser eigenes ist hier nichts wert ...«

»Ich habe keine *verdammte* Ahnung.« Ohne Ankündigung kam er auf Rizsette zu. Grob zog er sie auf die Beine, um sie einen Herzschlag später mit dem Rücken gegen einen nahen Baum zu werfen. Sie ächzte vor Schmerz, er hielt sie an der Schulter fest. »Ich frage dich erneut und du gibst mir diesmal besser eine Antwort: Was hast du mit mir angestellt, Bardin?«

Rizsette biss die Zähne aufeinander. »Das habe ich dir schon gesagt. Ich habe gar nichts getan.«

Ein dunkler Schatten fegte über sein Gesicht und hinterließ vollkommene Härte. »Warum musste ich dir dann zur Hilfe kommen, verflucht?«

»Du musst ... *Was*?«

Das Widerstreben in seinen Augen strotzte jeder Beschreibung. »Alles in mir«, erläuterte Priel aufbegehrend, »zwingt mich dazu, dich zu beschützen. Ich hatte so ein Gefühl, dass du dich in Gefahr begeben würdest – und ich konnte nicht anders, als dir zu folgen. Das kann nur die Schuld eines deiner lächerlichen Bardenlieder sein.«

Seine Worte schlugen Wellen in ihren Gedanken. *Er muss mich beschützen? Warum?* »Es gibt kein Lied, das so etwas kann.«

»Klingt nach einem Bann«, rief der Räuber dazwischen. Priel hatte ihn Echo genannt. »Hat der alte Kauz sowas nicht mal erwähnt?« Priel beäugte Echo von der Seite her, dann fasste er erneut Rizsette ins Auge.

»Ein Bann? Was weißt du darüber, Bardin?«

»Rizsette«, korrigierte sie spitz.

»Gesundheit«, gab er emotionslos zurück, sie stockte. Entschieden drückte sie ihn von sich weg, um Abstand zu gewinnen.

»Mach dich nicht über meinen Namen lustig. Es ist eine Ehre, einen Bardennamen verliehen zu –«

»Was auch immer. Was ist nun mit dem Bann?«

Für einen Moment erwog sie, ihn erneut zurechtzuweisen. Doch ihr Bauchgefühl verriet ihr, dass sie damit nichts gewann. Sie gab ihren Widerstand auf – wenn auch nur für den Augenblick.

»Bann ist eine alte Bezeichnung für die Komposition eines Meisterbarden. Ich habe aber noch nie von einer gehört, die –«

»Komposition? Was soll das sein?«

»Ein Lied, ersonnen von einem Meisterbarden, das andere Barden nicht beherrschen. Manche von uns können ganz eigene Melodien kreieren –«

»Das denkst du dir doch gerade alles aus«, presste Priel zwischen zusammengebissenen Zähnen hervor.

Rizsette hielt seinem Blick stand. »Ich bin Bardin, keine Lügnerin. Warum sollte ich dich beschwindeln?«

»Wer, wenn nicht du, hat mich dann verzaubert? Da war niemand außer dir.«

Darauf fiel Rizsette nichts ein. Eine Komposition, so wusste sie, gehörte zur höchsten Magie. Nur ein Meisterbarde konnte ein solch mächtiges Lied ersinnen – es zu erlernen und zu singen verlangte größte Konzentration, wochenlange Übung und eisernen Willen. Sie dachte an Canary zurück, ihren toten Meister, einen der zwölf Bardenmeister außerhalb der Stadt der Klänge. Womöglich hatte er, im Moment seines Todes …? Rizsette runzelte die Stirn. Sie konnte sich nicht daran erinnern, ein Instrument gesehen oder ein Lied gehört zu haben.

»Vielleicht war es mein Meister. Er muss gewollt haben, dass man mich beschützt. Er sagte etwas in der Art. Eventuell …«

»Dein Meister also. Und wo finden wir diesen Kerl?«

Rizsette schluckte schwer. »Er lebt nicht mehr.«

Priel entfuhr ein aufgebrachter Laut. »Verdammte Scheiße. Na schön. Wie löst man einen Bann sonst?«

»Ich bin mir nicht ganz sicher. Wenn überhaupt kann nur ein Meisterbarde die Komposition eines anderen lösen. Zumindest vermute ich das.« Sie starrten einander an.

»Und wo finde ich einen verdammten Meisterbarden?«

Rizsette verschränkte demonstrativ die Arme vor der Brust. »In den Städten, zumindest dann, wenn sie nicht gerade mit ihren Schülern auf Reisen sind. Und natürlich in der Stadt der Klänge.« Es galt als Ehre, dem Schutz einer der zwölf Städte zu dienen, auserkoren von der Königin selbst. Die übrigen Bardenmeister lebten im Königinnenhof, wenngleich sie alle im Dienste der Krone standen. Priel wischte sich mit der flachen Hand über das Gesicht.

»Du willst mir gerade nicht ernsthaft sagen, dass ich in eine der verdammten Städte muss, um dich loszuwerden.«

»Doch, genau das hat sie eben gesagt«, warf Reya ein. Auch diese bedachte sie skeptisch, obwohl der Anflug eines Grinsens ihre Lippen nach oben bog. »Mist, Priel – was hast du dir da nur wieder eingebrockt?« Sie lachte lauthals los, Echo fiel in das Gelächter mit ein.

»Sieht dir verdammt ähnlich. Du hast die Scheiße schon immer angezogen wie –«

»Schnauze!« Priel fuhr herum und zückte sein Schwert, Rizsette wurde mit einem Mal völlig anders.

»Oha.« Echo holte die eigene Waffe hervor. »Willst du es auskämpfen?«

»Worauf du wetten kannst.«

Rizsette wusste nicht, wo ihr der Kopf stand. Ihre Beine setzten sich fast ohne ihr Zutun in Bewegung. Grob ging sie dazwischen, obwohl ihr die erhobenen Klingen keineswegs behagten. »Hört auf damit! Was seid ihr, streitsüchtige Kinder? Klärt das mit Worten!«

»Worte? Vielleicht sogar ein Liedchen?«, schlug Reya neben ihr vor. »So sprechen wirklich nur Federträger.« Ohne Vorwarnung bugsierte sie Rizsette aus dem Weg, die beiden Streithähne warteten nicht ab, ehe ihre Waffen einander in einem metallenen Kuss begegneten.

Rizsette zuckte befremdet zurück. »Was soll das? Stopp!«

»Lass sie. Oder willst du riskieren, dass man dir versehentlich die Flügel stutzt?« Reya lachte auf. »So klärt man die Dinge bei uns. Keine Bange, es ist gleich vorbei.«

Bei uns. Rizsette vermutete zusehends stärker, dass alle der Fremden aus dem Reich der Schwerter stammten – was ging hier nur vor sich?

»Aber was, wenn sie sich verletzen?«

»Das ist das Ziel. Wer den ersten Treffer landet, gewinnt. Pass auf.« Als habe sie es beschworen, riss Priels Klinge eine Schramme in Echos Unterarm.

Dieser sprang fluchend zurück, die groben Schimpfworte trieben Rizsette die Schamesröte auf die Wangen.

»So ein Dreck! Na schön, Priel. Ich halte die Klappe.«

»Geht doch.« Er wischte die Klinge am Gras sauber. Rizsette beobachtete indes mit geweiteten Augen das dünne, blutige Rinnsal an Echos unbedecktem Unterarm.

Reya streckte sich. »Da das jetzt geklärt ist, was soll mit der kleinen Bardin geschehen?«

»Kleine Bardin?«, wiederholte Rizsette. Sie baute sich vor Reya auf, denn sie überragte die Fremde um einen halben Kopf. »Mein Name ist Rizsette von Canary, Bardenschülerin, Untergebene der Krone und Dienerin des Reiches der Klänge. Behandle mich gefälligst mit Respekt.«

»Schon wieder diese Leier«, murrte Priel herablassend, Rizsette hatte nicht schlecht Lust, ihm ein paar deftige Widerworte zu geben. Im Gegensatz zu den beiden anderen war er einige Handbreit größer als sie – und das, obwohl Rizsette nie als sonderlich klein gegolten hatte. Sie straffte den Rücken, was sie fast auf seine Höhe brachte.

»Ich befinde mich mitten auf der Bardenreise – einer Prüfung, der sich jeder Lehrbarde zu unterziehen hat. Ich handle im Auftrag der Königin.«

»Wir könnten sie fesseln und in eine der großen Städte schleppen, bis wir einen Meisterbarden finden«, schlug Echo vor, als sei sie gar nicht da. »Wenn sie sich wehrt, stopfen wir ihr den Schnabel.«

»Keine schlechte Idee«, gab Priel zum Besten, Rizsette machte einen Schritt von ihnen weg.

»Jetzt ... wartet doch mal. Es ist nicht sicher, ob sich Meisterbarden in den Städten aufhalten. Und wenn ihr Zugang zum Königinnenhof wollt, um die dortigen Meister um Hilfe zu bitten, braucht ihr mein Lied.« Alle drei neigten sie die Köpfe, das Unverständnis brannte sich auf ihren Zügen ein, sodass Rizsette einfach fortfuhr: »Meisterbarden haben in der Regel Schüler. Alle paar Jahre erlässt die Krone den Ruf der Federn – den Beginn der Bardenreise. Die Meister mit volljährigen Schülern ziehen los, um die Städte des Reiches zu bereisen. Am Ende ziehen die Lehrbarden in die Stadt der Klänge ein, um dort zum Hofbarden ernannt zu werden. Es gibt nur eine Möglichkeit, den Königinnenhof und damit die Residenz der Meisterbarden zu betreten – durch das Lied des Eintritts. Und das lernt man nur, wenn man wie verlangt alle zwölf Städte besucht.« Die sich ausbreitende Stille hallte nach.

»Klingt echt kompliziert«, sagten Echo und Reya gleichzeitig.

»Es muss einen anderen Weg geben«, schloss Priel sich an.

Reya nickte. »Wir reiten ganz sicher nicht in die Stadt der Klänge.«

»Eher stürze ich mich in mein eigenes Schwert.«

Rizsette fehlten die Worte. Sie holte tief Luft. »Ich bin Lehrbardin. Mein Weg steht fest. Ich richte mich nach Magpie – auch wenn es jetzt länger dauert, weil ihr mein armes Pferd getötet habt.« Sie bedachte den leblosen Kadaver mit Bedauern, ein solch abruptes Ende hatte sie sich für das altersschwache Reittier wirklich nicht gewünscht. Bekümmert wandte sie sich ab, im Begriff, die Gruppe zurückzulassen, da packte jemand ihr Handgelenk.

»Hast du nicht zugehört? Du bleibst hier.« Priels Forderung – sein Anspruch – stellte Rizsettes Stacheln auf. Kurzum riss sie sich los. Auch das kam ihr bekannt vor.

»Ich gehe, auf der Stelle. Was kümmert es mich –«

»Was an *Ich kann mich nicht von dir entfernen* geht nicht in dein Spatzenhirn?«

Die Beleidigung und seine Aussage trafen sie gleichermaßen eiskalt. Bedrohlich rückte er zu ihr auf. »Ich sagte es doch bereits: Etwas in mir zwingt mich dazu, dich zu beschützen – ob es mir nun gefällt oder nicht, du begleitest mich. Meinetwegen reisen wir nach Magpie und in die anderen Städte, bis wir einen Meisterbarden finden. Nur der Hauptstadt bleiben wir fern. Unterwegs wird sich schon eine Möglichkeit finden, diesen verfluchten Bann aufzuheben. Egal wie, ich finde einen Weg.« Er kehrte ihr den Rücken, Rizsette wusste längst nicht mehr, was sie denken sollte.

Alles, jedes einzelne Wort, fühlte sich unglaublich unwirklich an. Priel fasste die beiden anderen ins Auge. »Wir rasten, zumindest für heute. Im Morgengrauen reiten wir weiter.«

Verdattert blieb Rizsette stehen, unterdessen begann der Rest der Gruppe, einen Lagerplatz zu errichten. Was sollte sie jetzt tun? Weglaufen? Sinnlos ohne Reittier – obendrein führten die einstigen Banditen gerade eigene Pferde aus dem angrenzenden Gestrüpp. Pechschwarz, zwei an der Zahl, mit an den Sätteln befestigten Taschen. Die Schnallen glänzten metallen, anders als das Zaumzeug ihres toten Pferdes. Rizsettes Widerwillen wallte auf. Glaubten diese Fremden wirklich, dass sie sich ihnen einfach so anschließen würde? Sie, eine Lehrbardin auf Bardenreise? Unzufrieden sank sie in eine sitzende Position.

Na schön, ich spiele dieses Theater mit. Vorerst. Wenn sie schlafen, kralle ich mir eines der Pferde und mache mich aus dem Staub. Damit konnte sie sich auf eigene Faust bis nach Magpie durchschlagen. Und dort, in der Obhut des Meisterbarden, genoss sie den Schutz der Krone. Sie beäugte Priel beim Stapeln von Zweigen für ein Lagerfeuer, gewillt, keinerlei Miene zu verziehen – bis Reya das Schwert zog und auf ihre tote Mähre zuging. Zu ihrem Entsetzen trennte die Frau grobe Streifen aus dem Kadaver. Rizsette sank das Herz. Kurz darauf brieten die Fleischstücke über dem offenen Feuer, auf das durch die Luft segelnde Aroma war sie nicht vorbereitet. Minuten später hielt man ihr ein saftiges Stück Pferdefleisch vor die Nase, ihr Magen rebellierte – vor Abscheu.

»I-Ich verzichte, danke.« Die trockene Kehle erschwerte ihr das Schlucken. Echo zog das dampfende Essen zurück und musterte sie irritiert.

»Dann stimmt es, was man sich über Federträger erzählt. Ihr esst kein Fleisch?«

»Nein. Wie der Großteil der Bevölkerung des Reichs der Klänge.«

Fleisch gehörte zu einer der seltensten Waren, denn Viehbestände wie Hühner und Kühe gab es hauptsächlich in der Stadt Koel. Sie belieferte allein die Hauptstadt, weshalb sich der Rest des Volkes mit pflanzlicher Ernährung arrangierte. Einmal hatte Canary eine solche Lieferung erhalten, doch Rizsette hatte bis auf Eier und Milch abgelehnt. Es widerstrebte ihr, ein Lebewesen zu verspeisen. Anders offenbar die Fremden, denn sie verzehrten das Pferdefleisch mit Genuss. Trotz alledem krampfte Rizsettes Magen vorwurfsvoll, doch sie verdrängte den Hunger.

Ich habe seit gestern Abend nichts mehr gegessen. Sie würde bis Magpie ausharren müssen, falls sie keine Beeren oder Vergleichbares am Wegesrand fand. Wenn sie eines der Pferde stahl, trug sie das Reittier womöglich noch vor Sonnenaufgang in den Schutz der Grenzstadt.

»Zuhause essen wir fast nichts anderes«, erläuterte Reya und bedachte Rizsette aufmerksam. »Gibt nicht viel Land, das zum Anbau taugt. Aber Vieh und Gras haben wir im Überfluss.«

»Ihr stammt also wirklich aus dem Reich der Schwerter?«

Echo nickte knapp. »Ganz recht. Nur schade, dass wir nicht mehr dorthin zurückkehren können.«

»Warum nicht?«

»Das ist, weil –«

»Du redest zu viel, Echo.« Priels Einwurf entlockte ihm ein Grinsen.

»Ach komm schon, Priel. Was macht es jetzt noch für einen Unterschied?«

»Einen gewaltigen. Was ist mit unserer Sicherheit?«

»Dann hast du wirklich vor, hier ein neues Leben zu beginnen?«

»Womöglich«, meinte Priel mit einem giftigen Seitenblick auf Rizsette. *Er misstraut mir*, dachte sie. *Zurecht. Man wird euch jagen, sobald ich euch der Krone gemeldet habe.*

Echo zuckte mit den Schultern. »Ich kann es dir nicht verdenken. War schließlich sein letzter Wunsch ...«

»Das reicht, Echo.« Priel berührte seinen Schwertgriff, Echo mimte dies.

»Ach Priel, so gierig auf eine Abreibung?«

Sie funkelten einander an, eine Sekunde später klatsche Echo eine dicke Scheibe Pferdefleisch ins Gesicht, geworfen von Reya. »Meinetwegen könnt ihr so viel kämpfen, wie ihr wollt, aber verschiebt das auf Sonnenaufgang.« Sie hob den Blick zur untergehenden Sonne, die lange Schatten um die Bäume zauberte.

Beide Männer ließen von ihren Waffen ab, Rizsette schwirrte der Kopf. *Was ist das für ein Volk, das für jede Kleinigkeit zum Schwert greift?*

Echo neben ihr gähnte anhaltend, das Fleisch hing ihm halb angeknabbert aus dem Mund. Er schob es in einem Stück zwischen die Lippen, kaute zwei Mal und schluckte, als wäre es nichts.

»Ich hau mich aufs Ohr. Reya, übernimmst du die erste Wache?« Rizsette rutschte das Herz in die Hose. *Mist, ich habe nicht an die Wache gedacht!*

»Klar. Ich wecke dich dann in ein paar Stunden.«

»Ich schließe mich an«, raunte Priel. »Ich habe letzte Nacht kaum Schlaf bekommen.«

Beide rückten etwas vom Feuer ab und legten sich nieder. Reya blieb sitzen, ebenso wie Rizsette, es kehrte Stille ein. Minutenlang focht sie ein unsichtbares Gefecht mit sich selbst, unschlüssig, wie sie jetzt vorgehen sollte.

Einfach weglaufen? Keine Chance. Hoffen, dass die Schwertkämpferin irgendwann einschlief? Ein Funke in Reyas Miene machte ihr bewusst, dass das nicht passieren würde. Außerdem griff die Müdigkeit auch längst nach ihr, eine geistige Erschöpfung von dem Durcheinander in ihren Gedanken. Diese Situation, der plötzliche Wandel ihres Schicksals und Priels Bann. Welche Komposition mochte es sein, die ihn an sie band? So ganz ohne das Lied eines Meisterbarden, inmitten des Waldes?

Ihr Magen grummelte, unhörbar für die Schläfer, mit Ausnahme von Reya. Das Feuer legte glänzenden Schein auf ihre braune Haut, es erreichte sogar die bernsteinfarbenen Augen unter kompakten, dichtanliegenden Zöpfen entlang ihres Schädels. Für einige Sekunden starrte sie Rizsette an, dann kramte sie in ihrem Beutel und zog einen einzelnen, roten Apfel hervor. Kurzerhand warf sie ihn ihr zu. »Iss. Wir haben nichts davon, wenn du unterwegs vor Hunger aus den Stiefeln kippst.«

Rizsette bedachte erst Reya, schließlich die Frucht. Das Loch in ihrem Magen krampfte auffordernd. Zögernd schlug sie die Zähne in das süße Obst. Es schmeckte vortrefflich, sodass es binnen kürzester Zeit hinter ihren Lippen verschwand. Es würde den bohrenden Hunger zwar nicht vollständig besänftigen, ihn aber zumindest für eine Weile dämpfen. Unschlüssig wandte Rizsette sich Reya zu.

»Danke.«

»Du wirst dich an unseren Haufen schon noch gewöhnen. Wir sind nicht ganz so primitiv, wie du glaubst. Du brauchst es nicht abstreiten, man sieht dir an, was du über uns denkst.«

Rizsette strömte die Röte in die Wangen. Beschämt senkte sie den Blick. »So offensichtlich?«

»Worauf du Gift nehmen kannst.«

Rizsette bedachte die Reste des Apfels. Ihr wurde erst warm, dann unvorstellbar heiß.

Reya prustete los. »Keine Bange, Gift ist keine ehrenhafte Waffe, niemand von uns würde einen Gegner jemals auf eine solche Weise beseitigen. Schlimmer wäre nur, dich rücklings anzugreifen. Federträger sind vielleicht schreckhaft.« Sie wischte eine unsichtbare Träne mit dem Handrücken beiseite, Rizsette wollte in einem Erdloch versinken. »Du hast es wahrscheinlich längst mitbekommen, mein Name ist Alegreya – Priel kürzt Namen gern ab, deshalb Reya.«

Es raschelte neben ihnen.

»Freundest du dich mit der Federträgerin an?«, fragte Echo aus seiner liegenden Position heraus.

Alegreya verdrehte die Augen. »Es schadet nicht, uns miteinander bekannt zu machen, *Arlecho*.«

Es klickte in Rizsettes Kopf. »Arlecho und Alegreya?«

»Echo reicht. Priel nennt meine Schwester und mich auch nie beim vollen Namen.«

Geschwister. Rizsette bedachte den Mann mit der ebenso warmen, braunen Haut und den gleichsam funkelnden, gelbbraunen Iriden erstmals genauer. Wie Alegreya besaß er gröbere Züge und eine starke Kinnpartie neben vollen Lippen und scharfen Augen. Warum bemerkte Rizsette die Ähnlichkeit erst jetzt?

»Zur Abwechslung ist es ganz nett, mich nicht nur unter Männern zu bewegen. Wer weiß, wie lange wir gemeinsam durch die Gegend reisen. Könnten Monate sein.« Alegreya beäugte ihren Bruder, der gespielt empört die Brauen hob.

»Willst du damit etwa sagen, dass ich stinke?«

»Etwas Wasser ab und zu ist wirklich nicht verkehrt. Kannst du auch Priel ausrichten.«

»Verflucht, ich versuche hier zu schlafen!«

Rizsette zuckte zusammen, ebenso wie das Geschwisterpaar. Priel warf sich herum, für geraume Zeit herrschte Stille. Arlecho legte die Handfläche seitlich neben sein Gesicht, um seine Stimme abzumildern: »Sicher, dass du Priel nicht verzaubert hast? Er ist noch unausstehlicher als ohnehin schon.«

Rizsette strich eine lose Haarsträhne hinter ihr Ohr zurück. »Ich kann noch keine so starke Magie wirken. Wer auch immer das war, ich war es nicht.«

Arlecho wirkte unzufrieden. »Schade. Dabei würde ich Bardenmagie nur zu gern mal mit eigenen Augen sehen. Man erzählt sich so einiges in unserer Heimat.«

Rizsette senkte den Blick. »Dazu bräuchte ich ein Instrument. Leider sind meine –«

»Ein Instrument? Wenn es weiter nichts ist.« Geschmeidig sprang Arlecho auf die Beine. Langsam, darauf bedacht, keinerlei Laut zu machen, schlich er zu einem der Pferde und zog ein längliches Ding aus einer der Satteltaschen. Rizsette hatte bei Errichtung des Lagers beobachtet, wie Priel sein Hab und Gut in diesem Beutel verstaut hatte. Triumphierend hüpfte Arlecho auf sie zu, in seinen Händen …

»Eine Violine.« Rizsette weitete die Augen. »Woher …?«

»Sie gehört Priel«, erläuterte Alegreya mit erhobener Braue. »Er hütet sie wie einen Schatz. Echo, wenn er dich damit erwischt …«

»Lass das mal meine Sorge sein.« Wenig zimperlich drückte Arlecho Rizsette die Violine in die Hand, samt mitgebrachtem Geigenbogen. Beides wog überraschend leicht. Behutsam strich Rizsette über die Decke und erfasste mit den Fingerspitzen unzählige kleine Kratzer und Abriebstellen. Wenn dieses Instrument tatsächlich Priel gehörte, musste er es viel und gern gespielt haben – denn so sah nur die Violine eines Könners aus.

»Kannst du damit Magie wirken?«, fragte Arlecho eifrig.

Rizsette nickte langsam. Eine Fidel wie diese stellte keines ihrer bevorzugten Klangwerkzeuge dar – es lag bereits eine Weile zurück, dass sie eine derart zarte Apparatur in Händen gehalten hatte. Sicherlich würde sie ein einfaches Lied spielen können, doch fehlerlos? Sie wollte es nicht verpatzen.

Bardenmagie darf nur zum Vorteil anderer genutzt werden, flüsterte Canary in ihrem Kopf. Rizsette straffte den Rücken. Ihr kam die Schramme auf Arlechos Unterarm in den Sinn. »Zeig mir deine Verletzung.«

Arlecho kam der Aufforderung eifrig nach. Verkrustetes Blut bedeckte die Wunde. Rizsette legte die Violine an ihre Schulter. Vorsichtig schob sie den Bogen über die Saiten, nur versuchsweise, ehe das vertraute Gefühl des Spielens zu ihr zurückkehrte. Flüsternd ergab sie sich dem Gesang, ihre Stimme verblieb bei den wenigen Zuhörenden:

Von den flüchtigen Farben der Blutmalerei,
dem Stich der Sonne und Kindesgeschrei,
getragen vom Wind und hinfort in die Weite,
verbannt sei der Schmerz durch das Lied meiner Saite.

Sie konnte dabei zusehen, wie die Verletzung verschwand: Die Haut wuchs zusammen, Arlecho pfiff anerkennend, dann schnippte er den Schorf beiseite. Der satte, tiefe Ton der Violine verklang, er hallte in Rizsettes Herzen nach.

Was für ein wundervolles Instrument und einzigartige Saiten! Ergriffen führte sie einen Finger darüber hinweg, zärtlich und voller Wertschätzung.

Metallsaiten, dachte sie entzückt.

»Alle Achtung, Bardin. Das war beeindruckend.«

»Rizsette«, korrigierte sie Echo mit wachsendem Enthusiasmus. »Dieses Stück nennt sich das Lied der Erholung. Es heilt kleinere Verletzungen.«

Arlecho grinste schief. »Was kannst du noch?«

»Echo, reicht es nicht allmählich? Wir können von Glück sagen, dass Priel einen tiefen Schlaf hat …« Alegreya warf einen flüchtigen Blick auf den Schläfer, der ihnen nur die Rückansicht präsentierte.

»Ach komm schon, Reya. Bist du nicht auch neugierig auf ihre Magie?«

»Ein Lied gäbe es da noch«, meinte Rizsette mit einem Mal, ihr Herz trommelte kräftiger gegen ihren Brustkorb. *Ich könnte sie müde machen, sodass sie einschlafen. Dann nehme ich mir eines der Pferde und verdufte.* Echos Augen leuchteten, Rizsette witterte ihre Chance. Erneut nahm sie die Violine zur Schulter, galant führte sie den Geigenbogen über die Saiten:

Zu nächtlicher Stunde legst du dich zur Ruh,
befreist deinen Geist, deine Seele –

»Was glaubt ihr eigentlich, was ihr da tut?!«

Reflexartig zog Rizsette den Bogen zurück, der schiefe Ton ließ ihr die feinen Armhärchen zu Berge stehen – und würgte die Magie ab. Ein Zittern erfasste ihren Körper, gleichzeitig schoss ein scharfes Stechen durch ihre Schläfen. Ein blechernes Geräusch erklang, es brachte das kleine Instrument zum Vibrieren, indes beugte Rizsette den Oberkörper krampfartig nach vorn, die Violine und den Geigenbogen fest umklammert.

»Ist das *meine* Violine?!« Grob riss man ihr das Musikinstrument aus der Hand. »Warum hat die verdammte Bardin mein Instrument? Scheiße, eine der Saiten ist gerissen! Echo, das ist doch auf deinem Mist gewachsen!«

»Ich bin unschuldig«, log dieser sofort, Rizsette nahm all dies nur am Rande wahr.

Ich habe mich verspielt. Ihr Kopf wog viel zu schwer auf ihren Schultern. Nur fahrig hörte sie das ausbrechende Wortgefecht, jemand, wohl Alegreya, tätschelte ihr den Rücken.

»He, Rizsette. Alles in Ordnung? Übergibst du dich gleich?«

»Ich habe gepatzt«, gestand sie mit belegter Stimme. »Es tut mir leid.«

Priel schnaubte angefressen. »Du solltest dich für weitaus mehr als den kreischenden Laut entschuldigen, den du meiner Violine abgerungen hast!«

Beschwert sah sie zu ihm auf, ihre Finger zogen Kreise entlang ihrer pochenden Schläfen. »Du verstehst nicht. Hier schläft heute niemand mehr.«

»Hier ... Was?«

»Der Rückstoß.« Auch die Kopfmassage konnte den ekelhaften Schmerz nicht vertreiben. »Das Lied der Ruhe ist ein Flächengesang. Er trifft uns alle. Na ja, euch schlimmer als mich.« In Kürze erläuterte sie die Folgen ihres Versagens, Priels Miene wurde zusehends düsterer. Letztlich verschränkte er die Arme vor der Brust.

»Damit das ganz klar ist: Du wirst mir eine neue Saite besorgen. Und mit der Musik hat es sich. Keinen einzigen Ton, verstanden?«

Trotz des dröhnenden Kopfschmerzes fuhr Rizsette hoch. »Ich bin eine Bardin. Das kannst du mir nicht verbieten.«

»Und ob. Glaub nicht, dass ich dich noch einmal aus den Augen lasse.«

Rizsette baute sich vor ihm auf, drohend starrte sie ihn an, doch er wich keinen Deut von der Stelle. Die Machtlosigkeit brach über sie herein, ein Spiegel ihres Fehlers, mit dem sie sich die Chance zur Flucht verspielt hatte. Wortwörtlich.

Sie machten sich noch in der Nacht auf den Weg nach Magpie, schlafen konnte nun ohnehin niemand mehr. Zu allem Ärger besaßen sie nur zwei Pferde. Zunächst wollten sich die Geschwister eines teilen, doch sowohl Rizsette als auch Priel meldeten so heftigen Widerstand an, dass Alegreya Rizsette auf ihr Reittier holte. Verärgert saß sie hinter ihr, Arlecho teilte sich das Pferd mit dem blonden Schwertkämpfer, der stur geradeaus blickte.

Das Zirpen der Grillen erfüllte die Nacht, während die Pferde im Schritttempo über die dunklen Pfade wanderten. Die mitgenommenen Reste des Pferdefleisches hatte Alegreya mithilfe ihres Bruders verstaut. Sie planten, den größten Teil davon in Magpie zu verkaufen – und im Austausch dafür erschwinglicheren Reiseproviant zu erstehen.

Rizsette lauschte den Worten der Schwertarme nur halbherzig. *Der Meisterbarde Magpies wird mir helfen. So werde ich nicht nur diese Halunken los, sondern erweise der Krone auch noch einen Dienst. Warte nur auf mich, Vermin! Wir sehen uns bald wieder.*

Leider suchten sie die Nachwirkungen des verpatzten Zaubers hartnäckig heim. Ihre Stirn tat weh; es würde erst im Laufe des Tages besser werden. Mehr litt die Gruppe nur unter der anhaltenden Rastlosigkeit. Arlecho konnte nicht stillsitzen. Nach einer Weile sprang er – zu Priels sichtbarer Erleichterung – vom Pferderücken ab und wanderte neben dem Tier her. Auch seine Schwester verlagerte ständig das Gewicht.

»Wie lange hält die Wirkung deiner Magie an?«, knirschte Priel etwa eine Stunde später, so aufgekratzt, dass Rizsettes Stimmung noch weiter absank.

»Bei euch etwa einen Tag.«

»Einen ganzen Tag?!« Arlecho begann, bei jedem zweiten Schritt eine Kniebeuge zu vollführen. »Das überlebe ich nicht!«

Priel schenkte ihr einen flüchtigen, wenn auch unvergleichbar wütenden Seitenblick. »Und das hört dann einfach so auf, wenn die Zeit abgelaufen ist?«

Selbstbewusst hob sie das Kinn. »Macht euch auf überfallartige Müdigkeit gefasst. Wir sollten uns irgendwo einen Ort zum Schlafen suchen, wenn es so weit ist. Eine Taverne vielleicht …«

»Scheißen Barden Gold? Wir bleiben unter freiem Himmel. Wände verringern die Fluchtmöglichkeiten.«

Rizsette hob eine Braue. »Flucht? Vor wem solltet ihr fliehen?« *Vor den Gesandten, die ich euch auf den Hals hetze,* beantwortete sie die eigene Frage.

»Mussten wir früher recht häufig«, erläuterte Alegreya. »Priel hat es schon immer gehasst, von Wänden umgeben zu sein. Deshalb rasten wir eigentlich fast immer draußen.«

»Schön und gut. Aber diesmal wird niemand Wache halten können. Wenn ich von überfallartig spreche, meine ich das auch so. Das gilt auch für mich, nur etwas früher.«

»Warum das?«, fragte Arlecho.

»Weil ich der Ursprung der Magie bin. Mich trifft der Rückstoß zwar auch, aber meine Konsequenzen sind ein wenig anders.«

»Du meinst deine Kopfschmerzen?«

»Genau.«

Priel zischte leise. »Also fällst du irgendwann einfach um. Lächerlich.« Er schüttelte den Kopf. »Na schön, ausnahmsweise suchen wir uns ein Gasthaus. Aber das wird ganz bestimmt nicht zur Gewohnheit – und du bezahlst dafür, Bardin. Schließlich ist das hier deine Schuld.«

Ein Triumphlächeln bog Rizsettes Mundwinkel nach oben, das spielte genau in ihre Karten. »Abgemacht.«

KAPITEL 4

PRIEL

Die Unruhe in seinem Inneren wuchs stetig an. Nicht einmal das Erreichen der Stadt konnte Priel besänftigen, brachte ihn Magpie doch wieder in die Nähe seiner alten Heimat. Erst vor etwas mehr als einer Woche hatte er die Grenzlande durchwandert, anfangs noch zu Pferd. Zügig, mit nur wenig Proviant, seinen Schwertern, der Violine und den Kleidern am Leib.

Mein Zuhause ist nicht weit entfernt, dachte er, während seine Augen über die alten Gebäude glitten. Es kam ihm so unendlich falsch vor, dass er das Reich der Schwerter niemals wieder betreten durfte. Und dieser Ort, Magpie, wirkte auf ihn ebenso trostlos wie seine Zukunftsaussichten. Häuser aus Holz und Stein säumten ihren Weg, Reihe an Reihe neben schlammigen Straßen, die in verwinkelte Gassen mündeten. Magpie sah grau aus, was möglicherweise an der späten Stunde lag.

Letztlich blieb sein Blick an den Zwillingen hängen. Seine engsten Kameraden – zumindest ihre Anwesenheit erfüllte Priel mit Hoffnung. Vielleicht würde er sich hier ein Leben aufbauen können, wenngleich es sich niemals mit dem im Reich der Schwerter vergleichen lassen würde. Diese Zeiten gehörten der Vergangenheit an. Priel verdrängte den Schmerz in die äußersten Ecken seiner Wahrnehmung. Er würde in diesem Land Fuß fassen – doch erst, nachdem er die verdammte Bardin losgeworden wäre.

Mit undeutbarem Blick saß diese hinter Reya auf dem Pferd, dann und wann verzog sie das Gesicht, wohl aufgrund des Kopfschmerzes. Priel konnte sie nicht sonderlich leiden – jetzt noch weniger, da sie seine Violine beschädigt hatte.

Ihn nervten diese unsäglich blauen Augen, die ihm stets die Stirn bieten wollten. Ihre eigene hielt sie in Falten gelegt, bei jedem Pferdeschritt wippte die hässliche Bardenmütze mit der gelben Feder. Doch das war nicht das Schlimmste. Priel spürte ihn auch jetzt: den Drang. Ein beständiges Ziehen in seinem Inneren, das ihn dazu zwang, an ihrer Seite zu bleiben und sie zu beschützen. Es fühlte sich falsch an. Künstlich. Unecht. Als existiere zwischen ihnen ein Band aus Stahl, das kein Schwert dieser Welt zerschneiden konnte. Leise knurrte er vor sich hin, unhörbar für die Übrigen. *Ich muss diesen Bann schnellstmöglich brechen. Die Bardin bringt nichts als Probleme.*

Sie fanden eine Taverne im Stadtzentrum, die um diese Zeit noch Zimmer vergab. Reya wollte sich eines mit Rizsette teilen, Priel tat dasselbe mit Echo – wenngleich widerwillig. Bei Tagesanbruch versorgte er die Pferde, die sie ebenfalls hatten unterstellen können. Am liebsten wäre er mit ihnen im Stall geblieben. Hier herrschte angenehme Wärme, gemischt mit dem Geruch von Heu. Viele Türen und dünne Wände gaben ihm das Gefühl, jederzeit abhauen zu können. Die Enge der Zimmer machte ihn unruhig, mehr als ohnehin schon aufgrund des verpatzten Zaubers. Außerdem lag ihm das Frühstück quer im Magen: Großzügig bezahlt von der Bardin, Reya und Echo hatten zugeschlagen, als gäbe es kein Morgen. Sie ruhten gerade aus. Nicht so Priel, der mit Bedacht gegessen hatte. An die pflanzliche Kost musste er sich wohl oder übel gewöhnen, schließlich wollten sie das Pferdefleisch verkaufen und ihre leere Reisekasse füllen.

»Eine Lehrbardin!«

Der Ruf hallte bis an die Ställe heran, begleitet von einigen *Ohs* und *Ahs*. Ein ungutes Gefühl entstand in Priels Magengegend, doch nicht von dem verzehrten Gemüse. Er lenkte seine Schritte vor das Gasthaus, Wind kam auf und verwirbelte sein Haar. Am Tag unterschied sich Magpie gewaltig von der Tristesse der Nacht: Eine beachtliche Anzahl von Kutschen befuhren die Wege. Menschen strömten umher, schmutzige Bälger spielten in den Gassen, einzelne Vögel in Schwarz und Weiß saßen auf den Dächern. Abwartend, als beabsichtigten sie eine Missetat. Ein neuer Windstoß fegte über ihn hinweg. Er bewegte zahlreiche Federn in Orange und Rot,

Priel verengte die Augen zu schmalen Schlitzen. Sie, die Bardin, stand im Zentrum aller Aufmerksamkeit, die Menschen drängten sich in einer Traube um sie herum.

»Seht nur, ihre Federn!«

»Wie schön!«

Was tut sie hier draußen? Priel wollte sich ihr nähern, wurde jedoch von den Umstehenden zurückgedrängt. Ohne Vorwarnung meldete sich der Drang, so heftig, dass Priel mit den Zähnen knirschte. Ein raues, unangenehmes Gefühl überlagerte seine Gedanken – denn es gefiel ihm nicht, wie nah die Menschen Rizsette kamen. Sie umschwärmten die Bardin wie ein wildgewordener Vogelschwarm. Sie selbst warf dann und wann nervöse Blicke zurück zum Gasthaus, lächelte aber breit, offensichtlich genoss sie das Interesse der Stadtbewohner.

»Ehrwürdige Bardin, würdet Ihr etwas für uns spielen?«

»Das Lied der Glückseligkeit, bitte!«

»Oder das Lied des Kraftgewinns!«

Entschuldigend hob Rizsette die Hände. »Ich würde sehr gern etwas für euch spielen, nur leider –«

»Spiel das Lied der Ernüchterung«, rief ein auffällig rotköpfiger Mann, trotz der frühen Morgenstunde. Wankend trat er näher an sie heran, sein Schuhwerk schabte über den Untergrund. Er hielt eine Glasflasche in Händen, bis zur Neige geleert. »Das ist doch der Zweck von deinesgleichen, dem Volk helfen! Also hilf mir!« Der schwere Dunst des Alkohols triefte dem Fremden aus jeder Pore, grob schob er einige Städter beiseite. Rizsette sah unbehaglich aus, als wolle sie zurückweichen, doch die dichte Menschenmenge machte es unmöglich.

»Leider habe ich kein Instrument bei mir. Verzeiht, dass ich nicht helfen kann.«

»Was? Eine Bardin ohne Instrument? Was bist du denn für eine Witzfigur?« Der Mann schwang die Hand mit der Flasche durch die Luft. Sie kam Rizsette gefährlich nahe. Der Drang flammte auf, ein loderndes Feuer auf einem Meer aus Teer. Abrupt kämpfte sich Priel durch die Menge, zwischen sie und den Betrunkenen, die Miene so finster, dass allein das reichte, um den Mann zurücktaumeln zu lassen.

»Ich schlage vor, du lässt die Bardin in Frieden.« Die Bedrohlichkeit seines Knurrens überraschte ihn selbst, auch die Umstehenden nahmen die Aggression überdeutlich wahr.

Der Kreis um sie herum wurde größer, Getuschel brandete über sie hinweg.

»Eine Bardin in Begleitung eines Leibwächters? Sind unsere Lande mittlerweile so verkommen?«

»Das Reich der Klänge hat wirklich jeden Glanz verloren …«

»Es werden immer weniger Barden. Müssen sie deshalb beschützt werden?«

»Priel«, vernahm er Rizsettes Stimme hinter sich, eine Mischung aus Schrecken und Schuldbewusstsein. »Bitte lass uns gehen. Schnell.«

»Tsk.« Er deutete voraus, unter seinem strengen Blick teilte sich die Menge, zurück zum Gasthaus. Die Augen der Menschen folgten ihnen.

Meine Fresse, fällt die auf. Erst im Schutze des Stalls drehte er sich zu ihr um, die Arme vor der Brust verschränkt. »Wo wolltest du hin?«

Rizsette mied seinen Blick. »Zum hiesigen Bardenmeister. Für das Lied des Eintritts. Und wegen des Banns, natürlich …« Ein Schatten huschte über ihre Züge, Priels Misstrauen erwachte.

»Schön. Laut dem Tavernenbesitzer liegt der Marktplatz ganz in der Nähe. Wir müssen das Fleisch loswerden, ehe es verdirbt. Also begleite ich dich.« Nur der leise Glanz des Widerwillens in ihren Augen verriet, dass Rizsette Priels Plan nicht behagte. *Wusste doch, dass du etwas vorhast, Bardin.*

»Lass das Reya und Echo erledigen. Du würdest dich nur langweilen, wenn ich dich mitnähme –«

»Zwei Schwertarme, die sich mit der einheimischen Währung nicht auskennen? Man zieht sie unter Garantie über den Tisch. Ich erledige das selbst und du kommst mit. Bei der Gelegenheit schau ich dir über die Schulter, muss ja schließlich lernen, mit den Münzen umzugehen.« Dem konnte die Bardin nichts entgegensetzen, denn sie rang sichtbar um Worte. Ein überlegenes Feixen eroberte Priels Antlitz, bevor er beide Satteltaschen an einem der Reittiere befestigte. *Es ist ein Fehler, mich zu unterschätzen, Federträgerin.*

Seelenruhig führte er das Pferd nach draußen, auf die belebten Straßen zurück. Rizsette folgte notgedrungen. Für eine Weile blieb es ruhig. Priel bemerkte die zahlreichen Blicke, er fühlte sich beobachtet. »Die begaffen dich wie sonst was. Das ist lästig.«

»Sie sehen eben nicht besonders viele Barden. Kannst du es ihnen da verdenken?«

Priel dachte an die Bemerkung des Bewohners zurück. »Was meinten die Städter damit, dass es immer weniger Barden gibt?«

»Genau das.« Ein einsamer Satz in dem sie umgebenden Gerede, durchzogen von kindlichen Rufen. Eines davon, ein schmutziges, kleines Ding, schien Interesse an ihrem Pferd zu haben. Priel behielt es im Auge. »Es gibt hierzulande nicht mehr viele Barden. Früher besaß jede Stadt mindestens ein Dutzend von uns, allesamt im Dienste der Menschen. Das muss gewesen sein, lange bevor es Hofbarden gab. Danach zog es die meisten von uns in die Hauptstadt. Außer den Lehrbarden zieht niemand mehr durch die Städte.«

»Warum das?«

»Sieh dich um. Eigentlich ist es offensichtlich.« Rizsette deutete auf die Straßen und die sie umgebenden Häuser. Priel verstand erst, als er ganz genau hinsah: Elend, das an jeder Straßenecke auf sie wartete, in Form von zerlumpten Kindern, Betrunkenen, Bettlern. Auch die an ihnen vorbeiziehenden Bürger unterzog er einem prüfenden Blick und fand sie kaum besser bekleidet oder versorgt als diejenigen am Ende der Nahrungskette. Der Anblick schien ihm so vertraut, dass es ihm zunächst entgangen sein musste. In seiner Heimat sah es genauso aus.

»Wer das Glück hat, heute wie ich als Bardin geboren zu werden, erhält die Chance, ein besseres Leben zu führen. Als Hofbardin kann ich der Armut entkommen. Ich werde in einem Adelshaus leben, ohne dass es mir jemals wieder an etwas mangeln wird. Und das ...«

»... Ist schrecklich selbstsüchtig.«

Rizsette stutzte, Priel hielt sie mit den Augen fest. »Was sagte der Trunkenbold vorhin? Barden dienen dem Volk? Wie willst du das machen, wenn du dich in einem Adelshaus versteckst? Ich bin nicht der Einzige, der nicht richtig hinsieht.«

Sichtlich irritiert öffnete Rizsette den Mund. Er erwartete einige gepfefferte Widerworte, doch sie kamen nicht. Unverrichteter Dinge presste sie die Lippen aufeinander, brütend auf eine Art, als gäben ihr Priels Aussagen zu denken. Vor ihnen kam ein runder Platz in Sicht. Priel straffte die Schultern. »Ah, na endlich. Der Marktplatz.«

Ein stiller Brunnen in der Mitte sprach vom einstigen Glanz der Grenzstadt. Ein paar Kinder wateten mit nackten Beinen durch das handbreit stehende Wasser. Um sie herum boten zahlreiche Händler ihre Waren an, sie wählten einen aus. Priel schickte Rizsette nach vorn, die den Rücken durchstreckte. Ihr Rang als Bardin bescherte ihnen einen guten Preis, soweit er das beurteilen konnte – denn der Mann kaufte ihnen das gesamte Pferdefleisch ab. Aufmerksam beobachtete er den Handelsprozess und die genutzten Münzen, sehr dünn und aus Stein, wie Priel missbilligend feststellte. Ein Paar davon gaben sie für Reiseproviant aus: Brot und Gemüse, etwas Obst, einige Wasserschläuche. Übrig blieb ein Beutelchen voll klimpernden Geldes, das Rizsette widerwillig mit ihm teilte.

»Eigentlich war es ja mein Pferd.«

»Und wer hat es auseinandergenommen und transportiert? Die Hälfte steht uns zu.«

»Ja, ja, schon gut.« Sie steckte ihren Anteil ein und überreichte den Rest Priel, dem nur einen Moment später eine Bewegung hinter ihr ins Auge sprang. Der Drang meldete sich, das Kind von vorhin langte mit schmutzigen Fingern direkt in Rizsettes Federumhang. Flink zog es sich zurück und ehe er reagieren konnte, rannte es davon. Priel entschied instinktiv und sprintete ihm hinterher.

»He! Hiergeblieben, du Rotzlöffel!« Er schenkte der Bardin nicht einen Blick, sie würde ihm schon nachlaufen. Grob schob Priel die ihm entgegenkommende Städter aus dem Weg, die ihm nachgebrüllten Verwünschungen ignorierte er völlig. Das Balg schlug Haken wie ein Kaninchen, tauchte unter Röcken hindurch und verschwand letztlich in einer Gasse. Priel hechtete ihm nach – und sah sich einem wahren Labyrinth verschlungener Pfade entgegen. Unwirsch warf er Blicke umher, unschlüssig, in welcher Richtung der Schmutzfink verschwunden sein mochte. Er machte ein paar Schritte und wartete ab, bis er schließlich das leise Spiel einer Spieluhr vernahm. Priel fegte herum und fand die entsprechende Abzweigung – an deren Ende das Kind das musizierende Spielzeug in Händen hielt. Er fasste sein Schwert aus einem Reflex heraus. Erschrocken stolperte das Balg gegen die Wand, Panik zeichnete sich in seinem Blick ab.

»Na warte. Dir bringe ich Manieren bei.«

»Priel, hör auf! Es ist doch nur ein Kind!« Rizsettes Ruf ließ seine Glieder erstarren. Priel wusste nicht, wie ihm geschah. Heftig atmend stürmte Rizsette zwischen ihn und den Dieb, ihren Augen durchbohrten ihn. Dennoch behielt Priel die Waffe in der Schwebe.

»Er hat dich bestohlen. Willst du das wirklich einfach so durchgehen lassen?«

Rizsette schnappte nach Luft, deutlich außer Atem. Sie musste ihm nachgerannt sein. Fahrig wandte sie sich dem Gör zu. »Hallo«, sagte sie, um Sanftheit bemüht. »Das da gehört mir. Wahrscheinlich hast du auf Geld gehofft. Tut mir leid.«

Die Lippen des Kindes zitterten. »Ich bin so hungrig. Bitte liefere mich nicht den Gesandten aus, verehrte Bardin.«

Ach, jetzt macht der Kleine auf höflich?!

Rizsette schüttelte den Kopf. »Werde ich nicht, keine Sorge. Priel, geben wir ihm doch etwas von dem Essen, das wir gerade –« Ihr Satz hing unbeendet in der Luft. Alarmiert blickte sie an ihm vorbei und wurde kreidebleich.

Mit einem unguten Gefühl drehte er sich um und fand nur die leere Gasse vor. Scharf atmete er ein. »Hast du etwa das verdammte Pferd zurückgelassen?«

»Nicht … nicht absichtlich.«

Priel schlug sich mit der Hand vor die Stirn. »Verdammt nochmal, du bist wirklich zu gar nichts zu gebrauchen.«

»Wir finden es wieder«, versuchte die Bardin sich herauszureden. »Wenn nicht, kaufen wir die Lebensmittel neu. Hier.« Sie kramte an ihrem Gürtel und holte das gefüllte Beutelchen mit ihren Münzen hervor. Sie schüttete es aus, ein paar Höherwertige gab sie dem Kind. »Ich erkenne deine Not.« Noch immer warfen die Wände das Lied der Spieluhr zurück. »Besorg dir davon etwas Brot.«

Über ihnen erklang der verärgerte Ruf eines Vogels. Ein Gegenstand stürzte von oberhalb in Priels Sichtfeld, der Drang weckte seine Instinkte und sein Schwert durchbohrte die unbekannte Bedrohung, noch bevor er den Entschluss überhaupt gefasst hatte. Rizsettes Augen weiteten sich, Priel kam nicht umhin, es ihr gleichzutun.

Aufgespießt hing er in der Mitte seiner Klinge, ein Laib frischen Brotes, dessen verführerischer Duft die Gasse erfüllte. Sofort flog Priels Augenmerk in die Höhe. Dichtes Flügelflattern einiger sich streitender Elstern neben einem geöffneten Fenster. *Haben die Viecher es vom Fenstersims gestoßen?*

Kurzerhand pflückte er den noch warmen Brotlaib ab und presste ihn gegen Rizsettes Brust. »Na wenn das mal nicht Zufall ist.« Das verängstigte Kind betrachtete das Essen sehnsuchtsvoll. Rizsette gab es weiter und das Gör hielt sich nicht lange bei ihnen auf. Tapsenden Schrittes suchte es das Weite. Die

Bardin klappte in der Zwischenzeit die Spieluhr zu und verstaute sie in ihrer Umhangtasche. Priel steckte das Schwert zurück.

»Und all das nur für ein verfluchtes Spielzeug. Du hättest gleich sagen können, dass die Rotznase kein Geld geklaut hat. Warum schleppst du das nervige Ding überhaupt mit dir herum?« Rizsette bedachte ihn flüchtig.

»Sie hat meinem Meister gehört.« Ihr Unterton sprach von unendlicher Trauer. Etwas daran berührte ihn – auch wenn er vermied, sich das anmerken zu lassen.

»Du meinst den Kerl, der nicht mehr lebt?«

Er sah, wie Rizsettes Finger zuckten. »Er starb, kurz bevor ich in dich hineingestolpert bin. Getötet von den Bestienwandlern, die mich verfolgt haben.«

Priel dachte für einen Moment über ihre Worte nach. »Ich habe dich schon einmal gefragt, weshalb du verfolgt wurdest. Hast du jetzt vielleicht eine bessere Antwort für mich?«

»Nein, ich weiß es wirklich nicht. Alles, was mir bleibt, ist diese Spieluhr.« Rizsette pausierte, ehe sie sich Priel vollends zuwandte. Sie öffnete die Lippen, im Begriff, etwas zu sagen, da flatterten ihre Lider. Ohne Vorwarnung kippte sie zur Seite um, der Drang zerriss seine Wahrnehmung, seine Beine setzten sich in Bewegung. Ohne sein Zutun hob er die Arme und fing sie auf, der Zwang dieser Handlung engte ihn ein, machte ihm bewusst, wie wenig er dagegen ankämpfen konnte. Mit zusammengebissenen Zähnen starrte er auf sie hinab.

»Bardin, was ist los?«

»Der Rückstoß.« Priel sah ihr an, dass es sie Mühe kostete, die Augen offen zu halten. »Tut mir leid. Ich …« Sie blinzelte schwerfällig, dann sank ihr Kopf gegen seine Brust. Priel stieß einen empörten Laut aus.

»Wirklich? Hier? Soll ich jetzt etwa allein nach dem versprengten Gaul suchen?!«

KAPITEL 5
RIZSETTE

Ein schwerer Schleier benebelte ihre Sinne, belebt nur von der Melodie der Spieluhr. Nach und nach zog er sich zurück, eine verblassende Erinnerung an die kleine Bardenfigur, an deren Ende Rizsette die Augen aufschlug. Wände aus Holz, ein Bett unter ihr. *Die Taverne?*

»Na, ausgeschlafen?«

Blinzelnd entdeckte sie Alegreya auf der anderen Seite des Raumes. Sie saß auf ihrem eigenen Bett, quer über ihrem Schoß lag ihr Schwert. Mit einem Lappen bearbeitete sie die Schneide.

Rizsette schob die Beine über den Rand des Nachtlagers. »Was ist passiert?«

»Du bist mitten auf der Straße einfach so umgefallen. Priel hat dich zurückgebracht, leider ohne unser Pferd.« Der plötzliche Unmut in Alegreyas Stimme schnitt Rizsette durch Mark und Bein. »Das war mein Gaul, weißt du? Kräftiges Tier aus Copper. Kann mir nicht vorstellen, dass ich ein vergleichbares Reittier irgendwo in diesem Land finde.«

Rizsette berührte ihre Schläfen. Kein Kopfschmerz mehr. »Dann sind wir jetzt wenigstens quitt. Du hast mich schließlich auch ein Pferd gekostet.«

Sekundenlang starrte Alegreya sie an, Rizsette vermutete fast einige scharfe Verwünschungen – da brach Gelächter aus ihr hervor. »Mir gefällt, wie du denkst, Rizsette! Wärst du keine Federträgerin, hättest du dich verflucht gut unter Schwertarmen gemacht.«

Als ob. Sie kam auf die Beine. »Wie lange habe ich geschlafen?«

»Etwa einen halben Tag. Es wird bald Abend. Wahrscheinlich trifft uns die Müdigkeit in Kürze genauso heftig wie dich.« Sie bedachte Rizsette schulterzuckend, bevor sie das Schwert in die Scheide beförderte. »Priel hat neue Vorräte besorgt. Vorerst haben wir nur ein Pferd und kaum noch Geld. Wird etwas knapp. Schätze, wir müssen uns irgendwie etwas dazuverdienen.« Mit einem Seufzen sank sie in die Kissen. »Ich werde müde. Verdammt, ich habe es echt beschworen, was?« Sie verschränkte die Arme hinter dem Kopf, ihre Augen fielen zu. Keinen Herzschlag später schlief sie tief und fest. Das galt sicherlich ebenso für Priel und Arlecho.

Rizsettes Puls beschleunigte. *Das ist meine Chance!* Sie musste aufbrechen, jetzt, sofort, und den Bardenmeister Magpies aufsuchen. Er würde dafür Sorge tragen, dass man die Schwertarme den Gesandten der Krone übergab. *Vermin, warte nur noch ein bisschen länger! Ich bin auf dem Weg!* Eilig schob sie die Füße in die Stiefel, alle Besitztümer ihres Meisters bei sich, auch das kleine Büchlein, in das sie bisher keinen Blick gewagt hatte. Sie würde es bereitwillig übergeben – ebenso wie die Spieluhr.

Für einen Moment erwog sie, den Federumhang umzulegen, rollte ihn stattdessen aber zusammen. Noch einmal würde sie nicht den Fehler machen, in so auffälliger Kleidung die Straßen zu betreten. Nur in Hemd und Hose verließ sie das Gasthaus. Im Lichte des Abends wurden die Straßen zusehends leerer. Das ein oder andere Mal musste Rizsette nach dem Weg fragen. Man gab ihr Auskunft, beäugte sie jedoch argwöhnisch – kein Wunder, ohne den Umhang hielt man sie für eine gewöhnliche Stadtbewohnerin. Normalerweise behandelte man sie äußerst zuvorkommend. Nicht ungewöhnlich für Bardenschüler, sah man sie doch als Zukunft dieses Reiches. Der Vorfall mit dem Trunkenbold stellte eine Ausnahme dar, an sie sich nur allzu ungern erinnerte. Und dann gab es da ja noch Priels Worte.

Er hat mich selbstsüchtig genannt. Was glaubt er eigentlich, wer er ist? Ich bin ganz bestimmt nicht selbstsüchtig. Wer hat denn ihre Zimmer bezahlt? Oder ihr Essen?

Verstimmt wanderte sie an einigen schäbigen Häusern vorbei, sie entdeckte eine abgemagerte Frau, die ihr weinendes Kind stillte. Rizsettes Herz sank, sie eilte weiter, doch das Bild brannte sich ihr ein. So wie hier sah es überall aus, zumindest in den Städten, die sie bereist hatte. *Ich kann ihr nicht helfen.* Sie hob das Kinn, musste sich auf ihren Stolz als Bardin besinnen – das hatte ihr ihr Meister eingebläut. *Was sagte der Trunkenbold vorhin? Barden dienen dem Volk? Wie willst du das machen, wenn du dich in einem Adelshaus versteckst?*

Rizsette stolperte, sie fing sich gerade noch so ab. *Ich bin nicht der Einzige, der nicht richtig hinsieht.*

Sie verharrte, abgestützt an einer der Häuserwände. *Aber ich sehe doch hin. Ich erkenne das Leid! Dem Kind habe ich auch geholfen.* Ihre Gedanken pausierten, Rizsette wandte sich langsam um, zurück zu der stillenden Frau. Ihre Handflächen wurden schwitzig.

Selbstsüchtig, hörte sie ein Flüstern in ihrem Kopf, sein Flüstern, das sie unbarmherzig daran erinnerte, dass sie das Leid des Kindes nur aufgeschoben hatte – ohne ihm wirklich zu helfen.

Kochend heiße Scham wuchs in ihrer Magengegend. Es kostete sie Mühe, sie zurückzudrängen. *Nein, es ist nichts Falsches, das eigene Glück im Auge zu haben!* Sie dachte an Vermin, ihren liebenswürdigen, verträumten Mitschüler, der mit den Gedanken so oft in den Wolken hing. *Und wie hilft das anderen? Klingt sehr selbstbezogen.* Das hatte er zu ihr gesagt.

Abrupt presste Rizsette die Lippen zusammen. *Das reicht, genug damit! Ich tue, was mir beigebracht wurde, nicht mehr und nicht weniger! Was weiß dieser Schwertarm schon über das Reich der Klänge? Ein Grobian wie er, der nicht weiter denkt, als seine Klinge schneidet!* Das klang selbst in Gedanken gemein. Rizsette grummelte vor sich hin. Ins Gesicht würde sie ihm das bestimmt nicht sagen – schließlich wusste sie, wie schmerzlich Worte sein konnten. Sie hatte es am eigenen Leib erfahren, während ihrer Jahre in Canary. Bardenschüler wie sie und Vermin behandelte man zwar übermäßig freundlich, doch distanziert. Freundschaften hatte es für Rizsette nicht gegeben, ebenso wenig für Vermin, Canary hatte es verboten. Alles darüber hinaus, vor allem Liebschaften, hatten sich stets im Geheimen abgespielt. Natürlich musste ihr Meister auch darüber Bescheid gewusst haben – doch solange sie es nicht übertrieben oder gar öffentlich zur Schau stellten, blieb ihr Handeln ohne Folgen. Was nicht hieß, dass man sich keine Vorteile erhoffte. *Leg doch ein gutes Wort bei deinem Meister für meine Familie ein. Ich könnte das ein oder andere Lied brauchen. Rizsette, ist dir meine Zuneigung denn nichts wert? Tu mir den Gefallen.* Ihr Herz zog sich zusammen bei der Erinnerung an ihre Blicke. Nützlich sollte sie sein, doch am Ende hatte man sie jedes Mal fallenlassen. Unwirsch schüttelte sie den Kopf. *In der Stadt der Klänge wird das nicht mehr passieren. Meine Magie wird helfen, ohne dass man mich ausnutzt. Und die Königin …* Rizsette hatte so vieles über sie gelernt. Sie und ihre Familie, das

Königinnenhaus, das seine Barden über alle Maße hinaus schätzte. Und letztlich sehnte sie sich danach. Echte Anerkennung. Ein Ort, an den sie gehörte.

Steifen Schrittes marschierte sie voran, die Häuser blieben hinter ihr zurück. Irgendwann erreichte sie einen gepflasterten Platz. Ein kreisrunder Fleck steinigen Bodens, bis hin zu einem kleinen Wasserbett. In dessen Mitte, nur eine altersschwache, brüchige Holzbrücke führte hinüber, stand ein Häuschen. Im Dämmerlicht sah es nicht besonders einladend aus, mit seinem spitzen Dach und der bestimmt einstmals farbenfrohen Fassade. Der Wind und die Zeit hatten ihm alle Facetten von Fröhlichkeit entrissen, sodass es nun karg und grau vor Rizsette aufragte. Sie schluckte. Keines der Bardenhäuser in den vorherigen Städten hatte so heruntergekommen ausgesehen.

Es musste an der Nähe zur Grenze liegen, denn die Vernachlässigung sprang ihr geradezu ins Gesicht. Außerdem – die Erkenntnis beunruhigte sie – drang kein Licht durch die Fenster. *Bitte, der Meisterbarde muss hier sein! Wenigstens ein Gesandter!*

Rizsette sah sie vor sich: Gesandte der Krone, die für Recht und Ordnung in den Städten sorgten. Sie nahmen im Falle der Abwesenheit des Bardenmeisters die ankommenden Bardenschüler in Empfang und händigten ihren Teil des Eintrittsliedes aus. Mit einem klammen Gefühl in der Brust überquerte sie die Brücke und schob die unverschlossene Tür auf.

»Hallo?« Einsam hallte Rizsettes Stimme durch den dunklen Raum. Nichts regte sich. Sie entdeckte Silhouetten von Mobiliar neben einem ausladenden Regal mit allerlei Schriftrollen, davor einen schweren Holztisch mit dicken Büchern. Irgendwo gab es Korridore, die tiefer in das Gebäude hineinführten. Zögerlich trat Rizsette ein, ihre Schritte hallten unangenehm in ihren Ohren wider.

»Ist hier jemand?« Keine Antwort, kein Vermin. Ihr Herz sank, doch sie wehrte sich gegen die aufkommende Hoffnungslosigkeit. Bestimmt befand er sich anderswo, an einem sicheren Ort. Aber was sollte sie jetzt tun? Zur Taverne zurückkehren? Ausgeschlossen. Die Schwertarme mussten unverzüglich an die Gesandten der Krone übergeben werden. Sie brachte sich selbst in Gefahr, wenn sie sich ihnen so arglos auslieferte. Rizsette zog die Stirn kraus.

Dann warte ich. Irgendwann muss jemand auftauchen. Hoffentlich. Zögerlich durchquerte sie den Raum und nahm das Regal in Augenschein. Die Schriftrollen glichen jenen, die man ihr in den bisherigen Städten übergeben hatte. Kurzum rollte sie eines der Pergamentstücke auf: Zum Vorschein kam ein Notenblatt mit einer kurzen Tonabfolge.

Erst am Ende der Bardenreise würde sie die Melodien aller Städte zusammenfügen und ihnen Worte verleihen: Ihr ganz eigenes Lied des Eintritts, voll von den Eindrücken ihrer Bardenreise. Unzufriedenheit machte sich in ihr breit. In Ermangelung eines Instruments würde sie das Lied vorerst nicht spielen können.

Die Tür flog knallend auf, Rizsette stieß vor Schreck gegen das Regal, ein wahrer Schauer aus Schriftrollen brach über sie herein. Das Licht einer Öllampe erfasste sie keine Sekunde später, direkt nach der Dunkelheit stach es ihr unangenehm in den Augen.

»Halt! Wer ist da? Gib dich zu erkennen, Eindringling! Vor dir stehen Gesandte der Krone!«

Der Rizsette vom Herzen abfallende Stein besaß die Größe eines ganzen Gebirges. Sie schaufelte die Schriftrollen beiseite und kam auf die Beine. »Mein Name ist Rizsette von Canary. Ich bin Bardenschülerin und muss dringend – «

»Das muss sie sein, die angebliche Bardin.« Rizsette verharrte. Sie sah aufgrund des blendenden Feuerscheins nur die Umrisse zweier Gestalten. *Angeblich?* Man kam auf sie zu, wieder stolperte sie gegen das nun leere Regal, die Schriftrollen unter ihren Stiefeln knirschten.

»Halt, Moment! Ich bin wirklich eine Bardenschülerin!« Sie warf sich den Umhang über, doch das schien keine Wirkung zu haben.

»Wir haben bereits von dir gehört, Hochstaplerin. Eine Bardenschülerin ohne Lehrmeister, die in Begleitung eines Leibwächters durch die Stadt streift. Zahlreiche Einwohner kamen zu uns, in Sorge über diese offensichtliche Täuschung. Wem hast du den Umhang abgenommen, Mädchen?«

Rizsette traute ihren eigenen Ohren nicht. *Sie halten mich für eine Betrügerin.* Das Entsetzen verursachte ihr einen Knoten im Hals.

»Ihr irrt euch. Der Umhang gehört mir!«

»Und wo ist dein Meister? Oder deine Instrumente?« Rizsette schluckte schwer.

»Er wurde von Bestienwandlern getötet, meine Instrumente sind verbrannt. Ein Schwertarm hat mich ...« Selbst in ihren Ohren klang das lächerlich. Die Gesandten, ein Mann und eine Frau, tauschten einen Blick, allmählich erkannte Rizsette sie deutlicher: Schwarze, enganliegende Kleidung, bestückt mit einem Federgürtel, der sie als Diener des Königshauses auswies. Die vierzackigen Waffen aus magisch gehärtetem Holz auf ihren Rücken machten Rizsette nervös. Sie symbolisierten die Krallen von Vögeln, mit aller Kraft gegen diejenigen gerichtet, die das Reich der Klänge bedrohten.

»Bestienwandler und Schwertarme. War der Wunschbarde zufällig auch dabei?«

»Ich weiß, wie das klingt, aber …« Ihre Stimme brach weg, denn sie packten zu.

KAPITEL 6

PRIEL

Seine Augen sprangen auf. Zuerst hörte Priel Echos gleichmäßiges Schnarchen, das einzige Geräusch im geteilten Raum, neben der Gewissheit, dass etwas ganz und gar nicht stimmte. *Die Bardin.* Der Gedanke kam aus dem Nichts und doch wusste er, dass sie der Grund für die außer Kontrolle geratene Unruhe in seinem Inneren sein musste. Er hatte äußerst schlecht geschlafen. Trotz des Rückstoßes, der Echo allzu bald in tiefen Schlummer hatte versinken lassen, fiel es Priel eigenartig schwer, in die Welt der Träume abzudriften. Als gäbe es ein Hindernis, eine Mauer, die es ihm verwehrte, gänzlich zu entspannen. Und nun saß er kerzengerade im Bett. Weshalb wachte er auf, wenn er doch bis zum nächsten Mittag hätte schlafen sollen? Eigentlich ahnte er es längst. Der Drang, die unverkennbare Macht der Magie, sie zwang Priel, der Bardin zur Hilfe zu kommen. *Was hat sie jetzt schon wieder angestellt?*

Echo sabberte derweil auf sein Kissen. Für einen Moment erwog Priel, ihn zu wecken, verwarf den Gedanken jedoch sofort. Rizsette selbst hatte nichts aus dem Schlaf reißen können, das hatte er auf dem Rückweg zur Taverne festgestellt. Leider hieß das auch, dass er allein losziehen musste. Frustriert kam er auf die Beine, die Schwerter fanden so schnell an seinen Gürtel wie die Stiefel auf seine Füße. Eilends verließ er den Raum, ohne im angrenzenden Zimmer nachzusehen. Sein Gefühl verriet ihm, dass Rizsette sich nicht mehr bei Reya aufhielt.

Der Drang schickte ihn auf die nächtliche Straße, ebenso verlassen wie noch bei ihrer Ankunft. Den Unbedarften hätte dieser Zustand erschreckt, womöglich sogar Angst eingejagt, doch Priel fürchtete die Finsternis nicht, er begrüßte sie. Sie würde ihm Deckung bieten – und dass diese nötig sein würde, diktierte ihm sein Instinkt. Ohne ein krachmachendes Pferd stürmte er durch die Gassen, nur der Ahnung hinterher, die ihn leitete. Die Stille hallte nach, nur seine Schritte durchbrachen die Nacht, bis er ein Gemäuer erblickte, das sich von den anderen Häusern Magpies unterschied. Zwei Gestalten kamen gerade heraus, auf ihren Rücken vierzackige Waffen.

Ah, die Ordnungshüter der Krone. Er hatte die Geschichten aus seiner Kindheit nicht vergessen. Waren das diese Gesandten, von denen Rizsette gesprochen hatte?

»Was machen wir jetzt mit ihr?«, fragte die Frau, der federbesetzte Gürtel sah reichlich lächerlich aus. Fast so schlimm wie Rizsettes Federumhang oder die scheußliche Mütze.

»Vorerst behalten wir sie hier. Mach eine Elster bereit, im Morgengrauen senden wir ein Schreiben an die Hauptstadt. Soll die Königin entscheiden, was mit der Hochstaplerin geschieht. Eine Bardin ohne Instrumente. Lachhaft!«

Hochstaplerin. So schwingt das Schwert also. Sie halten die Bardin für eine Schwindlerin. Auf angenehme Art belustigte ihn der Gedanke. Geschah ihr ganz recht. Das würde ihrem Hochmut zumindest einen Dämpfer verpassen – auch wenn das Priel nicht von dem Drang entband, sie aus den Fängen der Gesandten zu befreien.

»Was ist mit demjenigen, den sie als Leibwächter beschäftigt? Er hat sich ebenso schuldig gemacht wie sie selbst.« Der Wächter neben ihr nickte, Priel schlug hart die Zähne aufeinander. *War ja klar, dass sie uns mit sich in die in den Abgrund reißt.*

»Wir durchsuchen die Stadt, angefangen bei den Tavernen. Er darf sich dem Urteil der Krone nicht entziehen.« Die beiden marschierten davon, Priel verfluchte sein Schicksal.

Wir sind hier nicht mehr sicher. Ich muss mich beeilen.

Mit einem schnellen Blick vergewisserte er sich, dass ihn niemand beobachtete, dann schlich er näher zu dem steinernen Bau heran. Eines der Fenster stand offen, kurzum zwängte Priel sich hindurch. Der Großteil des Gebäudes lag dunkel vor ihm, des Nachts schienen nur wenige Gesandte auf den Beinen zu sein. Vorsichtig schob er sich voran, jederzeit darauf bedacht, einem Wächter über den Weg zu laufen – bis er eine nur allzu bekannte Stimme vernahm.

»Lass mich raus! Ich sagte doch, dass ihr euch irrt! Ich bin wirklich –« Priels Mundwinkel sanken. Nur die Bardin veranstaltete einen solchen Aufstand, der Drang stimmte ihm seltsam resigniert zu, gleichzeitig zog er Priel unabänderlich in ihre Richtung. Wie ein unsichtbarer Sog.

»Halt endlich den Mund. Warum muss aufgerechnet ich auf dich Göre aufpassen?« Priel entdeckte den zeternden Gesandten: Mit verschränkten Armen stand er vor den hölzernen Stangen einer Zelle. Sein Rücken versperrte den Blick auf die Gefangene, die ihm ebenso lautstark antwortete: »Behandelt man so eine Lehrbardin? Ich diene der Krone!«

»So wie ich«, gab der Mann entnervt zurück, Priel zog sein Schwert. *Aus dem Hinterhalt*, höhnte eine Stimme in seinem Kopf, die zu dem alten Mistkerl gehörte. *Wirklich, Priel? Das habe ich dir anders beigebracht.* Für den Bruchteil eines Augenblicks hielt er inne. *Schwertarme sind stolz. Beschmutz unser Ansehen nicht, indem du dich wie ein gemeiner Meuchelmörder verhältst. Dich hat man nie von hinten angegriffen!* Er packte das Heft seiner Klinge fester.

»He, Arschloch!«

Der Wächter fuhr herum, der Schreck auf seinem Gesicht entlockte Priel ein fieses Grinsen.

»Priel!« Rizsette schob sich in sein Sichtfeld, noch immer größtenteils von dem breitschultrigen Kerl verdeckt. Dieser fischte das gezackte Holzwerkzeug vom Rücken.

»Wer bist du? Leg sofort die Waffe nieder!«

»Den Gefallen kann ich dir nicht auch noch tun.« Priel sprang auf ihn zu. Brutal krachte die Schneide in die Zwischenräume der Holzzacken, der Wächter hielt dagegen. Priel beschloss, sich nicht lange mit ihm aufzuhalten. Er zog die zweite Klinge mit einem Griff quer über die Hüfte, der Gesandte entging dem Streich nur um Haaresbreite, dafür geriet er ins Straucheln. Harsch stemmte Priel das eine Schwert gegen seinen Vierzack, sein Druck zwang die Spitzen in Richtung Boden, mit dem Zweiten holte er aus – und schlug sie tief in seinen Oberarm. Ächzend gab der Gesandte den Speer frei, Blut benetzte Klinge und Kleidung, Rizsette schrie auf. Schon flog Priels Waffe zurück, im Begriff, den finalen Schlag zu setzen.

»Priel! Nicht!«

Abrupt hielt er inne, ohne recht zu wissen, weshalb. Rizsette starrte ihn an, mit beiden Händen umklammerte sie die Holzstangen, so fest, dass die

Knochen darunter weiß hervortraten. »Tu es nicht! Er ist ein Gesandter der Krone! Wenn du ihn tötest, giltst du als vogelfrei!«

»Vogelfrei? Nicht dein Ernst.« Er schenkte dem keuchenden Mann einen schnellen Blick, dieser streckte die Finger nach dem am Boden liegenden Speer aus. Aussichtslos, denn dieser befand sich weit außerhalb seiner Reichweite. Alles in Priel gierte danach, seinem Leben ein Ende zu setzen. Doch wenn das bedeutete, auch in diesem Land gejagt zu werden, kam das nicht in Frage.

»Tsk!« Flüssig drehte er das Schwert in der Hand. Das Heft traf den Kopf des Mannes, ein erstickter Laut kam ihm über die Lippen – und er sackte zusammen. Unzufrieden trat Priel von ihm weg, vollends auf Rizsette fokussiert.

»Du schuldest mir eine Erklärung.«

»Erklärung? Du musst gerade reden. Warum hast du den Gesandten auf dich aufmerksam gemacht? Du hättest ihn einfach niederschlagen können.«

»Und damit meine Ehre als Schwertarm beflecken? Wohl kaum.« Sie fixierten einander, einer widerspenstiger als der andere.

»Ist ja auch egal. Hol mich hier raus. Er hat den Schlüssel bestimmt bei sich.«

Priel musterte sie von oben bis unten. So hinter Holzstäben sah sie ganz nett aus. Vögel sperrte man doch auch in Käfige, oder etwa nicht? Ein Feixen stahl sich auf seine Züge.

»Wie war das? Ich habe kein *Bitte* gehört.«

Rizsette blinzelte. Einmal, dann ein zweites Mal, ehe sie das Gesicht verzog.

»Wirklich? Du willst, dass ich dich darum bitte?«

»Und ob. Ich warte.«

Demonstrativ biss sie sich auf die Unterlippe. »Na schön. *Bitte*, Priel. Hol mich hier raus.«

Sein Grinsen wurde breiter.

»Tritt zurück.« Für einen Moment studierte er die massiven Holzstäbe, dann verstaute er das unbefleckte Schwert. Mit der freigewordenen Hand wanderte er über die Schneide des Zweiten. Das plötzliche, intensive Glühen erfüllte den Raum mit rötlichem Schein. Der Bardin klappte die Kinnlade hinunter, sie nahm Abstand. Pulsierend strömte das magische Feuer über Priels Waffe hinweg, er sah deutlich, wie Rizsette schluckte.

»Was … Was genau tust du da?«

»Nicht nur dein Volk beherrscht Magie.« Mit einem einzigen Wisch durchtrennte er einige der Holzstäbe, das hölzerne Schloss ließ er gänzlich unberührt. Ein zweites Mal fegte sein Schwert durch die Luft, Teile der Stäbe segelten zu Boden. Damit konnte auch das widerspenstigste Holz nicht mithalten. Wieder wanderten seine Finger über das Metall, das Feuer erstarb mit einem Zischen.

Erst dann kletterte Rizsette durch das entstandene Loch nach draußen. Unschlüssig verfolgte sie jede seiner Bewegungen, ehrfurchtsvoll auf eine Art, die Priel gefiel. *Wird auch Zeit, dass sie begreift, wen sie vor sich hat.*

»Ich wusste nicht, dass Schwertarme das können. Eigentlich dachte ich, ihr wärt einfach besonders gut im Kämpfen.«

Priel zuckte mit den Schultern. »Fast alle lernen von klein auf, ein Schwert zu führen. Aber nur die wenigsten besitzen eine Verbindung zur Magie. Es ist wie mit den Federträgern – auch von uns sind nicht mehr viele übrig. Außer mir kannte ich nur einen einzigen anderen Schwertarm, der das konnte.« Er verstaute die durch das Feuer gereinigte Klinge. »Die verdammten Wächter suchen mich bereits. Es ist nur eine Frage der Zeit, bis sie Echo und Reya in der Taverne entdecken. Lass uns abhauen. Und unterwegs erklärst du mir, wie du dich in diesen Schlamassel hineingeritten hast.«

Seine Forderung brachte Rizsette sichtbar aus dem Gleichgewicht. Sie wich seinem Blick aus. »Sie haben Reyas Pferd. Ich habe es gesehen, als sie mich hierhergebracht haben. Wenn wir es uns zurückholen, sind wir schneller wieder bei den anderen.«

Priel schnaubte. »Bist ja doch mal nützlich. Das erspart es uns, einen neuen Gaul zu kaufen.«

Sie fanden Reyas Pferd putzmunter im Stall, mit großem Eifer vertilgte es das angebotene Heu. Sogar der Sattel samt Tasche lag in der Nähe, gefüllt mit den gekauften Lebensmitteln. Priel schwang sich auf das Reittier, Rizsette zog er hinter sich hoch. Sie hielt sich an ihm fest, er spürte sie mehr als deutlich in seinem Rücken. Im Galopp sausten sie davon, zurück zu der Taverne, trotz der noch immer vorherrschenden Dunkelheit. Widerstrebend berichtete die Bardin von ihrer nächtlichen Wanderung sowie dem Aufeinandertreffen mit den Gesandten der Krone. Bei jedem Wort strich ihr Atem seitlich an seinem Ohrläppchen entlang. Alles daran nervte Priel.

»Wozu der Alleingang? Ich suche auch nach einem Meisterbarden, falls du dich erinnerst.«

»Was hätte ich sonst machen sollen, während ihr in den Betten hängt? Ich dachte, das spart uns Zeit. Und ...« Sie pausierte. »Warum bist du überhaupt auf den Beinen? Der Rückstoß hätte dich bis morgen Mittag schlafen lassen sollen.«

»Muss an dem verfluchten Bann liegen. Ich wusste, dass du in Gefahr bist, das hat mich geweckt. Trotz deiner Magie.«

Kurzzeitig blieb es vollkommen still.

»Wenn ich könnte, würde ich dich davon befreien«, flüsterte Rizsette. Es klang aufrichtig.

Priel stieß schwallartig die Luft aus den Lungen. »Es ist, wie es ist, auch wenn es mich ankotzt, dass wir hier keinen Bardenmeister gefunden haben. Wo ist der Mistkerl überhaupt?«

»Wahrscheinlich auf seiner eigenen Reise. Ich sagte doch, dass die Meister dem Ruf der Feder folgen, wenn sie volljährige Schüler haben. Das ist eine unserer Pflichten.«

»Tsk. Na meinetwegen.« Priel zog die Zügel an. »Hör mir genau zu, Bardin: Keine halsbrecherischen Aktionen mehr. Ich habe nicht vor, mein Leben für dich zu riskieren. Wäre peinlich, wegen einer Federträgerin draufzugehen.« *Der alte Kauz würde mich sogar aus dem Grab heraus noch auslachen.* Er spürte ihr Nicken an seinem Rücken.

»Priel, ich brauche ein Instrument.«

Er schenkte ihr einen flüchtigen Schulterblick. »Ich weiß«, gestand er widerstrebend, der Gedanke begleitete ihn seit dem belauschten Gespräch der beiden Gesandten.

»Dann widersprichst du mir nicht?«

»Nein. Ohne ein verdammtes Instrument wiederholt sich dieser Mist womöglich in der nächsten Stadt. Ich habe wirklich keine Lust, mich erneut deinetwegen mit einem Gesandten der Krone herumzuschlagen. Also, wo finden wir den nächsten Bardenmeister?« *Und wann werde ich dich los?*

»Oriole«, erwiderte Rizsette mit einem Blick zum Himmel. Die ersten Sonnenstrahlen brachen aus den Wolken hervor, sie kündeten jenseits der Häuserdächer vom Beginn eines neuen Tages.

KAPITEL 7

RIZSETTE

Ihr Rücken tat weh. Die Nächte unter freiem Himmel klangen wahrlich nur in den Liedern romantisch, denn auch der leuchtende Sternenhimmel konnte sie nicht über die unbequeme Schlafposition mitten im Dreck hinwegtrösten. Rizsette vermisste die Tavernen und ihre weichen Betten: Die strahlend weißen Laken und das frische, bereits geschnittene Obst neben aufgebrühtem Tee, den man ihr und Vermin jeden Morgen serviert hatte. Hier, umgeben von klarer Luft, musste sie sich selbst helfen, davon abgesehen, dass das Essen durch den Transport in den Satteltaschen matschig und unansehnlich wurde. Zwar passierten sie immer wieder herrliche Obstbäume, doch die Bequemlichkeit der vergangenen Monate fehlte ihr mit jedem Tag mehr. Nicht zuletzt, weil sie Canary und Vermin schmerzlich vermisste.

Nach über einer Woche in Begleitung der Schwertarme setzten die Alpträume ein. Oft wachte Rizsette schweißgebadet und mit klopfendem Herzen auf, herausgerissen aus einem Traum aus Blut und Klauen. Noch hatten die anderen nichts von ihrer nächtlichen Qual mitbekommen, doch das war nur eine Frage der Zeit. Bisher verbarg sie das Weinen gekonnt, ein unfreiwilliges Ritual, das sie in jeder Nacht ereilte.

Die karger werdende Landschaft zog gemächlich an ihnen vorbei, die satten Wälder blieben längst in der Ferne zurück. Warm hing die Sonne am Himmel, schon jetzt staute sich die Hitze unter ihrem Federumhang. Bald würde Rizsette ihn ablegen müssen. Die letzte Nacht hatte sie besonders stark ausgelaugt, es bereitete ihr Schwierigkeiten, die Augen offen zu halten. Missmutig kaute sie auf einer Birne herum, während Alegreya, die vor ihr auf der geteilten Stute saß, das eigene Obststück beäugte wie einen hässlichen Krabbelkäfer. Ihr Bruder, er marschierte zwischen ihrem und Priels Pferd, balancierte seine Frucht auf der Nase. Spontan zog er sein Schwert, warf die Birne hoch und zerteilte sie in der Luft. Eine Hälfte fing er mit der Hand, die andere mit dem Mund. Er schmatzte beim Sprechen. »Schmeckt gar nicht so schlecht. Wäre mit etwas Fleisch trotzdem besser.«

Rizsette bedachte ihn von der Seite her. »Spuck die Kerne aus. Mit etwas Glück wächst mit der Zeit ein neuer Baum.«

Auch Alegreya schlug die Zähne in die Birne. Sie kaute ein paar Mal und verzog das Gesicht. »Viel zu süß. Das herbe Wurzelgemüse von vorgestern war mir lieber.«

»Wir könnten in einem der Dörfer mehr davon kaufen«, schlug Rizsette vor, Priel schnaubte laut.

»Dazu fehlt uns das Geld. Wir hatten Glück mit den Obstbäumen, aber wenn ihr euch nicht dauerhaft von Früchten ernähren wollt, brauchen wir dringend neue Münzen. Unsere Wasservorräte sind übrigens auch erschöpft.«

Rizsettes Gesicht verfinsterte sich. Priel starrte stur geradeaus, die Zügel stramm in beiden Händen. Er schenkte ihr keinen einzigen Blick. Seine Birne lag vergessen auf seinem Oberschenkel, perfekt während der Schritte des Pferdes ausbalanciert. Beinahe absurd, wie er sie so im Gleichgewicht behielt.

Rizsette erwiderte nichts. So oft er sie mittlerweile auch gerettet hatte, desto distanzierter gab er sich jetzt. Nicht, dass es sie störte. Eigentlich plante sie noch immer, ihn und die beiden anderen Schwertarme bei nächster Gelegenheit ans Messer zu liefern. Doch seit Magpie zweifelte sie an ihrem Vorhaben. Sie beäugte Priel unauffällig, sein blondes Haar glänzte im Licht der Sonne.

Er beschützt dich, wisperte es in ihrem Kopf. *Und die Zwillinge sind mehr als nur freundlich zu dir – auch, wenn sie dich anfangs abstechen wollten.*

Arlecho legte sich die zweite Birnenhälfte mit der runden Seite auf die Nase. Spielerisch hielt er das Obst im Gleichgewicht, Alegreya feuerte ihn an. Rizsette bemerkte zu spät, wie sich ein Lächeln auf ihre Lippen stahl. *Sie sind gute Menschen.* Trotz ihrer Eigenarten und der Tatsache, dass sie gegen das Abkommen der Königinnen verstießen, verdiente keiner von ihnen, von den Gesandten eingesperrt zu werden. Nicht einmal Priel, der sie wie unnützen Ballast behandelte. *Nur ein Mittel zum Zweck*, flüsterte es in ihren

Gedanken, Rizsette ballte die Hände zu Fäusten. *Sie sind nur nett zu dir, weil Priel nicht von dir loskommt. Wenn du ihnen gegeben hast, was sie wollen, lassen sie dich zurück. Genau wie alle anderen zuvor. Vergiss nicht, dein Wert bemisst sich in deinem Nutzen.* Canarys Stimme hallte in ihren Gedanken wider, ein Satz, den sie über die Jahre hunderte Male gehört hatte. Sie biss sich auf die Zunge, nicht stark genug, um Blut zu schmecken. *Sie wollen ein eigenes Leben führen. Und ich meines. Ich sollte … Ich sollte mich einfach von ihnen trennen, sobald der Bann gebrochen ist. Dann kann jeder seine Wege gehen. Und niemand wird verletzt. In der Stadt der Klänge wird es andere wie mich geben. Andere wie Vermin. Erst dann bin ich nicht mehr allein.*

»Hört ihr mir überhaupt zu? Das mit dem Geld ist wirklich ein Problem.« Priels Worte rissen sie aus ihren Gedanken, er lieferte sich ein Wortgefecht mit den Zwillingen.

»Du müsstest Rizsette nur deine Violine leihen«, meinte Arlecho schmatzend, während er sich Alegreyas Birne einverleibte.

Priel verzog das Gesicht. »Auf keinen Fall!«

Rizsette legte die Stirn in Falten. Schon wieder dieses leidige Thema. Bisher war es ihnen nicht gelungen, ein neues Instrument für sie zu erstehen – hauptsächlich, weil die Dörfer auf dem Weg hierher keine anboten. Gleichzeitig gaben sie ihr weniges Geld für Nahrungsmittel und Wasser aus, sodass bald kaum genug übrigbleiben würde, um ein hochwertiges Klangwerkzeug zu erwerben. Die Lösung lag auf der Hand, schließlich konnte Rizsette mit einer Geige wie Priels umgehen, trotz der gerissenen Saite – doch er weigerte sich vehement, sie diese auch nur berühren zu lassen. Auf gewisse Weise verstand sie ihn. Eine zerstörte Saite ließ sich nur schwer und kostspielig ersetzen. Jeder Musizierende würde ihr das eigene Instrument vorenthalten, immerhin trug sie Schuld an dem Schaden.

Rizsette drehte sich weg, obwohl Priel und Arlecho nach wie vor miteinander diskutierten. Anstatt sich mit der Auseinandersetzung zu beschäftigen, griff sie in ihren Umhang. Das kleine, in Leder gebundene Büchlein versetzte ihr jedes Mal einen Stich. Zu häufig hatte sie Canary damit gesehen, zu oft über den Inhalt seiner Notizen gerätselt. Jetzt jedoch lag das Schriftstück in ihren Händen – und mit ihm all die Geheimnisse ihres Meisters.

Zunächst hatte sie gezögert, doch letztlich überwog ihre Neugier. Was machte es schon, wenn sie den ein oder anderen Blick riskierte? Natürlich durfte sie nichts davon spielen, das lag außerhalb ihrer Fähigkeiten. Dennoch empfand Rizsette unheimliche Freude beim Studieren der Musikstücke.

Unzählige Lieder hatte Canary hier niedergeschrieben. Hohe Magie, wie sie sicherlich nur Hof- und Meisterbarden beherrschten. Sie verstand nun, weshalb er ihr oder Vermin nichts davon beigebracht hatte: Der Großteil dieser Kompositionen überstieg ihren Horizont. Ein paar wenige konnte sie vielleicht erlernen, wenn sie sich intensiv mit den Tonfolgen auseinandersetzte – ein verbotener Gedanke, den sie sicher nicht offen zugeben würde. Und doch machte ihr Herz einen Satz. Sie brannte darauf, sich an diesen Liedern zu versuchen. Eine Sache jedoch suchte sie vergeblich: Denn ein Bann, der Priel an sie gebunden hätte, irgendein Lied, das nur den leisesten Schluss zuließ, eine solche Magie zu wirken, den gab es in dem Schriftstück nicht.

»Wieder dieses merkwürdige Buch?«

Sie begegnete bernsteinfarbenen Augen über muskulösen Schultern. Neugierig wanderte Alegreya über die Musikstücke hinweg, kopfüber, wohlgemerkt. »Lied der Stille. Lied der Reinigung. Lied der Unscheinbarkeit. Was ist das?«

»Die Kompositionen meines Meisters«, erklärte Rizsette leise, sie konnte nicht verhindern, dass der Schmerz wie ein Funke über ihr Gesicht huschte. Alegreya beobachtete sie, das spürte sie überdeutlich.

»Und was können sie?«

»Ich weiß es nicht genau. Die Namen sind nicht immer ganz eindeutig.« Sie tippte mit einem Finger auf eines, das sie bereits von der Bezeichnung her kannte, ihren Meister sogar ein- oder zweimal hatte wirken sehen: »Das Lied der Genesung beispielsweise hat Heilkräfte, die über das Lied der Erholung hinausgehen. Das Lied des Schlafes versetzt augenblicklich in tiefen Schlummer, im Gegensatz zum Lied der Ruhe, das nur starke Müdigkeit hervorruft.«

»An das erinnere ich mich«, erwiderte der Zwilling mit dem Anflug eines Schmunzelns, auch Rizsette dachte an ihre Flucht aus Magpie zurück. Die Geschwister waren erst am nächsten Tag erwacht, vollkommen verwirrt, weil sie wie Säcke auf den Rücken der Pferde lagen. Interessiert verfolgte Alegreya ihr Blättern, Rizsette erlaubte es ihr. »Lied der Flinkheit. Lied des Mutes. Lied der Wut. Lied der unreifen Frucht. Lied der Restauration. Ganz schön kompliziert.«

»Sind sie. Ich weiß nicht, ob ich auch nur eines davon fehlerfrei spielen könnte.«

»Hm. Ich dachte immer, Barden würden so ziemlich jedes Instrument beherrschen, sich also intensiv mit Musik auseinandersetzen. Sollte es dir da nicht leichtfallen …?«

Rizsette schüttelte den Kopf. »Es stimmt, ich habe von jungen Jahren an gelernt, viele Instrumente zu spielen, aber das heißt nicht, dass ich jede Komposition auf Anhieb beherrsche. Eine Leier – mein liebstes Instrument – ist auch nicht für jede Komposition geeignet. Die meisten Kompositionen sind von fast allen Instrumenten spielbar, aber manche, sehr wenige, erfordern ein ganz Bestimmtes.«

»Zum Beispiel?«

»Der Schellenkranz. Er mag einfach aussehen, ist jedoch anspruchsvoller, als man es sich vorstellt. Gerade weil man damit keine Melodie erzeugt, ist die Handhabung unglaublich kompliziert – zumindest, wenn man Magie wirken will. Ein Instrument, mit dem ich gar nicht umgehen kann. Dafür kann man mit ihm *jede* Komposition umsetzen.« Darüber schien Alegreya für einen Moment nachzudenken.

»Wenn du an einzelnen Stücken scheiterst, solltest du Priel um Hilfe bitten. Er gibt es zwar nicht zu, aber mit der Violine ist er verdammt gut. Ich habe ihn nur ein paar Mal spielen hören, aber was ich gehört habe, war einmalig.«

Rizsette sandte ihm einen flüchtigen Seitenblick. Er sah aus, als sei er nahe dran, sich einen Kampf mit Arlecho zu liefern. »Wo hat er das überhaupt gelernt? Ich dachte immer, Schwertarme interessieren sich nicht für Musik. Nichts für ungut, Reya.«

»So falsch liegst du damit nicht. Die Kampfkunst ist alles für uns, das war schon immer so. Schwertarme wie Priel, die auch noch über die alte Magie verfügen, sind etwas Besonderes. In unserer Heimat ist es Pflicht, dass gerade sie sich voll und ganz dem Schwertkampf widmen – aber der alte Kauz hat das anders gesehen.«

»Der alte Kauz?«

Alegreya bedachte sie durchdringend, als wäge sie ab, wie viel sie Rizsette anvertrauen konnte. »Hör zu, Rizsette: Wir wollen hier ein neues Leben anfangen. Das heißt, sobald wir den Zauber gelöst haben, der Priel an dich bindet. Erinnerst du dich daran, dass Echo meinte, wir könnten nicht nach Hause zurück?« Sie pausierte für einen Moment. »Wir kennen einander kaum. Du bist eine Bardin, wir Schwertarme. Im Reich der Schwerter war es Federträgern und Bestienwandlern verboten, unsere Grenze zu überqueren. Ich nehme an, dass hier dasselbe gilt.«

»Seit dem Abkommen der Königinnen«, erwiderte Rizsette leise.

»Seit dem Abkommen der Königinnen«, stimmte Alegreya ihr zu. »Ich würde dir gern vertrauen. Wirklich. Aber das kann ich nur, wenn ich sichergehen kann, dass du uns nicht verrätst.«

Die Stille hallte unangenehm nach, nur unterbrochen vom Gezeter zwischen Priel und Arlecho. Das schlechte Gewissen meldete sich, letztlich galt es, eine Entscheidung zu treffen – und eigentlich gab es darauf nur noch eine einzige Antwort. Rizsette fasste sich ein Herz: »Ich verspreche es. Ich behalte eure Existenz für mich. Während unserer gemeinsamen Zeit und auch danach.«

»Ich nehme dich beim Wort, Bardenschülerin. Enttäusch mich nicht.« Alegreya drehte den Kopf wieder nach vorn. »Der alte Kauz – so nennen wir unseren verstorbenen Anführer. Priel war seine rechte Hand. Wir gehörten im Reich der Schwerter einer Räuberbande an. Nicht irgendeine Bande, sondern der des *singenden Schwertes*. Ein Beiname, den sich der alte Kauz erwarb, weil er stets sang, wenn er seine Gegner tötete.« Alegreya lachte auf, ein gelöster Laut, der von besseren Zeiten sprach. »Wir machten die Gebiete jenseits der Städte unsicher, hauptsächlich überfielen wir reiche Handelszüge, die Steuerspeicher, sogar ab und an die Kutschen der Königin. Die Metallgarde suchte uns überall.«

Rizsette stockte. Die Metallgarde stand, laut den Lehrstunden Canarys, mit den Gesandten der Krone auf einer Stufe. Sie anzugreifen kam einem Angriff auf die Königin gleich. »Das ist Hochverrat.«

»Stimmt, aber das war uns herzlich egal. Unsere Königin ist eine eingebildete Thronfurzerin, die in der Stadt der Schwerter ein sorgenloses Dasein fristet. Das Volk hungert, aber sie interessiert sich nur dafür, jeden magiebegabten Schwertarm ausfindig zu machen und um sich zu scharen.«

»Warum das?«

»Frag das *deine* Königin. Tut sie nicht im Grunde dasselbe?«

Rizsette hielt inne. *Ja, irgendwie schon.*

Alegreya zuckte mit den Schultern. »Wer weiß, vielleicht hat sie Angst vor einem Aufstand. Berechtigterweise, wenn du mich fragst. Die singenden Schwerter haben sich viele Jahre gegen den Zustand unseres Reiches gewehrt, nur offensichtlicher als der Rest der Bevölkerung.«

Rizsette schauderte. »Ich kann mir nicht vorstellen, gegen die Krone aufzubegehren.«

»Dein Volk ist ja auch nicht so kämpferisch wie unseres.« Alegreya grinste ihr über die Schulter hinweg zu. »Der Widerstand liegt uns im Blut. Im Gegensatz dazu seid ihr ziemlich verweichlicht. Würde mich wundern, wenn du eines unserer Schwerter auch nur anheben könntest. *Nichts für ungut.*«

Die Anspielung auf ihre eigene Bemerkung brachte Rizsette zum Lachen. »Ist das eine Herausforderung?«

Ein leiser Pfiff unterbrach ihr Gespräch, ausgestoßen von Priel, der nach vorn deutete. Rizsette beugte sich zur Seite und entdeckte eine Siedlung an einem schmalen Flusslauf, mitten im Brachland. Das vom Wasser reflektierte Sonnenlicht warf helle Flecken auf die Umgebung. Grasige Vegetation umgab das fließende Gewässer zwischen aufragenden Bäumen, dazwischen ragten Häuser auf, neben frei umherlaufenden Pferden.

»Ist das Oriole?«, hörte sie Arlecho fragen, Rizsette antwortete mit einem Kopfschütteln.

»Nein, auf keinen Fall. Oriole liegt noch mindestens drei Wochen in westlicher Richtung von uns entfernt. Das hier muss eines der Dörfer sein, von denen mein Meister gesprochen hat. Bestimmt lässt sich hier ein Instrument für mich finden.«

Alegreya beäugte sie. »Wie kommst du darauf? Die Menschen hier scheinen mir nicht gerade wie Instrumentenbauer ...«

»Du hast doch die Baumstümpfe und die Pferde gesehen, oder?«

»Ja. Und?«

»Die Ländereien um Oriole sind reich an Klanghölzern. Nach der Trocknung dient das Holz als Körper für Instrumente. Das Pferdehaar wird ebenso genutzt wie die Därme verstorbener Tiere –«

»Aus denen man Saiten machen kann«, mischte Priel sich ein. »Obwohl mir Saiten aus Kupfer oder Silber lieber wären. Nur wird man die *hier* nicht finden.« Die giftige Bemerkung ließ ein flaues Gefühl in ihrem Magen entstehen. Es gab keine Erzvorkommen im Reich der Klänge. Rizsette hatte vor Priels Violine noch nie ein Saiteninstrument mit derartig beschaffenen Saiten gesehen. Hierzulande stellte man sie aus Darm oder Pferdehaar her, ein angesehenes Kunsthandwerk. Aufgrund der wenigen Tiere kosteten sie ein Vermögen, abgesehen von der aufwendigen Herstellung. Meister Canary hatte erzählt, dass man einst mit dem Reich der Schwerter Handel betrieben hatte. Leider war auch ihm kein wertvolles Instrument aus dieser Zeit verblieben, sodass Rizsette sie sich nur in ihren Träumen hatte ausmalen können.

»Bestimmt finden wir einen hochwertigen Ersatz für die gerissene Saite.«

»Wenn du das sagst, Bardin.« Priel zog das Tempo an, einige der Dorfbewohner wurden auf sie aufmerksam, behelligten sie jedoch nicht weiter. »Wir bleiben nur für heute Nacht. Ich will so schnell wie möglich weiterziehen.«

Also noch eine Nacht unter freiem Himmel. Ihr Rücken knackte vorwurfsvoll.

»Willkommen, Reisende!« Spontan begegnete Rizsette dem Blick eines gutmütig wirkenden Mannes. Er winkte sie heran, anerkennend musterte er ihren Federumhang. »Geschätzte Bardenschülerin, was für eine Ehre, Euch in unserem bescheidenen Dorf willkommen heißen zu dürfen! Zieht Ihr Richtung Oriole?«

»Genau«, bestätigte sie mit einem Lächeln, nur flüchtig nahm sie Priels Augenrollen wahr. »Wo finde ich euren Markt? Ich würde mir gern die angebotenen Instrumente ansehen.«

Der Fremde schlug begeistert die Hände aneinander. »Sehr gern, edle Bardin! Wenn Ihr mir folgen möchtet.«

»Wirst du immer so hofiert?«, raunte Arlecho ihr zu, die hochgezogenen Brauen sprachen von Erstaunen.

Rizsette feixte.

»Natürlich. Schließlich kennen sie meinen Wert.«

»Deinen *Wert*?«, kommentierte Priel ungerührt, als ginge ihn all das nichts an. »Ist es das, was du willst? In ihren Augen *wertvoll* sein? Was bist du? Ein besonders hübscher Edelstein?« Sein Blick blieb an ihr hängen, Rizsette wusste nicht weshalb, doch die Hitze strömte ihr unkontrolliert in die Wangen. Sie schürzte die Lippen, ruckartig wandte sie ihm den Rücken zu. Sollte er doch denken, was er wollte.

Der Dorfbewohner führte sie zu einem reichen Markt. Wahrscheinlich lief hier der Handel aus der unmittelbaren Umgebung zusammen. Pferde grasten vor und neben den reichlich beladenen Wägen, einige Schreier beschrieben die Vorzüge ihrer Waren, hauptsächlich Lebensmittel, sauberes Wasser und Kleidung – bis hin zu einem isolierten Stand, der feine Instrumente anbot. Rizsette glitt eilig vom Pferderücken.

Zuerst erspähte sie einen mittelgroßen Kasten, verbunden mit einer Art Trichter. Ein Musiphon, die es in der Hauptstadt überall gab: Durch die Komposition eines Meisterbarden spielte es alle Lieder, denen es zuvor gelauscht hatte. Derzeit lag es still, wohl noch neu und nicht mit Magie gesättigt. Rizsette wanderte weiter, hin zu einer großen Harfe, mehreren Lauten, über ein paar Blasinstrumente hinweg bis zu einer einzelnen Leier, die ihrer alten recht ähnlich sah.

»Sticht Euch etwas ins Auge, verehrte Bardin?« Der Verkäufer, ein kleiner Mann mit schütterem Haar, lächelte sie von jenseits des Verkaufstisches an. »Die Leier vielleicht? Feinstes Klangholz aus der Umgebung. Saiten aus kräftigem Rossdarm. Ein wahrlich edles Klangwerkzeug.«

Ehrfurchtsvoll strichen ihre Finger über das zarte Material und die sorgsam gespannten Stränge. Die kunstvollen Ornamente entlang der Arme und oberhalb des Klangkörpers entlockten Rizsette einen Laut der Verzückung. Sie, diese eine, musste ihr neues Instrument werden.

Die Augen des Verkäufers blitzten auf. »Zugegeben, ich verlange nicht wenige Noten für diese überragende Leier – doch sie ist jede Münze wert. Entscheidet Euch aber schnell, das Bardenhaus Meadowlark hat bereits Interesse angemeldet.«

Rizsette schluckte. Sie kramte sofort nach den ihr verbliebenen Geldstücken, bereit, jeden noch so hohen Preis zu zahlen – bis sich eine Hand fest um ihr Handgelenk schloss. Priel schob sich an ihre Seite. Er musterte das Saiteninstrument mit verkniffener Miene.

»Das erscheint mir viel zu teuer.«

Rizsette blinzelte perplex. De Händler blickte verdutzt zwischen ihr und ihm hin und her. »Der Preis ist angemessen für ein Instrument dieser Qualität. Ich –«

»Wir zahlen die Hälfte.«

Der Mann schnappte hörbar nach Luft. Gleichzeitig vernahm Rizsette das Zwitschern eines Vogels, direkt aus einem nahen Geschäft. Es klang fremd in ihren Ohren, merkwürdig auf eine Art, die sie aufmerken ließ. Panisch irgendwie. Hatte sich ein Vogel in dem Laden verirrt?

Der Verkäufer verschränkte derweil die Arme. »Das grenzt an Raub! Ich könnte niemals so weit mit dem Preis runtergehen. Verehrte Bardin, Ihr versteht sicher …«

Priel knallte ohne Vorwarnung die Hand auf den Tisch. Rizsette vergaß den Vogel. »Hier spielt die Musik. Du verhandelst mit mir.« Der bedrohliche Unterton stellte ihre feinen Armhärchen auf. Die Lippen des Händlers bebten vor Verärgerung.

»Und wer bist du, dass du es dir erlaubst, mein ehrliches Geschäft mit einer edlen Lehrbardin zu unterbrechen?«

»Ihr Leibwächter, wenn du es genau wissen willst.« Rizsette fehlten die Worte, doch nicht für lange, denn Priel linste zu ihr hinüber. »Außerdem sorge ich dafür, dass sie nicht übers Ohr gehauen wird. Sie muss schließlich noch einige weitere Städte bereisen. Du willst sicher keine Bardin ausnehmen, habe ich recht?«

»Von Ausnehmen kann keine Rede sein!« Der Ausruf des Verkäufers zog die Blicke der Umstehenden an wie Pferdemist die Fliegen. Rote Flecken sprenkelten seine Wangen. »Na schön, na schön! Ich verringere den Preis um ein Drittel.«

»Das reicht mir nicht.« Priel deutete auf einige der ausgestellten Saiten. »Leg eine deiner besten Saiten dazu und wir sind im Geschäft.«

Aufgebracht warf der Mann die Arme in die Luft. Er nuschelte ein Paar Beschimpfungen, die im allgemeinen Lärm untergingen, dann griff er nach einer der minderwertigen Saiten.

Priel knallte die zweite Hand auf den Tisch. »Nicht diese. Gib mir eine der Hochwertigen! Und versuch nicht, mich zu verarschen. Ich erkenne den Unterschied.«

Der Mann wurde bleich, fahrig zog er eine der kostspieligen Saiten hervor. »N-Na gut. Ich bin einverstanden.«

Der Anflug eines Grinsens zuckte über Priels Mundwinkel.

»Bardin. Gib ihm das Geld.«

Rizsette kramte verdattert nach ihrer Börse. Sie zahlte den lächerlichen Preis, zu überwältig von alledem, um auch nur ein Wort herauszubringen. Kurz darauf schlenderten sie davon, sie mit ihrer neuen Leier, Priel mit einer Saite in der Hand. Sie konnte es noch nicht wirklich fassen. Das Gewicht des Instrumentes schmiegte sich vertraut in ihre Handflächen. Mit einer Spur echter Bewunderung bedachte sie Priel.

»Das war beeindruckend.«

»Nicht der Rede wert. Gehörte zum Alltag in meiner Heimat.«

»Ach? Dann ist es also ganz normal, dass du dich als meinen Leibwächter bezeichnet hast?«

Priel verdrehte die Augen. »Komm nicht auf falsche Gedanken. Ich hasse alles an dieser Situation, aber man muss die Waffen nutzen, die einem zur Verfügung stehen.« Er musterte sie abschätzig. »Du hast nie *wirklich* in Armut gelebt, habe ich recht?«

Wieder hörte Rizsette dieses Zwitschern, doch sie lauschte ihm nur mit einem Ohr. »Nein. Warum auch? Mein Meister hat stets dafür gesorgt, dass es uns an nichts mangelte. Geldgeschäfte hatten uns Schüler nicht zu interessieren. Warum fragst du?«

Er hielt ihren Blick fest. »Man merkt es dir an. Nur jemand, der nie richtige Armut kennengelernt hat, geht so sorglos mit Geld um. Überlass das Handeln in Zukunft mir. Sonst gehen dir die Noten schneller aus, als du eines deiner Liedchen trällern kannst.«

Ohne ein weiteres Wort ließ er sie stehen. Rizsette blieb in der Mitte des Marktplatzes zurück, zu perplex, um ihm zu antworten. Priel steuerte die am Rande befindlichen Pferde an und kramte in den Satteltaschen, wohl um die Violine in Ordnung zu bringen.

Für den Moment vergaß Rizsette das Zwitschern. *Er hat mich schon wieder verurteilt.* Der Gedanke blieb beständig, wie sie selbst, die keinen Finger rührte. Auf unangenehme Weise wurde ihr klar, dass er damit recht hatte. Wirklich hungern hatten Vermin und sie nie gemusst, es gab auch keine Notwendigkeit, mit Geld umzugehen zu lernen. Es wurde nie von ihr erwartet. Von ihr verlangte man lediglich, sich auf den Königinnenhof vorzubereiten. Nützlich sein, anderen gefallen, hübsch aussehen. Das zählte. Zum zweiten Mal binnen kürzester Zeit stieg Rizsette die Hitze mit aller Gewalt in die Wangen. Die Erkenntnis kam, ohne dass sie es wollte. *Ich schäme mich. Seinetwegen. Schon wieder.* Unschlüssig verharrte sie, die neue Leier im Arm. Die bis eben empfundene Leichtigkeit verflog.

Weshalb gab Priel ihr ständig dieses Gefühl der Unzulänglichkeit? Als sei sie ein Kind, das niemals das wahre Leben kennengelernt hatte? Das sich engstirnig vor der Realität verschloss? Diesmal fiel es Rizsette schwer, die aufkommenden Empfindungen zu verdrängen. Sie mochte nicht, was Priel in ihr auslöste. Er führte ihr die eigenen Fehler vor Augen. Widerstrebend ballte sie die Hände zu Fäusten. Tat er das mit Absicht? Ja, genau so musste es sein.

Ich bin eine Lehrbardin. Und bald steige ich zur Hofbardin auf. Du wirst schon sehen. Wut eroberte ihre Gedanken, Rizsette erlaubte ihren Fingern, die Saiten zu liebkosen. Die Melodie wehte mit dem Wind, die Marktbesucher um sie herum hielten inne, sogar Priel neben dem Pferd verharrte. Mit hochgezogenen Brauen fasste er sie ins Auge, selbst diese winzige Geste kam Rizsette spöttisch vor. *Wird Zeit, dass ich dir eine Kostprobe meines Geträllers liefere,* dachte sie grimmig, äußerlich blieben ihre Züge völlig glatt. Erst dann begann sie, zu singen.

KAPITEL 8

PRIEL

Ihre Stimme schwebte über den Marktplatz hinweg. Priel, die Violine in einer Hand, die neue Saite in der anderen, ließ beides sinken. Er tat es, ohne nachzudenken, aus einem inneren Willen heraus, der ihn ganz und gar zu der Quelle des Gesangs hinzog – und damit zu Rizsette, deren Finger federleicht über die Leier strichen.

Es schlich sich an und legte sich zuerst auf seine Unterarme. Ein Gefühl der Spannung, das sich durch seinen gesamten Brustkorb zog und ihm die feinen Armhärchen aufstelle: Gänsehaut. Er kannte es nicht, dieses Lied aus dem Reich der Klänge. Aber das kümmerte ihn wenig. Es schien, als führten ihn die warmherzigen Worte zurück in die Vergangenheit, in seine Heimat. Zu einem Schmerz, den Priel mit aller Kraft von sich stoßen wollte. Kaum erfolgreich, wühlte die Bardin ihn doch auf wie der Windstoß eines heranziehenden Gewitters – denn die subtile Schönheit der Musik erfüllte ihn. Ihm war, als leuchte die Sonne wärmer, der Tag klarer auf sie hinab, als scheuten selbst die Vögel dieses Lied zu unterbrechen, ergriffen von allem, was ihren Lippen entströmte.

Rizsette hielt die Lider geschlossen. Inbrünstig sang sie von tiefen Gefühlen, von unerreichbaren Höhen, vom bodenlosen Fall. Priels Puls beschleunigte, er spürte eine Präsenz neben sich und wagte es doch nicht, hinzusehen. Wie damals, an unzähligen Abenden, erfüllt von Musik. Er durfte sich nicht umdrehen, wusste ja ohnehin, dass *er* nicht wirklich an seiner Seite stand, dennoch fürchtete Priel, sich zu verlieren. Und dann verklang ihr Lied.

Erst jetzt schlug Rizsette die Augen auf, blinzelte ins helle Licht und fand ihn. Sie hielt seinen Blick fest, sah unzweifelhaft die tiefempfundene Ergriffenheit – bis ein überhebliches Grinsen ihr Antlitz entstellte. Die Blase platzte, Applaus schallte über den Platz hinweg, Priel blieb völlig regungslos. Man überhäufte Rizsette mit Münzen. Von überallher kamen die Dörfler herbei, um ihr die steinernen Noten aufzudrängen. Die Bardin nahm sie mit einem breiten Lächeln entgegen. Niemals ließ sie Priel aus den Augen.

Siehst du, schien sie wortlos zu höhnen. *Ich kann sie alle begeistern. Warum sollte ich auf Geld achten, wenn ich es mit einem einzigen Lied zurückverdienen kann?* Mehr noch: Sie *wusste* offensichtlich, dass sie ihn überrascht hatte, dass er sich dem Wohlklang ihrer Stimme nicht hatte entziehen können. *Bardenmagie ist gefährlich*. Auch nach den Geschichten des alten Kauzes hatte Priel stets am Wahrheitsgehalt seiner Erzählungen gezweifelt. Sie begleiteten seine Kindheit und Jugend, ständig handelten sie vom Zauber der Bardenstimmen – doch das hier überstieg selbst seine kühnsten Vorstellungen. Rizsettes Gesang schien zu schön, um wahr zu sein. Zu anziehend, zu ... Ihm fehlten die richtigen Worte. Ungehalten schüttelte er den Kopf, bereits im Begriff, sich von ihr abzuwenden.

»Das hat mich tief berührt«, wisperte Echo, Priel beobachtete irritiert, wie er sich eine Träne aus dem Augenwinkel wischte.

»Sie hätte schon viel früher für uns singen sollen«, stimmte Reya ihm zu. Beide drehten die Köpfe in seine Richtung.

»Was ist mit dir, Priel? Hat es dir gefallen?« Wie so häufig kam die Frage wie aus einem Munde, er schürzte nur die Lippen.

»Verdammt gruselig. Ihr solltet das wirklich lassen.« Die Zwillinge feixten, er wandte sich seiner Violine zu. »Geht und helft der verdammten Bardin, die Münzen einzusammeln. Sie wird sie bei dem Gewicht nicht alle tragen können.«

Lauthals lachend zogen die Schwertarme ab, Priel blieb mit den Pferden zurück. Noch immer kam er nicht über den Sog der Magie hinweg, sie schwirrte durch seine Gedanken, leckte an den Rändern seines Schmerzes. Priel knurrte, fixiert auf den Wirbel der gerissenen Saite. *Ablenken. Ich muss mich ablenken!* Missmutig betrachtete er das Debakel, der Anblick der zerrissenen Metallsaite tat ihm weh.

Sie wird anders klingen, flüsterte der alte Mann auf ihn ein. *Egal was du anstellst, sie wird nie wieder dieselbe.*

Es half nichts. Wütend löste er den gerissenen Strang und ersetzte ihn mit dem neuen, die Metallsaite wanderte in die Satteltasche. Niemals würde er sie entsorgen, diesen Teil seines Vermächtnisses, des Versprechens an einen Toten: Die Sache, die er noch zu Ende bringen musste.

Ein Geräusch drang an sein Ohr, unerwartet und laut, jetzt, nachdem sich die Menge allmählich wieder beruhigte: das aufgeregte Zwitschern eines Vogels. Höchst willkommen, lenkte es ihn doch von den Abgründen seiner Seele ab. Priel drehte sich um und entdeckte Reya und Echo, die direkt auf ihn zukamen.

»Mit all dem Geld lösen sich unsere Probleme in Luft auf. Ich hätte nicht schlecht Lust, den einheimischen Alkohol zu testen. Was meinst du, Schwesterherz?«

Verlockender Gedanke, dachte Priel bei sich, begleitet vom Zwitschern des Vogels. Woher kam das nur? Er suchte den Himmel ab, doch das beschäftigte ihn nicht lange. Röhrend erwachte er zum Leben, gefolgt von einer Unruhe, die Priel innehalten ließ. Der Drang. Sein Griff um den Violinenhals verfestigte sich.

»Wo ist die Bardin?«

Die Zwillinge folgten seinem Blick, Reya sah ratlos aus. »Eigenartig, eben war sie noch da. Hast du was gesehen, Bruder?«

Wieder dieses Zwitschern. Diesmal hörte Priel genauer hin. Es kam aus einem Ladengeschäft, nur wenige Schritte von ihnen entfernt. Der Drang schob ihn in diese Richtung. Priel zögerte nicht.

»He Priel, was hast du –?« Echos Ruf blieb hinter ihm zurück, ebenso wie die Geräusche des Marktplatzes, als er den dunklen Verkaufsraum betrat – und mitten in einen eskalierenden Streit geriet. Die Wut funkelte unheilvoll in Rizsettes zusammengekniffenen Augen, sie plusterte sich auf wie ein zorniger Spatz.

»Ich habe ihn genau gesehen! Das ist gegen das Gesetz! Lasst ihn auf der Stelle frei!«

Priel stoppte. Was auch immer hier vor sich ging, es brachte die Bardin in Rage, ebenso wie die vor ihr stehenden Gestalten. Zwei an der Zahl, ein breitgebauter Mann und eine wesentlich kleinere, betagte Frau. Letztere hob abwehrend die Arme.

»Geschätzte Bardenschülerin, was Ihr zu sehen glaubt, ist –«

»Wilderei! Wie könnt ihr es wagen, einen Vogel zu fangen?«

»Hier ist kein Vogel«, widersprach der Mann säuerlich. »Keine Ahnung, was Ihr gehört haben wollt, aber ich wüsste doch, wenn es hier einen Vogel gäbe.«

Rizsette presste den Kiefer zusammen. »Ich habe ihn deutlich gehört! Außerdem habt ihr eben einen Käfig weggeschafft! Damit verstoßt ihr gegen die Dekrete der Königin!«

Mit einem Mal schlug die Atmosphäre um. Der Mann spannte die Schultern, er sah aus, als wolle er Rizsette an die Gurgel springen. Der Drang wollte, dass er die Bardin in Sicherheit brachte, doch die ältere Frau trat vor, wohl im Versuch, zwischen ihnen zu vermitteln.

»Was ist mit Eurem Umhang? Diese Federn stammen auch von Vögeln, nicht wahr? Bei der Größe müssen es mehrere Tiere gewesen sein. Was macht da schon ein kleines Vögelchen? Lasst uns ziehen, verehrte Bardin. Es soll nicht zu eurem Nachteil sein.« Sie holte ein Beutelchen voller Münzen hervor, Rizsettes Mundwinkel zuckten, Priel hatte genug.

Kurzum schob er sich dazwischen, mit dem Rücken zu den Fremden, um sie ein Stück weit zur Tür zu drängen. »Keine Ahnung, was du hier bezweckst, Bardin, aber selbst, wenn diese Menschen einen Vogel gefangen haben, bleibt für diesen Unsinn keine Zeit. Gehen wir zurück.« Wie um sie zu verspotten, ertönte erneut das aufgeregte Zwitschern. Rizsette funkelte ihn an – doch dann weitete sie die Augen.

»Priel, pass auf!«

Er hörte den Luftzug und reagierte vollkommen instinktiv. Priel wirbelte herum, ein grober Knüppel rauschte auf ihn zu, das Gewicht in seiner Hand erinnerte an sein Schwert. Er riss sie hoch, Holz kollidierte mit dem, was er umklammert hielt. Ein splitterndes Geräusch, der Angriff verlief ins Leere, jemand fluchte – und Priel wurde schlagartig bewusst, was er da gerade getan hatte. Kein Schwert in seiner Hand, beide befanden sich nach wie vor an seiner Hüfte. Der Körper des Instrumentes, seiner *Violine*, hing an den Saiten in der Luft, nur diese verbanden den abgetrennten Hals mit dem Rest des Klangwerkzeuges. Seine Gedanken stoppten jäh, die unkoordinierte Attacke setzte sich nicht fort, denn die Wilderer stürzten durch eine Tür in den hinteren Bereich des Geschäftes. Rizsette rauschte an ihm vorbei.

»Sie wollen fliehen! Das dürfen wir nicht zulassen!«

Priel rührte sich nicht, ungeachtet des Drangs, der ihn zwingen wollte, Rizsette zu folgen. Die Reste der Violine baumelten kläglich hin und her; ihr Anblick löste einen schmerzhaften Impuls aus, der sein Herz krampfhaft zusammenzog. *Sie ist zerstört.*

Langsam fokussierte er die Tür. Er hörte die Bardin schreien, doch nicht aus Wehklagen – vielmehr eine wütende Tirade voller düsterer Verwünschungen. Erst dann setzte er sich in Bewegung, obwohl Leere in seinem Kopf regierte. Hinter der Tür erwartete Rizsette ihn bereits, vor ihr ein Vogelkäfig aus Holz, daneben ein offenstehendes Fenster. Von draußen drang Hufgetrappel herein. Die Wilderer machten sich aus dem Staub, Rizsette hatte nur Augen für das winzige *Knäuel* hinter den Holzstäben. Auf den ersten Blick sah er unscheinbar aus, der handtellergroße Vogel mit dem samtschwarzen Gefieder. Entlang des orangenen Schnabels saßen eigenartige Punkte in leuchtenden Schattierungen von Blau, die sich bis zu den Flügelspitzen hinzogen. Eine der Schwingen hielt das Tier angelegt, die andere breitete er immer wieder aus.

»Priel. Hilf mir mal.«

Es schwelte in seinem Inneren, wie von einem vergessenen Feuer. Bestimmt schob er Rizsette beiseite. Es bedurfte nur eines beherzten Trittes, um das filigrane Holzschloss zu zertrümmern – und die Tür schwang auf. Furchtlos streckte Rizsette die Hand nach dem verletzten Tier aus, dieses piepste ängstlich, wohl in Erwartung von Schmerzen.

»Keine Sorge. Ich werde dir nichts tun.« Es schien, als verstünde der Piepmatz die Worte der Bardin, denn er legte das Köpfchen zur Seite. Nach kurzem Zögern hüpfte er auf die dargebotene Handfläche und Rizsette zog ihn hinaus.

Priel fühlte nichts. Noch immer lag der Violinenhals in seiner Hand, doch er wagte es nicht, hinzusehen. Wortlos trat er den Rückweg an, er merkte kaum, dass Rizsette ihm folgte, zurück zum Rande des Marktplatzes. Man hatte die Auseinandersetzung und die übereilte Flucht der Wilderer wohl nicht bemerkt; hier ging jedermann dem Tagesgeschäft nach.

»Priel! Was ist denn mit deiner Violine passiert?« Echos lautstarker Ausruf schien nun auch Rizsette zu erreichen, die das kleine Tier auf der Hand balancierte. Ein bestimmter Glanz in ihren Augen verriet Verblüffung, dann Entsetzen und zuletzt Schuldbewusstsein. Das Feuer in Priels Brust loderte ungezügelt auf.

»Das«, stieß er hervor, ein knapper, kraftloser Laut, dem der Nachdruck fehlte, »ist allein *deine* Schuld.« Mehr musste er nicht sagen. Er maß Rizsette von oben bis unten, zuletzt blieb er an ihren unsäglich blauen Augen hängen, die ihm diesmal nichts entgegenzusetzen wussten. Sie quollen über vor schlechtem Gewissen. Es berührte ihn nicht. »Ich werde dir niemals verzeihen.«

Ohne ein weiteres Wort schwang er sich auf eines der Pferde und jagte davon, verfolgt von Echos Rufen. Priel ahnte, dass er sich nicht von Rizsette entfernen konnte, vielleicht schaffte er es bis zum Rande der Ortschaft, aber das kümmerte ihn wenig. Ihr Anblick machte ihn rasend – und egal was sie tat, das hier wog schwerer als alles andere.

Fernab der Siedlung verstaute er die Überreste der Violine in der Satteltasche, eingewickelt in ein Kleidungsstück. Niemals würde er es über sich bringen, das Vermächtnis des alten Kauzes wegzuwerfen – selbst wenn das bedeutete, Müll mit sich herumzutragen. Der Verlust zerfraß Priel. Nicht nur der des Instruments, sondern auch der andere, viel schlimmere: Bohrend wie ein Wurm, der sich an seinen Eingeweiden labte. Nun würde er ihm seinen letzten Willen nicht erfüllen können.

Zu Priels Ärger holten ihn die anderen weit vor Einbruch der Nacht ein. Echo ging zu Fuß, Reya und die verdammte Bardin saßen auf ihrem Pferd, der Vogel zwitscherte von ihrer Schulter aus. Priel blickte Rizsette kein einziges Mal ins Gesicht. Echo baute sich vor ihm auf. »Verflucht, Priel, was sollte das? Du kannst dich nicht einfach so verpissen.«

»Du hast doch gesehen, dass ich es kann.«

Der auf Echos Gesicht tretende Schatten sprach von Herausforderung. »Willst du es auskämpfen?«

Unter normalen Umständen, gern, antwortete Priel in Gedanken, ohne es laut auszusprechen. »Diesmal nicht.« Blicklos suchte er Abstand zu der Gruppe, zumindest heute wollte er niemanden mehr sehen – doch ärgerlicherweise folgten ihm federleichte Schritte.

»Priel.« Sie stand hinter ihm, die beschissene Bardin, und wagte es tatsächlich, das Wort an ihn zu richten. »Es tut mir leid.«

»Steck dir deine Entschuldigung sonst wohin. Ich will sie nicht.«

Anstatt ihn ziehen zu lassen, lief sie um ihn herum. Das Bedauern in ihren Zügen hätte wohl jeden überzeugt, nur nicht Priel. »Ich kann sie ersetzen.«

»Die Violine kann man nicht ersetzen, nicht mit allem Geld der Welt. Mach dir keine Illusionen.« Er verlagerte das Gewicht, drohend beugte er sich zu ihr hin, Rizsette hielt ihm stand, sogar dann noch, als er die Stimme zu einem Flüstern absenkte: »Selbst, wenn du die verdammte Wunschbardin wärst, sie wäre nie wieder wie vorher. Und jetzt geh mir aus den Augen. Dein Anblick ist zum Kotzen.«

Rizsette knickte ein, trotz ihrer störrischen Art, dem übersteigerten Selbstbewusstsein, sogar der zum Himmel stinkenden Arroganz. Sie brach den Blickkontakt, das Vögelchen auf ihrer Schulter piepste leise – und Priel ging davon.

KAPITEL 9
RIZSETTE

Seit dem Zwischenfall vor eineinhalb Wochen behandelte sie Priel wie Luft. Der Anblick des in den Saiten hängenden Instrumentes hatte sich ihr eingebrannt, ein Anblick, den sie so schnell nicht vergessen würde. Eine ständige Erinnerung an ihr überstürztes Handeln, und das nur, um das kleine Vögelchen zu retten.

Dösend saß dieses auf Alegreyas Schulter, sie hatte sich mithilfe einiger Brotkrumen mit dem Tierchen angefreundet. Mittlerweile wussten sie, dass irgendetwas mit dem Flügel nicht stimmte – nichts, was Rizsette mit ihrer Magie so einfach beheben konnte. Oberflächliche Schrammen heilte das Lied der Erholung leicht. Aber falls es sich um einen Bruch handelte, gab es wenig, was sie tun konnte. Schlimmer war nur, dass sie die Antwort auf dieses Problem längst mit sich herumtrug: im Buch ihres Meisters.

Das Lied der Genesung, höhere Magie, die sie erst als Hofbardin erlernen durfte. Rizsette hatte gelernt, Kompositionen mit Respekt zu begegnen – was sie nicht davon abhielt, die Tonfolge Abend für Abend im Lichte des Lagerfeuers anzustarren. Sie hörte die Musik in ihrem Kopf, erinnerte sich an die Male, die Canary das Lied gespielt hatte, als säße er neben ihr. Alles in ihr drängte danach, sich an diesem Stück zu versuchen – dennoch wagte sie es nicht. Der Preis für ihr Versagen war zu hoch.

Flüchtig wanderten ihre Augen über Priel hinweg, dessen goldenes Haar im Sonnenschein glänzte. Die Pferde trugen sie gemächlich durch die sandige Ebene, kaum ein Strauch kreuzte ihren Weg. Die Wärme staute sich unter ihrem Umhang.

Echo fächerte sich Luft zu. »Scheiße ist das heiß! Wie weit ist denn diese verfluchte Stadt noch von uns entfernt?«

»Mindestens zwei Wochen, fürchte ich«, erwiderte Rizsette. »Halt durch. Bestimmt stoßen wir bald auf eine Siedlung.«

»Und frisches Wasser«, fügte Alegreya sehnsüchtig hinzu. »Ich bin voller Staub. Er steckt mir sogar zwischen den Zähnen.« Sie knirschte demonstrativ, ihr Bruder deutete auf seine Hose.

»Sei froh, dass es nur deine Zähne sind. Ich habe den Sand sogar zwischen den –«

»Hört auf zu jammern.« Priel wischte sich über die schweißnasse Stirn. Er kniff die Augen ein wenig zusammen. »Wir haben schon weitaus Schlimmeres durchgestanden. Das hier ist nicht mehr als ein Tropfen auf dem heißen Stein.«

Arlecho wimmerte aufgesetzt. »Was gäbe ich nur um ein paar Tropfen frischen Weins. Oder Wasser. Völlig egal, Hauptsache nass.«

Rizsette merkte auf, sie glaubte, in der Distanz Silhouetten zu erspähen. »Scheint, als würden deine Gebete erhört. Sieh mal!«

Arlecho folgte ihrem Blick, ein Jubelruf entkam seiner Kehle. Enthusiastisch sprang er hinter Priel vom Pferd und rannte den sich abzeichnenden Bäumen entgegen. Er erreichte den Ort zuerst und winkte kräftig mit beiden Armen.

»Eine Oase! Scheiße, das ist ein echt riesiges Wasserloch!«

Minuten später lag sie vor ihnen: eine kleine Wasserstelle umgeben von sattem Grün. Die Pferde stapften sofort in das kühle Nass, Rizsette genoss für einen Moment den Schatten der saftigen Gewächse. Fühlte sich fantastisch an nach der stundenlangen Sonne.

Priel richtete sich an die Zwillinge. »Wir bleiben bis morgen hier. Vielleicht lassen sich in dem Wasser ein paar Fische fangen. Reya, das überlasse ich dir. Echo, sammle Holz für ein Lagerfeuer. Ich sehe, was sich sonst noch so finden lässt.« Ohne einen Blick in Rizsettes Richtung verschwand er im Gestrüpp, sie sah ihm hinterher.

Arlecho kratzte sich am Kinn. Für einen Moment wirkte er, als wolle er das Wort an sie richten, doch letztlich entschied er sich dagegen. Er klopfte ihr im Vorbeigehen auf die Schulter, ehe auch er sich ins Unterholz aufmachte. Alegreya drückte den Rücken durch, das Vögelchen piepste leise. Sie holte ein maschiges Geflecht aus einer der Satteltaschen, das Rizsette als Netz erkannte. Sie begegnete ihrem Blick.

»Jetzt sag mir aber nicht, dass Fischfang hier auch unter Wilderei zählt.«

Rizsette schüttelte den Kopf. »Tu dir keinen Zwang an. Die Wilderei-Gesetze schützen die einheimischen Vögel, weil nahezu jede Art als Botenvogel genutzt wird. Fische hingegen zählen zu den wichtigsten Erzeugnissen einiger Städte. Ich mag den Geschmack aber nicht besonders.«

Alegreya grinste. »Sehr gut. Wollen wir doch mal sehen, was sich hier fangen lässt!« Ohne Stiefel watete sie in das Gewässer hinein, Rizsette sank indes auf einen querliegenden Baumstamm, froh über die Verschnaufpause. Für eine Weile sprach niemand ein Wort – und sie beschloss, sich die Zeit anders zu vertreiben. Ehe sie es sich versah, strichen ihre Augen über die Anweisungen im Buch ihres Meisters. Das Lied der Genesung, eine Abfolge mehrerer Töne, die sich wiederholten. Dazwischen einige kompliziertere Noten. Versuchsweise wanderten ihre Finger über die Saiten der Leier, nur durch die Luft, ohne das Lied zu spielen.

Alegreya beäugte sie zwar kurz von der Seite her, ihre Aufmerksamkeit galt jedoch den Fischen. »Versuchst du dich an einer der Kompositionen?«

»Ja. Ich dachte daran, etwas für den Vogel zu tun. Wir können ihn nicht ewig bei uns behalten und bestimmt hat er ein Zuhause, in das er zurückkehren möchte.«

»Gut möglich.« Alegreya stupste den kleinen Piepmatz an. »Na, Täubchen? Willst du nach Hause?«

Das Tier gab ein Flöten von sich, das in Rizsettes Ohren wie Entrüstung klang. Merkwürdiges Vögelchen. Sie konnte es nicht zuordnen, hatte ein Gefieder wie dieses noch nie gesehen. Woher es wohl stammte?

»Täubchen? Das ist doch aber gar keine Taube.«

»Na und? Sieht für mich ganz und gar wie ein Täubchen aus.«

Rizsette hob eine Braue. »Lass mich raten: Für dich sieht jeder Vogel wie eine Taube aus.«

»Gemein, aber korrekt. Gibt recht viele Tauben zuhause.« Behutsam streichelte Alegreya über den verletzten Flügel. »Meinst du, du kriegst das wieder hin? Mit diesem Lied der … Wie hieß es noch gleich?«

»Genesung. Keine Ahnung, schon möglich. Ich habe es mir gerade angesehen.«

»Gerade? Du meinst jeden Abend. Ich habe das mitbekommen, weißt du. Vom Starren wird der Flügel auch nicht wieder heil, also spiel es endlich.«

»So einfach ist das nicht, Reya. Wenn ich mich verspiele, könnte ich …«

Alegreya zog mit einem Ruck das Netz stramm, einige dicke Fische tummelten sich zwischen den Maschen. Das Wasser spritzte auf, das Vögelchen zwitscherte und der Zwilling stieß einen triumphierenden Laut aus. »Hör mir mal genau zu, Rizsette. Das Leben ist kurz, voller Schmerz und manchmal echt beschissen. Ich weiß, wovon ich rede. Dieser Vogel da ist keine Ausnahme. Du hast jedoch die Möglichkeit, dem Täubchen zu helfen. Versuch es wenigstens. Und selbst wenn du es verpatzt, was macht schon eine schlaflose Nacht?«

Rizsette wurde schlagartig bewusst, dass Alegreya den Rückstoß nicht ganz verstand. Sich bei einem Kinderlied zu verspielen, auch noch einem Flächengesang, war eine Sache. Dies jedoch bei einer Komposition zu tun, einem Zielgesang dieser Stärke, hatte weitaus größere Folgen.

»Reya, so funktioniert das mit dem Rückstoß nicht.«

Alegreya warf sich schwungvoll das Netz über die Schulter. Sie kehrte an Land zurück und setzte das Vögelchen auf den Stamm, direkt neben sie. »Komm schon. Oder hast du etwa Angst vor Kopfschmerzen?«

»Reya, du begreifst nicht …«

»Ich finde, du solltest es machen, bevor Priel und mein Bruder zurück sind. Wenn es schief geht, trifft die Schlaflosigkeit nur uns. Dann kann wenigstens jemand Wache halten.« Sie zwinkerte ihr verschwörerisch zu.

Rizsette wusste nicht, was sie noch sagen sollte. *Wenn es schief geht …* Flüchtig betrachtete sie das kleine Tier, das mit erhobenem Schnabel zu ihr aufsah. Irgendwie *bittend*. Ihr Puls beschleunigte. *Ich bin es so oft durchgegangen. Vielleicht kann ich wirklich …* Langsam hob sie die Leier an.

»Na schön.« Ihre Ohren wollten den eigenen Worten kaum glauben. »Bleib etwas auf Abstand, Reya. Ich muss mich konzentrieren.« Zaghaft zupften ihre Finger an den Saiten, sie fasste das Buch ihres Meisters ins Auge. *Ich kann das. Nur Mut, Rizsette. Hab keine Angst!* Sie spannte an, alles an ihr fokussiert auf die Melodie, sie senkte die Finger – und spielte.

Warm und betörend brandete die Musik über sie hinweg. Mit einem Mal schmolz die Unsicherheit dahin. Sie spürte die Kraft der Töne, die Macht der Magie, der Gesang entkam ohne jede Zurückhaltung:

Sink ab ins Vergessen, lass ab von dem Schmerz,
einlullend und schmeichelnd, direkt in dein Herz;
wie Wellen abebbend, nehm' ich von dir fort,
Kummer und Leid, durch ein singendes Wort.

Die Melodie klang nach, Rizsettes Kehle bebte, flüchtige Vibration belebte ihre Fingerspitzen. Das Gefühl verging, ihr Blick jagte zu dem winzigen Vögelchen, das ihrem Spiel ebenso aufmerksam gelauscht hatte wie Alegreya. Zaghaft drehte es den Kopf zur Seite, hin zu dem angelegten Flügel, den es behutsam ausbreitete. Sein leises Zwitschern klang fast schon fassungslos, ehe es mit beiden Schwingen flatterte und sich ohne Ankündigung von der Rinde des Baumstamms erhob. Grazil flog es empor und zog einen Kreis über ihnen. Rizsette konnte es nicht fassen.

»Ich … Ich habe es tatsächlich geschafft.« Ihre Gedanken schlugen Purzelbäume. Erneut fasste sie die Melodien im Inneren des Buches ins Auge. Das hieß, dass sie auch alle anderen erlernen konnte. Sogar die komplizierten, wenn sie sich nur Zeit nahm. Ein bestimmtes Lied kam ihr in den Sinn und sie blättere weiter, entdeckte die sorgsam notierten Tonfolgen, so anspruchsvoll, dass ein Pochen hinter ihrer Stirn entstand. Aber Rizsette wollte, sie *würde* es in Angriff nehmen. Diese eine Komposition – egal wie lange es dauerte.

Alegreya grinste breit. »Hab doch gesagt, dass du es hinbekommst. Tja, das heißt dann wohl, dass ich mich von dem Täubchen verabschieden muss.« Sie formte mit beiden Händen einen Trichter vor dem Mund. »Mach es gut, Kleine! Du bist jetzt frei.«

Anstatt davonzufliegen, ging der Vogel in den Sturzflug. Er strebte auf den Baumstamm zu, Rizsette glaubte, dass er jede Sekunde landen würde – stattdessen *wuchsen* seine Glieder. Alegreya stolperte zurück, Rizsette sprang auf und ihre Gedanken kamen zum Erliegen. Das Tier schwoll an. Federn segelten durch die Luft wie schwarzer Schnee, umgaben die Silhouette einer Frau, die sich mit angsterfüllten, hellbraunen Augen auf dem Boden zusammenkauerte. Ein rotes, bodenlanges Kleid umschmeichelte ihre schlanke Gestalt, breitete sich wie ein Fächer um sie herum aus. Das braune Haar floss gleich einem seidigen Wasserfall über ihre Schultern, die geraden Stirnfransen rahmten das blasse, pfirsichfarbene Gesicht mit den gewölbten Lippen ein.

Unter ihren Wangen, Rizsette kam sofort die eigenartige Färbung des Vögelchens in den Sinn, fand sie eine Reihe blauer Punkte, wie Sommersprossen. *Eine Bestienwandlerin!*

Rizsette hörte ein ärgerliches Ächzen, gefolgt vom Geräusch eines gezogenen Schwertes und mehreren, sandigen Aufschlägen. Priel wirbelte vor sie und drängte Rizsette zurück, sie ahnte, dass ihn der Bann dazu zwang. Neben ihm lagen Früchte, gesammelt im Wald, jetzt vergessen im Dreck.

»Wer bist du?« Sein Raunen ging ihr durch Mark und Bein. Die fremde Frau zuckte zusammen. »Rede! Andernfalls …!«

Alegreya schob sich dazwischen, die Arme abwehrend erhoben. »Nimm das Schwert runter, Priel. Siehst du nicht, dass du ihr Angst machst?«

»Sie ist eine *Bestienwandlerin*, hast du nicht gesehen, wie sie sich …!«

»Und ob ich das gesehen habe. Komm runter. Oder sieht sie für dich bedrohlich aus?«

Priel blieb stehen, Rizsette rührte ebenfalls keinen Finger. *Was geht hier vor sich? Noch eine Bestienwandlerin im Reich der Klänge?* Sie betrachtete die junge Frau distanziert, auf den ersten Blick erschien sie ihr harmlos. Aber das musste nichts heißen. Es raschelte, Arlecho kehrte mit beladenen Armen voller Holz zurück. Er hielt inne, seine Augen erfassten die Wandlerin. »Huch? Haben wir Zuwachs bekommen oder hätte ich vielleicht doch nicht von diesem wilden Baumsaft trinken sollen?«

Angstvoll fixierte die Fremde den Zwilling, wanderte zum Rücken Alegreyas und schließlich zu Priel. »I-Ich …« Ihre Lider flatterten, dann rollten sich ihre Augen nach hinten und sie fiel zur Seite um. Alegreya ging sofort auf ein Knie.

»Sie ist ohnmächtig. Huh. Was für ein Aufzug. Habt ihr schon mal solche Kleidung gesehen?«

In der Tat kannte Rizsette nichts, das auch nur annähernd an diesen Stoff herankam. Er schien aus fremdartigen Fasern gefertigt, Blättern womöglich, die Struktur erinnerte sie an die Ahornbäume aus ihrer Heimat. Doch das tat jetzt nichts zur Sache.

»Was sucht sie hier?«

Alegreya zuckte mit den Schultern. »Was suchen wir alle hier? Vielleicht ist sie wie wir aus ihrer Heimat geflohen. Sieht auf jeden Fall nicht sonderlich gefährlich aus. Armes Täubchen.«

Priel behielt das Schwert in der Hand. »Sie hat sich tagelang in unserer Nähe aufgehalten. Wir sollten sie beseitigen, bevor sie uns Probleme macht.«

Alegreya funkelte ihn an. »Untersteh dich. Du hast uns Rizsette nicht töten lassen, also lasse ich nicht zu, dass du dem Täubchen auch nur eine Feder krümmst.«

Arlecho lachte auf. »Ob ich wohl auch noch jemanden treffe, den niemand töten darf?«

Ohne auf ihren Bruder einzugehen, nahm Alegreya die junge Frau hoch, ihre verkniffenen Züge eine einzige Warnung an Priel. »Echo, mach das Feuer an. Wir behalten sie bei uns, bis sie aufwacht. Sie wird uns schon antworten – und vielleicht hat sie Hunger. Mit vollem Magen ist sie bestimmt gesprächiger.« Sie deutete auf den gefangenen Fisch, ebenso wie die im Staub wartenden Früchte.

Eine Bestienwandlerin in Gestalt eines winzigen Vogels, so weit entfernt von der Grenze? Rizsette fühlte sich wie vor den Kopf gestoßen.

Priel knurrte leise. »Wir teilen unsere Vorräte nicht mit Fremden.«

Echo, er stapelte die Scheite, verdrehte die Augen. »Sei nicht so herzlos, Priel. Sieh sie dir an, ich kann mir gut vorstellen, dass Reya recht hat. Wenn sie wirklich ein Flüchtling ist, sitzen wir mit ihr im selben Nest.«

»Und wenn schon. Dieses Nest hat längst genug Schnäbel, die gestopft werden wollen.«

»Ich würde gern hören, was sie zu sagen hat«, mischte Rizsette sich mit bebender Stimme ein. Helle Flammen stoben auf, der Rauch wanderte gen Himmel. Echo hatte das Lagerfeuer entzündet.

»Vielleicht weiß sie etwas über das, was meinem Meister widerfahren ist. Ich … Ich muss sie einfach danach fragen.«

Wie aufs Stichwort wimmerte das neben dem Feuer ruhende Bündel und öffnete die Lider. Alegreya schenkte ihr ein Lächeln. »Willkommen zurück, Täubchen. Wurde auch Zeit, dass dein Schönheitsschlaf endet.«

Ruckartig setzte sich die Fremde auf, mit großen Augen musterte sie alle Anwesenden. »I-I-Ihr …«

»Keine Angst. Niemand hier wird dir etwas tun. Wie ist dein Name?«

Diesmal richtete die Wandlerin den Blick gen Boden. Sie schien mit sich selbst zu ringen, ehe ein dünnes Flüstern ihrer Kehle entkam: »Nou.«

»Nou? Ungewöhnlicher Name. Unsere kennst du ja, schließlich hast du dich von uns durchfüttern lassen.« Alegreya lächelte einladend. »Was tust du hier?«

Sie bekam keine Antwort, Nou knetete ihre Handballen. Rizsette schob sich vor, gespannt wie der Bogen eines Streichinstruments. »Du bist eine Bestienwandlerin. Was hast du hier zu schaffen, so weit weg von deinem Zuhause? Inmitten der Graslande und gefangen in einem Käfig?«

»G-Graslande?«, fragte ihr Gegenüber auffällig stockend. »Dann bin ich wirklich weit gekommen ... Ein Glück.«

Rizsette zog eine Braue in die Höhe. *Sie stottert.* »Ich frage dich noch einmal, Wandlerin. Was willst du hier? Bist du meinetwegen gekommen? Verfolgst du mich seit Magpie?«

Nou senkte eingeschüchtert den Kopf. »N-N-N-Nein! Ich habe nicht ... Ich will nicht ...« Sie schluckte. »B-Bitte. Ich ...« Verloren legte sie die Arme um die flache Brust, Tränen entstanden in ihren Augenwinkeln.

Rizsette konnte damit nichts anfangen. *Spielt sie mir etwas vor, um mein Mitleid zu erregen? Nein. Ihre Emotionen sind echt. Sie hat Angst.* Rizsette gab die Lauerhaltung auf. *Beruhig dich. Du bist wütend, weil Canary getötet wurde. Das heißt nicht, dass sie für seinen Tod verantwortlich ist.* Anstatt weiter auf sie einzureden, beobachtete sie, wie Alegreya vorsichtig über Nous Hand strich.

»He. Ist ja gut. Du bist hier in Sicherheit.«

»Ach, ist sie das?«, murrte Priel, Nou wimmerte.

Die dicken Tränen rannen ihr unaufhörlich über die Wangen, sie brachte kein einziges Wort heraus. So würden sie gar nichts von ihr erfahren.

Spontan hob Rizsette ihre Leier. »Priel, Reya, Echo – haltet euch die Ohren zu.« Ihre Finger kitzelten die Saiten, das sanfte Lied schwebte über die Gruppe hinweg. Die Schwertarme kamen ihrer Bitte nach. Sogar Priel, wenn auch widerwillig.

Zu nächtlicher Stunde legst du dich zur Ruh,
befreist deinen Geist, deine Seele dazu –
vergiss was dich wachhält, dich schüttelt und grämt,
hör nur auf das Lied, das die Angst gänzlich zähmt.

Nou wurde ruhiger. Das Schluchzen endete, die Tränen versiegten, ihr Blick gewann an Schwere, ganz so, wie Rizsette es mit dem Lied der Ruhe beabsichtigt hatte. Alegreya warf ihr einen dankbaren Seitenblick zu, Arlecho wirkte hellauf begeistert, anders als Priel, der eine Hand zur Faust ballte. Nou holte tief Luft.

»Ich bin geflohen. Aus meiner Heimat. Leider habe ich mich während des Sturms verletzt.«

Sturm? Meint sie die magischen Stürme in den Grenzlanden? Die Barriere aus heftigen Gewittern, die jeden Eindringling vom Überqueren der Grenzen abhalten sollte, egal aus welchem Reich. Spontan wanderte ihr Augenmerk über die Versammelten hinweg. Sie alle mussten dem Wüten der Naturgewalten getrotzt haben, um hierher zu gelangen. Wie hatten sie das angestellt?

»Danach konnte ich mich nicht mehr zurückverwandeln und bin an die … diese Wilderer geraten.«

Das Stottern wird weniger, sobald sie sich entspannt. Rizsette fragte sich, ob Bestienwandler in ihrer tierischen Form verharren mussten, wenn sie sich verletzten.

Alegreya reichte Nou ein schmutziges Taschentuch, mit dem sie dankbar die Tränenspuren trocknete. »Du hast mich geheilt. Ich bin dir zu tiefstem Dank verpflichtet, Bardin.«

»Rizsette«, erwiderte sie vorsichtig. *Eine Bestienwandlerin, die aus ihrer Heimat geflohen ist. Wie Priel und die Zwillinge.*

Priel rümpfte die Nase. »Rührend. Nachdem die Bardin deinen Flügel geheilt hat, kannst du dich ja jetzt wieder in die Lüfte schwingen und verschwinden. Mir reicht ein *schräger Vogel*, der uns in den Hacken hängt.« Er musste Rizsette nicht ansehen, damit sie wusste, dass er sie meinte.

Nou biss sich auf die Unterlippe. »Ich kann nicht. Also … flie-fliegen, meine ich.«

Priel hob eine Braue. »Deine Bestiengestalt ist ein Vogel. Mit Federn. Und Flügeln. Du wirst ja wohl gelernt haben –«

»Habe ich nicht. Ich kann nicht … Es war das erste Mal, dass ich …«

Priel riss die Brauen immer weiter in die Höhe. »Na fantastisch. Eine Bestienwandlerin, die ihre Kräfte nicht kontrollieren kann. Noch ein Grund mehr, dich wegzuschicken.«

»Ich weiß nicht, wohin ich mich wenden soll. Bitte, schickt mich nicht weg …« Der flehende Ausdruck ging Rizsette nahe. Auch Echo bedachte Nou mitleidig. »Priel, vielleicht nehmen wir sie wenigstens mit nach Oriole. Komm schon, sie ist in einem fremden Land und vollkommen auf sich allein gestellt.«

»Tsk. Seit wann so weich, Echo? Mir egal, ob sie allein ist. Ich schleppe sicher keinen weiteren, unnötigen Ballast mit mir herum.« Diesmal fasste er Rizsette direkt ins Auge, das erste Mal seit einer Woche. Seine Aussage versetzte ihr einen Stich – als sei auch sie nur ein Klotz am Bein, den er so schnell wie möglich loswerden wollte.

KAPITEL 10

PRIEL

Die sich in der Ferne abzeichnenden Türme kündeten vom Ende ihres Weges. Sie schraubten sich in ungeahnte Höhen, fast gewann man den Eindruck, sie würden die Wolken durchstoßen.

Oriole. Endlich. Die Pferde schnaubten schwerfällig angesichts des staubtrockenen Bodens, es wurde längst Zeit, dass sie sich für eine Weile ausruhten. Die Wochen der Reise hatten sie alle ausgelaugt. Priel strich seinem Gaul aufmunternd über die Flanke, ein stilles Versprechen, schon bald frisches Wasser und Heu zu besorgen – sofern es hier denn Wasser gab. Ihre eigenen Trinkschläuche waren leer, kein Wunder bei dieser Hitze.

Das Spiel der Leier in seinem Rücken machte Priels neugewonnenen Frohsinn schlagartig zunichte. Seit Wochen spielte die verdammte Bardin das immer selbe Lied, bruchstückhaft nur, als übe sie irgendeine Melodie. Allmählich verfolgte sie ihn bis in seine Träume. Er schenkte Rizsette einen giftigen Seitenblick, es kümmerte ihn nicht, dass dies ihr Spiel ins Stocken brachte. Auch die Wandlerin klebte an ihnen wie eingetrocknete Pferdescheiße, ein zusätzliches Ärgernis, von dem er sich bald verabschieden wollte – zumindest hoffte er das.

Leider schien Reya einen Narren an Nou – dem Täubchen – gefressen zu haben. Auch Echo hatte sich längst dieses absurden Spitznamens angenommen, beide behandelten die Bestienwandlerin äußerst zuvorkommend. Wenigstens machte sie kaum Probleme.

Hoffentlich finden wir in Oriole einen dieser verfluchten Meisterbarden. Dann bin ich sowohl den einen als auch den anderen Piepmatz auf einen

Schlag los. Danach kann ich mich endlich wieder meiner Aufgabe widmen. Priels Mitte rumorte schmerzhaft beim Gedanken an die Violine. Er würde es niemals zugeben, aber jetzt, da das Klangwerkzeug in Trümmern lag, wusste er noch viel weniger, welche Richtung er als Nächstes einschlagen sollte. Reya und Echo wollten ein neues Leben in diesem Land beginnen. Sie folgten Priel rein aus Loyalität, doch letztlich würden sie irgendwann und irgendwo anhalten und sich niederlassen.

Und ich? Was werde ich tun? Der Schmerz rief sich in Erinnerung, Priel biss die Zähne aufeinander. Es wurde immer schwerer, ihn zu unterdrücken.

»Was sind das für Türme?« Echo wandte sich an Rizsette, die die Leier an einer Vorrichtung an ihrem Gürtel befestigte. Man sah diese nur, wenn sie wie jetzt den Federumhang abgelegt hatte.

»Wasserspeicher, soweit ich weiß. Mein Meister hat mir davon erzählt. Oriole leidet unter langen Dürreperioden, weshalb die Bewohner das Wasser in diesen Türmen aufbewahren, um die langen Trockenzeiten zu überstehen.«

Echo pfiff anerkennend. »Verstehe. Haben sie auch etwas anderes als Wasser? Ich würde mir zu gern in einer der Tavernen –«

»Wir lagern außerhalb der Stadt«, schnitt ihm Priel das Wort ab. »Ich habe nicht vor, unsere Noten an einen gierigen Gasthausbesitzer zu verschwenden.« *Oder mich hinter Mauern sperren zu lassen.*

Reya stöhnte auf. »Ach komm schon, Priel! Wir alle könnten die ein oder andere Nacht mit einem Dach über dem Kopf vertragen.«

»Wenn wir Glück haben, können wir bei Meister Oriole unterkommen«, warf Rizsette ein. »Meisterbarden gewähren Lehrbarden und deren Begleitern während ihrer Reise Obdach – das heißt, wenn er nicht selbst zu einer Bardenreise aufgebrochen ist. Aber das bezweifle ich, mein Meister sprach öfter davon, dass Meister Oriole keine Schüler annimmt.«

»Warum das?« Es war selten, dass Nou das Wort ergriff. Sie saß vor Reya auf dem Pferd, Rizsette wanderte zu Fuß. In Ermangelung eines dritten Reittieres wechselten sie sich ab.

»Na ja, mit Bardenschülern geht eine große Verantwortung einher. Die neugeborenen Kinder müssen rekrutiert und bezahlt werden, danach werden sie bis zur Volljährigkeit ausgebildet und dann auf ihrer Reise bis in die Hauptstadt …«

»Neugeborene? Rekrutiert und bezahlt?«, hakte Echo nach. Rizsette stockte, Priel zog ungeduldig die Zügel an.

»Genug jetzt von dem leeren Gerede. Zieh deinen Umhang über, Bardin. Bestimmt brennst du schon darauf, dich von allen wie eine verdammte Adlige behandeln zu lassen.« Er trieb das Pferd an und ritt voraus, falls sie ihm Widerworte geben wollte, hörte Priel sie nicht. Stattdessen erreichte er die Stadt.

Oriole bot ein karges Bild: Staubige Straßen neben dichtstehenden Häusern, dicke, verdorrte Pflanzenstränge an den Wänden und Treppen, die ins Erdreich führten. Keine Menschenseele ließ sich blicken, Priel vermutete, dass man sich aufgrund der brennenden Mittagssonne ins Innere der Behausungen zurückgezogen hatte. Es herrschte unangenehme Stille – zumindest, bis man ihn einholte.

»Und?«, richtete er sich an Rizsette. »Wo finden wir diesen Bardenmeister?«

Sie verzog das Gesicht, wohl wegen seiner vorherigen Bemerkung. »Ich weiß nicht genau. Wir sollten jemanden nach dem Weg fragen.« Sie trat an eine der Türen heran, ihr Klopfen verlor sich in der unbehaglichen Ruhe. Man öffnete, eine einzelne Person spähte aus der Dunkelheit. »Bitte verzeiht die Störung. Ich suche Meister Oriole. Würdet Ihr mir bitte sagen –?«

»Im kleinen Wasserturm.« Die Tür schlug vor ihrer Nase zu, Rizsette stolperte wie vom Donner gerührt zurück.

Priel verschränkte ansatzweise amüsiert die Arme vor der Brust. »Wie war das gleich mit Respekt Lehrbarden gegenüber?«

Rizsette fehlten sichtlich die Worte. Sie wandte sich von der Tür ab und fasste den kleinsten der Türme ins Auge, ohne Priel zu antworten. Von außen sah er recht unscheinbar aus: weniger hoch als die Übrigen, gehalten in Weiß und hellem Braun, in gerader Form mit einem kreisrunden, breiteren Ende, das an eine Behausung erinnerte – Priel fand Fenster und ein annähernd flaches Dach, nur leicht abgeschrägt. Der Boden knirschte unter ihren Stiefeln, während sie sich auf den Weg zu dem hohen Bau machten. Hier gab es kaum noch Sand, die aufgesprungenen Erdplatten zu ihren Füßen offenbarten unzählige Risse. Karge, halbvertrocknete Büsche zierten die leeren Straßen, die vorherrschende Stille ließ diesen Ort wie verlassen erscheinen. Priel beobachtete, wie Rizsette den Blick gen Himmel hob, strahlend blau zu ihren Köpfen, gekrönt von der brennenden Sonne.

»Wie eigenartig. Wo sind die Trupiale?«

»Trupi… was?«, fragte Echo.

»Die einheimischen Vögel. Es sollte ganze Scharen von ihnen geben. Aber ich sehe nicht mal einen.«

»Ich würde mich bei dem Wetter auch eher verziehen, wenn ich ehrlich bin.« Reya wischte sich über die schweißnasse Stirn.

»Mein Meister hat uns oft von den Städten jenseits unserer Heimat erzählt, aber in keiner seiner Erzählungen war Oriole so trist. Ich habe nicht damit gerechnet, dass …«

»Das Schicksal meiner Stadt ist wahrlich kein einfaches.« Die Stimme kam aus einer schattigen Gasse. Sie gehörte zu einem alten Mann, gekleidet in eine gänzlich weiße Federrobe, die Rizsettes ähnelte. Silberne Fäden durchzogen das schwarze Haar über wettergegerbter Haut. Er runzelte die Stirn, reihum musterte er jeden der Anwesenden. »Du bist eine der Lehrbardinnen, die dem Ruf der Feder folgen. Wo ist dein Meister, Kind?«

Priel bekam mit, wie Rizsette schmerzlich das Gesicht verzog. »Meister Oriole.« Sie verneigte sich auf jene irritierende Art, die er bereits kannte. »Mein Name ist Rizsette von Canary. Ich verstehe, weshalb Euch mein Erscheinen ohne Begleitung eines Meisters verwirrt. Können wir dieses Gespräch an einem geeigneteren Ort fortsetzen?« Der alte Mann schien abzuwägen. Er legte den Zeigefinger an den kurzgehaltenen, silbrigen Bart, ehe er nickte.

»Natürlich, Rizsette von Canary. Du und deine Begleiter seid selbstverständlich eingeladen, in meiner Bleibe unterzukommen. Folgt mir, bitte.«

Der Bardenmeister führte sie zu dem kleinen Turm, hinweg durch unzählige Gassen, deutlich darauf bedacht, im kühleren Schatten zu bleiben. Priel musterte ihn verstohlen.

Das ist also ein Meisterbarde. Der weiße Federumhang besaß längere Federn, wirkte ganz allgemein prunkvoller als der Rizsettes, obgleich Priel den alten Kerl sicherlich nicht um das zusätzliche Kleidungsstück beneidete. Er verging auch so vor Hitze. *Ich muss ihn nach dem Bann fragen. Sobald er ihn gelöst hat, verschwinde ich von hier. Reya und Echo werden mir schon folgen. Notfalls mit der Bestienwandlerin, wenn es sein muss.* Kurz verharrte er an Rizsettes Rückansicht. *Die Bardin kommt klar, jetzt, da sie wieder unter ihresgleichen ist.*

Sie erreichten eine Treppe. Spiralförmig führte sie am Rande des aufragenden Baus entlang, Meister Oriole lief voraus, sie folgten ihm nach oben und stoppten vor einer weißen Tür. Der Bardenmeister stieß sie auf. Kühle Winde kamen Priel entgegen, einladend auf eine Art, die ihn seine Abneigung gegen geschlossene Räume vergessen ließ – zumindest für den Augenblick. Nou seufzte wohlig, ein Geräusch, das seine Erleichterung spiegelte. Die Kälte zauberte eine nur allzu willkommene Gänsehaut auf seine Arme.

»Ich sehe, dass deine Begleitung meine Komposition zu schätzen weiß«, richtete sich der Meisterbarde an Rizsette. Diese streckte die Hand nach der kühleren Luft aus.

»Eine Komposition, die die Wärme vertreibt?«

Oriole brummte, es klang wie Zustimmung. »Ich belege alle Häuser der Stadt mit dieser Magie, insbesondere in Hitzeperioden wie dieser. Ohne wäre es kaum auszuhalten. Komm, Kind. Wir müssen uns unterhalten.«

Sie strömten ins Innere der Räumlichkeit: ein heller, bequem eingerichteter Vorraum, von dem ein paar Türen abgingen. Meister Oriole führte Rizsette durch die größte, zog sie aber mit mangelndem Schwung ins Schloss; sie blieb beim Schließen einen Spalt breit offen stehen. Priel, der Drang zupfte zaghaft an ihm, lehnte sich abwartend an die Wand direkt neben dem Zugang. Der Rest der Gruppe ließ sich erschöpft auf die spärlichen Möbelstücke sinken, sie alle genossen die kalte Luft. Priel vernahm das Kratzen zweier Stühle, aus dem Inneren des Zimmers.

»Also, Rizsette. Was ist mit deinem Meister geschehen? Er wird dich doch nicht allein auf deine Bardenreise geschickt haben?«

»Nein. Ich begann meine Reise vor sieben Monaten. Bis vor einem Monat wanderte ich noch in Begleitung meines Meisters und Mitschülers durch die Lande. Bis …« Priel hörte ihr an, dass sie zögerte. »Es gab einen Angriff, Meister Oriole. Ein oder zwei Tagesreisen vor Magpie. Ich weiß nicht genau, was geschehen ist, aber es handelte sich um … Bestienwandler.«

Falls der Mann reagierte, zeigte er es nicht auf hörbare Weise. »Bestienwandler im Reich der Klänge? Bist du dir sicher, Kind? Das ist eine sehr ernste Angelegenheit. Sicherlich haben du und dein Meister den Bardenmeister Magpies davon in Kenntnis gesetzt. Ist Canary in der Stadt verblieben und hat dich allein weitergeschickt? Ohne deinen Mitschüler? Das ist wenig nachvollziehbar.« Es blieb für kurze Zeit still.

»Leider konnte ich Meister Magpie nichts von den Geschehnissen berichten. Sein Haus stand leer, er muss sich selbst auf Reisen befinden. Mir allein haben die dortigen Gesandten nicht geglaubt.«

Priel dachte an die vereitelte Gefangennahme zurück. *Also wollte sie Bericht erstatten? Betrifft das auch uns? Hatte sie vor, Reya, Echo und mich ... zu verraten?* Wenn das geschah, wurden sie zu Gejagten. Priel verengte die Augen zu schmalen Schlitzen.

»Dir allein? Sprich, Lehrbardin. Was bedeutet das?«

»Mein Meister hat den Angriff der Bestienwandler nicht überlebt. Von meinem Mitschüler fehlt seither jede Spur. Ich fürchte, dass er womöglich auch ...«

Das mit Rizsettes Mitschüler hörte Priel zum ersten Mal. *Obwohl, sie hat in jener Nacht von irgendjemandem innerhalb des Gasthauses gebrabbelt.*

Diesmal stieß Meister Oriole ein hörbares Keuchen aus. »Meister Canary kam zu Tode? Wie konnte das geschehen? Die Krone muss augenblicklich davon erfahren!« Wieder das Kratzen eines Stuhls, gefolgt von einem hölzernen Laut und dem Zwitschern eines Vogels.

»Ein Trupial. Ich habe mich bereits gefragt, was mit den Vögeln geschehen ist.«

»Das ist der letzte Trupial Orioles, seitdem die Dürre das Land fast unbewohnbar gemacht hat.« Das Rascheln von Papier sprach von einer eilig gefertigten Notiz. »Früher war dieser Ort nicht so staubtrocken, denn mit dem gespeicherten Wasser konnten wir das Land lebendig halten. Jetzt geht es beinahe zur Neige. Das erste Mal seit etwa fünfhundert Jahren.« Die Worte des Meisters klangen schwer. »Ich sende den Trupial in die Hauptstadt. Er wird die Krone über diesen Zwischenfall in Kenntnis setzen. Armer Canary. Er war wahrlich eine gute Seele und ein begnadeter Komponist.«

Leises Kritzeln eines Federkiels, es dauerte einige Minuten lang an, dann öffnete ein Fenster. Priel ahnte, dass der Vogel den Wasserturm verließ.

»Meister Oriole. Unabhängig vom Schicksal meines Meisters und Mitschülers will ich meine Bardenreise fortsetzen. Ich bin zuversichtlich, die Stadt der Klänge erreichen zu können. Notfalls allein.« Rizsettes Stimme triefte vor Trauer, aber die Entschlossenheit hob sich davon ab. Eine seltsame Mischung, die Priel vollkommen kalt erwischte.

Ja, er hatte sie die ein oder andere Nacht weinen gehört, auch wenn sie wenig erfolgreich versuchte, die Tränen zu verbergen. Echo und Reya hatte sie sicherlich täuschen können, doch Priel durchschaute sie. Er wusste, wie es klang, wenn man die Tränen unterdrückte und es doch nicht gänzlich schaffte. Ob der Schmerz ihrem verstorbenen Meister und Mitschüler galt?

»Gemach, mein Kind. Bevor ich über dein Schicksal entscheide, muss ich dir einige weitere Fragen stellen. Das hier ist keine einfache Situation, wie du sicher verstehst.« Priel spürte, wie die Atmosphäre spürbar in Wallung geriet. »Was genau ist in jener Nacht geschehen?«

Zuerst blieb es still, dann holte Rizsette tief Luft. Ihre Erzählungen sprachen von den fremden Bestienwandlern und dem brutalen Angriff auf ihren Meister. All dem lauschte Priel mit wachsender Besorgnis – bis zu dem Punkt, der ihn ins Spiel brachte. Und den die Bardin schlichtweg verschwieg. In ihrer Erläuterung hatte sie die Wandler abschütteln können und war einfach in den Wald geflohen. Priel zog die Stirn kraus. *Sie deckt mich. Warum?*

»Ich verstehe. Ein schreckliches Schicksal für einen Mann wie Canary.« Ein tiefes Seufzen hallte durch den Raum. »Zwar schulde ich deiner Begleitung Dank, immerhin haben sie dich sicher hierhergebracht, aber ungewöhnlich ist sie dennoch. Wer sind diese Menschen? Die beiden in schwarzer Kleidung sehen aus wie Gesandte.«

Priels Brust verkrampfte, zu Unrecht, denn Rizsettes Stimme klang klar und aufrichtig: »Nur Reisende, die sich Eure Hilfe erhoffen, Meister.«

»Meine Hilfe?«

»Nun. Es ... Es scheint, als läge auf einem von ihnen ein Bann, beziehungsweise ein Zauber aus einer Komposition. Sie zwingt ihn dazu, an meiner Seite zu bleiben und mich zu beschützen. Ich glaube, dass mein Meister diese Magie gewirkt haben muss – noch vor seinem Tod.«

»Von einer Komposition wie dieser höre ich zum ersten Mal.« Oriole klang nachdenklich. »Was erhoffst du dir von mir, Kind? Dass ich den Zauber auflöse? Leider wird mir das nicht möglich sein.« Priels Zähne schlugen so hart aufeinander, dass es wehtat.

Nou, unweit von ihm, schaute ängstlich auf, Reya sandte ihm einen irritierten Blick, Echo hob eine Braue. Nichts davon konnte ihn aufhalten. Mit aufwallendem Zorn riss Priel die Tür auf und rauschte in den Raum hinein, Rizsette fuhr in sitzender Position zu ihm herum, die Augen vor Schreck weit aufgerissen.

»Was soll das heißen, du kannst den beschissenen Bann nicht lösen, alter Sack?«

Der Meisterbarde verharrte, zuerst perplex, dann zusehends ärgerlich. Er rümpfte die Nase. »Hüte deine Zunge, junger Mann! Was erlaubst du dir?«

»Ich verlange, dass du diesen Bann von mir nimmst – auf der Stelle!«

»Das kann ich nicht.« Meister Oriole erhob sich. Unbeeindruckt von Priels Dreistigkeit wanderte er durch den Raum und blieb vor ihm stehen. Die Autorität in seiner bloßen Haltung sprach von langjähriger Erfahrung – und einer Spur echten Ärgers. »Die Komposition eines anderen Meisters ist für mich nicht auflösbar. Falls das *überhaupt* möglich ist.«

Auch Priel gab dem Kerl keinen Deut weit nach. »Und was genau soll ich dann tun? Ich will nicht mein ganzes Leben an diese verfluchte Bardin gekettet sein!«

Es zuckte in Orioles Gesicht. »Was du eine *verfluchte Bardin* nennst, ist eine ehrwürdige Bardenschülerin. Zoll ihr etwas Respekt, Bursche. Andere würden töten, um ihr zu Diensten sein zu dürfen!«

Priel hatte genug. Für den Bruchteil einer Sekunde erwog er, das Schwert zu ergreifen, nur das Flattern orangeroter Federn zwischen ihm und dem Meisterbarden hielt ihn davon ab.

»Es ist in Ordnung, Meister Oriole«, stieß Rizsette hervor, Priel den Rücken zugewandt. »Ich verzeihe ihm sein loses Mundwerk … Und ich bitte Euch, es mir gleichzutun. Nur dieses eine Mal.«

Der Bardenmeister betrachtete sie über mehrere Sekunden hinweg. Langsam flaute die Wut ab. »Na schön, Kind. Um deinetwillen und aus Dankbarkeit für deinen Schutz. Aber sorg dafür, dass sich diese Impertinenz nicht wiederholt.«

Rizsette nickte ergeben, Priel fletschte die Zähne, doch sie kam ihm zuvor: »Gibt es wirklich nichts, was Ihr für ihn tun könnt?«

Meister Oriole musterte ihn distanziert. »Wenn überhaupt kann man ihm nur am Königinnenhof weiterhelfen. Die dortigen Meisterbarden verfügen über älteres Wissen als wir, die in den zwölf Städten residieren. Ich schlage vor, ihn mit dir in die Stadt der Klänge zu nehmen.«

Priel ahnte, dass auch der Rest der Gruppe der Unterhaltung gelauscht haben musste, schließlich stand die Tür nach seinem Eindringen sperrangelweit offen.

Rizsette deutete eine weitere Verbeugung an. »Ich danke Euch, Meister Oriole.«

»Selbstverständlich, Lehrbardin.« Er beäugte Priel ungnädig. »Auch wenn mich dein vorlauter Begleiter erzürnt, gewähre ich euch wie versprochen Obdach für die Dauer eures Aufenthaltes. Lasst mich euch eure Gemächer zeigen.« Er schritt an ihnen vorbei zurück in den Vorraum und öffnete ein paar der Türen, dahinter lagen einladend aussehende Räumlichkeiten. »Ich schlage vor, du ruhst dich heute aus, Rizsette von Canary. Die Reise durch die Sonne ist auslaugend, du und deine Begleiter können etwas Ruhe vertragen.« Damit kehrte der Mistkerl von einem Barden in das eigene Zimmer zurück, diesmal fiel die Tür ins Schloss.

Ruckartig drehte Rizsette sich zu ihm um, die Stimme nur ein Flüstern: »Was sollte das? Legst du es drauf an, dass man dich entdeckt, oder warum musstest du ausgerechnet jetzt deine Beherrschung verlieren?«

Priel wollte von alldem nichts hören. Die Worte des Bardenmeisters suchten ihn heim, egal wie sehr die nervtötende Bardenschülerin tobte. *Er kann den Bann nicht von mir nehmen.* Sein Innerstes geriet durcheinander. »Ich gehe nicht in die Stadt der Klänge.«

Rizsette hielt seinem Blick stand. »Ich weiß. Das hast du schon einmal gesagt.«

»Ich werde aber auch nicht mein Leben lang bei dir bleiben.«

»Du tust so, als hätte ich dich darum gebeten.«

Die gegenseitige Abneigung sättigte die Atmosphäre. Priel bemerkte aus dem Augenwinkel, wie Nou die Finger in die Röcke krallte. »Bitte streitet nicht. Der Meisterbarde sagte, dass es noch Hoffnung gibt. Bestimmt gibt es eine Möglichkeit …«

»Hoffnung? Tsk.« Abrupt drehte er ihnen den Rücken zu. »Hoffnung ist was für Verzweifelte.« *Du bist meine letzte Hoffnung, Priel.* Energisch verscheuchte er die fremden Worte aus seinem Gedächtnis, zurück in die Erinnerungen, die er so stark verdrängte.

»Du irrst dich.« Nous Stimme zitterte. »Wu … Wunder geschehen jeden Tag. Es war ein Wunder, dass ihr mich gerettet habt. Und wenn du nur fest daran glaubst …«

»Spar dir das. Ich schlafe draußen, ihr könnt gern bleiben. Hier hält mich bestimmt nichts.« Ernüchtert zog Priel ab, die ausbleibenden Schritte hinter ihm bezeugten, dass ihm niemand folgte.

KAPITEL 11

RIZSETTE

In dieser Nacht schlief Rizsette zum ersten Mal seit langer Zeit ungestört. Kein Alptraum besuchte sie in dem weichen Bett mit seidigen Decken, die Sonne stand bereits hoch im Kurs, als sie die Augen aufschlug. Nou, mit der sie das Zimmer teilte, saß vor einem ausladenden Spiegel und bürstete ihr Haar. Es glänzte in einem verirrten Sonnenstrahl.

»Rizsette. Guten Morgen.«

»Guten Morgen.« Gähnend schob sie die Beine über den Bettrand. Ihr bis gestern schmerzender Rücken tat nicht mehr weh; sie fühlte sich so ausgeruht wie nie und streckte die Glieder. Nou sandte ihr ein seichtes Lächeln.

»Ich habe es auch vermisst, in einem weichen Bett zu schlafen. Zuhause hat man mich aber nie ausschlafen lassen.«

»Ja? Woher genau stammst du eigentlich? Bisher hast du uns nicht erzählt, wie es im Reich der Bestien so ist.«

Seichte Röte stahl sich auf Nous Gesicht, die blauen Sommersprossen bildeten einen irritierenden Kontrast. Sie öffnete die Lippen – und wurde von einem energischen Klopfen unterbrochen.

»Verehrte Bardenschülerin, darf ich eintreten? Ich komme mit einer Botschaft Meister Orioles.« Die fremde Stimme schickte Rizsette auf die Beine. Eilig warf sie den Federumhang über und strich sich über den Kopf, um ihr vom Schlaf zerzaustes Haar zu bändigen.

»Natürlich. Herein.«

Die Tür schwang auf und eine Gesandte betrat ihre Unterkunft. Wohl eine der wenigen, die an diesem heißen Ort die Stellung hielten. »Meister Oriole erwartet Euch in einer Stunde auf dem Dach.«

»Auf dem Dach?«

»Er wird Euch Orioles Eintrittsmelodie lehren.« Hinter ihr kamen weitere Gesandte in Sicht, sie trugen eine große Schale voll Brot und Früchten, außerdem mehrere Krüge Wasser. »Geht sparsam mit dem Wasser um. Es ist ein äußerst knappes Gut. Ich empfehle mich.« Die Frau trat den Rückzug an, nahtlos steckten Arlecho und Alegreya die Köpfe durch die Tür. Sie schienen gewartet zu haben.

»Wir haben gehört, die *verehrte Bardenschülerin* lädt uns zum Frühstück ein.« Es erstaunte Rizsette jedes Mal, wenn sie wie aus einem Munde sprachen. Sie schmunzelte.

»Wird langsam zur Gewohnheit, was? Kommt rein.« Sie nahmen Platz, vor allem die Zwillinge langten kräftig zu, Nou knabberte vornehm an ihrem Essen. Für den Bruchteil einer Sekunde fühlte Rizsette sich an die Tage mit Vermin zurückerinnert. Es bereitete ihr Freude, in Gesellschaft zu speisen, doch nie hatte sie so viele Menschen auf einmal um sich herumgehabt. Lebendig fühlte es sich an, anders als nur zu zweit. Und es gefiel ihr. *Wird es immer so sein, sobald ich die Stadt der Klänge erreicht habe?* Die Vorstellung weckte ein warmes Gefühl in ihrer Brust, das sie als Sehnsucht erkannte. Zugehörigkeit, die Aussicht auf das Ende der Einsamkeit. *So muss es sich anfühlen, eine Familie zu haben.*

»Priel ist die ganze Nacht nicht zurückgekommen«, meinte Arlecho und leerte einen Becher voll Wasser. Alegreya zuckte nur mit den Schultern. »Sieht ihm ähnlich. Er hat sich schon immer verpisst, wenn ihm etwas gegen den Strich ging. Ich habe vor langer Zeit aufgehört, mich darüber zu ärgern.«

»Hört sich an, als sei das früher wirklich häufig passiert.« Nous Einwurf entlockte Arlecho ein Nicken.

»Er hat die Dinge schon immer lieber mit sich selbst ausgemacht. Und Anlass zum Verkriechen hatte er während unserer Jugend wirklich mehr als genug.«

»Warum das denn?«

Arlecho goss sich Wasser nach. »Na ja, Priel sieht nicht gerade wie der ideale Schwertarm aus. Man hat sich deshalb oft über ihn lustig gemacht.«

Rizsette biss von einer Dörrtraube ab. »Über ihn lustig gemacht? Er scheint mir mit seiner Magie sehr gut umgehen zu können.«

»Seine Fähigkeiten sind auch nicht das Problem«, entgegnete Alegreya. »Priel ist, nein, war schon immer *zu hübsch* für einen Schwertarm. Man hat ihn deshalb oft verarscht.« Seelenruhig verschwand ein Stück Orange zwischen Alegreyas vollen Lippen.

Rizsette legte den Kopf zur Seite. Zugegeben, dass man Priel als schönen Mann bezeichnen konnte, lag auf der Hand. Das goldene Haar, die hellgrünen Augen, die feinen Gesichtszüge – was ihm im Reich der Klänge einen Vorteil verschafft hätte, resultierte in seiner Heimat offenbar in Spott. Alles daran irritierte sie.

»Er wurde schlechter behandelt, weil er gut aussieht?«

Arlecho legte sich auf die Seite, abgestützt auf einem Kissen. »Muss dir komisch vorkommen, nicht wahr? Ich kann mir vorstellen, dass Barden darauf angewiesen sind, hübsch zu sein. Sonst gäbe es beim Straßengesang kaum so viele Noten.« Er zwinkerte ihr zu, Alegreya feixte.

»Hast du Rizsette gerade schön genannt?«

»Würden mir Frauen zusagen, wäre sie durchaus eine Option.«

Rizsette entließ die Luft aus geschürzten Lippen. »Spaßvogel.«

»Stets zu Diensten. Sollten wir Priel eigentlich was übriglassen?«

»Das wäre nur f-f-f ...« Nou stockte auffällig, für einige Sekunden fuhr sie nicht fort, als wolle das Wort einfach nicht herauskommen.

»Fair?«, half Echo aus, sie sandte ihm einen ärgerlichen Blick, der nicht zu ihrer sonst so zurückhaltenden Art passte.

»Bitte mach das nicht. Ich kann für mich selbst sprechen. Es dau ... dauert nur ab und zu ein wenig.«

»Oh.« Echo neigte bedauernd den Kopf hin und her. »Tschuldige.«

Nou ging nicht weiter darauf ein. Sie zog ein Tuch aus einer verborgenen Falte ihres Kleides und begann, einige der Dörrfrüchte einzusammeln. Auch dieser Stoff sah aus, als bestünde er aus einer Art Blattwerk. »Du solltest zu Priel gehen, Rizsette.«

Sie blinzelte. »Ich?«

»Gute Idee.« Alegreya füllte einen ihrer leeren Wasserschläuche. »Dieses ganze Gestreite ist schließlich auf eurem Pferdemist gewachsen. Ich werde mich da nicht einmischen.«

Rizsette wusste nicht, wie ihr geschah. »Aber ich habe Pflichten zu erfüllen. Meister Oriole ...«

»Ja, ja, der Bardenmeister erwartet dich. Dann bringst du Priel das Essen eben später. Grüß ihn nett von uns!« Sie überreichten ihr Wasser und Proviant, noch bevor Rizsette protestieren konnte, sprangen die Zwillinge auf.

Alegreya zog Nou auf die Beine. »Was meinst du, Täubchen? Sehen wir uns ein wenig in Oriole um? Ein Verdauungsspaziergang hört sich doch gut an. Kommst du mit, Bruderherz?«

Mit einem letzten Grinsen ließen sie Rizsette zurück, verdattert starrte sie auf das geschnürte Bündel in ihrem Schoß. Wahrscheinlich hatte der Schwertarm wirklich Hunger und Durst. Das hieß aber nicht, dass ausgerechnet sie ihn aufsuchen musste. *Verdammt.* Mit einem Seufzen befestigte sie Wasserschlauch und Proviant an einem ihrer Gürtelhaken. *Na meinetwegen. Zuerst Meister Oriole. Dann Priel.*

Kurz darauf fand sich Rizsette am oberen Ende der Außentreppe wieder. Die tiefroten Dachschindeln schienen alt, jedoch kräftig genug, ihres und das Gewicht des wartenden Bardenmeisters zu tragen. Er saß am Rande des Daches, mit Blick auf die Weite: der wolkenlose Himmel hoch oben, die vielfältigen Bauten in der Tiefe und die sandigen, kargen Böden mit allerlei wetterbeständigem Buschwerk. Sogar Menschen entdeckte sie in den Straßen, am Morgen verbargen sie sich nicht in ihren Behausungen.

Zentral gelegen, die Häuser schienen respektvoll Abstand zu halten, fand sie das ausgetrocknete Wasserbett eines Sees, heute bevölkert von Sand und Staub. Und dort, am Rande der Siedlung, irgendwo in der Ferne, erkannte sie eine Rauchsäule. Bestimmt von einem Lagerfeuer. Jetzt wusste sie zumindest, wo sie nach Priel suchen musste.

»Setz dich, Kind. Es wird Zeit, dass ich dich unseren Teil des Liedes des Eintritts lehre.«

Rizsette folgte der Aufforderung, beäugte die von Meister Oriole gehaltene Laute und holte ihre Leier hervor. Für eine Weile lauschte sie den zarten Tönen, um sie unter Anleitung des Bardenmeisters zu wiederholen. Eine einfache Klangfolge, die sich nahtlos in die übrigen Melodien einfügen würde. Es war das erste Mal, dass sich einer der Meisterbarden die Zeit nahm, ihr das Lied selbst beizubringen. In den vorherigen Städten hatte man ihr eine Schriftrolle übergeben, auf dass sie das Lied auf eigene Faust erlernte. Deshalb erinnerte sie alles an dieser Situation an ihre Lehrjahre in Canary, ihrem Zuhause.

Ach Vermin. Du solltest hier bei mir sein. Mühsam drängte Rizsette die aufkommenden Tränen zurück. Das gehörte in die Nächte, jene Momente vollkommener Einsamkeit, die sie tagsüber vergessen wollte.

»Dein Spiel ist ausgezeichnet, aber du scheinst abgelenkt.« Oriole musterte sie unverblümt, Rizsette beeilte sich, den Kopf zu schütteln.

»Keineswegs. Ich versuche nur, die übrigen Stücke gedanklich mit diesem zu verknüpfen.«

Der Bardenmeister brummte zustimmend. Offenbar schluckte er die Ausrede. »Es ist wichtig, dass du die Teile des Lieds auf ganz eigene Weise interpretierst. Nur so entsteht deine Variante des Eintrittslieds. Hast du dir bereits Gedanken über den Gesang gemacht? Er muss von den besuchten Städten erzählen.«

Rizsette beäugte die triste Umgebung weit unter ihnen.

Meister Oriole folgte ihrem Blick. »Ich weiß, dass es wahrscheinlich nicht viel gibt, das an einem Ort wie diesem hervorzuheben wäre. Oriole war einst eine so prächtige, tropische Oase, umschwärmt von Trupialen. Früher gab es hier einen dichten Dschungel und tägliche Regengüsse. Das ist hunderte Jahre her.« Er legte die Laute beiseite. »Ich wünschte wirklich, ich könnte mehr für diesen Ort tun, der mir vor mehreren Jahrzehnten anvertraut wurde.« Wehmütig senkte er die Lider, Rizsette spürte seine Niedergeschlagenheit auf sich übergehen.

»Was ist passiert?«

»Das, was fast allen Städten so weit jenseits der Hauptstadt blüht, Oriole aufgrund seiner Lage ganz besonders. Uns fehlt das Wasser, Kind. Als man bemerkte, dass der Dschungel zurückging und der Regen ausblieb, baute man die Wassertürme. Nur durch Bardenmagie konnten wir den Großteil der folgenden Regengüsse in den Wassertürmen speichern. Sie reichen weit ins Erdreich hinein: Künstlich angelegte, gewaltige Kammern voller Wasser, die sogar das ausgetrocknete Wasserbett versorgt haben. Als dieses verdunstete, verschwanden auch unsere Vögel. In dieser Ödnis gibt es nichts, was sie hält. Es ist eine Schande.« Er atmete tief ein. »Ich habe meinen Frieden damit gemacht, nur einen kleinen Teil zum Überleben dieser Stadt beitragen zu können. Merk es dir, junge Lehrbardin: Ja, die Aufgabe aller Barden ist es, dem Volk zu dienen und so vielen Menschen wie möglich das Leben zu erleichtern. Aber manchmal kann man kaum etwas tun. Wenn es nicht in unserer Macht liegt, der Masse zu helfen, dann wenigstens einem. Wenn ich nur einem Menschen helfe, bin ich zufrieden. Das ist mein Grundsatz. Und nur das lässt mich weitermachen.« Unvermittelt erhob sich Meister Oriole. Ein Windhauch strich über sie hinweg, er blies ihnen kühle Luft entgegen. »Nun denn, Rizsette von Canary. Du hast erhalten, weshalb du nach Oriole gekommen bist. Meine Bleibe steht dir und deinen Begleitern weiterhin offen. Ich billige deine Bitte um Weiterreise, auch wenn ich dir rate, einen Vogel aus der Stadt der Klänge abzuwarten. Die Königin wird sicherlich Anteil an deiner Situation nehmen. Wie du dich auch entscheidest: Lass mich heute Abend wissen, falls du beschließt, weiterzuziehen.«

Er verließ das Dach und Rizsette blieb allein zurück. *Meister Oriole sorgt sich um diese Stadt.* Hier sah es so viel schlimmer aus als in Magpie, aber kaum anders als in den Siedlungen des Nordens. *Dein Wert bemisst sich in deinem Nutzen.* Wieder dieser Stich, der ihr schmerzhaft in Erinnerung rief, wie wenig sie – oder sogar der Bardenmeister – ausrichten konnte. Dass es niemandem half, wenn sie in die Hauptstadt einkehrte und dort den Rest ihres Lebens verbrachte. Leider kamen ihr damit auch Priels Worte in den Sinn – und der Proviant schob sich in ihr Gedächtnis. Unwillig verstaute Rizsette die Leier und trat den Weg nach unten an. Jetzt hatte sie noch viel weniger Lust, ihn aufzusuchen.

Wenig enthusiastisch durchquerte sie die Straßen und kam einigen Städtern entgegen, die ihr aus dem Weg zu gehen schienen. Genauso wie bei ihrem Eintreffen. Schwermut machte sich in ihr breit, als sie ihr Verhalten mit den Worten des Bardenmeisters verknüpfte. *Es ist die Pflicht eines jeden Barden, dem Volk zu dienen. Meister Oriole weiß, dass er versagt hat. Deshalb meiden sie ihn. Und mich auch. Für sie habe ich keinen Wert.* Nachdenklich zog sie weiter, bis zu den Ausläufern der Stadt. Dort entdeckte sie die Reittiere neben einem flackernden Lagerfeuer – ebenso wie Priel. Er hielt einen Stock über die Flammen, daran streckten ein paar der Gemüsearten aus den Satteltaschen. Missmutig hob er den Kopf, als er ihr Näherkommen bemerkte.

»Was willst du?«

Die Ablehnung der vergangenen Wochen kehrte schlagartig zu ihr zurück. Rizsette erwog, auf dem Absatz kehrtzumachen. *Nein. Auch er verdient frisches Wasser und Essen. Also reiß dich zusammen!*

Wortlos holte sie den Proviant hervor und streckte ihm den Arm entgegen. Sekundenlang verharrte sie so, ohne dass Priel Anstalten machte, ihr das Angebotene abzunehmen. Rizsette fasste sich ein Herz. »Wasser und Dörrobst aus dem Bardenhaus. Es ist nur fair, unser Frühstück mit dir zu teilen.«

»Frühstück?« Priel musterte den fortgeschrittenen Stand der Sonne. Letztlich zuckte er nur mit den Schultern und nahm ihr das geschnürte Paket samt Wasserschlauch ab. »Danke.« Die einkehrende Stille hallte unangenehm nach. Rizsette wusste nicht recht, was sie sagen sollte.

Ganz im Gegensatz zu Priel: »Ist noch was?«

Alles in ihr schrie danach, die vergangene Auseinandersetzung erneut aufleben zu lassen. Ihm in aller Deutlichkeit zu sagen, dass er sich vor einem Bardenmeister zu beherrschen hatte, gespickt mit einer Reihe wüster Verwünschungen – doch Rizsette sah nur Meister Oriole vor sich. *Wenn es nicht in unserer Macht liegt, der Masse zu helfen, dann wenigstens einem.* Sie schluckte die Beleidigungen ungesagt hinunter. Für die Bewohner der Stadt konnte sie nichts tun, ausgeschlossen. Aber bei ihm, Priel, lagen die Dinge anders. Hatte sie nicht genau deshalb wochenlang dieses eine Lied geübt?

Priel senkte derweil die Brauen. »Was? Sonst plapperst du doch auch, wie dir der Schnabel gewachsen ist.«

Es kostete Rizsette Mühe, an ihrem soeben gefassten Entschluss festzuhalten. Sie holte die Leier hervor. Wenn nicht jetzt, wann dann? »Priel, ich möchte dich um etwas bitten. Und bevor du mich unterbrichst: Ich weiß, dass du mich hasst. Das ist in Ordnung, damit komme ich klar. Ich verlange gar nicht, dass du mir verzeihst, wirklich nicht. Aber dieses eine Mal muss ich dich darum bitten, mir zu vertrauen.«

»Das war eine Menge Gepiepse ohne Inhalt. Sag einfach, was du sagen willst, Bardin.«

»Deine Violine. Bitte hol sie her.« Der Widerstand wallte auf, sie sah es am zornigen Funkeln seiner Augen, deshalb sprach sie schnell weiter: »Ich verspreche, dass ich sie nicht anfasse. Bitte, Priel.«

Wieder diese Stille, die ihr den Magen umzudrehen drohte. Sie ahnte, dass es hinter seiner Stirn arbeitete. Nur langsam drehte Priel sich um, hin zu einem der Pferde. Aus einer der Satteltaschen holte er die zerbrochene Geige hervor, eingewickelt in Stoff. Er stellte sich vor sie hin, das kaputte Instrument in den Händen. »Und was nun?«

»Leg sie hin.« Mit einem Schwenk deutete sie auf den blanken Boden, Priel knirschte auffällig mit den Zähnen, kam ihrer Bitte jedoch nach.

»Was hast du vor?«

Zur Antwort wanderten ihre Finger über die Saiten, ihre gesamte Wahrnehmung konzentriert auf die vor ihr ruhende Violine. *Ich schaffe das,* versprach sie sich selbst, in ihren Fingerspitzen brodelte die Magie. *Genau wie beim letzten Mal.*

Die Worte entströmten kontrolliert ihrer Kehle, sie vibrierten in ihrem Hals, eine Erinnerung an das Hochgefühl einer Komposition:

So ist es zerbrochen, was einst war vereint,
wie Teile des Puzzles, das unlösbar erscheint.
Doch der Klang, der sie leitet, vergangenes Glück,
macht aus mehreren Teilen ein einziges Stück.

Der abgebrochene Hals der Violine strebte wie von Geisterhand dem Körper entgegen. Dünne, magische Stränge verbanden beide Segmente miteinander, um sie entlang einer unsichtbaren Naht zu vereinen. Priel stieß ein hörbares Keuchen aus. Die metallenen Saiten schimmerten im Sonnenlicht, stramm legten sie sich auf das Instrument.

Die Violine verharrte, nichts machte den Anschein, als sei sie je zerbrochen. Rizsette senkte die Leier, gleichzeitig ging Priel vor der Geige in die Hocke. Unglaube zeichnete sich auf seinen Zügen ab, Rizsette atmete, bleierne Müdigkeit lähmte ihre Glieder. Die Anspannung forderte ihren Tribut. Deswegen hatte sie sich wochenlang den Kopf zerbrochen. Teile der Melodie geübt, ohne den Rückstoß herauszufordern – um eine Schuld wiedergutzumachen, die sich nicht in Worte fassen ließ.

»Du … Wie hast du …?« Flüchtig strichen seine Augen über sie hinweg, anstatt auf ihre Antwort zu warten, nahm er die Violine in die Hand. Zögerlich berührte er den einst zerbrochenen Hals, der nun glatt und makellos vor ihm lag. Zu glatt – denn Rizsette bemerkte, dass die einstigen Kerben und Abnutzungsspuren fehlten. Da hatte es die Magie offenbar zu gut gemeint.

»Ich weiß, dass es nicht perfekt ist. Aber dass sie kaputtgegangen ist, war meine Schuld. Das hier ist das Mindeste, was ich für dich tun konnte.«

Priel gab ihr keine Antwort. Er starrte das Instrument einfach nur an, fast bekam sie den Eindruck, dass er sie erneut ignorierte – bis er sich ihr zuwandte. »Danke«, brachte er hervor, zum zweiten Mal an diesem Tag. Diesmal ohne die abfällige Distanz.

Rizsette straffte die Schultern. »Ich habe in Oriole erledigt, was ich erledigen wollte. Die nächste der zwölf Städte, Meadowlark, liegt nur etwa eine Woche von hier entfernt, an der Küste. Ich weiß, dass Meister Oriole sagte, dass er dir nicht helfen kann, aber ich gebe noch nicht auf. Wir finden einen Bardenmeister, der den Bann löst. Ganz bestimmt. Und du könntest heute Nacht bei Echo im Turm schlafen. Da ist es kühl, außerdem gibt es Essen …«

»Hier draußen fühle ich mich wohler.«

Er betrachtete sie abschätzig, Rizsette nahm das als Zeichen, dass ihre Unterhaltung nun endete. »Na schön. Also sehen wir uns, sobald wir abreisen.« Sie drehte ihm den Rücken zu.

»Ich hasse dich nicht. Du gehst mir nur auf die Nerven.«

Rizsette verharrte, das Lächeln kam, ohne dass sie es beabsichtigte. Schwungvoll sandte sie ihm einen Blick über die Schulter. »Damit kann ich leben.«

Priel erwiderte ihr Lächeln nicht.

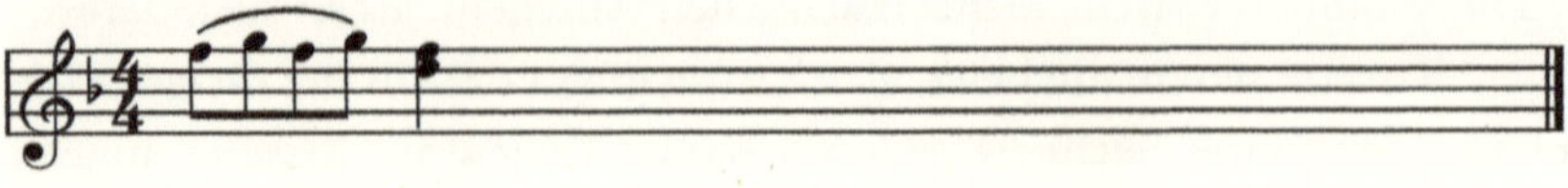

So fühlt es sich also an, von Nutzen zu sein. Rizsette folgte dem Weg zurück zum Wasserturm, beflügelt durch den Nachhall der Magie. *Ich konnte Priel helfen. Zum allerersten Mal habe ich wirklich jemandem geholfen!* Noch im Gehen zog sie das Büchlein ihres Meisters hervor, erpicht auf die übrigen Kompositionen. Längst gab es kein Halten mehr. Rizsette musste, sie *würde* die komplizierten Zauber erlernen. Nicht nur das Lied der Genesung und das der Restauration, mit dem sie Priels Violine repariert hatte. *Ich habe mich so angestrengt. Wenn ich mehr dieser Lieder erlerne, sehen die Menschen dann meinen Wert? Werden sie mich dann mögen?*

»Rizsette!« Sie hob den Blick und begegnete Alegreya, die ihr übertrieben heftig zuwinkte. Neben ihr stand Nou und fächelte sich Luft zu, Echo suchte sie vergebens.

»Wo hast du deinen Bruder gelassen?«

»Er hat sich auf den Weg zu Priel gemacht. Wollte sehen, ob er mittlerweile verhungert ist.« Sie grinste Rizsette offen an, diese verdrehte nur die Augen.

»Er wird es schon überstehen. Ich komme gerade von seinem Lager.«

»Ach? Na fantastisch. Wir wollten zurück zum Turm, hier draußen ist es wirklich viel zu heiß. Gehen wir gemeinsam?«

Sie schloss sich Alegreya und Nou an, die Sonne brannte ihnen unbarmherzig auf den Kopf. Um ihnen den Weg angenehmer zu machen, zog Rizsette die Leier hervor. Ihr Spiel erfüllte die Gassen, die nun allmählich leerer wurden – leider auch, weil man sie mied.

Nou blickte verschüchtert zu ihr hinüber. »Das ist schön. Du spielst wirklich gut.«

Rizsette lächelte sie offen an. »Gibt es eigentlich Musik im Reich der Bestien?«

»Nicht wirklich. Wir haben Gesang, aber keine anderen Instrumente als die Natur. Ich habe mal gehört, dass die Wölfe gerne jaulen. Und Katzen veranstalten gewaltige Feste.«

Alegreya linste zu Nou hinüber, Rizsette folgte ihrem Blick. *Vielleicht ist das meine Chance, etwas mehr über Nou in Erfahrung zu bringen.*

»Wie kommt es, dass du dich nicht verwandeln kannst?«

Nou schob die Zähne in die Unterlippe. »Ich habe es erst ein einziges Mal geschafft. Nicht willentlich, sondern mehr aus Zufall. Und dann bin ich weggeflogen.«

»Warum?« Ihre Finger zupften zärtlich an den Saiten.

»Weil ich Angst hatte. Ich habe den Dr… Dr… die Bedrängnis nicht mehr ausgehalten.«

»Die Bedrängnis?«, hakte Alegreya nach.

Nou faltete die Hände. Alles daran sprach von Nervosität. »Ich entstamme einer langen Linie aus Wandlern, aber aus einem unbestimmten Grund fiel es mir schwer, meine Bestienform anzunehmen. Also hat man mich an den Rand des Reiches geschickt, nach Aves. Um dort zu lernen.«

Alegreya schürzte die Lippen. »Das verstehe ich nicht. Letztlich hast du es doch geschafft, dich zu verwandeln. Warum bist du also weggeflogen?«

Nou schluckte auffällig. »Na ja … Ich habe in einer Geschichte gehört, dass Bardenmagie bestimmte Leiden heilen kann. Deshalb bin ich hergekommen. Um jemanden zu suchen, der mir helfen kann.«

Rizsette spielte leiser weiter. »Ist es das Stottern? Verunsichert dich das?«

Nou hob ruckartig den Kopf. »Was? Nein! Also, doch, manchmal. Aber das ist es nicht.« Nervös hielt sie Rizsettes Blick fest. Egal was sie sagte, das musste er sein, Nous Grund, ihre Heimat zu verlassen und sich auf den Weg in ein ihr fremdes Reich zu begeben.

Ist das möglich? Kann ihr ein Barde helfen? Canarys Kompositionen kamen ihr in den Sinn, aber es gab kein Lied in seinem Buch, das hilfreich gewesen wäre. *Vielleicht nicht er, aber ein anderer Meister.* Sie nickte langsam. »Die Magie, die du suchst, beherrsche ich nicht, schließlich bin ich nur eine Bardenschülerin. Aber ich werde Meister Oriole danach fragen. Vielleicht kennt er eine Komposition – oder hat einen Hinweis auf einen Bardenmeister, der dir weiterhelfen kann.«

Nou öffnete die Lippen, immer heftiger knetete sie ihre Hände. »Dann solltest du bei uns bleiben«, warf Alegreya dazwischen. »Falls dir der Barde dieser Stadt nicht helfen kann, kommst du einfach mit uns. Mein Bruder, Priel und ich haben zwar nicht vor, einen Fuß in die Stadt der Klänge zu setzen, aber wenn es dazu kommt …« Sie zwinkerte Nou zu, diese ließ den Kopf sinken.

»Ich würde gerne weiter mit euch reisen, aber …«

»Geht es um Priel? Ich weiß, er führt sich gern wie unser Anführer auf, aber wenn er eines nicht ist, dann das. Lass ihn mal unsere Sorge sein. Nicht wahr, Rizsette?«

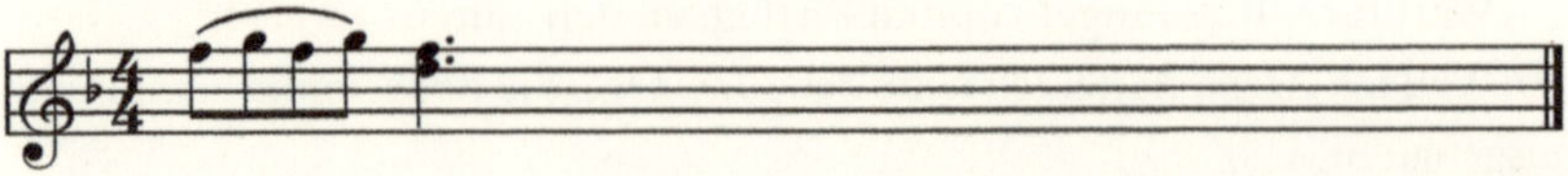

Sie fand Meister Oriole wie erwartet zur Abendstunde auf dem Dach, das Spiel seiner Laute hallte bis in die zur Ruhe kommende Stadt. Längst fehlte von der Sonne jede Spur, die ersten Sterne funkelten am Firmament. Rizsette hatte nachgedacht, über Nous Anliegen und ihre Bardenreise – es wurde Zeit, dem Bardenmeister von ihrem Entschluss zu berichten.

»Meister Oriole.« Sie verneigte sich, er deutete auf die Dachschindeln zu seiner Seite.

»Rizsette. Setz dich. Ich nehme an, du hast eine Entscheidung getroffen?«

Sie sank neben ihn. »Das habe ich. Ich werde Oriole im Morgengrauen verlassen und meine Reise fortsetzen. Ein Vogel aus der Hauptstadt wird mich auch unterwegs finden – und ich möchte unbedingt weitere Städte bereisen.«

Meister Oriole legte die Laute auf seinen Schoß. »Nun gut. Aber das ist nicht alles, habe ich recht? Ich sehe dir an, dass du mir eine Frage stellen willst.«

Rizsette gab sich Mühe, die Falten auf ihrer Stirn zu glätten. »Es geht um meine Begleiterin mit dem Namen Nou. Sie stottert und wünscht sich die Hilfe eines Bardenmeisters.«

Oriole brummte nachdenklich. »Ich verstehe. Das ist schwierig. Ich selbst kenne keine Komposition, die das vollbringen könnte, aber ich rate euch, Meister Cuckoo aufzusuchen. Er beherrscht allerlei Heiltechniken, die er von den königlichen Leibbardinnen erlernt hat. Sicherlich weiß er einen Rat.« Er klopfte Rizsette auf die Schulter und kam dann abermals auf die Beine. »Abends ist die Stadt besonders schön. Der Wind hier ist einzigartig. Falls du also noch nicht weißt, welchen Eindruck Orioles du für dein Lied des Eintritts verwenden sollst, rate ich dir, noch einen Augenblick zu verweilen.« Er lächelte ihr zu, bevor er die Dachschindeln verließ, seine Schritte verklangen wenig später.

Als habe es der Bardenmeister beschworen, wanderte ein kühler Lufthauch über ihr Haar, streichelte ihren Scheitel und küsste ihre Stirn. Der Sternenhimmel begrüßte Rizsette mit all seinen kleinen Lichtern, der Mond, eine helle Sichel in dieser klaren Nacht, leuchtete verheißungsvoll auf sie hinab. Sie nahm einen tiefen Atemzug. Schon morgen würden sie Oriole verlassen, in Richtung einer Stadt, die sie an die Küste brachte.

Meadowlark am Meer, bekannt für seine Delikatessen aus dem anliegenden Gewässer. Der Gedanke, diese kargen Landschaften hinter sich zu lassen, gefiel ihr.

Leuchtend entdeckte Rizsette Priels Lagerfeuer in der Ferne, am Rande der Stadt. Die Erinnerung an die Reparatur der Violine zauberte ihr ein Lächeln ins Gesicht. *Ich wünschte, ich könnte auch den Menschen dort unten helfen. Ihnen zeigen, dass ihnen Bardenmagie nützlich sein kann.* Der Gedanke vertrieb sämtlichen Frohsinn.

Den halben Tag über hatte sie sich mit den Kompositionen aus Canarys Notizbuch beschäftigt, keine geeignet, das Leid Orioles zu lindern: Ein Lied diente vermutlich dem Stimmen eines Klaviers. Eines beschäftigte sich mit der Reinigung von Bärten, ein weiteres sollte auf magische Weise Zehennägel schneiden. Rizsette verzog das Gesicht. Sie sah Canary beinahe vor sich, sitzend auf seiner Schlafstätte, wie er es der Bardenmagie überließ, seinen Bart zu säubern und die Nägel zu stutzen. So viel dazu, die Magie niemals eigennützig zu gebrauchen.

Das Kichern entkam ihrer Kehle ohne jede Ankündigung. Es fühlte sich merkwürdig an, so über ihren alten Meister nachzudenken. Schließlich lauerte dahinter der Abgrund, der sie in ein bodenloses Loch der Trauer zu werfen versuchte.

Um sich abzulenken, holte Rizsette das Notizbuch hervor. Sie kniff die Augen zusammen, das Licht der Mondsichel reichte gerade so, um die handschriftlichen Worte zu entziffern. Lied der Sauberkeit. Lied der gefalteten Kleidung. Lied der verborgenen Mächte. Seufzend erreichte sie die letzte Seite – und hielt inne. Da stand etwas in gedrungener Schrift, in der untersten Ecke: *Ariflyn von Goldfinch.*

Ein Bardenname? Sie wusste ja, wie diese zustande kamen: Bardenmeister verliehen ihren Schülern wohlklingende Namen, kombiniert mit der jeweiligen Heimatstadt. Doch weshalb existierte da ein Name wie dieser im Buch ihres Meisters? *Ist das vielleicht ... sein eigener?*

Er hatte seinen Namen ihr oder Vermin gegenüber nie erwähnt. Es hatte Tradition, die alten Bardennamen abzulegen, sobald man in den Dienst einer der zwölf Städte trat. Rizsette schluckte. Spontan kehrten die Bilder zu ihr zurück, die Nacht seines Todes und der Inhalt des kleinen Beutelchens: Das Buch, ein wenig Geld und die Spieluhr, ein unscheinbares Gewicht in einer der versteckten Umhangtaschen. Die Melodie drängte sich in ihr Gedächtnis, hatte sich eingebrannt wie eine Gravur in Holz. Mehr war von ihm, Ariflyn von Goldfinch, den sie als Meister Canary kannte, nicht geblieben.

»Hol sie hervor.«

Rizsette zuckte zusammen. Verwundert sah sie auf, glaubte, es sich nur eingebildet zu haben, da passierte es wieder: *»Versteck sie nicht. Hol sie raus.«*

Schweiß entstand auf ihrer Stirn, sie fuhr herum und fand sich doch allein. Perplex sank sie zurück und fragte sich, ob sie womöglich zu wenig getrunken hatte. Spielte ihr die Hitze des Tages einen Streich? Hatte sie sich zu lange in der Sonne aufgehalten?

»Hilf ihnen.« Die schmeichelnde Stimme umwehte sie wie der Wind.

Mit wachsender Panik kam Rizsette auf die Beine, bereit, sich gegen den unsichtbaren Feind zu verteidigen. Aber die vermeintliche Bedrohung existierte nicht. Kaum ein Laut drang aus der Stadt zu ihr heran, alles lag still.

»Wo oder was bist du?«, fragte sie in die Leere, ohne eine Antwort auf ihre Frage zu erhalten. Sie kam sich unglaublich lächerlich vor. *Ich hätte wirklich länger ausruhen sollen. Die viele Zeit in der Sonne …*

»Du kannst Oriole helfen.« Rizsette bekam Gänsehaut. *»Du musst sie nur hervorholen.«*

Ihr Atem ging stoßweise, ihre Gedanken wirbelten wild durcheinander. Das bildete sie sich nicht ein. »Ich weiß nicht, wer oder was du bist, aber du machst mir Angst.«

»Es ist ganz leicht. Vertrau mir.«

Stocksteif stand sie da, ihre Finger krampften. Was sollte sie jetzt tun? Das Dach verlassen und Meister Oriole um Hilfe bitten? Alles in ihr suchte nach einer Erklärung für diese Stimme, letztlich fiel ihr das Buch ins Auge. Sie umklammerte es noch immer. Entsprang die Stimme womöglich nur der Erschöpfung aus dem wochenlangen Erlernen zweier Kompositionen? Das durfte sie dem Bardenmeister auf keinen Fall sagen, schließlich hatte sie damit Verbotenes getan!

»Kein Grund, sich zu fürchten.«

Ihre Gedanken rasten. Womöglich sollte sie tun, was man von ihr verlangte. Egal, wo das hinführte. Unsäglich langsam wanderte ihre Hand in eine der Taschen und holte sie hervor – die kleine Spieluhr. Ein geisterhaftes Seufzen zog über sie hinweg, wie eine Bestätigung, dass sie das Richtige tat.

»Öffne sie.«

Steif gehorchte Rizsette der weichen Stimme, die Melodie erfüllte die Luft – und ihren Körper mit Ruhe. Alle Angst verschwand binnen eines Herzschlages, zurück blieb nur eines: ein Verlangen in ihrer Brust, lodernd wie Feuer. *Was ist das für ein Gefühl?*

»Gib dich ihr hin, Rizsette. Nur so kannst du dieser Stadt helfen.« Die Worte hallten nach, wiederholten sich in ihrem Kopf, träge fragte sie sich, woher die fremde Präsenz ihren Namen kannte. Langsam wandte sie sich Oriole zu, dieser Stadt in der Tiefe, beschienen von Mondlicht. Doch Rizsette irrte sich.

Ihre Augen wurden weit, denn über ihr hing die Sonne. Strahlend an einem wolkenlosen Himmel, unter sich eine üppig blühende Landschaft.

Keine Wassertürme, keine Ödnis und kein Sand. Nur immergrünes, sattes Leben und Menschen mit Bauten inmitten der Baumwipfel, ein glasklarer See, umschwärmt von Trupialen. Sie blinzelte und das Bild verschwand. Rizsette sank auf ein Knie, der kühle Nachtwind umwehte sie. *Was habe ich da gerade …?*

Die Melodie der Spieluhr erfüllte ihre Wahrnehmung. Sie hatte sie fallenlassen; wie verloren lag sie vor ihr auf den Schindeln. Das Buch ihres Meisters landete in einer der versteckten Taschen, sie bemerkte kaum, wie sie die Leier von ihrem Gürtel löste. Eine Bewegung rein aus Reflex, der zarte Töne folgten. Sie ahmte die Spieluhr nach, verleibte sich das Lied ein, fast spielten ihre Finger ganz ohne ihr Zutun. Ein Instinkt, geboren aus ihr selbst.

»*Du weißt, was ihnen fehlt*«, wisperte wieder diese Stimme, direkt in ihr Ohr.

Ihr war, als stünde ihr Besitzer direkt hinter ihr.

»Wasser«, antwortete Rizsette laut, fixiert auf die Stadt jenseits der Dachschindeln. »Nein, falsch. Regen.«

Zaghaft schlug sie die Töne an, das Lied ging ihr unsagbar leicht von der Hand. Worte entstanden in ihrem Geist. Zahlreich, impulsiv. Sie bedurften keines Nachdenkens, keiner Grübelei – sodass Rizsette einfach die Lippen öffnete:

Verdorrt liegt es vor mir, einst ein Land voller Leben,
erfüllt nun von Sand, ohne mehr zu erstreben.
Gib zurück jenes Glück, dass das Leiden zerstört,
Regen und Stürme, durch ein Lied, das betört.

Die Spieluhr stockte, die Musik setzte aus, auch Rizsettes Finger lagen nun bewegungslos an den Saiten. Die Ernüchterung erfasste sie ohne jede Ankündigung, absurd wie ihre Unterhaltung mit einer körperlosen Stimme. Kurzum griff sie zu und steckte das Spielzeug zurück in ihre Tasche.

Was tue ich hier eigentlich? Ich bin eine Bardenschülerin, keine Hofbardin, schon gar keine Meisterin. Wie kann ich mir anmaßen, mit einer Melodie, die noch nicht einmal von mir stammt …

Ein eiskalter Wassertropfen platschte gegen ihre Stirn. Rizsette erstarrte, verdattert hob sie den Blick – und wurde Zeugin des sich zuziehenden

Himmels. Wolken, groß, dunkel und schwer, gefolgt von einem plötzlichen Blitz, der sie beinahe das Gleichgewicht kostete. Es rumorte in ihren Gedanken, so laut wie das Donnergrollen. *Ein Gewitter.* Ohne jede Vorwarnung blieb Rizsette die Luft weg. Es fühlte sich an, als drehe man ihr den Magen um, denn ihre Körpermitte brannte. Ein unangenehmes Ziehen, das ihr Schwindel bereitete.

»Rizsette von Canary!«

Der Schrei ging ihr durch Mark und Bein. Sie riss den Blick herum und fand den Bardenmeister Orioles, bereits im Nachtgewand. Stocksteif stand er auf der nach oben führenden Treppe, die Augen auf das Spektakel vor ihnen gerichtet. Der aufkommende Wind zerrte an Kleidung und Bart. »Was ist da los? Woher kommt das Unwetter so plötzlich?« Er beäugte Rizsette, langsam wanderte sein Blick zu der fest umklammerten Leier. Tiefe Falten legten sich auf seine Stirn. »War das eine Komposition? Du solltest nicht in der Lage sein ...!« Seine Worte wurden vom einsetzenden Regen davongeschwemmt. Laut trommelte er gegen den Turm und die Häuserdächer unter ihnen, Rizsette rührte keinen Finger, obwohl ihr schon jetzt das Haar nass ins Gesicht hing. *Habe ich das getan?*

Euphorisches Gebrüll hallte durch die Nacht, es kam aus der Stadt. Nein, kein Gebrüll. Gesang. Die Menschen *sangen.* Sie priesen den Regen, während Rizsette aus den Augenwinkeln bemerkte, wie Meister Oriole eine Flöte hervorholte. Er spielte eine unhörbare Melodie. Zu laut tobte der Sturm, zu heftig trug der Luftstrom die Töne hinfort – doch die Magie entfesselte sich auch so.

Ein Teil des Wassers sammelte sich in der Luft. Gleichmäßig strömte es den Wassertürmen entgegen, gierig verschlangen sie die Flüssigkeit wie nimmersatte Bestien. Und unter ihr, bejubelt von der tanzenden Bevölkerung, füllte sich die ausgetrocknete Wasserstelle.

Mein Spiel hat das getan. Ungläubig wankte Rizsette zurück, ihre Mitte schmerzte noch immer dumpf – und eine Hand schloss sich fest um ihren Oberarm. Meister Oriole zog sie mit. Die Treppe hinab ins Trockene, bis in sein Arbeitszimmer. Die Tür schlug er hinter ihr zu, Rizsette stolperte mit.

»Wie hast du das angestellt?!« Seine sich überschlagende Stimme verschlug ihr die Sprache. Kurzum packte er auch den zweiten Oberarmen und schüttelte sie. »Raus damit, Kind! Das war eine Komposition, nicht wahr? Wer hat sie dir beigebracht? Etwa dein verstorbener Meister? Lehrbardinnen wie du sollten keine solche Magie beherrschen! Du weißt, dass das verboten ist!«

Rizsette fehlte jegliches Verständnis. Sie horchte in sich hinein, nur die Leere antwortete. »Es ist einfach so passiert.«

Oriole verzog das Gesicht. »Rede keinen Unsinn! Kompositionen entstehen über Monate, wenn nicht sogar Jahre hinweg! Magie dieser Stärke … Gib es zu, Canary hat dich hierhergeschickt, um mich vorzuführen! Lebt er noch und war dein Gerede von Bestienwandlern nichts als eine Lüge? Strebt er etwa an, sich die Gunst der Krone zurückzuholen, nachdem er sie vor so vielen Jahren durch seinen eigenen Leichtsinn verspielt hat?«

Rizsette wollte ihm zunächst ins Wort fallen. Wollte verneinen und ihre Begegnung mit den Bestienwandlern bekräftigen. Doch Meister Orioles Anschuldigungen verwirrten sie. *Die Gunst der Krone? Canarys Leichtsinn?*

In dem Versuch, Abstand zu gewinnen, drückte sie den Meisterbarden von sich weg – und ächzte auf. Der Schmerz in ihrer Mitte pochte entsetzlich, Rizsette beugte sich vornüber, die Hand auf den Bauch gepresst. Oriole beobachtete sie genau. »Was ist los? Ich rate dir, mir die Wahrheit zu sagen!«

Rizsette hörte ihn kaum. Fahrig strichen ihre Finger bis zum Saum ihres Hemdes. Vorsichtig hob sie den Stoff an, nur ein Stück weit über ihren Bauchnabel, auf der Suche nach irgendeiner Verletzung, die sie sich womöglich zugezogen hatte. Die Kälte kam mit dem sich ihr bietenden Anblick, so frostig wie die Winterwinde ihrer Heimat. Dort, an der Stelle, an der sonst ihr Muttermal saß, entdeckte sie ein *Notensystem*: Fünf übereinander liegende Linien, in ihrem Fall gebogen, sodass sie einen Kreis um ihren Nabel bildeten. Außerdem ein Notenschlüssel, daneben ein Punkt, wie von einer vollen Note. Rizsette erinnerte sich an jene Nacht, in der Vermin und ihr Meister gestorben waren – damals hatte sich die Stelle empfindlich angefühlt.

Diesmal kam der Entsetzenslaut von Meister Oriole persönlich. Ohne Vorwarnung bog er ihre Arme nach oben, weg von ihrer Mitte. Der Stoff rutschte zurück, trotzdem starrte er auf die Stelle, an der sich ihr Nabel verbarg. Seine Lippen bebten.

»Das kann nicht sein. Ausgerechnet du …«

Die Tür flog auf. Polternd krachte sie gegen Orioles Rücken, er ließ von Rizsette ab, doch nur, weil man ihn im Nacken packte und wegschleuderte. In Windeseile schob sich eine Gestalt vor sie, der Bardenmeister landete rücklings an seinem Schreibtisch und stieß mit dem Kopf gegen die Tischkante. Feuer erleuchtete die Finsternis, der Bardenmeister stöhnte schmerzverzerrt auf. Der Schein von Priels Magie setzte sein Schwert in Flammen, Rizsette hielt sich an der Wand fest.

»Was hast du jetzt schon wieder angestellt?« Wasser tropfte Priel von den Haarspitzen, die durchweichte Kleidung hing an seinem schlanken Körper. Er schenkte ihr einen schnellen Schulterblick, wohl, um sich ihrer Unversehrtheit zu versichern. Erst dann fixierte er den Meisterbarden. »Hast du sie angerührt? Sprich, alter Sack!«

Meister Oriole blinzelte schwerfällig, eine dünne Blutspur suchte sich ihren Weg an seiner Stirn entlang. Er richtete sich ein Stück weit auf, trotz der Verletzung und der offensichtlichen Demonstration landesfremder Magie blieb er gefasst. »Ich habe der Lehrbardin kein Haar gekrümmt. Du kannst beruhigt sein ... *Schwertarm.*« Sein Unterton jagte Rizsette einen Schauer die Wirbelsäule entlang. Priel knurrte bedrohlich.

»Dein Glück, Mistkerl. Bardin – was geht hier vor sich?«

»Ich habe für Regen gesorgt.« Die Wahrheit ihrer Worte sickerte in sie ein. Es stimmte. Sie hatte das getan. *Ich habe den Menschen geholfen.*

»Warum wusste ich das?« Wasser benetzte den dicken Teppich zu Priels Stiefeln. »Na schön. Das hier läuft folgendermaßen ab, Meisterbarde: Wir verschwinden, jetzt sofort. Ich verschone dein Leben, dafür lässt du uns unbehelligt ziehen. Hast du das verstanden?«

Meister Oriole presste die Hand an die Stirn. Er blickte Priel noch nicht einmal an, geschweige denn Rizsette. Stattdessen fixierte er den Boden. »Noch ein halbes Kind. Volljährig zwar, doch ohne Frage viel zu jung.« Er pausierte, Priel behielt das Schwert in der Schwebe. »Rizsette von Canary. Du musst in die Stadt der Klänge. Die Königin ... Du musst unsere Majestät aufsuchen ... Verstehst du?«

Nein, kein bisschen.

Priel schnaubte lautstark. »Scheiße, der redet ja nur komisches Zeug.«

Meister Oriole sah aus, als leide er Schmerzen. Ohne Vorwarnung rollten sich seine Augen nach hinten und er verlor das Bewusstsein. Für Rizsette ergab nichts davon Sinn. Frustriert wischte sie sich übers Gesicht. »Priel ...«

»Ganz deiner Meinung, Bardin. Wir gehen. Auf der Stelle.«

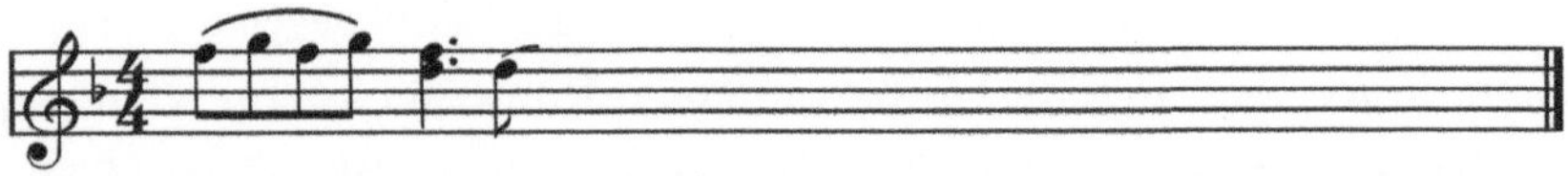

Es regnete die ganze Nacht hindurch, ebenso wie am folgenden Morgen. Rizsette saß auf einem der Pferde, die Zwillinge und Priel marschierten neben ihnen her, Nou ritt auf dem zweiten Gaul.

Längst lag Oriole weit hinter ihnen, ein ehemaliges Wüstenmeer, aus dem in Kürze neues Leben geboren werden würde. Lebhaft erinnerte sie sich an die grasgrünen Triebe, hervorgebrochen aus den rissigen Bodenplatten. Ein gewöhnlicher Regenguss hätte das niemals vollbracht, doch dieser, geboren aus Magie, brachte das Land zum Erblühen. Jede Treppe hatte während ihrer übereilten Abreise einem kleinen Fluss geglichen. Plätschernde Bäche voller Steinstufen, das Geräusch mischte sich mit dem Prasseln der Regentropfen.

Rizsettes Gedanken standen nicht still. Behutsam strich ihre Hand über ihre Mitte und das dort versteckte, eigenartige Zeichen. *Was hat das nur zu bedeuten? Was war das für eine Stimme? Und wieso konnte ich so spontan Magie wirken?* Ihre vor Müdigkeit schweren Augen wanderten über ihre Begleiter hinweg. Priel lief voraus, ab und zu schenkte er ihr einen flüchtigen Blick. Die Distanz schien verschwunden, ob sie ihn noch immer nervte?

Wahrscheinlich.

»He, Rizsette! Sag schon, wohin geht es als nächstes? Ich kann es kaum erwarten, diesen Regen endlich hinter mir zu lassen.« Sie begegnete Alegreya Blick, diese reichte Nou etwas Dörrobst. Beide durchnässt bis auf die Knochen. Wenigstens war der Schauer warm.

»Meadowlark. Die Stadt liegt am Meer, etwa eine Woche von hier entfernt.«

»Verflucht, ja!«, riefen Arlecho und Alegreya enthusiastisch. »Das heißt Fisch! Schlagen wir uns ordentlich die Bäuche voll!«

»Scheißgruselig.« Priel bedachte das Geschwisterpaar von der Seite her, Nou knetete auffällig die Handballen, als gefalle ihr der Aufruhr nicht.

Die Zwillinge bliesen empört die Wangen auf. »Aber Priel! Findest du uns etwa nicht liebenswert? Wir sind doch Freunde!«

»Ich finde euch *vorhersehbar*«, erwiderte Priel knapp, beide senkten die Brauen. Sie öffneten die Münder, ebenso wie Priel: »Wie meinst du das?«

Dreifach hallte die Frage über sie hinweg, Priel imitierte sogar ihre Tonlage. Arlecho sah aus, als habe man ihm das Lieblingsspielzeug geraubt,

Alegreya schob das Kinn vor.

»Lass das«, verlangten sie, Priel sprach ungerührt mit.

Ein freches Grinsen zierte seine Züge, das sah Rizsette zum ersten Mal. Er wischte sich das Haar aus der Stirn. »Na, Sprache verschlagen?«

Alegreya brummte, Arlecho schmollte. Er stieß Priel den Ellbogen in die Seite. »Du verdirbst einem auch jeden Spaß. Aber lass dir eins gesagt sein: Es gibt immer ein nächstes Mal.«

Trotz der heiteren Stimmung kehrten Rizsettes Gedanken zu den Ereignissen rund um Oriole zurück. Sie dachte an die Stimme, die sie die Spieluhr hatte hervorholen lassen. Ihr Spiel, der Gesang, der ihr einfach so in den Sinn gekommen war.

Fühlt es sich so an, ein Lied zu komponieren? Ist das vielleicht eine Sache, über die nur Bardenmeister Bescheid wissen? Meister Oriole hatte ihr keine klaren Antworten liefern können, bevor er das Bewusstsein verloren hatte. Rizsette biss die Zähne aufeinander. Was, wenn es sich hierbei um Informationen handelte, die man nur als Hof-, wenn nicht sogar erst als Meisterbarde erwarb.? Hing das mit diesem Zeichen zusammen, das sich an ihrem Bauchnabel befand? Besaßen alle Bardenmeister ein derartiges Mal? Sie hatte Canary selbstredend nie mit weniger als seinem Federumhang bekleidet gesehen.

Es muss so sein. Anders kann ich mir das alles nicht erklären. Das Gewicht in ihrer Tasche erinnerte an die Spieluhr. Das passte nicht ganz ins Bild. Wie genau fügte sich die Spieluhr in dieses Rätsel ein? Und spielte das überhaupt eine Rolle? *Ich habe den Bewohnern Orioles geholfen und meinen Wert bewiesen. Nur das zählt.* Wie zur Bestätigung vernahm sie einen Laut des Erstaunens, ausgestoßen von Nou, die den Himmel fixierte. Der Regen setzte aus. Rizsette folgte ihrem Blick und entdeckte eine dichte Schar Vögel, die in Richtung der Stadt an ihnen vorüberzogen.

»Trupiale.« Sprachlos lauschte sie ihren Rufen, hin zu einem Horizont, einer Heimat, die sich lange nach ihnen gesehnt hatte.

KAPITEL 12

PRIEL

Seit Oriole betrachtete er Rizsette mit anderen Augen. Die Magie, die seine Violine repariert hatte, ging ihm nicht mehr aus dem Kopf. Das hatte sie also wochenlang geübt, die Erkenntnis kam ihm bereits während ihres Spiels. Und dann war da ja noch das Lied, das den Regen heraufbeschworen hatte. Beides kraftvolle Zauber, jenseits seiner Vorstellungskraft. Zwar nagte die Enttäuschung, dem Bann nicht entronnen zu sein, nach wie vor an ihm, doch Priel versuchte, den Worten der Bardin zu glauben. Irgendwo dort draußen gab es einen Bardenmeister, der ihn erlösen würde. Notfalls setzte er sogar einen Fuß in die Stadt der Klänge.

Es tat gut, das wohl nicht mehr ganz so triste Ödland hinter sich zu lassen. Längst wanderten sie durch zerklüftete Graslande: große Felsbrocken, dichtere Fauna zu allen Seiten und saftige Bäume entlang ihres Weges. Teilweise reichte das Gras bis auf Brusthöhe heran.

Priel entließ stoßartig die Luft aus den Lungen. Er wagte einen Blick auf die Bardin, sie scherzte mit Echo, der mit einem halben Dutzend Dörrpflaumen jonglierte. Ab und an bugsierte er eine davon in seinen Mund, Rizsette warf ihm Neue zu, die er gekonnt in den Wirbel aus umherhüpfendem Essen integrierte. Albern, doch das sah Echo ähnlich. Priel lächelte milde, bereute es aber sofort, als er Reya begegnete.

Spitzbübisch zogen sich ihre Mundwinkel zusammen. »Es geschehen noch Wunder. Wann habe ich dich das letzte Mal lächeln sehen?«

Nou, sie saß hinter Reya auf dem Pferd, beugte sich neugierig zur Seite.

Priel verzog das Gesicht. »Was glotzt du so, Wandlerin?« Mürrisch richtete er sich dem Weg vor ihnen zu, aus den Augenwinkeln bekam er mit, wie Echo die verbliebenen Früchte in seinen Mund katapultierte.

»Wieder die Fröhlichkeit in Person, was Priel?«

»Halt die Klappe. Wir rasten in Kürze. Wenn die Bardin recht hat, erreichen wir die Küste im Laufe des morgigen Tages.« Priel deutete auf eine nahe Felsformation, hier stand das Gras weniger dicht, ein guter Platz für ihr Nachtlager. Er trieb sein Pferd an, das Wiehern des Gauls scheuchte einige Vögel auf: ein Schwarm gelb- und schwarzgefiederter handgroßer Federviecher. Unter heftigem Flügelgeflatter suchten sie das Weite.

»Lerchenstärlinge«, hörte er Rizsette sagen. »Sie nisten im hohen Gras, überall in den Ländereien rund um Meadowlark.«

»Erinnern mich an Nous Vogelgestalt«, kommentierte Echo, während er Nou vom Rücken des Pferdes hinabhalf. Priels Reittier trampelte in der Zwischenzeit einen Teil des hohen Grases platt.

Reya glitt galant auf den Boden und machte sich auf die Suche nach brennbaren Hölzern. »Stimmt, Bruderherz. Sag, Täubchen, wie fühlt sich Fliegen eigentlich an?«

Nou verfolgte mit den Augen das Schwirren einzelner Vögel hoch über ihnen. »Als sei man völlig frei. Der Himmel ist grenzenlos, wenn man nur die Flügel ausbreitet. Es ist, als könne mich nichts aufhalten.«

Echo kratzte sich am Kinn. »Vorausgesetzt, man kann sich verwandeln.«

Nou wurde blass, Reya warf ihrem Bruder eines der Stöckchen an den Kopf. »Pass auf was du sagst, du Grobian!«

»Au! Verdammt, Alegreya! Das hat wehgetan!«

»Pure Absicht.«

»Na warte!« Er zog sein Schwert, Priel beobachtete, wie sowohl Rizsette als auch Nou zusammenzuckten.

Reya bleckte die Zähne. Flink holte sie die eigene Waffe hervor, einen Moment später krachte Metall auf Metall. Priel drehte ihnen den Rücken zu. In aller Ruhe türmte er die Holzstücke auf. Sollten sie nur machen.

»He, Bestienwandlerin. Glaub übrigens nicht, dass du ewig bei uns bleiben kannst. Dass wir aus Oriole flüchten mussten, kam unerwartet. Aber das heißt nicht, dass du dich jetzt dauerhaft bei uns einnisten kannst.« Er bedachte Nou von der Seite her, sie schien zwischen dem Kampfgeschehen und Priel hin- und hergerissen.

Rizsette klopfte ihr beschwichtigend auf den Rücken. »Ich finde, wir sollten sie mitnehmen. Nou hat ebenfalls ein Anliegen, für das sie die Hilfe eines Meisterbarden benötigt.«

»Und selbst wenn sie sich als das legendäre Biest entpuppt, ich habe schon einmal gesagt, dass …«

»Gib auf!«, schrie Reya.

»Ich denke nicht dran!«, entgegnete Echo.

Priel stieß einen genervten Laut aus. Er zog das eigene Schwert und wischte mit der Hand an der scharfen Klinge entlang – doch nicht, um dem Kampf beizutreten. Die Flammen sprangen auf das Gemisch aus trockenem Gras und Holz über, ein nettes kleines Lagerfeuer.

»Scheiße!«

Der gleichzeitige Schrei lenkte seine Aufmerksamkeit zurück auf die Zwillinge. Eine blutige Schnittwunde zierte Echos Wange, Reya besaß eine Schramme an der Schulter. Sie schob das Kinn vor. »Ich habe zuerst getroffen!«

Echo blies die Wangen auf. »Von wegen! Du hast vor mir geblutet!«

Priel steckte das Schwert weg. »Gleichstand. Können wir dann kochen?«

»Das ist barbarisch …« Nou holte ein Taschentuch hervor und bemühte sich, Reyas Schulter abzutupfen. Rizsette hob die Leier an. Leise sang sie vor sich hin, Echos Verletzung schloss sich binnen weniger Herzschläge.

Priel widerstand dem Drang, den Kopf zu schütteln. Stattdessen warf er einige Handvoll kleingebrochenes Gemüse in einen Topf aus Lehm, den Echo in Oriole erstanden hatte. Nur aus den Augenwinkeln nahm er wahr, wie Rizsette auch Reya versorgte.

Ein Blick nach oben verriet ihm, dass ihnen kaum eine Stunde bis zum Einbruch der Dunkelheit verblieb. Das Geräusch der surrenden Insekten im hohen Gras, die weite, sich vor ihnen erstreckende Fläche – beides erinnerte Priel an zuhause. An Raubzüge auf schnellen Pferden, einen gleichermaßen galoppierenden Puls, das raue Gelächter eines Mannes, das er niemals wieder hören würde.

Der Schmerz überfiel ihn ohne jede Vorwarnung. Kurzum kam er auf die Beine. Glücklicherweise schien die Gruppe mit der zurückliegenden Auseinandersetzung beschäftigt, sodass es Priel gelang, unauffällig die Violine hervorzuholen. Eiligen Schrittes stahl er sich davon, hinein in die dichten

Gräser. Er folgte den Wiesen einen kleinen Hang hinauf, an dessen höchster Stelle er weit ins Land hinausblicken konnte. Die wenigen Wolken zogen ruhig über ihn hinweg. Das Licht der Sonne wanderte langsam in Richtung Horizont und tauchte das sich im leichten Wind wiegende Grasmeer in orangen Schein.

Priel atmete tief ein und verbannte den Schmerz in die entlegensten Winkel seines Herzens. Sanft legte er die Violine an die Halsbeuge und hob den Geigenbogen an. Zunächst entlockte er dem Instrument nur einen einzigen, langanhaltenden Ton. Zärtlich wanderte er über die Wiesen hinweg, gefolgt von weiteren, langsameren Tonfolgen, die zu einer bittersüßen Melodie anschwollen. Ein Lied aus seiner Kindheit, das ihm der alte Kauz häufig vorgespielt hatte. Es tröstete ihn nicht, machte den verdrängten Schmerz nur stärker, sodass er nach kurzer Zeit das Instrument absetzte.

»Woher kennst du dieses Lied?«

Priel erstarrte. Langsam drehte er sich um und fand die Bardin, die mit leuchtenden Augen von unterhalb des Hügels zu ihm aufschaute. Das Licht des sterbenden Tages glitzerte im Blau ihrer Iriden. Priel presste den Kiefer zusammen. Im ersten Moment wollte er sie harsch zurückweisen: Ihr sagen, dass sie sich verziehen und ihn nicht stören sollte, doch ein unbestimmtes Gefühl in seiner Brust hielt ihn davon ab. Der Drang? Nein, Rizsette befand sich nicht in Gefahr. Dennoch rumorte es in seiner Magengegend, ein übermächtiges Verlangen, nachsichtig mit ihr zu sein. Wegen Oriole? Priel schluckte unzufrieden.

»Das Lied stammt aus meiner Heimat.« Zurückhaltend wandte er ihr den Rücken zu, Rizsette nahm dies offenbar als Einladung, denn sie schloss zu ihm auf. An seiner Seite hielt sie inne und sog den Anblick der sich senkenden Sonne ein.

»Wirklich? Das ist ja merkwürdig.«

Priel zog die Stirn kraus. »Warum?«

Zur Antwort holte sie ihre Leier hervor, einige zarte Töne perlten wie Wassertropfen von ihren Fingern. Priel erkannte die Melodie als diejenige, die er soeben gespielt hatte – nur ein wenig anders. Als komplimentiere sie seine, übermächtige Gegensätze, die sich lieblich miteinander verwoben.

Rizsette beendete ihr Spiel. »Das ist eines der ersten Lieder, die mir mein Meister beigebracht hat. Es ist kein magisches Stück, sondern einfach nur ein Lied. Ein wenig schwermütig, wenn du mich fragst. Früher fand ich es einfach nur traurig.« Sie senkte die Lider zur Hälfte. »Aber jetzt verstehe ich es besser. Ich schätze, man muss erst jemanden verlieren, um die wahre Bedeutung dieser Melodie zu begreifen.«

Priel studierte sie von der Seite her. »Wie kann es sein, dass dein Meister dieses Lied ebenfalls kannte?«

Rizsette zuckte mit den Schultern. »Es gab eine Zeit, in der wir keine Grenzen hatten, Priel. Wer kann schon sagen, wie alt dieses Stück wirklich ist? Und wer es vor uns gespielt hat? Meine Variante ähnelt deiner, ist aber nicht gleich.« Sie lächelte ihm aufrichtig zu, Priel erwiderte es nicht.

»Kann schon sein. Was willst du hier?«

»Ich habe gesehen, wie du dich mit deiner Violine davongeschlichen hast. Und ich wollte nicht verpassen, wie sie zum ersten Mal gespielt wird, nachdem …«

»Was für ein lächerlicher Grund.«

»Findest du? Barden schätzen Musik, das solltest du mittlerweile wissen. Egal wer sie spielt.« Unaufgefordert setzte sie sich hin und winkelte die Knie an. »Würdest du vielleicht noch etwas weitermachen?«

»Ich spiele nicht für andere, nur für mich selbst.« Harsch sank auch er ins Gras, direkt neben sie. Insekten surrten umher, es blieb für kurze Zeit still.

»Tut mir leid, dass ich deine Violine kaputtgemacht habe.«

»Du hast sie wieder ganz gemacht. Das ist alles, was für mich zählt.«

»Woher stammt sie? Ein so feines Instrument wie dieses ist mir noch nie untergekommen. Selbst unsere hiesigen Instrumentenbauer besitzen keine vergleichbare Kunstfertigkeit.«

»Sie …« Priel zögerte. »Sie wurde hier angefertigt, im Reich der Klänge, vor ich weiß nicht wie vielen Jahren. Vor mir gehörte sie dem Anführer meiner alten Bande, er nahm sie mit sich ins Reich der Schwerter, als die Königinnen beschlossen, die Reiche voneinander zu trennen. Ich bin mir sicher, dass dir zumindest einer der Zwillinge davon erzählt hat. Sie sind leider geschwätziger, als mir lieb ist.«

»Ja, Alegreya hat von eurer Heimat gesprochen. Und Arlecho hat erzählt, dass du es als Kind nicht ganz leicht hattest.«

Priel fuhr zu ihr herum. »Sie haben … was?«

Rizsette lächelte breit. »Wer hätte gedacht, dass ein hübsches Gesicht im Reich der Schwerter so von Nachteil ist?« Priel griff abrupt zu seinem Schwert, Rizsette kam auf die Knie und packte seinen Ärmel. »Priel, jetzt warte doch. Lauf nicht gleich weg.«

Er funkelte sie an, sie ließ von ihm ab. Ernster setzte sie sich zurück, ohne den Blick von ihm abzuwenden. »Ich möchte es von dir hören. Das hier ist das erste Mal, dass wir uns richtig miteinander unterhalten.«

Priel hatte den Schwertknauf noch nicht losgelassen. »Von mir hören?«

»Deine Geschichte. Du, Alegreya und Arlecho, ihr seid aus dem Reich der Schwerter geflohen, nicht wahr? Aber du warst allein. Zumindest am Anfang.«

Priel beruhigte sich ein wenig, er gab das Schwert frei. »Und weiter? Was erwartest du jetzt von mir, Bardin? Dass ich dir mein Herz ausschütte?«

»Nein, ich dachte nur …«

»Was? Dass du ein Anrecht auf meine Geheimnisse hättest?« Er strich sich einige Haarsträhnen aus der Stirn. »Glaub nicht, dass ich dir plötzlich vertraue. Du hast auch deine Geheimnisse, das ist offensichtlich. Warum sonst solltest du dich jede Nacht in den Schlaf weinen?«

Rizsette sah aus, als habe man ihr ins Gesicht geschlagen. Der Schmerz zuckte über ihre Züge hinweg, sie wandte den Blick ab, Priel bereute seine Grobheit augenblicklich. »Scheiße. Jetzt schau nicht so. Damit wollte ich nicht andeuten …« Er pausierte, sie blieb still. »Mach mir kein schlechtes Gewissen.« Noch immer keine Antwort. Priel stöhnte gequält auf. »Na gut. Ich sage dir was: Erzähl mir deine Geschichte. Wie bist du zur Bardin geworden? Wenn du mir das beantwortest, teile ich vielleicht meine Geschichte mit dir. Abgemacht?«

Noch sah sie ihn nicht an. Verunsichert fixierte sie einige nahe Grashalme, schließlich umarmte sie die angewinkelten Knie. »Das ist aber keine schöne Geschichte.«

»Keine Ahnung, in welcher Welt du lebst, aber die sind ohnehin rar gesät.«

Behutsam drehte sie den Kopf in seine Richtung. Rizsette hielt seinem Blick stand, mehrere Sekunden lang, als ringe sie mit sich selbst. Letztlich teilte sie die Lippen: »Es ist nicht so, als könne man einfach so entscheiden, zur Bardin zu werden. Ich denke, es ist wie bei euch. Entweder hat man Potential oder eben nicht.«

»Und wie stellt man das fest?«

»Sie bringen uns zu den Meistern. Als Neugeborene, wenn wir gerade erst einen Tag alt sind. Es gibt einen Zauber: das Lied der Auserwählten. Die Bardenmeister spielen es, um das magische Potential eines Kindes zu erkennen. Finden sie einen Hinweis auf Magie, werden die Babys verkauft – für eine unvorstellbar hohe Summe.« Ihre Schultern begannen zu beben. »Das Reich der Klänge besitzt viele, sehr viele hungernde Menschen. Natürlich ist es da ein großer Anreiz, die eigenen Kinder zu den Meistern zu bringen. Es passiert überall, jeden Tag, in jeder Stadt. So auch mir. Ich weiß weder, wer meine Eltern sind, noch, ob ich Geschwister habe. Keine Verwandten, keine Familie. Ein kleines Leben, das einen Bardennamen erhält, noch am Tag seiner Übergabe. Aufgezogen von einem Fremden, der das Ziel verfolgt, es nach einundzwanzig Jahren in die Stadt der Klänge zu bringen.« Bitterkeit sprach aus ihren Worten, das kannte Priel bisher nicht von Rizsette. »Als Bardin bin ich allein in dieser Welt und ich werde sie auch allein verlassen. Es ist ... ziemlich einsam, weißt du? Die meiste Zeit über versuche ich, nicht daran zu denken.« Sie presste die Lippen zusammen, als wolle sie sich sammeln. »Niemals darf ich eine eigene Familie gründen, es darf niemanden geben, der mein Leben mit mir teilt. Alles, was mir bleibt, ist die Hoffnung auf die Stadt der Klänge. Und ein Heim, das mich aufnimmt. Für die einzige Sache, in der ich gut bin, weil sie mich nützlich macht: meine Musik.«

Rizsette wischte sich über die Wangen, Priel bemerkte erst jetzt die Tränen in ihren Augenwinkeln. Und schließlich begriff er. Sie gab sich überlegen, um ihre Unsicherheit zu verschleiern. Ihr Lächeln für die Welt entstammte dem Wunsch, *gesehen* zu werden – und einen Platz zu finden, den sie nie besessen hatte. Deshalb gab sie so viel auf Ränge und Respekt. Alles an ihr verzweifelte an der Angst, nicht wahrgenommen oder gemocht zu werden. *Meine Fresse.* Er stieß ein langgezogenes Seufzen aus. Jetzt fühlte er sich mies. »Verdammt. Ist ja gut, ich erzähl dir, was du wissen willst. Fang nur nicht an zu heulen, sonst darf ich mir von den Zwillingen sonst was anhören.«

Der Widerstand kehrte in ihr Gesicht zurück, ebenso impulsiv wie bisher. Er grinste sie verbissen an. »Spar dir die Widerworte, ich weiß schon, was du sagen willst. Hör mir einfach zu – und unterbrich mich nicht, verstanden?« Er stützte die Hände im warmen Gras ab.

»Das Reich der Schwerter besitzt insgesamt zehn Städte, die Hauptstadt im Zentrum miteingeschlossen. Jedes Gebiet ist für seine besonderen Erz- und Mineralvorkommen bekannt, Bergbau und Schmiedekunst wird in meiner Heimat ebenso großgeschrieben wie der Schwertkampf selbst. Eine Stadt fördert Kupfer, die andere Gold und wieder eine andere titanhaltige Sande und Erze. Egal woher man stammt, Wissen über Metalle wird uns bereits in jungen Jahren eingebläut. Ich wurde in Limonite geboren.« Er beäugte Rizsette, sie lauschte aufmerksam. »Als Kind hat man es im Reich der Schwerter nicht leicht. Entweder man zeigt früh eine Begabung als Schwertarm – wenn magisch, wird man an den Hof der Königin gebracht, wenn nichtmagisch, erfährt man eine Ausbildung innerhalb der Metallgarde – oder man wandert in die Bergwerke. Dort herrschen kaum vorstellbare Bedingungen. Stolleneinstürze sind weder selten noch ungewöhnlich, viele Menschen sterben unter Tage. Ich will es nicht beschönigen: Mein Volk ist es gewohnt, viele Nachkommen zu zeugen, um die Verluste auszugleichen.« Priel zuckte mit den Schultern, Rizsette schluckte auffällig. »Ich war das siebte von zwölf Kindern, hineingeboren in eine ärmliche Familie, die mehr schlecht als recht alle Mäuler stopfen konnte. Längst nicht alle meiner älteren Geschwister lebten, mehrere hatten wir bereits an die Bergwerke verloren. Kinder werden besonders gern in die Stollen geschickt, um die eingestürzten Bereiche neu zu erschließen. Sie passen mit ihren kleinen Körpern einfach besser durch die Kriechtunnel.«

Die Erinnerung weckte eine morbide Art von Belustigung in Priel. Nur zu gut sah er die Welt aus seinen damals kindlichen Augen, als bestünde sie nach wie vor fort: farblos, nur in Schwarz und Weiß. Die wenigen Male innerhalb der Kriechtunnel hatten ihn gezeichnet, die Ausweglosigkeit zerfraß ihn noch heute; eingeklemmt zwischen hartem Gestein, ohne Ausweg, mit dem Gefühl des Erstickens. Die furchterregende Erinnerung beschleunigte seinen Puls, er verdrängte die Missempfindungen mit aller Gewalt. »Im Alter von sechs Jahren schickte man mich ebenfalls in die Bergwerke. Es gab nur einen einzigen Versuch, mein Talent für den Schwertkampf herauszukitzeln – und ich habe mich aus Aufregung ziemlich schlecht angestellt. Von da an bemaß sich mein Wert nur in meiner Arbeitskraft. Hätte ich es zu einem Schwertarm gebracht, wäre meines und das Leben meiner Eltern gänzlich anders verlaufen.« Priel hob den Kopf gen Himmel. Wind strich ihm durch den Scheitel. »Aber auch außerhalb der Stollen hatte ich Probleme. Meine Geschwister hänselten mich bereits seit frühester Kindheit, weil ich nicht aussah wie sie. Ich erinnere mich, dass mein Vater häufig abfällig darüber sprach, wie hübsch ich doch sei – und dass ich wohl kaum sein Sohn sein könne mit diesem Gesicht und dem verdammten, blonden Haar.« Er lachte gehässig auf. »Möglich ist es. Mutter unterhielt Liebschaften, wenn Vater in den Bergwerken arbeitete. Was machte es da schon, ihm das ein oder andere Kind unterzuschieben?«

»Fast wie ein Kuckuckskind«, kommentierte Rizsette.

Priel bedachte sie mit in Falten gelegter Stirn. »Ein was?«

»Das Kind eines Vogels, der … Ach, vergiss es. Nicht so wichtig. Hast du sie gehasst? Deine Eltern, meine ich.«

»In gewisser Weise. Ich hatte nie besonders viel Sympathie für sie übrig, was mich letztlich dazu brachte, ihnen den Rücken zu kehren. Nach einem besonders schrecklichen Erlebnis in den Stollen … plünderte ich Mutters Geldversteck und stahl mich davon. Du kannst dir vorstellen, dass das nicht besonders gut endete. Ich war gerade sieben.«

»Was ist passiert?«

»Na was wohl? Irgendein besoffener Sack hat mir die Gulden abgenommen, noch auf dem Weg aus der Stadt heraus. Er hat mich verprügelt und einfach im Dreck liegenlassen, irgendwie ist es mir gelungen, mich aufzuraffen. Danach habe ich mich davongemacht. Ich wanderte etwa einen Tag lang durch die Weite, das Land ähnelte diesem Flecken hier sehr.«

Priel spürte, dass Rizsette ihn beobachtete, während er mit einer Hand über die nahen Grashalme strich. »Irgendwann bin ich in eine Art provisorisches Lager gestolpert. Man behelligte mich nicht, schließlich handelte es sich bei mir um nicht mehr als einen dreckigen Knirps. Erst, als ich an einem Lagerfeuer ein gebratenes Kaninchen stehlen wollte, wurde man auf mich aufmerksam – oder besser gesagt, sie wurden auf mich aufmerksam. Reya und Echo.«

Rizsette hing förmlich an seinen Lippen. Priel konnte nicht umhin, ihr ein schmales Grinsen angedeihen zu lassen »Beide etwa einen halben Kopf größer als ich, und mehr als drei Jahre älter. Sie haben mir die Abreibung meines Lebens verpasst. Dagegen war die Prügel vom Vortag gar nichts, bis ich mir ein herumliegendes Schwert schnappte. Du erinnerst dich, meine Eltern haben weder besonders viel Zeit noch Mühen in die Ergründung etwaiger Talente gesteckt. Deshalb muss ihnen entgangen sein, dass ich tatsächlich das besitze, was jeder im Reich der Schwerter begehrt – denn ich setzte das Schwert in Flammen. Ich erinnere mich lebhaft an Reyas und Echos Gesichter, überall war Geschrei. Damals habe ich nicht verstanden, was eigentlich vor sich ging. Panisch habe ich mit dem Schwert herumgefuchtelt, bis mich der alte Kauz packte.« Priel pausierte. Dieser Teil der Geschichte fühlte sich auf gewisse Weise intim an. Er leckte an den Rändern des Schmerzes, unruhig fixierte Priel einen kleinen Käfer auf den Grashalmen. »Fenix, das singende Schwert, ein berüchtigter Räuber, dem sogar die Metallgarde nichts entgegensetzen konnte. Bisher hatte ich nur Geschichten über ihn gehört, gewispert in den Gassen hinter vorgehaltener Hand. Er rebellierte offen gegen die Königin, bereits seit mehreren Jahrzehnten, seit dem Abkommen der Königinnen. Und diesem Mann fiel ich in die Hände. Er hat mir das Schwert aus der Hand geschlagen und mich durchgeschüttelt, bis ich mich beruhigt hatte. Gemeinsam mit Echo und Reya brachte er mich in sein Zelt und forderte mich auf, meine Identität preiszugeben. Lächerlich, wenn du mich fragst: Ein erwachsener Kerl mit Bart, ihm gegenüber ein verstörtes Kind, das in diesem Moment weder Oben noch Unten voneinander unterscheiden konnte. Wegen dem Geschüttel habe ich dem Scheißkerl in hohem Bogen vor die Füße gekotzt.«

»Was ist dann passiert?«

»Fenix wurde wohl sehr schnell klar, dass er sich mit mir eine verdammte Kanalratte eingefangen hatte. Nur ein weiteres, heimatloses Kind – das aber über Magie verfügte. Er zeigte mir, dass auch er diese Kräfte beherrschte. Nicht so wie ich, auf gänzlich andere Art. Seine Magie machte ihn zu einem vorzüglichen Schmied, immerhin kontrollierte er Metalle. Ich habe in den Jahren meines Erwachsenwerdens nicht ein einziges Mal erlebt, dass seine Klinge stumpf geworden wäre. Und auf dem Schlachtfeld ließ er die Waffen seiner Gegner einfach so zerfließen. Als sei sein Wille Magma, eine Hitze, die jedes Metall zum Schmelzen bringt. Dutzende, wenn nicht Hunderte auf einmal, diesen Anblick kann ich bis heute nicht vergessen. Das machte ihn unantastbar. Ich bin überzeugt, dass er der stärkste Schwertarm sein muss, der mir je begegnet ist.«

Rizsette schauderte merklich. »Das klingt, als sei dieser Mann der geborene Krieger.«

»Das war er«, gab Priel zurück. Das Blut in seinen Adern pulsierte. »Er ist gestorben, das ist noch nicht besonders lange her.«

»Das tut mir leid.«

Priel konnte darauf nicht antworten. Er zupfte einen Grashalm aus und wickelte ihn um seinen Finger. »Die Jahre bei den Banditen lehrten mich, meine Magie zu kontrollieren. Mit Echo und Reya freundete ich mich recht schnell an, leider blieben sie meine einzigen Verbündeten innerhalb der Bande. Das Aussehen eines Schwertarms ist wie ein Spiegel seiner Fähigkeiten, zumindest sagt man das. Ich sah nie aus, als sei ich erfahren. Keine grobschlächtigen Gesichtszüge oder breite Schultern, selbst wenn ich sie im Zweikampf in den Dreck beförderte, verspotteten sie mich als Schönling. Sogar nachdem ich zur rechten Hand des alten Kauzes aufstieg, sprach man hinter meinem Rücken noch über mich.«

Die Sonne verschwand allmählich am Horizont. Es konnte nur noch Minuten dauern, bis sie vollständig im Meer aus Gras versickerte, verschluckt von den grünen Halmen.

»Du musst dich oft wie ein Ausgestoßener gefühlt haben. Das ist nicht fair. Du kannst nichts für dein Äußeres.« Rizsette wollte ihn trösten, ganz eindeutig, doch Priel wandte den Blick ab.

»Während der vielen gemeinsamen Abende mit dem alten Kauz zeigte er mir irgendwann die Violine. Sie gehörte einst ihm.« Gedankenverloren strich er über den Körper des Instrumentes. »Nenn mich merkwürdig, aber sein Spiel löste etwas in mir aus. Eine Sehnsucht, die ich so noch nie empfunden hatte. Als gäbe es mehr als dieses Leben, in dem jeder Tag der letzte sein konnte, durchzogen von Raubzügen und Blut. Ich bat ihn, es mir beizubringen. Und das tat er. Es dauerte mehr als ein Jahrzehnt, bis er mir berichtete, woher die Violine eigentlich stammte. Gesang und Musik sind im Reich der Schwerter verpönt, wenn sie nicht gerade von Metall oder Duellen handelt. So erfuhr ich, dass Fenix, das singende Schwert, nicht im Reich der Schwerter geboren wurde.«

Rizsette stockte sichtbar. »Er … Woher kam er dann?«

»Aus dem Reich der Klänge. Geboren lange vor dem Abkommen der Königinnen.« Dunkelheit erhob sich um sie herum, die ersten Sterne zeichneten sich am Himmel ab. »Er hat einige Zeit als Schmied gearbeitet. Fertigte Saiten aus Metall. Er unterhielt sogar Verbindungen zu einigen Hofbarden, zumindest hat er mir davon erzählt. Einer schenkte ihm die Violine, von diesem lernte er, sie zu spielen. Ein schwacher Trost angesichts der Tatsache, dass er sich nichts sehnlicher wünschte, als selbst ein Barde zu sein. Doch einem Mann wie ihm war dies nicht vergönnt, trotz der magischen Begabung zum Schwertarm. Seine Kräfte machten ihn zu einem der wenigen Auserwählten, doch Bardenmagie würde er niemals kontrollieren. Sein Groll wurde nur noch größer, als das Abkommen der Königinnen ihn und viele andere zwang, in ein ihnen fremdes Land zurückzukehren. Seine Eltern stammten von dort, doch er selbst hatte es nie betreten. Man schickte ihn fort und beschwor die Stürme herauf, die die Reiche voneinander trennen. Deshalb sammelte er die Banditen um sich und begehrte gegen die Krone auf.« Diesmal suchte er Rizsettes Blick. In ihren Augen funkelten die Sterne.

»Priel, wie hast du es geschafft, die Grenze zu überqueren? Oder Reya, Echo, Nou und all die anderen Bestienwandler? Ich dachte immer, sie sei unüberwindbar.«

Er zuckte mit den Schultern. »Ehrlich gesagt ... Ich habe mir die Stürme schlimmer vorgestellt. Mit einem guten Reittier sind sie passierbar – meins habe ich zwar unterwegs verloren, keine Ahnung, was aus ihm geworden ist, aber letztlich war es weniger schlimm als befürchtet.«

Rizsette zog zweifelnd die Augenbrauen zusammen. »Aber warum genau hast du dieses Risiko auf dich genommen? Was ist im Reich der Schwerter passiert?«

Priel sah alles vor sich. Eine Abfolge dieser Bilder, ein fauchender Schmerz, der ihn letztlich auf die Beine zwang. Ein eiskalter Wind fegte über sie hinweg und wirbelte das Gras auf. Dort oben, hoch über ihnen, begrüßte sie der Mond. Kühles Licht, das nichts mit der Wärme der Sonne gemein hatte. Es stach entsetzlich.

»Priel?«

Er senkte den Blick auf sie, die Bardin, die mit einem unbestimmten Ausdruck zu ihm aufsah. Mitgefühl? Verständnis? Beides, ebenso wie ein Anflug echter Sorge. Der Schmerz ließ nach, zumindest ein wenig, Priel wusste nicht ganz, weshalb. Aber er nahm es hin. »Es wird kalt. Allmählich sollten wir zu den anderen zurückkehren. Meinst du nicht auch, Riz?«

Rizsette versteifte, die Besorgnis wurde zu aufrichtiger Verwirrung.

Priel kratzte sich am Hinterkopf. »Na los. Ich will mir nicht den Arsch abfrieren. Außerdem habe ich Hunger.« Er betrachtete sie abwartend.

Rizsettes Mienenspiel wechselte von irritiert zu melancholisch. »So hat mich schon eine Weile niemand mehr genannt.«

»Stört es dich?«

»Nein, gar nicht.«

»Na dann, was auch immer. Willst du da festwachsen oder kommst du mit?« Er hielt ihr die Hand entgegen, Rizsette nahm die Hilfe mit einem Lächeln an – und erlaubte Priel, sie auf die Füße zu ziehen.

KAPITEL 13
RIZSETTE

Vermin sang. Sehnsuchtsvoll spielte er auf der Mandoline, seine Stimme strebte dem Himmel entgegen, draußen begleiteten die Vögel die wundervollen Laute. Er lächelte ihr zu, vertraut und einfühlsam auf eine Art, die Rizsette an ihre Heimat erinnerte.

Er legte das Instrument beiseite und reichte ihr die Hand: »Riz, steh endlich auf. Verdammt, Bardin, alle warten auf dich!«

Sie blinzelte, mit einem Mal verschwand Vermins Gesicht und ein gänzliches anderes tauchte auf: goldenes Haar, zusammengezogene Brauen, grüne Kristalle in den Augen. Priel hielt die Arme vor der Brust verschränkt. »Na endlich. Hoch mit dir, wir sind längst auf den Beinen.« Er wandte sich ab, Rizsettes Blick flackerte über die gelöschte Feuerstelle. Zwei Pferde, die sich munter an dem Gestrüpp gütlich taten, vier Gestalten, die das Lager abbrachen – sie hatte geträumt, die Erkenntnis traf sie wie ein Schlag ins Gesicht.

Vermin. Sie schluckte die Traurigkeit wie einen dicken Kloß.

»Schlecht geschlafen?« Arlecho half ihr auf und stupste ihr den Ellenbogen in die Seite. Rizsette zwang ein Lächeln auf ihre Lippen, doch es fühlte sich falsch an. »Oha. Hab wohl ins Schwarze getroffen. Lass mich raten: Du hattest miese Träume. Von deinem Lehrmeister?«

»Von meinem Mitschüler«, korrigierte sie mit belegter Stimme, auch wenn es sich um keinen schlechten Traum gehandelt hatte. Längst zweifelte sie daran, ihn jemals wiederzusehen. Diese Hoffnung hatte sie nach Oriole begraben, denn falls Vermin noch lebte, hätte er so schnell wie möglich Kontakt zu ihr aufgenommen.

Arlecho summte. »Reya und ich haben im Laufe unserer Leben viele Menschen verloren. Es ist nie leicht.« Er klopfte ihr auf die Schulter. »Wenn jemand stirbt, hinterlässt er Trauer. Wenn die Trauer schwächer wird, bleibt nur die Erinnerung. Irgendwann wird es leichter, versprochen.« Für einen Moment lag sein Blick auf Priel, bedauernd auf eine Art, die Rizsette nicht verstand, dann schob er sie zu Reyas Pferd. »Auf nach Meadowlark – ich brenne darauf, ein paar Fische zu braten.«

Sie setzten sich in Bewegung, die Reise durch die Graslande verlief ruhig. Im Laufe des Nachmittags wurde die Luft um sie herum leichter, merkbar durchtränkt vom salzigen Aroma der See. Rizsette hob das Kinn, sie würde das Meer heute zum allerersten Mal sehen.

Keine andere der bisher bereisten Städte lag so nah an dem unendlichen Gewässer, das sie sich unzählige Male vorgestellt hatte. Noch vor der Weite des Ozeans kam Meadowlark selbst in Sicht: Hohe Steinhäuser flankierten die Wege, dicker Rauch quoll aus den Schornsteinen hervor, irgendwo in der Ferne läutete ein Glockenturm. Pferdewagen und Kutschen überquerten die gepflasterten Straßen, einige davon beladen mit einem dunkelgrünen Pflanzengestrüpp, das Rizsette als Seetang erkannte – das zweite Gut, das von der Küstenstadt aus ins ganze Land exportiert wurde.

Eigenartige Laternenträger hingen an einem Großteil der Häuser, allesamt aus geflochtenem, eingefärbtem Gras. Rot und Blau und Gelb schimmerten sie im Sonnenlicht. Gesandte der Krone schwärmten umher, mehr als Rizsette jemals gesehen hatte. Ihr schenkten sie jedoch kaum einen Blick. Auch das Volk schien merkwürdig desinteressiert an ihrem Erscheinen, trotz ihres orangeroten Federumhangs.

»Erinnert an Copper«, merkte Alegreya flüsternd an, die den vorbeiziehenden Städtern auffällig misstrauisch gegenüberstand. Sie bemerkte Rizsettes fragenden Blick. »Eine der größeren Städte, nur ein paar Tage von den Grenzlanden entfernt. Eine wahre Festung aus Stein und Metall, wenn man so will, mit mehr Metallgardisten, als man zählen kann. Kein Wunder, schließlich läuft dort der Metallabbau zusammen, bevor die Materialien in die Stadt der Schwerter transportiert werden. Echo und ich stammen von dort.«

»Nur die Züge fehlen«, warf der zweite Zwilling ein.

»Vergiss den beschissenen Rauch nicht«, fügte seine Schwester hinzu.

»Wie könnte ich den vergessen? Die Luft in Copper ist verdammt schlecht. Aber hier kann man richtig durchatmen.« Wie auf Kommando tat Arlecho genau das und verschluckte sich. Er hustete erstickt.

Züge. Das sich in Rizsettes Kopf abzeichnende Bild gehörte in ein verbotenes Buch, aus dem Fundus ihres Meisters: Ein metallenes Ungetüm, im Zaum gehalten von geraden Strängen auf dem Boden, die man Schienen nannte.

Nou klopfte Echo auf den Rücken. »Geht es wieder?«

Er röchelte. »Ich nehme alles zurück. Die Seestadt will mich umbringen.«

»Riz«, erregte Priel über Arlechos Japsen hinweg ihre Aufmerksamkeit, sie zuckte kaum merklich zusammen. An den Spitznamen aus seinem Mund musste sie sich erst noch gewöhnen. »Ich schätze, wir suchen den hier ansässigen Meisterbarden? Wo müssen wir lang?«

»Hat er sie gerade Riz genannt?« Alegreya wisperte Nou hinter vorgehaltener Hand zu, leider zu laut, als dass es Rizsette entgangen wäre. Ihre Wangen wurden warm.

»Ja, ich glaube schon.« Peinlich berührt konzentrierte sie sich auf Priels Frage. »*Meisterin* Meadowlark, ja. Sie lebt nahe an der Küste, in einem Anwesen.«

Sie folgten den dichtbesiedelten Straßen, vorbei an immergrünen Parks mit mächtigen Springbrunnen, gespeist aus Meerwasser, durch Magie von ihrem Salz befreit. Der Wohlstand dieser Ortschaft kam Rizsette eigenartig vor, insbesondere wenn man ihn mit den nördlichen Städten oder Oriole verglich. Sie wusste, dass Meadowlark hoch im Ansehen der Krone stand, denn Salz und Fisch und Seetang galten als ungemein begehrt. Auch die Bardenschüler dieser Metropole dienten von Anfang an der Königin; die ihnen beigebrachten Kinderlieder unterschieden sich von ihren – eine Tatsache, um die Rizsette sie beneidete. Und dann, die Gruppe passierte soeben einen großen Platz mit einer Statue – eine Frau mit einem Fischschwanz – kam das Meer in Sicht. Abrupt blieb Rizsette stehen. Eine blaue Fläche, die mit dem Horizont verschmolz, ein wogender Teppich aus Wasser, so klar und wild, dass sie für einen Moment alles andere vergaß. *So sieht es also aus. Das Meer.*

Jemand tippte ihr gegen die Schulter. »Man könnte meinen, du siehst das Meer zum ersten Mal.« Priel. Das allgegenwärtige Rauschen verschluckte seine Worte schon beinahe.

Rizsette nickte verhalten. »Wie auch? Ich habe Canary nie verlassen. Nicht vor dem Ruf der Feder und schon gar nicht vor dem Beginn meiner Bardenreise. Es ist uns verboten.«

Priel senkte die Brauen. »Du hast dein ganzes bisheriges Leben in einer einzigen Stadt verbracht? Wirklich?«

Sein Unterton verunsicherte sie. »Ist das so ungewöhnlich?«

»Und ob.« Kurzum legte er ihr die Hand auf den Scheitel und drehte sie zurück Richtung Wasser. »Präg es dir gut ein. Den ersten Blick aufs Meer vergisst man nie.«

Rizsette ließ ihn gewähren, auch wenn sich das Gewicht auf ihrem Kopf seltsam anfühlte. »Weißt du, was ich mir als Kind immer vorgestellt habe? Ich würde gern mit einem Schiff über das Meer segeln. Nichts als Wasser um mich herum, Sonnenschein, springende Fische. Albern, nicht wahr?«

»Nicht so albern, wie du dir einredest.« Er nahm die Hand weg und deutete auf ein aufragendes Bauwerk, kaum einen Steinwurf von ihnen entfernt. »Könnte das die Behausung dieser Bardenmeisterin sein? Da schwirren überall winzige Exemplare von dir herum.«

Rizsettes Herzschlag beschleunigte. Sie erkannte auf Anhieb, wovon er sprach, denn die gelben Federumhänge flatterten umher wie Glühwürmchen in der Nacht.

Lehrbarden vor ihrer Bardenreise. Sie umschwärmten ein Juwel von einem Haus: mehrstöckig und ebenso bunt wie die Graslaternen entlang der Straßen. Erhöht saß es auf einem Vorsprung aus massivem Stein, umgeben von einem schmalen Garten, im Rücken die Brandung. Das Geschrei der Kinder wehte zu ihr heran. Im Näherkommen wurden diese auf die fremde Gruppe aufmerksam, denn sie strömten dem einzigen Tor entgegen.

»Eine Lehrbardin aus einer anderen Stadt!« Zahlreich kamen die Kinder herbei, im Hintergrund stemmte ein Mann in schwarzer Kleidung eine Hand in die Hüfte. Ein Gesandter der Krone. Rizsette ging auf, dass sie noch nie so viele Lehrbarden auf einmal gesehen hatte. Der Anblick stimmte sie wehmütig. Wie sehr sie sich das in ihrer Heimat gewünscht hatte. Andere wie sie, die ihre Gefühle verstanden, die den Druck nachvollziehen konnten. Vermin hatte stets sein Bestes gegeben, doch auch er stand unter dem Einfluss seiner Aufgabe. Zu zweit hatten sie einander nur wenig Trost schenken können. Beneidenswert. Eines der Kinder, ein Junge, der nicht älter als zehn sein konnte, bekam bei ihrem Anblick große Augen. »Ella! Ella ist wieder da!«

Ein Mädchen mit Zöpfen hielt ihn zurück. »Schau doch mal genau hin. Das ist nicht Ella.«

Rizsette lächelte milde. »Mein Name ist Rizsette von Canary.«

»Canary«, echote es aus der kleinen Traube, die Kinder tauschten aufgeregte Blicke, bis sich der Gesandte an ihnen vorbeischob.

»Willkommen, Bardenschülerin auf Reisen. Dies hier ist die Residenz unserer geschätzten Bardenmeisterin Meadowlark – derzeit bestreitet sie ihre eigene Reise, gemeinsam mit den volljährigen Schülern.« Er senkte die Stimme, wohl um die Kinder keinen Anteil an seinen folgenden Worten haben zu lassen: »Ich weiß um das Schicksal deines Meisters. Die Nachricht unserer Majestät erreichte uns an diesem Morgen. Es tut mir leid um deinen Verlust.« Er räusperte sich, um in normaler Lautstärke fortzufahren: »Du bist hier, um Meadowlarks Teil des Eintrittsliedes entgegenzunehmen, nicht wahr? Leider können wir dir derzeit kein Obdach anbieten, doch die Pflicht des Eintrittsliedes werde ich dir gewähren. Folge mir. Deine Begleiter können bei den Kindern warten.«

Rizsette nickte, sie warf Priel einen kurzen Blick zu, dieser verschränkte die Arme vor der Brust. Ob ihm der Bann Unbehagen bereitete, weil sie allein mit dem Mann gehen sollte? Nein, bestimmt bildete sie sich sein Widerstreben nur ein.

»Ich bin gleich zurück. Danach suchen wir uns eine Taverne in der Nähe.«

»Du hast aber schöne Haare«, hörte sie eines der Kinder sagen, das Nou mit leuchtenden Augen anstarrte. »Was sind das für Flecken auf deinen Wangen? Sie funkeln wie Sterne.«

Ehe Rizsette sich versah, wurde Nou von den Lehrbarden umringt. Sie selbst schien für einen Moment unbehaglich, wahrscheinlich stand sie nicht gern im Zentrum der Aufmerksamkeit.

»Darf ich deine Haare flechten? Du siehst aus wie eine Prinzessin. Bist du eine Adlige? Wenn ich groß bin, diene ich als Hofbardin einer Adligen wie dir!«

»Das sind wirklich viele Kinder«, murrte Arlecho. Er beäugte Rizsette von der Seite her. »Sag bloß, dein alter Meister hatte auch so viele Küken. Ganz schön fleißig.«

Rizsette schüttelte den Kopf. Sie hatte ja nur Priel davon erzählt. Offenbar hatte dieser sein Wissen nicht geteilt – und das rechnete sie ihm hoch an. »Bardenschüler sind nicht die Kinder ihrer Meister. Es gibt nur einfach mehr Säuglinge mit einer magischen Begabung, je näher man der Hauptstadt kommt. Niemand weiß genau, warum das so ist. In Canary gab es nur Vermin und mich, die einzigen Kinder mit magischem Potential seit sehr vielen Jahren. Hier ist das deutlich anders.«

Alegreya verlagerte das Gewicht. »Und wenn Bardenmeister dann doch mal eigene Kinder bekommen? Werden die auch zu Barden?«

»Das passiert nicht. Hof- und Meisterbarden ist es untersagt, Familien zu gründen. Es ist sogar verboten, Liebschaften zu unterhalten. Bei Lehrbarden sieht man darüber noch hinweg, aber sobald man den Status des Hofbarden erhält …«

»Tsk. Ihr dürft also keine Partnerschaften führen? Warum? Welchen sinnvollen Grund sollte das bitte haben?«

Priels Einmischung erschien Rizsette verwirrend, interessierte er sich doch sonst kaum für die Gepflogenheiten dieses Reiches. Lag das an ihrem Gespräch in den Graslanden?

»Die Aufgabe eines Meisterbarden ist das Aufziehen von Lehrbarden – und der Schutz der anvertrauten Stadt. Eigene Kinder lenken nur von dieser Pflicht ab. Dasselbe gilt für Hofbarden, denn sie sind ihren Adelshäusern verpflichtet.«

Echo wiegte den Kopf hin und her. »Und wenn man trotz des Verbotes doch Kinder in die Welt setzt? Als Lehr-, Hof- oder Meisterbarde?«

Rizsettes Gesicht verfinsterte. Nur zu gut erinnerte sie sich an Canarys Predigten, seine ständige Erinnerung an sie und Vermin, nicht leichtsinnig zu werden. Sie wäre nicht die erste Lehrbardin, der man die Frucht einer Liebschaft absprach, um sie nicht zur Ausgestoßenen werden zu lassen. »Wenn das passiert, verliert man als Lehrbarde das Recht, die Bardenreise zu absolvieren. Hof- und Meisterbarden werden verstoßen. Alle Barden sind Diener des Volkes. Wir existieren nur …«

»Was seid ihr, Knechte?«, fragten die Zwillinge gleichzeitig.

»Rizsette von Canary.« Das Gespräch endete, denn der Gesandte der Krone rief sich ins Gedächtnis. Sie spürte die ihr folgenden Blicke im Nacken, während sie dem Mann eilig in das Bardenhaus folgte. In gewisser Weise empfand sie Erleichterung.

So habe ich darüber noch nie nachgedacht. Wenn ich ehrlich bin, habe ich dafür keine Rechtfertigung. Ja, wir dienen dem Volk. Keine Eltern, keine Familie. Und durch den Willen der Krone werden wir nie eine haben. Aber wäre es wirklich so schlimm ...?

Verunsichert betrachtete sie die prunkvolle Ausstattung des Bardenanwesens: steinerne Böden mit dicken, bunten Teppichen neben irrwitzig riesigen Fenstern, die die Räume mit Licht fluteten. Überall hingen Zeichnungen an den Wänden, gemalt von kindlicher Hand.

»Meisterin Meadowlark ist bereits seit einem halben Jahr unterwegs. Wir erwarten Großes von den sie begleitenden Bardenschülern.« Der Gesandte führte sie an einem gepflegten Innenhof vorbei. »Bedauerlich, dass du auf diese Weise durch die Lande ziehen musst. Ohne deinen Meister muss das sehr schwer sein.«

Rizsette schluckte bei der Erwähnung ihres toten Meisters. Orioles Nachricht hatte die Stadt der Klänge offenbar in Windeseile erreicht. Die Geschwindigkeit der Botenvögel durfte man wirklich nicht unterschätzen.

»Ich werde sein Andenken wahren, indem ich meine Reise erfolgreich beende«, erwiderte sie mit fester Stimme.

»Löblich. Ganz so, wie es einer Lehrbardin gebührt. Hier entlang.« Er öffnete eine weite Flügeltür, die in ein bequem aussehendes Zimmer führte: Ein Kamin in der Ecke, Schriftrollen in vollen Regalen, ein Himmelbett, ein Schreibtisch und einige Lerchenstärlinge in einem deckenhohen, breiten Käfig. Aufgeregt flatterten sie bei ihrem Anblick umher. Der Gesandte förderte ein Pergamentstück zutage, das er Rizsette in die Hand drückte.

»Sicherlich erhältst auch du in den nächsten Tagen einen Vogel aus der Hauptstadt. Deine Situation ist ungewöhnlich, Rizsette von Canary. Aber sorge dich nicht. Der Krone ist viel daran gelegen, eifrige Bardinnen wie dich auch in einer solch misslichen Lage zu unterstützen.«

Sie verstaute das Schriftstück innerhalb ihres Federumhangs. »Ich danke Euch. Wir werden ein paar Tage in der Stadt bleiben, damit ich mir für mein Lied einen Eindruck machen kann.«

»Gewiss. Falls ihr die Unterstützung der Gesandten benötigt, zögert nicht, dieses Haus aufzusuchen.« Für einen Moment hielt er inne. »Und noch ein Wort der Warnung, direkt von unserer geschätzten Königin: Es gibt beunruhigende Gerüchte überall in den Städten, selbst unsere Regentin ist mit Sorge erfüllt. Sichtungen von Bestienwandlern, auch hier in Meadowlark. Sogar eine unserer Lehrbardinnen wird seit einigen Tagen vermisst. Das Schicksal deines Meisters ist kein Einzelfall.« Er betrachtete Rizsette intensiv, das Blut gefror in ihren Adern zu Eis. *Bestienwandler. Noch mehr davon?*

»Die Vielzahl der Berichte aus allen Städten geben Anlass zur Sorge. Du tust gut daran, vorsichtig zu sein. Unsere Gesandten schwärmen durch die Straßen, doch die Gewalt eines Bestienwandlers ist nicht zu unterschätzen.«

Ein dicker Kloß entstand in Rizsettes Hals. Sofort hatte sie die einstigen Angreifer vor Augen.

»In der Nähe befindet sich ein gut gesichertes Gasthaus. Ich schlage vor, dass du und deine Begleiter an diesem Ort Zuflucht suchen. Lass mich dich zu ihnen zurückbringen.« Er nahm den Rückweg in Angriff, Rizsette folgte langsam.

»Aber ... Warum? Was führt die Bestienwandler in das Reich der Klänge? Sollten die Stürme in den Grenzlanden nicht eigentlich dafür sorgen, dass sie unseren Ländereien fernbleiben?«

»Durchaus. Falls es darauf eine Antwort gibt, so wird sie nur die Königin kennen. Und ihr gebührt unser grenzenloses Vertrauen.«

Salzige Luft schlug ihr entgegen, nachdem sie das Bardenhaus verlassen hatte.

Rizsettes Gedanken standen nicht mehr still. Das Bild von Canarys gespaltenem Schädel drängte sich mit aller Gewalt in ihr Gedächtnis – und wurde vom Gelächter der Kinder abgelöst. Sie saßen mit Nou im Gras, eines flocht ihr Haar. Ein anderes färbte mithilfe eines Kinderliedes ihre Fingernägel, viele weitere plapperten munter drauflos. Mittlerweile schien Nou ihre Aufmerksamkeit zu genießen, ebenso wie Alegreya, die mit einem amüsierten Grinsen am Zaum lehnte, daneben Priel und Arlecho.

»Ich habe mich ein wenig umgesehen«, begrüßte sie der männliche Zwilling. »Die Stadt ist zu groß, um außerhalb zu lagern. Sogar Priel ist einverstanden, eine Taverne aufzusuchen.«

Er stieß ihm den Ellbogen in die Seite, Priel gab einen ärgerlichen Laut von sich. »Wenn es denn sein muss.« Er begegnete Rizsette, von der einen auf die andere Sekunde verengte er die Augen zu schmalen Schlitzen. »Was ist los? Du bist kreidebleich.«

»Ich wünschte, Meisterin Meadowlark wäre hier!« Der Ausruf des Kindes lenkte sie ab, hin zu einer Bardenschülerin, die heftig gestikulierte. »Sie würde die versteckten Bestienwandler im Handumdrehen aus der Stadt werfen! Kein Wunder, dass sie nur nachts rauskommen, wenn man sie schlecht sehen kann!«

Ein zweites Kind lachte hämisch auf. Es riss die Arme hoch und knurrte gespielt, zwei andere kreischten auf. »Richtig schaurig sehen Bestienwandler aus, wie die Tiere, in die sie sich verwandeln!«

Nou verlagerte unbehaglich das Gewicht.

Alegreya schürzte die Lippen. »Es sind Bestienwandler in der Stadt? Rizsette, was reden die Küken da?«

Rizsette musterte sie besorgt. »Das wollte ich gerade sagen. Es sieht so aus, als ...«

»Ich, ein mächtiger Barde, werde die Bestienwandler im Reich der Klänge bezwingen!« Das aufgesprungene Kind spielte einige wirre Töne auf seiner Flöte, das Kind, das den Bestienwandler spielte, lachte auf.

»Barden können nicht kämpfen! Ohne Waffe kannst du gegen mich nichts ausrichten!«

Ein drittes Kind, ein Mädchen, ergriff einen herumliegenden Stock. »Schmeck mein Metall, böse Bestie! Ich besiege Barden und Bestien, denn ich bin ein mächtiger Schwertarm!«

Spielerisch wedelte das Mädchen mit dem Stock, der Bardenschüler blies kräftig in die Flöte, das dritte Kind wischte durch die Luft, als besäße es Krallen.

Nou raffte sich auf, Rizsette bemerkte, wie sie die Hände zu Fäusten ballte. Vergessen schienen die wenigen Kinder, die sich friedlich mit ihr beschäftigten, denn Nou zeigte eine harte Miene. »Ich wi... wi ... Ich muss hier weg. Das ertrage ich nicht.« Sie rauschte an Rizsette vorüber, perplex lief sie ihr nach, hinein in die sich verfinsternden Gassen. Die anderen folgten.

»He«, meinte Arlecho. »Wenn wir zu dem Gasthaus wollen, müssen wir ...«

»Denken alle Barden so über Bestienwandler?«, richtete sich Nou an Rizsette, ungeachtet dessen, dass sie Arlecho ins Wort fiel. »Dass wir Monster sind? Gewaltbereite Biester, die nach Blut trachten?« Sie erwartete eine Antwort, die Rizsette nicht geben wollte.

»So ähnlich«, gab sie zu, ohne es zu beschönigen. »Ich will es nicht verteidigen, wirklich nicht. Wir wissen einfach nichts über euch. Das Wenige, was man uns erzählt, spricht von den Bluträuschen der Schwertarme und der Gefahr, die von Bestienwandlern ausgeht.« Sie pausierte, Nou sah aus, als habe sie in eine saure Frucht gebissen. »Das erste Mal, dass ich Bestienwandlern begegnete, töteten sie meinen Meister. Und jetzt befinden sie sich in unserem Reich, trotz des Abkommens der Königinnen. Das habe ich versucht, euch vorhin zu sagen. Es gibt Sichtungen, mittlerweile in vielen Städten, sogar hier. Die Menschen haben Angst.«

»Angst«, wiederholte Nou, als habe Rizsette sie persönlich beleidigt. »Wir sind nicht anders als ihr. Magiebegabte Menschen.«

»Und was treibt ihr dann hier?«

Nou biss sich auf die Unterlippe. »Ich weiß nur, weshalb ich hier bin. Mehr kann ich dazu nicht sagen.« Sie legte eine Hand an die Stirn, es machte den Anschein, als habe sie Kopfschmerzen. »Wer hätte gedacht, dass ich mich auf Gedeih und Verderb in ein Land ... in ein Land begeben habe, dass mich so sehr hasst? Dass ich versuchen wollte, hier Hilfe zu finden?« Sie zitterte, die Tränen kamen ohne jede Vorwarnung. »Priel hatte recht. Hoffnung ist für Verzweifelte.« Abrupt wirbelte Nou herum und sauste davon. Rizsette wollte nach ihr greifen, berührte sogar noch ihre Haut, doch letztlich entglitt sie ihr ganz.

»He, Nou! Jetzt warte doch!« Alegreya stürzte ihr hinterher, Arlecho und Priel rührten sich nicht – zumindest für einen Moment.

»Was denn, ausnahmsweise ist es nicht Priel, der einen dramatischen Abflug hinlegt?« Arlecho erntete einen Schlag auf den Hinterkopf und jaulte auf, Priel schnaubte laut.

»Halt die Klappe. Scheiße. Wie war das? Es gibt Bestienwandler in der Stadt?«

Sie schluckte. »Ja, außerdem wird eine Bardenschülerin vermisst. Der Gesandte hat mich gewarnt. Er sagte, es sei das Sicherste, sich vorerst in einer Taverne aufzuhalten.«

Priel seufzte. »Dann sollten wir die beiden einholen und schleunigst von der Straße verschwinden.« Unsanft schubste er Arlecho voran, hinein in das Geflecht enger Nischen zwischen Häuserwänden.

Für etwa eine Minute folgten sie dem geraden Verlauf der Gasse, dann wurde es schlagartig heller, trotz des zuziehenden Nachthimmels. Die Graslaternen

– sie glühten von innen heraus, überall an den Wänden, mit Sicherheit belebt von einer Komposition der hiesigen Bardenmeisterin.

»Nou? Nou! Komm schon, niemand will dir wehtun! Ich bin es doch, Reya!«

Sie holten Alegreya in der Mitte einiger abzweigender Wege ein. Sie drehte sich hartnäckig im Kreis, bis sie Rizsette erspähte. »Sie ist verschwunden!«, rief sie ihnen zu, noch bevor sie zu ihr aufgeschlossen hatten. »Keine Ahnung in welche Richtung sie gegangen ist.«

»Dann teilen wir uns auf«, schlug Arlecho vor.

Priel zeigte die Zähne. »Fantastisch, genau das habe ich mir erhofft: ein nächtlicher Spaziergang auf der Suche nach einer versprengten Wandlerin. Riz, du gehst mit mir. Echo, Reya, wir treffen uns in einer halben Stunde wieder hier, wenn wir Nou bis dahin nicht gefunden haben. Bleibt wachsam.«

Sie teilten sich auf, Rizsette bekam mit, wie Priel die Hand auf den Schwertgriff legte. Offenbar war auch er auf der Hut. »Bleib hinter mir, egal was passiert. Verstanden?«

Rizsette nickte knapp, mit langsamen Schritten folgten sie dem Verlauf der Gasse. Unzählige Steinbalkone über ihnen wechselten sich mit Laternenlicht ab, die Nacht brach schnell herein. Unangenehm still wurde es hier, jetzt, da das Licht versiegte. Ihre Gedanken befanden sich im Aufruhr. *Ich hätte es anders erklären müssen. So habe ich Nou nur wehgetan. Sie verdient es nicht, so behandelt zu werden. Ich muss mich entschuldigen, sobald wir sie wiedergefunden haben.*

»Das erste Mal, dass ich einem Bestienwandler oder einer Federträgerin gegenüberstand, war in jener Nacht, in der du in mich hineingestolpert bist.« Priels Worte rissen Rizsette aus den Gedanken, sie begegnete seinem Blick. »Im Reich der Schwerter ist man auch nicht ganz frei von Vorurteilen. Der alte Kauz lehrte uns, Federträger oder Wandler anders zu betrachten als der Rest unseres Reiches. Du fühlst dich gerade mies, habe ich recht? Lern daraus. Das ist das Mindeste, was du tun kannst.«

Rizsette senkte den Kopf. Sie versuchte, Priels Worte zu verinnerlichen. Für einen Moment herrschte Schweigen, bevor Priel erneut die Stimme erhob: »Deine Vorbehalte gegen Reya, Echo und mich hast du schnell verloren, oder? Ich habe in Oriole zugehört, als du dem Bardenmeister erzählt hast, was in jener Nacht geschah. Du hast unser Aufeinandertreffen verschwiegen.«

Unbehaglich verlagerte Rizsette das Gewicht. »Um euch zu schützen. Das habe ich Alegreya versprochen.«

Priel summte leise. »Was glaubst du, wollten die Bestienwandler von deinem Meister?«

»Ich weiß es nicht. Sie sprachen von einer Sache, aber worum auch immer es sich handelte, Canary wollte es ihnen nicht geben.«

»Damals hattest du dieses Beutelchen bei dir. Das mit der Spieluhr.«

»Ja, richtig. Ich habe es an mich gebracht, kurz bevor mein Meister starb. Mit etwas Geld, seinem Notizbuch und der Spieluhr.«

»Notizbuch. Du meinst das, in dem seine Kompositionen stehen? Was, wenn sie es darauf abgesehen haben?«

Rizsette legte den Kopf schief. »Das ergibt keinen Sinn. Bardenmagie hat für Bestienwandler keinen Nutzen.«

»Richtig. Aber nehmen wir mal an, sie verfügen über den ein oder anderen Barden ...«

Abrupt blieb Rizsette stehen. Ihre Glieder krampften, die Erkenntnis zuckte wie ein Blitz über sie hinweg. »Willst du etwa andeuten, dass die Bestienwandler ... meinesgleichen in ihre Krallen zu bekommen versuchen?«

»Möglich wäre es. Sagtest du nicht, dein Mitschüler sei verschwunden, ebenso wie eine Schülerin dieser Stadt?«

Rizsette verstummte. Die Hoffnung in ihrem Herzen blühte auf wie die Knospe einer einzelnen Blume. *Das heißt, Vermin ist noch irgendwo da draußen. Entführen die Bestienwandler Bardenschüler, um sie ins Reich der Bestien zu bringen? Gemeinsam mit dem Wissen eines Bardenmeisters?*

Ein Schniefen unterbrach ihre Gedanken jäh, es kam von jenseits eines Hauseinganges, der ein Stück weit in ein angrenzendes Haus hineinreichte. Ein Wimmern folgte, hoch und dünn und langanhaltend. Rizsette sprang an Priel vorbei – und entdeckte Nou. Mit angezogenen Knien lehnte sie an der Wand, die Augen rot vom Weinen. Rizsette ging vor ihr in die Hocke, die Erleichterung verdrängte für den Moment alles andere.

»Nou.«

»G-G-G-Geh weg! Ich will dich nicht sehen!«

»Nou, es tut mir leid. Wirklich, ich ...«

»Ersp ... Erspar mir das. Ich will das nicht hören.«

»Nou …« Rizsette atmete tief ein. Es gab so vieles, das sie sagen wollte. Alles schwirrte wie in einem dicken Knäuel durch ihren Kopf, ungeordnet und ineinander verschlungen. Es fiel ihr schwer, Ordnung ins Chaos zu bringen – doch sie musste es zumindest versuchen. »Ich will es ab sofort besser machen. Mein Reich ist nicht perfekt, wirklich nicht, und das trifft auch auf mich zu. Aber ich möchte dazulernen, Nou. Du bist aus einem Grund hierhergekommen und hast um Hilfe gebeten. Und ich verspreche, dass ich alles in meiner Macht Stehende tue, um deiner Bitte gerecht zu werden. Egal was es kostet. Ich finde einen Weg. Tut mir leid, dass ich dich verletzt habe.«

Wieder schniefte Nou, diesmal wirkte sie, als höre sie ihr tatsächlich zu. Sie wischte einige Tränen beiseite, im Begriff, die Lippen zu öffnen – da ertönte ein Ächzen in Rizsettes Rücken.

Nous Augen weiteten sich, sie drückte sich heftiger gegen die Wand, Rizsette warf Priel einen Blick zu – und erstarrte ebenfalls. Es ragte aus seiner Schulter. Lang und schwarz, wie ein übergroßer Stachel, den Priel soeben herauszog. Mit einem zittrigen Atemzug stürzte er in die Knie, Rizsette jagte herum.

»Priel!«

Eine Bewegung von oberhalb eines Balkons schob sich in ihr Sichtfeld. Stocksteif blieb sie in kniender Position, der Ekel kam und schlug Wellen in ihrem Inneren. *Sie* hing an einem einzelnen Faden, ein dunkles Knäuel aus acht langen, spindeldürren Beinen – eine Spinne, größer als sie selbst. Geistesgegenwärtig drängte sie Nou hinter sich zurück, Rizsette vernahm nur ihr feines Wimmern.

»Wer hätte gedacht, dass wir ausgerechnet hier fündig werden. Eine Federträgerin, vollkommen ungeschützt. Noch dazu passt sie zur Beschreibung.« Eine gesäuselte Stimme, hauchdünn wie ein Spinnennetz.

»Riz«, keuchte Priel mit zusammengebissenen Zähnen. Ein blutiges Rinnsal ergoss sich seinen Arm hinab.

»Beeindruckend.«

Rizsette fuhr herum, hin zu einer zweiten Gestalt, die von einem anderen Balkon hinabrutschte. »Das ist das erste Mal, dass sich eines deiner Opfer noch bewegen kann, Chrona. Lässt dein Gift etwa nach?«

Bodenloses Entsetzen wallte in Rizsette auf. Die neue Bestie glitt gänzlich ohne Beine zu Boden. Ihre grünen Schuppen leuchteten im Licht der

Laternen, doch nicht so sehr wie die großen, gelben Augen, die sich nun vollends auf Priel richteten. *Eine Schlange!*

»Unerheblich«, gab die schwarze Spinne, nein, das Mischwesen aus Spinne und Skorpion namens Chrona, zurück. Ein breiter, gebeugter Stachel wischte unruhig durch die Luft. »Solange es ihn lähmt, soll es mir recht sein. Ich bin nicht aufs Kämpfen aus.«

»Bestienwandler.« Das Hauchen entkam Rizsettes Kehle ganz ohne ihr Zutun, begrüßt vom zischenden Gelächter des Reptils.

»*Bestienwandler*! Immer diese Überraschung, diese Angst in ihren Augen. Amüsant, diese Federträger. Wirklich.«

Rizsettes Kopf drohte zu bersten. »Was wollt ihr von mir?«

Die acht Augen des Spinnenskorpions musterten sie aufmerksam. »Das erfährst du noch früh genug, Federträgerin. Und jetzt ergib dich. Es ist mühselig, euch einzufangen. Die letzte hat sich übertrieben heftig gewehrt.« Bedrohlich zitterte der Stachel über seinem Rücken, Rizsette reagierte vollkommen intuitiv – und sprang aus dem Weg. Das Geschoss traf die glatte Hauswand, Nou kreischte auf.

»Rizsette! Pass auf!«

Die einkehrende Stille hallte nach.

»Diese Stimme.« Die Schlange zischelte, es klang verwirrt, der zweite Wandler machte einen Satz rückwärts. »Edle Renou? Was tut Ihr an diesem Ort …?«

Die Worte des Reptils hingen in der Luft, der Moment zog sich hin.

Edle Renou? Rizsette wandte sich Nou zu, Fragen über Fragen auf den Lippen, doch alles, was ihre Augen zu fassen bekamen, war ein Flattern – gefolgt von einem winzigen Schatten, der dem dunklen Himmel entgegenstrebte. Sie verharrte fassungslos. Nou hatte sich verwandelt – und floh.

»Was sollen wir jetzt tun?« Das Grollen des Bestienhybriden riss sie aus ihren Gedanken.

»Das, wozu wir gekommen sind. Die Königin muss informiert werden, doch das erledigen wir, nachdem unsere Aufgabe abgeschlossen ist. Das hier hat Priorität.«

Die Bestien fassten Rizsette ins Auge, Priel keuchte. Mit verkniffener Miene versuchte er, an sein Schwert zu gelangen. Vergeblich, denn seine Finger zuckten nur unnütz. Rizsettes Herz sank. *Ich bin völlig wehrlos.*

Alle Augenpaare lagen auf ihr, beide Bestien kamen auf sie zu, die Schlange gleitend, der Spinnenskorpion getragen von dünnen Beinen. Rizsette stolperte mit dem Rücken gegen die Steinmauer. Sie kniff die Augen zu, alles an ihr erwartete Schmerz – stattdessen schmetterte ein Schrei über sie hinweg. Ihre Lider flogen auf, ein braunhaariger Schemen fegte an ihr vorbei, nein, *zwei.*

»Gerade noch rechtzeitig zur Party, was?« Arlecho drehte schwungvoll das Schwertheft. Die Schlange zischte aufgebracht, der Spinnenskorpion fauchte.

Alegreya grinste breit. »Toller Leibwächter bist du mir, Priel!« Die Stichelei blieb unbeantwortet, stattdessen suchte Priel Rizsettes Blick.

»Riz ... Hilf mir ...!«

Rizsette reagierte nur schwerfällig. Langsam schob sie sich über den Boden, gleichzeitig sprang die Schlange auf Arlecho zu. Alegreya stellte sich der Spinne in den Weg, allein der Anblick reichte, um Rizsette wiederum erstarren zu lassen.

Tänzelnd entging der eine Zwilling den blitzartigen Vorstößen des Schlangenkopfes; er kreuzte die Klinge mit armlangen Giftzähnen, von denen eine stinkende, gelbliche Flüssigkeit tropfte. Im selben Atemzug schleuderte die Spinne Alegreya eine dünne, weiße Substanz entgegen, die diese mit einem gekonnten Schwertstreich noch in der Luft zerteilte.

»Riz ...« Es kostete Priel deutlich Mühe, die Worte über die Lippen zu zwingen. »Das Genesungslied ... Mach schnell!«

Ihre Finger zitterten, als sie die Leier von ihrem Gürtel löste. Das Durcheinander in ihrem Kopf überlagerte jeden klaren Gedanken, ein Fokus schien unmöglich. »Ich kann nicht.«

»Sieh ... Sieh nicht hin. Schau nur mich an, verstanden?«

Sie wollte es, mit jeder Faser ihres Körpers. Die Spinne schrie auf, die Schlange zischte boshaft, Rizsette zuckte unter den Geräuschen zusammen.

Priel hielt ihren Blick fest. »Riz ... Vertrau auf ihre Fähigkeiten. Vertrau auf mich.«

Das Grün seiner Augen erinnerte sie an die Graslande. Tief und ruhig und kein bisschen beängstigend. Rizsette atmete tief ein, konzentriert nur auf ihn, behutsam strichen ihre Finger über die Saiten.

Sink ab ins Vergessen, lass ab von dem Schmerz,
einlullend und schmeichelnd, direkt in dein Herz ...

Nur aus den Augenwinkeln verfolgte sie den erbitterten Kampf Mensch gegen Bestie. Sie zwang sich, bei Priel zu bleiben.

... Wie Wellen abebbend, nehm ich von dir fort,
Kummer und Leid, durch ein singendes Wort.

Seine Schultern entspannten, das Rinnsal aus Blut stoppte, die Wunde wuchs in Windeseile zu. Priel entließ hörbar die Luft aus den Lungen, energisch packte er das Heft seines Schwertes.

»Gut gemacht, Riz!« Blicklos warf er sich in den Kampf, an Arlechos Seite, die Schlange schnellte nach vorn, direkt hinein in Priels Angriff – und schmeckte Metall. Tief bohrte sich die Klinge in ihr Fleisch, zischend zuckte sie zurück, weg von der Bedrohung und aus seiner Reichweite. Das Schwert hinterließ eine klaffende Wunde, lose fiel das ellenlange Beißwerkzeug zu Boden, eine blitzend weiße Spitze getränkt in Gift.

»Chrona!« Rizsette entdeckte das übergroße Krabbeltier im Kampf mit Alegreya, welche die Bestie an die Wand gedrängt hatte. Mittlerweile fehlten ihr Teile zweier Beine, vergessen auf dem kalten Steinboden.

»Wir ziehen uns zurück!« Ihrem Keifen folgte ein Faden, geknüpft an einen nahen Balkon. In Windeseile zog sie sich hoch, die Schlange sauste davon, hinein in eine der angrenzenden Gassen. Flammend hell loderte es auf, denn Priel führte die Hand über die Schneide seines Schwertes. Das Licht züngelte über die Häuserwände, die Schlange hielt abrupt inne.

»Ein Schwertarm! Du, du bist es, der Mellow getötet hat! Chrona, das heißt, dass die Federträgerin –!«

Mit brachialer Gewalt schleuderte Priel die Waffe von sich, mit Präzision durchbohrte sie den Spinnenkörper. Sie stieß ein abgehaktes Geräusch aus, die verbliebenen Glieder krampften und das Biest verlor den Halt. Es sauste zu Boden, die Flammen sprangen über. Dumpf schlug es auf, die Beine zuckten noch immer, umgeben von Feuer, das sich gierig an ihrem Bestienkörper labte. Es zischte laut, die Schlange spie einige Verwünschungen aus.

»Das werdet ihr bereuen!« Sie schlängelte davon, Rizsettes Augenmerk wanderte zurück zu der sterbenden Spinne. Wieder ein Zucken, die Glieder schlossen sich zur Mitte hin, Priel lachte freudlos auf.

»Das war für den Giftstachel.« Die Feuersbrunst tanzte in der Reflexion seiner Augen. Arlecho wischte sich über die Stirn.

»Sollen wir der Schlange folgen?«

Priel schüttelte den Kopf.

»Dafür haben wir keine Zeit. Wir hatten Nou gefunden, aber sie hat sich verwandelt und ist davongeflogen. Schätze, die sehen wir so schnell nicht wieder. Wir kehren zu den Pferden zurück und –«

Rizsette sank in die Knie. Alles an ihr zitterte, sie verbarg das Gesicht in den Händen. Die Gewissheit stürzte auf sie ein, es gab kein Leugnen mehr. »Sie entführen Barden.« Ihre Stimme brach weg, ihr Kopf dröhnte. »Warum? Was wollen sie von uns? Ich verstehe das nicht …« Zwei Hände auf ihren Schultern, schwer und warm und tröstlich auf eine Art, die sie erreichte. Bebend vor Angst sah sie auf.

»Riz, wir sind noch nicht außer Gefahr. Du musst durchhalten. Zeit zum Zusammenbrechen bleibt dir auch noch, wenn das hier vorbei ist. Sonst gefährdest du uns alle. Willst du das?«

Die Härte in seinem Blick traf Rizsette unvorbereitet. Sie schluckte schwer und nickte, Priel hatte recht. Sie musste sich zusammenreißen, wenigstens jetzt, für eine Weile.

»In Ordnung.«

»Gut.« Er reichte ihr die Hand und zog sie hoch, ihr Stand blieb unsicher. »Wir kehren zum Bardenhaus zurück und holen unsere Pferde. Dann –«

»Priel, ich bin damit nicht einverstanden.« Alegreya schürzte die Lippen, ihre ganze Haltung sprach von der Hitze des zurückliegenden Gefechts. »Nou ist völlig allein. Ich bringe es nicht über mich, sie einfach so hier zurückzulassen. Und wenn wir ehrlich sind: Dieses Gespräch ist schon eine Weile überfällig.« Sie tauschte einen Blick mit Rizsette, die sich an ihre Übereinkunft in Oriole erinnerte.

Sie nahm all die ihr verbliebene Kraft zusammen. »Nou muss bei uns bleiben. Ob in Cuckoo oder in der Stadt der Klänge, ich habe versprochen, ihr zu helfen.«

Priel verschränkte die Arme. »Ein Versprechen, an das ich nicht gebunden bin. Ich bleibe dabei, sie verlangsamt uns ohnehin nur. Wir haben nicht mal genug Pferde für alle, deshalb sollten wir sie ihrer Wege ziehen lassen.«

»Sie könnte uns nützlich sein«, warf Alegreya ein. »Jetzt, nachdem sie sich das zweite Mal verwandelt hat, fällt es ihr bestimmt leichter. Selbst du kannst nicht abstreiten, dass eine unauffällige Späherin von Vorteil ist. Ein *Vogel* im Reich der Klänge, Priel!«

»Nur weil sie sich zwei Mal verwandelt hat? Was macht dich so sicher, dass es ab sofort funktioniert?« Er gab Alegreya kein Stück nach.

Arlecho legte den Kopf zur Seite. »Wenn Nou das mit dem Verwandeln hinbekommt, wäre auch das mit dem Reiten kein Problem mehr. Wer Flügel hat, braucht kein Pferd.«

Priels Miene verfinsterte sich. »Ihr wollt das wirklich *jetzt* mit mir ausdiskutieren? *Hier?*«

Alegreya lächelte dünn. »Stimmen wir doch einfach ab. Die Mehrheit hat das Sagen.«

Rizsette hörte deutlich, wie Priel mit den Zähnen knirschte. »Tsk. Meinetwegen. Wer dafür ist, dass wir nach Nou suchen und uns unnötig in Gefahr begeben, hebt jetzt die Hand.«

Alegreya hob ihre, Rizsette tat es ihr gleich. Priel reckte überheblich das Kinn. »Die Bardin zählt nicht! Seit wann hat sie denn bitte eine Stimme?«

Arlecho kratzte sich am Ohr. »Sie gehört zur Gruppe, oder?«

Priel sah für einen Moment so aus, als wolle er widersprechen. »Na schön. Gleichstand, also kämpfen wir es aus. Wer kämpft für euch?«

»Also eigentlich ...« Arlecho schlug mit den Armen, als habe er Flügel, mehrmals sprang er in die Luft, es machte den Anschein, als wolle er abheben. »Ich glaube wirklich, dass uns ein Vogel von Nutzen sein könnte. Und da ich das mit dem Fliegen leider nicht hinbekomme, bin ich dafür, Nou bei uns zu behalten. Aus mehr als einem Grund.« Demonstrativ betrachtete er seine Schwester, Alegreya zeigte eine harte Miene.

»Scheiße, verflucht!« Priel wischte sich durchs Haar. »Na dann viel Freude beim Absuchen des Himmels. Einen verdammten Vogel finden wir ohne eigene Flügel nie.«

Sofort wanderte Arlechos Blick zu Rizsette. »He, würdest du mir vielleicht kurz deinen Umhang ...?«

»Lass den Mist, Echo! Los, raus damit. Wie lautet euer brillanter Plan?«

»Wie wäre es mit dem Glockenturm?«

Priel und Alegreya betrachteten Rizsette zweifelnd, als habe sie behauptet, tatsächlich mithilfe ihres Umhangs abheben zu können. Priel grummelte vor sich hin.

»Wie stellst du dir das vor? Ein Vogelbad aufstellen, ein paar Glocken läuten lassen und auf das Beste hoffen? Miese Idee, Riz.«

Ihr Widerstand regte sich, sie hasste es, wenn Priel auf diese Art mit ihr sprach. Rücksichtsvoll in der einen Sekunde, ein ungehobelter Klotz in der nächsten, nur, weil sie nicht auf seiner Seite stand.

»Nou mag mein Spiel. Wenn ich von dort oben aus spiele, wird sie bestimmt auf uns aufmerksam. Man wird die Musik über weite Entfernung hören. Wenn sie wirklich zu uns zurückkommen will, wird sie kommen. Davon bin ich überzeugt.« *Schließlich habe ich versprochen, ihr zu helfen. Sie wollte mir zuhören, das habe ich deutlich gesehen.*

Priel dachte für einen Moment nach, schließlich offenbarte er ein dünnes Grinsen. »Doch keine so miese Idee, aber das gilt auch für die in der Stadt befindlichen Bestienwandler. Sicher, dass du die auch anlocken willst? Wir wissen nicht warum, aber ja, sie fangen Federträger. Das ist jetzt klar.«

Alegreya legte die Stirn in Falten. »Priel, lass uns das versuchen. Ich weiß, dass du Rizsette beschützen willst …«

»Muss«, fiel er ihr ins Wort.

»Macht keinen Unterschied. Folgender Vorschlag: Du und Echo, ihr haltet am Fuß des Glockenturms Wache, falls sich die Wandler tatsächlich blicken lassen. Deine Magie ist mächtiger als bloßes Metall, du kannst dich problemlos mit ihnen messen.« Vielsagend fixierte sie den brennenden Spinnenkadaver, der nun allmählich in die menschliche Gestalt zurückwechselte. Eine Frau, die mit leeren Augen in den Nachthimmel starrte. »Ich begleite Rizsette nach oben – und beschütze sie mit meinem Leben.«

Arlecho legte ihr mit Schwung einen Arm um die Schultern. »Klingt waghalsig und von vorneherein zum Scheitern verurteilt. Genau nach meinem Geschmack.«

KAPITEL 14

PRIEL

Wenige Spaziergänger wandelten im Schein der Laternen umher. Die Springbrunnen rund um den Glockenturm, die laue Wärme dieser Nacht – nichts davon deutete auf die Gefahr in den finsteren Gassen hin.

Das Gift der Spinne steckte Priel noch in den Knochen, nicht wirklich, aber in seiner Erinnerung. Niemals zuvor hatte er sich derart machtlos gefühlt, dazu verdammt, dem versuchten Angriff auf Rizsette untätig beizuwohnen. Es hatte ihn schier zerrissen. Der Drang, ein übermächtiges Verlangen, hatte ihn ganz und gar eingenommen, für eigene Gedanken hatte es kaum einen Platz gegeben. Nicht auszudenken, welche Auswirkungen diese Magie auf ihn haben würde, wenn Riz je wirklich verletzt werden sollte.

Dankbar musterte er die Zwillinge, Echo enthusiastisch, Reya ungemein angespannt. Auch Riz sah kaum besser aus, ihre Züge blass wie ein unbeschriebenes Blatt Papier. Die Vorkommnisse innerhalb Meadowlarks setzte ihr zu, wahrscheinlich stand sie wirklich kurz vor dem Zusammenbruch.

Priel verstand das Vorhaben der Wandler ebenso wenig, obwohl die Geschehnisse seine Vermutungen in gewisser Weise bestätigten. *Egal weshalb, die Bestienwandler entführen Bardenschüler. Anders kann es nicht sein.*

Er wandte den Blick von ihr ab und der vor ihnen liegenden Aufgabe zu. Was sie nun zu tun gedachten, verlangte all seine Konzentration.

Die Tür zum Glockenturm lag ein wenig versteckt, geschützt in den Schatten, sodass ihr Einbruch vor den Augen der Stadtbewohner verborgen blieb. Echo nutzte sein Schwert wie einen Hebel, die Holztür gab krachend nach. »Nach dir, geschätzte Lehrbardin«, forderte er Rizsette auf, sie ging steif voran, gefolgt von Reya.

Priel packte ihren Arm, seine Stimme zu einem Flüstern gesenkt: »Pass auf sie auf.«

Reya erwiderte seinen Blick. »Werden wir etwa sentimental? Das kenne ich ja gar nicht von dir.«

»Verwechsle meine Wachsamkeit nicht mit Zuneigung. Ich stehe nach wie vor unter dem Bann.«

»Na, wenn du das sagst.« Sie verschwand hinter der von Echo geschlossenen Tür.

Priel atmete tief ein. Noch hielt er beide Schwerter, auch das, mit dem er den Spinnenskorpion getötet hatte, verborgen. Niemand konnte vorhersagen, ob die Bestienwandler oder Nou auf Rizsettes Spiel aufmerksam werden würden. Riskant blieb dieses Unterfangen aber in jedem Fall.

»Bestienwandler sind eine Klasse für sich«, hörte er Echo sagen, offensichtliche Ungeduld erhellte sein Gesicht. Priel verstand ihn. Schwertarme lechzten nach dem Kampf; das Gefecht hatte den Zwilling Blut lecken lassen. Wie lange lag seine letzte, echte Auseinandersetzung nun schon zurück? »Wegen Nous Vögelchen habe ich an den alten Geschichten des Kauzes gezweifelt. Aber das hier ... Mit einer Riesenschlange und Spinne habe ich nicht gerechnet. Was wohl noch auf uns wartet?«

»Hoffentlich keine weiteren Mischwesen. Hybride sind besonders gefährlich. Hätte nicht gedacht, je einen davon zu Gesicht zu bekommen. Es heißt, man habe sie schon lange Zeit vor dem Abkommen gezüchtet. Armes Scheißvieh.«

Echo grinste breit, doch nicht für lange. Ein ernsterer Ausdruck umspielte seine Züge. »Sag mal, Priel, wo soll das alles hinführen? Fenix wollte, dass wir im Reich der Klänge neu anfangen. Aber jetzt reisen wir in Begleitung einer Bardin umher, mit dem Ziel, die Stadt der Klänge zu betreten. Wir sind nur einen klitzekleinen Fehler davon entfernt, enttarnt zu werden – und das meine ich wortwörtlich. Sieh uns an, versteckt in den Schatten, bereit, angreifende Bestienwandler zurückzuschlagen, und das mitten in einer dicht bevölkerten Stadt. Ins Reich der Bestien möchte ich dann lieber doch nicht fliehen.«

Priel verlagerte das Gewicht. »Ich habe keine Wahl. Du weißt, dass ich bei Riz bleiben muss, der Bann zwingt mich dazu. Aber das betrifft nur mich. Reya und du, ihr könntet jederzeit gehen. Ich würde es euch nicht übelnehmen.« Er meinte es so, obwohl ihn der Gedanke schmerzte.

Echo schnaubte missbilligend. »Verdammt, Priel. Hältst du uns wirklich für so treulos? Du magst ein Hornochse sein, aber du bist *unser* Hornochse. Scheiße. Warum habe ich das gesagt? Allein die Vorstellung an ein saftiges Stück Ochsenfleisch lässt mir das Wasser im Munde zusammenlaufen.« Ungelenk kratzte er sich am Hinterkopf. »Eher gehen wir an deiner Seite drauf, als dich mit einer Federträgerin alleinzulassen, *Bruder*.«

Priel hielt inne, ein stilles Lächeln eroberte seine Züge. Geschwister hatte er viele gehabt, doch nur Reya und Echo gehörten wahrhaftig zu seiner *Familie*.

»Sieh nur zu, dass du diesen Bann loswirst«, fuhr Echo fort. »Danach liefern wir Rizsette in der Stadt der Klänge ab und gehen unserer Wege. Sie wird mir zwar fehlen – aber ab da ist sie auf sich allein gestellt.«

Ein schwerer Klumpen entstand in Priels Magengegend. Der Drang begehrte auf, offenbar gefiel ihm die Vorstellung nicht, Riz wehrlos zurückzulassen. Gewaltsam schob er die Empfindungen beiseite. Jeder von ihnen wusste, dass der Tag des Abschieds näher rückte. Irgendwann würde er kommen – und Priel sehnte ihn mit jeder Faser seines Körpers herbei. Er wollte frei sein, eigene Entscheidungen zu treffen, nachdem er Fenix' letzten Wunsch erfüllt hatte. Alles andere war bedeutungslos.

Eine leise Melodie drang an sein Ohr und er legte den Kopf in den Nacken. Riz und Reya mussten die Spitze des Glockenturms erreicht haben.

»Es geht los«, raunte er, Echo neben ihm berührte das Heft seiner Klingenwaffe.

»Sollen sie nur kommen.«

Die Musik erfüllte die Stille, auch auf dem breiten Platz schienen die wenigen Menschen zu lauschen. Einige Fenster öffneten, die in den Häusern befindlichen Städter reckten die Köpfe. Die Töne schwollen an, Riz' Gesang gesellte sich dazu – und Priel stockte. Wie schon damals, innerhalb dieser Siedlung vor Oriole. Ihre Stimme wirbelte leicht wie der Wind um seine Nase: Glasklar, atemberaubend, anziehend auf eine Weise, die er nicht verstand. Diesmal klang das Lied hoffnungsvoll, eine Symphonie der Ermutigung, die auch ihn mit Zuversicht erfüllte. Er richtete sein Augenmerk auf die Umgebung.

Ich muss wachsam bleiben.

Für eine Weile geschah nichts. Riz' Gesang verzauberte die Menge, immer mehr Fenster öffneten, angezogen von der Musik traten die Menschen auf die Straßen – bis der Schrei eines flüchtenden Bewohners die Idylle zerriss.

Dahinter, direkt aus den Gassen – Priel ergriff sein Schwert – entdeckte er einen langen, grauen Körper, der in einem nackten, starken Schweif endete. Auf krallenartigen, kurz geratenen Beinen lief die Bestie vorwärts, die fledrigen Ohren über recht kleinen, knopfartigen Augen fixierten die Spitze des Glockenturms.

Eine Ratte! Größer als er selbst und Echo zusammen, mit Nagetierzähnen, die sie beim Ausstoßen eines langgezogenen Fiepens entblößte. Kurz darauf kam auch die Schlange in Sicht, ihr fehlender Giftzahn mutete merkwürdig an, die Verletzung sah grotesk aus.

»Sie ist hier, Tores. Wo ist dein Partner? Er sollte bei uns sein.« Das Zischen der Schlange ging Priel durch Mark und Bein.

Partner. Scheint so, als fänden sich Bestienwandler stets zu zweit zusammen. Die Schreie der Stadtbewohner schwollen an, doch längst befand sich niemand mehr auf dem Platz. Nur wenige Schaulustige verweilten in geduckter Haltung an den Fenstern. Auch Gesandte gab es bisher keine, doch das war nur eine Frage der Zeit. Priel wurde klar, dass es hier im Falle eines Kampfes keinerlei Versteckmöglichkeiten gab. Wenn er seine Magie zeigte, würden ihn Unzählige sehen.

»Zuletzt wollte er die Gebiete außerhalb der Stadt absuchen«, antwortete die Ratte namens Tores. »Sein Gehör ist empfindlich, er wird meinen Ruf hören und bald zu uns stoßen.«

»Bis dahin haben wir die Bardin überwältigt. Halt nur nach dem Schwertarm …«

Priel schob die Zweifel beiseite, der Drang in seinem Inneren befahl ihm, zu handeln. Mit einem Wisch der flachen Hand fing das Metall Feuer. Er verließ die Deckung, Echo folgte ihm nach, die Bestienwandler wichen kaum merklich zurück, insbesondere die Schlange. Ein paar Rufe durchdrangen die Nacht, er wusste, dass die Menschen eins und eins zusammenzählten. Jetzt gab es kein Zurück mehr.

»Du!«, fauchte das Reptil.

»Ganz recht, ich. Mit dir bin ich noch nicht fertig.«

»Tores! Schnell! Hol sie!«

Augenblicklich preschte die Ratte vor, ihre Krallen fanden in den Rillen des steinernen Turms problemlos Halt. Echo sprintete ihr nach, sein Schwert blitzte auf – und trennte dem Nagetier einen Teil seines Schwanzes ab. Die Ratte kreischte auf und rauschte zu Boden, irritiert drehte sie sich im Kreis, um die blutende Schwanzspitze in Augenschein zu nehmen. »Wie kannst du es wagen, du schwertschwingender Bastard!«

»Tores, jetzt mach schon!«, schrie die Schlange, doch das Wehklagen der Ratte wurde nur lauter.

»Ich kann nicht, Sanes! Mein Gleichgewichtssinn …!«

Priel behielt das Kriechtier im Blick. Trotz der Schreie spielte Riz noch immer, ihr Lied schwebte über die Dächer hinweg. Jeder Muskel der Schlange spannte an, doch sie blieb auf Abstand. Priel gewann den Eindruck, dass sie sich vor ihm *fürchtete*. Er sandte ihr ein blutrünstiges Grinsen. »Zwei Wandler habe ich bereits getötet. Vielleicht lasse ich dich gehen, wenn du redest.« Er hielt der Bestie das brennende Schwert entgegen, wieder zuckte diese zurück. »Weshalb fangt ihr Federträger?«

Die Ratte kreischte auf, umkreist von Echo. »Glaubst du wirklich, wir würden einem niederen Wesen wie dir von den Plänen unserer Majestät berichten?«

»Sei still, Tores!« Gift tropfte von dem verbliebenen Zahn der Schlange.

»Oh nein, sprich doch weiter«, höhnte Echo lautstark, die Ratte fiepte mehrere Male durchdringend – griff aber nicht an.

Ohne Vorwarnung machte die Schlange einen Satz auf Priel zu, er riss den Arm nach oben, kreischend kollidierte das brennende Metall mit dem weißen Zahnmaterial. Sie rangen miteinander, jeder in Vollverwendung seiner Kräfte. Hektisches Krallengetrappel neben dem Geräusch einer die Lüfte teilenden Klinge sprach davon, dass auch Echo den Kampf aufgenommen hatte. Priel verlagerte das Gewicht und trat nach der Bestie, sie fauchte getroffen auf.

»Ich lasse den Tod meiner Kameraden nicht ungerächt!«

Priel spürte das vertraute Ziehen des Blutrausches. Er roch es überall in der Luft. »Versuch es nur!« Die Klinge rotierte in seiner Hand, die Schlange wiederholte den Angriff, Priel wich ihr aus. Jede Bewegung der Natter kam kalkuliert, sie hielt Abstand zu den Flammen seines Schwertes, er erwog, das Zweite zur Hilfe zu nehmen – bis er ein Zwitschern über sich vernahm. Nur für den Bruchteil eines Herzschlags flog sein Blick nach oben, wo er, beschienen von den Laternen, einen winzigen Vogel erspähte.

Der Schlag zwang ihm die Luft aus den Lungen, fast kostete er ihn das Gleichgewicht. Der Schweif der Schlange hing noch über ihm, die Klinge rutschte aus seinen Fingern. Das Feuer erlosch, nutzlos rauschte das Schwert zu Boden, ein triefender Zahn geriet in sein Sichtfeld.

Priel stolperte davon und entging dem Angriff nur um Haaresbreite. Er riss die zweite Klinge hoch, die Magie kochte in seinen Adern, ein Schrei entkam seiner Kehle und schickte eine Feuersbrunst in die Nacht, eine Wand aus züngelnden Flammen, die auf die Schlange zuschoss. Das Reptil kreischte animalisch, aus den Augenwinkeln entdeckte Priel das stark zugerichtete Nagetier. Auch dieses suchte sein Heil in der Flucht.

»Echo! Rückzug!« Priel erlaubte sich erst jetzt, einen Blick auf den Zwilling zu werfen. Er zog merklich das Bein nach und eine Verletzung entlang seines Arms verteilte Blut auf dem Boden.

Priel sprintete los, hin zur Mauer des Glockenturmes, das eine Schwert musste er wohl oder übel verlorengeben. Echo sprang ihm hinterher, hinein in die Dunkelheit. Sie warfen die Tür ins hölzerne Schloss, gemeinsam schoben sie einige schwere Kisten vor den Eingang. Priel atmete tief durch. Ein geschlossener Raum, hoch und schmal, mit einer Wendeltreppe, die sich in die Höhe schraubte. Die Enge beschleunigte seinen ohnehin schon rasenden Puls, seine Stirn fühlte sich klamm und kalt an. »Wir haben nur Zeit gewonnen, das hält sie nicht lange auf. Sind deine Verletzungen sehr schlimm?«

Echo grinste grimmig. »Nichts, was Rizsette nicht in Ordnung bringen könnte. Ich werde es überleben.«

Priel stützte Echo ab. So schnell wie möglich folgten sie der gewundenen Treppe hinauf, bis hin zu einer Bodenluke, die Priel hochschob. Eilig schlüpften sie hindurch und schlugen auch diese zu. Mit geballten, schweißnassen Handflächen suchte er die Umgebung ab, bis zu einem überdachten Balkon, an dem er zwei Gestalten erspähte. Schon der Anblick dieses Ausgangs minderte die Angst vor der Ausweglosigkeit, sodass Priel langsamer atmete.

Kein Laut drang an ihn heran, keine Melodie – Riz musste das Spiel eingestellt haben. Stattdessen vernahm er Worte: Aufgeregt, leise, als redete man auf jemanden ein. Das Ziel dieser Tirade fand er in Nou, die in ihrer Vogelform auf der Balustrade saß. Reya hielt sich über sie gebeugt.

»Priel! Arlecho!« Er entdeckte Riz, die ungemein erleichtert aussah. »Ich habe die Bestienwandler angreifen sehen. Seid ihr verletzt?«

»Ging uns nie besser«, flunkerte Echo, während er Priel vollblutete. »Aber jetzt sitzen wir in der Falle. Ich hoffe, ihr habt einen Plan.«

Ein Donnern von unterhalb unterbrach Reyas Redeschwall, Nou flatterte nervös auf. Ihr Piepsen wurde von einem langgezogenen, tierhaften Kreischen verschluckt. Ein Schatten verdunkelte die Sterne jenseits des Balkons, gewaltige Flügel rauschten durch die Lüfte – und Priel blieb das Herz in der Brust stehen. Ein fliegendes Ungetüm mit ledriger Haut, das perfekt für die Dunkelheit der Nacht gemacht zu sein schien. »Scheiße, das muss der Partner der Ratte sein!«

»Eine Fledermaus?!« Riz' Stimme überschlug sich.

Auch Priels Nackenhaare stellten sich auf, denn der übergroße Flughund setzte krachend auf dem hölzernen Vorsprung auf. Die krallenbesetzten Hinterläufe sahen scharf aus – viel gewaltiger, als Priel sie von den Tieren aus seiner Heimat kannte, die praktisch überall in den Bergwerken lebten. Alle sprangen sie zurück, nicht zuletzt Reya, die Nou kurzerhand packte. In der einen Hand hielt sie den piepsenden Spatzen, in der anderen ihr Schwert.

»Komm bloß nicht näher!«

Die Augen der Fledermaus blitzten gefährlich. Suchend wanderten sie über die Versammelten hinweg, bis sie an Rizsette hängenblieben. »Hab ich dich!«, stieß sie hervor, ein beißend hoher Laut, der Priel in den Ohren klingelte. Blitzartig sauste die Bestie nach vorn und packte Rizsette an den Schultern, tief gruben sich die Krallen in ihren Federmantel.

Rizsette schrie auf, ein Schrei aus Schmerz und Entsetzen, der Drang wollte Priel zerreißen. Reflexartig stürmte er dem geflügelten Blutsauger entgegen, doch dieser riss Rizsette in die Höhe. Die Leier entglitt ihrem Griff, während sie von der Bestie den Glockenturm emporgetragen wurde. Priel konnte nur dabei zusehen.

»Riz!« Er packte sein Schwert fester, wirbelte es herum, spielte bereits mit dem Gedanken, es dem verdammten Vieh hinterherzuwerfen, da ergriff Echo seine Schultern.

»Tu das nicht! Du könntest Rizsette treffen!«

Knurrend schüttelte Priel ihn ab. »Ich kann nicht einfach tatenlos dabei zusehen –«

Weiter kam er nicht. Reya stieß einen abgehakten Laut aus, der Vogel in ihrer Faust zwitscherte schrill – und *explodierte*. Eine gewaltvolle, magische

Front knallte Priel entgegen und drückte ihn weg, seine Füße verloren den Halt und er rutschte über den Boden.

Federn flogen umher, teilweise so groß wie sein Unterarm, hölzernes Schellen erklang, ausgehend von den zusammenprallenden Glocken – weil das schiere Ausmaß der entstehenden Bestie nicht in den Glockenturm passen wollte. Der schlanke, gelbe Schnabel erregte seine Aufmerksamkeit zuerst, gefolgt von stechend braunen Augen und samtschwarzem Gefieder, über und über mit blauen Flecken bedeckt.

»Ist das Nou?« Reyas Brüllen ging im aufwallenden Geschrei des Vogels unter. Die Wut dahinter glich Priels.

»Seit wann kann sie sich in ein so riesiges Federvieh verwandeln?!«

Wie auf Kommando hob Nou die Flügel, die Spannweite umfasste den gesamten Raum. Priel riss den Kopf hoch, doch von Rizsette oder der Fledermaus konnte er nichts mehr sehen. »Nou! Du musst ihr hinterher!«

Sofort fasste ihn der riesenhafte Vogel ins Auge. »Steigt auf!« Die Stimme kam und schnitt ihm wie ein scharfes Messer durch den Verstand. Erhabenheit in jedem Wort, kraftvoll, ein Befehl, der keinen Widerspruch duldete. Priel stemmte sich hoch.

Reya kam der Aufforderung noch vor ihm nach, sie erklomm den Rücken des Vogels als Erste. Priel folgte, gemeinsam mit Echo. Die Federn flossen weich durch seine Handflächen. Erst dann neigte Nou sich dem Ausgang entgegen, der Balkon konnte der Wucht ihrer Gestalt nicht standhalten. Das Holz splitterte, sie öffnete die Schwingen – und rauschte in die Tiefe. Die Stadt pfiff an ihnen vorüber, Nou schlug mit den Flügeln und fing den Sturzflug ab, binnen weniger Momente gewannen sie an Höhe. Reya stieß ein Johlen aus, Echo fiel mit ein, Priel wusste nicht recht, was er davon halten sollte. Der Flug stabilisierte sich, die Nachtluft zerzauste ihm das Haar, die Stadt schien unendlich fern, ein Meer leuchtender Laternen. Und dann hörte er ein Zetern.

»Lass mich auf der Stelle gehen!« Riz hing nach wie vor in den Krallen der Fledermaus, wütend schwang sie die Arme durch die Luft. Das lederne Tier kämpfte sichtlich gegen sie an. In einer anderen Situation hätte Priel ihr Widerstand belustigt, die verfluchte Bardin, die selbst in dieser Lage nicht aufgeben wollte.

»Haltet euch fest!« Nou zischte auf den Flughund zu, dieser musste ihr Herannahen erahnen, denn er drehte mitten in der Luft bei, wohl in dem Bestreben, ihr zu entgehen.

»Du entkommst mir nicht!« Nous euphorischer Schrei erwischte auch Rizsette eiskalt, sie gab den Kampf auf. Ebenso wie der feindliche Wandler, Unsicherheit begleitete seinen Flug. Er stieß einen hohen Ruf aus, Nou schnitt ihm den Weg ab, die Vogelkrallen streiften knapp über die Fledermaus hinweg.

»Du bist wie wir!«, brüllte der tierische Kontrahent mit vor Wut bebender Stimme. »Weshalb widersetzt du dich dem Befehl der Königin?«

»Du erkennst mich nicht, habe ich recht?« Majestätischer Ausdruck belegte Nous Worte. »Mein Name ist Renou Sasarea von Bestialis – Kronprinzessin des Reichs der Bestien, einzige Tochter der Königin Calei! Wer bist *du*, dich *mir* zu widersetzen?«

Riz weitete die Augen, Priel dachte an die Wandler innerhalb der Gasse zurück. Die Reaktion der Zwillinge blieb ihm verborgen. *Nou ist eine verdammte Prinzessin?!*

Die Fledermaus flatterte aufgeregt. »Eure Majestät, was treibt Ihr im Reich der Klänge? Hat man Euch nicht nach Ares geschickt, um ...?«

»Um die Wandlung zu erlernen. Ich habe sie gemeistert – und jetzt erwarte ich, dass du die Bardin gehen lässt! Das ist ein Befehl!«

»Das kann ich nicht tun, Prinzessin. Diese Bardin muss unbedingt –!«

»Hast du mich nicht verstanden? *Lass sie los!*« Wieder dieser eigenartige Befehlston, Priel war, als spüre er das Schwingen der Magie.

Zu seinem Entsetzen gehorchte die Fledermaus – und Riz entglitt ihren Krallen. Für eine schier unendlich lange Sekunde sah Priel sie fallen. Sie riss die Lippen auf, begegnete seinem Blick, die darin enthaltene Angst schnürte ihm die Kehle zu – und ihr panischer Schrei folgte ihr in die Tiefe.

Er setzte den Drang in Gang, Priel bewegte sich rein raus Reflex. Kein Gedanke, kein Gefühl, nur pure Entschlossenheit, als er ihr ohne zu zögern nachsprang. Hals über Kopf, sein Verstand rauschte, übergab sich ganz dem Bann, der die Kontrolle übernahm.

Da, sie kam auf ihn zu, näherte sich ihm so unausweichlich wie die Dächer der Stadt. Er streckte die Hand nach ihr aus, der Wind zerrte an ihnen, Rizsette erkannte ihn und griff zu, seine Finger verflochten sich mit ihren. Priel zog sie zu sich heran, in seine Arme, als würde sie das vor dem drohenden Aufprall schützen. Die Gewalt der Lüfte riss an ihrer Kleidung und er schloss die Lider, Riz' Haar kitzelte sein Gesicht – und weiche Federn fingen ihren Sturz ab.

Hände packten zu und hielten sie an Ort und Stelle fest, Priel öffnete die Augen. Das Zwillingspaar.

»Sie sind in Ordnung!«, rief Echo, Nou stieß ein erleichtertes Zwitschern aus.

Riz klammerte sich an sein Hemd, verborgen an seiner Schulter. Er spürte, wie sehr sie zitterte.

»Ich bringe uns zum Haus der Meisterbardin. Für mehr reicht meine Kraft nicht aus.« Nous Stimme hatte deutlich an Erhabenheit eingebüßt. Allmählich verlor sie ihr Federkleid. Ein dichter Niederschlag aus herabregnenden Federn, der sie durch die schlafende Stadt begleitete.

»Du bist eine Prinzessin«, hörte Priel Reya sagen, ein tonloser Laut inmitten der Stille.

»Das bin ich«, bestätigte Nou leise. »Tut mir leid, dass ich es euch nicht früher gesagt habe.«

Priel öffnete den Mund, nur Echos Schlag gegen seine Schulter hielt ihn vom Sprechen ab. Mit erhobenem Finger deutete er auf seine Schwester und schüttelte den Kopf. Stocksteif saß sie da, ein Bild aus einer Zeit, das Priel einen ganz anderen Schmerz ins Gedächtnis rief. Niemand antwortete, still setzten sie ihren Weg fort, die funkelnden Sterne erleuchteten ihren Weg. Von der Fledermaus oder den übrigen Wandlern fehlte jede Spur, als sie am Boden aufsetzten. Riz hielt sich noch immer an ihm fest. Für den Moment würde er ihr den Halt nicht verwehren, schließlich hatte er ihr versprochen, zusammenbrechen zu dürfen.

Ohne Ankündigung schrumpfte die gewaltige Vogelgestalt zusammen. Sie landeten auf dem steinernen Untergrund, zurück blieb nur der winzige Piepmatz, der entkräftet sitzenblieb. Echo hob ihn hoch, weil Reya sofort die Zügel der angebundenen Pferde aufnahm. »Verlassen wir diese verdammte Küstenstadt so schnell wie möglich. Am besten, wir reiten dicht am Strand entlang. Falls sie doch noch beschließen, Jagd auf uns zu machen, verlieren sie so unsere Spur.«

Riz drehte den Kopf, ihr Gesicht war kreidebleich. »Meine Leier. Ich habe sie verloren. Schon wieder …«

Echo lachte knapp auf. »Keine Bange, Rizsette! *Die* würde ich doch niemals zurücklassen!« Er zauberte das Instrument unter seinem Hemd hervor, eingeklemmt in der Hose. »Du solltest es vielleicht säubern. Ich sags ja nur.«

Riz, das Leuchten kehrte in ihre Züge zurück, streckte die Hand aus – und zuckte zusammen. Der Drang wallte auf wie ein hungriges Feuer.

»Was hast du? Bist du verletzt?«

»M-Meine Schultern …« Sie schob den Federumhang und das darunter befindliche Hemd ein Stück weit beiseite und offenbarte eine Reihe dunkelblauer Flecke in der Form von Krallen. Priel knirschte mit den Zähnen.

»Diese beschissene Fledermaus! Du reitest mit mir. Halt dich an mir fest.« Kurzum nahm er sie hoch, Rizsette blinzelte perplex und schlang ihm die Arme um den Hals, um nicht den Halt zu verlieren. Geschickt schwang er sich mit ihr auf den Pferderücken. Echo und Reya taten es ihm mit dem anderen Gaul gleich. Die Pferde setzten sich in Bewegung, hinab auf die sandigen Pfade des Strandes. Das Laternenlicht blieb hinter ihnen zurück.

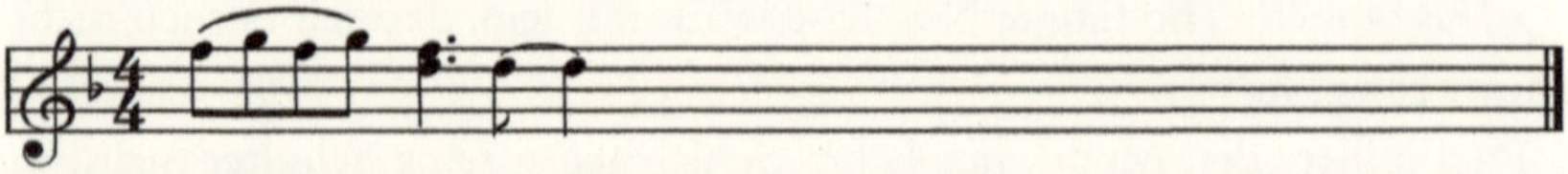

Sie folgten dem Lauf des Sandes bis in die frühen Morgenstunden hinein. Ferne Strahlen kündeten vom Beginn des neuen Tages, Meadowlark lag bereits in beträchtlicher Entfernung hinter ihnen. Riz musste irgendwann eingeschlafen sein, denn sie lehnte an Priels Brust, ihr Atem strich in gleichmäßigen Intervallen gegen seinen unbedeckten Arm. Auch Nou, ein winziges Vögelchen auf Echos Schulter, hielt die Augen geschlossen, der Zwilling selbst döste an den Rücken seiner Schwester gelehnt vor sich hin. Kein Wunder nach den Verletzungen, die sie während des Ritts provisorisch versorgt hatten. Nur der Wellengang begleitete die Schritte der Pferde, weitaus langsamer als noch direkt nach ihrer Flucht.

»Man wird über dich und die Bestienwandler sprechen.« Reyas Worte sickerten in ihn ein wie das Salzwasser in den Sand. Den Blick hielt sie starr geradeaus gerichtet.

Priel sah ihr an, dass es hinter ihrer Stirn arbeitete. »Ja, du hast recht. Lässt sich nicht mehr ändern.«

»Es ist gut möglich, dass man uns verfolgt. Nicht nur die Wandler, auch Gesandte der Krone. Was, wenn man Jagd auf uns macht?«

»Wenn es so weit kommt, werden wir uns zu helfen wissen.« Kurz dachte er an die zurückgelassene Klinge. Er würde irgendwoher Ersatz besorgen müssen. Kein einfaches Unterfangen, denn in diesen Landen gab es doch keinerlei Metallvorkommen. *Scheiße. Mit einem Schwert bin ich nur halb so stark. Ich hätte mich nicht entwaffnen lassen dürfen.*

»Was ist mit der *Prinzessin*?« Reyas veränderter Tonfall ließ Priel aufmerken. In ihrem Gesicht lag nichts als Bitterkeit.

»Klingt, als würdest du sie jetzt doch nicht mehr bei uns haben wollen.«

»Nein. Und du weißt ganz genau, warum.« Sie spuckte aus, Priel fixierte den Sand.

»Meinetwegen, ich war von Anfang an dagegen. Aber dein Bruder und Riz werden sich nicht so leicht überzeugen lassen. Ich hoffe du weißt, was du tust.«

Reya beäugte ihn scharf. »Ich bin nicht die Einzige, die sich von miesen Gefühlen leiten lässt. Aber im Gegensatz zu dir stehe ich dazu. Ein Rat, den du auch beherzigen solltest.«

»Tsk. Das ist nicht deine Sache.«

»Stimmt, ist sie nicht. Trotzdem. Du musst da nicht alleine durch, weißt du? Echo und ich verstehen deinen Schmerz. Wirklich.«

Wie aufs Stichwort gähnte ihr Bruder lautstark, damit endete ihr Gespräch. Auch das Vögelchen auf seiner Schulter regte sich.

»He, die Sonne geht ja auf.« Verschlafen legte er die Arme um seine Schwester. »Was gibt es zum Frühstück? Ich hatte immer noch nicht diesen Fisch, auf den ich mich so gefreut habe.«

Priel wandte sich ab. Die ruhigen Wellen spielten mit dem Ozean, nur wenige Wolken bedeckten das tiefblaue Firmament. Abseits des Sandes wartete hohes Gras auf sie, zwischen dem sie bequem lagern konnten. Behutsam rüttelte er an Riz' Schulter, sorgsam darauf bedacht, die blauen Flecken unter dem Federumhang nicht zu berühren.

»Wach auf. Wir halten an.«

Dösig blinzelte sie ins Sonnenlicht. »Priel? Wo sind wir?«

»Weit von Meadowlark entfernt. Es sollte sicher sein, für eine Weile auszuruhen. Komm, steig ab.«

Er half ihr, auf den Boden zu gleiten. Reya hatte sich indes daran gemacht, ein Lagerfeuer zu errichten. Echo, Nou auf seiner Schulter, holte einige Lebensmittel aus den Satteltaschen. Kurz flatterte der Vogel mit den Flügeln. Er segelte auf den Sand und mit einem Mal wuchsen seine Glieder. Es erstaunte Priel, Nous Verwandlung beizuwohnen. Wie beim ersten Mal blieb sie sitzen, deutlich abgekämpft nach der Aufbietung all ihrer Magie.

Echo feixte. »Willkommen zurück, Prinzessin – oder sollten wir dich jetzt besser Majestät nennen, Renou Sasarea von Bestialis?«

»Nou reicht.« Schüchtern suchte sie nach Reya, die ihr den Rücken kehrte. »Ich will mich nochmals entschuldigen. Ich hätte euch einweihen müssen.«

»Das kannst du laut sagen«, kam es von Reya.

Priel konnte ihr Gesicht nicht sehen, doch ihr Tonfall sprach von Abscheu. Dann, es kam ohne jede Vorwarnung, wirbelte sie herum. »Du schuldest uns die verdammte Wahrheit! Was suchst du hier, Prinzessin der Bestien? Hast du die Wandler auf die Städte losgelassen? Haben sie uns deshalb angegriffen?«

»N-N-N-Nein!«, rief Nou perplex. »Ich weiß nicht, was sie in diesem Land suchen. Anfangs dachte ich, dass sie vielleicht nach mir Ausschau halten. Aber sie haben mich nicht verfolgt ...«

»Sie wollten Riz entführen.« Priel mischte sich ein, auch wenn das bedeutete, ihr Streitgespräch zu unterbrechen. »Was auch immer die Bestienwandler vorhaben, sie entführen Barden. Riz' Mitschüler, dieses Mädchen aus Meadowlark. Es ist eindeutig.«

Riz krallte die Finger in ihren Umhang. »Was haben sie nur mit uns vor?«

Echo zupfte an dem Verband um seinen Arm. »Na ja, wenn das so ist, sind wir im Augenblick wenigstens fein raus. Wenn es jetzt überall Bestien gibt, haben die Gesandten alle Hände voll zu tun. Vielleicht geht die Sichtung eines Schwertarms in dem Durcheinander einfach unter.«

Riz schüttelte den Kopf. »Es wäre naiv, das anzunehmen. Egal, wie wir jetzt weitermachen: Wir müssen vorsichtig sein.«

»Was uns wieder zu *ihr* bringt.« Die Distanz in Reyas Stimme verlieh ihr Eiseskälte.

Nervös knete Nou ihre Handballen. »Ich bin hier, um die Hilfe eines Mei... Mei... Barden zu erbitten.«

»Umso mehr Grund, endlich auszupacken. Was hat es mit diesem Riesenvogel auf sich? Wie kam es überhaupt dazu? Ist der winzige Vogel etwa nicht deine Bestiengestalt?!«

»Doch, auch. Ich bin königlichen Blutes. Meine Magie ist ein wenig anders als die der gewöhnlichen Wandler.«

»Ach? Ist sie das?« Reya verzog auffällig das Gesicht. Nou zögerte.

»Königin Calei hat ihre Macht an mich vererbt. Damit habe ich Rizsette geholfen.«

Königin Calei, wiederholte Priel in Gedanken. *Warum nicht Mutter?*

»Du meinst, damit hast du sie abstürzen lassen!«, warf ihr Reya vor.

Nou zuckte unter ihrem Blaffen zusammen. »Ich weiß … Ich weiß, dass das ein Fehler war. Die Königin hat mir nicht beigebracht –«

»Deine *Mutter*«, schnitt ihr Reya das Wort ab. »Nenn sie beim Namen. Tu nicht so, als seist du nicht ihre Tochter!«

Nou fixierte den Boden, Echo hob die Arme. »Sachte, Schwesterherz. Beruhig dich.«

»Von wegen, beruhigen! Mir egal, was sie letztlich will, sie ist die direkte Erbin einer Königin – und das macht sie zu meinem Feind!«

Die Worte standen wie eine Mauer, Priel beobachtete, wie Nou erstarrte. Echo blickte zwischen ihnen hin und her, Rizsette schien nicht ganz zu begreifen, was vor sich ging.

Reya schnaubte. Drohend baute sie sich vor Nou auf. »Was? Hast du nichts dazu zu sagen, Renou Sasarea von Bestialis? Rechtfertige dich! Oder kannst du das etwa nicht?« Die einkehrende Stille hallte nach, letztlich zischte Reya leise. »Ja. Was anderes habe ich von einer wie dir auch nicht erwartet.«

Sie nahm Abstand, beim Weggehen klaute sie ihrem Bruder eine Rübe aus den Armen. Nou verbarg das Gesicht in den Händen. Unterdrückte Schluchzer schüttelten ihren Körper, Echo legte das Gemüse beiseite und zog sie tröstend in eine Umarmung.

Der Schrei hoch über ihnen riss Priels Aufmerksamkeit von ihr los. Ein gefiedertes Etwas setzte zum Sturzflug an, in Windeseile wirbelte er herum, das Schwert bereits in der Hand. Doch anstatt der erwarteten Bestie landete ein gänzlich weißer Vogel auf einem nahen Baum. Mit intelligenten Augen betrachtete er die Gruppe, bis er schließlich Riz erfasste. Sie stockte.

»Ein Falke aus der Hauptstadt.« Sie ging auf ein Knie hinab. Das Federvieh hüpfte auf sie zu, Priel entdeckte eine Schriftrolle, befestigt an seinem Bein. Vorsichtig löste Rizsette das Pergament, der Falke stieß einen Schrei aus, bevor er wiederum die Flügel ausbreitete und sich in die Lüfte erhob. Riz hatte nur Augen für die Nachricht, versehen mit einem winzigen Siegel aus Wachs, gekrönt von einem geprägten Notenschlüssel. Priel trat an sie heran, um die Botschaft über ihre Schulter hinweg zu lesen:

Rizsette von Canary, Bardenschülerin auf Reisen – dies ist eine offizielle Mitteilung der Regentin Furpur Verbalis, Königin der Lieder, Herrscherin über das Reich der Klänge.

Mit großem Bedauern erhielten Wir die Nachricht über das Verscheiden des geschätzten Patrons von Canary, Ariflyn von Goldfinch, der dir als Meister Canary bekannt ist. Aus diesem Grund erlassen Wir folgendes Dekret: Die Lehrbardin Rizsette von Canary soll sich dem Bardenmeister Cuckoo unterordnen. Er erhält die uneingeschränkte Aufsicht sowie die Begleitungspflicht über die einstig Meister Canary zugeordnete Bardenschülerin. Wir weisen darauf hin, dass ihm derselbe Gehorsam angedeihen soll, der auch Ariflyn von Goldfinch entgegengebracht wurde. Die Besitztümer des Verstorbenen sind dem Bardenmeister Cuckoo zu übergeben. Wir haben Uns erlaubt, Meister Cuckoo gesondert über seine nunmehr bestehenden Pflichten in Kenntnis zu setzen.

Wir erwarten Großes von dir, Rizsette von Canary, und sehen deiner baldigen Ankunft in der Stadt der Klänge mit Aufregung entgegen.

Gezeichnet: Königin Furpur Verbalis

Noch während Riz das Schriftstück studierte, sank Priel in eine sitzende Position. Für den Augenblick konnte er nicht sprechen.

Bring sie ihm zurück, hörte er ihn in seinen Gedanken flüstern, die Worte seines Ziehvaters, des ehemaligen Anführers der singenden Schwerter. *Ich bitte dich, du bist meine letzte Hoffnung, Priel. Bring Ariflyn seine Violine zurück. Das ist alles, was ich mir jemals gewünscht habe.* Priel versteifte.

Alter Kauz, ich komme zu spät.

KAPITEL 15

RIZSETTE

Ihr Ziel hieß Cuckoo, die Stadt der Blumen. Die Graslande gingen in der folgenden Woche immer weiter zurück, das Geräusch der Wellen ebbte ab. Stattdessen begrüßten sie bunte, frische Pflanzenteppiche, die die Luft mit einem angenehmen Duft ausstatteten.

Die ständige Melodie surrender Insekten begleitete Rizsettes Grübeleien, wieder und wieder hatte sie den Inhalt des königlichen Schreibens studiert. *Ein neuer Meister, bis ich zur Hofbardin aufsteige.* Sie kannte ihn nicht, hatte nur wenige Geschichten über ihn gehört, ahnte aber, dass er derzeit keine volljährigen Zöglinge besaß – andernfalls befände er sich selbst auf der Bardenreise. *Ein Beschluss meiner Königin.* Es behagte Rizsette keineswegs, einen fremden Bardenmeister vorgesetzt zu bekommen. Der Befehl kam von der Krone, sie würde ihm unter allen Umständen Folge leisten. Das hieß aber auch, dass ihre gemeinsame Zeit in dieser Gruppe schon bald der Vergangenheit angehören würde. Es stach in Rizsettes Herzen, alles an dieser Empfindung verunsicherte sie. *Ich habe mich an ihre Gesellschaft gewöhnt. Wann ist das passiert?*

Sie beäugte die anderen aus den Augenwinkeln, verwirrt über diese Gefühle, die ganz und gar den Lehren aller Bardenschüler widersprachen. Noch vor Magpie wäre ihr eine Reise mit Nicht-Barden absurd vorgekommen. *Aber jetzt will ich es unbedingt.* Unzufrieden senkte sie die Lider. *Ausgeschlossen. Was mache ich mir eigentlich vor? Ich wusste von Anfang an, dass unsere gemeinsame Zeit irgendwann endet. Das darf mir nicht so wehtun.* Sie wischte sich einige Strähnen aus der Stirn, ihr Blick fiel auf Priel. Zumindest er konnte nicht anders, als an ihrer Seite zu verweilen. Und ohne zu wissen, weshalb, tröstete sie das ein kleines bisschen.

Seit Meadowlark war er netter zu ihr. Sie musterte seinen Rücken von der erhöhten Position des Pferdes aus, er selbst hatte darauf bestanden, dass Rizsette sich nicht allzu sehr anstrengte. Unnötig eigentlich, hatte sie Echos und die eigenen Verletzungen doch unlängst beseitigt.

Er sorgt sich um mich. Unwillkürlich erinnerte sie sich an den gemeinsamen Ritt, der sie von Meadowlark weggeführt hatte. Seine beruhigende Wärme, das Gefühl, vollends sicher zu sein, beschützt wie noch nie zuvor, sodass sie sogar an ihn gelehnt eingeschlafen war – die Erinnerung trieb Rizsette die Hitze auf die Wangen. Es hatte sich *gut* angefühlt. Unbekannt und anders zwar, doch für einen Moment sehnte sie sich dorthin zurück: in seine Umarmung. Um sich abzulenken, wandte sie sich einer Blumenwiese zu, völlig ausgedörrt und bar jeden Lebens. Die hohen Gewächse ließen die Köpfe hängen, einige der Pflanzen waren bereits vertrocknet. Der Ruf eines Kuckucks hallte über sie hinweg.

»Lasst uns hier anhalten«, rief Arlecho mit einem langgezogenen Gähnen. »Die ganze Lauferei macht mich verflucht müde. Ich brauche eine Pause.« Das kam Rizsette nur recht. Sie stoppte das Reittier, bereits im Begriff, den Pferderücken zu verlassen. Priel kam ihr entgegen und reichte ihr die Hand, um den Abstieg zu erleichtern. Die simple Geste genügte, um Rizsette erneut das Blut in den Kopf schießen zu lassen.

Das ist nur der Bann. Kein Grund, verlegen zu werden! Sie rang sich ein aufgesetztes Lächeln ab.

»Danke.«

Priel nickte ihr beiläufig zu. »Es ist gerade Mittag. Wenn wir uns nur eine kurze Verschnaufpause gönnen, könnten wir Cuckoo heute noch erreichen.«

»Gut.« Sie ließ seine Hand los, doch auch, nachdem sie ihm längst den Rücken gekehrt hatte, spürte sie seinen Blick in ihrem Nacken. Überhaupt glaubte Rizsette, dass Priel sie seit Meadowlark beobachtete.

»He Nou, was meinst du, feilen wir noch ein wenig an deinen Verwandlungskünsten?« Arlechos Frage lenkte Rizsette ab, hin zu der schüchternen Prinzessin, die Alegreyas Blick suchte. Sie ignorierte Nou auffällig, nur Arlecho gab sich alle Mühe, die Ablehnung seiner Schwester in den Hintergrund rücken zu lassen. Die Formänderung zu dem kleinen Vogel gelang ihr mittlerweile besser, einzig das große, mächtige Exemplar brachte Nou nicht zustande. Sie öffnete die Lippen, im Begriff, Arlecho zu antworten, stattdessen fasste Alegreya ihren Bruder ins Auge.

»Lasst das. Je näher wir der nächsten Stadt kommen, desto gefährlicher wird es für uns, wenn sie sich am helllichten Tag verwandelt. Warum ist sie überhaupt noch hier? Du kannst dich jetzt verwandeln, also flieg endlich davon!«

Nou zuckte zusammen, Arlecho verzog sofort das Gesicht. »Wir haben abgestimmt, Reya. Nou bleibt, also krieg dich wieder ein. Keine Ahnung, welche Lore dir über den Fuß gefahren ist, aber …«

»Keine Lore, eher ein beschissenes *Federvieh.*«

»Bei den Königinnen, es reicht! Steck dir deinen verdammten Groll sonst wo hin, das hat Nou nicht verdient. Wenn du jemanden für die Scheiße von damals verantwortlich machen willst, nimm mich. Wir wissen beide, dass es nicht so weit gekommen wäre, wenn –«

Alegreyas Augen blitzen gefährlich. »Halt jetzt besser die Klappe.«

Arlecho reckte das Kinn, sie funkelten einander an. »Du kannst ja versuchen, mich aufzuhalten. Ich für meinen Teil werde nicht so tun, als sei eine Prinzessin für die Taten einer Königin verantwortlich, die lange vor ihr gelebt hat.«

Rizsette erahnte die Bewegung, noch bevor die Zwillinge ihre Schwerter zückten. Sie wich zurück, hinein in das Feld aus ausgetrockneten Blumen, Nou sah aus, als würde sie sich gleich übergeben. Nur Priel stand abwartend da und rollte mit den Augen.

Rizsette entschied völlig spontan. »Nou, komm mit. Das müssen wir uns nicht ansehen.« Sie wandte sich der ausgedörrten Blumenwiese zu, kurzum packte sie Nous Hand und zog sie mit. Schwach hingen die sterbenden Pflanzen in den letzten Atemzügen, trockene Halme knirschten unter ihren Stiefeln. Zielstrebig führte sie Nou von den Streitenden weg, tiefer hinein in das verendende Blumenmeer. Erst mehrere Dutzend Schritte später hielt Rizsette inne. »Alles in Ordnung?«

»Ja.« Nou stemmte die Hände auf die Oberschenkel, urplötzlich funkelten Tränen in ihren Augen. »Sie kä... kämpfen meinetwegen! Und ich kann nichts tun, um sie davon abzu... um sie … um sie aufzuhalten! Es tut mir so leid …«

»Nou …«

»Schon gut. Ich verstehe sie ja. Ich habe es schon lange aufgegeben, andere von mir überzeugen zu wollen. Das hat bei Mutter nicht geklappt, warum sollte es bei Reya anders sein? Warum hasst mich nur jeder für das, was ich bin?« Nou sank in die Hocke, das Schluchzen hielt an. Ratlos starrte Rizsette auf sie hinab, Nou inmitten der toten Blumen, ihre Hoffnungslosigkeit brach ihr das Herz.

»*Hilf ihr.*«

Sie horchte auf, unbemerkt von der weinenden Prinzessin, ein vertrautes Gefühl drängte in ihre Wahrnehmung. Die Stimme aus Oriole. Stocksteif stand Rizsette da, überwältig für einen Moment, der sich wie eine Ewigkeit anfühlte.

Es passiert schon wieder. Heißt das …? Ihr kamen ihre eigenen Gedanken in den Sinn, die Erklärung, die sie sich selbst zusammengesponnen hatte. Eine Sache, die sie mit niemandem teilen konnte, verboten für eine Lehrbardin wie sie. Vorsichtig atmete sie ein. *Ist das wirklich die Gabe der Komposition? Sagt sie mir, dass ich Nou helfen kann? Wenn ich mich nur … auf ein Lied einlasse?* Sie fasste einen der toten Blumenkelche ins Auge, schlaff und leblos hing er am Stiel.

Rizsette blinzelte – und sah sie aufblühen. Zarte Farben, die sie ganz und gar erfüllten, ein Geruch, der ihre Sinne verführte. Die Illusion verschwand, wie schon damals in der Wüstenstadt. Und sie begriff, was sie zu tun hatte.

Anstatt die Leier hervorzuziehen, griff sie in ihre Umhangtasche. Die kleine Spieluhr lag unscheinbar in ihrer Hand. Sie klappte das Spielzeug auf und die süße Melodie sprudelte hervor, eine neugeborene Quelle umgeben von Ödnis.

Nou hob den Kopf, Rizsette spürte den aufkommenden Wind, der die Pflanzen in Bewegung setzte – und sang:

Verloren geglaubt ist die Blüte des Lebens,
was einst war rein, will ich zurückgeben –
mit neuer Kraft erstrahlt in der Welke,
die Blumenpracht, ohne des Todes Kälte.

Mit dem Luftstrom lösten sich einzelne Blütenblätter von den Blumen. Was zunächst braun und leblos erschien, gewann noch im Flug an Farbe zurück: zartes Rosa umtanzte Nou, ein stürmischer Wirbel aus neugeborener Kraft. Die Pflanzen richteten ihre Köpfe auf, stark und Grün schwollen die Blätter an, ausgehend von Rizsette, in einem Kreis um sie herum. Die Magie strebte von ihnen weg, bis die gesamte Wiese vor Leben vibrierte. Sie bemerkte das Ziehen um ihren Nabel, wie beim letzten Mal, diesmal jedoch weniger schmerzhaft. Rizsette spürte den Nachhall der Kräfte in ihren Fingerspitzen, ein Versprechen von unvorstellbarer Macht.

Nou hatte sich beruhigt. Sie kam auf die Beine, gefangen vom Anblick der erblühenden Pracht. »Wie wunderschön.«

Rizsette streichelte über einen der duftenden Kelche. »Weißt du, Nou, manchmal fühle ich mich ganz genau wie diese Blumen. Ausgedorrt und schwach, am Ende meiner Kräfte, als gäbe es keine Hoffnung mehr. Aber das muss nichts heißen. Ich verstehe auch nicht ganz, warum Alegreya so wütend auf dich ist, ich fürchte, dass mehr dahintersteckt. Aber das bedeutet noch lange nicht, dass dich jeder hasst. Arlecho kann dich verdammt gut leiden, mir geht es ganz genauso. Sogar Priel hat irgendwo einen weichen Kern, auch wenn er verdammt schwer zu finden ist. Also gib noch nicht auf. Prinzessin hin oder her.«

Sie hörte ein Schniefen, gefolgt von einem Lächeln, das seinesgleichen suchte, denn Prinzessin Renou strahlte. »Ich danke dir, Rizsette.«

»Keine Ursache. Was hältst du davon, Alegreya ein paar dieser Blumen mitzubringen? Wer weiß, ob das hilft, aber es ist ein Anfang.«

Nou nickte, behutsam pflückte sie einige der duftenden Pflanzen. Rizsette sah ihr dabei zu, verstaute die Spieluhr und sank neben Nou ins Gras. *Ich habe es wieder getan. Eine Komposition.* Der Nachhall der Magie beflügelte sie wie der Duft nach einem Sommerregen. Sie atmete tief ein.

»Was war das für eine Melodie?«, fragte Nou in die Stille hinein, auch Rizsettes Gedanken kreisten um die süße Tonabfolge.

»Um ehrlich zu sein, ich weiß es nicht. Aber es ist schwer, die Musik aus dem Kopf zu bekommen, nicht wahr?«

»Stimmt. Sie gefällt mir.« Nou begann, leise vor sich hinzusummen, das Machwerk in ihren Händen nahm immer mehr an Form an.

Rizsette lehnte sich zurück, die Wärme der Sonne kitzelte ihre Wangen.

»Tut mir leid, dass es nicht besonders gut klingt, wenn ich singe.«

Rizsette merkte auf, ein leises Lachen auf den Lippen. »Entschuldige dich nie dafür, dich von der Musik mitreißen zu lassen. Der Wald wäre ein sehr stiller Ort, wenn nur die begabtesten Vögel singen würden.« Das brachte sie auf einen Gedanken. »Sag mal, Nou, dieser große Vogel … Was war das eigentlich? Während du mit diesem Wandler gesprochen hast, hatte ich das Gefühl …«

»Ich weiß genau, wovon du sprichst.« Nervös nestelte Nou an den einzelnen Blüten herum. »*Die Stimme der Königinnen*. Das ist eine besondere Macht, die über das Blut vererbt wird. Damit soll sichergestellt werden, dass Bestienwandler der Königin gehorchen. Eigentlich sollte ich das nicht können, solange ich nur eine Prinzessin bin. Ich weiß auch nicht, was da passiert ist oder wie ich das angestellt habe. Aber nachdem ich sie benutzte, hat es sich angefühlt, als schwinde all meine Kraft in rasantem Tempo. Am Ende musste ich die Gestalt ganz aufgeben. Ich bin mir nicht sicher, ob mir das noch einmal gelingt.«

»Verdammte Scheiße!«

Der gellende Schrei zerbrach die entspannte Atmosphäre wie brüchiges Glas, Rizsettes Puls beschleunigte, Nou zuckte heftig zusammen. »Riz! Wir brauchen dich hier! Schnell!«

Sie sprang so heftig auf wie nie zuvor, mit großen Schritten wirbelte sie die Blüten umher, bis hin zu den Pferden – und den Schwertarmen. Rizsettes Magen verkrampfte, schlagartig blieb sie stehen, die Welt geriet in Schieflage.

Alegreya blutete. Eine tiefe Schnittwunde entlang ihrer Seite offenbarte Gedärme, sie drängten nach außen, gehalten von ihrem neben ihr knieenden Bruder. »Ich habe nicht ... Ich wollte doch ... Warum bist du nicht ausgewichen?!« Sein panisches Brüllen brachte Rizsette durcheinander, nur Priel warf den Kopf zu ihr herum.

»Riz, schnell! Das Lied der Genesung!«

Es fühlte sich an, als habe ihr jemand eine schallende Ohrfeige verpasst. In Windeseile pflückte sie die Leier von ihrem Gürtel, ihre Beine zitterten, als sie vor Alegreya zu Boden sank.

Sink ab ins Vergessen, lass ab von dem Schmerz,
einlullend und schmeichelnd, direkt in dein Herz ...

Raschelndes Gestrüpp hinter ihr, ein Schrei, so laut und stark, dass Rizsettes Finger abrutschten – und sie sich verspielte. Scharf schoss der Schmerz durch ihre Schläfen, so plötzlich, dass sie aufstöhnte. Schwarze Punkte tanzten vor ihren Augen, sie verlor jedes Gleichgewicht und sank in sich zusammen. Wieder Geschrei, gebrüllte Sätze, eiliges Fußgetrappel, diesmal konnte sie nichts davon zuordnen. *Alegreya ...*

»Beiseite!«

Die schiere Autorität der neuen Stimme brachte Rizsette augenblicklich zurück – nicht zuletzt, weil man sie packte und wegzog. Erst hektisches Blinzeln offenbarte ihr Priel, der mit starrem Blick nach vorn starrte, dorthin, wo sie einen Herzschlag später Alegreya erspähte. Rizsette glaubte, ein Blitz erfasse sie. Blut, überall Blut entlang ihres Torsos. Ein gezackter Riss fraß sich quer über ihr aufgeplatztes Hemd, Eingeweide und Knochen neben Kleidungsfetzen. Die bernsteinfarbenen Augen reflektierten kein Licht. *Der Rückstoß. Das ist meine Schuld. Ich habe Alegreya getötet.* Der Gedanke kam und löschte sie aus. *Ich bin eine Mörderin.*

Sink ab ins Vergessen, lass ab von dem Schmerz,
einlullend und schmeichelnd, direkt in dein Herz;
wie Wellen abebbend, nehm ich von dir fort,
Kummer und Leid, durch ein singendes Wort.

Rizsettes Blick wanderte langsam von Alegreya weg.

Glöckchen, sie hörte Glöckchen. Ein Schellenkranz, eine fremde Person in weißer Federrobe – schwerfällig rotierte es in ihrem Kopf, ohne, dass sie verstand.

Da, Alegreyas Lippen bewegten sich. Ein Ruck ging durch ihren Körper, die zerschmetterten Knochen bogen sich, das Blut floss in sie hinein. Gedärme wuchsen zu, es knackte grotesk, die Haut zog sich glatt. Ihr Hemd lag in blutigen Fetzen, jemand bedeckte ihre Blöße mit einem identischen Gewand. Arlecho. Alegreya keuchte – und der Glanz kehrte in ihre Augen zurück. Japsend lag sie auf dem Boden, den Blick gen Himmel gerichtet. Das Schellen der Glöckchen verklang.

»Wie geht es dir, Frau?« Die Stimme kam von dem Fremden in Weiß. Rizsettes Gedanken waberten nutzlos vor sich hin. Alegreya wandte sich ihm endlos langsam zu.

»Ich denke … gut.«

»Reya!« Nou hechtete an ihre Seite, sie fiel auf die Knie und packte ihren Arm, heftige Schluchzer schüttelten ihren Körper. Rizsette kam der Schrei in den Sinn. Nou. Sie hatte geschrien. *Und ich habe mich verspielt.*

Weiße Federn unterbrachen den Blickkontakt, der Fremde baute sich vor ihr auf. »Was hast du getan, Bardenschülerin? Wer glaubst du zu sein, eine

Komposition zu spielen? Um ein Haar hättest du das Leben dieser Frau auf grausame Weise beendet!«

Rizsette blickte zu ihm auf. Ein junger Mann, vielleicht zehn Jahre älter als sie selbst. Aber unverkennbar ein Meisterbarde. »Sprich, Schülerin! Oder willst du, dass ich dich direkt an die Gesandten der Krone übergebe, damit dich der Zorn der Königin ereilt? Wer bist du?«

»Rizsette von Canary«, flüsterte sie belegt, die Stimme brach ihr weg.

»Lauter! Ich verstehe dich nicht! Und stell dich gefälligst hin, wenn du mit einem Bardenmeister sprichst!«

Ihre Beine fühlten sich kalt und klamm an. Jemand legte die Hände an ihre Unterarme. Priel. Den hatte sie fast vergessen.

»Komm schon, Riz. Sitz da nicht rum.« Auch aus ihm sprach das Entsetzen, Rizsette dankte der Königin, dass sie sein Gesicht nicht sehen konnte. Allein die Vorstellung ihr entgegenschlagender Abscheu versetzte sie in Panik.

Ich habe Alegreya fast getötet. Egal ob Bann oder nicht, das ist unverzeihlich. Ich habe Entsetzliches getan.

»Ich frage dich noch einmal, Bardenschülerin, wie lautet dein Name?«

Ungelenk kam sie auf die Beine, der Schmerz in ihren Schläfen trübte ihre Sicht. So fühlte es sich also an, den Rückstoß einer Komposition zu ertragen. *Ich habe mich überschätzt. Wie konnte ich glauben, für eine Komposition bereit zu sein? Ich bin noch nicht so weit.* Das Eingeständnis tat weh, dennoch hob sie den Kopf.

»Rizsette von Canary«, sagte sie erneut, lauter diesmal, in der Gewissheit, dass sie eine harte Strafe erwartete – doch anstatt von Zorn begegnete sie Überraschung.

»Du? Du bist Rizsette von Canary? Diejenige, die ich in Obhut nehmen soll?«

Ihre Gedanken pausierten, intensiv jagte der Kopfschmerz durch ihre Schläfen. »Heißt das, Ihr seid …?«

»Meister Cuckoo. Ganz recht. Der bin ich.« Er sah so gänzlich anders aus als in ihrer Vorstellung. Dieser Bardenmeister musste sehr mächtig sein, um bereits in so jungen Jahren einen solch hohen Rang innezuhalten. Stille kehrte ein, nur unterbrochen von Nous Schluchzern. Aus den Augenwinkeln sah Rizsette Arlecho, der die Hand seiner Schwester umklammerte. Auf dem Boden lagen einige Pflanzenkränze, zertrampelt unter den Füßen der Umstehenden – denn Gesandte säumten die Pfade, jeder davon mit einem geflochtenen Korb in Händen.

»Welch glücklicher Umstand«, lenkte der Bardenmeister ihre Aufmerksamkeit zurück auf sich. Rizsette verstand kein bisschen, weshalb er keine Wut auf sie empfand. »Ich habe in der Nähe Kräuter gesammelt. Der Geruch des Frühlingsrosas hat mich angelockt. Eigentlich sollte die Pflanze um diese Jahreszeit längst nicht mehr blühen.« Er schüttelte den Kopf, ehe er sich zu der nach wie vor auf dem Rücken liegenden Alegreya umdrehte. »Diese Menschen, sind sie jene Begleiter, von denen der Brief der Krone sprach? Das Reich schuldet ihnen Dank, schließlich haben sie dich wohlbehalten hierhergebracht. Im Gegenzug gewähre ich ihnen Unterschlupf in meiner Stadt, insbesondere derjenigen unter euch, die ich von den Toten zurückgeholt habe.« Er wischte durch die Luft, einige Gesandte hoben die deutlich erschöpfte Alegreya hoch, um sie mit vereinten Kräften zu einem in der Nähe befindlichen Pferdewagen zu tragen – über und über beladen mit Kräutern. Nou ließ es sich nicht nehmen, ebenfalls aufzusteigen. Noch immer machte der Bardenmeister keinerlei Anstalten, seinen Zorn zum Ausdruck zu bringen. Rizsette verstand gar nichts mehr, selbst dann nicht, als sie sich in Bewegung setzten.

Arlecho ging neben dem Wagen her, nur Priel blieb bei Rizsette, auch wenn sie es nicht wagte, ihn anzusehen.

»Meister Cuckoo … Es tut mir leid. Ich hätte diese Komposition …«

»Schon gut, Rizsette. Besondere Umstände verlangen nach besonderen Maßnahmen. Ich vergebe dir – doch ab sofort erwarte ich Gehorsam. Ganz so, wie von unserer Majestät befohlen.« Rizsette neigte ergeben den schmerzenden Kopf, alles in ihr hinterfragte die Milde dieses Bardenmeisters, auch wenn sie Erleichterung empfand. Vielleicht machte man für sie tatsächlich eine Ausnahme – allein schon wegen Meister Canarys Tod. Sie spürte, wie ihr der Bardenmeister freundschaftlich eine Hand auf die Schulter legte.

»Ab jetzt halte ich meine schützende Hand über dich. Die schweren Zeiten sind vorüber.« Seine Worte sollten tröstlich sein, doch in Rizsettes Ohren klangen sie hohl. Der heftige Kopfschmerz machte die Sache nicht besser.

»In meiner Kuppel gibt es Kräuter, die gegen die Auswirkungen des Rückstoßes helfen. Halt nur noch ein wenig länger durch. Und sei unbesorgt, was die Frau betrifft. Sie wird binnen weniger Tage zu Kräften kommen, sobald sich das verlorene Blut regeneriert hat. Meine Tees werden ihr dabei nützlich sein. Sieh genau hin, junge Bardenschülerin. Dies ist meine Heimat: Cuckoo!« Er deutete nach vorn, wo sich zwischen hohen Bäumen erste Häuser zeigten. Beim Näherkommen blieben die dichten Wälder allmählich zurück. Für den flüchtigen Beobachter bestand Cuckoo aus einem Blumenmeer: Holzgebäude in Naturfarben, Straßen aus Erde, Stein und Gras, überall dazwischen vielfarbige Blumen. Fast wie auf natürliche Weise gewachsen, ein Teil der Landschaft selbst – wäre da nicht die übergroße, durchsichtige Kuppel in der Mitte gewesen: ein gläserner Bau mit hölzernen Klappen, wohl zum Luftaustausch. Meister Cuckoo lächelte.

»Die Kuppel ist beeindruckend, nicht wahr? Sie dient den Meistern seit jeher als Behausung – und als Gewächshaus. Der Reichtum dieses Landes liegt in den hier hergestellten Kräutermischungen, die in jede Stadt exportiert werden. Du hast sicher schon einmal von unseren Kreationen gekostet.«

Rizsette erinnerte sich: Meister Canary hatte den aromatisierten Tee aus Cuckoo geliebt, ebenso wie die Krankheiten kurierenden Tinkturen. Wehmut spülte über sie hinweg. Die Abende mit Vermin kamen ihr in den Sinn, erfüllt von dem Geruch frischen Tees mit Blick auf die untergehende Sonne. Einmal hatte sie sich vor einem Insekt erschreckt, das ihr Mitschüler behutsam eingefangen und auf die nächste Wiese gesetzt hatte. Seine Sanftheit, die jedem noch so kleinen Leben einen Wert beimaß, fehlte ihr. Nur mit Spinnen konnte er mehr schlecht als recht umgehen.

Ach, Vermin.

»Ich schicke dich mit den Gesandten voraus. Begib dich direkt in die Kuppel und warte dort ab. Meine Schüler werden dich und deine Begleiter mit offenen Armen empfangen.«

»Wartet, Meister. Ihr kommt nicht mit?«

Ich muss ihn doch um Hilfe für Nous Stottern bitten. Vielleicht kann er auch Priel helfen.

»Ich habe jetzt, nach deiner Ankunft, einige Vorbereitungen für die anstehende Reise zu treffen. Es wird nicht lange dauern.« Er nickte ihr zu, Rizsette deutete eine Verbeugung an, dann entschwand er in den Straßen der Stadt.

Die Gesandten eskortierten sie bis an den Rand der Kuppel, die ihnen entgegenkommenden Bewohner nahmen respektvoll Abstand. Man schenkte ihr Verneigungen und ehrfürchtige Worte, Rizsette brachte es nicht über sich, sie zu erwidern. Zu stark schmerzte ihr Kopf, zu heftig hielt sie die Schuld im Griff, wann immer ihre Augen Alegreya streiften. Mittlerweile hielt sie die Augen geschlossen.

»Du machst dir Vorwürfe.« Sein Flüstern erreichte sie sogar durch den Schleier des Schmerzes. Priel bedachte sie von der Seite her, Rizsette drehte sich weg.

»Ich habe Reya fast getötet.«

»Stimmt. He, sieh mich an.«

Ihr Puls beschleunigte, zögerlich kam sie der Bitte nach, gefasst auf den Hass – den sie nicht fand. Priel studierte ihre Züge und strich sich das Haar aus der Stirn, am Ansatz entdeckte sie eine dünne Narbe. »Einmal hat mir Echo während eines Handgemenges den Schwertknauf gegen den Kopf geschlagen. Ich war für einige Minuten bewusstlos und hätte gut und gern sterben können. Aber wie du siehst, bin ich am Leben.«

Rizsette antwortete nicht.

»Ein anderes Mal hat Reya ihrem Bruder den Arm gebrochen. Nicht absichtlich, ist während unserer Schwertübungen passiert. Er hat wochenlang herumgeheult und sie hat ihm aus Schuldgefühlen jeden Wunsch von den Augen abgelesen. Ich frage mich heute noch, ob sie ihm auch den Arsch abgewischt hat.« Belustigung brachte die grasgrünen Augen zum Leuchten. »Und nicht zu vergessen das eine Mal, als ich Reya mit einem halben Topf kochender Suppe überschüttet habe. Sie ist wie von einer Schlange gebissen in den nächsten Fluss gesprungen und dabei fast ertrunken.« Er lachte auf, verhalten nur, um keine Aufmerksamkeit zu erregen. »Du weißt es nicht, aber wir nennen das das unausgesprochene Ritual. Eigentlich gehörst du erst jetzt wirklich zu unserer Gruppe. Ich bin gespannt, wen von uns Nou beinahe aus dem Leben reißt.« Priel musterte sie direkt, Rizsette glaubte, ehrliche Anerkennung in seinem Blick zu erkennen. »Man sieht nicht jeden Tag, wie ein verdammtes Lied jemandem den Brustkorb aufreißt. Hätte nicht gedacht, dass Bardenmagie so gefährlich sein kann. In ein paar Monaten machen die Zwillinge Scherze darüber. Du wirst schon sehen.«

In ein paar Monaten. Ein warmes Gefühl entstand in Rizsettes Magengegend. *Priel hat nicht vor, mich zurückzulassen.*

»Aber trotzdem solltest du mit ihr sprechen.« Er verpasste ihr einen kleinen Schubs, der sie näher an den Karren heranbrachte. »Na los, Riz. Reya muss die Entschuldigung von dir hören, sonst zählt es nicht.«

Mit wachsendem Mut kam sie seiner Aufforderung nach. Arlecho bedachte sie mit sorgenschwerer Miene, auch hier fand sie keinerlei Feindseligkeit. Nou schenkte ihr einen flüchtigen Seitenblick, während sie die Kutsche erklomm. Sie fasste Alegreya ins Auge.

»He … Wie fühlst du dich?«

Die Angesprochene blinzelte träge. »Wie ausgeweidetes Jagdgut. Wo bleibt meine Füllung? Wird Zeit, mich über dem Feuer zu braten.«

Rizsette schluckte schwer. »Reya, es tut mir wirklich –«

»Hast du das Lied mit Absicht versemmelt?«, fiel sie ihr ins Wort. »Ich glaube nämlich, dass es sich um ein Versehen handelte. Und wenn das so ist, gibt es nichts, wofür du dich entschuldigen müsstest.«

»Ich habe Rizsette aus dem Konzept gebracht«, warf Nou mit schwerer Stimme ein, sie umklammerte Alegreyas Hand. »Das wäre nicht passiert, wenn …«

»Lass stecken, Prinzessin.« Sie fixierte Nou widerwillig, hin- und hergerissen zwischen Groll und Erschöpfung. »Ich habe nicht vergessen, wer du bist. Halt dich von mir fern.« Sie zog ihre Hand weg und senkte die Lider. »Lasst mich jetzt schlafen. Ich bin verdammt müde.«

Nou blieb neben ihr sitzen, der Kummer zauberte Falten in ihr Gesicht, Rizsette wusste, dass sie für den Moment nichts ausrichten konnte. Kein guter Ratschlag, keine noch so starke Ermutigung würde das beschädigte Band zwischen ihnen neu knüpfen.

Der Karren hielt an, die Gesandten machten ihnen Platz, Rizsette bemerkte, dass sie die Kuppel erreicht hatten. Unzählige Bardenschüler in gelbem Gewand erwarteten sie beim Eintritt in das riesige Gewächshaus. Ein überwuchertes Tor, hinter dem sie Kräuter- und Blumenbeete fanden, führte bis hin zu einem Gebäude aus gewebtem Gras. Hier gab man Alegreya ein Bett, auch den anderen wies man Zimmer zu. Ein Gesandter reichte Rizsette einen bitteren Tee, der tatsächlich den Kopfschmerz abmilderte. Er würde erst im Laufe der Nacht vollständig verschwinden. Einige der Kinder umschwärmten sie, als sie jenseits der Behausung ins weiche Gras sank. Priel lehnte in ihrer Nähe an einer Wand aus Ranken, er labte sich an einem weitaus angenehmer duftenden Gebräu. Nou und Arlecho hatten es vorgezogen, an Alegreyas Bett zu wachen.

»Unser Meister wird dich also begleiten?«, fragte eines der Kinder. »Du hast wirklich Glück, sein Ruf eilt ihm voraus. Nur einmal zuvor hat es einen

Hofbarden gegeben, der so jung zum Meister wurde. Was für eine Ehre, mit ihm allein durch das Reich reisen zu dürfen.«

Allein, hallte es in ihrem Kopf wider. Die Vorstellung von Einsamkeit schnürte ihr die Kehle zu. Ihre Augen wanderten zu Priel, der die Lider geschlossen hielt. Er ruhte sich aus. Sie wollte es nicht, würde den Abschied aber nicht viel länger hinauszögern können. *Ich muss Meister Cuckoo bitten, Nou und Priel zu helfen, bevor wir die Stadt verlassen. Wenn er wirklich so mächtig ist, wie seine Schüler behaupten, dürfte der Bann kaum ein Hindernis für ihn darstellen. Wenigstens das kann ich für sie tun, bevor wir einander Lebwohl sagen.*

»Rizsette, sollen wir dir unseren Teil des Eintrittsliedes beibringen?« Unerwartet klimperten einige der Kinder auf ihren Instrumenten, Rizsette lächelte milde.

Ja, warum eigentlich nicht? Für eine Weile studierte sie das Spiel der Lehrbarden, in ihrem Gedächtnis verflocht sie die Melodie mit denen der anderen Städte. Nicht mehr lange und sie würde ihre eigene Symphonie beenden, ein Lied, das ihr allein entstammte.

Es dämmerte bereits, als Meister Cuckoo zurückkehrte. Alegreya schlief noch immer, die Bardenschüler versorgten sie großzügig mit Speis und Trank. Der Kopfschmerz war mithilfe des Tees erträglicher, doch das Pochen, die Erinnerung an die verpatzte Komposition, blieb.

»Du scheinst dich mit meinen Schützlingen vertraut gemacht zu haben.«

»Das habe ich, Meister. Die Kinder waren so freundlich, mir Cuckoos Lied des Eintritts beizubringen.«

»Ach, haben sie das? Eifrig wie immer. Rizsette von Canary, ich möchte unsere gemeinsame Reise besprechen. Begleite mich doch ein Stück durch die Stadt.« Er deutete auf den Ausgang.

Rizsette kam auf die Beine, sie spürte Priels Blick auf sich ruhen. Auf seiner Höhe blieb der Bardenmeister stehen, ein freundliches Lächeln im Gesicht. »Wie gedankenlos von mir. Du und Rizsettes übrige Begleiter müsst völlig erschöpft sein. Ich lasse die Kinder einen schlafstimulierenden Trank zubereiten, sodass ihr euch ausgiebig von euren Strapazen erholen könnt.«

Die Schar aus Bardenschülern strömte Priel entgegen. Rizsette sah Widerwillen in ihm aufwallen, doch energisch zogen ihn die Kinder mit. Rizsette blickte ihm hinterher. »Wir werden sie alle reichlich entlohnen. Die Königin ist ihnen für deinen Schutz bis in alle Ewigkeit dankbar.«

»Bis in alle Ewigkeit? Das erscheint mir ein wenig …«

»Übertrieben? Mitnichten. Komm, hier entlang.« Diesmal ging er voraus, Rizsette hielt mühelos mit seinen langen Schritten mit. Erst am Ausgang spürte sie die veränderte Atmosphäre: Außerhalb der Kuppel herrschte ein milderes Klima, nicht ganz so aufgeladen wie unter der Glashaube. Cuckoo bedachte sie aufmerksam. »Ich muss zugeben, dass mich der Brief unserer Majestät überrascht hat. Es tut mir leid, was mit Meister Canary passiert ist. Er gehörte zu den begabtesten Bardenmeistern unseres Reiches. Ich habe ihm für lange Zeit nachgeeifert.«

Rizsette senkte den Kopf. »Ich werde sein Andenken in Ehren halten. Irgendwann werde ich eine so mächtige Bardin wie er.«

Der Meisterbarde brummte leise, seine Antwort ließ auf sich warten. Er führte Rizsette eine breite Straße entlang, nur noch wenige Menschen kreuzten um diese Zeit ihren Weg.

»Du weißt, welche Aufgabe Bardenschülerinnen wie dir auferlegt ist, nicht wahr?«

»Dem Reich dienen«, erwiderte Rizsette mit einem Seitenblick.

»Ganz recht.« Er wandte sich ihr zu, mitten in einer schattigen Gasse zwischen der Hauptstraße und einem angrenzenden Gebäude. Es gab keine Fenster in dieser doch sehr versteckten Nische. Rizsette folgte, obwohl Irritation an ihr nagte. *Was wollen wir hier?*

Als habe er ihre Frage gehört, klopfte Cuckoo gegen einige der Steine. Zu ihrer grenzenlosen Überraschung offenbarte sich eine Tür, bemalt in den Farben der Wand. »Das hier ist mein geheimer Rückzugsort. Sieh selbst.« Er ließ ihr den Vortritt, Rizsette spähte einen wenig erleuchteten Abstieg hinab: Stufen. Die Luft roch aromatisch, ein Gemisch aus Kräutern, das sie so nicht kannte. »Nur zu. Oder bist du kein bisschen neugierig auf meine Kreationen?«

Zögerlich folgte sie dem Lauf der Treppe, der Bardenmeister schloss hinter ihnen die Tür, er entzündete eine bereitstehende Wachslaterne. Hölzern klangen ihre Schritte nach, der Geruch verdichtete sich bis zu einem Raum, den Rizsette hier nicht erwartet hatte: über und über gefüllt mit Regalen voller Glasbehälter, in ihnen Kräuter aus allen fernen Winkeln dieses Reiches. Einige Bücher, ein paar davon aufgeschlagen, ein Mörser, viele Phiolen und unzählige Tinkturen. Hier hörte man die Geräusche der Stadt kaum noch.

»Verzeih, dass ich dich hierfür von der Kuppel wegbringen musste. Meine Schüler sind sehr aufgeweckt, es ist nicht leicht, unter dem Glas ein unbelauschtes Gespräch zu führen.«

Rizsette blinzelte, sie verstand kein Wort. »Meister Cuckoo, ich bin verwirrt. Ich dachte, wir wollten die Reise besprechen?«

Sie begegnete seinem Starren, es machte sie nervös. Mit einem Mal kam ihr der kleine Raum unendlich einengend vor. »Rizsette von Canary.« Sein veränderter Unterton verschaffte ihr Gänsehaut. »Hast du es bei dir?«

»Es? Wovon sprecht ihr, Meister?«

»Das Überbleibsel, Mädchen. Canarys Auftrag.«

Rizsette legte die Stirn in Falten. »Überbleibsel? Was für ein Auftrag?«

»Er hat es dir anvertraut, bevor er starb. Es muss so sein, es gibt keine andere Erklärung.« Er machte einen Schritt zu ihr hin, sie wich zurück.

»M-Meister Cuckoo, was genau …?«

»Du musst es mir übergeben. Ich weiß, dass unsere Majestät dich angewiesen hat, es mir zu überlassen. Also her damit.«

Der Brief drängte in ihr Gedächtnis, tatsächlich hatte sie die Königin aufgefordert, Canarys Besitz an Meister Cuckoo auszuhändigen. Befremdet steckte sie die Hand in die Umhangtasche und förderte die wenigen Habseligkeiten zutage. »Meint Ihr …?«

Reflexartig schoss der Bardenmeister nach vorn. Rizsette sprang zurück, beides entglitt ihren Fingern: die Spieluhr und das Notizbuch. Doch Cuckoo interessierte sich nur für das Spielzeug.

»Das ist es also!« Dicht drückte er die verzierte Schatulle vor seine Augen.

Rizsette verstand gar nichts mehr. Das Büchlein schien ihn kein bisschen zu interessieren, also nahm sie es wieder auf und verstaute es in ihren Taschen. Der Meisterbarde achtete kaum auf sie.

»Wundervoll. Ganz fantastisch.« Mit einem Lächeln schenkte er ihr seine volle Aufmerksamkeit. »Ich habe von Oriole erfahren, auch durch Ihre Majestät. Wusstest du, dass die Stadt seit Wochen von starkem Regen heimgesucht wird? Er will gar nicht mehr aufhören. Wenn das so weitergeht, wird man die Stadt aufgeben müssen.«

Rizsettes Puls beschleunigte, sie benötigte einige Augenblicke, um die Information zu verarbeiten. *Oriole versinkt im Regen.* Cuckoo gewährte ihr die Pause, obwohl er sie nicht aus den Augen ließ.

»Ich erwarte, dass du mir eine Frage beantwortest, Rizsette von Canary. Ist das dein Verdienst?«

»Ich habe eine Komposition ersonnen.« Ihre Antwort klang tonlos, leugnen ergab keinen Sinn. Meister Oriole hatte sie gesehen, Cuckoo sie beim Verpatzen einer anderen Komposition erwischt. »Aber ich wollte den Menschen nur helfen. Wie hätte ich wissen sollen, dass …« Ihre Stimme brach weg, die Schuldgefühle hämmerten unerwartet heftig auf sie ein.

Das ist meine Schuld. Was habe ich getan? In der Zwischenzeit drehte der Bardenmeister die Spieluhr in der Hand. Er klappte sie auf und das bekannte Lied durchwanderte den Raum.

»Was für ein Jammer, dass ich die Melodie nicht hören kann. Dabei habe ich so sehr gehofft, sie vor der Stadt der Klänge vernehmen zu dürfen. Dir ist sie natürlich längst bekannt, nicht wahr?« Er klappte das Spielzeug zu und verstaute es in seiner Tasche. »Wir machen uns im Morgengrauen auf den Weg in die Hauptstadt. Wenn wir uns beeilen, stehst du in etwa zwei Monaten vor der Königin.«

Rizsette erstarrte, innerlich wie äußerlich. Nichts davon ergab irgendeinen Sinn. »Meister Cuckoo«, brachte sie hervor, ihre Schultern bebten. »Was ist mit meiner Reise? Mir fehlen Koel, Goldfinch und Sparrow, erst danach kann ich …«

»Wir werden die Dinge etwas abkürzen. Zwar passieren wir Koel, aber ein allzu langer Aufenthalt ist nicht notwendig. Ich besuche die Stadt nur aus sentimentalen Gründen. Danach wenden wir uns direkt der Stadt der Klänge zu.«

»Aber mein Lied des Eintritts …«

»Das ist nicht länger erforderlich, Wunschbardin. Die Königin erwartet dich.«

Wunschbardin. Dies eine Wort, machtvoller als jede Magie, erfüllte all ihre Gedanken. Unwillkürlich machte Rizsette einen Schritt von dem Bardenmeister weg. Sie stieß gegen einen der Tische.

»Ich bin nur eine gewöhnliche Bardenschülerin. Ich muss meine Reise beenden, ganz so, wie es mein Meister vorgesehen hat. Meister Canary –«

»Hatte ebenfalls den Auftrag, dich schnellstmöglich in der Stadt der Klänge abzuliefern. Ich rate dir, mir keine Schwierigkeiten zu machen. Du bist mir zu absolutem Gehorsam verpflichtet – und ich habe nicht vor, dir schlechtes Benehmen durchgehen zu lassen. Das mit der Komposition habe ich den Umständen geschuldet übersehen – doch das geschieht kein zweites Mal. Benimm dich. Schließlich werden wir die nächsten Monate miteinander verbringen.«

»Das ist nicht wahr!« Ihr eigener Ausbruch verblüffte sie, doch die Fassungslosigkeit überwog. »Meister Canary hatte nur unser Bestes im Sinn! Er wollte Vermin und mich zu Hofbarden machen!«

»Du wirst niemals zur Hofbardin aufsteigen.«

Wie Säure drangen seine Worte in sie ein, die Gewissheit in seinem Unterton klang wie ein Versprechen. Er holte seinen Schellenkranz hervor. Die Glöckchen klingelten unangenehm in ihren Ohren. »Ich sehe, dass dich all das aufregt. Womöglich hätte ich dir die Wahrheit besser erspart – doch das lässt sich beheben. Keine Sorge, du wirst dich gleich besser fühlen.«

»Nein!« Stürmisch sah sie sich um, der einzige Ausgang wurde von ihm versperrt. Die Schellen läuteten.

Einst gehört und verblieben, ein Ereignis, das währt,
überdauert Dekaden, selbst wenn es verjährt.
Doch jetzt zieht es weiter, reiß ich von dir fort,
was war ist vergessen, du warst niemals dort.

Rizsettes Knie wurden weich. Sie stürzte, der Aufprall tat nicht einmal weh.

»Nun«, vernahm sie seine Stimme, wie aus weiter Ferne. »Vielleicht ist es doch besser, wenn wir noch heute Nacht abreisen. Ich bin froh, beschlossen zu haben, deine Begleiter nicht zu unterschätzen – wer weiß, was sie tun, wenn du bereits solchen Widerstand an den Tag legst.« Er kniete vor ihr nieder, stechende Augen, die allmählich in die Finsternis abdrifteten. »Vergiss, was du gehört hast, vergiss alles, was geschehen ist, seitdem ich zur Kuppel zurückgekehrt bin. Wenn du erwachst, muss dich nichts davon länger kümmern.«

Rizsettes Lieder wurden schwer. Schwach streckte sie die Finger aus.

Priel. Nie verließ sein Name ihre Lippen. *Hilf mir!*

Erst dann umfing sie unendliche Dunkelheit.

KAPITEL 16

PRIEL

Klar und spitz drang der Ruf an sein Ohr, als stünde die Bardin direkt neben ihm. Das Holzgefäß mit dem Tee rauschte zu Boden, Priel stand längst auf den Beinen.

»He!«, beschwerte sich Echo. »Das ist Verschwendung, Priel!«

Riz. Der Drang wallte auf, ein hungriges, nimmersattes Biest, das die Welt in Flammen aufgehen lassen wollte.

»Priel, was ist los?« Reya saß aufrecht in einem Bett aus gewebtem Gras, nach wie vor geschwächt, eine deftige Mahlzeit vor sich. Nou kniete neben dem Tisch auf dem Boden, ihre geweiteten Augen auf ihn gerichtet. Sie stellte den unangerührten Teebecher beiseite.

»Stimmt etwas nicht mit Rizsette?«

»Sie ist in Gefahr. Scheiße, sie ist noch nicht zurück, oder? Ich muss ihr sofort nach!«

»Warte, Priel.« Echo erhob sich schwerfällig, seine Lider sanken immer wieder herab. »Was ist mit Reya? Sie kann das Bett noch nicht verlassen. Und ehrlich gesagt …« Er schüttelte sich. »Dieser Schlaftee ist verdammt stark. Ich kann mich kaum auf den Beinen halten.«

»Schon gut. Ihr bleibt hier und wartet auf mich. Ich nehme mir eines der Pferde!« Ohne einen weiteren Blick stürzte er los, hinaus aus dem Raum und zu den Ställen. In aller Eile sattelte er einen Gaul und wollte aufspringen – da entdeckte er eine Gestalt, die auf ihn zu rannte. Aufgerissene Augen, zerzaustes Haar, ängstliche Miene, blaue Sommersprossen. Die Prinzessin.

»Ich will mitkommen! Bitte, Priel, bestimmt kann ich dir nützlich sein.« Er merkte Nou an, dass sie seine Besorgnis teilte. So aufgeregt hatte er sie selten erlebt. »Ich habe schon genug Fehler gemacht, lass mich diesmal etwas richtig machen. Ich falle dir auch bestimmt nicht zur Last.«

Das Reißen in seiner Brust verriet ihm, dass sich Riz entfernte. Schnell, als sei sie zu Pferd unterwegs. Er musterte Nou unruhig, dafür hatte er jetzt wirklich keine Zeit.

»Meinetwegen, aber nur als Vogel. Flieg voraus und such die Gegend ab. Nachts braucht man Licht, du wirst sie sehen können.«

Die Verwandlung vollzog sich binnen eines Herzschlages, Nou flatterte los, durch Zweige hinweg zum dunklen Himmel. Priel schwang sich auf den Pferderücken. Kurz darauf trabte er über die Straßen der nächtlichen Stadt. Erst hier erlaubte er der Stute, in Galopp zu verfallen, der Drang gab die Richtung vor.

Riz! Der Bann machte es ihm unmöglich, einen anderen Gedanken zu fassen. Was konnte da passiert sein? Womöglich Bestienwandler? Hatte man sie in einem unbedarften Moment entführt? Das Gewicht des Schwertes an seiner Hüfte gab ihm Zuversicht. Auch mit nur einer Klinge würde er sich zu verteidigen wissen, ganz gleich, welche Bestie diesmal seinen Weg kreuzte.

Cuckoo entschwand hinter ihm, das Pferd trug ihn ins Dickicht. *Wie weit denn noch? Ich müsste sie doch bald eingeholt haben! Über* Stock und Stein rauschte der Gaul hinweg, Priel zügelte die Stute, damit sie sich nicht an den finsteren Wurzeln die Beine brach. Seine Unruhe wuchs ins Unermessliche – bis ein gefiedertes Bündel durch die Baumdächer krachte. Aufgeregtes Zwitschern, Nou landete vor ihm auf dem Hals des Gauls.

»Hast du sie gefunden?«

Sie gab ein Pfeifen von sich. Priel interpretierte das als Ja.

»In welche Richtung?«

Nou flatterte hoch und setzte sich auf einen nahen Ast. Priel verstand dies als Aufforderung, abzusteigen.

»Gut. Ich folge dir.« Mit langsamen Schritten durchkämmte er das Buschwerk, Nou führte ihn zielgerichtet an den Bäumen vorbei – und Priel hörte Stimmen. In geduckter Haltung spähte er durch das Pflanzengeflecht, dahinter entdeckte er eine reiche Blumenwiese mit einer Kutsche. Gesandte erweckten seine Aufmerksamkeit, auf den ersten Blick zählte er zwei: Einen auf dem Kutschbock und einen zweiten neben dem Fuhrwerk, beide trugen jeweils einen Vierzack auf dem Rücken. Die Tür stand offen, auf dem Treppenabsatz saß eine Person, verdeckt von einer Weiteren in weißem Federumhang, die ausschweifend mit den Händen gestikulierte. *Der Bardenmeister?*

»Sie haben sich nach deinem Abschied verstreut, um ihrer eigenen Wege zu gehen. Mach dir ihretwegen keine Sorgen. Ich habe sie reichlich belohnt.«

»Das verstehe ich nicht.« Er erkannte ihre Stimme sofort. *Riz*! »Ich kann mich nicht daran erinnern, mich von ihnen verabschiedet zu haben. Und Priel würde nie einfach so …«

»Stellst du deinen Meister etwa in Frage?«

»Natürlich nicht, Meister Cuckoo. Es ist nur so, dass er eigentlich …«

»Genug. Die Krone hat dir einen Befehl erteilt – und du möchtest die Königin doch nicht beleidigen, indem du ihre Anweisungen missachtest, habe ich recht? Ich kann ihr jederzeit einen Vogel schicken. Meine Reisekutsche verfügt über einen Briefkuckuck …«

Was wird da gespielt? Von wegen, sie hätte sich von uns verabschiedet. Wieso erinnert sie sich nicht?

Ein federleichtes Gewicht auf seiner Schulter sprach von Nou, die mit zarten Flügelschlägen landete. Sie gab ein empörtes Piepsen von sich, ein Spiegel seiner Gedanken. Priel fällte eine Entscheidung.

»Flieg zurück und informiere Echo und Reya, sie sollen uns schnellstmöglich folgen. Ich kümmere mich um Riz.« Ruckartig kam er hoch, das Schwert zog er mit dem ersten Schritt aus der Deckung. Nou flatterte hastig davon, Priel holte tief Luft und trat ins Mondlicht: »Merkwürdig, mitten in der Nacht zu einer Reise aufzubrechen, meint ihr nicht auch?« Sein Ruf hallte über die geschlossenen Blumenkelche hinweg. Beide Gesandten wirbelten herum, die Vierzacke im Anschlag, noch bevor der Meisterbarde einen Finger krümmte. Demonstrativ langsam drehte sich der Mistkerl um, erst jetzt erspähte Priel Riz, die ihn mit großen Augen anstarrte. Sie sprang auf die Beine.

»Priel!«

Der Bardenmeister hob den Arm, um sie zurückzuhalten. »Sei gegrüßt, junger Mann. Ich werde dich nur ein einziges Mal bitten, deine Waffe zu senken und deiner Wege zu gehen. Das hier ist eine Angelegenheit der Krone. Zwing mich nicht, die Gesandten Hand an dich legen zu lassen.«

Priel lachte freudlos auf. »Nette Warnung. Ich habe auch eine für dich: Wenn du Riz nicht gehen lässt, wirst du dich von deinen Zähnen verabschieden müssen.«

Einer der Gesandten machte einen halben Schritt auf ihn zu. »Wie kannst du es wagen, so mit einem Bardenmeister zu sprechen?!«

»Lästige Angewohnheit, passiert mir leider immer wieder. Lässt du sie nun gehen oder nicht? Ich bin kein Freund gepflegter Wortduelle. Mehr so der Mensch fürs Grobe.«

Meister Cuckoo rümpfte die Nase, überheblich wischte er durch die Luft – das Zeichen zum Angriff. Der erste Gesandte sauste auf ihn zu, magisch verstärktes Holz traf auf Metall. Hart stieß Priel seinen Gegner von sich und entging nur durch eine Drehung dem Hieb des Zweiten. Gleichzeitig gingen sie auf ihn los, er duckte sich unter ihren Schlägen weg und stellte einem das Bein. Er rauschte zu Boden, der andere schnellte zu ihm herum, Priel fing den Angriff ab. Strauchelnd rang der Gesandte um sein Gleichgewicht, der am Boden Liegende erhob sich schwerfällig. Links und rechts bezogen sie Stellung, Priel erkannte ihre Absicht am wortlosen Austausch – und zog die Hand über die Klinge. Feuer entstand in einem Kreis um ihn herum, sein knisterndes Licht erhellte die Finsternis. Es spiegelte sich in den entsetzten Mienen der Männer, bis eben noch bereit zum Angriff.

»Das … Das ist ein Schwertarm!« Das Fauchen des Bardenmeisters begleitete ihn, während er den Überraschungsmoment voll ausnutzte: Im Schutze der Flammen stieß sich Priel vom Boden ab, hin zu einem der Gesandten, dem er die Waffe aus der Hand fegte. Der Zweite stand da wie paralysiert, fassungslos im Angesicht seiner Magie.

»Du bist derjenige, den man in Meadowlark gesichtet hat!«

Mit Leichtigkeit stieß Priel den anderen Mann zu Boden, der Blutrausch erfüllte ihn mit Siegessicherheit – und dann hörte er ein Läuten. Das isolierte Geräusch eines Glöckchens. Ein Ruck ging durch die Gesandten, beide suchten das Weite, Priel bemerkte noch, wie sie kleine Gegenstände aus den Taschen zogen. Sie drückten sie in ihre Ohren, wieder dieses Klingeln, ausgehend von dem Bardenmeister – gefolgt von Gesang:

Wenn Sterne erscheinen und der Mond hell leuchtet,
dort oben am Firmament;

senk ab deine Lider und entschwinde dorthin,
in ein Reich, das nur der Schlafende kennt!

Priel hörte nur die Hälfte. *Flächengesang*, vernahm er Riz' Flüstern in seinem Kopf, eine ferne Erinnerung. Er durfte die Worte nicht zulassen. Er sah, wie Riz hinter dem Scheißkerl dasselbe tat, ungläubig starrte sie den Bardenmeister an. Alles in ihm drängte danach, zu ihr zu gelangen – da prallte etwas hart gegen seinen Hinterkopf. Priel wusste nicht, wie ihm geschah, seine Beine versagten den Dienst. Er keuchte und sein Blick verschleierte.

»Ein Schwertarm also«, hörte er die Stimme des Meisterbarden, sie klang merkwürdig hohl. »Soll die Königin entscheiden, was mit dir geschieht. Ich werde dich ihr zum Geschenk machen.«

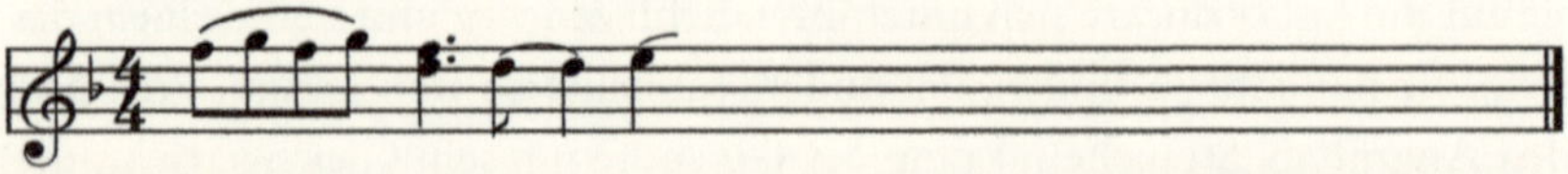

Als Priel erwachte, war es dunkel. Der Boden unter ihm ruckelte unentwegt, es roch nach Holz und Polsterstoff, das gedämpfte Geräusch von Pferdehufen trat in seine Wahrnehmung – ebenso wie ziehende Rückenschmerzen und ein starrer Hals. Knurrend warf er sich herum, oder versuchte es zumindest, denn die Hände hatte man ihm auf dem Rücken zusammengebunden. Auch seine Knöchel umgab ein dickes Seil, sodass er sich wie eine verdammte Raupe hin- und herwälzen musste. Angestrengt zog er sich hoch, grauer Schein fiel durch zugezogene Vorhänge, wahrscheinlich Dämmerlicht. Er hatte auf dem Boden gelegen, wie ein Fußabtreter zwischen gepolsterten Sitzflächen: Und auf einer davon ruhte Riz. Zusammengerollt unter ihrem Federumhang, die Lider geschlossen, ohne Fesseln, im Gegensatz zu ihm.

Langsam kehrte die Erinnerung zurück: der Kampf auf der Blumenwiese bei Nacht, Riz, der Bardenmeister, sein Lied, der Schlag auf den Hinterkopf. *Scheiße! Dieses Arschloch!*

Schwerfällig neigte er das Haupt, von seinem Schwert fehlte ebenfalls jede Spur. Wenigstens keine Kopfschmerzen, obwohl er nach dem brutalen Angriff damit gerechnet hatte. »Tsk. He, Riz.« Er senkte die Stimme bis auf ein Flüstern, unsicher, wie laut er sein durfte. »Komm schon, Augen auf!« Zu seiner Frustration rührte sie nicht einmal den kleinen Finger.

Warum wacht sie nicht auf? So ein Dreck. Was soll ich jetzt tun?

»Meister, wird es nicht Zeit, der Bardin ihren Schlaftrunk zu verabreichen? Die Sonne steht bereits tief.«

Priel spitzte die Ohren. Gedämpfte Stimmen von außerhalb. Er beugte sich vor und lauschte.

»Ja, du hast recht. Wir machen eine Pause. Stoppt die Pferde.« Mit einem Ruck kam die Kutsche zum Halt, das Rattern der Räder und das Geklapper der Pferdehufe setzte aus.

»Sagt, Meister Cuckoo, warum nutzt Ihr nicht einfach Eure Magie, um die Bardin und den Schwertarm ruhigzustellen? Auf diese Art verschwenden wir weniger Eures wertvollen Tees.«

»Um meinem Lied zu lauschen, müssten sie erst einmal zu Bewusstsein kommen. Ich halte es für einfacher, bis zur Stadt der Klänge auf mein Gebräu zurückzugreifen. Sicherlich zeigt sich die Königin erfreut an dieser sehr vielversprechenden Mischung, schließlich haben wir unterwegs ausreichend Gelegenheit, die Stärke des Aufgusses auf die Probe zu stellen. Schnell jetzt, oder soll die Bardin zu sich kommen?«

»Was ist mit dem Schwertarm?«

»Der hat doch erst heute Morgen eine starke Portion erhalten. Geh schon, diesmal übernimmst du.«

Priel glaubte, sich verhört zu haben. *Schlaftrunk? Wie das Zeug, das man uns in der Stadt zu trinken gegeben hat? Die Bastarde haben uns lahmgelegt. Aber warum bin ich dann wach?* Seine Wahrnehmung verlagerte sich von der Kutschentür zu Riz und schließlich zu seinen Fesseln. Was sollte er tun? Sich gegen einen Bewaffneten zur Wehr setzen? Nein, aussichtslos, sie würden ihn doch nur wieder schlafenlegen. Das hieß, dass er vorerst nicht entdeckt werden durfte. Schnell warf Priel sich auf die Seite, in jenem Moment öffnete die Tür. Trübes Tageslicht flutete das Kutscheninnere. Er spürte an der leichten Schräglage, dass jemand einen Fuß auf die Kutsche stellte – begleitet von Zwitschern und einem platschenden Geräusch. Ein wüster Fluch folgte, dann ein zweiter, sehr viel nasserer Laut, wie von einem umgestoßenen Trinkgefäß. »Du schon wieder! Verdammtes Federvieh!«

»Was treibst du dahinten?«

»Alles bestens, Meister Cuckoo!« Priel sah nicht, was der Mann tat, doch er hörte, wie er sich innerhalb der Kutsche bewegte. »Mist. Die Hälfte ist verschüttet. Muss vorerst reichen.«

Diskret erlaubte Priel sich einen flüchtigen Blick. Der Scheißkerl hob Rizsettes Oberkörper an, um ihr die Flüssigkeit einzuflößen. Auf seinem Hinterkopf klebten die Überreste einer weißen Paste. *Vogelscheiße?* Ohne Vorwarnung flatterte ein winziges Etwas in die Kutsche, ausgestattet mit Krallen, die dem Gesandten den Nacken zerkratzten. Erschrocken zuckte der Mann zusammen, der Inhalt des Bechers sprenkelte Rizsettes Federumhang. Das Vögelchen jagte zu ihm, hinter Priel, geduckt in seinen Rücken. Er selbst kniff die Augen zu.

»Das gibt es doch nicht! Drecksvieh! Verdammt, tut das weh!« Das Gewicht verlagerte sich erneut, die Tür fiel ins Schloss. »Ich habe den Tee verschüttet.« Die Antwort des Bardenmeisters kam prompt, aber Priel achtete nur auf den Piepmatz, der aus seiner Deckung hüpfte. Wie flüssiges Wachs änderte Nou ihre Gestalt, im beengten Raum ging sie neben Priel auf die Knie.

»Ich ha-ha-habe deinen Tee mit Wasser ersetzt!« Das gestotterte Geständnis platzte aus ihr heraus, zu laut für seinen Geschmack.

»Pscht! Leise!« Priel horchte auf das Streitgespräch, offenbar bekam der Gesandte mächtig Anschiss – im wahrsten Sinne des Wortes. Seine Augen wanderten zu Nou. »Gut gezielt.«

Schamvoll senkte die Prinzessin den Blick. »Bitte erzähl es nicht den anderen. Ich habe noch nie etwas so Entsetzliches getan.« Sie beruhigte sich, indem sie die Hand vor die Brust presste. »Ich bin so froh, dass du wach bist.«

»Kannst du mich von den Fesseln befreien? Wir haben nicht viel Zeit. Die Arschlöcher kochen wahrscheinlich längst neuen Tee.« Sofort nestelte Nou an den Stricken, ihre zarten Finger richteten kaum nennenswerten Schaden an.

»Arlecho und Alegreya sind auf dem Weg«, wisperte sie, fixiert auf die straffen Knoten. »Aber sie werden uns unmöglich einholen. Die Kutsche hat mindestens einen Tag Vorsprung.« Es fiel Priel wie Schuppen von den Augen.

»Einen ganzen Tag?«

»Die Zwillinge haben tief und fest geschlafen, als ich zurückkam. Wir konnten uns erst am nächsten Morgen an eure Fersen heften. Es sind mittlerweile mehr als zehn Tage vergangen, seitdem sie dich und Rizsette verschleppt haben. Ich fliege immer wieder zwischen euch hin und her, aber …« Nou zerrte erfolglos an den Fesseln. So kamen sie nicht weiter. Wenigstens wusste Priel jetzt, weshalb sein Hinterkopf nicht wehtat.

»Wir brauchen ein Messer. Oder etwas Scharfes, mit dem …«

»Dass du mir diesmal nichts verschüttest! Ich warne dich, sonst schläfst du in Koel in den Ställen!«

Priels Puls beschleunigte.

»Nou, verwandle dich!« Er warf sich erneut auf den Boden, sofort wurde aus der kleinen Frau das winzige Vögelchen. Die Kutsche öffnete und der Gesandte trat ein, in seiner Hand ein Gefäß, aus dem Dampf austrat. Unter halbgesenkten Lidern beobachtete Priel, wie er vor Riz innehielt, erneut im Begriff, ihren Oberkörper anzuheben. Zischend begehrte der Drang auf, er kämpfte um Kontrolle – und Priel gab nach. Schlagartig sprang er hoch und stürzte sich auf den Untergebenen des Bardenmeisters, dieser ruderte erschrocken mit den Armen. Das heiße Getränk schwappte, der Gesandte riss den Becher in die Höhe – und verlor den Halt. Der Inhalt ergoss sich wie ein Wasserfall direkt auf sein Gesicht, Priel schubste ihn gegen die Tür, der Schmerzensschrei ging in ein Japsen über. Zu laut, um nicht gehört zu werden. Nou zwitscherte alarmierend.

»Was ist da hinten los?«

»Priel, Nou …?« Priel begegnete Rizsettes verschlafenen Augen, verwirrt blickte sie zu ihm auf, neben ihr der in sich zusammensinkende Gesandte. Er wimmerte benommen.

»Riz, wir müssen hier raus, auf der Stelle! Gibt es ein Lied, das Fesseln löst?«

Sie erfasste die Stricke, der Schreck stand ihr ins Gesicht geschrieben. Ihre Lippen zitterten, dennoch drehte sie sich zu Nou, das Zögern hielt nicht an.

»Das Lied meiner Spieluhr, weißt du noch? Sing es!«

Schritte, Priel hörte eindeutig Schritte.

Nou legte das Köpfchen zur Seite. Sie öffnete den Schnabel, die gezwitscherte Musik erfüllte den Raum – und die Kutschentür schwang auf. Der benommene Gesandte rutschte dem zweiten entgegen, entgeistert starrte er ihn an, das Gesicht fleckig vor Wut – bevor er den Kopf hob und alle Farbe verlor. »Scheiße, sie sind aufgewacht!«

Rizsette zuckte in Priels Richtung.

Verwirrt lieg ich hier im schwindenden Licht,
seh Kutsche und Fessel, die plötzlich zerbricht!

Ihre Worte hallten nach – begleitet von einem gefährlichen Knacken. Spalten entstanden im Holz, urplötzlich gab die Faser um Priels Hände nach, ebenso wie die zu seinen Füßen. Der Drang in ihm wallte auf, er schoss nach vorn, zu Riz, um mit ihr gemeinsam durch die offene Tür zu stürzen. Vorbei an dem entsetzten Gesandten, während hinter ihnen das Holz barst. Ein Schrei, der einen zweiten jagte, panisches Zwitschern, ein zweisilbiger Vogelruf, eiliges Flügelschlagen – begleitet vom Scheppern und Reißen der in sich zusammenfallenden Kutsche. Erst dann kehrte Stille ein. Priel stemmte sich hoch, fixiert auf die Bardin unter ihm, die ihn geradeheraus anstarrte.

»Bist du in Ordnung?«

»Ich … Ich denke schon.«

»Gut.« Priel kämpfte sich hoch, Riz zog er mit, Nou umflatterte ihn und landete auf seiner Schulter. Da lagen sie, die Überreste der einstigen Kutsche, jetzt nur noch als Feuerholz zu gebrauchen.

Bevor er jedoch einen klaren Gedanken fassen konnte, hörte er ein Glöckchen. Das Blut gefror Priel in den Adern, er wirbelte herum – und entdeckte den Bardenmeister. Er kroch durch den Dreck, eine blutende Wunde an der Stirn, offensichtlich ein Andenken an das gewaltvolle Zerbersten der Kutsche. Seine ausgestreckten Finger berührten das mit Glöckchen besetzte Instrument, vergessen vor ihm im Staub.

Priel reagierte vollkommen instinktiv. Er rannte los, packte den Meisterbarden an der Schulter, warf ihn herum – und verpasste ihm einen direkten Schlag ins Gesicht. Der Körper des Mannes erschlaffte, Priel schnaufte. Hatte wohl gereicht, um ihn schlafen zu legen.

Neben ihm, so verloren wie sein verdrecktes Instrument, lag eine winzige Schatulle. Rizsettes Spieluhr? Er erinnerte sich. Die Melodie, die Nou gezwitschert hatte.

»Priel, was geht hier vor sich?« Er drehte sich um, hin zu der Bardin, die ihn völlig verdattert anstarrte. »Was war da los? Ich verstehe das alles nicht.«

Er wischte sich übers Gesicht. »Nou. Flieg los und such die Zwillinge. Wir können weder hierbleiben noch ihnen entgegenreiten. Am besten treffen sie uns in der nächsten Stadt. Mach, so schnell du kannst.«

Sie flötete einige zustimmende Töne, dann erhob sie sich in die Lüfte und entschwand.

Mit einem Seufzen, das von den vergangenen Strapazen sprach, fasste Priel Riz ins Auge. »Der Bardenmeister hat dich verschleppt. Ich bin dir nach, wurde aber überwältigt und wie du mit irgendeinem Kräuterzeug betäubt. Allein Nou ist es zu verdanken, dass wir …«

Riz wankte, der Drang schoss ihm scharf wie ein Stich durch die Magengegend. Priel hetzte vor und stützte sie im Rücken ab, um sie aufrecht zu halten. Verunsichert hob sie den Kopf.

»Du hast keinen Grund, mich anzulügen.«

Er hob eine Braue. »Was denn, waren die Fesseln nicht Beweis genug?«

Sie berührte ihre Stirn, als spüre sie einen Schmerz, der weit über den Kopfschmerz eines Rückstoßes hinausging. »Weshalb sollte mich Meister Cuckoo entführen? Er muss mich doch auf meiner Reise begleiten. Die Königin hat entschieden …«

Seine Augen streifen über den bewusstlosen Barden, an der Spieluhr blieb er hängen. »Bestohlen hat er dich auch. Da, neben ihm, siehst du?«

Riz folgte seinem Blick, unendliche Verwirrung mischte sich unter die offenkundige Bestürzung. Sie löste sich von ihm, um das kleine Objekt aufzunehmen. »Warum hat er meine …?«

»Ich schätze, darauf bekommen wir vorerst keine Antwort. Was sollen wir mit ihnen machen?« Er deutete auf die Gesandten, einer unter den Trümmern, der andere daneben, augenscheinlich ebenfalls bewusstlos. »Sie sind am Leben, werden aber bald wieder zu sich kommen. Bis dahin müssen wir verschwunden sein.«

Das Wiehern eines Pferdes drang zu ihm heran. Es kam von seinem eigenen Reittier, das man nach seiner Gefangennahme offenbar vor die Kutsche gespannt hatte. Seelenruhig graste es neben einer hellen Stute auf einer angrenzenden Wiese. Wenn sie beide mit sich nahmen, würde man sie so schnell nicht einholen. »Was glaubst du, wo wir jetzt sind? Nou sagte, wir haben für etwa zehn Tage geschlafen.«

»Wenn das stimmt, sind wir etwa eine Woche von Koel entfernt.« Ihr Blick schweifte in die Ferne. »Dann ist das unser Ziel.«

KAPITEL 17

RIZSETTE

Ein Bardenmeister, der sie gefangen genommen und verschleppt, ihr Kräuter eingeflößt, sie bestohlen und angelogen hatte – Rizsette wusste nicht, was sie denken sollte.

Ihr über Jahre hinweg aufgebautes Vertrauen, die Loyalität den Meistern gegenüber, das Wissen um ihren Platz auf dieser Welt, all das geriet in den folgenden Tagen ins Wanken.

Noch in den Trümmern der Kutsche hatten sie ihre Habseligkeiten entdeckt, Rizsettes Leier und Priels Schwert. Ausgestattet mit Proviant, beiden Pferden und dem Schellenkranz zogen sie los, Meister Cuckoo und die Gesandten blieben mit Nichts zurück. Sie durften ihnen keine Möglichkeit lassen, die Verfolgung aufzunehmen.

Priel gewährte ihr die dringend notwendige Stille, denn während der unendlichen Stunden des Reitens sprach sie kaum ein Wort. Zu tief saß das Entsetzen, die Verwirrung über das, was hinter ihr lag. Sie empfand Dankbarkeit für den Raum, den er ihr gab. Als besäße er ein feines Gespür für Verzweiflung und Schmerz. Eine Frage herrschte jedoch vor: Sollte sie Meister Cuckoo der Krone melden? Hatte er sich gegen die Königin verschworen, ein Akt, auf den der Tod stand? In Koel gab es sicher einen Vogel, den sie in die Stadt der Klänge schicken konnte. Doch tat sie damit wirklich das Richtige?

Meister Canary. Ich habe Euch noch nie so sehr gebraucht wie jetzt. Sie vermisste seinen Rat, seine Besonnenheit, die früher für jede verzwickte Situation eine Lösung gefunden hatte. *Ich bin vollkommen allein.*

Eine Hand schob sich in ihr Sichtfeld, mit ihr ein Gemüsespieß. »Du musst essen. Nachdenken allein hält dich nicht am Leben.«

Sie begegnete Priels Blick, er betrachtete sie auffordernd.

Er ist mir zur Hilfe gekommen, schon wieder. Und Nou, Alegreya und Arlecho stehen auch hinter mir. Rizsette schluckte schwer. *Bin ich vielleicht doch nicht so allein?*

»Nimmst du den Spieß jetzt oder nicht?«

»Ja, entschuldige.« Sie griff zu und schlug die Zähne in die Speise, der sich auf ihrer Zunge ausbreitende Geschmack kräuselte ihre Fußnägel. *Wie kann Gemüse zu gleichen Teilen roh und verbrannt sein?*

Priel folgte ihren Bewegungen mit den Augen. »Tsk. Kochen war noch nie eine meiner Stärken. Echo ist darin so viel besser als ich.«

Widerwillig kaute sie auf dem Gemüse herum. »Hoffentlich holen sie uns bald ein.«

»Kann laut Nou nicht mehr lange dauern. Spätestens in Koel stoßen sie wieder zu uns.« Es blieb für eine Weile still. »Hast du dich entschieden, was du wegen des Bardenmeisters unternehmen willst?«

Rizsette hielt inne, Priel stocherte mit einem Stock in der Glut des Lagerfeuers herum. »Nein, nicht wirklich. Ich bin unglaublich verunsichert, wenn ich ehrlich bin. Mir wurde beigebracht, Bardenmeistern uneingeschränkt zu vertrauen. Was, wenn es sich bei alledem um ein riesiges Missverständnis handelt? Ein Brief an die Königin wäre in diesem Fall ein fataler Fehler, für den es keine Entschuldigung gibt. Ich … Ich weiß nicht, was ich tun soll.«

»Dann tu nichts.«

Rizsette sah auf, Priel hielt den Blickkontakt aufrecht. »So wie ich das sehe, werden wir sowieso keine Erklärung für all das bekommen. Aber eine Sache weiß ich mit Sicherheit: Wir können niemandem mehr trauen. Weder Meisterbarden noch Gesandten.«

»Was wird dann aus meiner Reise?« Sorgenvoll zog sie die Brauen zusammen. »Ich muss die übrigen Städte bereisen, um mein Lied zu vervollständigen. Das ist meine Pflicht als Bardenschülerin.«

»Und wenn du das unter falschem Namen tust?«

Rizsette blinzelte. »Was?«

»Gib dir einen neuen Namen. Woher sollen Bardenmeister und Gesandte wissen, wer du wirklich bist, wenn du deine Heimatstadt nie verlassen hast?

Niemand weiß, wie Rizsette von Canary aussieht, bis sie vor ihnen steht.«

Für den Bruchteil einer Sekunde erinnerte sie sich an die Besuche von Meisterbarden und Bardenschülern auf Reisen. Sie und Vermin hatten stets durch die Fenster gelugt, um einen Blick auf den hohen Besuch zu erhaschen. Canary hatte es nie für sinnvoll gehalten, sie vorzustellen. Warum eigentlich? Unschlüssig kaute sie auf ihrer Unterlippe herum. »Das kannst du nicht ernst meinen.«

»Was spricht dagegen? Ist es verboten?«

Wieder eine Pause, bei der ihre Gedanken kaum zur Ruhe kamen. »Nein. Es gibt kein Gesetz, dass das verbieten würde, weil es noch nie geschehen ist. Ich glaube nicht, dass jemals ein Barde unter falschem Namen die Bardenreise absolviert hat.«

»Dann hast du deine Antwort. Rizsette von Canary verschwindet vom Erdboden, sodass der Kuckucks-Meister deine Spur verliert. Falls er uns überhaupt folgt und nicht mit eingezogenen Schwanzfedern in sein Kräuterbeet zurückgekrochen ist. Und wenn du die Hauptstadt erreichst, sprichst du direkt mit der Königin. Von Angesicht zu Angesicht.« *Meister Canary würde das niemals gutheißen.* Unglücklich fischte sie die Bardenmütze von ihrem Kopf. Die Feder aus ihrer Heimat glitt weich über ihre Fingerspitzen.

»Was hältst du von Priella? Klingt mir nach einem passenden Namen.«

Der Vorschlag erwischte sie eiskalt. Ihr Gesicht versteinerte, Priel begegnete ihr mit einem amüsierten Grinsen – das kannte sie so nicht von ihm. »Du verarschst mich.«

»Offensichtlich.«

»Mann, Priel!«

Er lachte. »Wenigstens grübelst du nicht mehr. Hat angefangen, mir auf die Nerven zu gehen.«

Rizsette plusterte den Umhang auf. »Seit wann stört es dich, wenn ich den Schnabel halte?«

»Ab und an ist es nett, sich mit jemandem zu unterhalten. Selbst wenn es sich dabei um einen Schreihals wie dich handelt.«

Ihre Mundwinkel zuckten. Für einen Moment hielten sie beide inne, das Lachen entkam ihnen im gleichen Atemzug. Es musste das erste Mal sein, dass sie so mit Priel scherzte. Ihr Herz wurde spürbar leichter.

»Danke, dass du mir zugehört hast. Das hat geholfen.«

Priel verharrte, bevor er eine Augenbraue hob. »Übertreib mal nicht. Reya und Echo wären wütend, wenn sie zurückkommen und einen Trauerkloß vorfinden. Ich rette nur meinen eigenen Arsch. Na ja, deinen auch ab und zu.« Wieder dieses Lächeln, diesmal so authentisch, dass ihr Puls beschleunigte.

Der ferne Ruf eines Tieres würgte ihr Gespräch ab. Tief und voll wanderte er über sie hinweg, Rizsette hob den Kopf – und kam hoch. »Eine Kuh?« Sie hatte noch nie eine gesehen. Keine echte, lebendige, nur Zeichnungen in den Büchern ihrer Heimat.

Priel erhob sich ebenfalls. »Nicht nur eine. Das ist eine ganze Herde.«

In großer Zahl kamen die massigen Grasfresser zwischen einer Passage eng stehender Felsen hervor, begleitet vom Gebell eines Hundes. Dazwischen, Rizsette glättete ihren Federmantel, entdeckte sie Menschen. Viehhirten, die sofort auf sie aufmerksam wurden. In aller Ruhe zogen die Kühe an ihnen vorbei, eine davon blieb neben dem verglühenden Lagerfeuer stehen. Sie schnupperte an den Resten ihres Gemüsespießes, schnaubte und nahm dann schnell Abstand.

Ein Feixen stahl sich auf Rizsettes Gesicht. »Die Kuh hat gerade deine Kochkünste beleidigt.«

Priel erstickte die Überreste der Glut. »Kannst dich ja mit ihr zusammentun. Und wenn sie nicht aufpasst, landet sie selbst auf dem Grill.«

Glücklicherweise blieben seine Worte leise genug für die Näherkommenden, denn kaum einen Augenblick später trat ein Fremder an sie heran. »Seid gegrüßt, Bardenschülerin! Wie ungewöhnlich, jemanden wie Euch auf unseren Viehweiden anzutreffen.«

Eine Viehweide. Sie deutete eine Verbeugung an.

»Ich bin hier, um Meisterin Koel zu treffen.«

»Natürlich. Ihr findet sie in der Stadt. Bursche! Lauf los und gib der Bardenmeisterin Bescheid! Eine Lehrbardin beehrt unsere Stadt. Wie ist Euer Name?«

Rizsette öffnete den Mund, die Worte lagen ihr auf der Zunge – und starben an Ort und Stelle den Tod des Ungesagten.

»Also …« *Priella? Auf keinen Fall. Aber der Name darf meinem Richtigen nicht zu ähnlich sein. Und aus Canary kann ich auch nicht kommen. Bleibt nur noch …* »Vermil.« Seltsam klang das Wort auf ihren Lippen. »Vermil von Oriole.«

Das Kind rannte los, der Hirte deutete auf die Felsen. »Es ist nur noch ein kurzer Marsch bis in die Stadt. Sicherlich möchtet Ihr heute Nacht zwischen den sicheren Mauern des Bardenhauses schlafen. Zwar hat es die Bestienplage bisher nicht nach Koel geschafft, aber man kann gar nicht vorsichtig genug sein. Erst diese Einbrüche in die Bardenresidenzen vor einem halben Jahrzehnt, jetzt dieser Schlamassel. Und das trotz des Abkommens der Königinnen!«

Priel beäugte den Mann, während er die Pferde zusammenband, Rizsette bedankte sich für seine Hilfe. Kurz darauf verließen sie die Viehweiden in Richtung Koel.

»Was meinte der Kerl mit diesen Einbrüchen? Dann gab es schon einmal Bestienwandler im Reich der Klänge?«

Rizsette winkte ab. »Ach, das sind nur alte Geschichten. Vor etwa sechs Jahren machten Gerüchte die Runde, dass Bestienwandler in Bardenresidenzen eingefallen sein sollen. Es gab wohl wirklich Einbrüche, aber da weder etwas gestohlen noch jemand verletzt wurde, hat man das Ganze schnell vergessen. Und in Canary ist auch nichts passiert. Nicht der Rede wert.«

Priel brummte nachdenklich, dann kam das Grinsen zurück. »Vermil also? Schade um Priella.«

»In Gedenken an Vermin. Hast du dafür auch einen Spitznamen?«

»Vermil lässt sich schlecht abkürzen.«

Rizsette wandte sich ihrer Bardenmütze zu, flink löste sie die gelbe Feder. Sie verschwand in den Taschen ihres Umhangs, musste warten bis zu dem Tag, an dem sie die Stadt der Klänge betrat. »Wie kommt es eigentlich, dass du niemanden beim vollen Namen nennst?«

Priel schenkte ihr einen Seitenblick. »Ich rede mir ungern den Mund fusselig. Alegreya, Arlecho, Rizsette – alles viel zu lang für meinen Geschmack. Einzig Nou hat einen einigermaßen annehmbaren Namen.«

Ein laut gackerndes Huhn flatterte um einen nahen Felsen herum. Priels Pferd scheute, ein Mädchen in wallenden Röcken stürzte der Henne hinterher – und hinter ihr kam Koel in Sicht: Eine weitreichende, umzäunte Siedlung mit Bauernhäusern, die an riesige Wiesen grenzten. Zahlreiche Kühe, Pferde und Schafe grasten auf den Flächen, ein Mann bürstete einen flauschigen Paarhufer, auf der anderen Straßenseite bot ein Junge Eier an.

Rizsette schluckte. *Muss ewig her sein, dass ich ein Ei gegessen habe.*

Sie führten ihre Pferde über die befestigten Straßen. Im Vergleich zu den vorherigen Ortschaften gab es hier keine Gassen oder dichtstehende Gebäude. Alle Bauwerke hielten großzügig Abstand zueinander, wohl wegen der Tiere. Selten hatte Rizsette einen solchen Tierreichtum gesehen: Nicht nur Hühner, sondern auch Gänse fand sie hier, deren ausgefallene Federn unter anderem der Anfertigung von Bardenroben dienten. Kühe, Ziegen, Schafe, Pferde in so überragender Vielfalt, dass ihr der Kopf schwirrte. Irgendwann erreichten sie ein Gebäude, das jeden der Bauernhöfe weit in den Schatten stellte: weder prunkvoll wie in Meadowlark, noch beeindruckend wie in Cuckoo. Es bestach durch Schlichtheit, Robustheit – und unzählige Hühner, umsorgt von Bardenschülern. »Das muss es sein. Das Bardenhaus von Meisterin Koel.«

Priel bedachte sie von der Seite her. »Sei vorsichtig. Du weißt, was beim letzten Mal passiert ist.«

Mit einem Nicken trat Rizsette an eines der Kinder heran. »Mein Name ist Vermil von Oriole, Bardenschülerin auf Reisen. Wo finde ich Meisterin Koel?«

»Du hast sie bereits gefunden.«

Rizsette drehte den Kopf, von der einen zur anderen Sekunde Auge in Auge mit einer wirklich alten Frau, wesentlich kleiner als sie selbst: Dunkelgraues, langes Haar hing ihr locker in die Stirn, im Rücken lag es in einem geflochtenen Zopf. Die Falten sprachen von langjähriger Erfahrung, ihr scharfer Blick verlangte Respekt. Sie hielt eine recht große Henne in den Armen, ein braunes Tier mit rostrotem Kamm. »Vermil von Oriole? Da hol mich doch der Wunschbarde! Hat der alte Oriole sich doch tatsächlich dazu herabgelassen, eine Schülerin auszubilden? Wo hast du dich all die Jahre über versteckt, Mädchen?« Sie betrachtete Rizsette aufmerksam. »Wo ist er? Hat er sich etwa davongeschlichen, um meine Ställe nach übersehenen Eiern abzusuchen? Wäre nicht das erste Mal.«

Eiskalt lief es Rizsette den Rücken hinunter. Vor dieser Frage hatte sie sich gefürchtet. Sie rang um Fassung. »Meister Oriole ist …«

Die Henne gackerte, Meisterin Koel strich ihr beruhigend über das Gefieder. »Lass mich raten: Er ist umgekehrt. Kann es ihm nicht verdenken, jetzt, nachdem dieser Regen nicht mehr aufhören will. Trotzdem verantwortungslos, so ein junges Ding wie dich allein losziehen zu lassen. Wer ist eigentlich dieser Jüngling da bei dir? Ein Gesandter? Nein, wohl kaum. Hübsch ist der Bursche ja.«

Rizsette wurde schlecht. *Wusstest du, dass die Stadt seit Wochen von starkem Regen heimgesucht wird? Er will gar nicht mehr aufhören. Wenn das so weitergeht, wird man die Stadt aufgeben müssen.*

Geisterhaft wanderten die Worte durch ihre Gedanken, Rizsettes Beine kribbelten. Sie kippte vornüber, bedrohlich kam der Boden auf sie zu – bis zwei Hände nach ihr griffen. Sie hielten sie auf den Beinen. *Priel.* Er sagte irgendetwas, sie hörte es kaum. Bilder überlagerten ihre Wahrnehmung: eine dunkle Gasse, eine Treppe, ein Arbeitszimmer voller Kräuter. Rizsette atmete tief ein, die Illusion verschwand. Was geschah da gerade mit ihr?

»Ist sie in Ordnung?« Der skeptische Unterton der Bardenmeisterin holte sie zurück ins Hier und Jetzt. Rizsette beeilte sich, ihre Züge zu glätten – doch sie brachte keinen Ton heraus. Die Sekunden zogen sich, die Skepsis wich echtem Misstrauen und der unbarmherzige Griff der Panik legte sich um sie. Verzweifelt öffnete Rizsette die Lippen – und sah nur noch, wie Priel neben sie trat. Eine Hand behielt er in ihrem Rücken, um sie zu stützen.

»Verzeiht Ihr, Meisterin Koel. Es war eine beschwerliche Reise und Vermil ist ausgelaugt. Es hat uns viel abverlangt, bis hierher zu kommen.«

Die Meisterbardin brummte, vielleicht ein bisschen weniger misstrauisch. Auffällig musterte sie Priels Arm. »Ihr seid recht vertraut miteinander. Als würdet ihr euch schon lange Zeit kennen. Wie kommt das? Wer bist du, Bursche?«

Priel setzte zu einer Antwort an, doch Meisterin Koel kam ihm zuvor: »Warte, ich glaube ich weiß, was hier vor sich geht.« Sie rückte auf, dicht vor Priel blieb sie stehen, er überragte sie um mehrere Köpfe. »Der alte Oriole hat nicht nur eine *Schülerin*, sondern auch einen *Schüler* ausgebildet. Ja, ich sehe deinem hübschen Gesicht an, dass ich recht habe. Wie ist dein Name, junger Barde? Und wo hast du deinen Federumhang gelassen? Schäm dich, so vor eine Meisterin zu treten!«

Rizsette fehlten die Worte, ebenso wie Priel, der verdattert die Brauen senkte. Wieder zogen sich die Sekunden, auf keinen Fall durften sie sich erneut das Misstrauen der Bardenmeisterin zuziehen – also entschied Rizsette aus dem Bauch heraus: »Sein Name lautet Priel. Priel von Oriole. Seinen Umhang hat er während eines Bestienangriffs verloren. Das geschah, kurz nachdem Meister Oriole in unsere Heimat zurückkehrte. Nur durch die Hilfe der uns begleitenden Gesandten haben wir diesen Zwischenfall überstanden. Wir mussten überstürzt fliehen, doch ich bin mir sicher, dass unsere Begleiter schon bald zu uns aufschließen werden. Ihr wisst ja, wie schlimm die Bestienplage derzeit in unserem Reich wütet.«

Priel ließ abrupt von ihr ab. Sie verkniff es sich, seinem Blick zu begegnen; ohnehin kostete es sie große Mühe, der Bardenmeisterin standzuhalten. Meisterin Koel lauschte ihren Erläuterungen ungerührt, schließlich nickte sie. »Ich verstehe. Vermil und Priel von Oriole – ich gewähre euch für die Dauer eures Aufenthalts Obdach. Und du, Priel, man wird dir ein neues Gewand bringen, du musst es nur selbst einfärben. Heute könnt ihr ausruhen, morgen werde ich euch aber nicht zur Verfügung stehen können. Ich habe ein Fest zu überwachen. Erst danach kann ich euch und den anderen hier verweilenden Bardenschülern unseren Teil des Eintrittsliedes lehren.«

»Ein Fest? A-Andere Schüler?« Meisterin Koel überging ihre holprige Ausdrucksweise mit einem Lächeln.

»Eine Feierlichkeit anlässlich des Rufs der Feder und ein hochangesehener Brauch in Koel. Dieses Fest findet immer dann statt, wenn Lehrbarden unsere Lande bereisen. Ihr solltet teilnehmen, wir veranstalten einige Wettbewerbe, die man zu zweit absolviert. Diesmal haben wir einen ganz besonderen Schatz aus der Hauptstadt erhalten: Ein Relikt aus dem Reich der Schwerter – unser Hauptpreis. Ist ein nettes Stück Schmiedekunst, soweit ich das beurteilen kann. Bestimmt ein würdiges Geschenk für eure baldigen Adelshäuser. Schwerter aus Metall unterscheiden sich erheblich von den hierzulande gebräuchlichen Holzwaffen. Einen solchen Schatz nimmt jeder Adlige gern an.« Sie setzte die Henne ab. »Nun denn, Vermil und Priel von Oriole. Eines meiner Kinder kann euch in eure Unterkünfte bringen und eure Pferde versorgen. Du.« Sie deutete auf einen Jungen, der ein Schaf bürstete. »Kümmere dich um die Bardenschüler und ihre Tiere.« Das Kind nahm eifrig die Pferde entgegen, die Meisterin sandte ihnen einen wohlwollenden Blick und marschierte in Richtung des Stalls davon. »Ich hoffe auf eure Teilnahme. Wenn Oriole euch über so viele Jahre versteckt gehalten hat, müsst ihr unheimlich begabt sein.«

Rizsette blickte ihr nach – keine Sekunde bevor ein Vögelchen zwitschernd auf ihrer Schulter landete.

»Nou!«

»Was sollte das?« Ungeachtet der aufgetauchten Prinzessin baute sich Priel vor ihr auf. Erst jetzt erlaubte sie sich, ihm ins Gesicht zu sehen. Er betrachtete sie mit einer Mischung aus Verärgerung und offensichtlicher Empörung. »Ist dir klar, dass du damit deine Tarnung aufs Spiel setzt? Verflucht, ich habe nicht vor, den Barden zu mimen. Was hast du dir dabei gedacht?«

»Es war die einzig logische Erklärung. Was hätte ich sonst sagen sollen?«

»Keine Ahnung. Alles. Nur nicht das!«

Nou piepste aufgeregt, es gefiel ihr offenbar nicht, dass sie miteinander stritten.

Rizsette straffte die Schultern. »Ich hatte keine andere Wahl. Sie hat uns die Vorlage geliefert, also bin ich darauf eingegangen.« Sie pausierte. »Aber ich verstehe, dass dich das ärgert. Ich wollte dich damit bestimmt nicht kränken. Es tut mir leid.«

Priel verharrte, seine Züge von jetzt auf gleich eine winzige Spur weicher. Aufgebracht wischte er sich durch das Haar, bevor er Nou ins Auge fasste. »Lass mich raten, die Zwillinge haben uns eingeholt. Ich werde Echo und Reya entgegenlaufen. Nou, führ mich zu ihnen.«

Die Prinzessin flatterte auf, Priel ging ihr nach. Rizsette blieb allein zurück.

»Warte, es gibt ein Schwert zu gewinnen?!« Arlechos Stimme überschlug sich. Er stand inmitten des ihnen zur Verfügung gestellten Raumes, an seiner Seite Alegreya, die sich auf einem der Federbetten niedergelassen hatte. Es tat Rizsette gut, nach der Zeit der Trennung ihre Gesichter zu sehen. Vor allem Alegreya wirkte wie das blühende Leben, als habe sie nie der Rückstoß ihrer verpatzten Bardenmagie getroffen. Seelenruhig aß sie von dem bereitgestellten Obst, Nou ruhte auf einem gepolsterten Möbelstück aus, deutlich erschöpft nach der körperlichen Anstrengung des Fluges.

»Genau das habe ich gerade gesagt. Ein Schwert aus unserer Heimat. Aus Metall.«

»Das muss ich unbedingt haben!« Arlechos Enthusiasmus traf auf Priels herausfordernde Miene.

»Das hättest du wohl gern. Ich bin derjenige, der eines seiner Schwerter verloren hat. Wenn es jemand von uns bekommt, dann ich. Vor allem jetzt, da ich diese Schmierentheater mitspielen muss.«

Ein dicker Kloß entstand in Rizsettes Hals. »Ich habe mich entschuldigt. Mehrmals. Es tut mir wirklich leid, Priel.«

»Tsk.«

Arlecho grinste breit. »Ach komm schon, Priel, sei nicht so nachtragend. Du könntest ihr allmählich wirklich vergeben. Immerhin hat man dir ein so nettes Geschenk gemacht.«

Er deutete auf den auf dem Tisch ausgebreiteten, weißgrauen Federumhang samt Bardenmütze, erst kürzlich von einem Bardenschüler vorbeigebracht. Priel presste die Lippen so heftig aufeinander, dass sie nur noch eine dünne Linie bildeten.

»Nur über meine Leiche.«

Alegreya räkelte sich auf dem Bett. »Es würde Fragen aufwerfen, wenn du es nicht anziehst. Auf dem Weg hierher sind uns andere Bardenschüler samt Meister über den Weg gelaufen. Wenn du nicht mitspielst, fliegt Rizsette auf.«

Sie zischte mit vorgehaltenem Finger. »Vermil. Nennt mich in der Stadt bitte Vermil.«

»'Tschuldigung.«

Arlecho hatte sich derweil an dem Umhang zu schaffen gemacht. Er hielt ihn hoch, in Lauerhaltung kam er auf Priel zu, dessen Hand zuckte zum Schwertheft. »Probier ihn wenigstens an. Na los, Priel.«

»Nicht. Echo, hör auf damit. Ihr könnt hier drin nicht kämpfen!« Nous Eingreifen entspannte die Situation nur geringfügig, immerhin warf Arlecho den Federumhang auf eines der Betten.

»Was ist eigentlich mit der Farbe? Sieht mir in diesem Grau noch nicht ganz richtig aus.«

»Man muss ihn mithilfe eines Kinderliedes einfärben. Es ist eines der ersten, die wir als junge Bardenschüler erlernen.« Rizsette machte einen Schritt nach vorn, auf Priel zu, der den Schwertknauf noch nicht losgelassen hatte. »Priel, bitte. Es tut mir leid. Ich tue alles, um das wieder gutzumachen, ja? Trotzdem schaffe ich das nicht allein. Ich brauche deine Hilfe.«

»Ooooh! Alles, sagt sie. Hast du das gehört, Echo?«

»Und ob, Reya!«

»Schnauze«, heischte Priel sie an, ohne die Augen von Rizsette zu nehmen. Kurz flackerte seine Aufmerksamkeit zu dem Federumhang. »Du schuldest mir was, verstanden? Keine Ahnung wann, aber ich komme drauf zurück – unter Garantie. Und jetzt färb das verdammte Ding um, ehe ich es mir anders überlege.« Er verschränkte die Arme vor der Brust, Rizsette verspürte Erleichterung.

Sie lächelte ihm zu, erst dann holte sie die Leier hervor:

Farblos magst du sein, hier im Lichte des Tages.
Unscheinbar am Anfang, zu Beginn des Vertrages,
über Lieder und Sagen, Musik und Gesang,
nimm an jene Farben, des Barden Umhang!

Von den Spitzen der Federn verschwand das Grau. Langsam wurden sie orange, zur Mitte hin gänzlich rot, ebenso wie die Bardenmütze. Rizsette seufzte wohlig, sie erinnerte sich gut an den Tag, an welchem sie die eigenen Federn umgefärbt hatte: zu Beginn ihrer Bardenreise. Wehmut spülte über sie hinweg, denn damals sang sie jenes Lied nicht allein. Vermins Stimme an ihrer Seite fehlte, der Verlust riss ein Loch in ihr Herz, das keine Melodie jemals füllen würde.

Priel nahm den Umhang in Augenschein. »Jetzt, da das erledigt ist, sprechen wir über dieses Fest – und das Schwert. Ich habe nicht vor, die Stadt ohne die Klinge zu verlassen.«

»Das sehe ich ganz genauso«, gab Arlecho feixend zurück. Er kramte in einer seiner Taschen und holte einen dünnen, weißen Gegenstand hervor. Mit Erschrecken erkannte Rizsette den Giftzahn der Schlange. Er bot ihn Priel an. »Hier, nimm doch den, ist ja auch eigentlich deine Trophäe. Das Schwert überlass mir – egal wie, es wird an meinem Waffengürtel baumeln.«

»Pack den Zahn ein. Was glaubst du, passiert, wenn wir damit erwischt werden?«

»Ich weiß gar nicht, was ihr euch so aufregt«, warf Alegreya ein, sie verschränkte die Arme hinter dem Kopf, offenbar genoss sie die weichen Federkissen. »Keiner von euch wird auch nur eine Hand an das Schwert legen – weil *ich* es mir hole.«

»Warte Schwesterherz, du willst es auch?«

»Worauf du einen lassen kannst.«

»Ich glaube, damit kennt Nou sich besser aus als wir ...« Priels verwirrender Kommentar legte alle Aufmerksamkeit auf die Prinzessin, die von der einen zur anderen Sekunde puterrot anlief. Sie verbarg sich in den Kissen.

Rizsette seufzte. »Ihr wollt wirklich an diesem Fest teilnehmen? Ich halte das für viel zu riskant.«

Priel zuckte mit den Schultern. »Mag sein, aber erwartest du, dass ich mich mit einem dieser grässlichen Holzschwerter zufriedengebe? Kein Wunder, dass sich die Gesandten mit Vierzacken behelfen. Die Dinger gleichen den Gewichtsnachteil durch Reichweite aus. Ein massives Holzschwert mit brauchbarer Durchschlagskraft macht nur schwerfällig.«

Das leuchtete Rizsette ein, doch ihre Zweifel blieben beständig. »Nou, was sagst du denn dazu? Du hast dich noch überhaupt nicht geäußert.«

Die Prinzessin knetete ihre Finger, eine vergehende Röte umspielte die blauen Sommersprossen. »Wir haben in letzter Zeit so viel Schlechtes durchgemacht. Was spricht dagegen, zur Abwechslung etwas Spaß zu haben?« Sehnsüchtig beäugte sie Alegreya, die sie noch nicht einmal ansah. Auch Arlecho schien dies aufgefallen zu sein, denn ein spontanes Feixen eroberte seine Mundwinkel.

»Nou, komm doch mal her.«

Fragend legte Nou den Kopf schief, kam seiner Bitte jedoch nach – und wurde ohne jede Ankündigung in Alegreyas Richtung geschubst. »Ihr beide solltet ein Team bilden. Man spielt doch zu zweit, nicht wahr?« Nou riss die Augen auf, Alegreya verzog das Gesicht, doch ihr Bruder kam ihr zuvor: »Ich weiß, was du jetzt sagen willst, Schwesterherz, aber ich kann nicht mit dir gemeinsam antreten. Schließlich sind wir im Kampf um das Schwert Rivalen! Außerdem habe ich mich bereits für eine andere Mitspielerin entschieden.« Er fasste Rizsette ins Auge, noch bevor er ein Wort herausbrachte, schob sich Priel zwischen sie.

»Keine Chance. Ich bin durch den Bann an sie gebunden, also spielt sie mit mir. Nicht wahr, Riz?« Er musterte sie mit einem Schulterblick, sie zögerte. Eigentlich wollte sie dieses Risiko nicht auf sich nehmen. Aber Nou hatte recht. Wann war es ihnen zuletzt vergönnt, für einen Moment die Strapazen dieser Reise zu vergessen? Einfach nur den Augenblick zu genießen? Sie gab nach.

»Einverstanden. Ich bin dabei.«

Arlecho brummte unzufrieden. »Na schön, was solls! Wartet nur ab, ich stampfe euch auch so in Grund und Boden!«

Rizsette hatte noch nie so viele Menschen auf einmal gesehen. Aus nah und fern mussten sie angereist sein, allesamt aus Koels Ländereien, von denen sie mittlerweile wusste, dass sie wesentlich weiter reichten als bisher angenommen. Unzählige Bauernhöfe lagen jenseits dieser Kernstadt, sie bauten allem voran Getreide an, das anders als die tierischen Produkte in die entlegensten Winkel des Reiches gebracht wurde.

Zu jeder Sekunde spürte sie die Blicke der Menschen auf sich. Wohlwollend betrachteten sie Rizsette und die übrigen Lehrbarden, weniger als erwartet, vielleicht ein halbes Dutzend. Wie Leuchtfeuer erregten ihre rotorangen Federumhänge Aufmerksamkeit – vor allem Priel machte man respektvoll Platz. Sein erhobenes Kinn, die schief auf seinem goldenen Haar sitzende Bardenmütze: Sein Anblick verschaffte ihm Bewunderung, sodass es nicht einmal die Zwillinge gewagt hatten, ihn für diesen Aufzug aufzuziehen. Auch Rizsette musste zugeben, dass ihm die Verkleidung stand. In einem anderen Leben hätte Priel einen vortrefflichen Barden abgegeben: Eine aufragende, schlanke Gestalt, die feinen Züge, die hellen Augen – es überraschte sie, dass ihr Herz bei seinem Anblick aufgeregter gegen ihre Rippen pochte, wie der zarte Flügelschlag eines Kolibris.

Sie wandte sich von ihm ab, um der irritierenden Gefühle Herrin zu werden. Stattdessen verlagerte sie sich auf die Eindrücke des Festes, Familien, Kinder, tausendfaches Gelächter, verführende Gerüche. Es befremdete sie, wie gut genährt die Bevölkerung schien. Keine ausgebrannten Gesichter, keine stumpfen Augen oder gar Bettler gab es hier. Koel stand ebenso wie Meadowlark deutlich unter dem Einfluss der Hauptstadt. Widersprüchliche Gefühle in ihrem Herzen erinnerten sie an die Not der nördlichen Städte. Wie konnte es sein, dass sich der Süden so stark vom Norden unterschied?

Sie entdeckte Meisterin Koel, hoch oben auf einem hölzernen Podest, von dem aus sie die Menge überblickte. An ihrer Seite standen zwei weitere Meisterbarden: Meister Sparrow und Meisterin Meadowlark, glücklicherweise nur mäßig interessiert an ihr oder Priel.

Schweifend überflog Rizsette den Festplatz, riesengroß, sodass er bequem die auflaufende Menschenmenge fasste. Einen dichtbewachsenen Bereich mit hohem Gras hatte man mit Holzzäunen abgesperrt, vielerorts verkauften die Menschen hier hergestellte Speisen. Nou kaute nervös auf ihrer Unterlippe herum, Alegreya stemmte unschlüssig eine Hand in die Hüfte. Rizsette wusste, dass sie kaum ein Wort miteinander gewechselt hatten, seitdem Arlecho sie einander zugespielt hatte.

Komm schon, Nou. Das ist deine Chance, dich zu beweisen!

Nur Arlecho suchte sie vergeblich. Seit dem Erwachen hatte Rizsette ihn nicht mehr gesehen. Sie runzelte die Stirn. *Wo ist er hin? Er wollte doch unbedingt teilnehmen.* Kopfschüttelnd richtete sie den Blick zurück auf die Bardenmeisterin Koels, die nun in die Mitte der Plattform trat. Hinter ihr reihten Gesandte die Preise auf: Ein schimmerndes, poliertes Metallschwert mit recht prunkvollem Griff, ein Korb voller Eier, Milch und Fleisch sowie eine prall gefüllte Börse mit klimpernden Noten.

»Willkommen zum Fest der Feder, Bewohner Koels und all unserer Höfe! Begrüßt mit uns die anwesenden Meisterbarden und ihre Bardenschüler, die in Bälde eine neue Generation Hofbarden bilden werden!«

Zustimmendes Gejubel brandete aus der Menge hervor.

»Gelobt sei die Königin in der Stadt der Klänge, ihre schützende Hand hat uns weitere Jahre voll reicher Ernten und nutzbarem Vieh beschert!« Sie faltete die Hände, die Menschen riefen Lobpreisungen, die der Krone galten. Meisterin Meadowlark stimmte mit ein, sie erging sich in ausladenden Danksagungen, nach einer Weile öffnete sie die Arme.

»Viele Paare haben sich in diesem Jahr zusammengefunden, um an unseren Festspielen teilzunehmen! Es wird drei sorgsam vorbereitete Disziplinen geben – nach jedem Spiel legen wir eine Pause ein, in der …«

Sie fuhr fort, die Köstlichkeiten der Stadt anzupreisen, ebenso wie jene, die man direkt aus Meadowlark hierhergebracht hatte. Ihre Schilderungen schlugen Rizsette auf den Magen. Aber nicht aus Hunger. Einst, es lag nur Monate zurück, hatte sie von den Speisen des Südens geträumt: Von unvorstellbaren Leckereien, derer sie sich als Hofbardin täglich hinzugeben hoffte.

Wie selbstsüchtig. Ihre Gedanken waren ein Spiegelbild jener Worte Priels. Noch einmal musterte sie die Versammelten: ihre glänzenden

Augen, die starken Arme und Beine, den offensichtlichen Wohlstand. *Hier veranstalten sie Feste, während der Norden Hunger leidet. Warum stört mich das erst jetzt so sehr? Ich wusste doch davon. Canary hat es uns oft genug erzählt.* Sie dachte an den Anfang ihrer Bardenreise zurück, an die Zeit, bevor sie Priel getroffen hatte: Tanager und Grosbeak, zwei nah aneinander liegende Städte, beide ärmlich und so trostlos, dass sie bei Rizsette kaum einen Eindruck hinterlassen hatten. Dasselbe galt für Thrush, umgeben von dichten Wäldern. Einzig Nightingale, durchzogen von vielen frischen Bächen und Flussläufen, weckte angenehme Erinnerungen – obwohl Rizsette zugeben musste, dass sie das Elend der Bevölkerung schlichtweg ignoriert hatte. Ihre Brust zog sich zu.

Ich war doch da, unter den Menschen. Warum habe ich versucht, ihr Leid auszublenden? Musste ich erst so viele Städte bereisen, um zu begreifen … Eine Hand bewegte sich vor ihrem Gesicht auf und ab. »Vermil. Hast du zugehört? Das erste Spiel beginnt gleich.«

Sie merkte auf. »Entschuldige. Was hast du gesagt?«

Priel senkte die Brauen. Er öffnete die Lippen, zeitgleich erklang ein frustrierter Ausruf: »Hühnerfangen? Wirklich?«

Er kam von Arlecho, an seiner Seite einer der Lehrbarden: Ein junger Mann, der recht gleichgültig Löcher in die Luft starrte. Arlecho fing ihren Blick ein, seine Bestürzung wich Selbstsicherheit.

Priel ergriff ihr Handgelenk. »Komm jetzt, ich will es hinter mich bringen.« Er zog sie direkt zu dem eingezäunten Bereich, das Gras wuchs höher als sie selbst. Mehrere andere Paare traten an das Tor heran, unter ihnen alle anwesenden Lehrbarden. Den Rest bildeten Gesandte, einfache Bürger und viele Kinder. Zwei gelb gewandete Schülerinnen Koels erwarteten sie bereits, beide hielten dicke Seile in den Händen, deren Anblick Rizsette ratlos zurückließ. »Was haben sie damit vor?«

»Uns aneinanderbinden. Was du wüsstest, wenn du zugehört hättest.« Priel beäugte sie scharf – dann, es geschah ohne Ankündigung, beugte er sich zu ihr hinab. Seine Nase berührte beinahe ihre, Rizsette glaubte, seinen Atem auf ihrer Haut zu spüren. Ihr Puls schnellte in die Höhe. »Hör mir genau zu, *Vermil von Oriole*. Ich *will* dieses Schwert, verstanden? Also versau mir das nicht. Ich will es nicht bereuen, diesen Wettkampf mit dir zu bestreiten.«

Was sie zuerst als ungemein intim empfand, kehrte ins Gegenteil um. Empört stemmte sie sich ihm entgegen. »Unterschätz mich nicht, *Priel von Oriole*. Ich habe noch nie kampflos aufgegeben.«

Das ihr entgegenschlagende, provokante Grinsen brachte sie um ein Haar aus dem Konzept. »Gut so. Angriffslustig bist du mir wesentlich lieber.« Er nahm Abstand und beobachtete, wie Arlecho an die Bardenschülerinnen herantrat, Rizsette folgte seinem Blick.

Der Zwilling und der Lehrbarde stellten sich Rücken an Rücken, die Kinder schlangen das Seil um ihre Mitten und zurrten es fest zu. Ungelenk stolperten beide davon, Nou und Alegreya traten vor. Auch sie band man aneinander. Nou sah aus, als wolle sie vor Verlegenheit im Erdboden versinken. Alegreya hingegen schien nach wie vor mit sich zu hadern. Fast bekam Rizsette den Eindruck, als hätten sie noch immer kein Wort miteinander gewechselt.

»Was meinte Echo mit Hühnerfangen?«, wisperte sie in Priels Richtung.

Er deutete auf das breite Feld vor ihnen. »Schau genau hin.«

Rizsette beugte sich vor, sie spähte in die schier undurchdringliche, grüne Landschaft – und entdeckte eine Bewegung. Scharrend und gackernd zogen sie umher, einige pickten gegen die Grasbüschel. Tatsächlich Hühner. »Sie haben Markierungen auf ihrer Unterseite. Blau und Rot. Rot bringt uns weiter, Blau hingegen …«

»Nicht so sehr. Also müssen wir ein Hühn mit roter Markierung finden? Klingt leicht.«

»Die Nächsten, bitte!« Die Kinder winkten sie heran. »Bitte händigt uns eure Instrumente aus. Für die Dauer des Spiels ist Bardenmagie verboten. Ihr könnt sie hinterher bei uns abholen.«

»Ah, verstehe.« Rizsette nestelte an ihrem Gürtel, Priel tat nichts dergleichen, bemerkte aber ihren Blick.

»Denkst du wirklich, ich hätte meine Violine mitgenommen? Als würde ich riskieren, dass sie noch einmal kaputtgeht.« Er wandte sich von ihr ab, Rizsette lehnte sich schulterzuckend an seinen Rücken. Es fühlte sich eigenartig an, ihm so nah zu sein. Sie spürte seine Präsenz deutlich, seine Wärme ging auf sie über. Die Bardenschüler banden sie aneinander, enger als erwartet.

»Immer noch der Meinung, dass das einfach wird?« Sein Raunen irritierte sie. Reflexartig wollte sie sich zu ihm umdrehen – und riss sie beide beinahe um. »Tsk. Verflucht, pass doch auf!«

Ärger flammte in ihr auf. »Pass *du* doch auf!«

»Na, das fängt ja fantastisch an.« Das Höhnen gehörte zu Alegreya. Sie feixte offen, Nou konnte man hinter ihr kaum sehen – dafür hören. Der Zwilling beugte den Rücken, wobei sie die wesentlich kleinere Prinzessin spielend leicht in die Luft riss. Mit einem Kreischen schlug Nou die Hände vor den Mund, Alegreya nahm dies kommentarlos hin. »Sieht aus, als hätten wir einen Vorteil.«

Rizsette spürte deutlich, wie Priel anspannte. »Glaub nicht, dass ich mich so leicht geschlagen gebe.«

»Werden wir noch sehen, Priel.«

»Und wie!« Arlecho kämpfte sich zu ihnen durch, der Lehrbarde an seiner Kehrseite schien durch und durch genervt. »Ich freue mich schon drauf, euch untergehen zu sehen.«

»Sind alle Paare bereit?«

Der Ruf der Bardenmeisterin ging Rizsette durch Mark und Bein. Sie bemerkte, dass sich die Festgänger rund um den Zaun versammelt hatten. »So viele Paare, so wenige Vögel mit roter Markierung! Macht euch bereit!«

Meister Sparrow zog eine Flöte hervor. Der hohe Pfeifton gab den Startschuss – und Rizsette stürzte los. Priel ebenso – in die entgegengesetzte Richtung. Er gewann die Oberhand, der Schwung riss Rizsette für einen Moment hoch und katapultierte sie beide zu Boden. Sie landete auf ihm, überall um sie herum dichte, grüne Halme. Und lautes Gelächter, von jenseits des Zauns.

»Verdammt! Ich habe doch gesagt, dass du aufpassen sollst!«

»Jetzt hör endlich auf, dich zu beschweren!« Rizsette nahm Schwung und rollte zur Seite, was Priel in dieselbe Position brachte. »Stemm dich auf deinen Unterarm!« Schwerfällig richteten sie sich auf, zunächst in eine sitzende Haltung. »Und jetzt drück deinen Rücken gegen meinen!« Mit vereinten Kräften zogen sie sich hoch, Rizsettes Beine wackelten gefährlich. »Das hier funktioniert nur, wenn wir zusammenarbeiten.«

Priel schnalzte mit der Zunge. »Na schön. Sag mir, was ich tun soll.«

Eilig flog ihr Blick ins dichte Gestrüpp, Gegacker und Geraschel überall. »Nach links, ins Gras. Schnell!«

»Und damit haben wir unser erstes Gewinnerpaar!«

Verdattert warf Rizsette den Kopf herum, zurück zum Zaun – und fand tatsächlich Alegreya und Nou. Man löste das Seil, der Zwilling grinste breit auf die von Nou gehaltene Henne hinab. Rizsette schlug die Zähne aufeinander. *Nicht ablenken lassen!*

Ein nahes Tier flatterte vor ihre Füße, sie entschied aus Reflex. »Beug dich nach hinten!« Priel tat, wie ihm geheißen und sie bekam das Huhn zu fassen. Es gackerte empört, Rizsette hob es an und entdeckte einen blauen Punkt. »Eine Niete. Weiter!«

Flatternd entschwand die Henne, sie tauchten tiefer in das Meer aus grünen Halmen, bald sahen sie nichts anderes mehr. Fehlschlag folgte Fehlschlag, denn zu zweit gestaltete sich das Fangen der Hühner deutlich schwerer als erwartet. Die Zeit rannte ihnen davon.

»Nur noch drei Minuten!«, rief die Bardenmeisterin, Priel stieß einen gehetzten Laut aus.

»Schnell, wenigstens eins dieser Viecher müssen wir noch zu fassen bekommen!« Kalter Schweiß entstand auf Rizsettes Stirn. Sie entdeckte ein scharrendes Tier und spannte an, Priel ging mittlerweile nahtlos auf ihre Bewegungen ein. Sie machten einen Satz nach vorn, ihre Finger fanden weiche Federn, das Huhn gackerte wenig amüsiert, Rizsette hob es an – und spürte, wie ihr das Blut in den Adern gefror. »Blau.«

Priel stieß einen Fluch aus. Um sie herum suchten die übrigen Paare verzweifelt nach einem rettenden Federvieh. Rizsette vermutete, dass es wahrscheinlich keines mehr gab. *Haben wir schon verloren?*

»Riz«, wisperte Priel ihr zu. »Ein Lied. Sing. Wie in der Kutsche.«

Spontan kam ihr die Spieluhr in den Sinn, natürlich hatte sie sie nicht mitgenommen. Ihr Blick glitt zu ihrem unter dem Federumhang befindlichen Gürtel, leer, da man ihr die Leier abgenommen hatte.

»Das geht nicht ohne meine Leier.«

»In der Kutsche ging es doch auch.«

»Da hat Nou für mich gesungen.«

»Scheiße, ich erinnere mich. Das Lied dieser nervigen Spieluhr.«

»Heißt das, du hast es noch im Kopf?«

»Leider. Die Melodie ist ein beschissen hartnäckiger Ohrwurm.«

»Dann sing für mich!«

»*Was?*«

»Wenn du das hier gewinnen willst, brauche ich Musik.«

»Ich singe nicht! Für niemanden.«

»Dann verlieren wir.«

»Scheiße!« Er atmete langgezogen aus, die Henne drehte unruhig den Kopf hin und her. »Ich werde nicht singen, verstanden? Du machst dich besser nicht über mich lustig.« Für einen Moment blieb es still in ihrem Rücken. Sie hörte Gelächter von jenseits des Zaunes, fernes Rascheln von Gras, Hühnergackern – und schließlich ein leises Summen. Rizsette erkannte die Melodie der Spieluhr sofort. Sie holte tief Luft, das zappelnde Hühnchen noch in den Händen. *Kein aufwändiges Lied, nur eine Zeile. Nichts Kompliziertes.* Sie senkte die Stimme, nur flüsternd entkam der Gesang ihrer Kehle:

In diesem Moment uns der Untergang droht,
drum färbe den Punkt auf diesem Huhn rot.

Das Tier schlug mit den Flügeln, Rizsette spürte das Ziehen um ihre Mitte, noch während sie den Vogel anhob – und einen roten Punkt entdeckte. Erleichterung durchströmte sie wie ein Blitzschlag. »Es hat funktioniert!«

Das Summen erstarb. »Zum Zaun, sofort.« Sachte stieß Priel sie an, gemeinsam manövrierten sie durch das Gras, urplötzlich begann die Bardenmeisterin Koels, die letzten Sekunden abzuzählen. Mit einem Sprung hechteten sie zu der wartenden Lehrbardin und präsentierten ihr Tier – erneut erklang der hohe Flötenton. »Das Spiel ist beendet!«

Freudiges Geschrei mischte sich mit den enttäuschten Lauten der übrigen Paare, Rizsette fiel ein Stein vom Herzen. Eine der Schülerinnen löste das Seil um ihre Mitte.

»Elf Paare?«, hörte sie Meisterin Koel fragen. »Hast du etwa nicht richtig gezählt, Bursche? Du solltest nur zehn Hühner markieren!« Das angesprochene Kind schluckte schwer, Rizsette wandte sich schuldbewusst ab. Jemand klopfte ihr hart auf die Schulter, gefolgt von einem Lippenpaar dicht an ihrem Ohr.

»Ihr habt betrogen, habe ich recht?«

Der in ihrem Hals entstehende Kloß schnürte ihr die Luft ab. Priel schob Alegreya beiseite. »Was für eine unverschämte Anschuldigung gegenüber edlen Lehrbarden. Gönnst du uns den Sieg etwa so wenig?« Seelenruhig faltete er die Arme vor der Brust.

Alegreya musterte ihn durchdringend, an ihrer Seite Nou, die noch immer das gefangene Huhn hielt. Sie streichelte das Tier, es schloss genießend die Augen.

»Wo ist eigentlich Arlecho?«

Ein Aufschrei erklang, Rizsette jagte herum zum plattgetrampelten Gras. Hühner flatterten aufgescheucht über die am Boden liegenden Gestalten, strampelnd und fluchend lag Arlecho auf dem Rücken, unter ihm der Bardenschüler, der um Atem rang. Mehrere Schüler Koels eilten herbei, um sie voneinander zu trennen.

Nou wurde kreidebleich. »Echo sieht aus wie eine umgefallene Schildkröte.«

Kaum heraus, brach schallendes Gelächter aus Alegreya hervor, das erste Mal seit ihrem Streit mit der Prinzessin. Rizsette konnte ein Lächeln nicht unterdrücken, sogar Priels Mundwinkel zuckten. Nur Nou schien wie vor den Kopf gestoßen.

»Habe ich etwas Falsches gesagt?«

»Nein, Täubchen. Überhaupt nicht.«

Nou fuhr zusammen, überrascht hob sie das Kinn und begegnete Alegreyas Grinsen. »Tu mir nur den Gefallen und wiederhol das, wenn Echo hierherkommt.«

Nou rang sichtbar um Worte, indes half man Arlecho auf die Beine. Geknickt kam er auf sie zu.

»Tja, hätte wohl den Schnabel nicht so weit aufreißen sollen. Wehe, keiner von euch gewinnt das verdammte Schwert.«

»Echo …« Nous Stimme brach, verunsichert blickte sie zwischen den Zwillingen hin und her. »Du … Du hast gezappelt wie eine auf dem Rücken liegende Schildkröte.«

»Huh?« Sein Gesicht versteinerte, Alegreya prustete los, Nou erlaubte sich ein schüchternes Lächeln. Rizsette beobachtete all das mit wachsender Zuversicht.

Gut gemacht, Nou.

»Elf Paare haben die erste Runde überstanden!« Sie richtete ihre Aufmerksamkeit zurück auf die versammelten Bardenmeister. Meisterin Koel hob die

Arme. »Zwei weitere Spiele stehen noch aus!« Sie erläuterte die Regeln für die nächste Disziplin.

Rizsette verzog augenblicklich das Gesicht. *Kuhmelken? Ich habe absolut keine Ahnung, wie das gehen soll.* Sie sandte Priel einen beunruhigten Seitenblick, er lauschte den Worten der Meisterin, ohne eine Miene zu verziehen. *Es gibt viele Tiere im Reich der Schwerter. Bestimmt weiß Priel, was zu tun ist.*

»Kennst du dich mit Kühen aus?«

»Schmecken gut. Ansonsten, nicht wirklich.«

Ihr Herz sank. »Und wie sollen wir das hier dann gewinnen?«

»Genauso wie beim letzten Spiel. Wir schummeln.«

»Heißt das, du wirst wieder für mich singen?«

Ärgerlich fuhr er zu ihr herum. »Summen ist *kein* Singen. Und ich habe das nicht für dich getan, Bardin.«

Rizsette lachte leise auf. »Schade eigentlich. Du hast keine schlechte Stimme, Barde.«

Sie maßen einander mit Blicken, er irritiert, sie herausfordernd.

»Man könnte meinen, es macht dir Spaß, mit mir zu streiten.«

Rizsette hielt ihm stand. »Und wenn es so wäre?«

»Tsk. Du spielst mit dem Feuer, ist dir das eigentlich bewusst?«

»Mit *deinem* Feuer, meinst du? Keine Sorge, ich werde mich schon nicht verbrennen.«

Meister Sparrow spielte eine wohlklingende Flötenmelodie, das Gemurmel der Menge erstarb – und gleichzeitig ging das Gras hinter dem Zaun zurück. Es schien, als würden die Sträucher *rückwärts* wachsen, sie verzogen sich ins Erdreich, als habe es sie nie gegeben. Vor ihnen lag nun eine karge Fläche, eifrige Bardenschüler brachten Schemel, Eimer und Kühe herbei.

Man schickte die Paare erneut durch das hölzerne Tor, sie setzten sich einander gegenüber, zwischen ihnen eines der Tiere, darunter ein Holzeimer.

»Hergehört, Teilnehmer des zweiten Spiels! Jede dieser Kühe hat vor kurzem ein Kalb geworfen – ihre Euter warten darauf, von der wohlschmeckenden Milch befreit zu werden! Eure Aufgabe ist es, den Eimer unter euch zu füllen – bis zum Rand! Die ersten Fünf, denen das gelingt, stehen einander im Entscheidungskampf gegenüber!«

Rizsette warf einen nervösen Blick auf ihre Kontrahenten. Alegreya fixierte das Euter ihrer Kuh so intensiv, als versuche sie, es einzuschüchtern. Nou streichelte dem großen Tier über die Flanke.

»Vier Zitzen«, hörte sie Priel murmeln. »Also übernimmt jeder von uns zwei.«

Auf den ersten Blick wirkte der Eimer nicht besonders groß, doch je länger Rizsette ihn anstarrte, desto überwältigender kam er ihr vor. *Bei der Königin! Wie sollen wir den denn komplett füllen?!*

Der plötzliche Pfeifton markierte den Beginn des Wettstreits – und brachte Rizsette aus der Fassung. Hektisch ergriff sie eine der Zitzen und zog, die Kuh muhte empört.

»Ah. Entschuldigung!«

Priel beugte sich zur Seite, um sie unter dem Bauch der Kuh hinweg ansehen zu können. »Ganz schön grob. Kein Wunder, dass meine Violine kaputtgegangen ist.«

»Jetzt tu nicht so, als wüsstest du, wie es geht!«

»Nein, nicht wirklich.« Er stupste gegen das Euter, Rizsette sah, wie die Kuh den Kopf neigte. Ob sich sogar das weibliche Rind fragte, was sie da eigentlich taten? Sie zwang sich zu einem tiefen Atemzug.

»Mit Gewalt kommen wir nicht weiter. Vielleicht …« Behutsam strich sie an der Zitze entlang, mit leichtem Druck nur, sodass zu ihrer Überraschung eine weißliche Flüssigkeit in den Eimer spritzte. »Ja, das ist es! Du musst zärtlich sein, Priel! Mach es mit Gefühl!«

»Zärtlich? Mit Gefühl …?« Rizsette hätte alles darum gegeben, jetzt sein Gesicht zu sehen. Dennoch tat er wie vorgeschlagen, denn wieder spritzte Milch.

»Genau. Mach weiter so.« Gemeinsam melkten sie die Kuh, der Eimer füllte sich nach und nach.

»Das erste Paar ist fertig!« Die Verkündung der Bardenmeisterin führte zu Jubelrufen, Rizsette verfiel in Eile. Ihre Handflächen wurden schwitzig. Sie rutschte ab, Priel fing ihre Hand auf, seine Reaktionszeit verblüffte sie. Warm, er fühlte sich warm an.

»Jetzt nicht nachlassen, wir haben es fast geschafft!«

Rizsette legte sich ins Zeug. Beharrlich fuhr sie fort – und sie füllten den Eimer ganz. »Und hier kommt Paar Nummer Vier, Vermil und Priel von Oriole!«

Mit einem Stoßseufzer wischte Rizsette sich den Schweiß von der Stirn. Die Kuh sah ungemein zufrieden aus. In Begleitung Priels trat sie den Weg zum Zaun an, sie entdeckte Alegreya und Nou, die deutlich mit der Aufgabe kämpften. Unkoordiniert zogen sie an dem Euter, ihre Kuh schien alles andere als erfreut. Die übrigen Paare kamen ebenso schlecht voran, nur eines war ihnen dichtauf.

»Gibst du etwa auf, Reya? Schwesterherz, du enttäuscht mich!« Arlechos Anfeuerung beflügelte seinen Zwilling, denn mit einem Mal hängte sie sich voll und ganz rein. Sie richtete gewisperte Worte an Nou, die daraufhin energischer zu Werke ging – und mit ihr gemeinsam den Eimer füllte.

»Damit endet auch dieses Spiel! Danke für eure Bemühungen, unsere Kühe glücklich zu machen!« Die Menge jubelte, Alegreya schüttelte die Hände aus, während sie und Nou zum Rest der Gruppe aufschlossen.

»Glücklich? Gilt wohl nur für die Kuh. Mir tun die Finger weh. Das ist harte Arbeit.«

»Ich finde es nicht gut, dass wir den Kälbern ihre Milch wegnehmen. Sie ist nicht für uns gedacht.« Nous Worte hingen in der Luft, Rizsette legte den Kopf schief.

»Haltet ihr denn keine Kühe in deiner Heimat?«

»Nein. Es gibt wilde Rinder, aber die lassen wir zufrieden. Tiere sind nicht dafür gedacht, uns zu versorgen. Schon gar nicht als Nahrung.«

Rizsette beobachtete, wie Alegreya die Stirn in Falten legte. Nou senkte die Lider, sie sah aus, als leide sie Schmerzen. »Ich verachte, was hier geschieht. Hühnerjagen. Kühe Kälber werfen lassen und sie dann für den eigenen Pro… Profit melken. Und wenn sie sterben, werden ihnen die Häute abgezogen und der Rest von ihnen zerschnitten und hübsch angerichtet auf Tellern serviert.« Nou geriet sichtbar in Rage, Rizsette kratzte sich an der Schläfe. »Ich verstehe, was du meinst. Aber wir stellen sicher, dass sie ein gutes Leben leben und nichts verschwendet wird. So war es schon immer im Reich der Klänge.«

»Das nennst du ein gutes Leben? Eingezäunt und zu eurem Vorteil vermehrt? Tiere gehören euch nicht. Sie sind kein Besitz.«

»Warum hast du dich dann bereiterklärt, bei diesem Wettstreit mitzumachen?« Alegreyas Frage brachte Nou aus dem Konzept, denn sie antwortete nicht sofort.

»Ihr habt meinetwegen so viel auf euch genommen. Ich kann mich glücklich schätzen, dass ihr mich nicht verstoßen habt. Ich wollte euch den Spaß nicht verderben. Ich ... Ich wollte ihn *dir* nicht verderben.«

Stille unter ihnen, einzig durch das rege Treiben des Festes ausgefüllt.

Der Flötenton der Bardenmeisters erklang. »Lasst uns mit dem letzten Spiel beginnen! Ich bitte alle übrigen Paare zu mir auf die Tribüne.« Die Menschen johlten, Nou fixierte das Gras zu ihren Füßen. Alegreya verschränkte die Arme vor der Brust.

»Was jetzt, Prinzessin? Aufhören? Oder weitermachen? Wenn dir das hier so sehr gegen den Strich geht, werde ich dir sicher nicht vorschreiben, was du zu tun oder zu lassen hast. Ich bin weder deine Ausrede noch eine Rechtfertigung.«

Nou knetete die Handballen, alle Leidenschaft schien verschwunden. »Ich stehe zu meinem Wort. Ich habe das hier angefangen, also beende ich es auch.« Mit wallenden Röcken machte sie sich zur Tribüne auf, Rizsette wusste nicht recht, was sie davon halten sollte.

Nou hat bisher nie etwas gesagt. All die Zeit über, die vielen Mahlzeiten. Natürlich hat sie gegessen, was wir alle gegessen haben. Aber das war Gemüse. Und Obst. Brot. Kein Fisch, kein Fleisch, keine anderen tierischen Erzeugnisse. Ist das so im Reich der Bestien?

Alegreya grummelte lautstark vor sich hin. »Scheiße, sie macht es sich zu einfach. Ich habe nicht schlecht Lust, jemanden zu verprügeln.« Übellaunig folgte sie Nou zur Tribüne, Arlecho legte sowohl Rizsette als auch Priel eine Hand auf die Schulter.

»Also ... Viel Glück?«

Priel verdrehte die Augen. »Komm, Vermil. Holen wir uns das verdammte Schwert.«

Vor dem Podest standen die Menschen dicht. Man führte sie hinauf, die eifrigen Bardenschüler schafften Tische und Stühle herbei. Meisterin Koel blickte wohlwollend auf Rizsette und Priel und hob die Hände in die Lüfte. »Kommen wir zum Höhepunkt unseres Festes! Das große Festmahl! Setzt euch, ihr verbliebenen Paare! Macht es euch bequem!«

Sie deutete auf die Stühle, Rizsette sank neben Priel an einen der Tische. Ohne Ankündigung betrat eine Reihe gut betuchter Bürger die Estrade, jeder einzelne trug ein abgedecktes Holztablett. »Hergestellt aus den feinsten Erzeugnissen der Stadt Koel«, kommentierte die Bardenmeisterin, während das Herbeigebrachte vor ihnen abgestellt wurde. »Mit den Eiern glücklicher Hühner und der Milch unserer zufriedenen Kühe.« Eine Bardenschülerin legte die Hand an die Abdeckung. »Eine Speise, die unsere geschätzte Königin über alles liebt.« Sie hob den Deckel und offenbarte einen Turm gelblicher, flacher Küchlein, recht fluffig sahen sie aus, der Duft kroch auf verführerische Art und Weise in Rizsettes Nase.

»Milchkuchen!« Das Geschrei der Menschen konnte Rizsette nicht vom Anblick des Tellers losreißen. *Das ist ein Gericht, das sogar der Königin vorgesetzt wird?*

»Die Regeln dieses Spiels sind denkbar einfach.« Meisterin Koel deutete auf eine lange Schlange zu Seiten des Podestes, unzählige Bewohner mit Tabletts, unter denen wohl mehr von der Süßspeise wartete. »Die Teilnehmer essen, bis nur noch ein Paar übrig ist! Wer sich übergibt, verliert. Ansonsten ist alles erlaubt, solange die Speise nur gegessen wird! Das Paar, das am meisten isst, gewinnt! Ihr dürft beginnen!«

Wieder der hohe Flötenton. Rizsette nahm aus den Augenwinkeln wahr, wie sich das Bardenschüler-Paar an dem Tisch neben ihrem gierig auf das Essen stürzte. Sie selbst rührte keinen Finger.

Ein Wettessen, waberte es geisterhaft durch ihre Gedanken, während die Menschen im Norden hungern. Übelkeit rollte über sie hinweg, urplötzlich stieß sie der süße Geruch ab. Der Turm blieb unangetastet, sekundenlang, bis sie bemerkte, dass auch Priel keinerlei Anstalten machte, sich zu bedienen. Fahrig wandte sie den Kopf – und erblickte eine Grimasse aus Abscheu.

»Ich nehme alles zurück, Riz. Du magst nicht wissen, wie es ist, in Armut zu leben, aber das hier … Das ist so viel mehr als nur eine Beleidigung.« Abrupt stand er auf, unhörbar im Geschrei der Feierwütigen. Mit erhobenem Haupt ging er davon. Rizsette blieb wie vom Donner gerührt sitzen. Ihre Augen streiften Alegreya und Nou. Der Ekel in den Zügen der Prinzessin erinnerte an Priel, auch sie kam mit einer flüssigen Bewegung hoch. Alegreya blickte ihr nach, erst dann traf sie auf Rizsette. Ratlosigkeit gepaart mit einer Spur echter Verwunderung. Rizsette ballte die Hände zu Fäusten. Sie stand auf, eilig verließ sie die Bühne, gefolgt von Alegreya, vorbei an der Bardenmeisterin.

»Scheint, als haben zwei Paare bereits aufgegeben.«

Rizsette überhörte den entgeisterten Unterton, sie konnte, wollte nichts mehr davon sehen. Sie fand Priel und Nou am Rande der Festwiese, einem saftigen Flecken Land, der im Lichte der untergehenden Sonne verloren wirkte. Sie erspähte Arlecho, der ihnen von der Menge aus nachrannte, auch in seinem Gesicht entdeckte sie Bestürzung.

Priel blickte Rizsette entgegen. »Offenbar gewinnt heute niemand dieses Schwert.« Alegreya zuckte mit den Schultern.

»Ist sowieso hässlich. Wir finden ein besseres für dich, Priel.«

»Verdammt richtig, Schwesterherz. Das Ding ist stumpf wie Messing, das kann jeder auf den ersten Blick sehen.«

»Wie können sie ein solches Fest abhalten, wenn das halbe Land an Hunger leidet?« Nur die Wortlosigkeit antwortete Rizsette, bis Priel den Kopf schüttelte.

»Dass ich dich das noch mal fragen höre.« Reihum fasste er jeden von ihnen ins Auge. »Es ist egal, in welchem Reich wir uns aufhalten. Die Menschen sind überall gleich.«

»Schwertarme, Bestienwandler, Barden. Vielleicht sind wir gar nicht so verschieden.« Trauer umspielte Nous Stimme, Alegreya musterte sie intensiv. »Auch in meiner Heimat regiert die Armut. Die Königin … Nein, *Mutter*, kämpft dagegen an. Es ist nicht wie hier, wirklich nicht, aber … Auch wir leiden. Und wir sind viele.«

Priel sank auf die Wiese, der Farbton seines Federumhangs passte zu den feinen Halmen. Nou schauderte, als ein scharfer Windstoß über sie hinwegfegte. Es wurde allmählich kalt. Rizsette bekam mit, wie sich Alegreya mit einer Hand durchs Haar fuhr.

»Mir … Mir ist kalt. Ich gehe ins Haus der Bardenmeisterin, falls sich jemand anschließen will.«

Nou legte den Kopf zur Seite, hin zu Alegreya, die sie abwartend betrachtete. »Ich würde mich gern ausruhen, denke ich.«

»Dann … komm doch einfach mit.« Alegreya ging voraus, Nou folgte, Rizsette blieb mit Arlecho und Priel zurück. Der übrige Zwilling verlagerte unruhig das Gewicht von einem Bein aufs andere. Immer wieder wanderte sein Blick zum Podest, noch war der Wettkampf in vollem Gange.

»Geht ruhig ohne mich vor. Ich habe da noch was zu erledigen.« Er winkte knapp und entschwand in der Menschenmenge, Rizsette wandte sich Priel zu. Kurzerhand nahm sie neben ihm Platz. Mehr noch: Sie legte sich hin, den Blick auf den immer dunkler werdenden Himmel gerichtet.

Ein Schwarm Vögel zog über sie hinweg, ab und zu hörte sie das entfernte Aufjauchzen der Menge. Hier war es leiser, eine isolierte Stille – die Rizsette mit Musik füllen wollte.

Sie griff nach ihrer Leier, nur sie und Priel vernahmen die sanften Töne: Eine melancholische Melodie aus ihrer Heimat, die sie zu Tränen rührte. Sie schluckte sie hinunter.

Ich habe niemals gehungert oder auf der Straße geschlafen. Ich musste nie stehlen oder betteln. Was bedeuten da schon meine Tränen? Meine Traurigkeit im Vergleich zu all denen, die wirklich unter den hier herrschenden Zuständen leiden?

»Ich habe mich all die Zeit über getäuscht.« Sie spielte noch immer, ihre Finger kannten die Melodie. »Du hattest recht, Priel. Ich bin selbstsüchtig. Erst vorhin wurde mir so richtig klar, wie sehr.«

Priel beäugte sie von der Seite her, sie bekam den Eindruck, dass er ihrem Lied lauschte. »Federträger, wie wir euch Barden nennen, haben keinen guten Ruf im Reich der Schwerter. Man nennt euch zwar aufopferungsvoll und barmherzig, die Retter eures Landes, aber für jede Hilfe verlangt ihr eine Gegenleistung. Als ich dich kennenlernte, sah ich das bestätigt.« Er pausierte, Rizsette senkte die Lider.

Priel hat recht. Bardenschüler, Hofbarden, sogar Meisterbarden – wir sehen nur uns selbst. Ohne Ausnahme. Wir sind nützlich für den Beifall. Aber was bleibt mir, wenn ich keinen Nutzen mehr habe?

»Zumindest in der ersten Zeit.«

Sie begegnete seinem Blick, tiefgrüne Augen, in denen sich das Licht der untergehenden Sonne spiegelte. »Vielleicht – aber wirklich nur vielleicht – bist du nicht ganz so schlimm wie der Rest deiner Zunft. Der Gedanke kam mir, als du meine Violine repariert hast.« Er holte sie hervor, Rizsette richtete sich vor Überraschung auf.

»Schon gut, ich weiß, was dir durch den Kopf geht. Natürlich habe ich sie *nicht* irgendwo liegenlassen. Und einer Rotznase gebe ich sie ganz bestimmt nicht in die Hand. Außerdem passt sie zu meiner Tarnung. Ein Barde ohne Instrument – da landet man schnell hinter Holzgittern.« Er feixte knapp. »Diese versteckten Taschen im Umhang sind übrigens verflucht praktisch.« Er legte die Violine in die Mulde zwischen Hals und Schulter, der Geigenbogen strich zärtlich über die Saiten, die entstehende Melodie riss sie mit: wie ein versiegender Bach, der sprudelnd zu neuem Leben erwachte.

Sie erkannte das Lied auf Anhieb, er hatte es schon einmal gespielt, ebenfalls bei Sonnenuntergang. Sehnsüchtig betrachtete Rizsette die allmählich entschwindende Sonne, heiß und intensiv, an ihrer Seite die Silhouette des erstarkenden Sichelmondes, kalt und einfühlsam. Auf gewisse Art stimmte sie der Anblick traurig. Wieder hob sie die Leier, denn ihre Variante des Liedes sollte mit Priels erklingen.

Die Symphonie beschleunigte ihren Puls, der Wohlklang befreite ihre Seele. Worte strömten über ihre Lippen, ungebändigt und spontan, es war ihr nicht möglich, sie aufzuhalten:

Wenn die Sonne den Mond liebt, mit brennendem Herz,
streckt sie aus ihre Arme, im Zwielicht, mit Schmerz.
Pochend, pulsierend, verzehrt sich nach mehr,
dem Geliebten im Dunkel, vergeblich und leer.

Wenn der Mond die Sonne liebt, im Lichte der Sterne,
spürt sie schon fast ihre anziehende Wärme.
Die Sehnsucht, sie wächst wie das Verlangen an,
doch treffen? Niemals. Bis es keiner mehr ertragen kann.

In ewigem Tanz doch ganz unberührt,
unvergessen, unendlich, auf Lebzeit verführt,
umkreisen sie sich, wechseln niemals ein Wort,
doch die Liebe von einst, besteht endlos fort.

Ihr Innerstes vibrierte, als das Lied endete. Sie kamen gleichzeitig zum Schluss, danach hielt sie seinen Blick fest. Sie konnte seine Miene nicht deuten, unergründlich erschien sie Rizsette, als verberge sich dahinter mehr, als er preisgeben wollte. Ein Schmerz, der dann und wann sein Herz trübte, sie sah ihn nicht zum ersten Mal. Lag das an der Komposition, die ihn an sie fesselte?

Nein, das ist es nicht. Sie beugte sich ihm ein Stück weit entgegen. »Priel, was verbirgst du? Ich weiß, dass es da etwas gibt, das dir Schmerzen bereitet. Du kannst dich mir anvertrauen. Ich höre dir zu. So wie du mir zugehört hast.«

Urplötzlich zerbrach das zarte Band zwischen ihnen, durchtrennt von einer unsichtbaren Schneide, denn Priel wandte sich ab. Hektisch kam er auf die Beine. »Wir verlassen Koel, sobald du … *wir* den Teil des Eintrittsliedes gelernt haben. Ich gehe zurück. Reya hat recht, es wird kalt.« Blicklos ging er davon, Rizsettes Gedanken wurden schwer.

Sie erwog, ihm nachzulaufen, doch ein unbestimmtes Gefühl hielt sie an Ort und Stelle fest. *Ich hätte mich ihm nicht aufdrängen sollen.*

»Pst, Rizsette!« Sie verharrte. Im Schutze eines nahen Zeltes entdeckte sie Arlecho, der sie auffällig zu sich heranwinkte. Seine gebeugte Haltung verriet, dass der Zwilling etwas Verbotenes getan haben musste. Erst beim Näherkommen erspähte sie ein verschnürtes Bündel, eigenartig lang, die Form kam ihr bekannt vor. Mit einem Mal war alles klar.

»Echo! Du hast nicht wirklich …?!«

Er sah sich um, als befürchtete er, jeden Augenblick von einem herumlaufenden Gesandten entdeckt zu werden. »Leise! Oder willst du jemanden auf uns aufmerksam machen?«

Rizsettes Armhärchen stellten sich auf. »Arlecho! Wenn man dich damit erwischt …!«

»Wird man nicht. Vertrau mir, ist nicht das erste Mal, dass ich –«

Das sich erhebende Stimmengewirr sprach von regem Durcheinander. Einzelne Rufe kamen auf, Rizsette fixierte Arlecho. Den Ursprung des Aufstandes kannte sie ohne jeden Zweifel.

Sein Grinsen verging. »Jetzt schau mich nicht so an, da bekommt man ja fast ein schlechtes Gewissen. Dabei habe ich das für Priel getan. Dachte, es heitert ihn vielleicht auf.«

Rizsette wollte ihn schelten. Ihm einige Worte um die Ohren hauen, in der Hoffnung, ihn so dazu zu bewegen, das verdammte Schwert unauffällig zurückzubringen. Doch sie hielt inne. »Dann weißt du, was in Priel vor sich geht?«

»Klar, aber frag gar nicht erst. Es ist nicht meine Sache, dir davon zu erzählen – auch wenn es die Dinge leichter machen würde.« Verstohlen spähte er zum zunehmenden Tumult hinüber. »Entschuldige mich. Ich muss das hier in Sicherheit bringen. Wir sehen uns später!« Er rauschte davon, weg von dem Wirrwarr, das nur er allein zu verantworten hatte.

Mit nun drei Pferden zogen sie weiter, weg aus Koel, das schon bald nur noch eine Erinnerung sein würde. Priel ritt voraus, das neue Schwert neben dem alten an seiner Hüfte, bereits während des am Morgen stattfindenden Treffens hatte er sich ungewöhnlich ruhig verhalten.

Kein Murren, keine Beschwerde über die Notwendigkeit, dass auch er einen Teil des Lieds des Eintritts erlernen musste, im Beisein der harschen Meisterbardin und aller anderen Lehrbarden. Sie nahm ihnen den Auftritt beim zurückliegenden Fest deutlich übel. Wenig zimperlich prügelte sie mit der Melodie auf sie ein, danach wünschte sie ihnen zähneknirschend eine gute Weiterreise.

Rizsette empfand Erleichterung, dieser Stadt den Rücken kehren zu können. Leider blieb es zwischen ihr und Priel, der den Federumhang längst in der Satteltasche verstaut hatte, angespannt. Er wich ihr zwar nicht aus und ignorierte sie nicht, aber die sie voneinander trennende, unsichtbare Mauer schien unüberwindbar. Gerade ritt sie mit Alegreya, Arlecho teilte sich das Reittier mit Nou, nur Priel hatte ein Pferd für sich.

Arlecho knackte mit den Halswirbeln. »Wisst ihr, für kurze Zeit dachte ich, Koel sei ein echt netter Fleck. Vielleicht ein Ort, an dem wir uns niederlassen könnten.« Er zuckte mit den Schultern. »Sei es drum. Sie haben es verdient, dass ich ihnen das verdammte Schwert geklaut habe. Vielleicht haben wir in der nächsten Stadt mehr Glück.«

»Wohin reiten wir diesmal?«, wollte Nou wissen.

Rizsette blickte in die Ferne. Dorthin, wo Goldfinch auf sie wartete.

KAPITEL 18

PRIEL

Ich muss es ihr sagen. Nein, ich sollte es ihr sagen. Scheiße, das klingt, als hätte ich mir all das nur ausgedacht!

Bereits seit mehr als zehn Tagen lagen Koel und dieses verdammte Gespräch nun schon hinter ihnen, seitdem schob Priel die Entscheidung vor sich her. Mittlerweile zerfraß es ihn innerlich wie äußerlich. *Ihr Meister, der noch am selben Tag stirbt, an dem wir einander begegnen, derjenige, der dem alten Kauz vor Jahrzehnten die Violine übergab … Und dem ich genau dieses Instrument zurückgeben sollte. Wem mache ich was vor? Ich würde mir diese Geschichte selbst nicht abkaufen.* Er wischte sich übers Gesicht, unschlüssig, was er jetzt tun sollte. Was würde der alte Kauz dazu sagen? Würde er lachen? Es für eine Fügung des Schicksals halten, weil Magie keine Zufälle kannte? *Das ist doch absurd.*

Priel zog die Zügel fester, es kümmerte ihn nicht, dass sie ihm unangenehm in die Haut schnitten. Es gab keine Möglichkeit, es Riz schonend beizubringen. Er musste es ihr einfach sagen, raus damit, ohne großes Wenn und Aber.

Und dann? Die Vorstellung lockte ihn herbei, den sorgsam versteckten Schmerz. Die Violine übergeben und ein neues Leben anfangen – das hatte Priel sich fest vorgenommen. Doch auf diffuse Art und Weise geriet dieses Vorhaben immer stärker ins Wanken. *Der alte Mann wollte, dass ich die Violine an Ariflyn aushändige. Aber das heißt nicht, dass ich Riz danach einfach so sich selbst überlassen kann.* Sein Innerstes begehrte auf. *Ich muss sie beschützen.* Ein Gedanke, geboren aus dem Drang. Natürlich. *Ich kann nicht klar denken, solange mich die Magie beherrscht. Wenn der Bann gelöst ist, sehe ich das alles bestimmt anders. Dann werde ich wissen, was zu tun ist.*

Verstohlen beäugte er die Bardin, die nur darauf gewartet zu haben schien, denn sie schenkte Priel ein schmales Lächeln. Er erwiderte es nicht, drehte sogar den Kopf weg. *Scheiße …*

Die kargen, felsigen Lande Koels lagen hinter ihnen. Seit heute gestaltete sich der Weg wesentlich lebendiger: moosige Hänge in einer reichen Landschaft voller Hügel. Die Baumkronen standen teilweise so dicht, dass man den blauen Himmel nur erahnen konnte. Ab und zu führten Treppenstufen abseits ihres Weges in die Höhe, erbaut aus grobem Stein, sodass sie zwischen dem Moos wie Türen in fremde Welten wirkten. Sprudelnde Gewässer begleiteten sie in einer Vielzahl, sodass das Geplätscher irgendwann nur noch zu einem reinen Hintergrundgeräusch verkam – ebenso wie der Gesang der hier beheimateten Vögel.

Distelfinken, wie Riz sie nannte, die trillernd ihre Lieder sangen. Sie kamen sogar an die Pferde heran, weitaus zutraulicher als in seiner Heimat.

Kein Wunder, wenn sie hier niemand jagt. Die Vögel zuhause haben wir regelmäßig mit Pfeil und Bogen erlegt und gebraten. Manchmal vermisste er den Geschmack eines saftigen Federviehs, das Ergebnis eines gekonnten Schusses von Echo. Hierzulande konnten sie das vergessen.

Irgendwann entdeckte die Gruppe die ersten Häuser: Wohnlich und naturverbunden auf eine Art, die Priel so noch nie gesehen hatte. Hier wurden die Gewässer schmaler, bis hin zu mehreren Flussläufen unter hölzernen Brücken, die man auch gut und gerne mit einem beherzten Sprung überwinden konnte.

»Wie wunderschön es hier ist«, vernahm er Nous von Ergriffenheit sprechendes Flüstern. »Erinnert mich an zuhause. So viele Pflanzen, so natürlich.«

»Was denn, gibt es im Reich der Bestien etwa keine Häuser?« Echos Frage sollte scherzhaft klingen, doch Nous Kopfschütteln brachte sein Grinsen aus dem Takt.

»Nein, sowas haben wir nicht. Nur das Schloss in der Hauptstadt ist aus Stein, es wurde vor unglaublich vielen Jahren erbaut. Alle anderen Dörfer und Siedlungen befinden sich unter freiem Himmel. Bestienwandler werden nicht gerne eingesperrt.«

»Da kenne ich noch jemanden«, kommentierte Reya mit einem vielsagenden Blick auf Priel.

Er zischte leise. »Ist nichts Falsches daran, sich zwischen Wänden eingesperrt zu fühlen.«

Nou schien das ähnlich zu sehen, denn sie lächelte. »Es gibt sogar eine unterirdische Stadt, die durch Tunnel verbunden ist. Vulpes, die Siedlung der Fuchsartigen.«

Priel schauderte unwillkürlich. Nichts lag ihm ferner als ein Ort wie jener, gefangen unter Tage. Es kostete ihn Mühe, seinen Puls zu beruhigen. *Nie wieder. Das wird mir niemals wieder passieren.* Ein Versprechen an sich selbst, gegeben mit sieben Jahren.

»Fuchsartige?«, wiederholte Echo träumerisch. »Ich hatte mal ein Fuchsfell. War unheimlich weich. Fast wie das an Priels Kragen.«

»Das ist kein Fuchs und das weißt du.«

»Klar weiß ich das. Schließlich habe ich das Hermelin eigenhändig erledigt.«

Nou schob das Kinn vor. »Dafür würde man dich in meiner Heimat töten lassen.«

Echo versteinerte. »Ach, komm schon! Im Reich der Schwerter gelten eben völlig andere Regeln.«

Sie seufzte aufgebracht. »Ich wünschte, es wäre anders.«

»Warum ist das eigentlich so?«, wollte Riz wissen. »Weshalb verzichtet ihr auf Fleisch?«

»Es ist nicht nur das Fleisch«, antwortete Nou. »Es gibt da eine Geschichte, die man schon den Kindern erzählt. Sie handelt von einer Wandlerin namens Ebunn, ihre Gestalt war ein Hase. Wie die meisten schwächeren Bestien hatte Ebunn keine Stimme, das ist allein den Starken unter uns vorbehalten. Eines Tages ging sie in den Wald, um mit den wilden Hasen zu spielen – doch sie geriet in eine Schlinge. Eine Falle, aufgestellt, um freilebende Kaninchen zu fangen. Die Schlinge grub sich in ihre Haut, die Verletzung machte es ihr unmöglich, sich zurückzuverwandeln. Die Jäger fanden sie und erschlugen die arme Ebunn. Unmittelbar danach häutete man sie und aß ihr Fleisch, doch trotz allem setzte die Rückverwandlung ein. Die bestürzten Jäger, denen der Fehler erst jetzt bewusst wurde, konnten die Mahlzeit nicht bei sich behalten. Voller Gram wandten sie sich an die Königin, begleitet vom Wehklagen von Ebunns Familie. Sie erließ ein ungeschriebenes Gesetz: Fortan stand es unter Strafe, in den Wäldern des Bestienreiches zu jagen. Kein Lebewesen sollte je wieder verletzt werden. Deshalb ernähren wir uns ausschließlich von dem, was die Natur uns gibt.«

»Und *das* erzählt ihr Kindern?« Echo schüttelte sich.

»Es ist wichtig, dass sie von Anfang an lernen, dass es niemals richtig ist, ein anderes Leben zu nehmen. Schließlich ist unsere Welt voll von Nahrung – wenn man weiß, wo man danach suchen muss.« Nou betrachtete die Bäume. »Früchte, Knospen, Nüsse, sogar manche Blätter und Baumrinde. Außerdem gibt es in meiner Heimat viele Bäume, die Saft absondern. Und das sind nur die Dinge, die man offensichtlich sehen kann.« Sie deutete auf den Boden jenseits der Pfade. »Wurzeln, wildes Gemüse, Beeren, Pilze. Es gibt so vieles, was sich in der Natur versteckt. Man muss nur genau hinsehen.«

»Und trotzdem leidet ihr Hunger, ob ihr nun Fleisch esst oder nicht. Genau wie alle anderen Reiche.« Priels Einwurf tat ihr weh, denn sie versenkte die Zähne in der Unterlippe.

Reya, die dem Gespräch bisher eher unbeteiligt gelauscht hatte, drehte sich auffällig weg. »Jetzt lass mal den Kopf nicht hängen, Täubchen. So groß unsere Unterschiede auch sein mögen: Nicht alles, was uns ausmacht, ist bei unserer Geburt in Stein gemeißelt. Menschen können sich ändern – vielleicht kommt irgendwann der Tag, an dem alle Grenzen verschwinden und wir gemeinsam nach einer Lösung für unsere Probleme suchen. Wer weiß das schon.«

Die Melancholie in Reyas Worten hallte nach, auch Nou senkte den Blick, still brütete sie vor sich hin. Ihre Unterhaltung endete, denn die ersten Menschen kamen ihnen entgegen. Zu Priels Irritation gut betuchte Städter, die in feiner Kleidung über die hübschen Brücken wandelten. *Je näher wir dieser beschissenen Hauptstadt kommen, desto besser geht es den Menschen. Wie mich das ankotzt.*

»Priel.« Riz schloss gemeinsam mit Alegreya zu seinem Pferd auf, sie betrachtete ihn unschlüssig. »Wir haben noch nicht darüber gesprochen, was mit deinem Federumhang geschieht. Wir sollten die Fassade aufrechterhalten. Es gab andere Bardenschüler, die dich in Koel gesehen haben. Irgendwann würde es auffallen, wenn Vermil von Oriole plötzlich allein unterwegs ist.«

»Schon verstanden.« Priel ahnte, dass sie hoffte, einige Worte mit ihm wechseln zu können, immerhin hatte er dies seit Koel erfolgreich vermieden. Er spürte ihren Blick, während er das verhasste Kleidungsstück mitsamt Bardenmütze und Violine aus der Satteltasche hervorholte. Die Federn kitzelten sein Kinn, die Mütze verrutschte, einzig die Geige blieb unter dem Umhang an Ort und Stelle.

Wenigstens muss ich diesen Mist nicht mehr allzu lange mitmachen. Unwillkürlich dachte er an das bevorstehende Ende dieser Reise: Nur noch zwei Städte trennten Riz von der Stadt der Klänge, jenem Ort, an dem man ganz sicher eine Lösung für den Bann finden würde. Das Chaos in seinem Kopf, ein Kampf aus Freiheitswille und Drang, brachte ihn durcheinander. Der Schmerz gesellte sich mit aller Gewalt dazu, mühselig drängte Priel sie weg, jedes einzelne dieser unwillkommenen Gefühle.

Die sandige Straße führte tiefer in die Stadt hinein, bald gab es mehr Häuser als Bäume. Priel entdeckte einige Personen mit merkwürdigem Überwurf: Eine netzartige Kopfbedeckung und lange Kleidung, die vor surrenden Insekten in einem Holzkasten schützte.

»Bienen«, kommentierte Riz, augenscheinlich hatte auch sie die Gestalt erspäht. »Die gibt es nur hier. Honig ist eine der Delikatessen, die man nur in Goldfinch oder in der Hauptstadt findet. Außerdem stellt man hier Wachskerzen her.«

Priel gab keine Antwort.

Es dauerte eine Weile, bis sie das Haus des hier ansässigen Bardenmeisters fanden: Ein aufragendes Gebäude aus Weiß und Braun neben einem glasklaren, hellblauen See, in dem sich orange Fische tummelten. Dutzende Bäume säumten das traumhafte Gewässer, ein kräftiger Ast trug eine einsame Schaukel, die ab und zu vom Wind bewegt wurde.

»Na dann, edle Lehrbarden«, stichelte Reya. »Wird Zeit, dass ihr den hiesigen Meister kennenlernt!« Sie half Riz vom Rücken des Pferdes, Priel stieg ebenfalls ab, wenn auch widerwillig.

»Bringen wir es hinter uns.«

Gemeinsam traten Priel und Rizsette an den prunkvollen Bau heran, zwischen ihnen diese unsichtbare Barriere. Anders als in den vorherigen Städten gab es hier keine umherstreunenden Bardenschüler. Geschlossen lag die Tür vor ihnen, Priel klopfte kräftig. Es dauerte nicht lange, bis die Tür mit einem leisen Knarzen öffnete. Eine Frau in einem adretten Kleid stand im Türrahmen, das Haar zu einem strengen Zopf geflochten. Die schwarze Kleidung zeigte, dass es sich bei ihr um eine Gesandte der Krone handelte. Sie hob den Kopf, alles an ihr strahlte Hochnäsigkeit aus, die sie Priel sofort unsympathisch machte. »Oh, Lehrbarden«, sagte sie, als handle es sich bei ihnen um niedere Insekten.

»Vermil und Priel von Oriole. Wir sind hier, um Meister Goldfinch zu sehen.«

»Der verehrte Meister ist gerade unpässlich. Ihr werdet ein andermal wiederkommen müssen.« Sie machte Anstalten, die Tür zu schließen, Priel stellte kurzerhand seinen Fuß in den Weg.

»Du hast wohl nicht verstanden. Wir sind *Bardenschüler* auf Reisen. Wir haben ein Recht, den Meister aufzusuchen. Auf der Stelle.«

»Ich sagte bereits ...«

»Was wohl unsere Majestät davon halten wird?«, kam ihm Riz zur Hilfe. »Eine einfache Gesandte, die Lehrbarden von der Erfüllung ihrer Pflicht abhält? Klingt nach einem Skandal.«

Der im Gesicht der Frau entstehende Schrecken sprach Bände. Sie stieß die Tür auf und deutete eine halbherzige Verbeugung an.

»Wenn Ihr mir folgen möchtet, geschätzte Barden.«

»Tsk. Geht doch.«

Gemeinsam betraten sie die steinernen Hallen. Im Gegensatz zur Natürlichkeit dieser Stadt wirkte es im Inneren des Bardenhauses unangenehm leblos. Keine Blumen, keine Muster, nur einfache Stoffe und Farben. Glänzende Flure, hohe Decken, absolute Stille.

»Ganz schön trostlos«, merkte Riz an, eigentlich leise genug, um der Gesandten zu entgehen.

»Meister Goldfinch pocht auf Disziplin«, antwortete diese laut, Riz schrak ein klein wenig zusammen. »Eine geordnete, reizlose Umgebung eignet sich vortrefflich, um Bardenschüler auszubilden. So hat es das Haus Goldfinch schon immer getan.«

Die Frau führte sie an einem offenstehenden Raum vorbei, der sich als eine Art Klassenzimmer entpuppte: Im Inneren entdeckte Priel vier Bardenschüler in gelber Federrobe an einzelnen Tischen, welche Worte von einer großen Tafel in ein handgeschriebenes Büchlein übertrugen, überwacht von einem streng dreinblickenden Gesandten.

Mit klammem Gefühl in der Magengegend folgte Priel der Dienerin der Krone tiefer in das Gebäude hinein. Nie erspähte er auch nur ein einziges Instrument. Kurz darauf ging die Tristesse zurück. Gemälde säumten die Wände, ein dichter Teppich bedeckte den Boden, eindrucksvolle Kronleuchter zogen über ihren Köpfen vorbei.

»Wir befinden uns in den privaten Bereichen des Meisters«, verkündete die Gesandte. »Ich erwarte höchste Vorsicht. Die hier ausgestellten Stücke sind von enormem Wert.« Sie deutete auf eine bauchige Vase, verziert mit allerlei leuchtenden Gravuren. »Ein persönliches Geschenk der Königin.« Darüber befand sich ein Gemälde, die schiere Anmut des Porträts irritierte Priel auf mehr als eine Art: Königin Furpur Verbalis besaß silberfarbenes, glattes Haar und dichte Wimpern über hellblauen Augen. Eine strahlende, milchweiße Haut, ein symmetrisches Gesicht mit vollen Lippen und ein Lächeln, dessen Glut jedes Herz zum Schmelzen brachte – außer seins. Die Gesandte scheuchte sie voran, bis vor eine breite Doppeltür. Sie klopfte zügig, es raschelte im Inneren.

»Herein!«

Die Frau zog die Tür auf und trat zurück, um Riz und Priel den Vortritt zu lassen. »Die Bardenschüler Vermil und Priel von Oriole ersuchen eine Audienz, Meister Goldfinch.«

»Lehrbarden aus Oriole?«

Priel konnte den Bardenmeister zunächst nicht sehen. Er trat hinter einem Bücherregal hervor, weiße Federn an seinem Umhang, die ihn als Meister der Bardenmagie auszeichneten. Einige Flecke beschmutzten das Gewand, tatsächlich kaute der Mann ein paar Mal und wischte sich die glänzenden Finger achtlos an den Federn sauber. »Wie überraschend. Ich wusste nicht, dass Oriole Bardenschüler ausbildet. Gleich zwei sogar? Wo ist er?«

»Meister Goldfinch«, sprach Riz ihn direkt an, sie brachte ihm eine ehrfürchtige Verbeugung entgegen. Priel beeilte sich, diese wesentlich weniger geschickt nachzuahmen. Er kam sich albern vor.

»Unser Meister musste aufgrund unvorhergesehener Ereignisse in unsere Heimat zurückkehren. Ihr habt sicher von den Regengüssen gehört.«

»Das habe ich, in der Tat.« Er kam auf sie zu, insbesondere Riz musterte er mit unverhohlenem Interesse. Priel spürte den Drang in seiner Magengegend aufwallen.

»Vermil ist dein Name? Und Priel der deines Mitschülers?«

»So ist es«, antwortete Priel selbst, der Bardenmeister hob das Kinn.

»Du sprichst nur, wenn du dazu aufgefordert wirst. Hat dir Oriole keine Manieren beigebracht? Kein Wunder, dass er nie von dir berichtet hat.«

Priels Finger zuckten zu seinem Schwert – wenn er denn eines getragen hätte. Wieder fixierte der Meisterbarde Riz. »Leider habe ich von dir auch nichts gehört. Woran mag das liegen?« Auffordernd reichte er ihr die Hand.

Man sah Riz den Widerwillen an, als sie die Finger in seine legte. Der Scheißkerl drehte die Handfläche nach oben und musterte ihre Fingerspitzen mit einer Aufmerksamkeit, die Priel verriet, dass er nach Hautverhärtungen und dünnen Narben suchte: Das geschah überwiegend bei Saiteninstrumenten wie ihrer Leier, ebenso mit Mandolinen oder Lauten. Er hatte entsprechende Stellen ebenfalls, an der Hand, die die Violinensaiten hinabdrückte. Zufrieden gab der Meister ihre Hand frei.

Er hat angezweifelt, ob wir die Wahrheit sagen. Nicht schlecht, Arschloch.

»Welches ist dein bevorzugtes Instrument?«, fragte der Bardenmeister.

»Die Leier.«

Erst jetzt wandte er sich Priel zu. »Und deines, Bursche?«

»Die Violine.«

»Gut. Ihr könnt unseren Teil des Eintrittsliedes in einem der Klassenräume erlernen. Seht zu, dass ihr keinen Krach macht – meine Schüler benötigen Ruhe.« Er fischte eine Schriftrolle aus einem der Regale, die er an Riz übergab. »Die Gesandte ist sicherlich auf ihren Posten zurückgekehrt. Ich werde euch selbst zu einem geeigneten Raum geleiten. Folgt mir.« Er deutete auf einen Durchgang, der sie nicht auf dem vorherigen Weg zurückführte, gesäumt von Gemälden. »Dies ist die Galerie der Meisterbarden Goldfinchs. Es hat Tradition, jeden in dieser Stadt erscheinenden Lehrbarden durch diese Passage zu führen. Seht euch die Bilder aufmerksam an, vielleicht bringt ihr es eines Tages auch so weit.« Der Hohn in seinem Unterton verriet, dass er dies bezweifelte.

Bastard.

Desinteressiert wanderte Priels Blick über die hier dargestellten Männer und Frauen, allesamt in fortgeschrittenem Alter – bis auf einen: ein junger Kerl mit leuchtenden Augen, hübsch, wie eigentlich alle Barden. Hier blieb Riz stehen, er hob eine Braue.

»Ariflyn von Goldfinch«, kommentierte der Bardenmeister mit deutlich genervtem Unterton. Priel horchte auf. »Natürlich. Jeder hält vor ihm inne, insbesondere die jungen Bardinnen. Dem Charme eines schönen Gesichtes kann sich niemand entziehen.«

Riz spannte sichtbar an. »Ariflyn von Goldfinch …«

»Der jüngste Hofbarde, der es je zu einem Meisterbarden gebracht hat. Leider auch der Einfältigste.« Gehässig lachte der Bardenmeister auf. »Hat sich auf einen Schwertarm eingelassen, der arme Tropf, trotz des königlichen Verbotes! Kann man so etwas glauben? So talentiert, so begabt – und dennoch verwegen genug, sich einen Geliebten zu nehmen. Und dann auch noch einen dreckigen Schwertarm!«

Priels Gedanken kamen zum Erliegen. Sekundenlang starrte er das Gemälde an, dann wieder Riz, die nur halb so viel begreifen konnte, begreifen *musste*, wie er selbst.

Fenix, das singende Schwert, und Ariflyn von Goldfinch. Keine Freunde, keine Kameraden, sondern Geliebte. Priel schluckte hart. *Hast du deshalb diese Raserei empfunden, alter Kauz? Diesen Hass auf die Königin und ihr Abkommen, das dich für alle Zeiten von Ariflyns Seite verbannte?!*

»Sogar nach dem Abkommen der Königinnen unterhielt Ariflyn Kontakt weit über die Grenzlande hinaus. Muss seinen Geliebten wohl sehr vermisst haben. Nur sein Rang als Hofbarde schützte ihn davor, hingerichtet zu werden. Stattdessen schenkte man ihm dem Rang eines Meisterbarden und schickte ihn nach Canary, dieses schwarze Loch im Nichts, das obendrein am weitesten von der Grenze entfernt ist. Geschah ihm recht, wenn man mich fragt. Ich habe ihn schon gehasst, als er noch mit mir unter dem alten Meister lernte.«

Rizsettes Schultern bebten. Langsam drehte sie sich zu dem Meisterbarden um, Priel spürte den Drang scharf und schmerzhaft in seiner Brust. Er machte ihm bewusst, dass es in seiner Begleiterin brodelte – ein Topf, der in Kürze überkochen würde.

Der Bardenmeister schien ahnungslos. »Er ist vor einer Weile verstorben, bei einem Angriff der Bestienplage, die unser Reich derzeit heimsucht. Meine Gesandten patrouillieren rund um die Uhr, bisher hatten wir keinerlei Probleme. Ariflyn hatte wohl weniger Glück.«

Er lachte auf und Riz holte aus. Ein dumpfer Schlag, ein widerliches Knacken, das von einer gebrochenen Nase sprach – und sie hob die Hand erneut. Geistesgegenwärtig sprang Priel vor und packte sie, er ahnte, dass sie es damit nicht gut sein lassen würde.

»Wagt es nicht, so über Meister Canary zu sprechen!« Ihr Kreischen erfüllte die Galerie, der getroffene Meisterbarde stützte sich verdutzt an der Wand ab. »Er war ein besserer Meister, als Ihr es jemals sein werdet!«

Fassungslosigkeit eroberte das Gesicht des Scheißkerls, er rang um Worte. »Was hast du getan? Du hast mich *geschlagen*! Mich, einen *Meisterbarden*! Ich sollte dich in Ketten legen lassen!« Seine Stimme überschlug sich.

Riz kämpfte gegen Priels Griff an. Er fasste sie ins Auge, zwang sie, ihn direkt anzusehen.

»Der Tod dieses Bardenmeisters hat Vermil erschüttert. Sie ist besorgt um unseren eigenen Meister, der völlig allein in unsere Heimat zurückgekehrt ist. Die letzten Wochen waren eine Tortur für uns, denn es ist sehr schwer, allein durch die Weite zu reisen. Ich weiß, dass Vermil einen schwerwiegenden Fehler begangen hat – aber sie ist nur eine Bardenschülerin, die noch eine Menge zu lernen hat. Ich hoffe, Ihr habt es in Euch, ihr zu vergeben.« Er sprach zwar mit dem Meister, hielt Rizsettes Blick jedoch fest. Sie musste begreifen, in welche Lage sie sich brachte. Heftig presste sie die Lippen aufeinander, ihr Widerstand brach und sie gab den Kampf auf.

»Priel hat recht. Ich habe die Beherrschung verloren, Meister Goldfinch. Bitte verzeiht mir.« Sie verbeugte sich erneut, tiefer diesmal, Priel tat es ihr gleich.

Der Bardenmeister verengte die Augen zu Schlitzen. Ein blutiger Faden kroch unter seiner Nase entlang und tropfte auf die schmutzigen Federn. Wahrscheinlich hatte Riz' Hand auch etwas abbekommen. »Die Worte deines Mitschülers retten dich, Vermil von Oriole. Wenigstens einer von euch besitzt einen Hauch von Verstand – kein Wunder, dass Oriole euch versteckt gehalten hat. Ich werde deinem Meister von deiner Unverfrorenheit berichten!« Kurz funkelte er sie an, mit einer wegwerfenden Geste wandte er ihnen den Rücken zu. »Verlasst mein Haus, ihr seid hier nicht länger willkommen. Nehmt euch eine Taverne, aber zieht schnell weiter. Ich will euch nicht in meiner Stadt.«

»Danke, Meister Goldfinch«, sagte Priel, eilig brachte er Riz nach draußen, hinaus aus diesem Gebäude und zurück auf die Straße.

Sie sprach auf dem Weg kein einziges Wort. Ihr gebrochener Blick erzählte von unbändigem Schmerz, den er besser verstand, als er zugeben wollte. Erst bei dem azurblauen Gewässer mit der Schaukel blieb er stehen, zunächst unschlüssig, was er jetzt tun sollte.

Priel gab sich einen Ruck. »Sauberer Schlag, das muss ich dir lassen. Hätte nicht erwartet, dass du so weit gehen würdest.« Sie reagierte, indem sie die Augen auf den Boden heftete. Priel seufzte. »Setz dich und zeig mir deine Hand. Du hast dich verletzt, als du zugeschlagen hast, habe ich recht?« Zögerlich hob Riz den Kopf. Sie betrachtete ihn forschend, bevor sie langsam auf die Schaukel sank. Priel nahm ihre Hand entgegen, glücklicherweise nur eine leichte Rötung an den Fingerknöcheln. Das würde eines ihrer Lieder problemlos richten.

»Du redest ja wieder mit mir.«

Priel begegnete ihrem Blick. Sie rückte nicht von ihm ab, der Drang blieb vollkommen still, das Licht spielte mit ihrem rotorangen Federumhang. Dieser Ort, dieser Augenblick, vielleicht war der richtige Moment gekommen.

»Riz ... Ich muss dir da etwas sagen.« Ihre Finger zitterten kaum merklich, als sie die Seile der Schaukel umfasste.

»Wenn du mir jetzt einen Vortrag hältst, weil ich mich nicht unter Kontrolle hatte ...«

»Nein, das ist es nicht.« Behutsam holte er die Violine hervor, die Saiten aus Metall glänzten im Sonnenlicht. Ein verirrter Windstoß wirbelte Rizsettes Haar auf, für einen Moment geriet seine Entscheidung ins Wanken.

Nein. Ich kann es nicht länger vor ihr verbergen. Ich muss das tun. Jetzt oder nie. Kurzum ging er auf ein Knie und legte ihr das Saiteninstrument in den Schoß. Rizsette blinzelte, Unverständnis trübte ihre klaren Augen, doch Priel hatte sich entschieden.

»Erinnerst du dich an unser Gespräch über meine Heimat? Ich bin mit einem Auftrag hierhergekommen. Er betrifft die Violine.«

»Was willst du mir damit sagen?«

»Sie ... Sie gehörte einst einem Hofbarden, der sie an Fenix übergab, meinen Bandenführer. Er bat mich, die Violine zurückzugeben, nur deshalb bin ich hier. Der Name dieses Hofbarden lautet ... Ariflyn von Goldfinch.«

Riz verharrte. Es dauerte eine, vielleicht zwei Sekunden, dann weiteten sich ihre Augen. »Warte, du willst mir allen Ernstes weismachen ...?«

»Es ist die Wahrheit. Ich weiß es schon seit diesem Brief aus der Stadt der Klänge. Nur dass es sich bei ihnen um Geliebte handelte, ist mir neu.«

»Aber den Brief der Königin habe ich seit Meadowlark! Das ist ewig her. Warum hast du bisher nichts gesagt?«

»Weil ...« Priel suchte nach den richtigen Worten. »Weil es wie eine Lüge klingt. Wie wahrscheinlich ist es, dass ich an dem Tag in dich hineinstolpere, an dem Ariflyn von Bestienwandlern ermordet wird? Wenn ich damals gewusst hätte, wie nah ich ihm gekommen bin ... Aber jetzt ...« Priel deutete auf das Instrument. »Du bist seine Schülerin, Riz. Die letzte Verbindung, die zu ihm geblieben ist. Deshalb gehört die Violine jetzt dir. Und damit ist mein Auftrag erfüllt.«

Die Zeit kroch zäh dahin. Riz betrachtete ihn mit undeutbarer Miene, Priel hielt ihrem Blick stand – bis sie die Violine packte und ihm grob in die Arme schob. »Kein Bedarf. Ich kann auf ihr ohnehin nicht spielen.«

Priel merkte auf. »Du ... *Was?!* Verarsch mich nicht. Du hast mehrmals auf ihr gespielt! Hast du das schon vergessen?«

»Kann mich nicht daran erinnern. Da verwechselst du was.«

»Das ... Natürlich kannst du sie spielen!«

»Nicht, dass du es beweisen könntest.«

»Und ob! Hast du etwa die zerrissene Saite vergessen?«

»Das spricht jetzt nicht wirklich für meine Fähigkeiten ...«

»Hör auf, Spielchen zu spielen! Ich versuche nur –!«

»Deine unterdrückten Gefühle auf Rizsette abzuwälzen.«

Die Worte kamen nicht von ihr, Priel drehte den Kopf.

Vor der Brust verschränkte Arme, ein ernster Blick, den man bei ihm sonst vergeblich suchte, lässig lehnte er an einem Baum – Echo. »Das war wirklich schon immer deine größte Schwäche, Priel. Siehst du nicht, dass Rizsette dir zu helfen versucht?«

Verständnislos blickte er zwischen ihm und ihr hin und her. »Was soll das? Habt ihr euch abgesprochen, oder was?«

Echo seufzte durchdringend. »Hör mir mal ganz genau zu, Priel: Glaubst du wirklich, es würde dir helfen, die Violine loszuwerden? Damit verschwindet der Schmerz nicht. Du machst es dir zu einfach.«

Priel presste die Zähne aufeinander. »Ich habe keine Ahnung, wovon du sprichst.«

Echo stieß sich von dem Baum ab, gemächlich kam er auf sie zu. »Weißt du, Reya und ich leiden auch unter seinem Tod. Er war für uns der Vater, den wir niemals hatten. Du bist nicht der Einzige, der trauert.«

»Halt den Mund!«, blaffte Priel, unwillkürlich ballte er eine Hand zur Faust.

»Nein, das werde ich nicht. Es reicht, Priel. Stell dich der Sache endlich, anstatt immer nur davonzurennen.«

»Das ist also der Grund.« Rizsettes Stimme klang dünn genug, um vom Wind davongetragen zu werden. »Mein Meister, Ariflyn von Goldfinch, ist vor meinen Augen gestorben. Er hat mich großgezogen, Priel. So wie Fenix es für dich getan hat, habe ich recht? Mir kam es vor allem am Anfang so vor, als würdest du dich mit jeder Faser dagegen sträuben, dich an mich zu gewöhnen. Ist das so, weil mein Verlust dich an deinen eigenen erinnert? Warst du deshalb so fies zu mir?«

»Na ja, um fair zu bleiben: Priel war schon immer ein unausstehlicher Kotzbrocken.«

Riz überging Echos Einwurf, ihre Augen ruhten allein auf Priel. Seine Schläfen pulsierten. Es gab keine Worte, die dem Schmerz gerecht wurden. Längst kämpfte er sich mit aller Gewalt an die Oberfläche, sein Widerstand brach. Er hielt es kaum aus.

»Als der alte Kauz starb, habe ich es nicht ertragen. Es ist unmöglich, das jemals zu überwinden.«

Echo schnaubte lautstark. »Wie kannst du das behaupten? Wo wären wir heute, wenn Reya damals so gedacht hätte? Wenn sie an Erins Tod zerbrochen wäre, so wie du jetzt?«

Priel verharrte. Seine Worte warfen ihn zurück in eine andere Zeit, in ein sandiges Lager am Rande des Meeres. Er sah sie vor sich, die kleine Frau mit den geflochtenen Zöpfen, der schiefen Nase und den kämpferischen Augen. Erins Band mit Reya erschien ihm auch in der Erinnerung wie ein Leuchtfeuer, dem kein Sturm Einhalt gebieten konnte.

Das Bild veränderte sich: Erins geschundener, blutender Körper, Reya über sie gebeugt, ein Schrei nach ihrem letzten Atemzug, der Priel bis heute in seinen Alpträumen heimsuchte.

»Meine Schwester war danach nicht mehr dieselbe. Aber sie hat nie aufgegeben, niemals ihre Gefühle weggesperrt, oder der Welt den Rücken gekehrt. Übrig ist nur ihr Hass auf die Linie der Königinnen – denn dem Abkommen ist es zu verdanken, was mit Erin geschehen ist. Begreifst du, was ich dir damit sagen will, Priel?«

Sein Blick fiel auf Riz, die Echos Schilderungen mit Verwirrung lauschte. Die Violine in seinen Händen wog unwahrscheinlich schwer.

Echo verschränkte indes die Arme hinter dem Kopf, das schelmische Grinsen kehrte zurück. »Tja, ihr habt einiges zu klären, was? Eigentlich habe ich hier nur auf euch gewartet, weil ich meinem Schwesterchen und Nou etwas Raum geben wollte. Sie behandeln einander wie rohe Eier. Tut mir übrigens leid fürs Lauschen.« Er lachte auf. »Wie ist der Plan? Bleiben wir im Haus des Meisterbarden?«

»Wir müssen uns eine Taverne suchen«, erwiderte Rizsette unschlüssig, Priel hatte die kniende Position vor ihr nicht für eine Sekunde aufgegeben. Auch jetzt rührte er keinen Finger. Seine Brust stand in Flammen, das Atmen fiel schwer.

Echo schnalzte mit der Zunge. »Dann ist doch alles klar. Ich gehe voraus und fange Nou und Reya ab. Gibt bestimmt eine passende Bleibe, nicht allzu weit von hier entfernt. Kommt einfach nach, wenn ihr … Na, ihr wisst schon.« Er huschte davon, Priel fixierte die Violine.

»Riz …«

»Sieh mich an. Bitte.«

Ruckartig hob Priel den Kopf, Rizsette musterte ihn mit undefinierbarem Blick. »Es tut weh, nicht wahr?«

Er öffnete die Lippen, doch kein Ton kam hervor. Seltsam trocken fühlte sich seine Kehle an, seine Zunge klebte am Gaumen fest. Stattdessen beobachtete er, wie Riz die Hand nach ihm ausstreckte. Sachte strich sie über seine Wange – und verwischte eine Nässe, die Priel bis eben nicht bemerkt hatte.

Tränen? Weicher sah sie zu ihm hinab, die Traurigkeit in ihrem Gesicht verriet, dass sie es nachvollziehen, seinen Schmerz verstehen konnte. »Schon gut. Ich habe auch geweint. Du hast mich ja gehört, stimmts?«

Neue Tränen kamen nach, der Schmerz heulte auf. Er unterlag nun nicht mehr seiner Kontrolle. »Ich war bei ihm, als er starb.« Sein Flüstern erreichte nur sie, niemanden sonst. »Die Raubzüge der letzten Jahre hatten Fenix zugesetzt. Ich habe bemerkt, wie schwach er wurde. Jetzt weiß ich, dass ein gebrochenes Herz in seiner Brust schlug.« Priel schloss die Augen, ein Windhauch kühlte die Tränenspur. »Er hat uns einen letzten Auftrag gegeben, weil er wusste, dass man nach seinem Tod Jagd auf uns machen würde. Seine Magie hat uns beschützt, uns unantastbar gemacht. Doch ohne ihn würde man uns ausrotten. Also befahl er uns, das Reich der Schwerter zu verlassen, trotz der Stürme, die die Grenzen beherrschen. Wir sollten ein neues, freieres Leben fernab von Blut und Kampf beginnen, versteckt und weit entfernt vom Einfluss unserer Königin. Er gab mir die Violine und bat mich, sie mitzunehmen – und sie demjenigen Hofbarden zurückzugeben, von dem er sie einst erhalten hatte. Ariflyn von Goldfinch. Ich spielte für ihn, bis sein Herz zu schlagen aufhörte. Dann machte ich mich mit allen anderen auf den Weg.«

Wieder ihre Hand, die die Tränen verwischte. Die Berührung hinterließ ein seichtes Knistern.

»Niemand von uns hat mit der Metallgarde gerechnet. Sie lauerten uns auf, wir flohen in verschiedene Richtungen. Ich schaffte es zur Grenze. Und Tage später bin ich dir begegnet.« Er senkte die Stimme und öffnete die Augen, Riz streckte auch die zweite Hand aus. Federleicht umfing sie sein Gesicht von beiden Seiten.

»Du musst die Violine behalten, bis wir die Stadt der Klänge erreichen. Vorher nehme ich sie nicht an. Ich weiß, dass unsere Zeit begrenzt ist, glaub mir, nichts weiß ich besser als das. Aber ich möchte noch nicht …« Ihre Wangen nahmen einen satteren Ton an, vielleicht bildete Priel es sich auch nur ein. »Ich möchte dich noch viel öfter spielen hören, Priel. Zeig mir, wie meisterlich du dein Instrument beherrscht, jeden Tag, jede Stunde während unserer Reise, damit ich dich niemals vergesse. Auch nicht, wenn sie den Bann von dir nehmen und ich nach Meister Canary die jüngste Hofbardin werde, die es zur Meisterin bringt – damit ich dem Reich der Klänge *wirklich* helfen kann.«

Der Glanz in ihren Augen, das Rauschen der Bäume, das sanfte Wackeln der Schaukel, Priel verinnerlichte sogar das winzigste Detail. *Ich werde dich auch nicht vergessen, Riz.* Er schenkte ihr ein Lächeln, aufrichtiger als je zuvor. Der Schmerz schien erträglicher, jetzt, da er ihn mit ihr teilte.

»Was hältst du davon, mit mir zu spielen? Jetzt, auf der Stelle?«

Riz stockte. »Meinst du das ernst?«

»Sonne und Mond. Wie Ariflyn und Fenix. Dein Lied von neulich geht mir nicht mehr aus dem Kopf. Singst du es noch einmal? Für mich?«

Es kam aus dem Nichts. Sie stürzte auf ihn zu, Priel riss die Arme hoch, sie hielt sich an ihm fest. Zwar nur flüchtig, doch die Innigkeit der Umarmung hinterließ einen Eindruck, den er ebenso wenig vergessen würde wie das Leuchten ihrer aufblühenden Freude.

Sie fanden einen aufragenden Springbrunnen, ganz in der Nähe. Er warf Wasser in die Lüfte, die Menschen spazierten lachend umher. Es schien Priel, als erahnten sie ihr Vorhaben, ein schwacher Anflug der Magie, der sie alle zusammenlaufen ließ.

Riz stellte sich auf den Rand des Brunnens, Priel blieb davor, die Violine an der Schulter. Sie wechselten einen Blick und sie begann ihr zartes Spiel so voller Hingabe, dass der Wohlklang all seine Glieder durchströmte. Er fiel in ihr Spiel ein, zärtliche Melodien, die einander umflochten. Sie senkte die Lider, vertieft in den Rhythmus. Ihr Gesang, erhabener als der anbrechende Morgen, versetzte die Zuhörenden in Staunen. Priel genoss die Harmonie ihrer Stimme, die Musik trug weit hinaus und erfüllte die Herzen – auch seines, das aufgeregter zu schlagen begann.

Vielleicht, so dachte er im Klang ihrer beider Symphonie, *muss ich den Bann gar nicht lösen. Will ich das überhaupt noch?*

Er fasste Riz ins Auge und sie ihn, ihr Lächeln spiegelte seines – bis zu der Sekunde, in der der Schmerz einsetzte.

KAPITEL 19

RIZSETTE

Es riss Priel von den Füßen. Die Violine rutschte ihm aus den Händen, sein Blick ruhte auf ihr, während er nach hinten über den Rand des Brunnens geschleudert wurde. Rizsette schrie auf und stürzte zu ihm, ungeachtet des plätschernden Springbrunnens. Schreie kamen auf, ihre Gedanken rasten.

»Priel!«

Er starrte sie an, das Wasser verwandelte sich in einen blutigen Schleier. Sie fand die Verletzung, verdeckt von den schwimmenden Federn, nahe seines Nabels. Ein dicker, rotschwarzer Stachel ragte aus seinem Bauch.

»R-Riz«, stieß er hervor, die Zähne aufeinandergepresst.

Eilig zog sie die Leier heran, ihre Finger zitterten. *Das Lied der Genesung! Ich muss …!* Alegreya kam ihr in den Sinn. Ihr Anblick in den Wäldern rund um Cuckoo, die Magie, die sie zerrissen hatte. Ihr Körper versteifte.

Nein, Priel! Ich werde dich nicht sterben lassen! Sie setzte an, atmete tief ein – und wurde hochgerissen. Erschrocken wirbelte Rizsette herum, was sie sah, raubte ihr den Atem: Acht Augen an einem Wesen mit derselben Anzahl an Beinen. Eine Spinne, nein, ein weiterer Hybrid aus Spinne und Skorpion, ähnlich dem, den sie in Meadowlark gesehen hatte.

Ein Bestienwandler! Doch statt diesem griff ein Paar menschlicher Hände nach ihr. Sie umschlossen ihren Hals und zogen sich zu.

»Du hattest recht, Regeane«, vernahm sie die gesäuselten Worte von Seiten des Spinnentiers, durchzogen vom Geschrei der flüchtenden Bevölkerung. »Es war richtig, sich zuerst um den Schwertarm zu kümmern.«

»Lasst Riz ... gehen!« Priel klang schwach, so unglaublich kraftlos. Ihre Augen tränten.

»Wie fühlt es sich an, Rache an ihm genommen zu haben, Chrones?«, fragte die Stimme in ihrem Rücken, sie kam ihr eigenartig bekannt vor. Mühevoll kämpfte sie gegen den Griff an.

»Wundervoll. Chrona wäre stolz auf mich. Ich habe wirklich gut gezielt. Das dürfte ihm in Kürze den Rest geben.«

»Verschwinden wir von hier, bevor die Gesandten eintreffen. Wir müssen die Bardin schnellstmöglich nach Norden bringen.«

Nein! Rizsette zappelte mit aller Kraft und schaffte es, dem Angreifer einen Tritt zu versetzen. Er ließ los, sie rutschte zu Boden, jagte herum zu Priel – und spürte, wie sich ein sehniger Unterarm unter ihr Kinn schob. Man riss sie von den Füßen, sie bekam kaum noch Luft. Verzweifelt nahm sie die Nägel der freien Hand zur Hilfe, tief gruben sie sich in die Haut ihres Peinigers.

»Verdammt, lass das, du Miststück!«

»Riz ...« Sie fand Priel inmitten des roten Wassers. Er senkte die Lider – und ihr Herz setzte aus.

»Das war es dann wohl mit ihm. Schnell jetzt, wir haben nicht viel Zeit!« Die Gestalt hielt sie fest, der Spinnenskorpion ging dazu über, sie mit einem weißen Material zu umhüllen – ein Kokon, der nur Kopf und Schultern freiließ. Sogar die fest umklammerte Leier presste sich an ihre Brust, so dicht, dass es wehtat.

»Lasst mich frei! Ich muss Priel ...!« Das Krabbeltier schnitt ihr das Wort ab, indem es ihren Mund mit der klebrigen Substanz bedeckte. Es hievte das Kokongeflecht auf seinen Rücken, um mit einem gewaltigen Sprung auf das nächste Dach zu flüchten. Von dort aus hatte Rizsette freie Sicht auf Priel, schwimmend in einem Meer aus Blut, daneben den anderen Wandler – der die Gestalt einer Raubkatze annahm. Rizsette wollte ihren Augen nicht trauen. Er gehörte zu dem Bären – die Mörder ihres Meisters. Ihr Magen drehte sich um, Priel brauchte Hilfe. Aber was sollte sie tun?

Der Spinnenskorpion trug sie über das Dach bis hinauf auf eine Baumkrone, von dort aus sprang er einfach weiter, immer schneller in ungeahnte Höhen. »Königin Calei sei Dank haben wir die Bardin noch gefunden! Nach Meadowlark dachte ich, wir würden sie nie wieder zu Gesicht bekommen.«

»Ein Jammer um die kleine Lehrbardin. Voreste hat sie auseinandergerissen, als sie sich als die Falsche entpuppte. Dabei sah sie dieser hier zum Verwechseln ähnlich. Verdammt, meine Pfote tut weh. Was hat die verdammte Federträgerin auch so lange Fingernägel?!«

Die Gedanken fluteten unkontrolliert auf Rizsette ein, sie konnte sich kaum konzentrieren.

Der Spinnenskorpion lachte indes kehlig auf. »Sagt der mit den Krallen. Was lässt du dich auch von ihr kratzen? Du wirst dich ein paar Tage nicht zurückverwandeln können, bis die Schramme verheilt ist.«

»Spielt keine Rolle. Wir müssen so oder so in Bewegung bleiben, und in dieser Gestalt geht es schneller. Voreste und sein kleiner Schatten werden sicher erfreut sein, dass wir die richtige Bardin endlich gefunden haben. Laut ihm trägt sie das Überbleibsel bei sich, das heißt, wir können bald in unsere Heimat zurückkehren.«

Überbleibsel? Eine dunkle Gasse, eine Treppe, ein Raum voller Kräuter. Das hatte sie schon einmal gesehen. *Das Überbleibsel, Mädchen. Canarys Auftrag.* Wem gehörte nur diese Stimme? War das ihre Erinnerung?

»Was ist mit der Prinzessin?«

»Die Königin wird diese Schmach nicht einfach so hinnehmen. Voreste sprach davon, dass sie die Streitkräfte zusammenzieht.«

Rizsette blendete ihre Worte aus. *Ich darf mich nicht verschleppen lassen! Ich muss zurück. Priel braucht mich!* Versuchsweise verlagerte sie das Gewicht. Bäume und Flüsse flogen in unfassbarer Geschwindigkeit unter ihr hinweg. Unangenehm klebte die Spinnenseide an ihren Lippen, sie bewegte den Mund, so lange, bis sie die Fäden mit den Zähnen zu fassen bekam. Es fühlte sich an, als würde sie auf Stoff herumkauen. Das funktionierte nicht, durchbeißen konnte sie vergessen.

Behutsam versuchte sie, die Arme freizubekommen. Sie lagen eng an ihrem Körper, vor allem die Leier spürte sie überdeutlich an ihrer Brust. Währenddessen unterhielten sich die Wandler in lockerem Plauderton. Sie schenkten ihr keinerlei Aufmerksamkeit, wahrscheinlich wogen sie sich in Sicherheit. Mit fließenden Bewegungen drehte Rizsette den Oberkörper hin und her, so lange, bis der elastische Faden ein klein wenig nachgab. Nicht viel, doch genug, um die Hand mit der Leier nach oben zu schieben. Sie klemmte zwischen Hals und Schulter, ihre Finger zerrten beharrlich an den Fäden vor ihrem Mund. *Komm schon! Na los!* Schmerzhaft zog sie die geflochtenen Stränge ab, sie unterdrückte jeden Laut – und dann lagen ihre Lippen frei.

Sie spielte das Lied der Spieluhr, noch bevor sie den Entschluss richtig gefasst hatte. Die Worte kamen zu ihr, überwältigend und mächtig, sie drängten mit Gewalt nach draußen:

Die Bäume in Fülle, sie liegen so dicht,
das Spinnentier jetzt alle Beine sich bricht!

Es knackte ekelhaft, das Krabbeltier geriet in Schieflage, gleichzeitig rutschte Rizsette von seinem Rücken. Ihr blieb keine Zeit, um zu schreien. In freiem Fall rauschte sie hinein in die Blätterdächer, auf unendlich viele Äste zu, an der die Spinnenseide hängenblieb.

Stück für Stück riss es sie von ihr fort, das Geäst zerrte schmerzhaft an ihrer Kleidung und zerkratzte ihr Gesicht. Die Fäden verhedderten sich an den Zweigen, Rizsette bekam die Arme vollends frei. Ihr Fall verlangsamte, ein tierischer Schrei brandete über sie hinweg, ausgestoßen von der Wildkatze, die fauchend in die Tiefe jagte. Dorthin, wo der Spinnenkörper gelandet sein musste.

Und dann hielt sie an. Heftig strömte der Atem über Rizsettes Lippen, sie hing an einem dicken Ast in den letzten Fäden, ein Geflecht, als befände sie sich wahrhaftig in einem Spinnennetz. Mit pochendem Herzen entfernte sie die lästigen Klebereste, glücklicherweise erreichten sie und die Leier den Boden weitestgehend unversehrt – zumindest dachte sie das. Rizsette knickte ein, als ihr rechter Fuß die blattbedeckte Erde berührte. Ein Schmerz, so stechend wie der direkte Blick in die Sonne, schoss durch ihren Knöchel. Ihr Fuß pochte, doch sie zwang sich, hochzukommen. Sie musste schleunigst hier weg, auch wenn das bedeutete, von Baumstamm zu Baumstamm zu wanken.

»Hiergeblieben!«

Es raschelte. Ein boshaftes Fauchen erfüllte die Luft, gefolgt von der geschmeidigen Gestalt der muskelbepackten Katze. Sie verweilte auf einem umgestürzten Baum, Rizsette blieb schlagartig stehen, nur etwa ein Dutzend Meter von ihr entfernt. Sie wusste, dass sie ihr unmöglich davonlaufen konnte. Die geschlitzten Augen blickten voller Verachtung auf sie herab, die scharfen Krallen zogen Furchen in das tote Holz. »Du hast ihn umgebracht!«

Rizsette stolperte rückwärts über eine Wurzel. Die Leier gab einen unangenehmen Ton von sich.

»Du niedere Federträgerin! Egal was du bist, dafür bezahlst du!« Die Raubkatze sprang los, Rizsettes Augen hefteten sich auf den langgezogenen Kratzer auf ihrer Pfote, von ihr zugefügt, durch ihre Fingernägel – und ein einzelner Gedanke schoss durch ihren Kopf.

Sie packte die Laute und spielte.

Sink ab ins Vergessen, lass ab von dem Scherz!

Das Lied brach ab, als sie die Hand auf die Saiten presste, der Missklang tat ihr in den Ohren weh – und der Rückstoß kam.

Die winzige Verletzung an der Bestienpfote riss auf. Riesenhaft fraß sich die Kluft über das Bein der Wildkatze bis zu ihrer Brust, Blut spritzte fontänenartig aus ihrem Leib, noch befand sie sich mitten im Sprung. Der Kopfschmerz setzte ein wie eine Naturgewalt, er wollte Rizsette den Schädel spalten, kurz bevor der Katzenkörper mit ihr kollidierte. Die Wucht des Aufpralls warf sie vollends in den Dreck, das Gewicht drückte sie zu Boden. Der Körper des Wandlers zuckte unkontrolliert, ein Röcheln auf den Lippen, das in ein Gurgeln überging. Sie spürte förmlich, wie das Leben aus ihm heraussprudelte, während die dampfende Lebensflüssigkeit ihren Federumhang tränkte. Es dauerte nicht lange, bis die Bewegungen des Tieres erstarben. Nach wie vor lag er auf ihr, so schwer, dass es ihr die Luft abschnürte.

Mühevoll hievte Rizsette den Kadaver beiseite, bis sie sich darunter hervorziehen konnte. So blieb sie sitzen, nicht imstande, auch nur einen einzigen, klaren Gedanken zu fassen. Der Kopfschmerz überlagerte alles.

Irgendwann, sie konnte nicht sagen, wie viel Zeit vergangen sein mochte, nahm der Körper des Bestienwandlers seine ursprüngliche Gestalt an: ein Mann von großer Statur mit wildem Haar, jetzt jedoch mit vor Entsetzen weit aufgerissenen Augen. Die Fratze des Todes entstellte ihn so sehr, dass Rizsette darüber kurzzeitig den Kopfschmerz vergaß.

Schwerfällig kam sie auf die Beine, darauf bedacht, den verletzten Fuß so wenig wie möglich zu belasten. Die Reste der Leier hielt sie umklammert. Der Rückstoß hatte das Instrument an mehreren Stellen zerrissen, die Hälfte der Saiten hing lose herab. Rizsette wollte Trauer empfinden, doch ein sehr viel intensiveres Gefühl verdrängte alles andere. Es stürzte das Wissen um ihren eigenen Zustand und den der Leier in die Bedeutungslosigkeit: Angst.

Getrieben von ihrer Furcht, über und über mit Blut besudelt, das Gesicht und die Arme zerkratzt und mit so schwerem Kopf wie noch nie zuvor, stolperte Rizsette in den Wald hinein. Sie fand einen dicken Stock, mit dem sie ihren verletzten Knöchel entlasten konnte. Ihr keuchender Atem begleitete ihren unsteten Gang, ihr Blick verlor zusehends an Schärfe.

Priel, lautete er, der einzige, sie beherrschende Gedanke, während sie den Weg der Wandler zurückverfolgte. Weg von den Bäumen, dorthin, wo die Stadt auf sie wartete. Kalt rann der Schweiß über ihre Stirn und lief ihr in die Augen, sie wischte ihn so häufig beiseite, dass er in den Kratzern brannte. Und dann – endlich – kamen die ersten Häuser in Sicht. Ihre Beine wurden schwer, denn nach dem ewigen Gelaufe wollten sie Rizsettes Gewicht nicht mehr tragen. Dennoch humpelte sie weiter, vorbei an den geschlossenen Türen dieser menschenleeren Stadt, die noch vor Stunden so belebt gewirkt hatte. Das Geräusch der Schritte über hölzernen Brücken hallte seltsam fern an ihr Ohr, bis sie schließlich den Springbrunnen erreichte. Er war leer, bis auf das blutige Wasser.

Priel. Wo bist du? Gedankenlos wirbelte sie herum, in Richtung des einzig denkbaren Ziels: das Haus des Bardenmeisters. Sie erspähte den blauen See und die Schaukel, beschleunigte ihren Schritt – und strauchelte in die Arme von Gesandten.

»Stehengeblieben!«

Sie hoben die Vierzacke, Rizsette fiel auf die Knie, ihre Finger gruben sich in den Dreck. »Wartet, sie ist eine Bardenschülerin! He, bist du verletzt?«

»Scheiße, das viele Blut …«

Es ist nicht meins, wollte sie antworten, doch die Lider wurden ihr schwer. *Na ja, nicht alles davon.*

»Bringt sie sofort zu Meister Goldfinch! Er ist bei dem anderen Schüler im Heilflügel!«

Dem anderen Schüler?

Einer der Gesandten hob sie hoch. Eilig trug er sie ins Innere des Bardenhauses, vorbei an Reihen aufgeregt schnatternder Kinder, die bei ihrem Anblick den Atem anhielten. Erst, als der Diener der Krone eine Tür aufstieß, entdeckte sie ein vertrautes Gesicht – es sprach von purem Entsetzen.

»Du meine Güte, R–«

»Vermil!«, fiel Arlecho seiner Schwester ins Wort, er sprang auf die Beine. Nou kniete an einem Bett, Alegreya stand hinter ihr. Daneben, mit geschlossenen Augen, so blass wie niemals zuvor, ruhte der verlorengeglaubte Schwertarm. *Priel* …

Der Gesandte setzte Rizsette ab, Arlecho stützte sie.

»Ist Meister Goldfinch nicht hier?«, fragte der Mann, der Zwilling verzog das Gesicht.

»Ist gegangen, nachdem Priel nicht mehr in unmittelbarer Lebensgefahr schwebte.«

»Ich verstehe. Ich werde nach ihm schicken lassen.«

»Ich bin nicht verletzt«, murmelte Rizsette in dem Bestreben, nur an Priels Seite zu kommen, ganz gleich, was das für ihre Wunden bedeutete. »Ich bin nur erschöpft.«

Der Gesandte schien wenig überzeugt. »Ich bin bald mit Meister Goldfinch zurück. Auf Anweisung des Meisters haben alle Bewohner in ihren Häusern zu bleiben, bis die Gefahr durch die Bestienwandler gebannt ist. Das schließt euch mit ein. Wartet also hier.« Er verließ den Raum, erstmals erlaubte Rizsette sich einen Anflug von Schwäche. Ihre Beine knickten ein.

»Rizsette!«

»Keine Bange, mir geht es gut. Mein Fuß hat was abbekommen und die Kopfschmerzen sind kaum auszuhalten – aber ich bin in Ordnung.«

»Wo… Woher kommt das ganze Blut?«, wollte Nou wissen, Rizsette hörte das Kratzen eines herbeigebrachten Stuhls. Echo drückte sie sanft hinab.

»Von einem Wandler. Ein bisschen ist auch von mir. Bin durch ein paar Baumdächer gestürzt.« Die Kopfschmerzen riefen sich pochend in Erinnerung. Nou holte einen nassen Lappen von Priels Bettseite herbei, an einigen Stellen benetzt mit Blut. Damit wischte sie Rizsette vorsichtig über die Kratzer.

»Reya und ich haben die Schreie gehört und sind auf dem Rückweg auf Echo gestoßen. Und dann haben wir Priel gefunden. Du warst nicht da, also haben wir ihn so schnell wie möglich hierhergebracht. Kurz darauf erzählte man uns von den Bestienwandlern.«

»Sie wollten mich entführen.« Die Worte, das Eingeständnis – es brannte auf ihren Lippen. »Schon wieder. Diesmal mit dem Ziel, zuerst Priel zu beseitigen, weil er mich beschützt.« Sie sandte dem Bewusstlosen einen langen Blick. Nie zuvor hatte sie ihn in einem vergleichbar verletzlichen Zustand gesehen. »Ihr habt ihm das Leben gerettet. Ich bin froh, dass er nicht gestorben ist.«

»Und ich erst …«

Das hauchdünne Raunen schickte Rizsette auf die Beine, ein fataler Fehler, denn der Schmerz zwang sie in die Knie. Nou hielt sie aufrecht. Mehr noch, sie half ihr, den Abstand zu Priels Bett zu überwinden. Gedankenlos griff sie nach seiner Hand. »Priel, es tut mir leid! Ich konnte nichts tun. Ich habe dich einfach zurückgelassen, ohne –«

»Jetzt mach dir mal nicht ins Federhemd, Riz.« Schwerfällig setzte er sich auf, seine Brust lag frei, sein eigener Umhang fehlte. In der Mitte seines Torsos, knapp über dem Bauchnabel, schimmerte die Haut rötlich. Rizsette vermutete, dass dort die Magie des Meisterbarden gewirkt haben musste. Priel tastete die Stelle vorsichtig ab, seine Brauen sanken mit jedem Fingerbreit ein wenig weiter hinab. Auffällig musterte er ihren besudelten Federumhang. »Wir reisen sofort ab. Ich weiß nicht, wie du den Wandlern entkommen bist, aber sie werden ihren Leuten sicher in Kürze Bericht erstatten. Bis dahin müssen wir von hier verschwunden sein.«

Ein Kloß entstand in Rizsettes Hals, der Druck machte dem Kopfschmerz Konkurrenz. »Es gibt niemanden mehr, der Bericht erstatten könnte. Ich habe sie getötet. Alle beide.« Siedend heiß wurde ihr bewusst, was sie dort draußen im Wald eigentlich getan hatte. Ihre Knie wurden weich.

Priel brummte kurz, es klang merkwürdig anerkennend. »Umso besser, das verschafft uns einen Vorsprung. Ich schlage vor, dass wir noch heute Nacht …«

»Verstehst du nicht? Ich habe sie *getötet*!« Rizsette wollte aufspringen, doch ihr geschundener Körper verbot es. »Ich habe Bardenmagie, eine Komposition, den Rückstoß selbst, zum Morden missbraucht. Das macht mich zu einer *Vogelfreien!* Einer –«

»Riz, stopp.« Die grünen Augen fesselten sie an Ort und Stelle, der in ihr tobende Sturm beruhigte sich. Priels Miene wurde kaum merklich weicher. »So wie ich das verstehe, hast du dich nur selbst verteidigt.«

»Aber –«

»Sie haben mich angegriffen und zum Sterben zurückgelassen. Deine Tat hilft jedem anderen, der in Zukunft zu einem ihrer Opfer geworden wäre.

Niemand wird je wieder von ihnen verletzt. Manchmal muss man ein wenig Leid ertragen, um das viel größere Leid zu verhindern. Meinst du nicht auch?«

Der Kloß in Rizsettes Hals verschwand, zurück blieb nur der pochende Kopfschmerz. Sie nickte vorsichtig,

Priel wandte sich dem Rest der Gruppe zu. »Wir sollten uns noch heute Nacht auf den Weg machen. Das Lied dieser Stadt besitzen wir bereits, auch wenn die Schriftrolle vielleicht etwas Blut abbekommen hat.«

»Dann bleibt nur noch eine Stadt, oder?«, fragte Arlecho.

Rizsette schluckte. »Sparrow. Die letzte Siedlung vor der Stadt der Klänge.«

KAPITEL 20
PRIEL

Das Lied verklang und Riz setzte die Violine ab, vor ihr die reparierte Leier. Das Instrument hatte schlimm ausgehen, beinahe noch übler als seinerzeit die Geige. Dankbar, mit einem schmalen Lächeln, das ihre Augen zum Strahlen brachte, gab sie Priel das Klangwerkzeug zurück, um das eigene aufzunehmen. Ein leiser Akkord wanderte über sie hinweg, hinaus in die Weite, denn Goldfinch lag bereits eine halbe Tagesreise hinter ihnen.

Mittlerweile sah sie besser aus, wie sie da so im Gras saß: ohne das Blut oder die Kratzer auf Gesicht und Hals. Dank des Durcheinanders hatten sie die protzige Stadt erst am Morgen verlassen dürfen, nachdem der Bardenmeister auch ihre Wunden geheilt hatte.

Bisher war es Priel nicht gelungen, die Erinnerungen abzuschütteln. Er hatte in jenem Moment sein Leben an sich vorbeiziehen sehen: die Zeit im Reich der Schwerter, Fenix, Reya und Erin, Echo, die Magie, die Violine, seine Flucht hierher und … *Riz.*

Seine Mitte spannte ein wenig, der schwache Nachhall des Schmerzes, der ihn um ein Haar aus dem Leben gerissen hätte. Priel massierte die Stelle abwesend.

Echo reichte ihm ein Paar der reifen Äpfel, die sie aus Goldfinch mitgenommen hatten, kurzerhand warf er Riz einen zu, beinahe ließ sie ihn fallen – weil sie die Augen kaum noch von ihm nahm.

»Du starrst schon wieder. Es geht mir gut, keine Sorge.«

»Ich weiß. Es ist nur …«

»Du kannst es nicht ganz abschütteln, was?« Priel verstand sie. Der erste Tod, den man willentlich herbeigeführt hatte – den vergaß man nie. »Wird mit der Zeit besser. Iss was. Danach fühlst du dich nicht mehr ganz so mies.« Er sah ihr dabei zu, wie sie die Zähne in der leuchtend roten Schale versenkte. Ein paar Mal kaute sie darauf herum, abrupt hielt sie inne – und warf die Frucht mit einem spitzen Aufschrei davon. Priel hob eine Braue.

»Wasn los?«, schmatzte Echo mit vollem Mund. Rizsette kräuselte die Lippen.

»Da ist eine … eine *Made*!« Stille senkte sich herab, Priel entdeckte die winzige Insektenlarve – und prustete los. Lachend fischte er die angebissene Frucht aus dem Gras. Winzig klein fraß sich die Made durch das freigelegte Kerngehäuse. Er schnippte sie beiseite und hielt Riz den Apfel vor die Nase.

»Da. Iss auf.«

»Das kann ich nicht mehr essen, das ist widerlich.«

»Was denn, ängstlich wegen eines kleinen Wurms?«

»Was, wenn noch mehr davon im Apfel sind? Ich könnte sie versehentlich …«

»Mitessen?«, fragte Reya. »Denk einfach nicht so genau darüber nach. Was ist mit dir, Täubchen? Du hast deinen Apfel gar nicht erst angerührt. Ist es auch wegen der Maden?« Priel folgte ihrem Blick. Tatsächlich machte Nou keinerlei Anstalten, das auf ihrem Schoß befindliche Obst zu verspeisen. Verunsichert hob sie den Kopf.

»Das ist es nicht. Als ich klein war, hat Mutter sie immer für mich geschält. Gerade eben habe ich mich daran erinnert. Es gibt nicht besonders viele Äpfel in meiner Heimat, fürchte ich.« Das traurige Lächeln erreichte ihre Augen nicht, Reya sah aus, als würde sie mit sich selbst ringen. Mit einem Seufzen holte sie ihr Schwert hervor und schnappte sich Nous Frucht. Es wirkte lächerlich, wie sie den Apfel an der viel zu großen Schneide schälte. Priel beobachtete all das mit wachsendem Amüsement.

»Möchtest du auch, dass ich dir deinen Apfel kleinschneide, Riz? Vielleicht denke ich mir auch einen netten Vogelnamen für dich aus. Ich kenne ein paar mehr als Reya.« Er meinte es scherzhaft – doch Riz errötete. Ganz und gar, ihre Wangen glichen der Farbe der Früchte. Harsch drehte sie ihm den Rücken zu.

»Ich verzichte.«

Priel brummte nachdenklich. Er zog eines seiner Schwerter, dasjenige aus Koel. Trotz des hohen Schmiedealters war die Klinge von herausragender Qualität. Im Königinnenhaus musste man sie regelmäßig gepflegt haben. Kurzum trennte er die befallenen Bereiche aus ihrer Frucht, er ging sogar so weit, die Schale nach Löchern abzusuchen. Erst danach hielt er Riz erneut den Apfel unter die Nase.

»Garantiert madenfrei.« Sie beäugte ihn über die Schulter hinweg, zögerlich nahm sie das angebotene Obst entgegen. Das genuschelte *Danke* bekam Priel fast nicht mit. Es störte ihn wenig. Stattdessen streckte er die Beine aus und sank ins Gras zurück, für den Moment fühlte es sich gut an, hier zu rasten.

»Nur noch eine Stadt, bis wir die Hauptstadt erreichen«, hörte er Nou sagen, sie knabberte an ihrem geschälten Apfel.

Reya verzog für eine Sekunde das Gesicht. Jedem außer ihm und Echo wäre die knappe Gefühlsregung entgangen, doch Priel bemerkte sie überdeutlich.

»Was hast du danach eigentlich vor? Du weißt schon, sobald dir die Meisterbarden geholfen haben. Wirst du in deine Heimat zurückkehren?«

Nou ließ den Apfel sinken. »Ich habe Pflichten in meiner Heimat. Ich hoffe einfach, dass man mir in der Stadt der Klänge helfen kann.«

»Bestimmt. Wenn Bardenmagie imstande ist, eine tödliche Verletzung zu heilen, gelingt ihnen das bestimmt auch mit deinem Stottern.«

Diesmal antwortete Nou nicht. Sie fixierte einen Punkt im Gras, ihre Fingernägel bohrten sich krampfhaft ins Fruchtfleisch.

Reya schien davon nichts zu bemerken. »Weißt du, falls du dich gegen eine Reise in deine Heimat entscheidest …« Sie pausierte. »Dann könntest du bei uns bleiben. Bei Priel, Arlecho und mir. Wir wollen uns irgendwo niederlassen, auf einem schönen Fleckchen Land. Vielleicht bauen wir uns eine nette, kleine Hütte.«

Nou merkte auf. »Was ist mit der Tatsache, dass ich eine Prinzessin bin?«

»Ich kann nicht leugnen, dass mich das noch immer beschäftigt. Wirklich nicht, aber …« Reya holte tief Luft. »Jedes Reich hat seine ganz eigenen Probleme. Deines konnte ich durch deine Erzählungen ein bisschen besser kennenlernen. Es unterscheidet sich von meiner Heimat, ebenso stark wie ich mich von dir unterscheide. Aber in einer Sache sind wir uns ähnlich:

Wir schätzen die Leben anderer, ganz im Gegensatz zu den Königinnen, die ich so sehr verachte. Und das kann ich respektieren.«

Die Prinzessin hob das Kinn, Reya kratzte sich verlegen am Hinterkopf. »Denk einfach über meinen Vorschlag nach. Noch ist ja Zeit.«

Noch ist Zeit, wiederholte Priel gedanklich. Er senkte die Lider. B*ald werden wir uns irgendwo niederlassen. Ein einfaches Leben führen, ohne Kämpfe und Verfolgung. Eigentlich keine so schlechte Vorstellung. Riz könnte* … Er hielt inne, als ihm klar wurde, dass diese Zukunft die Bardin nicht beinhaltete. Sie würde die Stadt der Klänge nicht mehr verlassen, sobald sie zur Hofbardin aufstieg. *Ich werde sie niemals wiedersehen.* Ein Stich in seiner Mitte, der nicht vom Drang stammte, auch nicht von dem Schmerz des Verlustes. Musik setzte ein, Priel blinzelte ins matte Tageslicht. Leise sang Riz vor sich hin.

»Ein neues Lied?«, fragte Echo, Reste von Apfelkernen klebten an seinem Kinn.

Riz lächelte. »Ja und nein. Ich muss anfangen, das Lied des Eintritts zu üben. Mir fehlen noch ein paar eigene Reime.«

»Eigene Reime?«

»Na ja, eigentlich ganze Strophen. Das Lied soll von meinen Eindrücken erzählen. Oh, und die Königin lobpreisen. Ich muss mich gewissenhaft darauf vorbereiten, schließlich spiele ich es vor den Toren des Königinnenpalasts. Das entscheidet, ob ich den Königinnenhof betreten darf oder nicht.«

»Und wenn du es vermasselst?« Alle Blicke fanden Reya, die Riz frech angrinste. »Kommt schon, ich darf das sagen. Schließlich hast du mich fast zweigeteilt.« Sie und ihr Bruder lachten auf, der Rest der Gruppe blieb still.

»Wenn ich mich verspiele, bin ich des Titels einer Hofbardin unwürdig«, erwiderte Riz. »Aber so weit werde ich es nicht kommen lassen. Ich habe mein ganzes Leben auf diesen Moment gewartet. Ich muss es schaffen.«

»Und falls nicht …« Priel verschränkte die Arme hinter dem Kopf. »Dann gibt es in Reyas Haus sicher einen Platz für dich, Riz.«

Da, ich habe es gesagt. Für etwa eine Minute antwortete ihm niemand.

»Verflucht, Priel!«, stieß Echo so heftig hervor, dass es Apfelkerne regnete. »Das neulich hat dir wirklich den Kopf gewaschen. Wenn der alte Kauz *das* miterleben könnte!«

Ohne Ankündigung klatschte Priel Echo einen der verbliebenen Äpfel ins Gesicht. Er fiel nach hinten um, kam aber sofort wieder hoch.

»Du hast es so gewollt!« Mit einem Satz sprang er auf die Beine, Priel tat es ihm gleich, ihre Schwerter prallten nur eine Sekunde später aufeinander.

»Geht das schon wieder los …« Reya schob Nou ein Stück weit beiseite. Nur Riz blieb im Gras sitzen, Priel konnte nicht anders, als ihr einen flüchtigen Seitenblick zuzuwerfen – ihre vor Rührung glänzenden Augen nahmen ihn gefangen. Ehe er es sich versah, preschte Echo vor. Haarscharf glitt die Klinge an ihm vorbei und streifte seine Wange. Der Schmerz schoss in seine Wahrnehmung, Priel wich zurück, vor ihm der versteinerte Zwilling. Wieder Stille, begleitet vom rauschenden Gras.

»Ich … Ich habe gewonnen?« Echos Murmeln klang unwirklich in seinen Ohren. Aber es gab kein Abstreiten. »Ich habe gewonnen!« Übergangslos führte er ein albernes Siegestänzchen auf, Priel schob das Schwert zurück. Sollte er den Triumph doch haben. Er selbst wandte sich Riz zu. Sie saß nach wie vor an Ort und Stelle, für einen Moment starrten sie einander an, während Reya ihren Bruder lautstark beglückwünschte.

Priel weigerte sich, den Blickkontakt zu brechen. »Ich meinte das ernst«, sagte er, die Stimme zu einem Flüstern abgesenkt. »Und ich nehme es auch nicht zurück.«

Anstatt ihm zu antworten, griff sie nach ihrer Leier. »Deine Wange. Lass sie mich versorgen.«

Er sank neben ihr auf ein Knie, ihr belebender Gesang vertrieb Schmerz und Schnitt gleichermaßen. Echo feierte indes seinen Sieg, Reya fiel in den Jubel mit ein, sogar Nou ließ sich davon mitreißen.

»Falls es wirklich nicht klappen sollte«, wisperte Riz ihm zu, eine Spur echter Verlegenheit belegte ihre Stimme, »dann würde ich sehr gerne bei euch bleiben. Bei … Bei dir.«

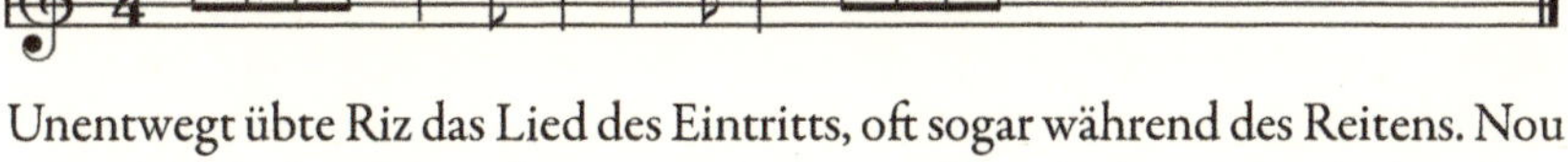

Unentwegt übte Riz das Lied des Eintritts, oft sogar während des Reitens. Nou vertrieb sich die Zeit, indem sie in ihrer Vogelgestalt die Gegend erkundete, abends rasteten sie an versteckten Lagerplätzen. Auf diese Weise verging mehr als eine Woche.

»Oh, du Stadt der Nachtigall, frische Wasser und unendliche Flüsse …« Rizsettes Leierspiel klang euphorisch. »Gesang des Nachts von fernem Gefieder, wie ich deine Schönheit im Mondlicht vermisse …«

»Klingt, als habe es sich um eine echt angenehme Stadt gehandelt«, rief Echo dazwischen, ihr Spiel erstarb und sie schüttelte den Kopf.

»Eigentlich nicht. Es war kühl unter den Bäumen, aber tagsüber brütend heiß. Viele Bäche lagen leer. Es gab viele Menschen, die sich vor Hunger und Durst kaum noch rühren konnten.«

»Klingt wie Zuhause«, merkte Reya an.

»Wie überall«, pflichtete Priel ihr bei.

Riz verstaute die Leier an ihrem Gürtel. »Manchmal kommt mir dieses Lied wie eine Lüge vor. Es soll zeigen, wie wundervoll das Reich der Klänge ist. Aber es ist nichts Wundervolles am Tod durch Hunger oder Durst.«

»Dann sing doch genau darüber«, schlug Reya vor. »Tod, Tod, Tod überall! Lausche dem Lied der Nachtigall!«

Riz sah aus, als habe sie auf eine Made gebissen. »Klar doch. Ich will ja auch davongejagt werden.«

Echo stieß schwallartig die Luft zwischen den Lippen hervor. »Im Reich der Schwerter belügt sich wenigstens niemand selbst. Alle wissen, wie beschissen die Wirklichkeit ist.«

Sie schwiegen, die Pferde trabten ruhig über die blühende Landschaft, kein Vergleich zu den brachliegenden Gebieten im Norden. Priel entdeckte einige Bauernhäuser. »Wie weit sind wir noch von Sparrow entfernt?«

»Etwas mehr als zehn Tage«, antwortete Riz.

Er widerstand der Versuchung, das eigene Reittier zu verlangsamen. *Nach Sparrow ist es nur noch ein kurzer Ritt bis in die Stadt der Klänge.*

Anfangs hatte er diese Stadt niemals betreten wollen. Dann hatte er sich damit arrangiert, in der Hoffnung, Rizsette so schnell wie möglich loszuwerden. Jetzt jedoch sah er dem Ende ihrer gemeinsamen Reise mit Widerwillen entgegen. *Was ist nur los mit mir? Ich muss mich wirklich zusammenreißen. Das ist das, was sie will. Egal, was ich davon halte, ich darf ihr dabei nicht im Weg stehen.*

»Jetzt zieh schon, du verdammter Gaul!«

Priel horchte auf, auch der Rest der Gruppe drehte die Köpfe. »Habt ihr das gehört?«

Die Zwillinge nickten im Takt – und ein piepsendes Bündel flatterte auf sie zu. Es landete vor ihnen, die Verwandlung geschah binnen eines Herzschlages. »Da vorne ist ein Mann mit seiner Kutsche im Schlamm steckengeblieben.«

Priel legte die Stirn in Falten. »Sieht er gefährlich aus?«

»Nein, nur verzweifelt. Und etwas dreckig.«

Er tauschte einen Blick mit Reya und Echo, dann stieg er ab. »Nou, übernimm mein Pferd. Ich sehe mir die Sache mal an.«

»Priel, warte. Lass mich mitkommen.« Riz sprang von der mit Echo geteilten Stute, im ersten Moment wollte er ihren Vorschlag abschmettern. Doch der Gedanke an das baldige Ende ihrer Reise drängte gewaltsam in sein Bewusstsein. Er würde jeden Augenblick an ihrer Seite wertschätzen – selbst, wenn es sich nur um Minuten handelte.

»Gut, aber bleib hinter mir. Wer weiß, ob das Ganze wirklich so unschuldig ist.«

Sie schlichen durch das Unterholz, schnell erspähte Priel einen großgewachsenen, edel gekleideten Mann. Das braune Haar hing ihm ordentlich ins Gesicht, doch Schlammspritzer bedeckten das fein gewebte Gewand in tiefem Blau, während er unentwegt auf eine zweite Gestalt einredete, die die Kutsche von hinten zu schieben versuchte. Das Pferd knabberte an einem nahen Busch, völlig desinteressiert an dem im Schlamm feststeckenden Gefährt.

»Jetzt mach schon! Wenn wir nicht in Bälde weiterreisen, verpasse ich mein eigenes Bankett!«

»Ich tue, was ich kann, edler Herr. Die Kutsche will sich einfach nicht bewegen!« Schweiß tropfte dem wesentlich älteren Mann von der Stirn, theatralisch warf der gut gekleidete Kerl die Arme in die Luft.

»Es war ein Fehler, nur mit dir nach Meadowlark zu reisen! Was sollen meine Gäste von mir halten, wenn ich meinem eigenen Bankett fernbleibe? Oh, die Schmach! Die Erniedrigung! Und der Seetang! *Der Seetang!* Er wird uns noch schlecht in dieser Hitze!«

Die Lautstärke seines Geschreis ging Priel auf die Nerven. Er beäugte Riz. »Lass uns verschwinden. Schlagen wir einen Bogen und reisen weiter. Sollen sie sich doch selbst helfen.«

»Diese Leute sind Bewohner des Reichs der Klänge. Ich bin Bardin, Priel. Eigentlich bin ich verpflichtet, ihnen zu helfen.« Sie machte Anstalten, sich zu erheben, Priel griff nach ihrer Hand.

»Ist das dein Ernst? Wir wollten uns bedeckt halten. Vergiss nicht, dass man nach dir sucht. Der Kerl könnte plaudern, wenn du ihm hilfst.«

»Das Risiko muss ich eingehen. Es wäre *selbstsüchtig*, nur an mich zu denken. Hast du selbst gesagt.«

Dagegen konnte er kaum argumentieren. Er ließ ihre Hand los. »Na schön, aber überlass das vorerst mir. Ich finde heraus, ob sie gefährlich sind.« Steifen Schrittes trat er aus der Deckung hervor.

Der gut gekleidete Kerl stieß einen spitzen Schrei aus, der in seinen Ohren klingelte. »Meine Gebete an den Wunschbarden wurden erhört! Ein starker Mann eilt mir zur Rettung!«

Priel rollten sich die Fußnägel hoch. Der Mistkerl besaß sogar die Dreistigkeit, ihn am Arm zu packen. »Schnell, Fremder! Helft meinem nutzlosen Lakaien, meine Kutsche aus diesem vermaledeiten Schlamm zu befreien.«

Priel schüttelte ihn ab. »Nicht so hastig. Wer seid ihr und was genau führt euch hierher?«

»Oh! Verzeiht meine Unachtsamkeit, ich habe mich noch nicht vorgestellt! Cilantro aus dem Hause Bellbird – seit kurzem ansässig in der wundervollen Stadt namens Sparrow. Ihr habt sicherlich von mir und meiner Familie gehört.«

»Kein Sterbenswörtchen.«

Der Adlige – *ein Lappen* von einem Vertreter der Nobilität – blies die Wangen auf. »Hast du das gehört, Gil? Dieser Landstreicher wagt es doch tatsächlich, mich zu beleidigen!«

Der ältere Mann schnaufte vor Anstrengung. »Die Wahrheit ist keine Beleidigung, edler Herr.«

»Wie auch immer!« Cilantros schriller Ruf stellte Priels Nackenhaare auf. »Mein Pferd scheint der langen Reise müde, deshalb versinkt meine geliebte Kutsche im Schlamm! Ich erwarte, dass man uns hilft!«

Priel verschränkte die Arme vor der Brust. *Ich helfe dir gleich bei was ganz anderem.* Die Antwort lag ihm bereits auf der Zunge, doch ein Rascheln in seinem Rücken hielt ihn zurück. Riz trat aus dem Dickicht hervor, die Leier in der Hand.

»Dann erlaubt mir, für Eure Weiterreise Sorge zu tragen.«

Cilantro stieß einen Freudenschrei aus. »Eine Bardin! Der Königin sei Dank!« Er sprang auf Riz zu, Priel kam ihm kurzerhand in die Quere. Seine harte Miene reichte, um den Adligen auf Abstand zu halten. Dennoch trat Riz an seine Seite.

»Euer Pferd scheint mir tatsächlich erschöpft. Gebt mir einen Augenblick.« Sie schlug die Saiten an, die gespielte Melodie erfüllte das Waldstück:

Die Schwere der Muskeln verhindert dein Schreiten,
bist müde, denn Schwäche, sie will dich begleiten.
Ein lieblicher Ton bringt sie langsam zurück,
verlorene Stärke, durch gesungenes Glück.

Das Pferd hob den Kopf und blähte die Nüstern. Es wieherte, stemmte sich gegen den Schlamm und zog mit einem Ruck das feststeckende Gefährt in die Freiheit. Cilantro schrie vor Begeisterung auf, seine überlaute Stimme tat Priel in den Ohren weh.

»Oh, du süße Bardin! Meinen ergebensten Dank für diese Tat, ich bin dir bereits jetzt verfallen! Sag mir eins, befindest du dich zufälligerweise auf dem Weg nach Sparrow? Mir ist nicht entgangen, dass es sich bei dir um eine Bardenschülerin handelt.«

Wieder wollte er Riz berühren, der Drang schickte Priel dazwischen. »Richtig, sie ist eine Lehrbardin. Genau wie ich.«

Der Adlige riss die Augen auf. »Du bist ebenfalls ein Bardenschüler? Wo ist dein Umhang?«

»Wollte nicht, dass er dreckig wird.«

Cilantro schnaubte übertrieben. »Das verstehe ich vollkommen! Mein armes Gewand wird das Ende dieses Tages auch nicht überstehen.«

Priel musterte entgeistert die Schlammspritzer. *Wie wäre es mit waschen?*

»Wir sind tatsächlich auf der Reise nach Sparrow«, sagte Riz. »Für uns die letzte Stadt vor Erreichen der Stadt der Klänge.«

»Dann ist eure Bardenreise ja beinahe abgeschlossen! Erlaubt mir, euch auf dem Weg nach Sparrow zu begleiten! Reist ihr zu Fuß? Für eure Hilfe würde ich euch nur zu gern auf meinem Anwesen unterbringen. Soweit ich weiß, befindet sich Meister Sparrow nicht in der Stadt. Wie lauten eure wundervollen Namen?«

»Vermil und Priel von Oriole«, erwiderte Priel zähneknirschend. Der Kerl redete wirklich wie ein Wasserfall. »Und nein danke. Wir kommen allein zurecht.« Es gefiel ihm nicht, mehr Zeit als unbedingt notwendig mit dem aufgeblasenen Schnösel zu verbringen.

»Oh, ich bestehe darauf! In meiner Kutsche lässt es sich so viel bequemer reisen als zu Pferd oder zu Fuß.«

Priel schnaufte genervt. Wieder wollte er ablehnen, in diesem Moment brachen die Zwillinge in Begleitung Nous durch das Dickicht. Echos Hand lag am Schwertgriff.

»Priel, was dauert da so lange?«

Cilantro fuhr herum – und Priel konnte dabei zusehen, wie ein Funke des Entzückens über sein Antlitz huschte. »Ist dies eure Reisebegleitung, geschätzte Bardenschüler? Alle Achtung, ein so kräftiger Gesandter ist mir schon lange nicht mehr untergekommen.«

Es war nicht das erste Mal, dass man die Zwillinge für Diener der Krone hielt, Priel würde dem nicht widersprechen. Es schützte sie, solange der Schwindel nicht auffiel.

Riz schien das anders zu sehen, denn sie wagte einen halben Schritt nach vorn. »Oh nein, Echo und Reya sind keine –«

»Echo?«, fiel ihr Cilantro ins Wort, Riz verzog missmutig das Gesicht. »Der Name dieses außerordentlich hübschen Mannes lautet also Echo?«

Der Zwilling selbst bedachte den Adligen mit erhobener Braue. So lange, bis ein schelmischer Ausdruck seine Züge erhellte.

Priel versteifte. *Oh nein.*

»Ja, ich bin Echo. Egal, wie sehr man mich loswerden will, ich komme immer wieder zurück.«

»Ach, tatsächlich?«

Resigniert wechselte Priel einen vielsagenden Blick mit Reya, diese seufzte schwer.

»Na schön, Cilantro von wo auch immer«, richtete er sich an den Adligen. »Wir reisen mit dir.«

»Oh, wirklich? Wie wundervoll! Eine gemeinsame Reise durch die Weite!«

Echo grinste breit, Reya legte die Hand an die Stirn, Nou neigte verwirrt den Kopf. Auch Riz verzog das Gesicht. »Priel, was soll das? Was, wenn er herausfindet …«

»Ich weiß, aber deine Sorgen sind unbegründet. Der Mistkerl wird mit Echo alle Hände voll zu tun haben.«

»Mit Echo?«

»Du wirst schon sehen.«

Sie lagerten an diesem Abend erst spät, nachdem sie ein gutes Stück Weg zurückgelegt hatten. So sehr Priel die laute Stimme des protzigen Adligen nervte; Echo lachte herzhaft über seine unlustigen Witze. Zufällig anmutende Berührungen, lange Blicke – Priel verdrehte so oft die Augen, dass auch Riz es irgendwann mitbekam. Schließlich stahlen sich Cilantro und Echo davon, weg aus dem Licht des Lagerfeuers. Erschöpft röstete der Rest der Gruppe Gemüse und Brot, der Bedienstete schlug nach kurzer Zeit unter der Kutsche das Nachtlager auf. Sein Schnarchen erklang leise aus der Finsternis. Der Himmel leuchtete über ihnen, eine sternenklare Nacht, erhellt vom Mond.

»Verflucht, Bruderherz. Jetzt geht das auch noch hier los.« Reya stöhnte gequält auf, Priel zuckte nur mit den Schultern.

»Eigentlich habe ich längst damit gerechnet. War nur eine Frage der Zeit.«

Riz betrachtete die aufschlagenden Flammen. »Dann hatte Echo früher auch schon spontane Liebschaften?«

Ah, sie hat es durchschaut.

Nur Nou an ihrer Seite wechselte von Weiß zu Puterrot, sie schien ihrer beider Annäherung über den zurückliegenden Tag hinweg nicht bemerkt zu haben.

»W… Was? Wovon sprecht ihr da?«

Reya schob sich ein Stück Brot in den Mund. »Ach, nur von der Tatsache, dass mein Bruder wirklich so gar nichts anbrennen lässt. Wenn er sich erst einmal auf jemanden festlegt, denkt er kaum noch an etwas anderes. Einmal ist er wochenlang um einen Kerl herumscharwenzelt, bis …« Detailliert berichtete sie von Echos Eskapaden. Nou glühte, als sie schließlich die Stimme senkte. »Mir ist schon klar, dass Echo uns ewig lang vollgejammert hätte, wenn wir das Angebot dieses Schreihalses abgelehnt hätten. Aber bei den schärfsten Schwertern der Welt, auf dem Weg hierher wollte ich dem Adligen mehrmals den Hals umdrehen.«

Schritte durchdrangen die Stille, Echo kam aus der Dunkelheit auf sie zu: ein breites Grinsen, zerzaustes Haar, neben ihm Cilantro in ähnlicher Manier.

Er begleitete ihn bis zur Kutsche, küsste seine Hand und verabschiedete sich für die Nacht. Erst dann trat er an das Feuer heran und sank an Priels Seite. »Ich bin am Verhungern. Mann, der hatte vielleicht Ausdauer.« Genüsslich verschlang er Gemüse und Brot, Priel entdeckte einen glänzenden Ring an seinem Finger. Aus Weißgold, im Reich der Klänge sicher ein Vermögen wert.

»Hast du den Adligen jetzt auch noch beklaut?«

Echo schmatzte lautstark. »Von wegen. Das ist ein Geschenk. Neidisch?«

»Wohl kaum. Sicher, dass er damit nicht versucht, dich zum Schweigen zu bringen? Kann mir nicht vorstellen, dass es gern gesehen wird, wenn *Gesandte der Krone* mit Adligen anbandeln.«

Echo zuckte mit den Schultern. »Soll mir egal sein. Hauptsache wir haben unseren Spaß. Man muss die Chancen ergreifen, die sich einem bieten.«

Reya stützte das Kinn auf die Handfläche. »Ja, das war schon immer dein Leitsatz, Bruderherz.«

»Ich verstehe nicht, weshalb euch das so sehr stört«, warf Riz ein, im Gegensatz zu Nou schien sie das Thema keineswegs abzuschrecken. »Ich habe es während meiner Zeit in Canary nicht anders gemacht. Es ist nicht verwerflich, den Moment auszukosten.«

Priel horchte auf. Echo prostete ihr mit dem offenen Wasserschlauch zu. »Gut gesagt, Bardin! Wenigstens eine, die mich versteht.«

Reya zog die Stirn zusammen. »Hast du nicht in Meadowlark gesagt, dass Barden keine Beziehungen führen dürfen?«

»Das gilt hauptsächlich für Hof- und Meisterbarden, unter Lehrbarden sieht man darüber hinweg. Nun ja, solange wir keine Kinder in die Welt setzen. Die meisten von uns vermeiden das, indem wir uns nur auf das eigene Geschlecht einlassen.«

»Und … Das hast du?«, fragte Echo.

Riz zuckte mit den Schultern. »Ich für meinen Teil habe *alles* ausprobiert. Vermin war weniger risikobereit. Nicht, dass es für uns je eine große Bedeutung gespielt hätte, da unsere Bekanntschaften nie lange währten und wir ohnehin keine Familie gründen durften.«

»Immer noch Unsinn«, erwiderten die Zwillinge einstimmig.

Priel sagte es zwar nicht, empfand jedoch auf dieselbe Weise.

Echo drehte sich zu der sehr stillen Prinzessin. »Was ist mit dir, Nou? Dürfen Prinzessinnen aus dem Reich der Bestien auch ab und zu …?«

Sie lief knallrot an. »Auf keinen Fa… Fa… Unter keinen Umständen! Es ist undenkbar, sich der Wollust hinzugeben!«

»Wollust?«, wiederholte Echo lächelnd.

Reya unterdrückte wenig erfolgreich ein Grinsen.

»Ganz genau! Nicht einmal in meinen kühnsten Träumen würde ich es mir erlauben, derlei Gedanken zuzulassen!«

Reya stieß Priel den Ellbogen in die Seite. »Klingt ein bisschen wie du, Priel.«

»Tsk. Selten so großen Mist gehört. Nur, weil ich nicht jedem hübschen Hintern hinterherrenne, heißt das noch lange nicht, dass ich so unschuldig wie unsere Prinzessin bin.«

Nou zog eine Grimasse, Reya tätschelte ihr den Handrücken.

Nur Riz prustete los. »Dann hast du es wohl auch ganz wild getrieben, was, Priel?« Ihre Neckerei führte zu allgemeiner Erheiterung, er erwiderte ihren Blick ungerührt.

»Wenn sich die Gelegenheit ergab, habe ich selten abgelehnt. Aber ich bin wählerischer als Echo. Nett anzusehen ist dieser Bellbird ja, aber mir wäre er eindeutig zu laut.«

Das Gelächter schwoll an, Echo entblößte strahlendweiße Zähne. »Darin unterscheiden wir uns, Priel. Ich habe nichts dagegen, wenn sie laut sind – und in Cilantros Fall gab es gute Wege, ihn zum Schweigen zu bringen.«

Echo füllte die folgenden Tage mit Geturtel. Ständig hing er bei Cilantro herum, jede Nacht verschwanden sie für einige Stunden. Und dann, an einem glänzenden Morgen unter endlos blauem Himmel, erreichten sie Sparrow.

Eine breite Stadtmauer aus weißem Stein säumte die Ausläufer der Metropole, die diese Bezeichnung wahrlich verdiente: Palmen überall entlang der Straßen und prunkvollen Häuser, bis hin zum Hafen, von dem Cilantro während ihrer Reise unentwegt geschwärmt hatte. Die Menschen trugen feinstes Leinen, hier handelte man mit Stoffen und riesigen Wassermelonen, deren süßer Geruch sich mit dem fernen Odor von Meersalz mischte. Wandgemälde zierten die Häuserwände, gurgelnde Brunnen, so weit das Auge reichte – die Anmut dieser Stadt übertraf alle anderen.

Cilantro führte sie durch die Straßen, die Bewohner brachten Riz und Priel allerlei gute Worte und kleine Geschenke entgegen – schließlich trug auch er längst wieder den lästigen Federumhang. Winzige Vögelchen hüpften überall umher, einer landete auf seinem Stiefel, wohl in Erwartung einer Mahlzeit, denn viele der Städter fütterten das nervige Federvieh. Er schüttelte den Piepmatz ab, in der Zwischenzeit berichtete Cilantro von diesem und jenem Ort, lästerte über ihm bekannte Adlige, lobte das ein oder andere Geschäft – bis sie vor einem Anwesen standen, das seinesgleichen suchte: Mehrstöckig ragte es vor ihnen auf, gehalten in tiefem Blau, umgeben von einem saftigen, gepflegten Garten. Man öffnete das Tor, ein halbes Dutzend Bediensteter strömte herbei, alle verneigten sich.

Cilantro breitete die Arme aus. »Meine Villa, der zweite Sitz des Hauses Bellbird! Tretet ein, ehrwürdige Bardenschüler und Gesandte der Krone! Dieses wundervolle Anwesen soll für die Dauer eures Aufenthalts zu eurer vollen Verfügung stehen! Mein Schlafzimmer ist ganz oben.« Verschwörerisch zwinkerte er Echo zu, Priel verdrehte die Augen. »Wir sind gerade noch rechtzeitig zurückgekehrt! Mein Bankett findet bereits morgen Abend statt. Es wird knapp, aber meine Bediensteten müssen euch umgehend einkleiden.«

Es blieb keine Zeit für Protest oder viele Worte, denn Cilantro scheuchte sie ins Innere des riesenhaften Baus, durch einen einladenden Vorraum in geräumige Zimmer, bis hin zu einer Scharr emsiger Näher. Kurzerhand trennte man Priel und Echo von Nou, Reya und Riz, obwohl ihm dies keineswegs behagte. Die nächsten Stunden musste Priel sich das Gesäusel der Turteltauben anhören, während er in allerlei Stoffe gewickelt wurde. Irgendwann schien Cilantro mit der Auswahl zufrieden, denn er entließ ihn mit einem müden Wink. Nur Echo verweilte, Priel wollte nicht wissen, was die beiden zu tun gedachten.

Erschöpft gelangte er endlich in den Raum, der nur für ihn allein vorgesehen war: Ein weites Zimmer mit Himmelbett, Teppiche auf dem Boden, Gemälde an den Wänden sowie eine breite Flügeltür, die auf einen ausgedehnten Balkon führte. Kurzum stieß er diese auf, die kühle Meeresbrise umwehte seine Nase. Priel atmete tief ein. Wahrscheinlich würde er sie des Nachts sperrangelweit offenstehen lassen.

»Priel!«

Er sah auf und entdeckte Riz, auf dem angrenzenden Balkon direkt neben seinem. Ohne Federumhang, nur mit dem schlichten Hemd und der dunklen Hose, wirkte sie völlig verändert. Fast schon wie eine normale Bewohnerin dieses Reiches, keine Bardenschülerin, die in Kürze hinter den Mauern eines Schlosses verschwinden sollte. Er spürte den Stich und schob ihn beiseite.

»Lass mich raten: Sie haben dich auch in viel zu viele unpraktische Stoffe gesteckt. Ich bin heilfroh, dem entkommen zu sein, bevor Cilantro und Echo übereinander herfielen.«

Riz lachte auf. »Reya und Nou sind noch dabei. Unserer Prinzessin schien es gewaltigen Spaß zu machen, in verschiedene Kleider zu schlüpfen. Und Reya erst. Jedes Mal, wenn Nou hinter dem Paravent hervorkam, ist sie aus dem Staunen gar nicht mehr herausgekommen.« Sie stützte sich auf der Brüstung ab, ihre Augen schweiften über die unendlichen Wellen, der Wind bewegte ihr Haar.

»Weißt du, Priel, bevor Vermin verschwand, sprach er davon, die Länder jenseits der Grenzen kennenlernen zu wollen. Fremde Wolken unter neuen Himmeln oder so ähnlich. Ich glaube, ich verstehe jetzt, was er damit gemeint hat.« Eine flüchtige Traurigkeit belegte ihre Stimme, die sonst so lieblich sang. »Kaum zu glauben, dass es mich Monate gekostet hat, um dahinterzukommen. Vermin wusste längst, was er von seinem Leben wollte.«

Priel lehnte sich ebenfalls an, das hölzerne Geländer war warm von den Strahlen der Sonne. »Was ist mit dir? Was erwartest du von deinem Leben?«

»Bisher war es mein innigster Wunsch, zur Hofbardin zu werden.«

»Bisher?«

»Ich habe das Reich, in dem ich schon so lange lebe, gerade erst richtig kennengelernt. Das Leid, die Armut, der Tod – als Hofbardin kann ich nichts dagegen unternehmen. Die Menschen leiden, doch wir Barden streben nur danach, uns selbst zu retten. Ich habe es schon einmal gesagt und ich sage es wieder: Du hattest recht, von Anfang an. Das war unglaublich selbstsüchtig. Nicht nur von mir.« Ihr Blick verließ die Wellen und wanderte zu ihm. »Du hast mir die Augen geöffnet, Priel. Dafür werde ich dir ewig dankbar sein.«

Er verlagerte das Gewicht. »Und was heißt das jetzt? Hofbardin hin oder her, was willst du tun?«

»Ich weiß es nicht genau.« Nachdenklich strich Riz eine lose Haarsträhne hinter ihr Ohr zurück. »Ich bin verunsichert. Ja, ich kann versuchen, zur

Meisterin zu werden. Doch bis dahin kann es viele Jahre dauern. Was nütze ich dem Volk, wenn ich in der Zwischenzeit in einem Adelshaus versauere? Um wirklich helfen zu können, müsste ich …« Sie fixierte das Holz an ihren Fingern. »Ich müsste den Traum, zur Hofbardin zu werden, aufgeben.«

»Rizsette! Schau dir das an!« Eine zierliche Gestalt hüpfte in rauschenden Röcken auf den Balkon, ein rotes, wallendes Kleid mit etlichen Rüschen, das hervorragend zu Nous in Locken gelegtes Haar passte. Sie wirbelte hellauf begeistert im Kreis, ihr Glück steckte an.

Priel tauschte einen Blick mit Riz, auch ihre Mundwinkel zuckten, sie schenkte der eifrigen Prinzessin ein Lächeln. »Wunderschön.«

»Riz hat recht. Steht dir ausgezeichnet.«

Nou strahlte sie beide an. »Ihr müsst unbedingt Alegreya sehen. Die Bediensteten schneidern ihr das wundervollste Gewand. Es ist noch nicht fertig, aber es sieht jetzt schon fantastisch aus.« Eifrig sprang sie davon, wohl dorthin, wo Reya auf sie wartete.

Wieder kehrte Stille ein, Priel fasste sich ein Herz. »Riz, egal wie du dich entscheidest: Wir stehen hinter dir.«

Sie lächelte erneut; doch es erreichte ihre Augen nicht. »Danke, Priel.« Als sie den Balkon verließ, blickte er ihr nach. Der Gedanke kam ohne sein Zutun, nicht flüchtig oder vergänglich, sondern nachhallend. Er konnte nicht anders, als sich daran festzuklammern: *Ich hoffe, sie entscheidet sich gegen die Hauptstadt.*

Am folgenden Tag überreichte man ihnen Schriftrollen aus dem Bardenhaus, besorgt durch Cilantros Bedienstete. Längst wusste Priel, dass der Adlige die Kunde der anwesenden Lehrbarden unters Volk gemischt hatte. Großspurig kündigte er an, dass sowohl Vermil als auch Priel von Oriole auf seinem Bankett zugegen sein würden – und um die Spannung zu steigern, sollten sie die Stadt bis dahin nicht betreten. Die Aufmerksamkeit, die emsige Dienerschaft, die laufenden Vorbereitungen, die die ganze Nacht angedauert hatten, alles daran nervte Priel.

Der Abend erstrahlte in hellen Lichtern. Girlanden hingen überall in den Gärten und Innenbereichen des gewaltigen Anwesens. Geschmückte Tische

lockten mit Appetithappen, Blumen und Kunstgegenstände verzierten jeden Winkel, von den armen Angestellten auf Hochglanz poliert. Unzufrieden zupfte Priel an der eilig geschneiderten Kleidung herum, es mochte das erste Mal in seinem Leben sein, dass er ein derart teures Gewand sein Eigen nannte: weich auf der Haut, gehalten in Blau und Weiß, ähnlich seiner gewöhnlichen Reisekleidung, doch um ein Vielfaches enger anliegend. Außerdem fehlten ihm sowohl das Fell als auch das vertraute Gewicht seiner Schwerter. *Für den Kampf absolut ungeeignet.*

Um ihn für die Anwesenden als vermeintlichen Barden zu kennzeichnen, hatte man den oberen Bereich des Hemdes mit Federn verziert, in Rot und Orange, wie der Federumhang. Priel kam sich albern vor, die Farben bissen sich. Auch Echo hatte der Adlige neu eingekleidet: Auf den ersten Blick erkannte man ihn kaum wieder. Den sonst hohen Haarzopf hatte man ihm genommen, sodass das Haar bis über seine Ohren reichte. Glatt und sittsam sah das aus, insbesondere aufgrund der von schimmernden Fäden durchzogenen, schwarzen Kleidung. Priel hob eine Augenbraue.

»Du siehst aus wie ein völlig anderer Mensch.«

Echo verzog missmutig das Gesicht, eine seltene Angelegenheit, die Priel erheiterte. »Mann, der Mist juckt vielleicht. Wer hatte die Idee mit den falschen Goldfäden?« Erfolglos versuchte er, seinen Rücken zu kratzen. »Ich fürchte, ich muss Cilantro absägen. Das hier ertrage ich nicht.«

»Dass ich dich das mal sagen höre, Bruder.« Reya stieg die Treppe hinab, bekleidet mit einem Gewand, das Echos stark ähnelte. Ihr standen die Näher offenbar mehr Bewegungsfreiheit zu, denn sie manövrierte geschmeidig die Stufen entlang. Sie hatte auf Hosen bestanden, keine Kleider wie die übrigen Damen: ebenfalls verziert mit falschen Goldfäden, die auch in ihr Haar eingearbeitet worden waren. An ihrem Arm führte sie Nou, an sich jenes Kleidungsstück, das sie Priel und Riz bereits vorgeführt hatte. Die Bardin selbst folgte Reya unmittelbar, ein auf den ersten Blick eher schlichtes Kleid am Körper: Orange, das vortrefflich zu ihrer sandfarbenen Haut passte, geschmückt mit ebenjenen Federn, die auch Priel trug. Ein roter Schal um ihre Taille hielt die Leier, große Schlitze entlang ihrer Beine, die bei jedem Schritt spielerisch aufwallten, zogen nicht nur seinen Blick an.

»Vermil, Priel! Und natürlich auch alle anderen!« Cilantro trat an sie heran, er schenkte Echo ein kurzes Zwinkern. »Ihr begleitet doch sicher meinen

Einzug in die Halle? Die Gäste sind unheimlich gespannt auf den hohen Besuch!« Er winkte sie voran und übernahm selbst die Führung, hinein in diesen Festsaal voller adliger Gäste. Priel beobachtete, wie er den Wartenden zuwinkte, ein respektvolles Raunen begleitete sie bis an die Stirnseite der geschmückten Halle.

»Willkommen im Hause Bellbird, Gäste aus nah und fern!« Eine ausschweifende Rede folgte, der Priel nur mit einem Ohr lauschte. Irgendwann deutete Cilantro auf Riz und ihn. »Umso mehr erfreut es mich, an diesem herrlichen Abend zwei ganz besondere Gäste begrüßen zu dürfen: Die Bardenschülerin Vermil und den Bardenschüler Priel von Oriole! Ihre Bardenreise endet in Kürze, Sparrow ist die letzte ihrer Etappen. Wer weiß, vielleicht sehen wir einen von ihnen schon bald als Hofbarden der Bellbirds wieder!« Er lachte mit den Versammelten. »Lasst die Feierlichkeiten beginnen!«

Munteres Geschnatter brach aus. Musik setzte ein, ausgehend von einem Musiphon – Priel hatte Riz am Morgen mit Reya über den merkwürdigen Trichterkasten sprechen hören. Man trug Speisen herein, die er noch nie zuvor gesehen hatte: deftige Fleischgerichte, Skulpturen aus Käse und Seetang, gekrönt von einem aufgespießten Kalb. Sein Magen rumorte vorwurfsvoll, Cilantro hatte darauf bestanden, dass sie im Vorfeld dieses Festgelages hungerten – um den Appetit anzuregen. Priel schnaubte. Hunger war er gewohnt, aber das hier, ein so reiches Aufgebot an Speis und Trank – es kam ihm verschwenderisch vor.

Eine Hand klatschte ihm auf den Rücken und eine zweite schob ihm ein Weinglas entgegen. »Trink, mein Freund! Der Wein stammt aus dem persönlichen Anbau meiner Familie. Lass ihn dir schmecken, aber iss zwischendurch. Sonst steigt er dir zu Kopf!«

Cilantro schlenderte weiter, hinüber zu Riz, der er ebenfalls eines der Gläser übergab. Er sah dabei zu, wie sie in angeregte Gespräche verwickelt wurde, auch an ihn traten die Adligen mit Eifer heran, sodass sie nach kurzer Zeit voneinander getrennt wurden. Der Drang meldete sich mit einem wütenden Zischen, das ihm befahl, sie im Auge zu behalten. Priel wollte ihn am liebsten verscheuchen wie eine lästige Fliege.

»Es muss eine weite Reise bis hierher gewesen sein.« Ein gut betuchter Mann mittleren Alters buhlte um seine Aufmerksamkeit, an seiner Seite kicherte eine reichlich beschwipste Frau. Priel nahm einen tiefen Schluck.

Immerhin schmeckte der Wein tatsächlich so gut wie versprochen – und dämpfte den Hunger. Ein eifriger Bediensteter schenkte ihm im Vorbeigehen nach, obwohl er das Glas noch nicht einmal zur Hälfte geleert hatte. Priel trank erneut.

»Ja, es war weit«, sagte er. Abwesend musterte er Riz, die mittlerweile von dem ein oder anderen zum Tanz aufgefordert wurde. Sie lehnte jedes Mal ab.

»Welche Stadt hat Euch am besten gefallen, edler Lehrbarde?«, wollte die angetrunkene Frau wissen.

Priel nippte an seinem Glas. »Keine Ahnung. Goldfinch.«

»Oh, Goldfinch! Wir besitzen ein Haus in den Wäldern. Wir suchen es alle paar Jahre während der Sommermonate auf, nicht wahr, Liebster?«

»Ganz recht, meine Schöne. Was genau gefiel Euch so gut an Goldfinch, Priel von Oriole?«

Priel sah, wie Reya Nou die Hand zum Tanz anbot. Die Prinzessin lächelte schüchtern, ehe sie mit einem Nicken zustimmte. Cilantro war dazu übergegangen, Echo mit sich herumzuschleppen. Sein Lächeln wirkte gezwungen. Priels Magen grummelte erneut, wieder nahm er einen Schluck von dem Wein, was das Glas zu seiner Bestürzung leerte. Er hatte nicht bemerkt, wie schnell er trank.

»Verzeihung? Habt Ihr mich verstanden?« Die rotwangige Frau lachte nervös, ihr Gatte wirkte irritiert.

Oh. Die habe ich ja fast vergessen. Ein Bediensteter kam herbei und schenkte ihm nach, Priel zog die Stirn kraus. *Ich darf mich nicht betrinken. Besser, ich esse irgendetwas.*

»Was weiß ich. Die gebrochene Nase des Meisterbarden. Entschuldigen Sie mich.« Er ließ die verdutzten Adligen zurück und nahm die angebotenen Speisen in Augenschein. Sah alles eigenartig aus. Mit einem Schulterzucken griff er zu, es handelte sich um eine Art gefülltes Ei. Schmeckte würzig. Passte gut zum Wein, den er zum Nachspülen nutzte.

Priel stoppte, das Glas noch an den Lippen. *Scheiße. Ich habe eindeutig genug getrunken. Das Zeug ist verflucht stark.* Er drehte sich um, locker an die Tischplatte gelehnt, und erfasste Riz. Sie hatte sich zu Nou und Reya gesellt. Auch auf die Entfernung übte ihr Kleid einen unverkennbaren Reiz aus. Wie eine zweite Haut umschmeichelte es ihren Körper, ihm gefielen vor allem ihre Beine: Endlos lang in diesem verdammten Fummel, als habe man ihn ihr in flüssigem Zustand auf den Leib gegossen. Unwillkürlich nahm er einen letzten, tiefen Schluck, der das Glas erneut leerte. *Ihre Beine würden nur besser aussehen, wenn sie sich auf meinen Schultern befänden.*

Priel erstarrte mitten in der Bewegung. Eine Bedienstete wollte ihm nachschenken, harsch setzte er das Glas auf dem nahen Tisch ab. Das entstehende Klirren ließ die Frau zusammenfahren, doch seine eigenen Gedanken nahmen ihn viel zu sehr ein, um davon Notiz zu nehmen. *Was habe ich da gerade gedacht? Scheiße. Kein Alkohol mehr für mich.*

»Werte Adlige!« Cilantro erregte seine Aufmerksamkeit, er breitete die Arme aus. »Wie wäre es, wenn wir unsere edlen Gäste um eine Demonstration ihrer Musik bitten würden? Vermil und Priel von Oriole, lasst uns hören, was einen Bardenschüler aus dem Reich der Klänge ausmacht!« Die Menge klatschte, Priels Miene verfinsterte sich.

»Besser nicht. Ich habe zu viel getrunken, das würde mein Spiel ruinieren.«

Cilantro zog einen Flunsch, bevor er sich an Riz wandte. »Was ist mit dir, liebste Vermil? Wir hungern nach einer Kostprobe!«

Niemand hier hungert, wollte Priel am liebsten sagen, stattdessen betrachtete er Riz. Sie präsentierte Cilantro ein Lächeln.

»Sehr gern. Ich habe meine Leier bei mir.«

»Ich hatte etwas anderes im Sinn. Bringt ihn herein!« Cilantro winkte knapp und die breite Doppeltür schwang auf. Mehrere Bedienstete trugen unter schwerem Ächzen einen großen, mit einem weißen Tuch bedeckten Gegenstand in die Halle. In der Mitte des Saals setzten sie ihn ab, Cilantro zog den Stoff weg.

Zum Vorschein kam ein strahlend weißes, merkwürdig geformtes Ding. Man öffnete einen Teil des Kastens und legte Tasten in Schwarz und Weiß frei, Riz' Augen leuchteten auf, Priel hatte dergleichen noch nie gesehen. Nur aus Beschreibungen des alten Kauzes reimte er sich zusammen, was er da vor sich hatte: einen Flügel.

Musste ein verflucht gutes Instrument sein, so schaute Riz jedes Mal drein, wenn er ihr erlaubte, seine Violine zu spielen. Priel verschränkte die Arme vor der Brust, während eine schneeweiße Sitzbank hereingebracht wurde. Unter dem Jubel der Anwesenden sank Riz auf die Sitzfläche. Bisher hatte er sie immer nur an Saiteninstrumenten gesehen, niemals an einem Tasteninstrument. Gespannt beugte er sich vor, ihre Finger streichelten zärtlich über die Tasten, bevor sie den ersten Akkord anschlug. Für eine Weile schwebte die kraftvolle Melodie über die Menge, eine Musik sondergleichen, die Priel mitriss. Erst dann öffnete Riz die Lippen:

In Zeiten des Elends gebar eine Frau drei Kinder –
sie glichen einander genau.
Alleine sie zog durch die ärmliche Welt,
mit ihr die Kleinen, die am Leben sie hält.

Die folgenden Klänge brandeten intensiv durch die breite Halle:

Die Jahre vergingen und damit ihr Sein,
der Tod, unbarmherzig, er holte sie heim.
Ihre Kinder gebeutelt, von Gram und von Pein,
hielten einander, nun völlig allein.

Sie sahen ihr Gehen als größten Verrat,
doch im Antlitz der Nacht, da wurden sie stark.

Für einen Moment stockte Riz' Spiel. Nicht nur sie drehte den Kopf – hin zu einer Gestalt in einem schlichten Umhang, vor der sich die Menge teilte. Seine tiefe, volle Stimme hallte nach.

Gesegnet von der Dunkelheit rein,
verschluckt ihre Trauer, wie auf Eis brach sie ein.

Riz weitete die Augen, so stark, dass es Priel in vollkommene Verwirrung stürzte. Doch der Drang blieb still, verstummt, stillgelegt, vielleicht ebenso angetrunken vom Wein wie er selbst. Riz schien sich zu besinnen – denn mit einem Mal setzte sie ihr Spiel fort. Der Fremde ging langsam auf sie zu.

»Das älteste Kind erhielt große Kraft«, sang sie, Verunsicherung mischte sich in ihre Stimme.

»Das Führen von Schwertern gelang ihm fabelhaft«, erwiderte der Fremde, er erreichte sie und sank neben ihr auf die Sitzbank, auch seine Finger fanden die Tasten.

Meisterlich zog es die Klingen hervor,
wer auch immer es wagte, im Kampf er verlor.

Riz starrte ihn an, die Musik hallte nach, eine klare Aufforderung an sie, fortzufahren.

»Das mittlere Kind war ruhig und charmant.«

»Die Gestalt eines Tieres, sie schien ihm elegant.«

»Strich seine Haut ab und erwarb grobe Macht.«

»Sein Schrei durchbrach die Stille der Nacht.«

Riz' Mundwinkel zuckten, das Lächeln kam und sättigte den Wohlklang ihrer beider Stimmen. Ein Schauer jagte Priels Rücken hinab.

»Das jüngste Kind besaß ein Talent.«

»Eine lodernde Stimme, wie Feuer, das brennt.«

»Die Gabe der Wünsche, sie ward ihm vermacht.«

»Ein Lied auf den Lippen, das Wunder erschafft.«

Die Melodien verschmolzen miteinander. Immer schneller schlugen sie die Tasten an, eine wundervolle Symphonie, die Priel nicht mehr loslassen wollte:

»Gemeinsam beendeten sie des Landes Leid.«

Sie sangen zu zweit, ihre Stimme hoch, seine tief.

»Verteilten sich auf der Welt, ohne Neid. Die Nachkommen jener, zahlreich, in Schar, sie leben noch heute – und all das ist wahr.«

Riz verharrte, doch der Fremde fuhr fort. Eifrig schlug er die Tasten an, eine Fortsetzung der Melodie, ohne sie.

Gesegnet des Nachts und doch unerkannt,
drei mächtige Zauber befielen das Land.
Ein jeder steht ganz, und auch für sich allein,
doch mächtiger nur, wenn sie sind vereint.
Doch Streit unter Kindern, wie kann man es sagen,
zerrüttete sie, und führte zu Plagen.
Ein Volk und drei Reiche, gespalten auf ewig,
niemals mehr nur eins, ihr Scheitern war kläglich.

Abrupt endete das Lied, Priel atmete tief ein, es blieb vollkommen still – bis tosender Beifall den Saal erfüllte.

»Wundervoll! Einfach atemberaubend!« Cilantros schrilles Gebrüll vermochte es nicht, Priel von Riz abzulenken. Sie starrte den Fremden an, dieser kam auf die Beine, mit langen Schritten strebte er in Richtung der Gärten. Riz sprang auf. Sie stürzte ihm nach, der Drang kehrte machtvoll zu Priel zurück – und er preschte los, hinein ins Licht der Laternen.

KAPITEL 21

RIZSETTE

Er rannte davon und sie ihm hinterher, hinein in diesen Garten, der allein von Laternen erleuchtet wurde. Ihr Puls hämmerte überlaut in ihren Ohren, überdeckte ihr angestrengtes Keuchen und konnte doch keinen ihrer Gedanken übertönen.

»Warte! Vermin!«

Die Nennung dieses Namens, *seines Namens*, ließ ihn schließlich innehalten. Rizsette atmete schwer. Das Lied und das Gerenne hatten sie angestrengt, aber nichts, gar nichts würde sie jetzt noch von ihm fernhalten. »Du bist es doch, nicht wahr, Vermin?«

Er bewegte sich unendlich langsam. Behutsam schob er die Arme zum Saum der Kapuze, ein vertrauter, schwarzer Haarschopf kam zum Vorschein, beschienen vom wenigen Licht, etwas länger als in ihrer Erinnerung. Und sanfte, braune Augen, die ihr in aller Deutlichkeit verrieten, dass sie sich nicht irrte. »Vermin …«

Der ihrer Kehle entkommende Laut, eine Mischung aus Schluchzen und Erleichterung, wurde nur vom groben Stoff seines Umhangs gedämpft – denn sie warf sich ihm in die Arme. Vermin hielt sie fest, die Umarmung glich einer Heimkehr.

»Riz«, flüsterte er, wie sehr sie den Spitznamen aus seinem Mund vermisst hatte! »Oder sollte ich Vermil sagen? Interessanter Name. Hat mich angelockt. Ich wusste irgendwie, dass ich dich hier finde.«

»Wo warst du?« Ihre Finger krallten sich in sein Hemd. »All die Monate dachte ich, ich hätte dich für immer verloren! Entführt von Bestienwandlern, vielleicht irgendwo unterwegs umgekommen! Verflucht, Vermin! Du bist am Leben! Hier, vor mir!«

Zittrig nahm sie Abstand, die Hände an seinen Schultern, auf keinen Fall würde sie ihn noch einmal gehen lassen. Eine kaum greifbare Erschöpfung zauberte dünne Falten in sein Gesicht. Auf gewisse Weise schien er dem Bild des Bardenschülers entwachsen. So gänzlich ohne den Federumhang sah er völlig anders aus. Rizsette schluckte die aufkommenden Tränen hinunter. »Was ist mit dir passiert?«

Sachte legte er eine Hand auf ihre. »Das ist eine lange Geschichte, Riz. Hör zu, ich weiß, dass es viel verlangt ist, aber du musst unbedingt mit mir kommen. Sie lagern in der Nähe, bald schon werden sie hier sein, um mich abzuholen. Verschwinden wir, jetzt, noch heute Nacht. Ich werde dir alles erklären, versprochen, aber –«

»Riz geht nirgendwohin!«

Priel tauchte aus der Dunkelheit auf, grob stieß er Vermin von ihr weg, seine Haltung eine lautlose Drohung. Vermin fing sich problemlos ab, er verharrte kurzzeitig. »Das ist also der Schwertarm. Verstehe.«

Sein verständnisvolles Murmeln brachte Rizsette durcheinander, Priel schien es ähnlich zu gehen, denn er knurrte leise. »Du kennst mich?«

»Nicht persönlich. Du hast die Wandler übel zugerichtet. Die getöteten Bestien in den Wäldern um Goldfinch, ist das auch dein Verdienst?«

Rizsette wurde heiß und kalt zugleich. »Vermin ... Was sagst du da? Du ... Du weißt von den Bestienwandlern?«

»Wie gesagt, das ist eine lange Geschichte. Ich will dir gerne alles erzählen, aber wir müssen ...«

»Glaubst du wirklich, ich lasse sie einfach so mit dir gehen? Ohne Erklärung, nachdem uns diese Bestienwandler durch das halbe Reich gejagt haben?« Priel machte einen Schritt nach vorn, Vermin wich keinen Deut weit zurück. »Du magst zwar ihr verschollener Mitschüler sein, aber das hält mich ganz sicher nicht davon ab, dich in kleine Stückchen zu schneiden, wenn du Riz zu schaden versuchst. Raus mit der Sprache. Was geht hier vor sich?«

Vermin legte die Hand an die Stirn, als bereite ihm dieses Gespräch Kopfschmerzen. »Riz.« Er wandte sich direkt an sie, Priel überging er dabei völlig. »Es gibt keinen leichten Weg, das Folgende zu sagen, also ... werde ich es einfach tun. Du und ich, wir tragen das Erbe des *Wunschbarden* in uns – die Befähigung, selbst zum Wunschbarden zu werden, wenn wir mit der Melodie der Wünsche in Kontakt kommen.«

Totenstille. Selbst die Insekten stellten alle Geräusche ein, Rizsette legte den Kopf schief. »Vermin, was redest du da? Wunschbarde? Diese Kindergeschichte? Das ist doch nur …«

Sie hielt inne, denn er ging dazu über, die Schnüre seines Mantels zu lösen. Er zog das Hemd hoch und entblößte seinen Nabel, Rizsette entdeckte die gewirbelte Zeichnung: ein Abbild ihres eigenen Muttermals.

»Du und ich … Wir sind Geschwister. Schwester und Bruder. Vom Blut des Wunschbarden. Dieses Zeichen ist der Beweis.«

Die Welt stand still. Das Zirpen der Insekten kehrte mit aller Gewalt zurück, ein Laut, viel größer als sie selbst.

Das ist nicht länger notwendig, Wunschbardin. Die Königin erwartet dich.

Die Erinnerung kehrte zurück, sie sah Meister Cuckoo vor sich, beschienen vom einsamen Licht einer Wachslampe. Die Bilder stürzten ohne jede Vorwarnung auf sie ein, unterbrochen von Priels langgezogenem Zischen.

»Bruder und Schwester? Denkst du dir das gerade aus, Mistkerl?«

»Keineswegs, Schwertarm. Ist dir klar, wie Bardenmeister zu ihren Schülern kommen? Familien, die ihre Kinder aufgeben, sie der Obhut eines Meisters überlassen – so wie bei uns, denn wir kommen aus derselben Familie. Mit kaum einem Jahr Abstand.« Er suchte ihren Blick, Rizsette starrte stumpf geradeaus. »Ich habe Canary belauscht, Riz. Im Gespräch mit einem reisenden Meister, ich war selbst noch ein Kind. Unsere Eltern brachten uns zu Meister Canary, erst mich, dann dich. Er hat das Mal auf Anhieb erkannt.«

Ihr fiel darauf nichts ein. Leere erfüllte ihren Kopf, all ihre Gedanken.

»All die Geschichten über die Magie des Wunschbarden sind wahr, Riz. Hast du nie festgestellt, dass es dir unheimlich leicht fällt, neue Reime zu finden? Oder Melodien in deinem Kopf miteinander zu verknüpfen? Die natürliche Begabung ist nur eine von vielen Dingen, die uns beiden in die Wiege gelegt wurde. Wir könnten mächtige Kompositionen kreieren, leichter als jeder andere, ganz ohne die Melodie der Wünsche, wenn du nur –« Er machte einen Schritt nach vorn, Priel knurrte auf.

»Bleib, wo du bist.«

Rizsette glaubte, sich nicht länger aufrecht halten zu können. Unsäglich langsam hob sie das Kinn. »Selbst wenn das wahr wäre, ich ... Ich glaube dir nicht. Warum erzählst du mir diese Lügen? Wir sind ganz einfache Bardenschüler aus Canary, auserkoren, um Hofbarden zu werden. Unser Meister wollte immer nur unser Bestes.«

»Er wollte uns *verkaufen.*« Die Eiseskälte seiner Aussage versetzte ihr einen Stich, ihre Beine wurden taub. »Die Existenz des Mals ist geheimes Wissen, das nur Bardenmeistern anvertraut wird – am Tag ihrer Entsendung in die zwölf Städte. Dort verfolgen sie nur eine einzige, wahre Aufgabe: die Suche nach dem Kind mit der Begabung zum Wunschbarden. Und Canary fand uns. Dich und mich.«

»Aber ... Unser Meister war doch stets ...«

»Stets auf der Suche nach einem Weg, das Reich der Klänge zu verlassen.«

Rizsette zuckte zusammen, sie bemerkte, dass auch Priel versteifte. Er bedachte sie flüchtig, sie wusste sofort, was ihm durch den Kopf ging: *Fenix. Er wollte zu Fenix.*

»Um die Erlaubnis zu erhalten, die Grenze zu überqueren, gibt es nur einen einzigen Weg: Die Gunst der Königin. An sie wollte er uns verkaufen. Sie, die uns unbedingt in die Finger bekommen will.«

Diesmal verlor Rizsette endgültig den Boden unter den Füßen. Sie stolperte rückwärts und stürzte auf die Knie, Priel kam ihr sofort zur Hilfe. Dankbar nahm sie seine Hilfe an. »Ich verstehe nicht, Vermin. Weshalb hat man uns dann nicht schon als Kinder in die Stadt der Klänge gebracht? Welchen Nutzen hatte unsere Ausbildung? Oder unser Leben in Canary?«

Unendliche Trauer legte sich wie ein Schatten über sein Antlitz. »Ein Wunschbarde muss volljährig sein, um das Überbleibsel entgegenzunehmen. Ausgebildet am Ort seiner Geburt, gelehrt im Umgang mit Bardenmagie, unter einem Lehrmeister. Sie haben gewartet, bis wir beide dem Ruf der Feder folgen konnten. Nur unseretwegen begann diese Reise.«

Rizsette zitterte. Ihr gesamter Körper verweigerte ihr die Kontrolle, Priel strich ihr beruhigend über den Rücken.

»Was soll das sein, dieses ... Überbleibsel?«, presste er hervor, Vermin neigte den Kopf.

»Das Überbleibsel ist ein Gegenstand, der vom letzten Wunschbarden mit der Melodie der Wünsche gesegnet wurde. Es ist unauffindbar, bis ein potenzieller Wunschbarde die Volljährigkeit erreicht. Erst dann erscheint es, versteckt in einer der zwölf Städte. Finden kann man es nur mithilfe einer bestimmten Komposition: Dem Lied der verborgenen Mächte, das nur Meisterbarden vermittelt wird. Ich habe Canary beobachtet, wie er die Städte danach absuchte. Er spielte uns eine Bardenreise vor, in Nightingale wurde er schließlich fündig. Ich weiß nicht, warum er uns danach noch nach Magpie hat reisen lassen. Vielleicht hatte er Gewissensbisse oder wollte nicht länger warten. Aber das sind nur Spekulationen.«

Das Lied der verborgenen Mächte. Das hatte Rizsette schon einmal gehört, nein, gelesen. Innerhalb des kleinen Notizbuches. Vermin fuhr fort, seine Worte jagten ihr einen Schauer die Wirbelsäule entlang: »Das Überbleibsel kann alles sein. Ein Instrument, ein Musiphon, sogar …«

»Eine Spieluhr«, flüsterte Rizsette hauchdünn. Sie suchte Vermins Blick.

»Eine Spieluhr? *Das* ist es also, das Überbleibsel des Wunschbarden? Hast du es gerade bei dir?«

Sie schüttelte den Kopf, es lag in ihrem Zimmer. Für einen Moment flackerte Erleichterung über Vermins Züge. »Gut. Wir müssen sie um jeden Preis geschlossen halten. Uns geschieht nichts, wenn …«

»Ich habe sie längst geöffnet.« Ihr Wispern erreichte nur Priel, er weitete die Augen, auch in seinem Blick las sie die ungeheure Erkenntnis. »Als ich mit dir zusammenstieß.«

Sekundenlang starrten sie einander an, nichts konnte die vielen unterschiedlichen Gefühle beschreiben, die ihren Puls in die Höhe jagten.

»Der Bann«, entgegnete Priel, so leise wie sie selbst. »Er kam von Anfang an von dir.« Sie wussten beide, dass es stimmte. Vermin hörte nichts davon.

»Sobald wir die Spieluhr sichergestellt haben, verlassen wir das Reich der Klänge. Die Klauenkrieger bringen uns sicher durch die Stürme, du wirst schon sehen.«

Seine Worte lenkten ihre Aufmerksamkeit um, Rizsette empfand so vieles auf einmal. Nichts davon ergab einen Sinn.

»Klauenkrieger. Du meinst die Bestienwandler, die in unserer Heimat Chaos stiften, habe ich recht? Sie haben ein Kind entführt, Vermin. Was hast du mit ihnen zu schaffen?«

Bedauern befleckte sein Gesicht, er seufzte schwer. »Das mit der Schülerin aus Meadowlark war ein Fehler, für den es keine Widergutmachung gibt.

Aber das hier ist so viel größer als wir beide, Riz. Ich habe eine Abmachung mit ihnen getroffen – den Klauenkriegern und der Königin der Bestien. Bereits vor vielen Jahren.« Er senkte die Lider. »Erinnerst du dich an diese Gerüchte von Bestienwandlern, die es über die Grenze geschafft haben sollen? Die in Bardenresidenzen einbrachen? Sie sind wahr. Denn sie kamen auch zu uns, nach Canary. Das war, kurz nachdem ich vom falschen Spiel unseres Meisters erfuhr.«

Wieder diese Kälte, wann immer er von Ariflyn sprach.

»Danach hatte ich eine Weile Probleme beim Einschlafen. So auch in dieser Nacht. Ich hörte sie reden, Satzfetzen, die das Überbleibsel und den Wunschbarden erwähnten. Deshalb stellte ich mich ihnen in den Weg und offenbarte, wen sie vor sich hatten. Doch anstatt mich zu entführen, boten sie mir ihre Hilfe an.« Die Wärme kehrte in seine Züge zurück, sie galt allein ihr. »Sie versprachen, dich und mich fortzubringen, in ihr Reich, weit weg von unserer Königin, die die Macht des Wunschbarden nur für ihre eigenen Interessen benutzen würde. Im Gegenzug verlangten sie das Überbleibsel – um es endgültig zu zerstören. Danach würde es nie wieder einen Wunschbarden geben. Riz, das ist unsere Chance, endgültig frei zu sein. Deshalb habe ich all das getan. Um dich zu schützen. Du verstehst das, habe ich recht?«

Jene schicksalshafte Nacht drängte in ihre Wahrnehmung: die Taverne, Canarys Tod, die Spieluhr, das Feuer. »Meister Canary ist deinetwegen gestorben. Das stimmt doch, oder?«

Vermin senkte die Brauen. »Ich wusste, dass die Gestaltwandler ihn nicht am Leben lassen würden. Und selbst wenn, hätte ihn das Feuer verschlungen. Sie wollten alle Spuren verwischen.«

Rizsette kam hoch, ihre Beine rebellierten krampfhaft, Priel folgte ihr nach. »Wie konntest du das tun, Vermin? Er hat uns aufgezogen! Uns ernährt! Uns alles beigebracht, was er wusste!«

»Um uns wie Schlachtvieh zu verkaufen, Riz. Nicht als Hofbarden, sondern als Knechte der Königin. Die Magie eines Wunschbarden –«

»Ich will es nicht hören!« Ihr Schrei brachte ihn zum Verstummen. »Du sprichst von der Königin, als würdest du sie kennen! Du behauptest, dass sie uns ausnutzen würde, aber was genau macht dich so sicher? Du hast Canary *geopfert*, Vermin! Wofür? Etwa für die Versprechen eines uns fremden

Volkes? Was, wenn sie dich angelogen haben? Dann ist Canary umsonst gestorben! Was war er für dich, wenn nicht unser Vater?!«

Vermin hob die Arme, wieder machte er einen Schritt auf sie zu. Priel wirbelte nach vorn, seine lauernde Haltung zwang ihn auf Abstand. »Keinen Schritt weiter.«

»Verflucht, begreift denn keiner von euch, was auf dem Spiel steht? Voreste ist sicher längst auf dem Weg hierher. Riz, wenn du nicht freiwillig mit mir kommst, kann ich weder für das Leben des Schwertarms noch für das aller anderen garantieren. Also schick ihn weg. Das hier ist nicht länger seine Angelegenheit.«

»Tsk. Als ob ich einfach so gehen könnte.« Rizsette hörte das spöttische Grinsen mehr, als dass sie es sah.

Vermin verzog das Gesicht. »Was soll das heißen?«

»Er kann wirklich nicht gehen.« Sie straffte die Schultern.

Ihr *Bruder* – das Wort erschien ihr fern und gleichzeitig so nah – musterte sie verständnislos. »Was willst du damit sagen?«

»Priel ist an mich gebunden. Durch eine Komposition, gesungen mit … dem Lied der Spieluhr.«

Vermin blieb ganz still. Erst schien er sie nur anzusehen, allmählich veränderte sich sein Blick und alle Farbe wich ihm von den Wangen. »Du hast … Riz, wieso …?« Von der einen auf die andere Sekunde raufte er sich die Haare. Angst, Wut, Verzweiflung, er durchlief all diese Gefühlsregungen in besorgniserregender Geschwindigkeit. »Das ändert alles.«

Rastlosigkeit suchte ihn heim, abrupt wandte er sich an Priel. »Schwertarm. Ich bitte dich. Lass … Lass mich zu ihr. Ich verspreche, dass Riz vor mir nichts zu befürchten hat.«

Sie maßen einander mit Blicken, kurz bedachte Priel sie, dann machte er Platz – und Vermin kam auf sie zu. Stürmisch schloss er sie in die Arme, Rizsette reagierte kaum. Er, Vermin, ihr Mitschüler, ihr Weggefährte, *Bruder*. Was sollte, nein, *konnte* sie noch glauben?

»Riz, ich habe ihnen versprochen, dass die Melodie unangetastet bleiben würde. Aber jetzt …« Er presste die Lippen aufeinander, die Schwere seiner Angst ging auf sie über. »Sie wollten verhindern, dass einer von uns die Macht des Wunschbarden erhält. Diese Magie ist eine Bedrohung, die sie nicht dulden werden. Deshalb … Geht. Verschwindet so schnell wie möglich. Ich werde tun, was ich kann, um sie aufzuhalten.« Noch bevor sie einen Satz herausbrachte, ließ er von ihr ab und wandte sich an Priel. »Ich lege es in deine Hände, Schwertarm. Pass auf sie auf.«

Nein! Rizsette schnellte vor und packte seine Hand, nur ein Gefühl, eine Vorahnung, dass er sonst erneut verschwinden würde. Diesmal womöglich für immer.

»Komm mit uns, Vermin. Ich bitte dich.«

»Dann werden sie euch zur Strecke bringen. Der Schwertarm wird als Erster sterben, und du …« Seine Stimme zitterte. »Ich muss hierbleiben. Ich *kann* sie aufhalten. Wenigstens für eine Weile.« Vermin entzog sich ihr, Riz wollte, *durfte* nicht einfach so aufgeben.

»Die Stadt der Klänge!« Eine spontane Entscheidung, geboren aus dem Verlangen, ihn nicht noch einmal zu verlieren. »Ich warte dort auf dich. Lass mich nicht wieder allein. Versprich es!«

Vermin machte keinerlei Anstalten, sich ihr zuzuwenden. Ein knappes Nicken, nur die Andeutung einer Bewegung, dann rauschte er davon, hinein ins Dunkel des Gartens. Ihr geschundenes Herz pochte laut, ein Nachklang der Leere, die sein Weggang hinterließ.

»Riz.« Ihr Name von seinen Lippen war eine brennende Fackel in der Finsternis, die ihren kalten Gliedern Wärme spendete. Priel betrachtete sie verständnisvoll. »Gehen wir.«

In Windeseile kehrten sie zum Anwesen zurück, die Feierlichkeiten waren in vollem Gange. Musik, Tanz, Alkohol und Speisen, Rizsette sah nichts davon wirklich, ein dunkler Schleier überlagerte ihre Wahrnehmung. Priel rief sie alle zusammen, hatte sich bereits um ihre Habseligkeiten gekümmert. »Wir verschwinden. Bestienwandler sind auf dem Weg hierher.«

»Wandler?«, stieß Nou hervor, Alegreya legte die Stirn in Falten.

»Wenn das stimmt, ist das hier bald ein Schlachtfeld. Scheiße.«

»Warte, Priel. Was wird aus den Adligen?« Arlechos Zwischenruf ging Rizsette durch Mark und Bein. Sie erinnerte sich an das Gespräch der beiden Bestien, noch während ihrer Entführung. Hatten sie nicht vom Jähzorn ihres Anführers berichtet, jenem Voreste, von dem auch Vermin gesprochen hatte? *Wenn wir jetzt gehen, werden die Bestienwandler womöglich ein Blutbad anrichten.*

»Echo mein Lieber, da bist du also geblieben!« Cilantro kam mit offenen Armen aus dem Festsaal, Arlecho schnellte herum, die Sorge stand ihm ins

Gesicht geschrieben. Doch nur für einen Augenblick. Seine Miene verhärtete, Rizsette sah ihm an, dass er einen Entschluss fasste – denn er drückte Cilantro ohne Wenn und Aber an die Wand. Der Adlige japste auf, Arlechos Hand auf seinen Lippen erstickte jeden Laut.

»Es gibt da etwas, das du über mich wissen musst, Cilantro.«

Kalter Schweiß brach auf ihrer Stirn aus, doch für Arlecho gab es kein Halten mehr.

»Ich bin ein Krieger aus dem Reich der Schwerter, kein Gesandter, kein Diener der Krone. Bestienwandler sind mir und meiner Gruppe auf den Fersen, sie werden in Kürze hier eintreffen. Du musst deine Gäste hier rausschaffen, jetzt, sofort. Habe ich mich klar und deutlich ausgedrückt?« Die Drohung wirkte – anders, als Arlecho beabsichtigte.

Cilantro schob seine Hand von seinem Mund, ein Lächeln erhellte seine Züge. »Kein Grund, mir zu drohen, mein Vögelchen. Deine Herkunft ist mir längst bekannt – ich habe dein Schwert gesehen. Das aus Metall gleichermaßen wie *dieses* hier.« Er drückte den Oberschenkel gegen Arlechos Schritt, dieser zog scharf die Luft ein, wodurch es Cilantro gelang, ihn ein Stück weit wegzudrücken. »Ich bin kein Einfaltspinsel, liebster Echo. Obwohl, das mit den Bestienwandlern … Das erwischt mich dann doch ziemlich kalt. Macht euch keine Gedanken. Ich habe Mittel und Wege, meine Gäste in Sicherheit zu bringen. Danke für die Warnung.« Eine Spur echter Betrübnis verfinsterte seine Augen. Spontan lehnte er sich nach vorn, um Arlecho einen Kuss zu schenken. Kurz nur, doch von so spürbarer Leidenschaft, dass Rizsette um ein Haar die drohende Gefahr vergessen hätte. »Ich werde dich vermissen, kleines Vögelchen. Ich hoffe, du bleibst deinem Namen treu – und kehrst irgendwann zu mir zurück.«

Er verschwand im Festsaal, Rizsette vernahm den Beginn einer Ansprache. Priel schob sie voran. »Das ist unser Stichwort. Zeit, flügge zu werden!«

Ihr Weg führte zu den Ställen, auf die Pferde und hinaus in die Nacht. Rizsette ritt mit Priel, an seinen Rücken gedrückt, der schwere Galopp trug sie der Finsternis entgegen.

»He Echo!«, rief Alegreya ihrem Bruder zu, der merkwürdig starr im Sattel saß. »So perplex habe ich dich noch nie in Gegenwart einer deiner Liebschaften erlebt. Hast du dich etwa in den vornehmen Bastard verknallt?«

»Halt die Klappe.« Zum ersten Mal seit ihrem Aufeinandertreffen schien Arlecho ernstlich besorgt. Er warf einen Blick hinter sich, in Richtung Anwesen.

»Was hast du jetzt vor?« Die Frage kam von Priel, der an ihnen zerrende Wind machte die Worte für den Rest der Gruppe unhörbar.

Rizsette hielt sich an ihm fest, sog sie ein, seine beruhigende Wärme, die ihr kaltes Herz dennoch nicht erreichen konnte. »Ich muss in die Stadt der Klänge. Es gibt nur eine Person, die mir die Wahrheit liefern kann.«

Priel nickte, sie ahnte, was jetzt kam, auch wenn sie es eigentlich nicht hören wollte: »Furpur Verbalis.«

KAPITEL 22

PRIEL

Die Dämmerung verschluckte das Licht der Sonne. Priel bemerkte sie kaum, die wundervolle, reichhaltige Flora der an ihnen vorbeiziehenden Ländereien. Seit Tagen kämpften sie mit den Erkenntnissen aus Sparrow, die Zwillinge hielten es zunächst für einen Scherz. Nur Nou lauschte Rizsettes Erklärungen in aller Stille: die Regenfälle um Oriole, das Lied während des Hühnerfangens, ihre Befreiung aus den Fängen der Bestienwandler, Priels Bann.

Zuletzt sprach sie über Vermin und ihr Vorhaben, die Königin zur Rede zu stellen. Seither kam Riz kaum mehr zur Ruhe. Es arbeitete unablässig in ihr, Priel konnte es ihr nicht verdenken. Ihr Mitschüler, nun Bruder, der den Tod ihres Meisters in Kauf genommen und ihr jahrelang all diese Informationen vorenthalten hatte, sein Bündnis mit den Bestienwandlern, Ariflyns Geheimnisse – und natürlich ihre eigene Rolle in diesem verworrenen Geflecht aus Intrigen. Rizsette von Canary, Bardenschülerin des Reiches der Klänge – nun die legendäre Wunschbardin.

Auch in seiner Heimat erzählte man sich die alten Geschichten. Gesang, der Katastrophen verhinderte, gar einen ganzen Vulkan errichtet haben sollte, auf dem heute die Stadt der Schwerter stand … Riz wollte herausfinden, ob sie tatsächlich diese Macht in sich trug. Längst ging es nicht mehr darum, zur Hofbardin zu werden. Was jetzt auf dem Spiel stand, betraf sie alle. Dennoch, der Gedanke, dass sie sich ungeschützt in das Nest des Falken begab, in Furpur Verbalis' Schloss, außerhalb seiner Reichweite, schnürte Priel die Kehle zu. Ohne die Zwillinge, Nou oder ihn – ihren Beschützer.

Priel betrachtete die untergehende Sonne. *Beschützer. Bin ich das? Oder glaube ich das nur aufgrund des Drangs?*

Ein Schatten verfinsterte seine Sicht für einen Augenblick, er kam von Nou, die in Gestalt des winzigen Vögelchens zur Landung ansetzte. Kurz über der Erde verwandelte sie sich zurück. »Vor uns liegt ein Gasthaus. Womöglich das letzte vor der Stadt der Klänge.«

Missmutig senkte Priel die Lider. »Wir sollten die Gelegenheit nutzen und rasten. Es wird schon dunkel.«

Sie fanden die Taverne, von der Nou berichtet hatte: ein schmuckvoller Bau umgeben von Grün, mit Blick auf die unendlichen Lande. Riz' Federumhang verschaffte ihnen die besten Zimmer, auch hier ahnte man, dass sie unmittelbar vor dem Ende ihrer Bardenreise stand. Zu Priels Überraschung fehlte sie beim Abendessen, weshalb er kurz darauf an ihre Tür klopfte.

Er fand sie vor dem Fenster, mit dem Rücken zu ihm, während die letzten Arme des goldenen Lichtes ihrer Gestalt eine scharfe Kontur verliehen.

»Du warst nicht beim Essen.«

Flüchtig drehte sie den Kopf. »Ich hatte keinen Hunger.«

Das Brot in seiner Hand knackte, als er die Kruste eindrückte. Kurzum trat er an ihre Seite. »Komm schon, du musst etwas essen. Wer weiß, was …«

»Was uns morgen erwartet?« Die Stille hallte nach, ihre Augen fanden das Brot. Sachte nahm sie es entgegen, dabei strichen ihre Finger über seine. Für einen Moment kam ihm ein ganz ähnlicher Augenblick in den Sinn: Magpie, zu Beginn ihrer Reise, eine schäbige Gasse und ein hungerndes Balg.

»Weißt du noch, dieses Kind, das deine Spieluhr gestohlen hat?«

Sie begegnete seinem Blick. »Das habe ich ja fast vergessen. Das war auch ich, oder?«

»Not und Brot. Ein billiger Reim, wenn du mich fragst.«

Die Bemerkung zauberte ein Lächeln auf ihre Züge. »Wäre dir denn spontan etwas Besseres eingefallen?«

Priel verschränkte die Arme vor der Brust. »Rot. Verbot. Schlot. Und Tod. Reicht dir das?«

»Beeindruckend. An dir ist wirklich ein hervorragender Barde verlorengegangen.«

Die Stille kehrte zurück, unangenehm lag sie zwischen ihnen. »Ich halte es für keine gute Idee, zur Königin zu gehen.«

Riz' Erheiterung wich Kummer. Sie drehte sich erneut zum Fenster. »Ich weiß, Priel. Aber ich muss es einfach wissen. Wenn ich wirklich die Wunschbardin bin ...«

»Du könntest es auf andere Weise herausfinden. Wirke ein Wunder, erfüll einen Wunsch.«

Abrupt wandte sie den Kopf, er sah seine Spiegelung in ihren Augen. Sie zog die Leier von ihrem Gürtel, ihre Hand strich über die Saiten, da lag Entschlossenheit in ihrem Antlitz – und Priel drückte ihr die Finger auf die Lippen, noch bevor der erste Ton hervorkam. »Nicht *diesen* Wunsch. Ich weiß, was du vorhast. Aber das lasse ich nicht zu. Ich beschütze dich. Schließlich hast du mich *tatsächlich* darum gebeten.«

Sanfte Röte erschien auf ihren Wangen, Rizsette nickte verlegen. »Das habe ich wirklich, oder? Dabei habe ich genau das abgestritten.«

Er spürte ihren Atem an seinen Fingern, ihre Augen huschten über ihn hinweg. Spontan lehnte sie die Stirn an seine Hand, Priel sah es nicht kommen. Es schien, als suche sie Halt. »Priel ... Keiner von uns weiß, was morgen geschieht. Vielleicht war alles eine große Lüge. Dann kann ich einfach nur eine Bardin sein. Aber wenn nicht ... Ich habe Angst, Priel. Unglaubliche Angst. Ich will nicht wahrhaben, dass Meister Canary uns hintergangen hat. Aber er und Fenix ...« Sie schauderte, Priel nahm die Hand weg. Rizsette sah klein aus, zerbrechlich. Verloren, trotz des Federumhangs, der sie sonst so selbstbewusst machte. Ihr Gesang hatte ihn mehr als einmal berührt, ihm so oft längst verloren geglaubte Hoffnung zurückgegeben – deshalb gab er sich einen Ruck. Sachte legte er einen Arm um sie.

»Für mich ändert sich nichts. Es ist mir egal, ob du die Wunschbardin bist oder nicht. Scheiß auf den Bann, ich würde dich auch dann beschützen, wenn es ihn nicht gäbe.«

Es dauerte ein paar Sekunden, bevor sie selbst die Arme um ihn schloss. Enger als erwartet, als wolle sie ihn dicht bei sich behalten. Sie rutschte kaum merklich höher, hin zu seinem Ohr.

»Priel, erinnerst du dich an das, was Echo gesagt hat? Man muss die Chancen ergreifen, die sich einem bieten.«

Er neigte sich ein Stück weit zu ihr hin, atmete ihn ein, diesen Duft, den er bisher nicht wahrgenommen hatte. Sie roch nach der Wärme der Sonne. »Was meinst du damit?«

»Das hier könnte *unsere* Chance sein, um …« Sie ließ den Rest unausgesprochen, nahm nur so viel Abstand, dass sie einander ansehen konnten. »Ich würde gern … Wenigstens noch ein einziges Mal, bevor ich …« Ihr Gesicht wurde gänzlich weich in diesem Moment, ihre Augen eine stille Bitte, ein Angebot, das er annehmen oder ausschlagen konnte.

Priel begriff – und wusste zunächst nicht, wie er antworten sollte. Er dachte an Sparrow und die unlauteren Gedanken, die ihm der Alkohol eingeflößt hatte. Doch jetzt war er gänzlich nüchtern. Und keineswegs abgeneigt.

»Ist das dein Ernst, Riz? Willst du wirklich …?«

»Sagtest du nicht, dass du nur selten ablehnst, wenn sich dir die Gelegenheit bietet?«

»Schon, aber … Bist du dir sicher?«

»Ja.« Nur ein Wort, ein Wispern, es genügte, um Priels Widerstand zu brechen. Mit leichtem Druck führte sie ihn hinüber zu ihrem Bett und sank auf den Rücken, Federn, überall diese rotorangen Federn, wie Flügel um sie herum. Priel folgte, kniete über ihr, ihre Finger streichelten seine Wange. »Keine Küsse oder Schwüre. Das ist meine einzige Bedingung.« Er neigte sich zu ihr hinab, ihre Nasen berührten einander.

»Einverstanden. Sag jetzt nichts mehr.«

Behutsam strichen seine Fingerknöchel über ihren Hals bis zu ihrer Schulter. Riz schloss die Augen, ein Schaudern erfasste ihren gesamten Körper. Sie hielt sich mit einem Arm an ihm fest, er spürte ihren Herzschlag durch das Federkleid hinweg, während seine Hand weiterwanderte – bis zum Ende des Umhangs, um vorsichtig darunter zu gleiten. Er erreichte den Saum ihres Hemdes und fand nackte Haut, weich schmiegte sie sich an seine Fingerspitzen.

»Ich will dich sehen. Darf ich?« Zur Antwort löste sie die Schlaufe, die den Federumhang an Ort und Stelle hielt. Er strich ihn von ihren Schultern, seine Augen fanden ihren Nabel, gekennzeichnet mit dem Mal. Vorsichtig öffnete er ihr Hemd.

»Hör bitte nicht auf …« Ihr Flüstern unter halbgesenkten Lidern sprach von Erregung. Auch er spürte die seine wachsen, doch vorerst wollte er sich ihr zuwenden. Sie erkunden. Herausfinden, was ihr gefiel.

Federleicht schmiegte er die Nase an ihren Nabel und wanderte nach oben, bis zu ihren Brüsten. Zart lagen sie in seiner Hand, Riz atmete schneller.

Sie krallte die Nägel in sein Hemd, er bemerkte, dass sie die Knöpfe löste. Es landete auf dem Boden, neben ihrem. Haut lag an Haut, sie streichelte über seine Brust.

Priel senkte die Lippen auf eine der steifen Brustwarzen, so lange, bis ihr ein scharfes Japsen entfuhr. »P-Priel!« Sie drückte den Rücken durch, seine Hand strich über ihren Oberschenkel bis zu ihrem Hintern. Er wollte zugreifen – doch Riz presste ihr Bein gegen seinen Schritt. Kontinuierliches Reiben, das seinen Blick auf sie lenkte. Sie hielt ihn fest, ebenso begierig wie er. Wortlos rutsche ihre Hand in seine Hose, umfasste ihn ganz und glitt über seine Länge.

»Riz, langsam.« Dreist benetzte sie ihre Lippen mit der Zunge, er erwog, sie trotz allem zu kosten. Stattdessen sank er an ihren Hals. Seine Zähne liebkosten die weiche Haut, Stück für Stück entledigte sie ihn seiner Beinkleider. Erst dann wanderte er zwischen ihre Beine, bereitwillig nahm sie sie auseinander. Noch bekleidet, noch bedeckt von Stoff, doch nur für Sekunden. Der Kleiderhaufen neben dem Bett wuchs, bald lag sie völlig nackt vor ihm. Wieder sank er herab, ohne Scheu strich seine Zunge über diesen, ihren intimsten Bereich, ihr Stöhnen klang wie Musik in seinen Ohren. Unerwartet packte sie sein Haar und hielt ihn fest, er nahm die Finger zur Hilfe, ihre Nässe benetzte ihn. Priel schmeckte ihre Erregung auf der Zungenspitze, die eigene konnte er nicht verbergen. Ein pulsierendes Verlangen, das nur auf eine Weise gestillt werden konnte. Riz atmete schwer und streckte die Arme nach ihm aus.

»Komm.« Eine Einladung, die er niemals würde abschlagen können. Es gab so vieles zu spüren: das Gefühl ihrer nackten Haut auf seiner, Wärme überall, die Weichheit ihrer Rundungen – bis hin zu dem Moment, der sie miteinander vereinte. Riz warf den Kopf in den Nacken. Jeder Stoß entlockte ihr ein Stöhnen, scharf und kräftig wie seines, unaufhaltsam und immer lauter. Er hob ihre Beine an und legte sie sich über die Schultern, sie beobachtete sein Tun, suchte seine Hand und Priel verflocht ihre Finger mit seinen.

»Riz«, rief er.

»Priel«, antwortete sie und zog ihn zu sich – bis Priel es nicht mehr aushalten konnte.

Die geteilte Passion, die absolute Selbstaufgabe während des Höhepunktes, ihre gemeinsame Begierde – übrig blieb nur ein schaudernder Haufen der entschwindenden Ekstase. Riz' Atem kitzelte an seinem Ohr, er lag nach wie vor auf ihr, hielt sie fest, hier und jetzt. *Ich beschütze dich. Ganz gleich, was kommt.*

Der Ritt in die Stadt der Klänge kam Priel unwirklich vor. Sie hatten die Nacht nicht beieinander verbracht, nicht noch einmal miteinander geschlafen, doch in seinem eigenen Zimmer tat Priel kein Auge zu. Bis zum Morgengrauen verharrte er in der Finsternis, jetzt betrachtete er ihren Rücken, heute saß Riz allein im Sattel.

Keine Küsse oder Schwüre. Das ist meine einzige Bedingung.

Trotz ihrer Bitte gab es kein Leugnen mehr: Die Bardin zog ihn an, das wusste er jetzt. Und dennoch blieben Zweifel. *Was, wenn der Drang schuld ist? Wenn das nicht von mir kommt, sondern ihrer Magie? Dann war nichts davon echt. Keine Sekunde lang.*

»Das ist sie also«, hörte er Riz sagen, ihre Stimme eine Mischung aus Ehrfurcht und Angst. »Die Stadt der Klänge.«

Priel sog den Anblick in sich ein, auch wenn sein Verstand unablässig an der Beantwortung dieser einen Frage arbeitete: *Was empfinde ich wirklich für sie? Kann ich das überhaupt herausfinden, solange der Bann auf mir liegt? Muss ich ihn wirklich loswerden, um zu verstehen, was zwischen uns vor sich geht?* Er atmete aus, unschlüssig, was dieser neue Tag mit sich bringen würde. *Sie wollte ihn von mir nehmen und ich habe abgelehnt. War das ein Fehler?*

Riz spannte sich an. Sie schnalzte mit der Zunge und ihr Reittier schoss davon, Priel folgte mit etwas Abstand. Die Zwillinge, sie teilten sich heute ein Pferd, Nou saß in Vogelgestalt auf Reyas Schulter, schlossen zu ihm auf.

»Das gefällt mir nicht«, murrte Echo, so finster sah Priel ihn selten. »Die Stadt wird von Gesandten nur so wimmeln.«

Nous Zwitschern klang besorgt, Priel teilte ihre Unruhe. »Wir müssen Riz vertrauen. Es wird schon alles gut gehen.« *Hoffe ich.*

Reya beäugte ihn von der Seite her. »Sag mal, Priel, was war das gestern Abend für ein Krach? Als ich an Rizsettes Zimmer vorbeikam, dachte ich …«

Sein Gesicht verhärtete. *Das fehlt mir gerade noch.* »Keine Ahnung, wovon du sprichst.«

Echo hob eine Augenbraue. »Komisch, ich habe auch was gehört. Zwischendurch klang es so, als würde jemand deinen Namen schreien. Und ihren.«

»Tsk. Kümmert euch um euren eigenen Dreck.« Er trieb den Gaul an und ließ die Zwillinge zurück.

Die Hauptstadt lag an der Küste. Priel entdeckte Schiffe und einen ausgedehnten Hafen neben unzählbar vielen Gebäuden, groß und prunkvoll. Über ihnen, direkt an der Klippe, thronte das Juwel der Stadt: das Schloss der Königin. Ein riesiger Bau aus hellem Gestein, der im Sonnenlicht glänzte. Eine gepflasterte Straße teilte die dichte Vegetation, hier fand er Riz, die auf sie wartete.

»Ich reite zum Tor der Lieder. Dort spiele ich, für die Meisterbarden und die Bewohner der Stadt.« Die Anspannung setzte ihr zu, denn sie umfasste die Zügel so fest, dass ihre Fingerknöchel weiß hervortraten. Jetzt gab es eigentlich nur noch eine Sache, die Priel für sie tun konnte. *Es ist so weit.* Er zog sie hervor, das Licht des neuen Tages glänzte auf der Oberfläche der Violine. Rizsette merkte auf.

»Du hast mich gebeten, sie dir erst am Ende zu übergeben. Jetzt sind wir hier. Aber …« Priel zögerte. »Ich überlasse sie dir nicht, weil ich damit meinen eigenen Schmerz vergessen will. Ich *leihe* sie dir. Das heißt, du musst sie mir zurückgeben. Verstanden?«

Riz weitete kaum merklich die Augen. Sachte strichen ihre Finger über das feine Instrument. Das aufkeimende Lächeln sprach von Zuneigung. »Ich bringe sie zurück. Versprochen.«

»Ich nehme dich beim Wort. Gehen wir es an.«

Sie ritten an einem breiten Flussbett vorbei, das durch die Stadt führte. Ausladende Brücken neben riesigen Skulpturen, die singende Barden darstellten, rostrote Ziegeldächer, Qualm aus Kaminen, über ihnen ein blauer Himmel ohne Wolken. Saubere Straßen zwischen aufragenden Gebäuden, alle behangen mit Fahnen. Vögel überall, Priel sah einen Trupial und eine Elster, irgendwo auch einen schneeweißen Falken. Ihre Rufe sättigten die Luft, kaum überlagert vom Geschwätz der dichten Menschenmassen. Nur eines hatten alle Einwohner gemein: Sie machten Riz Platz. Hoch oben, vom Rücken ihres Pferdes aus, leuchtete ihr rotoranger Federumhang im Sonnenschein. Man rief ihr Glückwünsche zu, bedachte sie sogar mit Münzen und Blumen. Riz schenkte den Menschen nur wenige Dankesworte, Priel bekam den Eindruck, dass man das auch nicht von ihr erwartete. Stattdessen begann man, ihr zu folgen.

»Ein endloser Weg, aus der Ferne kommt nieder …« Er drehte den Kopf hin zu der Stimme aus der Menge, ein Mädchen, das mit glänzenden Augen zu Riz aufsah. Ein Junge neben ihr öffnete den Mund, sie fuhren gemeinsam fort: »Von Stimmen getragen und begleitet durch Lieder.«

»Kehrt sie nun ein, geschmückt mit der Feder«, sangen ohne Vorwarnung viele andere. »In Rot und Orange, eine Reise die jeder Barde vollführt – um am Ende des Landes, zu erreichen das Ziel, eine Stadt in der Weite, die durch Klänge bekannt ist.«

Ein Willkommenslied. Hätte ich mir eigentlich denken können. Kopfschüttelnd ritt er hinter Riz her, der Gesang schwoll an, begleitete sie, gesungen von den Bewohnern dieser Stadt.

Ein vielstimmiges Durcheinander, das immer mehr Menschen aus den Häusern trieb. Sie kamen zusammen, um ihrem Erscheinen beizuwohnen, bis hin zu den Ausläufern der Schlossmauern, gewaltig und ebenso prunkvoll wie alle Siedlungen des Südens. Ein breites, kreisrundes Tor mit zahlreichen Zeichnungen bildete das Ende ihres Weges, Riz stieg von ihrem Pferd – und die Städter verstummten abrupt. Die plötzliche Stille war ohrenbetäubend, man hörte nur noch ihre Schritte auf dem Pflasterstein. Mit den Zwillingen und Nou blieb er am Rande der Menge stehen, unschlüssig, was nun geschehen würde. Riz hob den Kopf, hin zu einem Gesandten hoch oben auf der Mauer, der über die Brüstung zu ihr hinabblickte.

»Wer verlangt Einlass in den Königinnenhof? Nenne deinen Namen, Bardenschülerin!«

Riz zögerte. Sie holte eine winzige, gelbe Feder aus einer der versteckten Umhangtaschen hervor, Priel erinnerte sich. Sie stammte von einem Vogel aus ihrer Heimat, aus Canary. Riz legte den Kopf in den Nacken. »Ich bin Rizsette von Canary! Schülerin des Bardenmeisters Canarys, und hier, um mein Lied des Eintritts zu singen!« Ihre Worte hallten nach und lösten eine sichtbare Reaktion in dem Gesandten aus. Der Mann starrte sie an. Ganz langsam zog er sich zurück und entschwand aus ihrem Sichtfeld, es blieb für mehr als eine Minute still.

»Was ist da los?«, raunte Echo ihm zu, Priel schüttelte den Kopf.

»Keine Ahnung.«

Riz wagte es, Priel einen kurzen Blick über die Schulter zuzuwerfen. Sie wirkte verunsichert, gab sich aber Mühe, es zu verbergen.

Was geht da vor sich? Auch die Menschen wurden unruhig, das aufkommende Murmeln sprach von Verwunderung. Und dann – diesmal verstummte sogar das leiseste Wispern – tauchten sie auf: Männer und Frauen in weißem Federgewand. Meisterbarden, so viele gab es hier also. Eine alte Frau trat vor, sie musterte Rizsette scharf.

»Du behauptest, dein Name sei Rizsette von Canary? Schülerin des Ariflyn von Goldfinch, bis vor kurzem Meisterbarde auf Canary?«

»Die bin ich.« Die Art, wie sie Riz betrachteten, weckte den Drang.

Sie wissen Bescheid. Jeder Einzelne von ihnen. Dennoch blieben sie ruhig, nur die Bardenmeisterin wischte auffordernd durch die Luft.

»Nun denn. Sing, Bardenschülerin. Verdiene dir das Recht, den Königinnenhof zu betreten.«

Riz straffte die Schultern. Sie holte die Leier hervor, im Begriff, einen Ton anzuschlagen – und verharrte. Noch einmal bedachte sie Priel, er weigerte sich, den Blickkontakt zu brechen. Sie lächelte dünn, drehte sich weg – und sang:

Geboren in Canary, hoch oben im Norden,
eine Stadt ganz vergessen, wie ist es so geworden?
So berichte ich Euch, Königin von uns allen,
von dem Weg dieser Bardin: Es wird Euch gefallen.

Ich erreichte Tanager und auch Grosbeak sodann,
überlagert vom Elend, das ich nie vergessen kann.
Ließ mich leiten von ihr, der Monarchin Verstand,
denn wie jeder andere, fraß ich ihr aus der Hand.

Trush in den Wäldern, umgeben von Grün,
ärmliche Leben, die sich sichtlich abmühn.
Doch vergiss nie die Worte der Königin Güte,
unser Reich steht in einer gar vortrefflichen Blüte.

Nightingale besitzt viele Gewässer, sagt man,
doch Wasser versickert, auch mit einem Damm.
Reinheit in jeder Faser es eint,
unser Reich der Klänge, wunderbar es erscheint.

Magpie, grau und gefiedert zugleich,
an der Grenze verkümmern die Menschen zahlreich.
Dank dem Schutz jedes Kindes, dank der Majestät,
die uns liebt, uns errettet und niemals verrät.

Oriole vertrocknete, ich sah ihre Not,
und brachte den Regen, bis zu ihrem Tod.
Ihre Hand hält sie auf, zum barmherzigen Kuss,
weil unter der Königin niemand leiden muss.

Meadowlark an der See, salzig und reich,
beim Anblick des Prunks wurden meine Knie weich.
Jedes Sehnen erfüllt durch ein einziges Wort,
besteht unser Reich, bis in Ewigkeit fort.

Cuckoo hatte mehr, als ich jemals besaß,
Wälder und Wasser, umgeben von Glas.
Drum lobpreiset die Hauptstadt in all ihren Farben,
reich und an Fülle, so dankt ihren Gaben.

Koel besitzt Vieh, ausschließlich und allein,
teilt nur gegen Münze, darf das so sein?
Gerecht ist Verbalis, doch der Schein leider trügt,
ich vertraute der Krone, die Gerechtigkeit übt.

Auch Goldfinch will um ihre Gunst sich buhlen,
derweil sich viele im Elend nur suhlen.
Unvergessen bleibt es, das Strahlen der Kronen,
doch nur für jene, die den Süden bewohnen.

Sparrow hingegen ist unglaublich erhaben,
während andere sich dem Hunger ergaben.
Ein Haus wie ein Schloss, das mich festlich aufnahm,
dort lebte der Adel, wie ein gieriger Schwarm.

Nun stehe ich hier, vor dem Tore der Lieder,
drum sag mir eins, Königin von Gefieder,
fühlst du Stolz angesichts all dieser Klagen?
Dein Volk hungert, es stirbt – und du lässt es darben.

Riz' Lied endete. Die einkehrende Stille trug die Melodie in die Ferne, Priels Mundwinkel zuckten. *Alle Achtung, Riz. Ein Spottlied, das einer Königin würdig ist.*

»Sie hat Ihre Majestät beleidigt«, murmelte jemand in seiner Nähe. Der Ausruf zog unzählige weitere nach sich, auch oberhalb der Mauer schien man von ihrem Lied wenig angetan. Doch Riz hielt sich aufrecht.

»Ich erbitte Einlass in den Königinnenhof!« Sie verbeugte sich in Vollendung, das vielstimmige Raunen der Bevölkerung flatterte über sie hinweg wie die Flügel der Vögel. Die Bardenmeister kochten vor Wut.

»Es sei dir gewährt, Rizsette von Canary.«

Die Erhabenheit dieser fremden Stimme beendete alle Gespräche auf der Stelle. Die Meisterbarden machten Platz, eine gänzlich andere Gestalt erschien, sofort fühlte Priel sich an das Gemälde in Goldfinch erinnert: eine ältere Version jener Frau, die das Volk als Furpur Verbalis kannte – die Königin der Klänge. Die Menschen fielen auf die Knie, als habe man sie gleichzeitig umgestoßen. Letztlich standen nur noch die Zwillinge, Nou auf Reyas Schulter und Priel selbst – neben Riz, die den Kopf reckte.

Die Königin lächelte. »Ich habe dich erwartet, Wunschbardin.«

Priel knirschte mit den Zähnen. *Dann stimmt es. Vermin hat die Wahrheit gesagt.* Er beäugte Riz, die nicht reagierte, im Gegensatz zu der knienden Menge. Das Gewisper schwoll an wie das Heranrollen der Brandung, unaufhaltsam und mächtig. Der Drang in seiner Brust wallte auf, ein inniges Bedürfnis, Riz zu packen und von hier fortzubringen. Doch sie machte einen Schritt nach vorn, auf das Mauertor zu.

»Ich verlange Antworten!«

Die Königin bedachte sie wohlwollend. »Natürlich, meine Liebe. Tritt ein – ich werde dir all deine Fragen beantworten.«

Wie auf Kommando öffneten die Flügeltüren, dahinter lockte eine üppige Gartenpassage. Aber Riz zögerte. Sie warf Priel einen letzten Blick zu.

Ich bin bald zurück, formte sie mit den Lippen, unverständlich für jeden außer ihn. Priel verharrte, getrieben von dem Bann, und doch zurückgehalten von ihrem Versprechen. Riz wandte ihm den Rücken zu. Sie setzte sich in Bewegung, mit dem Schließen der Türen entschwand sie ganz und gar. Priel blieb stocksteif stehen. Die Bardenmeister dort oben zogen ab, ebenso wie Furpur Verbalis, deren Augenmerk für einen Herzschlag auf ihm zu ruhen schien. Erst mit ihrem Abgang kam Leben in die versammelten Menschen, die aufgeregt miteinander zu schnattern begannen.

»Ihre Majestät hat sie als die *Wunschbardin* bezeichnet!« Vergessen waren das Spottlied und das Leid des halben Landes. Priel verachtete sie alle, jeden einzelnen Bürger dieser Stadt.

»Priel, was machen wir jetzt?« Reyas Frage riss ihn aus seinen Gedanken.

Keine Ahnung. Hier warten? Eine Taverne aufsuchen? Der Drang befahl ihm, auf die Mauer zu klettern und Riz augenblicklich aus den Fängen des Königinnenhofes zu befreien – egal, was das mit sich brachte. Er kämpfte ihn nieder. *Nein. Ich muss Riz vertrauen. Sie weiß, was sie tut.* Er seufzte, im Begriff, Reya zu antworten – doch der Klang von Musik stoppte ihn noch in der Bewegung. Er kannte es nicht, dieses Lied, dennoch betäubte es seine Sinne. Seine Beine setzten sich in Bewegung, er spürte sie gar nicht mehr, während sie ihn rasant von den Mauern wegführten.

»Priel? He, Priel!« Echo sprang ihm nach und packte ihn, doch Priel schubste ihn beiseite. Er stolperte gegen Reya, was dann geschah, sah er nicht mehr, denn er rannte. Träge rauschten seine Gedanken dahin, keine Ordnung in seinem Kopf, kein Wille, der sich durchsetzte. Nur dieses Lied, das ihn unweigerlich anzog, tiefer in die Stadt hinein. Ein Flattern erschien vor ihm, Nou, die ihn zurückhalten wollte. Aufgeregte Rufe, Schritte. Nichts davon drang an ihn heran. Erst in einer abgelegenen Gasse ließ die Taubheit nach, die Musik brach ab, Priel stürzte auf die Knie. Stoßweise strömte der Atem über seine Lippen, seine Nägel kratzten über die Pflastersteine.

»Es tut mir leid, dass ich dich auf diese Weise hierherbringen musste.«

Priels Blick jagte hin zu der Stimme, der Gestalt, die mit angewinkelten Knien auf dem Boden saß. In seinen Armen ruhte ein Instrument: eine Mandoline. »Es geht dir gleich besser, warte einfach ab.« Das Poltern in seinem Rücken kündete von der Ankunft der Zwillinge – doch Priel konnte nicht abwarten. Mit einem Satz war er bei ihm und packte ihn am Kragen, das Verlangen, sein Schwert zu ziehen, wuchs ins Unermessliche.

»Du!«

Vermin hielt seinem Blick stand. Nur der Körper der Mandoline zwischen ihnen hielt Priel auf Abstand. »Würdest du mich bitte loslassen?«

Priel dachte nicht daran. »Gib mir nur einen Grund, dich nicht auf der Stelle vom Antlitz dieser Welt zu tilgen!«

Vermin verkniff schmerzlich das Gesicht. »Riz. Sie hat mich darum gebeten, ihr hierher zu folgen. Du hast es selbst gehört.«

»Tsk!« Widerwillig gab Priel ihn frei, er verschränkte die Arme vor der Brust. Es zwitscherte, Nou wechselte zurück in ihre menschliche Gestalt, Vermin blieb dies nicht verborgen. Er stockte, die sitzende Verbeugung kam, auch wenn sie ziemlich kläglich ausfiel. »Prinzessin Renou, wenn ich mich nicht irre. Voreste hat davon gesprochen, dass Ihr Euch in diesem Reich aufhaltet.«

Die Zwillinge betrachteten ihn distanziert, Nou hielt sich zurück. »Priel, wer ist das?«

»Oh, nur der vermeintliche Bruder unserer Bardin. Ihr wisst schon, der Scheißkerl aus Sparrow, Freund der uns jagenden Bestienwandler.« Er funkelte Vermin an, doch ehe dieser reagieren konnte, schob sich Echo zwischen sie.

Bedrohlich baute er sich vor dem Barden auf. »Cilantro Bellbird. Der Adlige aus Sparrow. Du warst dort, nachdem wir uns verpisst haben. Was ist mit ihm geschehen?«

Vermin blinzelte schwerfällig. »Er hat die Menschen aus dem Anwesen gebracht, noch bevor die Krallenkrieger die Stadt erreicht haben. Ich konnte Voreste für eine Weile beschäftigen. Niemand kam zu –« Das Keuchen entkam, obwohl er die Zähne aufeinanderpresste. Seine freie Hand umschlang seine Seite, Priel erfasste die Situation sofort. Vermin trug schwarze Kleidung, unauffällig genug, um ihn vor Neugierigen zu verbergen – und so dunkel, dass Blut praktisch unsichtbar wurde. Er kippte nach vorn, Echo hielt ihn reflexartig fest. »He, was …?«

»Er ist verletzt. Wie ist das passiert?«

»Voreste.« Der Schweiß stand Vermin auf der Stirn. »Er war nicht erfreut, dass Riz ihm schon wieder entkommen ist. Ich konnte nur dank meiner Magie flüchten.«

Trotz seiner offensichtlichen Schmerzen fühlte Priel keinerlei Mitleid. »Wie hast du mich hierhergebracht? War das eine Komposition?«

»Gut erkannt.« Er erlaubte Echo, ihn in eine liegende Position zu bringen. »Hat mir einiges abverlangt, dieses Lied zu komponieren. Tut mir leid. Ich habe gesehen, wie Riz vor das Königinnentor getreten ist. Da wusste ich, dass ich zu spät bin. Ich konnte nur noch dich rufen.«

»Und warum? Was willst du von mir?«

»Sie am Leben halten.«

Echo schnaubte. »Du solltest erst mal an dich selbst denken. Lass mich sehen. Du hilfst niemandem, wenn du in einer Seitenstraße verreckst.« Vermin nahm die Hand widerstandslos beiseite, Echo öffnete den Mantel und schob das Hemd hoch. Zum Vorschein kam eine üble Fleischwunde: Drei breite Streifen, wie von einer tierischen Kralle. »Scheiße! Ein Wunder, dass du noch laufen kannst. Du bist doch Barde, warum hast du dich nicht geheilt? Rizsette macht das ständig.«

»Das Lied der Erholung ist nicht für so schwere Verletzungen gedacht. Das Kinderlied hat mich auf den Beinen gehalten, aber allmählich geht mir die Kraft aus …«

Echo grummelte aufgebracht. »Priel, wenn wir das nicht versorgen …«

»Ich weiß. Bestimmt gibt es in der Nähe einen Markt, an dem du alles Nötige kaufen kannst. Aber vorher muss mir der Scheißkerl eine Frage beantworten.« Er ging in die Hocke, Auge in Auge mit ihm, Rizsettes *Bruder*. »Was soll das heißen, Riz am Leben halten? Was weißt du, was wir nicht wissen?«

Seine folgenden Worte brannten ein Loch in Priels Herz. Nou schlug die Hände vor den Mund, Reya suchte Halt an der Mauer, Echo sah aus, als könne er niemals wieder lachen.

Zunächst empfand Priel Wut. Eine heiße Stichflamme, die die ganze Welt, jedes verdammte Reich, in Flammen aufgehen lassen wollte. Einen Moment später flaute der Zorn ab, zurück blieb nichts als Eiseskälte. Plötzlich war da Nässe an seinen Wangen. Stille Tränen ohne Schluchzen.

Vermin lag einfach nur da, mit gebrochenem Blick starrte er ihm ins Gesicht. »Ich bitte dich, Schwertarm. Hilf mir, meine Schwester zu retten.«

KAPITEL 23

RIZSETTE

Der helle Garten erstrahlte im Licht des Vormittages, erfüllt von den Rufen der hier lebenden Pfauen: Eindrucksvolle Tiere, die unbehelligt umhermarschierten. Die Meisterbarden hielten respektvollen Abstand, anders als die Frau in Silber, die ihr mit offenen Armen entgegenkam. Zuerst fiel Rizsettes Blick auf das Gesicht mit den blauen Augen und den vollen Wimpern, erst dann auf ihren riesigen, vorgewölbten Bauch. Von der Stadt aus hatte man nichts vom Zustand der Königin gesehen. Furpur Verbalis zog sie in eine Umarmung, weitaus inniger, als sie es sich jemals vorgestellt hatte.

»Rizsette von Canary. Ich bin erfreut, dich endlich in der Stadt der Klänge willkommen heißen zu dürfen.« Die Herzlichkeit der Begrüßung überforderte sie, hatte sie doch geplant, sofort Antworten zu verlangen. »Ich muss mich sicher nicht vorstellen, doch in Anbetracht der Umstände will ich es dennoch tun: Furpur Verbalis, Königin des Reichs der Klänge, Mutter der Bardenmagie. Sei gegrüßt, Wunschbardin. Dein Erscheinen gleicht dem Aufgehen der Sonne nach einer ewig andauernden Finsternis. Darf ich Rizsette zu dir sagen?«

Ihr fehlten die Worte. Diese Frau, Regentin, Majestät, erschien ihr nicht wie eine noble Adlige. Niemand hier stand ihr schützend zur Seite, kein Gesandter, kein Barde. Frei wandelte sie durch diese Gärten, unbekümmert durch das Leid ihres Landes. Rizsette schluckte. »Majestät …«

»Nimm doch den Tee mit mir ein, liebste Rizsette. Ich hoffe, du magst die starken Aromen aus Cuckoo. Wenn wir bereits von Cuckoo sprechen: Dieser

Zwischenfall hat mich doch sehr bestürzt. Für eine Weile glaubte ich dich verloren. Umso schöner ist es, dich wohlauf zu sehen.« Sie legte Rizsette einen Arm um die Schulter, trotz der weit fortgeschrittenen Schwangerschaft führte sie die Königin mühelos durch die Gärten.

Immer häufiger flog Rizsettes Blick zu dem gespannten Stoff über ihrem Bauch, der ihr viel zu groß, zu voluminös erschien.

»Ich hoffe, es werden wieder Mehrlinge.«

Ertappt senkte Rizsette das Kinn, doch die Königin lachte glockenhell auf. »Ich bin es gewohnt, angestarrt zu werden, mach dir nichts draus. Dies ist die Bürde, die ich für dieses Reich trage – und ich bin stolz, die Töchter und Söhne dieses Hauses zu gebären. Es ist wichtiger als alles andere, die eigene Rolle in dieser Welt zu kennen. Wie stehst du dazu, liebste Rizsette?«

Sie hielt inne, ihre Gedanken ein heilloses Durcheinander. Es schien ihr unmöglich, ein Wort über die Lippen zu bringen.

Amüsiert tätschelte die Königin ihre Hand. »Oh nein, tut mir leid! Ich wollte dich natürlich nicht auf diese Weise überfallen. Du hast die Stadt gerade erst betreten, sicherlich bist du vollkommen erschöpft.« Bestimmt schob sie Rizsette voran, bis vor die Tore des Schlosses. Hier erwarteten sie keine Gesandten, sondern zwei nobel gekleidete, junge Männer. Sie verneigten sich und öffneten die Türen, beide mit auffallend silbernem Haar.

»Meine Söhne«, kommentierte Furpur stolz. »Du musst auch die Prinzessinnen kennenlernen. Sie sind ebenso begierig darauf, dich zu treffen, wie ich selbst.«

Dann stimmt es also. Traumwandlerisch folgte Rizsette der Königin durch wundervolle Korridore, erfüllt von Gemälden und Wandverzierungen, durchflutet von Sonnenlicht. *Die Kinder der Königin. Töchter, die hoffen, irgendwann selbst zur Regentin zu werden, Söhne, die ihnen als Leibwächter dienen.* Sie kamen an einer ganzen Reihe junger Männer vorüber, der kleinste gerade vier oder fünf Jahre alt. Furpur folgte ihrem Blick und erriet ihre Gedanken: »Das hier ist meine neunzehnte Schwangerschaft. Ich habe etwa in deinem Alter damit angefangen. Du bist erst seit diesem Jahr volljährig, nicht wahr? Im Laufe der Jahre schenkte ich einer Menge Kindern das Leben. Anders als Mutter vor mir, ihr war dieses Glück trotz der Bardenmagie nicht vergönnt. Egal, wie viele Bettgespielen sie sich nahm.«

Sie sprach von der alten Königin, verstorben noch vor Rizsettes Geburt. Sie war es, die mit den übrigen Königinnen das Abkommen getroffen hatte, das die Reiche bis heute teilte.

»Eure Majestät …«

»Sag doch Furpur zu mir. Ich möchte deine Freundin sein, Rizsette.« Ihr herzliches Angebot nahm Rizsette allen Wind aus den Segeln. Sie holte tief Luft, um sich zu sammeln.

»Meine Königin, ich bin hier, um –«

»Antworten zu erhalten. Ja, das sagtest du bereits. Suchen wir uns dazu einen etwas gemütlicheren Ort, dieser Korridor erscheint mir doch eher ungeeignet.« Spontan ergriff sie Rizsettes Hand und zog sie mit, erneut geriet ihre Entschlossenheit ins Wanken. Letztlich erreichten sie einen hellen Raum voll edler Polster, rund um einen niedrigen Holztisch mit Früchten. Einer der Königssöhne wartete bereits, er trug ein Tablett mit Tee herein.

»Setz dich.« Furpur deutete auf die Kissen, ehe sie selbst schwerfällig hinabsank. Mit einer Hand stützte sie ihren Bauch, den sie kurz darauf sanft zu liebkosen begann. Ihr Sohn hantierte an einem Musiphon, das den Raum kurz darauf mit ruhiger Musik füllte. Er schloss die Tür hinter sich, die Königin nippte an ihrem Tee. »Nun denn, Liebes. Was möchtest du von mir wissen?«

Rizsette rang um Worte. In ihrer Vorstellung hatte sie in einem Thronsaal gestanden, überall Gesandte, während sie die Regentin mit sich überschlagender Stimme anbrüllte. Das hier wirkte falsch. »Majestät –«

»Furpur«, unterbrach sie sie lächelnd. Rizsette schluckte einen dicken Kloß hinunter.

»Furpur«, wiederholte sie, zur Freude ihrer Gastgeberin. »Ich … Ich bin die Wunschbardin.« Es fühlte sich merkwürdig an, die Gewissheit auszusprechen, seit Sparrow geisterte sie durch ihren Kopf, es war an der Zeit, sie anzuerkennen. Furpur nahm einen zweiten Schluck von ihrem Tee.

»Absolut. Nach Oriole war es für die Meisterbarden des Königinnenhofes offensichtlich. Nicht einmal sie sind zu solch mächtiger Magie fähig. Was du getan hast, kommt einem Wunder gleich.«

Rizsette konzentrierte sich auf die dunkle Oberfläche des duftenden Gebräus in ihrer Tasse. »Dann hat Vermin die Wahrheit gesagt.«

Furpur zuckte noch nicht einmal mit der Wimper. »Dein Bruder, nicht wahr? Bedauerlich, wirklich. Ich habe gehofft, euch beide willkommen heißen zu dürfen, auch wenn nur einem die Melodie des Überbleibsels übergeben werden würde. Darf ich es sehen?«

Ihre Aussagen machten Rizsette klar, dass es sich bei Vermin tatsächlich um ihren Bruder handelte. Ein Sturm entstand in ihrem Herzen, unaufhaltsam riss er sie mit sich fort. Mit tauben Fingern holte sie es hervor, das unscheinbare Spielzeug. Furpur streckte die Hand danach aus, fasziniert studierte sie die vielen filigranen Verzierungen.

»Wunderschön. Ich frage mich ...« Sie öffnete den Deckel, sodass der kleine Barde zum Vorschein kam. Die Melodie der Wünsche erfüllte den Raum, doch die Königin senkte die Augenbrauen. Fast schon enttäuscht. »Wie schade. Ich habe gehofft, sie hören zu können.«

Rizsette merkte auf, sie vernahm die Musik klar und deutlich. »Ihr ... Du hörst sie nicht?«

»Nein.« Sie schloss mit einem leisen Klicken den Deckel. »Das ist nur dir, der Wunschbardin selbst, und jenen, die das Schicksal mit dir verbindet, vergönnt.«

Das Schicksal. Priel kam ihr in den Sinn. *Er hat sie gehört. Und Nou auch.*

Furpur gab das Überbleibsel zurück. »Ich hoffe jedoch, in Kürze dein Spiel vernehmen zu dürfen, Rizsette. Es gibt vieles, was du für dieses Reich tun kannst, jetzt, da deine Bardenreise beendet ist – auch wenn ich mir gewünscht hätte, dass du bereits viel früher angekommen wärst. Kayden von Koel war reichlich ungehalten.«

»Kayden von Koel?«

»Oh, für dich Meister Cuckoo. Ich erhielt seinen Brief etwa zwei Wochen nach deinem Verschwinden, er ist zu Fuß in seine Heimat aufgebrochen. Er dürfte in Bälde ebenfalls hier eintreffen.«

Rizsette legte die Stirn in Falten. Es juckte innerhalb ihres Kopfes, ein Ort, den sie unmöglich kratzen konnte. Mittlerweile erinnerte sie sich. Meister Cuckoos Melodie, eine Komposition, die sie nicht kannte; er hatte sie vergessen lassen. Furpur griff in der Zwischenzeit nach einer der vollen, roten Trauben. »Er berichtete mir von deinem Widerwillen, meinem Befehl zu gehorchen und unmittelbar in die Hauptstadt zu reisen. Und natürlich von dem Schwertarm.«

Diesmal gefror Rizsette das Blut in den Adern. Mit einem Satz sprang sie auf. »Priel hat mich beschützt! Bitte Majestät, Ihr dürft ihm nichts tun!«

»Aber, aber. Wer wird sich denn so aufregen? Ich habe nicht vor, dem Schwertarm zu schaden. Seine Anwesenheit beunruhigt mich, schließlich zeigt es, wie schwach die Stürme in den Grenzlanden geworden sind. Aber ich bin ihm trotz allem für deinen Schutz dankbar. Ihm droht keine Gefahr. Setz dich.«

Hölzern kam Rizsette der Aufforderung nach, zumindest ein wenig ruhiger als zuvor. »Ich habe noch weitere Fragen. Sie betreffen meinen Meister. Er –«

»War ein fähiger Mann mit zweifelhaften Interessen. Das war schon während Mutters Regentschaft der Fall. Nach seinem Abstieg hat er euch, dich und deinen Bruder, genau so aufgezogen, wie von Mutter verlangt – um für seine eigene Schande Buße zu tun. Schade nur, dass Ariflyn auf so grausame Weise von den Bestienwandlern getötet wurde.«

Rizsette schmeckte Säure auf der Zungenspitze. Die Leichtfertigkeit, mit der Furpur den Tod ihres Meisters abschmetterte und im gleichen Atemzug Vermins Anschuldigungen bestätigte, trieben sie an den Rande der Übelkeit.

»Meine Liebe, darf ich etwas Ernsteres ansprechen, das mit diesem Thema in Zusammenhang steht? Du bist die Wunschbardin dieses Volkes – du verdienst es, über diese Dinge Bescheid zu wissen.«

Wunschbardin des Volkes. Sie begegnete blauen Iriden.

»Womöglich hast du bereits davon gehört, die Gerüchte machen längst die Runde. Das Reich der Bestien hat uns den Krieg erklärt.«

Rizsette blinzelte. Einmal, zweimal, ohne wirklich zu verstehen. »Krieg …?«

»Ja, ganz recht.« Furpur drehte eine der Trauben zwischen ihren Fingern. »Sie bezichtigen uns der Entführung ihrer Kronprinzessin. Ein Irrglaube, der selbstredend nicht der Wahrheit entspricht. Das Reich der Klänge hat kein Interesse an einer fremden Prinzessin. Derer habe ich genügend und hoffe, ihnen weitere hinzuzufügen.« Sie strich über ihren gewölbten Leib.

Rizsette wusste nicht, was sie denken sollte. *Sie spricht von Nou. Aber Nou wurde nicht entführt. Sie ist freiwillig gegangen.* »Das muss um jeden Preis verhindert werden! Ein Krieg würde die Reiche ins Chaos stürzen!«

Furpur nickte erfreut. »Ich bin froh, dass wir einer Meinung sind. Hör mir genau zu, meine Liebe, denn ich habe einen Wunsch, den nur die Wunschbardin erfüllen kann.« Sie beugte sich über den Tisch, den Bauch mit einer Hand geschützt, sodass sie Rizsette direkt in die Augen sehen konnte. »Nimm den übrigen Völkern ihre Magie. Lass die Bestien und die Schwertarme zu gewöhnlichen Menschen werden – auf dass sie dem Reich der Klänge weder als Wandler noch als Kämpfer gegenüberstehen.«

Wie vom Donner gerührt saß Rizsette da. Nur langsam sickerten die Worte in ihren Verstand. »Ich soll ihnen die Magie nehmen?«

»Ja. Auf diese Weise verlieren sie ihren größten Vorteil – und ziehen ihre Kriegserklärung mit Sicherheit zurück.«

»Aber ihre Magie –«

»Dient nur dem Unheil, dem Kampf, der Vernichtung.« Furpur betrachtete sie intensiv. »Rizsette, meine Liebe – wofür steht Bardenmagie? Was tut sie in diesem Land und weshalb absolvieren unsere Bardenschüler die Bardenreise? Ist es nicht ihr Ziel, dem Land zu dienen? Mit Liedern, die den Menschen zugutekommen? Die Angst und Schmerz nehmen, anstatt Furcht und Verderben zu säen, wie es die Bestienplage derzeit in unserem Reich tut?«

»Aber … Warum dann nicht nur die Bestien?«

Furpur präsentierte ihr eine harte Miene. »Dein Beschützer ist ein Schwertarm, du kennst seine Macht, nicht wahr? Er hat es über die Grenze geschafft, ebenso wie die Bestienplage. Das Volk weiß es nicht, aber es ist nur eine Frage der Zeit, bis die Stürme in den Grenzlanden vollständig verschwinden. Es zeichnet sich bereits seit Jahren ab. Wie lange wird es also dauern, bis die Schwertarme beschließen, die Finger nach unserem Reichtum auszustrecken? Sie sind ebenso gefährlich wie die Bestienwandler, ein Volk, das nur dem Blutrausch gehorcht. Die Welt gewinnt an Güte, an Barmherzigkeit hinzu, wenn du diese Last von ihnen nimmst.«

»Dann bleibt nur Bardenmagie übrig«, flüsterte Rizsette tonlos.

»Ganz genau. Bardenmagie, die niemandem schadet. Die Leben schenkt – und die Welt erneut zu einem Ort des Überflusses machen wird. Du hast die Macht, all das zu bewirken. Mit nur einem Lied, einem einzigen Reim. Rizsette von Canary. Wunschbardin des Reichs der Klänge. Wirst du deiner Bestimmung gerecht, indem du mir diesen Wunsch gewährst? Es muss nicht sofort sein, nicht heute oder morgen. Aber stell dir all das Glück vor, das du den Menschen schenken könntest. Den jetzt Lebenden und denen, die noch kommen werden.« Noch einmal streichelte sie liebevoll über ihren Bauch.

Rizsette schwirrte der Kopf. »Ich … Ich muss darüber nachdenken.«

»Natürlich, Liebes.« Furpur hob ein kleines Glöckchen von der Tischplatte, das Läuten rief einen ihrer Söhne herbei. »Bring die Wunschbardin zu den für sie vorbereiteten Gemächern. Sie ist unser geschätzter Gast. Es soll ihr an nichts mangeln.«

In der Stille ihrer Kammer brütete Rizsette vor sich hin, bis weit in den frühen Abend hinein. Sie versuchte nicht einmal, das Schloss zu verlassen, auch wenn dies ihren Kameraden sicherlich Sorge bereitete – der Gedanke, ihnen jetzt entgegenzutreten, behagte ihr wenig.

Furpur will, dass ich ihnen die Magie nehme. Die der Schwertarme und aller Bestienwandler, damit der Krieg verhindert wird. Auch Priels. Und Nous. Die Offenbarungen der Königin stürzten sie direkt ins Chaos. *Eine Kriegserklärung, weil man die Kronprinzessin entführt hat.*

Mit schwerem Kopf kam sie hoch, weg von dem weichen, riesigen Bett, hinüber zu einem breiten Fenster. Sie stieß es auf. Die frische Luft umwehte ihre Nase und verschaffte Rizsette Kühlung. Dort unten lag der Garten, viele junge Mädchen in strahlend weißen Kleidern tollten umher, womöglich die Töchter der Königin. Kurz darauf erspähte Rizsette auch sie, Furpur Verbalis, im Kreise ihrer Kinder. Sie ruhte auf übergroßen Kissen, eines der Mädchen hielt das Ohr an ihren Bauch. Der Wind trug ihr Kichern zu ihr hinauf, gefolgt von einem Piepsen, das ihre Aufmerksamkeit erweckte. Sie hob den Kopf – und sah sich mit einem nur allzu bekannten Vögelchen konfrontiert. Das Herz rutschte ihr in die Hose.

Sie trat zurück und erlaubte der Prinzessin, auf dem blanken Holzboden aufzusetzen. Die Verwandlung geschah nahtlos und offenbarte eine zusammensinkende Gestalt. »Na endlich! Ich habe den ganzen Tag lang dieses Schloss umkreist, ohne dich zu finden!«

»Nou«, murmelte Rizsette schwerfällig. *Was soll ich ihr nur sagen?*

»Weshalb bist du nicht zu uns zurückgekommen? Priel ist ganz krank vor Sorge und dein Bruder –«

Rizsette glaubte, sie habe sich verhört. »Vermin? Ist er bei euch?«

»Er hat uns gesucht, leider ist er verletzt.«

»Verletzt? Wie schlimm? Wird er es überstehen?«

»Arlecho hat sich darum gekümmert. Aber deshalb bin ich nicht hier. Rizsette, wir müssen die Stadt umgehend verlassen. Es ist so, dass –«

»Ich weiß über die Kriegserklärung Bescheid«, fiel sie Nou ins Wort. »Furpur Verbalis hat mir davon erzählt. Die Bestienkönigin glaubt, man habe dich entführt. Deshalb hat sie dem Reich der Klänge den Krieg erklärt.«

Es war, als habe sie Nou geschlagen. Von der einen auf die andere Sekunde rutschte sie in die Knie, ihre Schultern bebten so heftig, dass Rizsette begriff, dass sie bis eben nichts davon gewusst hatte.

»M-M-Mutter hat … Warum? Ist das meine Schuld? Ich wollte nie, dass meinetwegen jemand verletzt wird. Wir müssen das aufhalten!«

Worte, die sie der Königin selbst gegenüber geäußert hatte. Rizsette biss sich auf die Unterlippe. »Das will auch die Königin der Klänge. Sie hat mich gebeten, einen Wunsch zu erfüllen, der uns alle –«

Jedes bisschen verbliebene Farbe wich aus Nous ohnehin schon blassem Gesicht. Kreidebleich wie ein unbeschriebenes Blatt Papier stürzte sie vor und packte Rizsettes Hände.

»Du darfst keinen Wunsch erfüllen!«

Sie legte verwundert den Kopf zur Seite. »Nou, ich kann das alles ganz leicht beenden. Ich muss nur …«

Nou schossen die Tränen in die Augen. »Du verstehst mich nicht, Rizsette! Diese Magie, sie *tötet* dich! Jeder Wunsch ein kleines bisschen mehr!«

Die Sekunden strichen dahin. Erst langsam, wie Wassertropfen, dann gewaltvoll wie ein reißender Strom. »Wovon redest du da?«

»Vermin hat es uns erzählt. Je mächtiger dein Wunsch, desto mehr Leben zieht er aus dir heraus. Ein Wunsch, der den Krieg aufhalten würde, klingt so gewaltig, dass er … Dass er …« Nou stockte, die Worte blieben ihr im Halse stecken.

Rizsette spürte ihre Finger kaum noch. *Vermin hat auch in Sparrow nicht gelogen. Das heißt …* Langsam wanderte ihr Blick zum Fenster, dorthin, wo in der Tiefe die Königin verweilte. Diejenige, die ihr diese Information vorenthalten hatte. Sie fasste Nou ins Auge, ihre Miene leer, die zu Fäusten geballten Hände zitterten.

»Warte hier auf mich. Ich bin sofort zurück.« Abrupt wandte sie sich der Tür zu, mit einem Satz fand sie sich auf dem Korridor wieder, Nous erstickter Schrei folgte ihr nach. Sie ignorierte ihn, fixiert auf das, was sie jetzt tun würde, nein, tun *musste*. Der Teppich verschluckte jeden ihrer Schritte, allmählich wurde sie schneller – bis sie schließlich rannte. Die Treppe hinab, hinaus aus dem Schloss, mit wehendem Federumhang hinein in den Garten.

»Du *weißt* es!«, brüllte sie der Königin entgegen, verdattert hob diese die Lider, ein Buch in der Hand, aus dem sie den versammelten Prinzessinnen vorlas. »Du hast von Anfang an gewusst, wie hoch der Preis für meine Magie ist! Wie konntest du mir das vorenthalten?!«

Königin Furpur Verbalis kam langsam auf die Beine. Eines der Mädchen half ihr beim Aufstehen, ihre schreckgeweiteten Augen kümmerten Rizsette herzlich wenig. Alle Zurückhaltung fiel von ihr ab, ihre Ehrfurcht lag zerschlagen im Dreck. Scheiß auf Höflichkeit.

»Hättest du mich einfach so in mein Verderben rennen lassen? Ohne mir vorher zu sagen, was mit mir passiert? Was es *wirklich* bedeutet, die Wunschbardin zu sein?!« Ihre Stimme überschlug sich, trotz alledem blieb die Regentin gefasst.

Sie tätschelte dem ältesten Mädchen den Kopf. »Bring deine Schwestern auf ihre Zimmer. Ich komme später zu euch.«

Rizsette streckte den Rücken durch, während die Kinder eines nach dem anderen an ihr vorbeirauschten. Zuletzt stand sie ihr allein gegenüber, der Königin der Klänge, die sie mit deutlichem Kummer musterte. »Wie hast du davon erfahren?«

Was für eine dreiste Frage! Rizsette wischte durch die Luft.

»Ist das wichtig? Du hast mich angelogen! Ob Königin oder nicht, das ist mein Leben, mit dem wir hier spielen!«

»Ganz recht«, erwiderte Furpur ungerührt. »Es ist dein Leben. Das der Wunschbardin, kostbarer als meines oder die all meiner Kinder zusammen. Prinzessinnen wie Söhne.«

Rizsette verharrte, wieder wollte sie diese Frau sprachlos machen. Doch diesmal würde sie dem nicht einfach so nachgeben. »Ich habe es verdient, alles über meine Magie zu erfahren. Das hast du selbst gesagt.«

»Das ist richtig. Verzeih, dass ich dir zuvor nicht alles offengelegt habe.« Sie sank erneut auf ihre gepolsterten Kissen, mit einem Wink bedeutete sie Rizsette, Platz zu nehmen. Sie blieb stehen. Furpur nahm es hin. »Die Macht des Wunschbarden ist einzigartig. Eine Magie, die nur selten in Erscheinung tritt – das letzte Mal liegt etwa fünfhundert Jahre zurück.« Mit einer galanten Handbewegung strich die Königin ihr langes, silbernes Haar über ihre Schulter zurück. »Die Aufzeichnungen des Hauses Verbalis sind umfangreich. Sie halten fest, was heute niemand mehr weiß. Die Geschichten, an die sich keine lebende Seele erinnert.« Erneut deutete sie auf eines der Kissen, doch Rizsette bewegte keinen Muskel. Sie verschränkte die Arme vor der Brust.

»Und was hat das mit mir zu tun?«

»Sehr viel, liebste Rizsette. Willst du nichts über dein Erbe erfahren? Den Ursprung der Melodie der Wünsche?« Noch einmal zeigte sie auf die Polster, diesmal gab Rizsette nach. Mit deutlichem Abstand zu der Königin sank sie nieder. Einer der majestätischen Pfauen kam näher an sie heran, er legte sich ins Gras, als höre er ebenfalls zu. Furpur lächelte einnehmend.

»Dein Vorgänger stammte aus Nightingale, die Wunschbardin vor ihm aus Koel und derjenige vor ihr aus Meadowlark. Ich könnte dir viele Namen nennen, doch für meine Erläuterungen reicht es, wenn wir uns auf Zaith begrenzen – Zaith von Nightingale, Wunschbarde des Reichs der Klänge, derjenige, der die Spieluhr erschaffen hat.«

Rizsette spürte das Gewicht des Spielzeugs überdeutlich an ihrem Körper. »Er hat sie … erschaffen?«

»Ganz recht. Zaith war ein prächtiger Wunschbarde. Erst lange nach ihm führte eine meiner Vorgängerinnen das System der Hofbarden ein, weshalb es für ihn keine Bardenreise gab. Damals wurden Bardenschüler zwar ausgebildet und auch von Meisterbarden erzogen, aber er begann als einfacher Bauer, der eine Vorliebe zur Musik entwickelte. Mit seiner Volljährigkeit machte ihn die damalige Königin ausfindig und übergab ihm das Überbleibsel der Wunschbardin vor ihm. In Nightingale lernte er über Jahre hinweg sein Handwerk, von da an zog er allein in die Weite – mit dem Ziel, den Menschen zu helfen. Er zog von Ort zu Ort, nur sich selbst untertan, in dem Bestreben, die Reiche mit Liedern zu füllen. Ein durchaus reizvolles System, findest du nicht auch? Manchmal frage ich mich, in welchem Zustand sich dieses Reich befände, wenn es das System der Bardenreise niemals gegeben hätte.« Sie hob die Nase gen Himmel, ein verirrter Lufthauch bewegte ihr Haar wie von Geisterhand.

»Aber es ergibt Sinn, die Magie der Barden in und um die Hauptstadt zu konzentrieren. Nur so bewahren wir einen Teil der Bevölkerung vor dem Hungertod.«

Rizsette merkte auf. »Was?«

»Es ist kein Geheimnis, dass der Norden dieses Reiches dem Elend unterliegt. Dein Eintrittslied hat es sehr treffend beschrieben, liebste Rizsette. Aber so sehr mich das Leid meiner Untertanen auch erschüttert, es ist ein notwendiges Opfer.«

»Notwendig?! Wie kannst du allen Ernstes …?«

»Ich schlage vor, du hörst dir zunächst an, was ich zu sagen habe. Du wirst verstehen. Das verspreche ich dir.«

Der aufkommende Wind verursachte Rizsette Gänsehaut. Sie fröstelte, während Furpur beruhigend über ihren Bauch streichelte.

»Zaith zog also in die Welt hinaus, die nicht so stark voneinander getrennt war, wie es heute der Fall ist. Keine Grenzlande, kein Abkommen der Königinnen, nichts hielt ihn davon ab, neben dem Reich der Klänge auch das der Schwerter und Bestien zu bereisen. Schon bald erkannte er, dass die Reiche eines einte: Das Leid der Völker, Hunger überall, denn die Böden verdorrten. Vieh starb unter der unbarmherzigen Hitze, kein Wasser weit und breit, das Elend war überall gegenwärtig. Doch Zaith begehrte dagegen auf. Er, der Barde der Wünsche, wollte sein Vermächtnis für diejenigen nutzen, die Hilfe benötigten. Ein feierlicher Schwur auf den Lippen und seine geliebte Laute auf dem Rücken, mehr benötigte er nicht, denn die Welt empfing ihn mit offenen Armen – auch wenn sich heute niemand mehr an ihn erinnert. Er wirkte Wunder jenseits aller Vorstellungskraft, erbaute ganze Städte aus dem Nichts und schenkte toten Wäldern eine zweite Chance. Man sagt ihm nach, die ersten Bestienhybriden auf diese Welt gebracht zu haben, bis dahin galt jede Spezies als unabhängig von der anderen. Seine Macht soll so groß gewesen sein, dass er Wasserfälle beschwören konnte, um das darbende Land zu versorgen. Totgeglaubte holte er aus der drohenden, kalten Umarmung des Sterbens zurück, einmal verdunkelte er sogar die Sonne.« Furpur lachte auf, klar wie klirrendes Glas. »Und all das binnen weniger Jahre! Ein Wunschbarde, wie er im Buche steht.« Sie pflückte ein nahes Blümchen aus dem Gras, ein Löwenzahn, weit nach seiner Blüte. »Doch auch ihn holte die Macht seiner Kräfte ein – wie jeden anderen Wunschbarden vor ihm.«

Sie blies gegen den Löwenzahn, die feinen Samen schwirrten durch die Luft. »Er alterte. Schneller als gewöhnlich, sodass er mit Ende zwanzig bereits zum Greis geworden war. Ein Indiz für die Menge an verbrauchter Lebenszeit, gewirkter Magie, bemessen an Wundern und unzähligen Wünschen. Doch trotz alledem hatte seine lange Reise nichts genützt. Das Leid dauerte an, nach wie vor starben die Menschen wie die Fliegen. Seine Bemühungen verglühten wie ein Tropfen auf dem heißen Stein, denn obwohl er all sein Können aufbrachte, war er machtlos gegen die Gewalt der Natur. Zaith kehrte in seine Heimat zurück, Nightingale, und beschloss, dass die Zeit für das letzte Wunder gekommen war. Die Melodie auf seinem Körper zeigte an, dass ihm nur noch dieser eine Wunsch verblieb, danach würde seine Existenz unweigerlich enden.«

»Die Melodie auf seinem Körper?«, wiederholte Rizsette, eine unsichtbare Hand griff nach ihrer Kehle und schnürte sie zu. Furpur deutete auf ihre Körpermitte.

»Um deinen Nabel. Dort, wo sich auch das Mal des Wunschbarden befindet. Du hast es sicher längst bemerkt, nicht wahr? Nur zu. Zeig es mir.«

Rizsettes Finger zuckten, als sie Umhang und Hemd nach oben schob. Kühle Luft strich über die unbedeckte Haut. Noch immer lauerte es an dieser Stelle, das Notensystem mit den gleichmäßigen Linien.

»Es wird sich ausbreiten. Mit jedem Wunsch ein klein wenig mehr, bis es eine fast vollständige Melodie ergibt. Die neue Melodie der Wünsche, für den Wunschbarden nach dir.«

Ein eisiger Schauer jagte Rizsettes Wirbelsäule entlang.

»Auch Zaith hat seinerseits die Melodie betrachtet, die du nun nutzt. Seine klang sicherlich gänzlich anders, aber niemand wird sie jemals wieder hören. Jede ist einzigartig, ebenso wie die, die du deinem Nachfolger vermachen wirst. Das heißt, sobald deine Zeit abgelaufen ist.«

Rizsettes Finger zitterten unwillkürlich. Ihre Zunge klebte am Gaumen fest. »Und was dann?«

»Es wird dir ergehen wie Zaith. Er wusste, dass es nach diesem Wunder keines mehr geben würde. Also traf er alle nötigen Vorkehrungen, um die Magie des Wunschbarden zu erhalten. Er bannte die Melodie mit seinem letzten Lied in ein Gefäß, das zu seinem Überbleibsel werden sollte. Deine Spieluhr. Und obwohl ihn die wenigen Jahre vollständig ausgelaugt hatten, widmete Zaith seine Magie noch ein allerletztes Mal dem Volk – in dem Wissen, dass es ihn töten würde. Er wünschte sich Wohlstand für alle Reiche: ertragreiche Böden, Wasser, Sonnenlicht. Das größte aller Wunder erfasste die Welt, denn verlorengegebene Gebiete erwachten aus ihrem Schlummer. Bäume schossen aus den Böden, behangen mit Früchten. Die Anbaugebiete florierten, neue Quellen entstanden und bildeten Flüsse. All das dank Zaith, der nichts davon erlebte – denn er starb, nachdem das letzte Wort seine Lippen verließ. Übrig blieb nur die Spieluhr, für lange Zeit verborgen vor dem Lichte der Welt. Bis du kamst. Die Wunschbardin, die Zaiths Erbe in sich trägt.«

Furpur kam auf die Knie, sie rückte näher zu Rizsette heran und ergriff ihre Hände. Warm lagen sie an ihrer kalten Haut. »Keine Magie währt ewig, Rizsette. Auch Zaiths Wunder hat mit den Jahren an Macht verloren, denn erneut befindet sich diese Welt näher am Tod als am Leben. Du willst alles erfahren, also verrate ich dir jetzt das letzte Geheimnis dieses Reiches: Zaiths Wunsch nahm nicht nur seine verbliebene Lebenskraft, sondern auch die Magie dieses und aller anderen Reiche. Sie nährte dieses letzte Wunder, doch mit den Jahren verlor es immer weiter an Kraft. Es begann im Norden und ist seither unaufhaltbar. Deshalb werden in den nördlichen Städten kaum noch Barden geboren, die Felder verdorren und die Flüsse versiegen. Unsere Welt verliert die Magie, mit jedem Jahr, jedem Tag, jeder Sekunde ein klein wenig mehr. Der Süden schwelgt nur deshalb im Überfluss, weil die Menschen im Norden sterben. Wir können sie nicht alle ernähren, als nehme ich ihr Opfer in Kauf. So sehr es mich auch schmerzt.« Für einen Moment schloss sie die Lider. »Ich will dich nicht bitten, Zaiths Wunsch zu wiederholen. Auf lange Sicht würde das unserem Reich nur schaden. Stattdessen bitte ich dich erneut: Nimm den übrigen Völkern ihre Magie – und gib sie dem Reich der Klänge. Lass nicht zu, dass sie unsere Heimat mit Krieg überziehen. Wenn sie ihre Magie verlieren und wir uns diese einverleiben, werden unsere Lande überleben. Jede der von dir besuchten Städte kann aufblühen, Rizsette. Niemand wird mehr hungern. Du hast die Macht, uns alle zu retten.« Furpur senkte den Kopf, immer tiefer, bis hin zur Grasnarbe.

Rizsette wusste nicht, was sie sagen sollte. Die Königin verneigte sich vor ihr, einer einfachen Bardin. Nein. Der Wunschbardin.

Furpur will die anderen Reiche nicht nur ihrer Magie berauben. Sie will sie opfern. Rizsette begegnete dem Blick der Königin, ein Blickduell blauer Augenpaare. »Das ist mein einziger Wunsch, Rizsette von Canary. Damit das Reich der Klänge leben kann – stirb für uns, Bardin der Wünsche.«

»Das kann ich nicht tun.«

Stille breitete sich zwischen ihnen aus, Furpur verzog keinerlei Miene. Rizsette ebenso wenig.

»Es ist eine Sache, dem Reich der Klänge zu dienen, aber eine völlig andere, das Land der Schwerter und Bestien auszurotten. Mein Vorgänger, Zaith von Nightingale, hat allen Reichen zu Wohlstand verholfen. Wenn er so großartig ist, wie du mir weismachen wolltest, warum sollte ich dann von seinem Weg abweichen? Ich …« Rizsette zögerte. »Ich muss eine Lösung finden, die niemandem schadet. Weder uns noch den anderen Reichen.«

Furpur öffnete den Mund – und keuchte auf. Ihr Blick jagte zu ihrem Bauch, Rizsette bemerkte einen nassen Fleck, der sich binnen weniger Augenblicke auf dem Kissen unter ihr ausbreitete. Ihr Herz wollte aussetzen.

»Es ist so weit«, sagte die Königin, mit einem Mal hellauf begeistert. Innig strich sie über ihren vorgewölbten Leib. »Keine Sorge, mein Kleines. Die Meisterbardinnen bringen dich sicher auf diese Welt.« Sie machte Anstalten, auf die Beine zu kommen – und krampfte sich urplötzlich zusammen. Ein spitzer Schrei entkam ihren Lippen, Rizsette stürzte zu ihr.

»Majestät!«

»Schon gut. Ah. Das ist ungewöhnlich. Normalerweise dauert es ein paar Stunden, bis ich …« Der Schweiß stand ihr urplötzlich auf der Stirn, sie lugte zu Rizsette auf. »Bitte hilf mir, ins Schloss zu kommen. Ich brauche die Kompositionen der Bardenmeisterinnen.«

»Natürlich.« Rizsette half der Königin auf und führte sie über das grüne Gras hinweg bis zu den Toren des Schlosses, hier erwarteten sie bereits mehrere ihrer Söhne.

Ihre Gedanken standen nicht still, ihr Kopf wollte bersten. Es gelang ihr kaum, einen kühlen Kopf zu bewahren. »Eure Mutter bekommt ein weiteres Kind! Gebt den Meisterbardinnen Bescheid!«

Einer der Jungen weitete die Augen und rauschte davon, zwei andere befreiten Rizsette vom Gewicht der Königin – doch Furpur hielt ihre Hand fest.

»Rizsette! Verlass mich nicht. Steh mir bei, ich flehe dich an!« Ihr gepresster Unterton versetzte ihr einen Stich.

»Aber ich kann nichts tun, um zu helfen …«

Furpur zeigte ihr ein schmales Lächeln. »Das ist nicht wichtig. Ich möchte, dass die Wunschbardin Zeugin dieses Wunders wird. Des einzigen, zu dem ich imstande bin.« Ihre Worte rührten an ihrem Innersten, auf eine Art, die sie so noch nicht kannte. In einem spontanen Impuls fasste Rizsette die Hand der Königin fester.

»Gut, ich bleibe.«

Die Erleichterung verbannte die Falten aus Furpurs Gesicht. »Ich danke dir.«

Sie begleitete die Königin und ihre Söhne in das Schloss hinein, bis in ein breites Zimmer, das wohl allein diesem Zweck diente. Routiniert sank Furpur an einige schräg liegende Kissen, die Beine geöffnet, den Kopf in den Nacken gelegt. Sie atmete schwer, während ihre Söhne Tücher und ein hölzernes Wasserbecken hereinbrachten, das sie in Windeseile mit Wasser füllten.

»Wo bleiben die Bardenmeisterinnen?«, fragte Rizsette, die Königin stieß einen unterdrückten Schrei aus, der von gewaltigen Schmerzen sprach. Trotz allem blieb sie sehr gefasst, anders als die Frauen in Canary. Rizsette hatte den Geburten nie beiwohnen dürfen, doch sie erinnerte sich an die Male, in denen Schwangere die Hilfe ihres Meisters ersucht hatten. Wie auf ein unhörbares Stichwort betrat eine weißbefiederte Bardin den Raum, gefolgt von einer weiteren, beide mit Instrumenten: einer Flöte und einer Harfe.

»Verzeiht die Verzögerung, Majestät. Lasst mich Euch die Schmerzen nehmen.« Sie zupfte gekonnt an den Saiten der Harfe, ihr Lied erfüllte das Zimmer, während Rizsette noch immer Furpurs Hand hielt:

Blut ward zu Leben im Klang jener Stunde,
getrieben von Schweiß und geweitetem Munde,
von majestätischen Ahnen, entstammt aus dem Herzen,
nimmt Angst und Beklemmung sowie alle Schmerzen.

Die Königin atmete auf. Erleichtert fasste sie Rizsette ins Auge. »Hilf mir beim Aufstehen.«

Gemeinsam mit der Meisterbardin hievten sie Furpur hoch, sie löste die Schnüre ihres Kleides, ihre Söhne verließen den Raum. Das Gewand glitt ihr von den Schultern, erst dann geleiteten sie sie hinüber zu dem Wasserbecken, das die zweite Bardenmeisterin mit dem Spiel ihrer Flöte erwärmt hatte.

»Das heiße Wasser wird die Geburt beschleunigen. Seid unbekümmert, meine Königin. Wir wachen über Euch und Eure Kinder.«

Furpur glitt in die warme Wanne hinein, trotz alledem stöhnte sie dann und wann auf. Niemals gab sie Rizsettes Hand frei.

»Was geschieht jetzt?« Sie schaffte es nicht, die Nervosität gänzlich aus ihrer Stimme zu verbannen. Furpur lächelte nur.

»Die Geburt, Liebes. Ab jetzt geht es schnell – dank der Bardenmagie. Sieh zu, dass du keine Sekunde davon verpasst.«

»Seid Ihr bereit, Hoheit?«

»Ja. Fangt an.« Rizsette erkannte das Musikstück auf Anhieb: das Lied des Segens. Eine Komposition, die nur diesem einen Zweck diente. Eine Blutwolke entstand im Wasser, die Königin zog die Beine an und schloss die Augen. Fest umklammerte sie Rizsettes Finger, ein langgezogenes Wimmern auf den Lippen – und das Kind entkam ihrem Schoß.

Die zweite Bardenmeisterin nahm das kräftig schreiende Baby entgegen und durchtrennte die Nabelschnur. Furpur atmete mehrmals heftig ein und aus. Die Wärme in ihrem Blick sprach von der Liebe für ihr Neugeborenes, das man ihr einige Momente später übergab, gesäubert und eingewickelt in ein Leinentuch.

»Ein Mädchen, meine Königin.« Furpur neigte den Kopf, um behutsam die Stirn des Kindes zu küssen. Rizsette bekam Gänsehaut.

»Meine Tochter. Sieh nur, ist sie nicht atemberaubend?«

»Das ist sie, Furpur.«

»Möchtest du sie halten?« Die Frage kam aus dem Nichts.

Überrascht riss Rizsette die Hände nach oben, doch die Königin duldete keinen Widerspruch. Sie drückte ihr das winzige Bündel in die Arme, es wog überraschend wenig, dieses neue, unschuldige Leben. Das Kleine blinzelte träge.

»Es ist so zart.«

»Was hältst du von meinem Wunder?«, fragte Furpur, Rizsette spürte ihren Blick auf sich ruhen.

»Sie ist wunderschön.« Das Lächeln eroberte ihre Mundwinkel ganz ohne ihr Zutun.

»Rizsette wäre ein geeigneter Name für sie, meinst du nicht auch?«

»Was?«

»Das erscheint mir nur gerecht. Damit jeder weiß, was du für unser Volk getan hast – wie die selbstlose Wunschbardin, auf die unser Reich so lange gewartet hat.«

Selbstlos? Ein ganz anderer Moment kam ihr in den Sinn, viele Tagesreisen von hier entfernt.

Selbstsüchtig, flüsterte Priel in ihrem Kopf. Rizsette blinzelte. Das Kind in ihren Armen verschwand, stattdessen sah sie eine Stadt vor sich: Canary, ihre Heimat. Doch dieser Ort stammte nicht aus ihrer Erinnerung, er sah anders aus. Lebendiger. Ohne das Leid, ohne Hunger, ohne Not. Eine Zukunft, die sie erschaffen konnte. Die Illusion löste sich auf, das Neugeborene weinte. Endlich begriff sie.

Das war Zaith. Diese Dinge, die ich gesehen habe … Er hat das getan. Er zeigt mir, wozu ich im Stande bin. Was nur ich allein möglich machen kann.

Und Rizsette fasste einen Entschluss.

Furpur gebar Drillinge: ein Mädchen und zwei Jungen. Danach hatte Rizsette gehen dürfen, in ihrer Brust ein Bündel aus Kälte, das einst ihr Herz dargestellt hatte. Sie zählte ihre Atemzüge, stolpernd entwichen sie ihrer Kehle, bis hin zu der Tür ihres Zimmers.

Nou sprang in der Sekunde auf die Beine, in der sie eintrat. »Rizsette! Du warst ewig weg, Was ist passiert?«

»Die Königin hat ihre Kinder bekommen.« Sie sank auf ihr Bett, ihr Körper kribbelte. Nur aus den Augenwinkeln sah sie, wie Nou schluckte. So schwer, dass es auffiel. Sie schüttelte den Kopf, wie ein Versuch, unerwünschte Gedanken loszuwerden.

»Hör mal, die anderen warten auf uns. Wir haben schon viel zu viel Zeit verschwendet. Wir müssen unbedingt von hier verschwinden.«

Wortlos holte Rizsette ihre Leier hervor. Sie wog schwer, so unendlich schwer in ihren Armen, das Gewicht wollte sie in bodenlose Tiefen stürzen.

Doch es gab da noch etwas, das sie erledigen musste. Eine Sache, nichts war ihr wichtiger. Die Töne erfüllten die Kammer, die Saiten bebten von ihrem Spiel:

Getroffen in einem finsteren Wald, umgeben von Feuer,
gejagt und eiskalt,
gabst du mir den Mut, es endlich zu sehen.
Was sich vor mir verbarg, kann ich nun verstehen.
Deshalb lasse ich frei, was niemals wird mein:
Hab Dank ... Priel, die Freiheit sei dein.

Ihre Worte hallten hinaus in die Weite, irgendwo würden sie ihn finden. Ein trauriges Lächeln legte sich auf ihre bebenden Lippen, es zog um ihren Nabel.

Nou verlor die Fassung. »Was hast du getan?«

»Ich habe Priel von seinem Bann befreit. Mit der Melodie der Wünsche. Er muss mir jetzt nicht länger zur Seite stehen.«

Die Machtlosigkeit stand Nou ins Gesicht geschrieben. »Warum, Rizsette? Aus welchem Grund solltest du das tun?«

»Weil ich meine Entscheidung getroffen habe.« Sie bedachte Nou aufmerksam. »Wenn das hier vorbei ist, müsst ihr aus der Stadt der Klänge verschwinden. Zieht in die Lande, gebt vor, nichts mit den Reichen jenseits der Grenzen zu tun zu haben. Sag Alegreya, sie soll ihre Hütte bauen. Und was dich angeht ...« Rizsette zwang sich, das Lächeln beizubehalten. »Wird Zeit, dass ich dich von deinem Stottern befreie, was?«

Für eine Sekunde wirkte Nou wie vor den Kopf gestoßen. Rizsette hielt sich damit nicht auf. Erneut wanderten ihre Finger über die Saiten, um aus heiterem Himmel gepackt zu werden. Nou drückte zu, die Augen so stark geweitet, dass es ihr Angst machte. »Mein Stottern? Du de... de... Du glaubst, ich will, dass du mich davon befreist?«

»Deswegen bist du doch geflohen, nicht wahr? Um dafür eine Heilung zu finden.«

»Heilung«, wiederholte Nou tonlos. »Glaubst du das? Dass mein Stottern geheilt werden muss wie eine Krankheit? Ich dachte, du kennst mich besser Rizsette.« Sie nahm mit einem Ruck Abstand. »Ich brauche keine Heilung und ich bin auch nicht krank! Niemand muss meine Sätze für mich beenden oder mir dazwischenreden. Ich will weder nett gemeinte Ratschläge noch heuchlerisches Mitleid – alles, was ich möchte, ist Geduld. Ich spreche nun einmal so, daran ist nichts falsch! Warum glaubst du, dass ich mich dafür schäme?« Wild schüttelte sie den Kopf, Rizsette blieb ratlos sitzen.

»Wenn es nicht das Stottern ist, weshalb bist du dann ins Reich der Klänge gekommen?«

Nou biss sich auf die Unterlippe. »Glaubst du wirklich, ich würde dir das jetzt noch sagen? Damit du einen Teil deines Lebens für mich wegwirfst? Ich verzichte! Das ist es nicht wert, Rizsette. Das kann es niemals sein!« Sie warf einen Blick aus dem Fenster, draußen leuchtete der frühe Mond. »Ich bitte dich noch einmal. Komm mit mir. Es wird einen Angriff geben. Vermin sagt, sie sind bereits in der Stadt.«

»Ein Angriff? Etwa die Bestienwandler?«

»Sicher wissen sie längst, dass du hier bist. Niemand kann sagen, wann es geschieht, aber wenn es so weit ist, müssen wir bereits weit weg sein.«

Rizsette war müde. Erschöpft von allen Ereignissen um sie herum, vom ständigen Davonrennen, von dem Wissen, dass sie in Kürze ... Sie ballte die Hände zu Fäusten. »Dann muss ich erstrecht bleiben.«

»Warum? Es gibt andere Wege, den Krieg zu vermeiden! Wir könnten zu Mutter reisen! Wenn ich nur in meine Heimat zurückkehre und mit ihr spreche ...!«

»Bis dahin könnte das halbe Reich in Schutt und Asche liegen. Nou, ich ... Morgen bei Sonnenaufgang werde ich ...« Sie hielt für einen Moment inne. »Ich bin dir dankbar. Für die Reise, die schöne Zeit mit den Zwillingen, alles davon. Bitte tu mir einen Gefallen.« Sie kam auf die Beine und ergriff ihre Hände. »Sag Priel, dass es mir leidtut. Ich kann ihm die Violine nicht zurückgeben.«

Nou rührte sich nicht, Rizsette erkannte die wachsende Resignation in ihren Zügen. Es musste ihrem eigenen Gesicht deutlich abzulesen sein: die Entschlossenheit, ihrer Bestimmung gerecht zu werden. Selbst wenn das bedeutete, ihr Leben aufzugeben.

»Das kannst du nicht ernst meinen.« Tränen entstanden in Nous Augenwinkeln. Mit einem Schniefen nahm sie die Gestalt des Vogels an und flatterte davon, hinaus aus ihrem Gemach, hinein in die Nacht. Und Rizsette, nun wieder vollkommen allein, holte die Violine hervor.

Ein Gefäß für die Magie.

Ein Klopfen durchbrach die Stille und einer der Königssöhne trat ein, in seinen Armen ein Gewand, erhabener als alles, was sie je gesehen hatte: ein Federumhang in strahlendem Weiß, versehen mit den Federn der einzelnen Städte. Ihr Herz machte einen Satz, denn nicht einmal Meisterbarden trugen Kleidung wie diese.

»Für die Zeremonie«, sagte der junge Mann ehrfurchtsvoll, er trat zurück und verließ das Zimmer. Sachte strichen ihre Fingerspitzen über die schönen Federn, in dem Wissen, dass ihr nur noch wenige Stunden blieben.

Ich erfülle dir deinen Wunsch, Furpur. Für das Reich der Klänge ... gebe ich mich auf.

KAPITEL 24
PRIEL

Ihm blieb die Luft weg. Innerhalb des Tavernenzimmers sank Priel auf ein Knie, Vermin eilte trotz seiner Verletzung herbei. Der Drang in seinem Inneren, während des vergangenen Tages so mächtig wie nie, schrumpfte in sich zusammen: Eine zischende Flamme übergossen mit Wasser, chancenlos dem nassen Element unterlegen, bis der letzte Funke verschwand.

»Riz, was hast du getan?« Es zerriss ihn. Die Kälte drang ihm in die Knochen, eine Empfindung beißender als jedes Gift.

Sie ist tot. Die Gewissheit fegte über ihn hinweg wie ein starker Wind.

»Was ist passiert?«, hörte er Reya fragen, es klang wie weit von ihm entfernt. Die Erkenntnis berührte sein Herz, nein, *verschlang* es. Ein Schmerz so viel gewaltiger als jeder andere, eine Feuersbrunst, die nichts zurückließ. Abrupt richtete er sich auf, Echo stand ihm gegenüber, Vermin legte ihm eine Hand auf die Schulter. Er fegte sie grob beiseite.

»Ich spüre den Bann nicht mehr. Alles, was mich je an sie gebunden hat, ist verschwunden. Ihr wisst, was das heißt.« Jedes Wort war ein Messer, jede Silbe ein Stich in seiner Brust. Priel ballte die Hände zu Fäusten, doch vergeblich. Gierig fraß es sich durch seinen Körper und drohte, ihn zu übermannen.

Ein Zwitschern am geöffneten Fenster erregte seine Aufmerksamkeit, ein kleiner Vogel mit blauen Punkten, der sich binnen Sekunden in eine kreidebleiche Frau verwandelte. »Rizsette will den Wunsch der Königin erfüllen! Im Morgengrauen soll es geschehen, sie hat sich von mir nicht abhalten lassen!«

Die einbrechende Stille weckte Hoffnung, tief vergraben unter den Trümmern seines Herzens. »Was sagst du da?«

Nou betrachtete ihn mit einem Kummer, der Falten in ihr junges Gesicht zauberte. »Sie hat deinen Bann gelöst, Priel. Tut mir leid. Ich konnte sie davon nicht abbringen.«

»Meinen Bann?« Die Worte klangen seltsam hohl in seinen Ohren. »Das heißt, dass sie lebt?«

Nou nickte, auch wenn die tiefe Sorge in ihrem Antlitz bestehen blieb.

Priel sank auf das nächstbeste Bett. Er legte die Stirn in die Handflächen, die Ellbogen auf den angewinkelten Knien abgestützt. »Riz, du verdammte ...!«

»Sie muss es als eine Art Abschiedsgeschenk gesehen haben«, mutmaßte ihr Bruder, Priel hörte nur widerstrebend hin. »Das passt leider zu ihr. Wenn es morgen schon sein soll, stellt uns das vor ein Problem. Ich habe zwar erwartet, dass sie dem Charme der Königin erliegen könnte, aber so schnell? Es ist im Volk bekannt, dass sie eine Meisterin der Worte ist.«

Eine Glocke erklang, gefolgt von einer erhobenen Stimme, sie schallte durch die Straßen bis in den Tavernenraum, den sie übergangsweise als Unterschlupf nutzten: »Hergehört, hergehört! Königin Furpur Verbalis hat eine neue Tochter geboren! Ein königliches Kind, eine mögliche Erbin des Throns! Preiset das Reich der Klänge, erfreut euch an der Güte Ihrer Majestät – bei Sonnenaufgang innerhalb der Königsgärten! Werdet Zeugen der Vorstellung unserer neuesten Prinzessin – Rizsette Verbalis!«

Priel glaubte, er habe sich verhört. »Rizsette Verbalis?«, kam es von beiden Zwillingen gleichzeitig,

Nou legte die Arme um sich, als sei ihr kalt. »Sie hat erzählt, dass die Königin Kinder geboren hat.«

Der Schreier draußen, ein Gesandter, wiederholte seine Worte, Vermin beschattete seine Augen. »Dann wird das wohl der Moment sein, in dem Riz den Wunsch der Königin erfüllt. Sie benennt ihr Kind nach meiner Schwester und bringt sie noch während dieser Bekanntgabe um. Gut gespielt.« Er zeigte ein grimmiges Lächeln, dem jede Freude fehlte. »Voreste ist unter Garantie längst in der Stadt. Er wird hören, was bei Anbruch des Tages geschieht – diese Chance wird er sich nicht entgehen lassen. Schwertarm, wir haben keine Zeit mehr. Entweder wir wagen es, oder wir verlieren Riz. Auf die eine oder andere Art und Weise.«

Er präsentierte dem verdammten Barden eine wütende Grimasse. »Das lasse ich nicht zu. Eher sterbe ich.«

»Das wollte ich hören. Ich habe einen Vorschlag. Hört mir genau zu.«

Die Gesandten gaben das kreisrunde Tor noch vor Anbruch des Tages frei. Gewaltige Menschenmassen warteten bereits sehnsüchtig auf Einlass, unter ihnen Priel, Vermin und Echo. Nou saß auf seiner Schulter, ein nervöses, kleines Knäuel aus Federn, das dann und wann unruhig piepste. Er verzieh es ihr, immerhin hatte auch er in der vergangenen Nacht kein Auge zugetan – nicht bei dem, was da auf sie zukam.

Das schiere Ausmaß des gewaltigen Gartens machte ihn sprachlos. Nie hätte er dergleichen hinter der hohen Mauer vermutet, ein weiteres Sinnbild des hier herrschenden Überflusses. Die Menge steuerte geradewegs auf die riesigen Flügeltüren des Schlosses zu, hoch über ihnen entdeckte Priel einen breiten Balkon von der Fläche eines mittelgroßen Hauses. Unerreichbar fern für die Bevölkerung hier unten, aber keine Herausforderung für jene, die fliegen konnten.

»Ich habe es ja gesagt«, raunte Vermin ihm zu, nur dann und wann verzog er das Gesicht. Er litt sichtbar unter der nur auf herkömmliche Weise versorgten Verletzung. Echos Heilfähigkeiten hielten sich in Grenzen, hoffentlich würde sich Riz der Wunde bald annehmen – was hieß, dass sie sie erst befreien mussten.

Gesandte flankierten alle Mauerecken und bewachten jeden Zugang zum Schloss. Ein scharfer Wind fegte über sie hinweg, er trug eine Ahnung von Regengeruch heran. Das hatte ihnen gerade noch gefehlt. Priel knirschte mit den Zähnen, auffällig genug, um Echo auf sich aufmerksam zu machen.

»Keine Bange, Priel. Wir verlassen diese stinkende Stadt nicht ohne Riz.« Er berührte seine Schulter mit der Faust, ein Zeichen ihrer Freundschaft, eine Geste aus der Heimat. »Die Sonne geht auf. Jetzt kann es nicht mehr lange dauern.«

Die ersten Strahlen streichelten die Grashalme zu ihren Füßen. Priel fasste den Balkon ins Auge, wie alle Menschen hier unten – denn wie auf ein lautloses Stichwort erschien die Königin: gekleidet in Weiß, das Haar hochgesteckt und die Lippen blutrot. Hinter ihr, Priel ordnete sie als ihre Töchter ein, traten die Prinzessinnen ins Licht des neuen Tages, mehr, als er auf die Schnelle zählen konnte.

Vermin hatte davon erzählt. Die Regentin schien dafür bekannt, allerlei Liebschaften zu unterhalten. Das Ergebnis bildete diese dichte Traube junger Frauen, jede einzelne befähigt, nach Furpur den Thron zu besteigen, denn die Reihenfolge der Geburt spielte keine Rolle. Hinter ihr an der Wand hielten die Söhne Wache, die weder als Prinzen noch von adliger Herkunft galten. Man duldete sie – doch einen Wert maß man ihnen nicht bei, ebenso wenig wie ihren Vätern.

Furpur Verbalis breitete die Arme aus. »Meine lieben Kinder!«

Die Kraft in ihrer Stimme passte nicht zu einer Frau, die gerade erst geboren hatte. Priel hatte gesehen, wie entbehrungsreich Geburten verliefen, viele davon hatte er in seiner Heimat erlebt. Verdankte sie das der Bardenmagie? Noch war ihr Bauch vorgewölbt, doch ansonsten stand sie aufrecht und selbstsicher vor ihrem Volk.

»Es ist mir eine große Freude, die Geburt meiner jüngsten Tochter bekanntzugeben! Eine Prinzessin, die unser Licht im Dunkeln sein wird, mit einem Namen, der die Zeit überdauert!« Ihre Worte donnerten über die Versammelten hinweg, das Volk brach in vielstimmigen Jubel aus, der Priel in den Ohren wehtat. Nichts davon weckte sein Interesse, er wollte nur eines wissen: Wo befand sich Riz?

Die Königin winkte eines der Mädchen heran, ein Kind mit silbernem Haar wie das ihrer Mutter. Sie trug einen winzigen Säugling im Arm, den sie Furpur übergab. Diese hob die Tochter an, hin zu ihrem Volk, ein erster Regentropf traf Priels Stirn.

»Rizsette Verbalis, eine Prinzessin größter Anmut, benannt nach der edelsten Bardin unseres Reiches – Rizsette von Canary, der Wunschbardin!«

Mit einem Mal kehrte Stille ein, so plötzlich, als bliebe allen Menschen gleichzeitig die Luft weg. Wieder ging die Tür auf, diesmal erschien Rizsette. Ihr jetzt schulterlanges, schwarzes Haar wehte im Wind, darunter zeigte sich ein Federumhang, den Priel noch nie an ihr gesehen hatte: Weiß wie die der Meisterbarden, doch besetzt mit allerlei einzelnen, farbigen Federn. Riz trat neben Furpur an das Geländer des Balkons, selbst von hier aus erkannte Priel die Steifheit ihres Blickes. Die Königin nahm ihre Hand, in der anderen trug sie ihr Kind, leiser Nieselregen begleitete sie.

»Schwere Zeiten erschüttern unser Reich«, gab die bekannt. »Es ist kein Geheimnis mehr, dass uns das Reich der Bestien den Krieg erklärt hat.« Stimmengewirr von Seiten der Bevölkerung.

Priel tippte auf seine Schulter. »Nou.« Sie zwitscherte und begab sich in die Lüfte, Gemurmel brandete über die Menge hinweg.

»Doch es gibt Hoffnung!«, rief Furpur, die Gespräche erstarben. »Ein blutiger Krieg, der Tod vieler Unschuldiger, der Verlust unseres Reiches – all das kann von uns abgewendet werden. Mit einem einzigen Wunsch.« Sie bedachte Riz für einen Augenblick, indes stieg Nou höher. »Die Bardin der Wünsche, die erste seit unzähligen Jahren, hat sich bereit erklärt, unser Reich zu retten – und für dieses Wunder ihr Leben zu opfern!«

Priels Mitte verkrampfte, während einer der Söhne einen Gegenstand herantrug. Aus Holz und versehen mit Metallsaiten, die in der Sonne glänzten.

Meine Violine?

Nou hatte den Balkon schon fast erreicht. Riz zog ihre Leier hervor. Furpur legte ihr eine Hand auf die Schulter.

»Ein Opfer, das niemals vergessen werden wird. Ein Wunsch, der uns allen zugutekommt. Denn er wird sowohl den Bestienwandlern als auch den Schwertarmen die Magie rauben!«

Priel blieb die Luft weg, Vermin neben ihm atmete scharf ein.

Die Königin der Klänge schenkte Rizsette ein aufmunterndes Lächeln. »Sing für uns, Wunschbardin Rizsette! Rette unser Volk – und geh in die Geschichte ein!« Sie trat von ihr zurück, Priel beobachtete mit steigendem Puls, wie Rizsette das Instruments anhob – und zögerte.

Ihr Blick erfasste die Menschen, suchend auf eine Art, die ihm klar machte, dass sie Ausschau hielt. Kummer belegte ihre Züge, auch ohne den Drang verstand er, was in ihr vor sich ging.

Ich bin hier, wollte er rufen, ihr sagen, dass sie einen Fehler beging, doch Rizsette senkte den Kopf. *Nein, warte!* Sie berührte die Saiten, ihre Lippen glitten auseinander – und ein roter Schatten brach aus der Menge heraus.

Ein Kreischen begleitete ein Ungetüm aus Fell, es warf unzählige Menschen um wie ein kräftiger Windstoß. Es dauerte keinen Herzschlag, da hing das

Biest an den schrägen Steinen des Balkons. Seinen Krallen zogen ihn hinauf, ein Wandler, ein gewaltiger Fuchs, der kein Erbarmen kannte.

»Voreste!« Vermins Keuchen sagte Priel alles, was er wissen musste. Furpur schrie auf, Riz erstarrte.

Nou! Das ist deine Chance!

Priel stürzte nach vorn, das Schwert im Anschlag, die Königin wirbelte herum, ihre Stimme ein unüberhörbares Kreischen: »Tu es! Spiel die Melodie der Wünsche!«

»Riz!« Sein eigener Schrei trug weit, denn ein Ruck ging durch die Bardin. Sie riss den Kopf herum und begegnete seinem Blick – exakt in dem Augenblick, in dem der Fuchs den Balkon erreichte. Gesandte und Söhne gleichermaßen stellten sich ihm in den Weg, ein Wisch seiner Pranken genügte, um das Hindernis zu überwinden. Die Prinzessinnen flohen. Priel hielt Riz' Blick fest, eine stumme Bitte.

Tu es nicht!

»Rizsette!« Furpur wich zurück, vor ihr der Fuchs.

Riz hob die Leier an, Priel stieß einen Schrei aus – da explodierte die Luft über ihr.

Samtschwarze Federn segelten umher, riesige Schwingen hüllten Rizsette ein, der Regen nahm zu. Nou packte sie an den Schultern und riss sie hoch, weg von der verzweifelten Königin.

»Radon!« Das Grollen einer tiefen Stimme hallte an sein Ohr, sie kam von der roten Bestie, die Furpur immer weiter zurückdrängte. Ein zweiter Schatten entsprang der flüchtenden Menge, schwarz und ledrig, in Form der Fledermaus. Sie flatterte durch die Lüfte und kreuzte Nous Weg, ein ungleicher Kampf entbrach – und der Fuchs wandte sich der Königin zu.

Er schnellte nach vorn, seine Raubtierzähne blitzten auf – einen Moment später getrübt durch frisches Blut. Furpur konnte nicht einmal schreien, keinen einzigen Laut hervorbringen, da löste sich ihr Kopf von ihren Schultern. Achtlos segelte er über die Balustrade, hinab in die Tiefe. Ihr übriger Körper sank zusammen, in ihren Armen der schreiende Säugling, den die Bestie ebenfalls packte. Er warf ihn dem Kopf hinterher, Priel musste den Blick abwenden – und hörte Musik.

Flüsterleise, ein Text, den er nicht verstand, ausgehend von Vermin, der die Mandoline in Händen hielt. Der Fall des Kindes verlangsamte. Sanft kam es auf, ein vorbeistürmender Bürger packte zu und verschwand in der panischen Menge.

»Sanes! Tores!« Das Gebell des Fuchses, Voreste, hatte Folgen. Zwei weitere Wandler verwandelten sich unmittelbar in den Reihen der Flüchtenden: Die verdammte Schlange und die Ratte, direkt vor Vermin. Echo eilte dem Barden zur Hilfe, Priel machte ebenfalls Anstalten, sich in den Kampf einzumischen – doch Voreste wagte den Sprung. Der Boden vibrierte, er landete vor Priel, stand ihm nun gegenüber, kaum ein Dutzend Schritte von ihm entfernt. Heftiger Regen ging auf sie nieder, er trommelte laut auf die steinernen Wege überall im Garten.

Die Schwerter glitten in seine Hände, über ihnen tobte das Gefecht Fledermaus gegen Vogel. Voreste bleckte die blutbefleckten Zähne, ein Monstrum von einer Bestie, gewaltige Muskelstränge bedeckten seinen Körper. Sein rotweißer Schweif peitschte über den Löwenzahn, die Krallen gruben Furchen in die Grasnarbe.

»Der Schwertarm, der die Hälfte meiner Krallenkrieger getötet hat. Dir wollte ich unbedingt begegnen. Wir haben noch eine Rechnung offen.« Sein Grollen sprach von tiefem Hass, von dem Bedürfnis nach Rache.

Priel lächelte grimmig. »Wird auch Zeit. Ich habe mich schon gefragt, wann der große Fisch endlich anbeißt.«

»Ich werde dir bei lebendigem Leibe die Eingeweide herausreißen.«

Hastig wischte Priel erst mit der einen, dann der anderen Hand über die volle Länge beider Waffen, sie fingen sofort Feuer, es zischte im Regenguss. »Du kannst es ja versuchen!«

Er sprang auf den Wandler zu, Voreste wich zur Seite aus. Mit einer Kralle schlug er nach ihm, die Schneide seines Schwertes kollidierte mit den scharfen Tötungswerkzeugen. Das entstehende, schleifende Geräusch stellte Priel die Nackenhaare auf. Er machte einen Satz zurück, Vorestes zweite Pranke durchtrennte die Luft. Wieder holte die Bestie aus, Priels Knie gaben nach, er tauchte unter dem Hieb hinweg. Eilig nahm Voreste Abstand. Er begann, einen Halbkreis zu beschreiten, den Priel gleichermaßen mimte, das eine Schwert hoch über den Kopf erhoben.

»Du bist schnell, Schwertarm. Doch das wird dir nichts nützen!«

Sie umtänzelten einander, aus den Augenwinkeln nahm Priel wahr, wie sich Echo gegen Ratte und Schlange zur Wehr setzte. Vermin hielt einen übergroßen Giftzahn in Händen – jenen, den Echo damals in Meadowlark aufgesammelt hatte. Urplötzlich schnellte Voreste nach vorn, das starke Gebiss wollte Priel packen. Instinktiv riss er den Arm hoch, Metall traf auf Zahn, nur einer davon schabte über Priels Unterarm. Schmerz durchzuckte ihn, doch er gab ihm nicht nach. Kraftvoll hielt er der Gewalt des Wandlers stand, Voreste knurrte, denn Flammen versengten sein Zahnfleisch. Sie sprangen auseinander, die Zunge der Bestie wischte über angekokeltes Fleisch.

»Sanes hatte recht. Du lässt dich viel zu leicht ablenken.« Priel schnaubte, Vorestes Blick flog nach oben. »Radon! Mach ernst! Prinzessin hin oder her, wir brauchen diese Bardin!«

Der schwarze Schatten der Fledermaus kollidierte mit Nou, sie hielt Rizsette noch immer umklammert. Diese schien wie erstarrt, ihre weit aufgerissenen Augen kündeten von unglaublichem Entsetzen. Ein verärgerter Vogelschrei erfüllte die Luft, Nou hackte mit ihrem Schnabel auf die Bestie ein. Priel versuchte, sie auszublenden.

Bleib bei der Sache. Der Scheißkerl hat recht! Er fasste beide Schwerter fester, diesmal leckte Vorestes Zunge über messerscharfe Zähne. »Bringen wir es zu Ende.«

»Ganz deiner Meinung!«

Sie nahmen Haltung an – ein jeder bereit, den anderen zu töten. Voreste preschte auf ihn zu. Priel duckte sich unter seiner Kralle hinweg, ein zweiter Hieb folgte, er blockte ihn ab und hieb der Bestie in die Pfote. Brüllend riss sie das Maul auf, Priel verlagerte das Gewicht. Er sprang beiseite, ein überlautes Quietschen erklang, es kam von der Ratte, die Echo soeben durchbohrt hatte.

Vorestes Augen zuckten zu seinem sterbenden Kameraden, Priel wirbelte das Schwert über den Kopf. Die Schneide traf sein Fleisch. Zischend grub sie sich in Vorestes Schulter. Er schrie auf, mit brutaler Gewalt fegte er Priel mit einer Drehung des gesamten Körpers die Klinge aus der Hand. Die Flamme gab stockend auf, der dichte Schweif nahm ihm die Sicht, erbarmungslos stürzte sich die Bestie auf ihn, beide Pranken trafen seine Oberarme und drückten ihn ins nasse Gras. Er spürte, wie die Krallen Stoff und Haut durchdrangen, jede Bewegung schien unmöglich.

Ein Schmerzensschrei aus seiner Kehle, gefolgt von einem dunklen Schlund voll scharfer Zähne, der ihn zerfleischen sollte – und einem Ruck, der durch die Bestie ging. Wieder brüllte Voreste auf, Priel entdeckte Vermin. Er stieß den Giftzahn tief ins Fleisch des Wandlers, eine Sekunde später warf ihn dieser beiseite. Er landete im Dreck – und Priel rollte sich weg. Schwer atmend kam er auf die Beine.

»Wie kannst du es wagen! Nach allem, was wir für dich getan haben!« Vorestes Vorwurf ging im Zischen der Schlange unter, ein Blitz erhellte das Firmament.

»Hauptmann! Hat er dich mit meinem Gift erwischt?!«

»Wonach sieht es denn aus, verdammt!«

Donnergrollen, gefolgt von weiteren Blitzen. Wie ein dichter Vorhang ging der Regen auf sie nieder. Der Fuchs suchte Abstand, er wankte gefährlich. Priel hob das ihm verbliebene Schwert, doch Voreste machte keinerlei Anstalten, erneut anzugreifen. Er warf einen Blick auf die am Boden liegende, tote Ratte, in ihrer Nähe die Schlange.

»Radon!«, rief er von Neuem. Alles daran klang wie ein Aufruf zum Rückzug.

Vergiss es! Trotz der Verletzungen spürte Priel die Magie in sich, sie bäumte sich auf. Ein Schrei entkam seiner Kehle, entflammte das Schwert, errichtete einen Feuerwall, der Voreste ganz und gar verschlingen sollte. Priel wollte, dass er starb. Hier und jetzt.

Die schwarze Fledermaus zischte auf ihn zu, sie packte Voreste im Flug und trug ihn empor, haarscharf fegte das Feuer unter ihm hinweg. Nutzlos ging es aus – und die Bestien stiegen in die Lüfte. Die Schlange, angeschlagen und am Ende ihrer Kräfte, sauste davon. Sie erreichte die Mauer und verschwand, zurück blieb nur der Regen und der Donner. Schwer atmend sank Priel auf ein Knie, sein Unterarm brannte, ebenso wie beide Oberarme. Er würde es aushalten.

»Nou!« Sein Ruf reichte, um sie zu erreichen. »Du weißt, wohin! Schnell!« Noch in der Luft drehte sie bei, einige Federn segelten zu Boden, umhergepeitscht vom tobenden Gewitter. Vermin kam auf die Beine, Echo stützte ihn ab, sie alle hatten deutlich bessere Tage gesehen. »Verschwinden wir von hier!«

Gemeinsam flohen sie durch das kreisrunde Tor, in der Stadt herrschte Chaos. Gesandte stolperten umher, Schreie überall, viele Bewohner sattelten während des Regens Pferde und beluden Karren. Priel kümmerte nichts davon, sein Ziel lag am Meer. In Windeseile erreichten sie den menschenleeren Hafen, niemand kam ihnen in die Quere, nichts bewegte sich – bis auf eine Gestalt auf einem Segelschiff, die sich deutlich gegen eine zweite zur Wehr setzte.

»Lasst mich gehen!«

Dieses unbeherrschte Brüllen, ein disharmonischer Laut, ausgestoßen von einer Bardin im weißen Federkleid, ging Priel durch Mark und Bein.

»Jetzt beruhig dich doch!« Reya hielt sie zurück, von hinten umklammerte sie ihre Schultern, zu ihren Füßen lag die Leier. Hinter ihnen, in einem Nest aus Seilen, saß Nou, ein abgekämpftes, winziges Vögelchen, dem jede Kraft fehlte. »Rizsette, du darfst nicht gehen!«

»Ich muss zurück! Ich habe eine Aufgabe zu erfüllen!« Tränen strömten ihr über die Wangen, unaufhaltsam und wütender, als Priel sie jemals gesehen hatte. Sie mischten sich mit dem Regen. Riz entdeckte ihn noch in der Sekunde, als sie das Schiff betraten. Pures Entsetzen verzerrte ihre Züge.

Reya wandte sich hilfesuchend an Echo. »Bruder!«

»Schon verstanden!« Er löste das Tau. »Wir legen ab!«

»Nein!« Riz schaffte es, sich von Reya loszureißen. Sie packte die am Boden liegende Leier, Priel preschte vor und riss sie ihr aus der Hand. Er warf sie davon, irgendwohin, Hauptsache außerhalb ihrer Reichweite. Riz wollte ihr nachstürzen, er stellte sich ihr in den Weg, der Wind blähte die Segel und das Schiff geriet in Bewegung. All das begleitet von Blitz und Donner.

»Riz. He. Mach mal halblang.« Ihr gehetztes Antlitz beschrieb das Ausmaß des zurückliegenden Schreckens.

»Sie ist tot! Furpur ist tot! Das ist meine Schuld!« Sie grub die Hände in ihre Haare, Priel ergriff ihre Handgelenke in dem Versuch, sie zu beruhigen – und Riz holte aus. Der Knall klang merkwürdig in seinen Ohren, lauter als erwartet, er übertönte sogar das Donnergrollen. Es brannte auf seiner Wange, erbarmungslos schlug sie wieder und wieder auf ihn ein, unkoordiniert zwar, aber in dem Bestreben, ihn zu verletzen.

Das Schiff entfernte sich vom Hafen, der Regen ließ langsam nach.

»Riz, hör auf!« Er bekam sie nicht zu fassen, immer neue Tränen benetzten ihr Gesicht.

»Weshalb bist du hier?! Du hättest gehen können! Du bist frei von mir! Ich habe deinen Bann gelöst!« Erneut schlug sie zu, diesmal erwischte Priel ihre Hand. Riz gab nicht auf. Sie wich zurück und zog ihn mit, er rutschte auf den nassen Planken aus. Gemeinsam verloren sie das Gleichgewicht und rollten über das Deck, sie ein wildes, kämpfendes Bündel, er in dem Bestreben, sie zu beruhigen. Auf dem Rücken kam er zum Stillstand, sie über ihm, die Hände zu Fäusten geballt.

»Riz!« Er packte ihre Schultern, diesmal hielt sie inne. »Ich bin hier, weil du hier bist! Ich beschütze dich, egal ob Bann oder nicht! Begreif das endlich!«

Sie schüttelte heftig den Kopf, das Haar klebte ihr nass im Gesicht. »Du hast es selbst gesagt! Manchmal muss man ein wenig Leid ertragen, um das viel größere Leid zu verhindern! Was ich tun wollte, hätte unendlich viele Leben gerettet! Genau wie in Goldfinch!«

»Scheiß auf das, was ich gesagt habe! Ist dir dein eigenes Leben denn gar nichts wert?! Warum willst du es einfach so wegwerfen?«

»Weil ich ein einziges Mal nicht selbstsüchtig sein wollte!« Ein Schluchzen entstand in ihrer Kehle, so voll von Verzweiflung, dass es ihm jede Kraft raubte. Der Regen verschwand, ein fernes Grollen begleitete ihr Weinen. »Ich wollte beweisen, dass ich ... dass ich ...«

Ihr Widerstand brach, das Feuer in ihren Augen erlosch. Sie beugte den Oberkörper, die Hände neben seinem Gesicht abgestützt, die Tränen tropften auf seine Stirn. »Ich will nicht sterben.« Herzzerreißend schluchzte sie auf, Priel stemmte sich ein Stück weit hoch. Er streckte eine Hand nach ihr aus, federleicht wischte sie über ihre nasse Wange.

»Ich weiß. Und deshalb bin ich gekommen. Weil du gerufen hast. Auch ohne den Bann.«

Sie blinzelte durch den Tränenschleier, Priel legte den Arm um sie, längst konnte er nicht mehr sagen, wie weit die Stadt der Klänge bereits hinter ihnen lag. Er ließ sie weinen, für unendlich lange Zeit. Irgendwann rutschte sie von ihm hinunter. Echo half Priel auf die Beine, Reya rieb tröstend über Rizsettes Schultern, Vermin hielt sich im Hintergrund, nur Nou füllte die Stille mit ihrem leisen Piepsen.

Priel warf einen Blick zum Ende des Bootes, zur immer kleiner werdenden Hauptstadt. Sie würde bald gänzlich verschwinden, wie eine ferne Erinnerung. Sachte löste Riz die Schnüre des Federumhangs. Er glitt ihr von den Schultern, sie übergab ihn der See. Zunächst schwamm er an der Oberfläche, doch schließlich verlor er gegen das Gewicht des eingesaugten Wassers und sank.

»Was haben wir jetzt vor?«, fragte sie, Priel fasste den fernen Horizont ins Auge.

»Wir reisen ins Reich der Bestien und überzeugen die Königin, diesen Krieg zu beenden, noch bevor er angefangen hat.«

DANKSAGUNG

Eine Melodie, die Wünsche erfüllt – das war der Grundgedanke, der mich auf diese Geschichte gebracht hat. Musik ist für viele Autor*innen ein Quell der Inspiration, der Dreh- und Angelpunkt, der uns urplötzlich und ohne jede Ankündigung eine Idee in den Kopf zaubert. Wie viele andere greife ich in solchen Momenten sofort zum Notizbuch (beziehungsweise in meinem Fall die Notiz-App im Smartphone) und notiere mir diese Ideen. Mit etwas Glück werden sie irgendwann zu einem Buch. Und das Ergebnis einer solchen Idee haltet ihr, meine lieben Lesenden, jetzt in euren Händen.

Vor der Idee selbst kam der (doch recht freche) Wunsch meiner Frau Lena: Schreib mir ein Buch über Barden. Ihr müsst wissen, Lena liest alle meine Geschichten, noch bevor sie überhaupt in die Hände eines Verlages gelangen. Mit ihrem Input vertieft sie meine fantastischen Welten und ist wie immer diejenige, die den Witz in meine Werke bringt. Ganz oft laufen unsere Gespräche während des Lesens nach einem bestimmten Schema ab:

Hey, wie wäre es, wenn diese Person jetzt genau das hier sagen würde? Und wenn sie mich damit zum Lachen bringt (was häufig der Fall ist), landet diese Passage mit Sicherheit im Buch. Wenn ihr also während des Lesens lachen musstet: Dankt Lena, nicht mir.

Die Melodie selbst, die ihr im Laufe dieses Buches bereits nach und nach kennenlernen durftet, existiert nur dank meines Schwagers, Timo Beyerling. Du bist wirklich begnadet, sowohl als Schauspieler als auch als Komponist! Danke für deine Mühe und deinen Input zu Musikinstrumenten, von denen ich so gar keine Ahnung habe. Besucht ihn doch mal auf der Landesbühne in Esslingen, die Stücke, in denen er mitspielt, lohnen sich.

Ich möchte an dieser Stelle ebenfalls dem Wreaders Verlag und der Verlegerin Lena Weinert persönlich danken, dass sie meinen Barden ein Verlagszuhause gegeben haben. Diese Geschichte liegt mir am Herzen, die Fortsetzung kribbelt mir bereits in den Fingern. Ich bin glücklich, dass *Die Melodie der Wünsche* hier erscheinen darf. Danke auch an meine Lektorin Silja, die mit mir gemeinsam diese Geschichte aufpoliert hat.

Hervorheben möchte ich ebenfalls unsere eifrige Community auf Twitch sowie meine Patrons, die mich auf Patreon mit Rat und Tat zu allen Arbeitsschritten meiner Werke unterstützen. Ich liebe es, mich dort voll entfalten zu können – und das kann ich nur dank euch! Danke auch an meinen dauerhaften Testleser Seth, der uns als Twitch-Moderator und guter Freund zur Seite steht.

Falls euch dieses Buch gefallen hat, lade ich euch herzlich dazu ein, mir auf Instagram (@wellenlogbuch) oder Twitter (@wellenbuch) zu folgen, um über all meine Veröffentlichungen informiert zu werden.

Die erste Zeile der Melodie ist nun abgeschlossen. Die zweite entführt uns ins Reich der Bestien, die Heimat der Kronprinzessin Nou. Denn ihr wisst ja, hinter den Pfaden gibt es mehr als Lieder: fremde Horizonte und vielfarbige Wolken unter neuen Himmeln. Wie könnten Lesende nicht neugierig auf die Weite sein? Das Unbekannte jenseits der Grenzen? Bald werdet ihr erfahren, was euch dort erwartet.